W0307913

John M. Ford

Der Thron des Drachen

Für die,
die in der entscheidenden
Phase dabei waren.

John M. Ford

Der Thron des Drachen

Deutsche
Erstausgabe

GOLDMANN
VERLAG

Aus dem Amerikanischen übertragen von
Hermann Völkel

Titel der Originalausgabe: The Dragon Waiting
Originalverlag: Simon & Schuster, New York

Made in Germany · 10/85 · 1. Auflage

This edition published by arrangement with the
original publisher, Pocket Books, New York

Umschlagentwurf: Design Team München
Umschlagillustration: Howard Koslow/Pocket Books
Satz: IBV Satz- und Datentechnik GmbH, Berlin
Druck: Mohndruck Graphische Betriebe GmbH, Gütersloh
Verlagsnummer: 30051
Lektorat: Peter-Alexander Sondermann/Peter Wilfert
Herstellung: Peter Papenbrok
ISBN 3-442-30051-7

Das Imperium befand sich
in der aufgezwungenen Ordnung;
im strahlenden Umkreis
des Throns herrschte geschäftiges Treiben;
Kammerherren, Logotheten, Nuntien
kamen und gingen...
Diese lebten in Byzanz...
Doch im Herzen des Imperiums verbarg
sich noch eine zweite Erzählung
neben der vom Gral.

CHARLES WILLIAMS
The Region of the Summer Stars

Inhalt

Eine geschichtliche Anmerkung

Im zweiten Jahrhundert nach Christus schrieb Loukianos von Samosata: »Jeder schreibt derzeit Geschichte; ich möchte von dieser Raserei nicht ausgeschlossen bleiben.« Loukianos, auch unter dem Namen Lucian der Spötter bekannt, schrieb daraufhin eine Phantasiegeschichte mit dem Titel *Wahre Geschichte.*

Es folgt ein Roman, der mit historischen Persönlichkeiten und Schauplätzen so umgeht, wie es in einem Drama üblich ist. Einige Ereignisse und Dialoge sind frei erfunden, wie natürlich auch die erkennbaren phantastischen Elemente. Es sind so wenige technische Anachronismen enthalten wie möglich, obwohl einige der erwähnten Techniken an den Schauplätzen des Romans in der Zeit, in der er spielt, unbekannt waren.

Die Zitate, die den Kapiteln vorausgehen, stammen aus Shakespeares *Richard III.* Dieses Werk und viele andere haben für den vorliegenden Roman atmosphärische Einzelheiten geliefert, doch alle Charakterbeschreibungen, besonders die des am häufigsten neu bewerteten englischen Königs, wurden von mir erdacht.

Mein Ziel ist, zu unterhalten und nicht die aufgeworfenen Fragen zu einer geschichtlichen Kontroverse hochzustilisieren. Wie schrieb Nennius vor zwölf Jahrhunderten? »Das überlasse ich dem, der mehr von diesen Dingen versteht als ich.«

JMF/1982

Schatten, die vorüberziehen

Historische Gestalten

Die folgende, unvollständige Aufstellung der im Roman auftretenden historischen Persönlichkeiten ist gedacht für die, denen es Schwierigkeiten bereitet, bei der in dieser Epoche üblichen Häufung von Adelstiteln den Überblick zu bewahren, aber auch für jene, die an solchen Aufstellungen einfach nur interessiert sind. Fehlt ein Name in dieser Liste, so muß das nicht notwendigerweise bedeuten, daß die Persönlichkeit nicht historisch ist. Wie bereits erwähnt, hat sich der Autor den unten aufgeführten Gestalten gegenüber einige Freiheiten herausgenommen.

ENGLÄNDER UND SCHOTTEN

Cecily, Herzogin von York, und ihre drei noch lebenden Söhne:

Richard Plantagenet, Herzog von Gloucester, der spätere König Richard III.

George Plantagenet, Herzog von Clarence

König Edward IV.

Richard, Herzog von York

Anne Neville, Gemahlin von Richard von Gloucester

Elizabeth Woodville, Königin, Gemahlin von Edward IV.

James Tyrell, Gefolgsmann von Richard

Richard Ratcliffe, Gefolgsmann von Richard

Francis Lovell, Gefolgsmann von Richard

Alexander Stuart, Herzog von Albany, Bruder von König James III. von Schottland

Anthony Woodville, Lord Scales, Earl Rivers, Bruder von Königin Elizabeth

Edward, Prinz von Wales, der spätere König Edward V.

Doktor John Morton

Henry Stafford, Herzog von Buckingham

William Hastings, Lord Hastings, Kammerherr von König Edward IV.

Edward von Middleham, Sohn von Richard von Gloucester

Henry Tydder (d. h. »Tudor«; angegeben in der damals üblichen Schreibweise)

FRANZOSEN

König Ludwig XI.

François Villon, Dichter und Hofnarr

Margarete von Anjou, Königin, Gemahlin von Heinrich VI. von England

ITALIENER

Luigi Pulci, Dichter

Marsilio Ficino, Dichter und Philosoph

Giuliano de'Medici, Bruder von

Lorenzo de'Medici, genannt »Il Magnifico«, »der Prächtige« (offizieller Titel des Leiters der Medici-Bank)

Alessandra Scala, Bühnenbildnerin

Girolamo Savonarola

Galeazzo Maria Sforza, Herzog von Mailand

Federigo da Montefeltro, Herzog von Urbino, Führer eines Söldnerheeres

Diminic Mancini, Diplomat

Doktor John Argentine, Arzt

Kinder des Imperiums

TEIL 1

Weil gute Sterne der Geburt gemangelt...
Nicht umzukehren ist des Schicksals Spruch!

– Akt IV, Szene 4 –

Gwynedd

Die von den Römern gebaute Straße durchzog Nordwales ein wenig landeinwärts. Sie verlief zwischen der Irischen See und den Bergen von Gwynedd und Powys, an dem Kupfer und Blei vorbei, nach dem das Imperium lechzte. Die Straße überquerte den Conwy bei Caerhun und den Clwyd bei Asaph, das Esus geweiht war. Die römischen Straßenbauer hatten sie oberhalb des Strandes und unterhalb der Gipfel durch die Hügellandschaft gezogen, wobei sie nie in das Landesinnere eindrangen. Was jedoch nicht heißen soll, daß es keine Wege landeinwärts gab, nur fanden die Römer sie nicht.

Zwischen Caernarfon und Chester existierte die Straße noch. Bei Caerhun, im Tal des Conwy, wo das Fort der Legionäre die Brücke über den Fluß gesichert hatte, waren noch Mauerreste und Gräben vorhanden. Römische Steine, aber keine Römer; seit tausend Jahren nicht mehr.

Nach Caerhun schlängelte sich die Straße eine Meile bergauf zu einem Gasthaus mit dem Namen »Zum Weißen Hirschen«. Dort lebte, im Jahre 910 nach Arthurs Triumph, im Jahr 1095 der Stadt Konstantins, der elfjährige Hywel Peredur. An diesem Nachmittag im März stand Hywel auf dem römischen Pflaster im Hof unterhalb des Gasthauses und fühlte sich als König der Römer.

Die Felder seines Herrschaftsgebiets breiteten sich vor und unter ihm aus, abgegrenzt und durchzogen von Baumreihen, die aus der Höhe lediglich wie Tupfer auf einem braungrünen Fleckenteppich aussahen. Das Wasser des Conwy wirkte wie ein breites, in leichten Schwüngen auf den Teppich aufgenähtes Band. Die Märzluft roch nach Torf und Feuchtigkeit und besonders nach der ihr so kurz vor Frühlingsanfang eigenen kalten Frische.

Die Stelle, an der Hywel jetzt stand, hieß *Pen-y-Gaer*, was soviel wie Festungsspitze bedeutete. Schon bevor die Legionen kamen, hatte sich hier eine Festung erhoben, doch von ihren Erbauern waren ebenfalls nur Steine übriggeblieben, Reste von Mauern und Schutzwällen. Und das zur Abwehr von Angriffen dienende Gelände aus scharfkantigen, in Reihen stehenden Felsbrocken.

Hywel stand auf der Straße und gab den Steinen Befehle, diesen unsterblichen Soldaten ohne Furcht wie die Krieger, die sich nach der Sage aus den Zähnen des Drachen verwandelt hatten; jeder Angriff auf sie würde abgefangen und niedergeschlagen werden. Anschließend würde die Reiterlegion auf Hywels Zeichen hin von Caerhun herangaloppieren, den Feind vernichten und bloß die Adligen nur deshalb verschonen, um sie gegen Lösegeld und Tribut einzutauschen. Seine in Purpur und Gold gekleideten, auf weißen Pferden sitzenden Heerführer würden die Gefangenen zu ihm treiben und *Peredur! Peredur!* schreien, damit alle wußten, wer hier der Sieger war...

Etwas weiter oben an der Straße stand ein Meilenstein; er war verwittert, seine Aufschrift kaum noch zu lesen. Hywel konnte zwar kein Latein, aber zumindest den Namen CONSTANTI entziffern. Konstantin. Kaiser. Gründer der Schönen Stadt. Jetzt ein Gott, wie Julius Caesar, wie Arthur, König von Britannien. Hywel zeichnete stets mit dem Finger die in den Stein gehauenen Buchstaben nach, wenn er an dem Meilenstein vorbei kam, berührte die Darstellung jenes Gottes.

Vor drei Jahren im Mai hatte er mit einem Schleuderschuß einen Sperling betäubt, ihm die Flügel zusammengebunden und ihn zum Meilenstein gebracht. Der Vogel hatte unter Hywels Hemd noch gezittert, und als er ihn anschließend auf den Boden setzte, wurde der Spatz seltsam ruhig, als würde er auf etwas warten. Hywel hatte jedoch kein Messer und fürchtete sich davor, es mit bloßen Händen zu vollbringen. Bis er schließlich zwei flache Steine gefunden und die Sache hinter sich gebracht hatte, konnte er sich nicht mehr an das Gebet erinnern, das er sprechen wollte.

Wolken zogen nun an der tiefstehenden Sonne vorbei und warfen Schatten auf dem Boden. Der Fluß wurde grau wie Schiefer, blitzte dann wieder silberblau. Die starren Steine schienen sich zu bewegen, zu laufen, ihm zum Gruß die Speere an ihre Schilde zu schlagen. Der Spatz war vergessen, als Hywel als Soldat, König und Gott seine Kohorten in Marsch setzte.

Bis eine Staubwolke emporstieg, Männer auf seine Traumkohorten zumarschierten, Stahl im Sonnenlicht aufblitzte: Wirkliche Soldaten waren es, auf dem Weg zum Gasthaus. Hywel beobachtete und lauschte in dem Wissen, daß sie ihn nicht entdecken könnten, wenn er sich völlig ruhig verhielt. Er hörte das Schaben der Spieße auf dem Pflaster, das Stampfen ihrer Stiefel und das Schleifen von Ketten. Hywel ließ sich vom Wind ihre Stimmen überbringen, keine deutlichen Worte, sondern eher Wortmelodien: englische Stimmen, keine walisischen. Als die Soldaten um die letzte Kurve der Straße bogen, erkannte Hywel das Wappen, das sie trugen. Dann drehte er sich um und rannte zum Tor des »Weißen Hirschen«. Als er über den Hof des Gasthauses lief, schnupperte ein Hund und hob den Kopf, weil er gestreichelt werden wollte, aber vergebens. Ein paar Spatzen flatterten von den Dachvorsprüngen auf.

Im Schankraum mit seinen rußgeschwärzten Holzbalken war es jetzt am späten Nachmittag bereits dämmrig. Ein leichter Torfrauch lag in der Luft. Dafydd, der Wirt, stand am Kamin, stocherte in der Asche, während die hübsche Schankmagd Glynis Krüge spülte. Beide schauten auf; Glynis lächelte, Dafydd sah ernst drein. »Nun, Feldherr aus dem Norden, komm herein, los! Während du Truppen befehligt hast, wäre das Feuer fast –«

»Soldaten ziehen die Straße hinauf«, unterbrach Hywel ihn auf walisisch. »Männer des Herrn über Irland, von Caernarfon.«

Er wußte, daß Dafydds Zorn nur gespielt war; wenn der Wirtshausbesitzer wirklich zornig war, wurde er nämlich immer ganz ruhig und wortkarg.

»Was soll's«, meinte Dafydd, »sie werden Bier haben wollen. Geh und zapf einen Kessel!«

Schmunzelnd fragte Hywel: »Soll ich auch etwas Butter mitbringen?«

Der Gasthausbesitzer lächelte zurück. »Wir haben keine, die so ranzig ist. Nun zapf das Bier; sie werden nicht lange warten wollen.«

»*Je.*«

»Rede Englisch, wenn die Soldaten dich hören können.«

»*Je.*«

»Und beeil dich, Junge – ich hab' keine Zeit!«

Hywel blieb auf der obersten Treppenstufe zum Keller stehen. »Sie haben einen Gefangenen bei sich. Einen Hexenmeister.«

Dafydd legte den Schürhaken nieder, putzte sich die Hände an seiner Schürze ab. »Das bedeutet für irgendwen nichts Gutes.«

Hywel nickte, ohne ihn zu verstehen, und stieg hinab in den Keller. Er zapfte das Bier in einen schwarzen Eisenkessel, stellte ihn auf die Aufzugsvorrichtung und zog ihn hinauf; erst jetzt, als er im stillen Keller stand, wurde ihm bewußt, was er gerade gesagt hatte. Er hatte die Ketten zwar rasseln hören, aber nicht erkannt, wer damit gefesselt war.

Im Hof standen acht Männer, die noch ein anderes Wesen mitgebracht hatten.

Die Männer trugen Lederjacken, waren mit Schwertern und Streitäxten ausgerüstet; zwei Soldaten hatten Langbogen über der Schulter. Einer, der einen Helm aufhatte und wie der Anführer aussah, trug einen langen Lederbeutel an der Seite und einen Gurt, an dem an Kordeln befestigte Holzfläschchen hingen. Hywel wußte, daß es sich dabei um die Pulverladungen für die Faustfeuerwaffe im Lederfutteral handelte.

Das Wappen auf den Ärmeln der Soldaten zeigte einen knurrenden, auf den Hinterbeinen sitzenden Hund; es war ein Talbot, Wappentier für Sir John Talbot, den derzeitigen Stellvertreter der Krone in Irland. Talbot hatte auf Befehl Heinrichs V. die Rebellen in der Normandie niedergemetzelt; es hieß, die Mütter in Anjou brächten ihre Kinder zum Schweigen, indem sie ihnen mit *Jehan Talbó* drohten. Jetzt, da Heinrich tot war (»Lang lebe Heinrich VI. !«), hofften die Berater des dreijährigen Königs, daß der alte Haudegen auch die Iren niederhalten könne.

Vier Soldaten hielten jene Ketten, die zu dem anderen Wesen führten. Es kauerte auf dem Boden, nicht mehr als ein schwarzes Häufchen Elend. Hywel dachte zuerst, es müsse sich um einen großen Jagdhund handeln, einen Verwandten des Talbot vielleicht, oder um ein Untier aus Irland; dann streckte es jedoch eine blasse Pfote aus, spreizte die Finger, und Hywel erkannte, daß es ein auf Händen und Knien kriechender Mann war, der unglaublich zerlumpte Kleidung und einen schwarzen Umhang trug.

Die dünnen Hände hinterließen Blutspuren auf dem Boden. Man hatte dem Mann an Hand- und Fußgelenken Schellen angelegt, auf denen etwas eingraviert war; an ihnen waren die Ketten befestigt. Er drehte den Kopf, wobei die Kapuze zurückrutschte. Ein Eisenkragen kam zum Vorschein, ebenfalls graviert. Direkt darüber zeigte sich ein zottiger, grauer Bart und die blutverschmierte Nase.

Hywel starrte in dessen dunkle Augen, vor Fieber oder Wahnsinn glasig, deren Augenlider sich nicht bewegten. Die rissigen Lippen schienen Worte formen zu wollen.

»Nichts da, jetzt!« schrie ein Soldat, riß an der Kette in seiner Hand und zog den Mann dadurch zu Boden. Ein anderer Soldat stieß ihm den Stiel der Streitaxt in die Rippen. Ein leises Stöhnen war zu hören. Der erste Soldat beugte sich etwas zu ihm hinunter und zerrte an der Kette. »Es wäre keineswegs gegen das Gesetz, wenn wir dir die Zunge herausreißen, falls du versuchst, große Reden zu schwingen.« Auf Hywel wirkte die Szene so, als würde Dafydds Frau Nansi mit einem Huhn schimpfen, das keine Eier legt. Der auf dem Bauch liegende Mann regte sich nicht mehr.

»He! Wo bleibt das Bier!« schrien die anderen und wendeten sich von dem Gefangenen ab. Dafydd erschien hinter Hywels Rücken mit einem

Tablett voller Krüge mit heißem, dampfendem Bier mit brauner Schaumkrone. »Hier, Hywel. Auf daß Ogmius uns die richtigen Worte schicke, wenn wir etwas sagen.« Hywel brachte das Tablett in den Hof. Ein Hurrageschrei ertönte für ihn, wie er bemerkte – und einen kurzen Augenblick lang fühlte er sich wieder wie Caesar –, dann wurden ihm die Krüge vom Tablett gerissen.

»Hierher, Junge, hierher!«

»Bei Jupiter, das ist gut!«

»Jupiter soll dich treffen! Es ist zwar kein englisches Bier«, der Sprecher zwinkerte Hywel zu, »aber es ist trotzdem gut, mein Junge.«

Hywel nahm kaum Notiz von ihnen. Er starrte wieder auf den angeketteten Mann, der sich noch immer nicht bewegte, nur schwer atmete. Ein Teil des Umhangs war zurückgeweht worden, die seidenen Hemdsärmel des Mannes kamen zum Vorschein. Sie waren mit einem kunstvollen Muster bestickt – keines von den keltischen, denn die kannte er, aber ein ähnliches.

Der »Weiße Hirsch« war ein angesehenes Wirtshaus, so daß Hywel schon vorher zweimal Seidenkleider gesehen hatte, bei den Frauen von Adligen.

»Du paßt auf unseren Hund hier auf, Junge«, sagte der Soldat, der ihm zugezwinkert hatte, in freundlichem Ton. »Es ist ein Zauberer aus dem Osten, ein Byzantiner. Aus der Stadt selbst, heißt es.«

Konstantins Stadt. »Was... hat er denn verbrochen?«

»Er hat gehext, Junge, was sonst? Gehext im Auftrag der irischen Rebellen gegen König Harry, er ruhe in Frieden. Fünf Jahre hat er sich in den irischen Hügeln versteckt, hat gezaubert und anderen Schlimmes getan. Aber jetzt haben wir ihn gefangen, Lord Jack hat ihn geschnappt, und jetzt ist er unser Talbot-Hund.«

»Tom!« rief der Führer der Schar, und der Soldat nahm kurz Haltung an. Dann zwinkerte er Hywel erneut zu und drückte ihm den leeren Krug in die Hand.

»Paß auf ihn auf, Junge!« Tom bückte sich, griff die Handschelle am linken Handgelenk des Zauberers und zog sie hoch, als sei niemand daran gefesselt. »Siehst du diese Schlange, die da auf dem Eisen abgebildet ist? Das ist die Schlange von einem Druiden; nur mit der kann man einen Hexenmeister fesseln. Der alte Patrick hat alle Schlangen aus Irland vertrieben, und das war natürlich gut für die Hexenmeisterbrut. Wir haben aber ein paar Schlangen mitgenommen: Schlangen aus Leder und Eisen.« Der Soldat ließ mit einem dumpfen Klirren die Schelle fallen, ohne daß der

Gefangene einen Laut von sich gab. Hywel war wie hypnotisiert, wunderte sich nur noch.

»Wirt!« rief der Anführer.

Dafydd kam aus dem Haus, wobei er sich die Hände an seiner Schürze abwischte. »Ja, Hauptmann?«

»Gibt es hier einen Schmied? Dieser Rebell ist eigentlich harmlos, aber er wird davonkriechen, sobald sich ihm die geringste Chance bietet. Wir wollen ihn an etwas Schweres anketten.«

»Ihr bleibt also eine Zeitlang hier?«

»Wir haben es nicht eilig. Wir müssen den Gefangenen nach York zur Hinrichtung bringen.«

»Die Irische See wäre für den tief genug«, rief einer der Soldaten.

»Aber nicht, um seinen Fluch zu begraben, Mann«, entgegnete der Anführer ungehalten. »Um ihn werden sich die kümmern, die für seinesgleichen zuständig sind.« Er drehte sich zu Dafydd um. »Mach dir keine Sorgen wegen der Jungs; es sind brave Kerle, die mir aufs Wort gehorchen.« Die letzten Worte betonte er nachdrücklich. »Und sie sind es leid, auf diesen Rebellen aufpassen zu müssen.«

»Hywel, lauf zu Siôn Mawr und sag ihm, daß er gebraucht wird. Er soll Hammer und Zange mitbringen.«

Ein junger Soldat mit hoher Stimme rief Hywel hinterher: »Und sag ihm, daß es sich hier nicht um ein Pferd handelt, das neue Hufe braucht! Einen Hammer für die Ketten –«

Hywel rannte los. Er schaute nicht zurück, denn er fürchtete sich davor. Durch die Stimmen von den Soldaten und diejenige von Dafydd vernahm er, lauter noch als sein eigener Atem, eine andere Stimme, ein ständiges Flüstern, wie das Rauschen des Blutes in seinen Ohren, wenn alles still war. Seit der Hexenmeister seine Lippen bewegt hatte, ohne jedoch dabei etwas zu sagen, hörte er die Stimme pausenlos.

Du, der du mich hörst, komm zu mir. Folge meiner Stimme.

Als Hywel durch die Dämmerung rannte, schien es ihm, als würden Hände nach ihm greifen, sich um seine Gliedmaßen und seine Kehle legen und ihn zurückhalten wollen.

Nansi zog am Halsband des Hundes, der den Bratspieß drehte, worauf er stehenblieb. Dann schnitt sie ein Stück Hammelfleisch von der gerösteten Keule ab, und als sie damit fertig war, setzte der Hund sich wieder in Trab. Sie legte das Fleischstück auf einen Holzteller, gab noch einen Löffel gekochtes Korn und ein Stück weiches, braunes Brot hinzu.

»Die Soldaten haben aber für den kein Essen bezahlt«, wandte Dai, der Küchenjunge, ein.

»Du brauchst mir nicht erzählen, was sie nicht bezahlt haben«, antwortete Nansi und überdeckte den Teller mit einem Tuch. »Ich hoffe, daß er noch Zähne hat; denn ich wage es nicht, ihm ein Messer zu geben. Hier, Dai, lauf schnell, bevor das Essen kalt ist.«

»Warum schlagen sie ihn, wenn er doch nicht hexen kann?«

»Das weiß ich auch nicht, Dai«, erwiderte Nansi. Bitterkeit schwang in ihrer Stimme mit. »Bring nun das Essen zu ihm.«

»Ich bring' ihm das Essen«, rief Hywel von der Küchentür aus.

Dai öffnete erstaunt den Mund. Nansi wendete sich ab.

»Ich habe ihm auch schon Wasser geholt, außerdem habe ich keine Angst vor ihm. Aber du hast doch Angst, Dai, oder?«

Dai ballte die fleischigen Fäuste. Er war ungefähr ein Jahr älter als Hywel und ebenfalls ein Waisenkind. Dafydd und Nansi, deren Ehe kinderlos geblieben war, hatten beide aufgenommen und versucht, sie wie Brüder aufzuziehen. Hywel konnte sich jedoch beim besten Willen nicht mehr erinnern, wie das gewesen war.

Dai stand die Angst ins Gesicht geschrieben. »*Je*, bring du ihm das Essen.« Er reichte Hywel den bedeckten Teller, und der nahm ihn mit einem Nicken entgegen. Hywel haßte Dai zwar nicht; in der Regel kam er sogar gut mit ihm aus. Aber ein brüderliches Verhältnis zueinander hatten sie nicht gefunden.

Vor der Küchentür nahm Hywel die Laterne und den Krug mit Bier, den er dort abgestellt hatte, und ging zur Scheune hinüber. Der Mond erleuchtete das Innere. Der Zauberer saß auf dem Boden, den Rücken an einen Stützbalken gelehnt. Er neigte den Kopf leicht in Richtung Tor, worauf Hywel stehenblieb. Sein Gesicht sah wie ein Totenschädel aus; in den Augenhöhlen war nur noch ein schwaches Funkeln zu erkennen.

Hywel hängte die Laterne an einen Haken und entfernte den Windschutz, so daß sie heller strahlte; der Hexenmeister zuckte zusammen und wandte das Gesicht ab.

Es war die einzige Bewegung, die ihm überhaupt möglich war. Man hatte ihm eine Kette durch den Eisenkragen gezogen, zweimal um den Balken und den Oberkörper gewickelt, um ihn aufrecht zu halten. Die Ketten an den Fußfesseln waren an zwei alte Wagenräder geschmiedet. Hywel hatte den Schmied Siôn Mawr nach Hause gehen sehen, und ihm war der vernichtende Blick nicht entgangen, den Siôn ihm zugeworfen hatte; jetzt verstand er, warum.

»Du bist eigentlich schuld daran«, erhob der Gefesselte die Stimme, und Hywel hätte beinahe den Teller fallen lassen. »Ist das für mich?«

Hywel trat einen Schritt auf ihn zu. Er hörte die Flüsterstimme nicht mehr, fühlte sich jedoch immer noch zu dem Magier hingezogen. Er zögerte. »Die Soldaten sagen, daß du in diesen Ketten nicht hexen kannst.«

»Aber du weißt das besser, oder?« Sein Englisch hatte nur einen leicht fremdländischen Akzent. »Nun ja, sie haben im Grunde schon recht. Ich kann nicht viel tun, schon gar nicht fliehen. Komm her, mein Junge.« Er bewegte die Hände. Hywel wandte sich ab, um das Zeichen nicht sehen zu müssen.

»Stell wenigstens mein Essen in Reichweite. Dann kannst du ja gehen. Bitte.«

Hywel näherte sich dem Hexenmeister, betrachtete ihn. Sie hatten seinen Umhang unter ihm ausgebreitet; er war gefüttert mit glänzend schwarzer Seide – kostbarer Seide. Unter dem Umhang trug er ein dunkelgrünes, an jeder Naht aufgerissenes Brokatgewand, wodurch das weiße Seidenhemd zum Vorschein kam. Umhang und Hemd waren ganz und gar mit ineinanderlaufenden Linien aus goldenen und silbernen Fäden bestickt, zwischen denen helle Farben eingearbeitet waren. Die Muster zogen Hywels Blick gegen dessen Willen dennoch auf sich.

Er setzte den Teller auf den Boden mit Stroh ab und nahm das Tuch weg.

Die Augen des Mannes wurden größer und ganz feucht. Er fuhr sich mit der Zunge über blendendweiße Zähne, zwischen denen sich schwarzer Schmutz festgesetzt hatte. Mit der Hand griff er nach dem Teller, wobei Hywel bemerkte, daß die Schellen an den Handgelenken hinter seinem Rücken mit einer Kette verbunden waren. Der Zauberer stellte sich den Teller in den Schoß und ließ seine schlanken Finger darüber schweben wie ausgestreckte Krallen. Die Kette war nicht lang genug, daß er die eine Hand mit der anderen hätte berühren können.

Hywel dachte daran, ihm anzubieten, ihn zu füttern, doch er wagte es ihm nicht zu sagen.

Der Hexenmeister tastete nach dem Tuch, bis er es greifen konnte, schüttelte es auseinander und breitete es, so gut es ging, über seinem glänzenden, verschmutzten Hemd aus. Dann ergriffen seine dünnen Finger ein einzelnes Getreidekorn und führten es zum geschwollenen Mund. Er kaute es ganz bedächtig.

Hywel öffnete den Deckel des Bierkrugs, versuchte dabei, nicht die Hände oder Augen des Hexenmeisters zu beobachten. Er nahm ein fettiges Papierklümpchen aus seiner Gürteltasche, faltete es auf und ließ die weiße Butter in das lauwarme Bier gleiten. Mit einem sauberen Strohhalm rührte er den Inhalt des Kruges um und schob ihn danach so nahe zu dem Mann hin, wie es sein Mut zuließ. Der Hexenmeister wartete, bis Hywel zurückgewichen war, nahm den Krug und trank einen kleinen Schluck. Er schloß die Augen, lehnte den Kopf gegen den Balken, um so den Druck des Eisens an seiner Kehle etwas zu verringern.

»Nektar und Ambrosia«, seufzte er. »Danke, mein Junge.« Er stellte den Krug zurück auf den Boden, nahm das Hammelfleisch in die Hand und biß immer nur kleine Happen ab.

Schließlich sagte Hywel: »Du hast mich durch Magie gerufen. Kein anderer konnte dich hören... Warum?«

Der Mann hielt inne, seufzte, wischte sich Hände und Lippen ab. »Ich dachte, du seist... jemand anderes. Jemand, der mir helfen könnte.«

»Du hast gedacht, ich wäre ein Zauberer?«

»Ich rief den Geist... Mich verließ die Kraft, bevor ich die Antwort hören konnte. Es ist schwer, sich zu konzentrieren, wenn einem Stiefel in die Rippen treten.« Er nahm das Brot, um daran zu knabbern.

»Ich bin aber kein Hexenmeister.«

»Nein. Tut mir leid. Aber ich bin froh, daß du mir wenigstens das Abendessen gebracht hast.«

Beide schwiegen danach eine Zeitlang. Der Hexenmeister aß langsam und genüßlich, während Hywel sich auf den Boden hockte und ihn beobachtete. Es schien Hywel, als wolle der Mann die ganze Nacht essen. »Du hast also gedacht, ich wäre ein Hexenmeister«, wiederholte er schließlich.

»Ich glaube, ich habe es dir vorhin erklärt«, antwortete der Mann geduldig. »Ist es nicht langsam Zeit für dich, ins Bett zu gehen?«

»Das ist Dafydd egal, solange das Feuer nicht ausgeht. – Du hast gesagt, du hast jemand anderes gerufen. Aber ich habe dich doch gehört. Du hast *mich* gerufen.«

Der Mann schluckte, leckte sich die aufgeplatzten Lippen. »Ich habe den Geist gerufen, die Macht. Sie... strahlt, wie das Licht einer Kerze. Ich spürte sie und antwortete darauf. Das ist alles.«

»Dann bin ich also doch ein Hexenmeister«, stieß Hywel atemlos und triumphierend hervor.

Der Mann schüttelte den Kopf, daß die Ketten rasselten. »*Magus latens*... Nein. Eines Tages könntest du einer werden, wenn man dich unterweisen würde. Aber jetzt...« Seiner Kehle entschlüpfte ein Laut, der ein Lachen hätte sein können. »Jetzt bist du damit behaftet. Ich habe dafür gesorgt, obwohl ich es jetzt nicht wollte.«

Hywel fragte: »Kannst du mir alles beibringen?«

Wieder dieses unterdrückte Lachen. »Was glaubst du, warum ich in Ketten liege, Junge? Ich wäre schon längst tot, wenn sie meinen Todesfluch nicht so fürchten würden. Wer weiß, ob sie mir morgen nicht die Augen ausstechen oder die Zunge abschneiden. Geh schlafen, Junge!«

Hywel stemmte den Fuß gegen eines der Wagenräder, an die die Fußketten des Hexenmeisters angeschmiedet waren. Er belastete seinen Fuß, worauf die Kette sich bewegte, und gleich würde sie gespannt sein. Es war erstaunlich einfach.

»Bitte«, sagte der Mann, »nicht.« Es klang weder wie eine Bitte noch wie ein Befehl. Hywel drehte sich um und sah in die dunklen, weiß und rot umrandeten Augen, in das fahle Gesicht. Er verringerte den Druck seines Fußes. Vielleicht, wenn Spatzen sprechen könnten...

»Ich bin sehr müde«, sagte der Mann. »Komm bitte morgen, dann werde ich mich mit dir unterhalten.«

»Wirst du mir von der Zauberkunst erzählen?«

Hywel stemmte seinen Fuß zwar immer noch gegen das Rad, doch er war plötzlich ungewöhnlich kraftlos geworden, ließ sich kaum mehr bewegen.

Die Stimme des Mannes war schwach, der Blick seiner dunklen Augen stechend. »Komm morgen, dann werde ich dir alles erzählen, was ich über Zauberkunst weiß.«

Hywel hob den Teller, das Tuch und den Krug vom Boden auf und lief rückwärts zum Tor.

»Mein Name«, sagte der Hexenmeister, »ist Kallian Ptolemäus. Mit dem Buchstaben *Pi*, wenn du schreiben kannst.«

Hywel erwiderte nichts. Jeder wußte, daß Hexenmeister Macht über jemanden erlangen konnten, dessen Namen sie kennen. Er nahm die Laterne vom Haken.

»Gute Nacht, Hywel Peredur«, rief Kallian Ptolemäus ihm nach.

Hywel wußte nicht, ob er ängstlich erschaudern oder vor Freude jubeln sollte.

Hywel schlief kaum in dieser Nacht. *Alles, was er wußte,* hatte Ptolemäus versprochen. Vielleicht war Ptolemäus kein starker Zauberer. Schließlich war es nur eine Handvoll Soldaten gewesen, die ihn gefangengenommen und angekettet hatten.

Owain Glyn Dŵr war ein mächtiger Hexenmeister gewesen, das wußte Hywel. Jeder in Wales wußte das. Glyn Dŵr und einige englische Adlige hätten beinahe dem König Heinrich IV. die Krone entrissen. Wales hatte er dem König Heinrich V. tatsächlich weggenommen, obwohl dieser aus der Grafschaft Monmouth stammte. Glyn Dŵr regierte jahrelang als König in Harlech mit eigenen Vasallen und Adligen von seinen Gnaden. Die Engländer hatten schließlich Owains Heere geschlagen, ihn selbst aber nie gefangennehmen können, und niemand hatte Owain sterben sehen. Es hieß, er sei nie gestorben, würde nur schlafen wie Arthur und zur rechten Zeit wiederkehren.

Hywel erinnerte sich an den Besuch von Owains Sohn Meredydd im »Weißen Hirschen«, an einen hochgewachsenen Mann mit breiten Schultern, der einem Krieger viel ähnlicher sah als einem großen Zauberer. Doch er war ein echter Hexenmeister. Aus der Luft hatte er eine Glasmurmel gegriffen, sie Hywel gegeben und dabei Hywels Hand gehalten, ihn genauso behandelt wie einen walisischen Adligen.

Dafydd war zornig, einsilbig und verschlossen gewesen, seitdem Meredydd ap Owain abreiste.

Hywel zog sich noch vor Morgengrauen an. In der kühlen Morgenluft war kein einziger Laut zu hören. Der Mond war untergegangen, der Himmel wie schwarzes Glas. Er tastete sich vorsichtig nach unten, sah nach dem Feuer im Schankraum, stocherte in der Asche und ebnete die Torfschicht. Das rote Glühen darunter schien voller Geheimnisse und magischer Macht zu sein. *Alles, was er über Zauberkunst wußte.* Hywel fragte sich, ob er wohl auch Blei in Gold verwandeln oder fliegen könne.

Bei Tagesanbruch schaute er nach Ptolemäus. Der Hexenmeister war wach, wirkte etwas besorgt.

»Du kommst früh zum Unterricht«, sagte er knapp.

»Nein – ich – äh –«

»Ich bin dabei, mich selbst vollzumachen. Wenn du mir vielleicht helfen könntest...«

Hywel holte rasch einen Eimer, entwirrte anschließend die Ketten an Ptolemäus' Füßen, so daß der Hexenmeister mit Hywels Hilfe so weit am Balken hochrutschen konnte, daß er eine hockende Position einnahm.

»Was ist das für ein Krach?« Tom, der Soldat, der am Vortag mit Hywel gesprochen hatte, steckte den Kopf zum Tor herein. Er sah Ptolemäus mit heruntergelassener Hose und angehobenem Umhang gegen die Schwerkraft und die Ketten ankämpfen; hinter ihm stand Hywel, stützte ihn unter den Achselhöhlen.

»Was, ihr beiden dreckigen –«

Dann wurde dem Soldaten alles klar, und er brach in gellendes Gelächter aus. Hywel stellte den Eimer in die richtige Lage, und der Hexenmeister machte geräuschvoll von ihm Gebrauch. Der Soldat schnupperte, als würde er duftende Blumen riechen, drehte sich um und verließ die Scheune, schüttelte sich aber noch immer vor Lachen.

Hywel half Ptolemäus mit den Kleidern; beide schwiegen. Als der Magier sich wieder niedergelassen hatte, sagte er: »Es tut mir leid.«

Hywel schüttelte den Kopf, nahm den Eimer weg.

»Das sind die einzigen Kleider, die ich besitze. Ich –«

»Erzähl es mir das nächste Mal«, erwiderte Hywel und ging hinaus zum Misthaufen.

Die Sonne glänzte auf den Hügeln, der Himmel strahlte in makellosem Blau. Es sollte der längste Tag in Hywels Leben werden.

»Im ersten Moment dachte ich, die zwei –«

Die Soldaten brüllten vor Lachen, donnerten ihre Krüge auf den Tisch, daß das Bier nur so spritzte. Annie, die häßliche Schankmagd, ging um den Tisch und füllte die Krüge wieder; dabei wurde sie von allen Seiten gekniffen und betätschelt. Dafydd hatte Glynis für »eine Weile« nach Caerhun geschickt.

»Und der Junge, Tom? Hat's ihm gefallen?«

»Bei ihm war's wie bei einer Engländerin: es gefällt ihr nicht, aber sie macht mit.«

Hywel, dem die Wangen glühten, obwohl die Soldaten nicht zu ihm herübersahen, ging in den Keller. Er hörte gerade noch, wie jemand rief: »Kein Wunder, daß walisische Kämpfer solche Scheißkerle sind.«

Unten säuberte Dafydd einen Fisch, der in Eis und Sägemehl gepackt war. Als Hywel kam, sah er einen Moment auf, machte sich aber dann wieder an die Arbeit.

»Ich habe nichts angestellt«, sagte Hywel auf kymrisch, der Sprache von Wales. Er war den Tränen nahe; seine Stimme klang gepreßt.

»Ich weiß, was du angestellt hast«, antwortete Dafydd auf englisch. Hywel wartete, daß Dafydd noch etwas sagte, doch Dafydd schwieg.

Schließlich brach Hywel das Schweigen: »Er hat hier einen Hexenmeister gesucht. Vielleicht hat er Glyn Dŵr gesucht, damit der ihm hilft.«

Dafydd hörte auf, an dem Fisch herumzuschneiden. Er hielt das Messer locker in der Hand und betrachtete das Glitzern der Klinge. »Hat er das gesagt?«

»Er –« Hywels Verärgerung hatte sich wegen Dafydds unerwartet zurückhaltender Reaktion in Angst verwandelt. »Er hat gesagt, daß er einen Hexenmeister sucht.«

»Na gut. Wollen wir hoffen, daß sein Freund ihn findet. Aber woanders, bloß nicht hier.«

Dafydd machte den Fisch fertig, warf ihn anschließend auf den Küchenaufzug, stampfte die Treppe hinauf, wobei er sich die Hände an seiner Schürze abwischte. Hywel weinte bloß.

Die Sonne war bereits hinter den Hügeln versunken, und Hywel war auf dem Weg zur Küche, um das Essen für Ptolemäus zu holen, als sich ihm plötzlich eine Hand auf die Schulter legte.

»Ruhig, Junge! Ich wollte dich nicht erschrecken.« Es war Tom, der Soldat. Er nahm seinen Bogen von der Schulter, hielt ihn Hywel entgegen. »Hast du schon einmal mit so einem Bogen geschossen?«

Hywel schüttelte den Kopf.

»Man braucht viel Übung dazu«, erklärte Tom. »Bei uns heißt es, daß man mit dem Großvater anfangen muß, um aus dem Enkel einen Bogenschützen zu machen. Ich geh' noch ein bißchen schießen, solange es noch hell ist... Willst du mitkommen? Der Bogen ist zwar etwas groß für dich, aber...«

»Nein«, antwortete Hywel. »Ich... kann nicht.« Der Bogen war aus schönem, weißem Weidenholz. Hywel hatte natürlich schon vorher Langbogen gesehen, aber ihm war noch nie die Möglichkeit geboten worden, mit einem zu schießen.

»Ich hätte dich nicht auslachen sollen, hat unser Anführer zu mir gesagt. Ich... hab' mir nichts dabei gedacht.« Hywel fiel plötzlich auf, daß Tom nur vier oder fünf Jahre älter war als er.

Alles, was ich über Zauberkunst weiß.

»Vielleicht morgen?« fragte Hywel leise.

»Wir sind morgen nicht mehr da, hat unser Anführer beschlossen.«

Dann wäre Ptolemäus ja auch nicht mehr hier, also gab es für ihn wirklich keine andere Wahl. Hywel wollte eigentlich den Soldaten dafür hassen, daß er ihn dem Gespött der anderen preisgegeben hatte, aber es war ihm unmöglich; vielmehr verspürte er, eher wolle er Dai hassen, oder Dafydd zwei Stunden nach einer Tracht Prügel, oder...

»Ich hab' zu tun«, sagte Hywel und ließ Tom mit seinem wunderschönen Bogen einfach stehen. Als er von der Küche zurückkam, war Tom nicht mehr draußen im Hof.

Ptolemäus aß nicht ganz so langsam wie am Abend zuvor. Als er aufgegessen, sich den Mund abgewischt und in den Eimer uriniert hatte, forderte er Hywel auf, sich vor ihm hinzusetzen. Dann ordnete er seine zerlumpte Kleidung.

»In Irland sah sie sehr vornehm aus«, begann er. »Als ich wußte, daß sie mich schließlich doch fangen würden, zog ich meine besten Kleider an. Doch sie waren davon überhaupt nicht beeindruckt. Sehen englische Adlige so toll aus?«

»Sie tragen auch Seide.«

»Ja, ich weiß: unsere Seide! Jeder Seidenballen passiert irgendwann Byzanz, weißt du das?«

Hywel schüttelte den Kopf.

»Meinst du, daß meine Kleider schön sind..., oder besser, waren, meine ich?«

»Ja, sehr schön.«

»Es ist die ganz gewöhnliche Kleidung in den Straßen der Stadt.«

»Konstantins Stadt? Byzanz?«

»Es gibt keine andere Stadt auf der Welt.«

»Gibt es dort viele Zauberer?«

»Es gibt dort alles. Zauberer, Kaufleute, Priester... Könige kommen in die Stadt, und sie sagen, sie wollten lieber Bettler in Byzanz sein als Könige in ihrem eigenen Land...«

Ptolemäus erzählte von der schönen Stadt. Hywel hörte zunächst aus Höflichkeit, dann aus Neugier und schließlich mit gespannter Aufmerksamkeit zu. Er erfuhr von den meilenlangen dreifachen Mauern, auf denen Männer mit goldenen Rüstungen patrouillierten und die nur von den sieben mal sieben Toren und einem Tor durchbrochen wurden, nie von dem Kriegsgerät eines feindlichen Heeres. Innerhalb der Mauern gab es Armeen und Gladiatoren, die in einer Arena im römischen Stil kämpften, die größer war als jede Arena in Rom.

Die breiten Straßen von Byzanz führten zu weiteren Plätzen, auf denen Säulen aus Porphyr, Elfenbein und Gold standen, verliefen unter Bogen, die die Größe und Weisheit der Stadt und ihrer Erbauer verkündeten, wanden sich durch Basare, in denen es alle Früchte dieser Erde und alles, was Menschenhand erschuf, zu kaufen gab mit Münzgeld, das von Briten, Chinesen, Slawen, Afrikanern, Deutschen, Portugiesen und Dänen als die einzig wahre Währung angesehen wurde... und gegen das alle Händler Waren zu den Toren und zu den sieben durch Mauern geschützten Häfen brachten.

Aquädukte mit vielen Steinbogen leiteten reines Wasser in die Stadt, unterirdische Kanäle die Abwässer aus ihr hinaus. In Byzanz gab es mehr Paläste, als andere Städte Tempel hatten, und mehr Tempel, als andere Städte Häuser besaßen. Im Herzen der Metropole erhob sich die Herrlichkeit unter den Herrlichkeiten, das Pantheon Kyklos Sophia, der Kreis der Weisheit.

»Seine Kuppel könnte jeden Tempel in Britannien überdecken, denn sie reicht in den Himmel, bis zu den Sternen. In ihr leuchten die Sterne: tausend Kandelaber aus Gold, jeder einzelne das geweihte Licht einer anderen Gottheit. Es nur zu betreten ist bereits eine Gottesverehrung.«

»Wer ist dein Gott?« fragte Hywel ehrfürchtig flüsternd.

»Der, den auch die Erbauer des Kyklos Sophia verehren. Die Vollkommenheit des Bogens. Das Zusammentreffen der Steine. Zeit, Energie und Präzision, das sind die wirklichen Götter des Magiers, obwohl ich gestehen muß, daß wir uns der Namen anderer Götter bedienen, wenn wir fluchen.«

Hywel erinnerte sich plötzlich an den eigentlichen Grund seines Gangs in die Scheune. »Bring mir die Zauberkunst bei.«

Ptolemäus seufzte. »Sie bringen mich nach Eboracum... euer York, wo sich ein Pantheon befindet und ich getötet werden soll. Vielleicht bringt York mich dazu, vor meinem Tod an die Stadt Konstantins zu denken.«

»Du hast gesagt, daß du sie mich lehren willst.«

»Ich habe gesagt, ich würde dir alles erzählen, was ich über sie weiß.«

Hywel nickte.

»Zauberkunst zerstört«, begann Ptolemäus. »Jeder Zauberspruch, jeder Effekt kostet den Hexenmeister Kraft. Wenn du einen starken Willen hast, dauert es vielleicht etwas länger, bis deine Kraft aufgebraucht ist... Aber irgendwann ist es dann soweit, ganz unausweichlich.«

Ptolemäus schwieg. Hywel fürchtete plötzlich, Ptolemäus würde das sagen, womit er tatsächlich nach einer Weile schloß: »Das ist alles, was ich weiß.«

Hywel zitterte. Diesmal fiel es ihm nicht schwer, zu hassen. Er starrte auf die Ketten. Ptolemäus schloß die Augen, und sein Gesicht wurde fahl.

Hywel verspürte ein starkes Beben, allerdings nicht physischer, sondern geistiger Art. Er ließ den Blick nicht von den Eisen um Ptolemäus' Brust. Seine Augen brannten. Er griff nach vorne, die Finger krümmten sich.

Die Kette rasselte, streckte und straffte sich, schloß sich enger um die

Brust des Hexenmeisters. Kleine Falten, wie Risse, bildeten sich in Hemd und Umhang.

Hywel riß den Mund auf; seine Finger krampften sich noch mehr zusammen. Ptolemäus' Ketten strafften sich entsprechend, ohne daß Hywel sie jedoch berührte.

Ptolemäus drehte den Kopf zur Seite. »Wenn... du... mich tötest –« preßte er hervor, dann blieb ihm der Atem weg.

Hywel lockerte seine Finger, die Kette gab nach. Ptolemäus rang nach Luft. Hywels Kopf dröhnte, schmerzte. Er fühlte sich schwach, müde, sein Herz schlug so schnell, als sei er gerannt. Er versuchte, sich aufrecht zu halten, doch seine Beine versagten ihm den Dienst, so daß er auf den strohbedeckten Boden sank. Er wußte, daß Ptolemäus ihn nun töten würde; dennoch versuchte er, davonzukriechen, doch seine Arme waren wie Wachs.

Ich werde dir nichts tun, Neuling, flüsterte die Stimme in seinem Kopf. *Deine Kraft wird zurückkehren. Dies ist bloß deine erste Lektion.*

Hywel drehte sich zu Ptolemäus um, der sich zurücklehnte, den Kopf geneigt hielt; seine Augen waren dunkel und unergründlich.

»Zeit und Energie«, erklärte Ptolemäus, »nie Energie allein. Der Geist spielt eine überaus wichtige Rolle... welchen Anteil er, in Zahlen ausgedrückt, hat, ist mir entfallen, doch es ist ein erstaunlich hoher Prozentsatz. Du kannst eine Steinmauer nicht mit den Händen umstoßen..., aber wenn du Geduld hast und den Grundpfeiler der Mauer findest, dann wird die Anstrengung, die du unternehmen kannst, das gewünschte Resultat bringen. Genauso verhält es sich mit der Zauberkunst. Die herunterfallenden Steine werden etwas zerstören. Wie bei der Zauberkunst. – Kannst du jetzt wieder laufen, Hywel?«

Hywel stellte fest, daß er es konnte.

»Dann gute Nacht... Neuling.«

Hywel wankte aus der Scheune, ohne den Teller und die Laterne mitzunehmen. Er drehte sich noch einmal zu Ptolemäus um. Der Hexenmeister lächelte ihm zu, entblößte dabei die weißen Zähne, doch in seinem Blick lag nichts, das man als Zuneigung hätte deuten können.

Als Hywel in die Küche kam, saßen Dafydd und Nansi am Tisch. Ein kleines Talglicht brannte. Dafydd trank aus einem Kelchglas; Hywel konnte den starken Schnaps riechen.

»Du solltest schon längst im Bett sein«, tadelte Nansi.

»Ich habe...« Hywel war unsicher auf den Beinen, als habe er zuviel Bier getrunken. »Ich habe gezaubert.«

»Mit dem Byzantiner?« fragte Dafydd. Hywel sah, wie dieser die Hand fester um das Glas schloß, als würde er es im nächsten Moment nach ihm werfen.

»Ich habe gezaubert. Ich bin ein... Hexenmeister.«

Dafydds ganzer Körper verkrampfte sich noch mehr. Nansi legte ihm beruhigend die Hand auf den Arm, er entspannte sich... nein, er sackte zusammen, als würde alles Leben aus ihm weichen.

»Dein... Onkel...«, stammelte er.

»Mein Onkel... war ein Hexenmeister?« Dafydd hatte nie über Hywels Vorfahren gesprochen, nur einmal beiläufig erwähnt, sie seien alle im Kampf gefallen.

»Deine Großmutter war die Schwester von Owain Glyn Dŵr«, ergänzte Nansi. Sie sagte es so, als sei es überhaupt nichts Ungewöhnliches.

»Hör zu, Hywel... mein Sohn«, begann Dafydd mit belegter, müder Stimme. »Glyn Dŵr verbündete sich mit den Byzantinern. Sie schickten Hexenmeister und Soldaten. Sie sagten, sie würden Owain helfen, Wales zu befreien. Er vertraute ihnen... und es war nicht so einfach, Owains Vertrauen zu gewinnen, das weiß ich.«

Er trank einen Schluck. »Ich weiß nicht, ob sie ihm wirklich helfen wollten... oder ob sie es taten, sich aber dann von ihm abwandten... oder ob sie nur in ehrenvollem Kampf unterlagen. Tatsache ist jedenfalls, daß sie Owain geholfen haben. Owain gibt es nicht mehr, das Weltreich dagegen immer noch.

Ogmius möge mich erwürgen, wenn ich engliche Soldaten nicht mehr hassen sollte, Sucellus möge mir das Genick brechen, wenn ich mich vor einem englischen König verbeuge... aber wenn sie diesem Zauberer den Kopf abschlagen wollen, dann können sie meine Axt dazu haben, und Esus möge den Hieb segnen.«

Hywel war so müde, daß ihm nicht einmal Tränen in die Augen steigen konnten; nun wußte er endlich, wem er vertrauen konnte.

Niemandem; absolut niemandem.

Ohne ein Wort zu sagen, ging er in sein Zimmer, setzte sich auf sein Bett, zog die Stiefel aus und fiel sogleich in einen bleiernen Schlaf.

Schlangen wanden sich um Hywel, wickelten sich fest um seine Arme und Beine und versuchten, ihn zu Boden zu ziehen und zu erwürgen.

Er hielt ein Schwert in der Hand; ein weißes Schwert, das in der ihn umgebenden Dunkelheit glänzte. Die Schlangenköpfe mit den blitzenden Giftzähnen wichen noch vor dem Glanz zurück, doch zu spät: Hywel schlug sie mit einem Hieb ab.

Ein Schlag und sein linker Fuß war frei; ein weiterer Hieb, und sein rechter Fuß war ebenfalls frei. Kurze, schnelle Hiebe, wie beim Fleischhacken, und Schlangenteile fielen zappelnd von seinem linken Arm ab. Nun wanden sich noch Schlangen um den Arm, mit dem er das Schwert hielt; sie unterbanden die Blutzufuhr, ihre Schuppen zerkratzten die Haut.

Ein Funkeln blitzte im Griff des Dolches an Hywels Gürtel; er zog ihn mit der linken Hand. Sein rechter Arm war eine einzige, sich kringelnde Masse aus verknotetem Grün. Er stieß das Messer hinein, schlitzte das Gewühl auf, als ziehe er einem Hasen das Fell ab, ohne dabei seinen Arm im geringsten zu verletzten.

Er spürte, wie etwas an seinem Nacken zerrte. Die größte Schlange, ein grünschwarzes, langes Ungetüm, hatte sich um Hywels Hals gewickelt. Ihr schlanker Kopf tauchte vor ihm auf, schwarze Augen starrten ihn an. Die Giftzähne sahen wie gekrümmte Dolche aus; ein Tropfen Gift, rot wie Blut und kochend heiß, trat aus jedem Zahn hervor.

Hywel hob Schwert und Messer gleichzeitig und traf den Kopf der Schlange dort, wo sich die Klingen kreuzten. Die Spirale des Schlangenkörpers straffte sich. Hywel spürte, wie ihm die Augen aus den Höhlen traten und die Luft wegblieb. Er hob die beiden Klingen. Zischendes Blut lief über seine Hände und verbrannte sie. Der halb abgeschlagene Kopf der Schlange drehte sich zur Seite, die gespaltene Zunge streifte Hywels Lippen.

Das Rückgrat brach, der Kopf fiel ab. Der Schlangenkörper krampfte sich zusammen, drückte Hywels Kehle zusammen, er glaubte schon, sie würden beide sterben – da lockerte sich der Würgegriff. Hywel ließ die Klingen fallen, zog an den plötzlich schlaff gewordenen Spiralen; er war frei!

Hywel erwachte, in kaltem Schweiß gebadet. Die Arme lagen ausgestreckt auf dem Bett; er konnte sie bewegen, aber nur langsam und ohne Kraft. Er betastete mit einer Hand seinen Unterleib; nein, das war es nicht. Er empfand solche Mattigkeit, als sei er geschwommen, vom Wasser getragen worden, bis seine Muskeln nicht mehr wußten, wie sie arbeiten mußten...

Genauso hatte er sich nach der Zauberei gefühlt.

Er versuchte aufzustehen, was ihm aber nicht gelang, und er bekam Angst; je mehr er es versuchte, desto weniger wollte es gelingen, desto größer wurde seine Angst. Er hatte schon einmal gesehen, wie Pferde zu Tode geritten wurden: Sie waren vor Schweiß triefnaß, zitterten und krümmten sich auf der Erde, schöne Pferde, aus denen durch einen rücksichtslosen Ritt klagende sterbende Wesen mit einem schrecklichen Ausdruck in den Augen wurden. Irgendwie schaffte er es doch, sich die Stiefel anzuziehen und aufzustehen. Die Welt um ihn herum verschwamm vor seinen Augen, drehte sich und dröhnte ihm in den Ohren.

Ein Teil der Lichter und Geräusche, bemerkte er bald darauf, waren Wirklichkeit: Er sah Fackeln, hörte die Rufe der Soldaten unten im Hof.

Dafydd kam in Hemd und Hose ins Zimmer, hielt ein Talglicht, das flackerte und stank. »Du bist hier?« stellte er ungläubig, doch froh zugleich fest. »Nun, das ist ja schon einmal etwas.«

»Was...?«

»Der Hexenmeister ist verschwunden. Hat sich irgendwie befreit.« Dafydd musterte Hywel von oben bis unten. Flüsternd fragte er: »Hast du ihn befreit?«

»*Nein*«, antwortete Hywel und wußte sofort, daß er gelogen hatte.

Dafydd nickte. »Nein, natürlich nicht. Tut mir leid, mein Sohn. Ich hatte –«

Angst, dachte Hywel.

»Dein Onkel Owain war...« Dafydd beendete auch diesen Satz nicht. Er wischte sich die freie Hand an seinem Hemdenschoß ab und verließ das Zimmer.

Hywel wartete und lauschte, bis die Schritte des Wirtes nicht mehr zu hören waren. Dann begann er, seine Tasche mit Sachen aus der Kommode vollzustopfen. Er zog seinen besten Mantel an und ging ganz, ganz leise in den Hof hinunter.

Der Anführer schrie Befehle, versuchte, seine Männer zu formieren und die Suche zu organisieren. Laternen tanzten, Metall glänzte gelblich. Es war kalt, die Soldaten stampften mit den Füßen, ihr Atem dampfte. Hywel zog seinen Mantel enger und schlich sich ungesehen davon.

Er wußte nicht genau, wo er Ptolemäus suchen sollte. Oben in den Bergen, unten am Fluß oder entlang der Straßen, wo er sich versteckte, wenn jemand vorbeikam? Er blieb regungslos stehen.

Durch das Tal, dachte er, *nach Aberconwy und zum Meer. Ein Schiff, ganz gleich wie, aber ein Schiff, das mich aus diesem abscheulichen Land bringt –.*

Hywel blinzelte; es war nicht sein eigener Gedanke, obwohl er ihm durch den Kopf gegangen war.

»Wie das Licht einer Kerze«, flüsterte Hywel vor sich hin und unterdrückte ein Kichern. Er kannte diese Gegend von Dyffryn Conwy besser als jeder englische Soldat. Er würde Ptolemäus finden, einfach der Eingebung folgen.

Hywel fror bereits nach kurzer Zeit. Da seine nassen Kleider steif wie von Eis waren, ließ jede Brise ihn erneut vor Kälte zittern. Das Gebiet, das er so gut zu kennen glaubte, war bei Nacht ein ganz anderes: Die Schatten, die das Mondlicht warf, waren unergründliche, schwarze Abgründe. Er hatte keine Laterne, kein Feuer. Nur Ptolemäus' Kerzenlicht.

Wenn er sich ganz ruhig verhielt und sich konzentrierte, schien es ihm, als könne er es als ein Licht sehen, das langsam über die Büsche und Steine tanzte. *Ein Irrlicht,* dachte Hywel, war plötzlich der festen Überzeugung, er folge diesem Irrlicht, und wenn er dereinst zurückkehren würde, wären Jahre vergangen, alle, die er hier kannte, längst gestorben sein. Doch er würde als Hexenmeister zurückkommen.

Er war recht traurig, daß er Nansi und Dafydd, Dai, Glynis und Annie niemals wiedersehen würde. Er betastete mit der Hand seine prall gefüllte Tasche; es tat ihm leid, daß er nicht mehr hatte mitnehmen können: den Zinnteller zum Beispiel, in den Siôn Mawr Hywels Namen eingraviert hatte; den wollenen Pullover und den Schal, die Annie ihm schenkte, nachdem Nansi ihr das Stricken beigebracht hatte – keine Prachtstücke, aber warm. Er wünschte, er hätte sie nun bei sich. Der Hofhund, dieser nutzlose, alte Köter, wäre ihm sogar nun ein willkommener Begleiter gewesen.

Aber man mußte gewisse Dinge eben aufgeben können. Wie die Opfer, die man auf den Altar legte, wenn man von Ogmius Hilfe erwünschte oder von Esus den Segen erbat für das Holz, das man geschlagen hatte: Man konnte diese Dinge nicht wiederbekommen. Wenn man die Götter betrog, würden sie einen hassen und für immer verfluchen.

In allen Geschichten mußten Zauberer und Helden – mußten – *sich läutern.* Das war das Wort. Hywel dankte Ogmius dafür. Dann blieb er stehen und nahm die Glasmurmel von Meredydd ap Owain aus seiner Tasche. Mit dem Daumen bohrte er ein Loch in die Erde, ließ sie hineinfallen und deckte sie zu. Hywel war überzeugt, es sein ein angemessenes Opfer, als er sich an die Geschichte von dem Griechen erinnerte, der mit Murmeln im Mund redete.

Das Licht, die Stimme, oder was immer es auch war, dem er folgte, wurde intensiver. Kallian Ptolemäus schien nicht mehr weiterzugehen.

Vielleicht war der Hexenmeister gefallen und hatte sich verletzt. Hywel wußte nicht, was er in diesem Fall tun würde, es sei denn, Ptolemäus' Magie konnte heilen. Das konnte sie bestimmt; wenn schon alte Dorfweiber es konnten! Vielleicht – er wagte kaum daran zu denken – war Ptolemäus stehengeblieben, damit er ihn einholen konnte.

»Ja, ich warte«, vernahm er Ptolemäus' Stimme laut und deutlich aus nächster Entfernung. »Beeil dich, Hywel ap Owain!«

Verwirrt durch die Stimme und den Namen, mit dem Ptolemäus ihn gerufen hatte, stolperte Hywel weiter den Hügel hinauf bis zu einer Felsspalte. Dort saß Ptolemäus gegen einen Felsen gelehnt im Mondlicht.

»Bist du gekommen, um mir ein spätes Abendessen zu bringen, Junge?« fragte Ptolemäus. Er sprach zum ersten Mal kymrisch.

Hywel näherte sich ihm, kniete nieder. »Bitte, Sir... Ich bin gekommen, um Euch zu begleiten. In die Stadt Konstantins, wenn Ihr dort hingeht; um Euer Lehrling zu werden.«

»Das ist verrückt«, entschied Ptolemäus kurz und bündig.

»Mein Herr«, entgegnete Hywel und versuchte, gleichzeitig trotzig und respektvoll zu wirken, »Ihr habt gesagt, ich könnte ein Hexenmeister werden. Ich möchte einer werden.«

»Warum? Weil dich dieses Leben so anzieht? Die Liebeleien und das Abenteuer? Oder eher die Ketten und das schmutzige Stroh, die Soldaten, die dir ins Gesicht spucken?« Ptolemäus sah zu Boden und schüttelte den Kopf. »In Irland verehren sie Thoth nicht; vielleicht war er gar nicht dort. Er hat mich jedenfalls im Stich gelassen.« Der Hexenmeister starrte Hywel an. Der Mond beleuchtete grell die eine Gesichtshälfte. »Ich ging zum Wohle des Weltreichs dorthin. Doch ich aß ihr Essen, trank ihren Whisky, wohnte in ihren Häusern und schlief mit einer großen Anzahl ihrer Frauen..., und dann stellte ich eines Tages fest, daß ich ihren Krieg kämpfte. Mit der Zeit habe ich für diese... Barbaren... etwas empfunden, und zwar so viel, daß ich tatsächlich alle Zaubereien einstellte, die ihnen schaden konnten..., was bedeutete, daß ich überhaupt nicht mehr zauberte... Bald danach legten mich die englischen Soldaten in Ketten. Du verstehst sicher kein Wort von dem, was ich erzähle, nicht wahr, Junge?«

Hywel kroch näher. »Ich habe Euch befreit, mein Herr.«

»Ich kann diesen Satz nicht mehr hören«, stöhnte Ptolemäus. »Wenn du jemals nach Byzanz kommst, dann laß niemanden diesen Satz hören..., was du so Freiheit nennst,... Siehst du, jemanden zu befreien, ist der höchste menschliche Akt. In der Stadt Konstantins kennt man den

Unterschied zwischen handelnden Personen und lenkenden. Dieser Unterschied ist Herz und Hirn des Weltreichs. Das Land hier ist voll von handelnden Personen, das weiß ich sehr wohl. Aber ist eine von ihnen mir zu Hilfe gekommen, nicht einmal Thoth, den ich verehrte?«

»Byzantiner wie Ihr... hier im Land?« Hywel dachte über das nach, was Dafydd über Glyn Dŵr und die Byzantiner gesagt hatte.

»Warum so erstaunt? Weil dies Britannien ist und nicht ein Teil von Byzanz? Sie sind ja deshalb hier, um das zu ändern. So wie ich in Irland war, bis ich für meine Lenker nicht mehr nützlich war.«

»Wenn Ihr mir die Zauberkunst schon nicht beibringen wollt, so nehmt mich wenigstens mit in die Stadt Konstantins. Ich habe Euch immerhin befreit –«

»Es hat doch keinen Sinn!« widersprach Ptolemäus, der Unterhaltung überdrüssig. »Du bist dir noch nicht bewußt, daß du eine Seele hast, für die es eine Gefahr bedeuten würde. Und wenn es dir bewußt wäre, könntest du immer noch nicht auf die Macht verzichten. Ich frage mich, ob es eine Macht gibt, auf die ein Mensch verzichten kann. Claudius versuchte, den Status einer Gottheit abzulehnen, und scheiterte dabei...«

Ptolemäus stützte einen Augenblick den Kopf mit den Händen. »Ach, es hat keinen Sinn! Wenn eine Veränderung über mich in Irland gekommen wäre, hätte ich dich niemals gerufen. Sollen sie mich doch ins Meer werfen. – Dieser ungehobelte Bogenschütze hatte aber recht, du bist ein verführerischer Junge. Komm her, Neuling!«

Hywel erhob sich. Ptolemäus stand ebenfalls auf, als Hywel sich ihm näherte. Das Gesicht des Hexenmeisters lag nun vollständig im Schatten, als er ihm eine Hand in den Nacken legte. Er sprach in klarem, fehlerlosem Kymrisch.

»Willst du, Hywel Peredur ap Owain, schwören, bei allen Göttern, die du verehrst und fürchtest, deine Gedanken auf den Unterricht zu konzentrieren, den ich dir gebe, dir den Inhalt jeder Unterrichtsstunde einzuprägen und ihn nie zu vergessen?«

»Ich schwöre es«, gelobte Hywel; er schrie es fast.

Ptolemäus' Stimme klang kalt, mitleidlos. »Nun erfolgt deine erste Lektion über das Wesen der Zauberkunst und der Hexenmeister und die Wahrheit jeder entstehenden Magie.«

Die Hand des Zauberers schloß sich so fest um Hywels Nacken, daß es schmerzte. Hywel versuchte zwar, sich aus dem Klammergriff zu befreien, doch er konnte sich überhaupt nicht bewegen. Die Spitze von Ptolemäus' Zeigefinger glühte in der Dunkelheit, rot und heiß wie ein

Schürhaken im Feuer. Hywel riß die Augen weit auf; wie in einem Alptraum war es ihm unmöglich, sie zu schließen.

Der glühende Finger bohrte sich in sein Auge, zischend wie eine Schlange, wenn sie zustößt.

Gallien

Dimitrios Ducas war gerade zehn Jahre alt, als der Kaiser von Byzanz seinen Vater zum Gouverneur einer Provinz an der Grenze ernannte. Dieser Tag hatte sich für immer fest in das Gedächtnis von Dimi eingeprägt: der strahlende Sonnenschein draußen vor der Villa, das Blau der Ägäis und die nach Meerwasser und Olivenhainen duftende Brise.

Sein Vater hatte ihm den kaiserlichen Befehl in die Hand gelegt; er erinnerte sich an die Schwere des Pergaments, die Autorität, die von dieser Urkunde ausging, an das rote Wachssiegel an einem Band violetter Seide. Das Siegel roch nach Zimt und zeigte den Kaiser mit einer großen Nase und kleinen Augen (vielleicht, weil das Wachs das Siegel nicht vollständig gefüllt hatte) sowie das Jahr der Stadt: 1135.

Die Urkunde trug ein zweites, viel kleineres Siegel aus goldenem Wachs mit der Darstellung eines dreizackigen Etwas, von dem sein Vater sagte, es sei die Blume Galliens, und der Inschrift: 300. JAHR DER TEILUNG.

Am besten konnte sich Dimitrios an seine Eltern erinnern. Sein Vater Cosmas stand im schräg in das Atrium einfallenden Licht, trug sein Hausgewand ungegürtet und sah aus wie Apollo. »Ich werde ein *Strategos* im Westen sein. Es ist eine große Ehre. Die Provinz ist von großer Bedeutung; es ist der östliche Teil der früheren *Provincia Lugdunensis,* die die Gallier *Burgund* nennen. Unsere Residenz werden wir« – er schaute Dimi direkt ins Gesicht – »in der Hauptstadt Alesia errichten.«

Wenn Cosmas Ducas Apollo war, so war Dimis Mutter Iphigenia ganz sicher Hera. »*Gallien?* Wie kannst du es als Ehre bezeichnen, wenn du genau weißt, was es ist? Die Palailogen-Kaiser fürchten sich immer noch vor den Ducas, denn es war ihnen nie genug, uns den Thron der Welt zu entreißen. Nun setzen sie ihren berechtigten Ängsten ein Ende, indem sie *uns* eliminieren – indem sie uns fortschicken, damit wir in der Kälte und Isolation sterben. Wenn wir nicht schon vorzeitig von Barbaren in

Hosen getötet oder von einer Seuche hingerafft werden... Wir werden fortgeschickt und nie wieder zurückkehren!«

»Wenn es aber der Befehl meines Kaisers ist«, entgegnete Cosmas.

»Kaiser? Ein Usurpator ist er! Du bist viel eher ein Kaiser als er – ja du, Ducas...«

Diese Diskussion zwischen seinen Eltern dauerte noch lange; Dimitrios meinte, es wären Stunden gewesen, doch konnte es sein, daß sein Gedächtnis ihn etwas trog. *Alesia,* hatte er gedacht, *Julius Caesar...*

Sowohl Cosmas als auch Iphigenia sollten schließlich, jeder auf seine Weise, recht behalten. Die Familie Ducas ging nach Gallien, und niemand mit diesem Namen kehrte jemals nach Griechenland zurück.

Dimitrios war als erster über dem Hügel. Er warf einen kurzen Blick zurück, um sich zu vergewissern, daß die anderen ihn nicht sehen konnten, beugte sich dann hinunter auf den Hals des Pferdes und flüsterte ihm zu, es solle in kurzen Galopp fallen.

Es gibt Gelegenheiten, da mußt du die Sporen benutzen, mein Sohn, hatte Cosmas Ducas gesagt, *aber denke immer daran, daß du das Tier mit deiner Stimme und deinem Körper führst, nicht mit dem Metall.*

Dimi war bereits weit unten im Tal, bevor seine Begleiter auf der Anhöhe ankamen; er hörte ihre Schreie, das enttäuschte Wiehern ihrer Pferde, und schließlich weit hinter sich das Dröhnen der Hufe. Er lachte und flüsterte seiner weißen Stute Luna zu: »Wir werden sie vor dem Abendessen noch etwas Staub schlucken lassen, nicht wahr, Mädchen?«

Auf beiden Seiten huschten endlose Reihen grüner Reben an ihm vorbei. Die Kleinbauern, Holzschuhe an den Füßen, breitkrempige Hüte auf dem Kopf, um sich vor der Sonne zu schützen, arbeiteten in ihren Weinbergen. Einige verbeugten sich, als der Sohn des Gouverneurs in seiner glitzernden Rüstung aus hellen Stahlplatten vorbeisauste.

Dimi hörte ein anderes Pferd hinter sich, viel näher, als er es erwartete. Er schaute zurück: Ein Apfelschimmel jagte hinter ihm her. Der Reiter hatte schwarzes Haar, das im Wind wehte, und er grinste, was sogar auf diese Entfernung zu erkennen war.

Dimitrios lachte und winkte. Charles, wer sonst. Nur Charles konnte es gelingen, ihn beinahe einzuholen.

»Aber nicht näher, was, Luna?« raunte ihr Dimi ins Ohr.

»Galopp jetzt, Mädchen.«

Luna gehorchte und jagte wie eine weiße Wolke über weiten, blauen Himmel.

Vor ihm traf der staubige Weg auf die Hauptstraße. »Genug, Luna.« Dimi wußte sehr wohl, daß man ein Pferd nicht zu schnell reiten sollte, und er bedachte ebenfalls, daß man eine Hauptstraße nicht ohne einen wirklich triftigen Grund entlangjagen und dadurch den normalen Verkehr stören sollte.

Luna verfiel in leichten Trab. Dimi hörte plötzlich Hufschlag links neben und hinter sich. Er drehte sich im Sattel um.

Charles stand in den Steigbügeln und hielt auf ihn zu. Dimi rief, und Luna machte einige Schritte zur Seite; der Franzose riß sein Pferd herum, sprang auf.

Dimitrios ließ sich aus dem Sattel fallen, und beide wälzten sich im Staub am Straßenrand. Als Charles versuchte, Dimi auf die Schultern zu drücken, gelang es Dimi, sich mit einem Fuß in Charles' Knie einzuhaken, das andere Bein als Hebel zu benützen und sich und seinen Gegner herumzuschleudern; er setzte Charles sein Knie auf die Brust und fuhr mit seinem Daumennagel über die Kehle des Jungen.

Charles schnappte nach Luft und lachte. *»Ave, Caesar«*, stieß er hervor, *»moriturite salutant.«*

»Du bist *schon* tot«, entgegnete Dimi und lachte ebenfalls. Er erhob sich, zog Charles hoch. Sie klopften sich gegenseitig den Staub von ihrer Kleidung.

Die anderen Jungen, alle in Dimis Alter, holten die beiden kurz danach ein; der große, hagere Robert, der laute Jean-Luc, der ruhige Léon und die Rémy-Zwillinge, die so verschieden waren, wie Zwillinge nur sein konnten – Alain, behaart und tapsig wie ein Bär, und Michel, klein und gelenkig wie ein Zirkuszwerg. Sie trugen Leinenhemden und Lederwesten, außerdem Schärpen aus violetter Seide, die Dimitrios aus dem Nähkästchen seiner Mutter stibitzt hatte; sie waren seine Prätorianer, seine *Cohors equitata.* »Wer hat gewonnen?« fragte Jean auf französisch. »Wenn wir nicht Dimis Rüstung gesehen hätten, hätten wir euch nicht auseinanderhalten können.«

»Außerdem war es so staubig«, fügte Robert hinzu.

»Das Rennen habe ich gewonnen«, verkündete Charles.

»Wie ein fairer Sportler!« riefen alle, Dimi eingeschlossen.

»Den Kampf hat Dimitrios gewonnen.«

»Wie ein großer Feldherr!«

Charles und Dimi stiegen wieder auf ihre Pferde, und die Kohorte ritt durch das Ozerain-Tal die Hauptstraße entlang Richtung Stadt. Vor ihnen erhob sich das dreizehnhundert Fuß hohe Plateau von Alise; die niedrigeren Hügel, die es umgaben, verschwammen im Dunst. Die Sonne spiegelte sich in dem auf der Hochebene errichteten Heliostat, das das neue Weltreich an der Stelle gebaut hatte, wo das ehemalige Weltreich seinen Triumph gefeiert hatte. Denn dies war Alesia, wo Vercingetorix sich zum letzten Mal gegen den göttlichen Julius gestellt hatte. Linker Hand ragte der Mont Réa auf, zu dem Julius mit seinem Leibwächter geritten war, um seinen Kohorten zu helfen – so wie Dimitrios jetzt mit den Seinen ritt.

An der Stadtmauer angekommen, ließen sie ihre Pferde im Trab aufs Tor zugehen. Die Wachen am Stadttor trugen Bronzerüstungen, scharlachrote Umhänge und Lanzen mit Adlern als Parierstangen. Sie grüßten den Sohn des Gouverneurs, worauf er und seine Begleiter sich in ihren Sätteln gerade aufrichteten und vorbeiparadierten.

Sie ritten an den gepflegten Häusern aus Holz und getünchtem Lehm vorbei, die schräge, mit Schindeln, Ziegeln, ja sogar mit Blei gedeckte Dächer hatten, denn Alesia war eine blühende Stadt. Die beiden reichsten Winzer der Stadt und der jüdische Bankier ließen ihre Häuser mit Stein aus Narbo im Süden – Lyon, wie es die Franzosen nannten – neu bauen. Die Straßen waren breit genug, daß zwei Wagen aneinander vorbeifahren konnten, ohne die Fußgänger an die Häuserwände zu drängen. Sie besaßen Rinnsteine, die die Abwässer in unterirdische Kanalgewölbe ableiteten. Es roch nach Essen, Sägemehl und Steinstaub von Baustellen und jetzt auch nach schwitzenden Pferden, aber nicht nach dem in den Provinznestern üblichen Latrinengestank.

Weißer Rauch stieg in duftigen Wolken aus tönernen Schornsteinen empor. Auf den Dachfirsten standen Fässer und Wassertröge – die Idee eines Baumeisters von Cosmas Ducas: Sollte ein Feuer ausbrechen und sich durch das Dach fressen, würde das Wasser auf den Brandherd fallen und ihn löschen. Die Versuche mit einem Modell waren zwar enttäuschend verlaufen, doch irgend jemand hatte darauf hingewiesen, daß das kleine Haus schneller ein Opfer der Flammen geworden war als ein richtiges Haus, weil das Faß des Modells bedeutend weniger Wasser enthalten hätte – nämlich nur einen Bruchteil seiner Fassungskraft. Nachdem der Architekt den Bau und das Niederbrennen eines großen Hauses vorgeschlagen hatte, ließ der Gouverneur ihn Fässer auf Dächer von Bürgern stellen, die damit einverstanden waren, um auf diese Weise lebensnahe Erfahrungen zu gewinnen.

Jean-Luc zügelte sein Pferd, als die Gruppe an seinem Haus vorbeiritt. »*Ave atque vale*«, sagte er, und die anderen verabschiedeten sich von ihm. Einer nach dem anderen – einmal waren es zwei, die Rémy-Zwillinge – trennte sich von der Gruppe, bis schließlich am Fuße des Mont Alise, an den Toren des Gouverneurspalastes, nur Dimitrios und Charles übriggeblieben waren.

»Ich weiß, daß wir an deinem Haus vorbeigekommen sind«, bemerkte Dimi so beiläufig wie nur möglich.

»Ich möchte, daß du deinen Vater fragst«, entgegnete Charles. »Ich möchte, daß du ihn heute fragst, Dimi.«

»Warum heute? Es ist noch ein halbes Jahr bis Dezember...«

»Willst du ihn etwa nicht fragen?« Charles lachte jetzt nicht mehr, er lächelte nicht einmal.

»Natürlich werde ich ihn fragen.« *Was ich nicht will,* dachte Dimi, *ist, daß er nein sagt; und solange ich ihn nicht frage, kann er auch nicht nein sagen.* Er blickte zur Sonne empor und hoffte, niemand möge ihm seine Angst anmerken. »Dann komm eben mit.«

»Was? Nein. Ich – ich werde dich morgen besuchen.« Charles schnalzte mit der Zunge, wendete seinen Apfelschimmel und ritt unerlaubt schnell die Straße hinunter.

Dimitrios wußte nun, daß sein Freund ebensoviel Angst hatte wie er selbst, und irgendwie bedeutete dies nach Dimis Ansicht für alles – sogar für die Ablehnung – eine Rechtfertigung. Er ritt durch die Tore des Palastes, um seinen Vater zu suchen.

Dimis Mutter saß im vorderen Saal; die hohen Fenster standen offen, damit das Tageslicht voll auf die überall ausgebreiteten Teppichmuster fiele. Als Dimi eintrat, unterhielt sich Iphigenia Ducas gerade mit einem Händler. Er trug eine Seidenhose und einen hohen, spitzen Hut auf dem Kopf und sprach mit portugiesischem Akzent. Der Hausdolmetscher stand einen Schritt hinter seiner Herrin und hörte geduldig zu.

Dimitrios wartete auf eine Gesprächspause. Er fragte sich, ob der Händler etwas über die neuen Gebiete wußte, die die Portugiesen jenseits des Atlantiks entdeckt hatten; aber es wäre natürlich unhöflich, ihn danach zu fragen. Seine Mutter würde es zumindest so nennen. Schließlich sagte er:

»Wo ist Vater?«

»Auf der Baustelle. Was hast du denn gemacht?«

»Ich war reiten, Mutter.«

»Wo bist du denn geritten – durch die Abwässerkanäle der Stadt etwa?« Iphigenias Augen verengten sich forschend. Dimi wußte, was jetzt kommen würde. »Mit diesen... Galliern, nehme ich an.«

Franzosen, Mutter, dachte Dimi, doch es hatte keinen Zweck, ihr zu widersprechen.

»Ich wünschte, du würdest mehr Zeit mit den *römischen* Jungen verbringen. Du bist für sie der Führer, das weißt du; sie haben Achtung vor dir. Diese Gallier suchen nur den Aufstieg, nur Vergünstigungen.«

Es war natürlich genau umgekehrt. »Die Söhne der Byzantiner sind alle Söhne von Schreibern und Beamten und werden ihrerseits wieder Schreiber und Beamte« – Dimi beobachtete die Miene seiner Mutter – »und Eunuchen.«

Das saß; es war das Wort, das alle Diskussionen mit Iphigenia beendete. Ein Eunuch konnte im Imperium jedes Amt bekleiden, jeden Titel erringen, nur einen nicht: den des Kaisers. Viele Adlige ließen ihre Söhne deshalb zur Sicherheit kastrieren, da der Kaiser sie dann nicht als Usurpatoren fürchten mußte.

Doch die Usurpation – stets mit »Wiedereinsetzung« umschrieben – hatte die Familie Ducas seit der Absetzung des letzten Ducas-Kaisers vor über drei Jahrhunderten beschäftigt. Als Iphigenia Ducas heiratete, hätte sie ihren eigenen, angesehenen Familiennamen behalten können, doch sie hatte sich ganz einem Traum verschrieben. Ihr oder Dimis Onkel Philipp gegenüber die Kastration zu erwähnen, bedeutete, sie daran zu erinnern, daß Träume sich nicht erfüllen können.

Iphigenia schwieg, zupfte mit den Fingernägeln am Muster des Perserteppichs in ihrem Schoß. Der portugiesische Händler stellte sich höflich taub und stumm. Der Dolmetscher, selbst ein Eunuche, stand mit einem schwachen Lächeln auf seinem kindlichen Gesicht regungslos da.

»Entschuldigt mich, Mutter, entschuldigt, mein Herr.« Dimitrios wandte sich zum Gehen.

»Du wirst dich vor dem Essen baden.«

»Natürlich, Mutter.« Er verließ den Saal.

Oberhalb des alten Palastes entstand ein neuer: höher, größer, in jeder Beziehung großartiger, mit Gewölben und Strebepfeilern byzantinischer als die klaren Konturen des alten Gebäudes. Hunderte von Arbeitern bevölkerten wie geschäftigte Ameisen den Hügel, gruben, schleppten herbei, stapelten, richteten aus. Der Geruch von Sägemehl und Kalkmörtel vermischte sich in der Luft.

Cosmas Ducas stand neben einer halbfertigen Mauer und sprach mit dem ranghöchsten Baumeister seines Heeres. Er gestikulierte beim Sprechen mit den Händen, zeichnete die Umrisse des Palastes in die Luft. Beide trugen weiße Umhänge, Brustharnische und Beinröhren, alles staubbedeckt, und schmucklose Helme aus Stahl mit einem Tuch, das den Nacken vor der Sonne schützen sollte. Cosmas drehte sich um, worauf Dimi den Adler aufblitzen sah, das in Gold eingelegte Wappen des Imperiums auf seinem Brustpanzer.

»Vater!«

»Komm herauf, mein Sohn!« Dimitrios kletterte die Böschung hinauf.

»Nun, Tertullian«, meinte Cosmas Ducas zu seinem Baumeister, »was hältst du von dem Jungen?«

Tertullian war breiter, allerdings auch etwas kleiner als Cosmas, aber muskulös. »Ich würde ihn gern als Hauptmann haben, wenn er...« Dimi wußte genau, was der Baumeister hatte sagen wollen. Genau aus diesem Grund war er hier.

»Beim Blut des Stiers, Tulli, das weiß ich doch. Caractacus würde ihn auch gern haben. Ich will nur wissen, ob er als Hauptmann bei den Baumeistern besser aufgehoben wäre als bei den Reitern?«

Tertullian überlegte, schien sich jedoch nicht um die Antwort drücken zu wollen. »Ich habe gehört, daß er gut mit Zahlen umgehen kann. Daß ich ihn hier schon so oft wegjagen mußte, ist eigentlich Beweis genug dafür, daß er sich auf einer Baustelle bewegen kann, ohne daß ihm etwas passiert.«

Cosmas verschränkte die bloßen Arme über dem goldenen Adler. Er nickte nachdenklich, sah dann seinem Sohn direkt ins Gesicht. Einerseits begehrte Dimi dagegen auf, machte es ihn fast zornig, daß die Männer sich über ihn unterhielten wie über ein einjähriges Fohlen oder über eine Frau im heiratsfähigen Alter; andererseits war er außerordentlich stolz darauf, daß sein Vater wußte, er könne seinen Sohn in jeder Kriegskunst durch einen seiner Vasallen ausbilden lassen.

»Ich habe nur in einem Punkt Bedenken«, fuhr Tertullian fort.

Cosmas hörte auf zu nicken, doch sonst veränderte sich nichts an ihm. »Ja?«

»Mit Festungsbauwerken geht es langsam voran, General. Auch Kanonen bewirken erst mit der Zeit Schäden an den Mauern, die heutzutage gebaut werden. Wenn ich mir den Jungen jetzt so anschaue, frage ich mich, ob er die Geduld für den Bau von Schanzen und Latrinen mitbringt.«

Cosmas lachte schallend, so laut, daß die Arbeiter sich nach ihm umdrehten.

»Bei meinem Brandmal, Tulli, jetzt weiß ich, warum Baumeister seltener sind und höher geschätzt werden als Generäle. – Komm her, Dimi. Es sieht so aus, als seist du dazu ausersehen, einmal General zu werden. Schau hier herunter. Das wird das Arbeitszimmer des Gouverneurs, genau hier, wo wir jetzt stehen; es wird ein großes Fenster haben mit genau diesem Ausblick.«

Ein herrlicher Ausblick auf die Stadt, den Schnittpunkt der drei Täler und die Ebenen mit den Weinbergen. Und es war ein klug gewählter Ort, nämlich am westlichen Abhang der Hochebene. Ein Fenster an dieser Stelle würde es keinem Angreifer ermöglichen, unbemerkt in den Palast einzudringen – es sei denn, er könnte fliegen.

»Nun, mein Sohn, was gibt es Neues?«

Dimi drehte sich zu seinem Vater um. Tertullian hielt sich schweigend im Hintergrund.

»Ich möchte Euch nach...« *Schau nicht zur Seite, schau nicht auf deine Füße, sag es jetzt!* »... der Einweihung fragen... in die Mysterien.«

»Dimi, selbst der Kaiser kann es nicht schneller Winter werden lassen.«

»Gott möge ihn daran erinnern«, sagte Tertullian leise.

Dimitrios schüttelte den Kopf. »Ich möchte... das heißt, Charles möchte ein Rabe werden, mit mir.«

Cosmas schaute ernst. »Ist das Charles' Idee oder deine?«

Cosmas sprach den Namen korrekt aus: *Scharl,* nicht *Karolus,* wie die anderen Byzantiner.

»Es ist seine Idee.«

»Verehrt sein Volk Mithras oder Kybele?«

»Nein. Charles sagt, sie verehren nicht viele Götter, nur eine Gottheit namens Sequana, wenn sie krank sind. Außerdem noch den göttlichen Julius und auch Claudius.«

»Darf ich frei sprechen, Löwe?« fragte Tertullian.

»Nur zu, Perser«, erwiderte Cosmas. Dimi war einen Augenblick verwirrt, denn der Baumeister stammte keineswegs aus Persien; dann fiel ihm ein, daß sie sich wohl mit den Titeln des vierten und fünften Rangs der Mysterien, *Leo* und *Perses,* angesprochen hatten. Dimitrios war zwar erstaunt darüber, daß sein Vater einen niedrigeren Rang innehatte als Tertullian, doch er hoffte, daß die beiden es ihm nicht anmerkten.

»Unser Gott sieht das Herz eines Menschen, nicht seine Herkunft. Mysterien sind für die, die tapfer genug sind.«

»Das weiß ich«, antwortete Cosmas. »Und ich weiß auch...« Er legte Dimi die Hand auf die Schulter, sanft und fest zugleich. Dimi konnte das geweihte Mal an seinem Handgelenk sehen, das Cosmas aufgebrannt worden war, nachdem er den dritten Rang der Mysterien erreicht hatte. »Verstehst du, Sohn, daß das Imperium diese Leute seit der Zeit des göttlichen Julius regiert?«

»Natürlich, Vater.«

»Und verstehst du auch, wie das Imperium in fremden Ländern regiert?«

Dimi kannte die Antwort aus dem Unterricht, obwohl sie ihm bisher nicht viel gesagt hatte. Nun begriff er langsam die Bedeutung dieser Worte, und er war sich nicht sicher, ob ihm das gefiel, was sie aussagten. »Wir regieren, weil wir nichts weiter von der fremden Bevölkerung verlangen, als daß sie unsere Gesetze befolgt. Niemand muß unsere Götter verehren, unsere Sprachen sprechen, unsere Lebensweise annehmen, unsere Straßen benutzen, vorausgesetzt, er beachtet unsere Gesetze.«

Cosmas nickte. »Und welches ist das wichtigste Gesetz des Imperiums?«

Dimi leierte das auswendig Gelernte herunter: »Die Lehre von Julian dem Weisen: Kein Glaube hat Vorrang vor einem anderen; kein Glaube unterdrückt einen anderen; das Imperium selbst bevorzugt keinen bestimmten Glauben.«

»Hier in dieser Provinz vertrete ich das Imperium, und du, als mein Sohn, tust es ebenfalls. Wenn Charles die Religion seines Volkes zugunsten der unseren aufgeben will, dann wird es heißen, wir hätten ihn dazu verführt oder vielleicht sogar gezwungen. So beginnen Rebellionen... Wir behaupten zwar, daß wir seit Julius' Zeiten regieren, doch das stimmt nicht ganz. Als Westrom den Germanen vom Norden in die Hände fiel, verloren wir dieses Volk. Es dauerte Jahrhunderte, bevor das neue Rom diese Gebiete mit Hilfe des englischen Königs zurückgewann. Und nachdem wir diese Gebiete zurückgewonnen hatten, mußten wir erst das Volk wieder für uns gewinnen. Verstehst du das?«

»Ja«, antwortete Dimi und vermutete, daß er tatsächlich verstand. Und allmählich begann er auch, etwas vom Amt seines Vaters zu verstehen.

»Lebt denn der junge Gallier ohne Mithras, um den Schein zu wahren?« fragte Tertullian, ohne daß es nach Kritik klang.

»Um des Imperiums willen, vielleicht«, meinte Cosmas.

»Wenn er der Freund meines Sohnes wäre –«

»Wenn du einen Sohn hättest und er besäße einen Freund, dann würde es mich sehr freuen, wenn er zu uns käme, um in die Mysterien eingeweiht zu werden.«

Dimi war verwirrt. Er hatte keine Angst mehr vor einer abschlägigen Antwort – und befürchtete auch nicht mehr, sie zu erhalten. Er fragte sich jedoch, was er sonst noch verlieren konnte. »Vater – wollt Ihr damit sagen – die Gesetze sind nicht für jeden gleich?«

Cosmas' Miene war einen Augenblick wie versteinert, dann sehr traurig. »Nein, mein Sohn, Gesetze sind für jeden gleich. Pflichten sind es dagegen nicht.«

Eine ganze Weile verharrten die beiden Männer und der Junge in völligem Schweigen, unberührt von der sie umgebenden Hektik. Dann nahm Cosmas etwas verlegen die Hand von der Schulter des Jungen und ging mit Tertullian weg.

Dimitrios blickte vom Hügel aus in westliche Richtung und sah, daß Regenwolken aufzogen. Nach vier Jahren Aufenthalt in diesem Land gefielen ihm inzwischen die häufigen Regenfälle, besonders aber dieser wundersame Winterregen, den man Schnee nannte. Doch die Brise, die jetzt den Regen brachte, änderte nicht nur das Wetter; auch für ihn hatte sich etwas geändert. Eine innere Stimme sagte ihm, daß von nun an nichts mehr so sein würde wie vorher.

Beim Abendessen einige Stunden später herrschte eine unangenehm gespannte Atmosphäre. Dimi sagte nichts, weil er annahm, daß er während des Tages schon zuviel gesagt hatte. Cosmas gab nur ganz kurze Kommentare und schien mit seinen Gedanken weit abwesend zu sein. Iphigenia erzählte kurz von den Teppichen, die sie gekauft hatte, doch niemand interessierte sich dafür, und so verstummte auch sie sehr bald. Zoë und Livia, die jüngeren Schwestern Dimis, wußten aus Erfahrung, daß es klüger war, in einer Situation wie der gegenwärtigen zu schweigen.

Dadurch bot sich Cosmas' Bruder Philipp die Gelegenheit, das Wort zu ergreifen, und das war noch viel schlimmer als alles Schweigen zusammen. Iphigenia Ducas hegte nur den Traum vom kaiserlichen Thron; Philipp Ducas hingegen eine Vision. Manchmal hatte er wirklich Visionen: Dann wälzte er sich auf dem Boden und biß sich fast die Zunge ab.

Vor vielen Jahren war Philipp ein fähiger Hauptmann der Reitertruppe gewesen, hatte Cosmas seinem Sohn Dimi einmal erzählt; doch dann war er vom Pferd gefallen und mit dem Kopf aufgeschlagen. Seitdem redete er verworrenes Zeug. Seit Jahren trug er anstelle von Gewand und Hose, wie es üblich war, eine Toga, doch niemand störte sich daran, denn eine Toga war einfacher zu waschen und zu pflegen.

Wenn Fortuna göttliche Kraft besaß, wie manche sagten, dann konnte man sich ihr nicht widersetzen; Philipp würde also für immer Cosmas' älterer Bruder bleiben. Und in Rom und Byzanz, ja sogar in Gallien und Britannien (so fügte Dimis Vater stets leise hinzu) sei bekannt, daß der göttliche Kaiser Julius selbst unter Fallsucht gelitten hatte.

Doch manchmal war Philipp schrecklich.

»Und dann würde ich sagen: He, du zweifach anmaßender Paläologe, ich rufe dich zuerst im Namen des göttlichen Konstantin, dann mit dem Titel Kaiser: He, Paläologe, *Dipleonektis*! Du glaubst, du hättest die Ducas erledigt, indem du sie zu Königen über den gallischen Dreck gemacht hast.« Der Regen trommelte gegen die schmalen Fenster, die Lichter flackerten. Mit weit aufgerissenen Augen fuhr Philipp schließlich fort: »Doch das Saatkorn, das in die Erde fällt, schlägt Wurzeln, und die Ranken wachsen in die Höhe. Gib acht, daß eine Ranke nicht über dein Bett mit dem gestohlenen Purpur kriecht, Paläologe Usurpator, und sich um deinen Hals windet.

All das sagte ich. Hätte ich gesagt, wenn ich dabeigewesen wäre. Oh, Cosmas, Bruder, Jüngling, warum hast du mich nicht mitgenommen, um der Kreatur in ihrem Marmorbau entgegenzutreten?«

Philipp sah Dimitrios direkt ins Gesicht. Dimi sagte nichts. Er fing an, sich zu fragen, ob es überhaupt Sinn hatte, mit irgendeinem Familienmitglied zu sprechen.

»Es ist genug, Bruder«, entschied Cosmas ganz ruhig. »Schluß jetzt mit dem Erwürgen von Kaisern und dem gestohlenen Purpur.«

Doch die Worte zeigten keine Wirkung. Das taten sie nie. Dimi erinnerte sich jedoch an einen Ausspruch seines Vaters, wonach man manchmal ohne Rücksicht auf Verluste einen Angriff wagen müsse, sogar bergan.

»Ach, du kannst mich nicht täuschen, Cosmas, jüngerer Bruder!« Philipp schlug sich auf den entblößten Oberschenkel und wälzte sich auf seinem Polster, daß Dimi fürchtete, er würde wieder einen Anfall bekommen. »Philipp ist mutig, Cosmas aber schlau, wie schon unsere Mutter sagte! Er wird die Paläologen fangen, wenn sie in ihrer falsch gefärbten Seide schlafen, und mit seinem Sohn Digenes –«

Dimi setzte sich auf und befahl einem Diener, seinen Platz abzuräumen. Er sprach französisch, denn die Diener, die bei Tisch servierten, wurden sofort entlassen, wenn sie auch nur im geringsten zeigten, daß sie Griechisch oder Latein verstanden.

»Entschuldigt mich, Vater.«

Cosmas nickte grimmig. Iphigenia wirkte geistesabwesend. Philipp bemerkte nichts von alledem. Dimitrios schlüpfte in seine Lederpantoffeln und verließ so leise und unauffällig wie möglich den Speisesaal.

Die Gänge waren dunkel, der Regen rüttelte an den Oberlichtern. Dimi kam an einem Fresko vorbei, das Caesars Sieg über Vercingetorix zeigte und dessen Farben wohl schon ein dutzendmal erneuert worden waren. Etwas weiter hing ein Wandteppich, der die Aufteilung Galliens auf Kaiser Manuel Komnenus und König Heinrich II. von Britannien darstellte, die vor 304 Jahren das Land von der Nordsee bis zum Mittelmeer teilten.

Dimitrios verstand nicht, wie ein Krieg so enden konnte: mit einem Strich, der über die Landkarte gezogen wurde. England war ein so kleines Land; wie hätte es sich gegen das Imperium behaupten können, wenn Manuel sich dafür entschieden hätte, die Legionen zu schicken?

In der Zeit des alten Imperiums hatten ganze Legionen in Britannien gestanden, wußte Dimi. Angeführt von dem göttlichen Julius, wie auf dem Fresko. Es hatte einen Caesar der engen Meere, des Ärmelkanals und der Irischen See gegeben, als die Legionen und nicht die Rechtsgelehrten die Stärke des Imperiums waren.

Dimis Mutter hatte bereits im neuen Palast einen Platz für den Wandteppich mit der Teilung Galliens ausgesucht. Nach Ansicht der Baumeister sei das Fresko jedoch zu alt und zu brüchig, um es woanders einsetzen zu können. Dimitrios entschloß sich, gelegentlich hierherzukommen, um den gemalten Caesar zu sehen, wenn sie auf dem Hügel wohnen würden.

Siege des Neuen Imperiums, dachte er und fuhr mit einer Hand über das Gewebe des Teppichs, kämmte mit den Fingernägeln die Schlingen. *Siege der Schreiber. Siege der Rechtsgelehrten. Aber ich werde dich nicht vergessen, Caesar!*

Vielleicht würde es sogar irgendwann einmal wieder einen Caesar – oder einen *Strategos* – der engen Meere geben. Wenn sein Vater recht behalten sollte, wenn er wirklich dazu bestimmt war, General zu werden... Aber das konnte Dimi sich jetzt, mit vollem Bauch und dem faden Nachgeschmack von Onkel Philipps Gerede, nicht in allen Einzelheiten ausmalen.

Im nächsten Raum, der Bibliothek, brannte Licht. Dimi wußte, daß sich Lucian darin befinden mußte, der stellvertretende Verwalter seines Vaters. Ohne lange zu überlegen, schlüpfte er aus den Lederpantoffeln und trat auf Strümpfen geräuschlos ein.

Lucian saß auf einem hohen Stuhl vor einem Schreibpult. Er hatte sein weißes Gewand hochgerafft, so daß es sich in seinem Schoß bauschte. Neben dem Pult befand sich ein Ständer mit Federn, Tintenfässern und einem Stein zum Schärfen der Kiele. Eine Lampe warf helles Licht auf das Papier. Lucians Augen hinter den Brillengläsern, die von einem schwarzen Band am Kopf gehalten wurden, verrieten seine Konzentration.

Dimi wußte, daß er nun ganz leise sein mußte. Würde Lucian, durch ein Geräusch aufgeschreckt, ein Wort verschmieren oder sich verschreiben, dann hätte Dimi besser Onkel Philipps Geschwätz bis zum Schluß angehört.

Lucian war Ägypter, mit Doktorwürden der Universität in Alexandria. Es war für einen *Strategos* durchaus üblich, einen Nicht-Soldaten zu seinem Stellvertreter zu ernennen. Sein wirklicher Name klang im Griechischen sonderbar – obszön, wie er selbst behauptete –, deshalb hatte er einen anderen angenommen. Er hatte dunkle Hautfarbe, war spindeldürr; einen schlankeren Eunuchen hatte Dimitrios noch nie gesehen. Er schien niemals zu essen, trank Kräutertee anstatt Wein, hing einem seltsam komplizierten Glauben an, der sich »Gnosis« nannte.

Dimi verharrte ruhig und beobachtete, wie Lucians Hand mit der Gänsefeder elegant über das Papier glitt und die kantigen Buchstaben des offiziellen byzantinischen Alphabets, des kyrillischen, niederschrieb. Dimi las: *14. Bericht an den Magistrat der Universität. Nach dem Lesen zu vernichten. Ich möchte meinen Herrn daran erinnern, daß die Theorien* (die Fortsetzung des Satzes wurde von der Hand des Schreibers verdeckt) *im konkreten Fall; es handelt sich dabei um menschliche Wesen und nicht um Ziffern. Ich glaube jedoch...*

Lucians Nase zuckte. Er legte vorsichtig die Feder beiseite und drehte sich um. »Guten Abend, Dimitrios.« Er lächelte; sein Mund bildete ein spitzes V. »Brauchst du ein Buch oder mich?«

»Weder noch, Lucian. Ich bin nur gerade... spazierengegangen. Was schreibt Ihr da?«

Lucian überblickte das Papier, seufzte, griff schließlich zum oberen Ende des Pultes und rollte einen Bogen herunter, um seinen Bericht damit zu verdecken. »Die nächste aus einer endlosen Reihe von Rechtfertigungen meiner Person, für Leute, die sie verlangen, aber niemals verstehen werden.«

Dimitrios verstand ihn sehr wohl. »Lucian... warum hat es so viele Kaiser mit Namen Konstantin gegeben? Ist das nicht... eigentlich respektlos gegenüber dem göttlichen Kaiser?« Es war eine dumme Frage, das wußte er selbst, besonders da der zehnte Konstantin ein Ducas gewesen war. Doch er ersparte sich dadurch die Frage, die er eigentlich hatte stellen wollen – nämlich nach den Verpflichtungen eines Gouverneurs einer Grenzprovinz – und somit auch die Antwort, die ihm, wie er stark vermutete, ohnehin nicht gefallen würde.

Lucian wirkte nachdenklich. Er hatte sich manchmal einfach geweigert, Dimis Fragen zu beantworten, oder ihn mit seiner Frage zu seinem Vater geschickt; er hatte jedoch niemals eine Frage als kindisch oder dumm abgetan. »Ich weiß nicht, ob elf Konstantins in elf Jahrhunderten so viele sind. Viele haben auch Johannes geheißen. Du weißt, daß wir kein Gesetz haben, das die Thronfolge regelt. Derjenige, der auf den Thron gelangen und sich dort halten kann, ob nun durch Abstammung, Gewalt, Trägheit oder... sonstwie..., ist der wahre Kaiser. Mit wenigen Ausnahmen.« Der Eunuch schaute auf seinen Schoß.

»Ja, ich weiß.« Wenn es etwas gab, was Dimitrios nur zu gut wußte, dann war es dies.

»Und du kannst in jedem Buch nachlesen, daß der erste Konstantin in hohem Alter im kaiserlichen Bett starb, körperlich völlig unversehrt. Wenn man seinen Sohn Constantinus unberücksichtigt läßt, der seinen Namen nicht selbst hatte wählen können, so glaube ich, daß die Nachfolger versuchten, die besseren Seiten der Herrschaft des göttlichen Gründers wieder zurückzubringen. Namensmagie, wenn du es so willst. Das dürfte man wohl kaum als respektlos bezeichnen können. Auch wenn es dem dritten Konstantin, oder dem sechsten, oder dem siebten nichts half.«

Dimitrios nickte. »Danke, Lucian.«

»Schon gut, Dimitrios.« Sie hatten beide zwar wohlklingende offizielle Titel, die sie jedoch privat nie benutzten.

Dimi wandte sich zum Gehen.

»Dimitrios...« Dimi drehte sich noch einmal um. Lucian hockte auf seinem Stuhl wie ein dünner, weißer Vogel. Die Lampe ließ Sterne in seinen Augengläsern aufblitzen. »... wäre ein durchaus annehmbarer Name für einen Kaiser.«

Dimi nickte und ging auf sein Zimmer. Er fragte sich, ob Lucian erkannt hatte, was ihn wirklich bewegte, wenn er sich selbst schon nicht sicher war.

»Herunter! *Vite!* Schnell!«

Dimitrios ließ sich auf die geflüsterten Worte von Charles hin auf den Bauch fallen, wünschte sich gleichzeitig, daß er seine Brigantine tragen würde; doch Lederkleidung war leichter, und man konnte sich in ihr besser bewegen.

Neben Dimi hob Charles langsam den Kopf über die halb fertiggestellte Mauer, hinter der sie sich versteckten. »Ich glaube, die Luft ist jetzt rein. Fertig?«

Dimi rappelte sich hoch. »Fertig.«

»Los dann!« Und schon waren sie über die Mauer, zwei huschende Schatten an einem Herbstnachmittag.

Sie spielten heute den Großen Angriff: Der noch nicht fertige Palast stellte das Schloß eines Hexenmeisters in Mittelafrika dar; Dimi war Richard Löwenherz, Charles Yusuf al-Nasir. Dimi hätte gerne den König aus dem Osten gespielt, doch Charles wollte kein Engländer sein, nicht einmal ein tapferer und berühmter.

Der Rest des Spiels war einfach. Die Arbeiter waren die verzauberten Wächter mit dem Basiliskenblick; wurden die Könige von ihnen entdeckt, würden sie tot umfallen. Das Amtszimmer des Gouverneurs war das Refugium des Hexenmeisters. Konnten sie erst einmal diesen Raum lebend erreichen, so würde guter Stahl aus Damaskus, das breite Schwert und das Krummschwert, den Dämon vernichten.

Sie schlichen kreuz und quer über den Hügel, kletterten über hölzerne Gerüste und liegengelassenes Werkzeug, erstarrten beim Klang einer Stimme oder einem Schatten auf ihrem Pfad. Eine Treppe war unbewacht, und sie stiegen sie leise hinunter, Könige in Stiefeln mit weichen Sohlen.

»Jetzt, Yusuf, mein Bruder«, flüsterte Dimi, »müssen wir uns trennen, damit wir zwei nicht so kurz vor dem Ziel gleichzeitig entdeckt und ermordet werden.«

»Oui, Cœur-de-Lion.« Es war zwar nicht Arabisch, aber das machte jetzt nichts. Charles' Haar war für einen Türken dunkel genug, so dunkel wie Dimis. »Deine Hand, mein Bruder aus dem Westen?«

Dimi ergriff Charles' Hand. Sie waren sich wirklich in vielen Dingen sehr ähnlich, wurde ihm bewußt. Charles war zwar bitter enttäuscht gewesen, daß ihm die Einweihung in die Mysterien verwehrt wurde, doch sie hatten sich deswegen nicht entzweit. Richard Löwenherz hatte Apollo, Yusuf Sala-ud-Din Ormazd verehrt, und trotzdem waren sie gemeinsam in den Krieg gezogen und als Brüder ruhmreich gestorben.

Ihre Wege trennten sich: Charles verschwand nach links, Dimi nach rechts.

Dimi kroch an der Mauer entlang. Der Boden war weich, das nasse

Gras roch süß und stark. Er schnippte Schmutz unter seinen Fingernägeln weg.

Einige Schritte vor Dimi beschrieb die Mauer einen Bogen, fiel das Gelände ab. Hinter der Krümmung mußten sich die großen Balkonfenster des Amtszimmers befinden. Es gab noch ein kleines Seitenfenster, nur einen weiteren Schritt nach rechts...

Nein, dachte er, König Richard würde nicht wie ein Dieb das Seitenfenster benutzen. Dimi ging um die Ecke bis zum Balkon. Ein Schatten tauchte plötzlich vor ihm auf. Jetzt, bevor die Augen des Wächters ihn töteten. Er legte eine Hand auf den Sims und sprang durch die große Öffnung. Charles kam in genau der gleichen Weise durch das Fenster auf der anderen Seite des Balkons; beide landeten in der gleichen geduckten Haltung auf dem Boden. Sie zeigten mit den Fingern aufeinander, riefen dann wie aus einem Mund: »Ich dachte, du wärst –« und kugelten sich vor Lachen.

Charles sprang auf. »Nun, Hexenmeister des schwarzen Landes, die Könige aus dem Osten und Westen sind gekommen, um deine abscheuliche Herrschaft zu beenden! Nach dir, *Cœur-de-Lion.*«

Dimi tat, als würde er sein Schwert ziehen. Er hielt inne. »Gemeinsam.«

Charles lächelte, zog sein Krummschwert. Dimi konnte die gebogene Klinge genauso deutlich sehen wie seine eigene. »Jetzt!«

Dimitrios stieß nach dem Körper des Magiers, während Charles ihm den Kopf abschlug. Sie hoben grüßend die Schwerter, reinigten sie am Mantel des Hexenmeisters und steckten sie in die Scheide, indem sie das Geräusch von gleitenden Klingen nachahmten.

»*Mon ami Cœur-de-Lion...*«

»Ja, König von Jerusalem?«

»Verfluchen Hexenmeister ihre Mörder nicht?«

Dimitrios sah hinunter auf den imaginären Leichnam. »Das hatte ich vergessen. Vielleicht stimmt es auch nicht.«

Sie hörten Stimmen und Schritte, die sich näherten.

»Es ist wohl wahr«, sagte Dimi.

»Sollen wir durchs Fenster?«

»Vielleicht gehen sie vorbei.« Die beiden Jungen gingen einige Schritte in Richtung der Tür, drückten sich ganz flach an die Mauer und horchten.

»Mein Vater«, flüsterte Dimi. »Und –«

»Die Mauer bewegt sich ja.«

Da, wo sie sich anlehnten, schwang eine Steinplatte, die sich durch nichts von den übrigen Steinen unterschied, in verborgenen Angeln.

Charles und Dimi schauten sich nur ganz kurz an, bevor sie durch die Öffnung traten.

Dahinter war es ziemlich dunkel. Dimi stützte sich mit den Händen an der Mauer ab. Seine Augen gewöhnten sich allmählich an die Dunkelheit. In dem wenigen Licht durch einen schmalen Schlitz an der Decke erkannte er eine Treppe, die hinunter in die Dunkelheit führte.

»Ein Kerker?« flüsterte Charles.

»Ich glaube nicht – die Kerker müßten auf der anderen Seite des Hauses sein. Es könnte ein... geheimer Mithras-Tempel sein.«

»Dann sollte ich besser nicht hinuntergehen.«

»Ich auch nicht. Aber wir können nicht hierbleiben. Und abgesehen davon, es kann noch nicht fertig sein, egal, was es ist.«

Sie gingen vorsichtig hinunter. Nur ein leises Schlurfen und Hämmern des Blutes in ihren Ohren war zu hören.

»Ich glaube, da geht's um die Ecke«, meinte Dimi. Doch es ging nicht um die Ecke. Die Treppe endete vor kahlen Wänden.

»Eine Falle«, preßte Charles atemlos hervor. »Wie die in den Pyramiden für die Grabräuber. Glaubst du, daß Steine herunterfallen und uns erdrücken, oder ersticken...?«

»Dort kommt Licht und frische Luft von oben herein«, sagte Dimi und deutete auf die Schlitze in der Decke. Bei Pyramiden mußte er an Lucian denken, und ihm fiel ein, was noch alles durch diese Öffnungen kommen konnte.

Von oben drangen heller Laternenschein und Stimmen herunter. Das Licht wurde von den Wänden zurückgeworfen, blendete die Jungen. Dimi hörte wieder die Stimmen, erkannte sie als die seines Vaters und des Baumeisters Tertullian.

»Was – Tulli, da unten ist jemand.« Cosmas' Worte hallten nach.

»Wie?« Tertullian trat einen Schritt nach vorn und ließ seine Laterne hin und her pendeln. Er zog sein kurzes Schwert und stieg die Treppen hinunter.

Dimitrios glaubte zu ersticken, als die beiden Männer in Sicht kamen.

»Was, im Namen des Stieres und des Hundes, macht ihr beiden hier?« donnerte Cosmas Ducas. In seiner Stimme vermischten sich Verärgerung und Verwunderung.

»Ich habe Charles befohlen, mit mir zu kommen«, antwortete Dimi. »Er trägt keine Schuld.«

»Bitte, General, ich bin schuld«, sagte Charles in Kasernengriechisch. »Wir sind demselben Esel nachgelaufen.«

Dimitrios dachte, er müßte sterben; der Gouverneur zog die Augenbrauen hoch. »Wir... wir wollten nicht in die Falle tappen«, stammelte Dimi, worauf Tertullian schallend lachte.

»Wir gehen jetzt, wenn Ihr uns bitte vorbeilaßt.«

Cosmas Ducas schaute sehr streng und dennoch nachdenklich, so wie Apollo geschaut haben mußte, nachdem Hermes ihm das Vieh gestohlen hatte. Dimi hoffte nur, sie kämen genauso glimpflich davon.

»Tertullian«, begann Cosmas mit furchtgebietender Stimme, »dieser Raum war doch bisher allein unser Geheimnis, oder?«

»Bis jetzt war er das, General.«

Cosmas nickte bedächtig. »Tertullian... sorg dafür, daß sie das Geheimnis für sich behalten.«

»Selbstverständlich.« Der Baumeister ging mit in Hüfthöhe erhobenem Schwert auf die Jungen zu. Dimi schaute auf die Klinge, dann auf das Gesicht seines Vaters und entdeckte auf beiden kein Erbarmen.

Dimi wich einen Schritt zurück, dann zur Seite, stellte sich vor Charles.

»*Non*«, widersprach sein Freund und stellte sich neben ihn an die Wand.

Tertullians Schwert stieß in eine Ritze in der Steinwand. Er hob die Klinge, worauf ein schwaches Klicken zwischen den Steinen zu hören war.

Eine zweite Steinplatte, wie die erste oben, schwang auf.

»Geht, Castor und Pollux«, rief Cosmas und schüttete sich aus vor Lachen.

Charles und Dimi verbeugten sich kurz, stürzten durch die Öffnung in einen Säulengang und schließlich aus dem Palast.

Beim Abendessen wurde der Vorfall mit keinem Wort erwähnt, obwohl Cosmas Ducas äußerst redselig und zufrieden schien. Er schmiedete Pläne für den Winter und Frühling, hier im Lande der Franzosen. Er nannte sie tatsächlich so; nicht *Gauli*, sondern *Frankiskoi*. Und der Blick, den er Dimitrios quer durch den Raum zuwarf, war strahlend wie die Sonne nach einem Monat Regen.

»Der Stier muß sterben«, bestimmte die Stimme in der Dunkelheit.

Dimitrios blieb ganz ruhig stehen, unterdrückte sein ängstliches Zittern. Mit einem Streifen roter Seide waren ihm die Augen verbunden worden, so daß er nicht das geringste sehen konnte; dann hatten Hände ihn ausgezogen und seine eigenen Hände mit weichem, aber zähem Darm auf dem Rücken zusammengebunden. Man hatte ihn hochgehoben, getragen und auf kalten Steinen wieder auf die Füße gestellt... Wo er sich befand, wußte er jedoch nicht. Er hatte nur gemerkt, daß sie Stufen hinuntergegangen waren. Die Orte, an denen die Mysterien zelebriert wurden, lagen immer unter der Erde.

»Aber wer soll den Stier töten?« fragte eine zweite Stimme. Dimi konnte die Stimmen nicht eindeutig erkennen, obwohl er wußte, daß es die von Männern sein mußten, die er kannte; seine Konzentration hatte nachgelassen, weil er sich bemühte, regungslos stehenzubleiben und mit gebundenen Händen das Gleichgewicht zu halten.

»Mithras«, antwortete die erste Stimme. »Mithras ist der Freund der Rinder; er soll den Stier töten.«

»Soll er seinen eigenen Freund töten?« fragte der zweite Mann. »Er wird es sicher nicht tun.«

Hitze schlug Dimitrios von allen Seiten entgegen, Flammen züngelten ganz in seiner Nähe; es roch nach Schwefel und Naphtha. Schweiß brach aus allen Poren seines Körpers, doch die Tropfen trockneten sofort, so daß die Haut sich spannte. Dimi befand sich genau vor der Sonne.

»Mithras wird doch den Stier töten«, befand die Stimme der Sonne; die drückende Hitze schien mit den Worten zu pulsieren. »Denn es ist mein Befehl, und er ist ein Soldat, der gehorcht... Wo ist der Rabe?«

»Hier, o Sonne«, antwortete Dimitrios, wobei er darauf achtete, die heiße Luft nicht einzuatmen.

»Du mußt diesen Befehl Mithras überbringen, hinunter auf die Erde«, bestimmte die Sonne. »Er muß den Stier töten, denn ohne Tod kann es kein neues Leben geben. Wirst du den Befehl überbringen?«

»Das werde ich.«

»Dann, Rabe, breite deine Flügel aus.«

Dimi spürte Feuer an seinen Handgelenken, und plötzlich waren seine Hände frei. Er hob die Arme und führte sie über seinem Kopf zusammen.

»Rabe, du bist der Herr über die oberen Lüfte. Deine Flügel mögen dich sicher zur Erde hinuntertragen.«

Die Feuer verloschen mit einem dumpfen Knall. Dimitrios schlug nun Wind entgegen, eiskalte, schneidende Luft.

Er bewegte einen Fuß, so daß seine Zehen nichts außer aufsteigender Luft fühlten. Er breitete die Arme aus, bewegte sie mit den Strömungen der Luft; er hatte keine Vorstellung davon, wie tief sich der Abgrund unter ihm auftat. Der Wind machte ihn taub und schwindelig. Die Kälte, die seine Haut zusammenzog, war schlimmer als das Feuer zuvor. Irgendwo war jetzt Dezember, das wußte er, irgendwo über ihm in der Welt.

Der Wind ließ nach. Dimitrios fühlte, daß er schwankte, doch er hatte jegliche Orientierung verloren, auch über seine Glieder. *Hermes, Beschützer des Raben, hilf mir jetzt!*

Doch in seinen Ohren klang nur das Gelächter des launischen Gottes.

Eine Hand berührte seine Schulter, die starke Hand eines Kriegers mit den dicken Schwielen, die der Schwertgriff verursacht. »Rabe, ich sehe, daß du auf einem Lichtstrahl von der Sonne selbst gekommen bist; was bringt dich zu mir?«

Einen schrecklichen Augenblick lang glaubte Dimi mit weichen Knien, er habe nicht die Kraft, um zu sprechen, doch er brachte sie auf. »Du bist Mithras, und du mußt den Stier töten.«

Die Hand ließ ihn nicht los. »Wer sagt das? Bist du ein Bote Ahrimans, der den Stier vernichtet sehen will?«

»Ich überbringe Befehle von der Sonne«, antwortete Dimitrios.

»Sie bestimmt, der Stier müsse sterben.«

»Dann soll es eben geschehen«, entschied Mithras. Obwohl Dimi die Legende in- und auswendig kannte, überraschte ihn doch der Kummer in der Stimme des Herrn.

Die Hand ließ Dimis Schulter los, und einen Moment lang stand er wieder nackt und ohne Halt da. Dann warf man ihm ein Gewand über, steckte seine Füße in Pantoffeln. Das Seidentuch wurde von seinen Augen genommen, und er blinzelte im Schein des Feuers.

Er stand am Ende eines langen gewölbten Saals, an dessen jedem Ende sich ein Kamin befand. Zwischen den Säulen an den Seiten, die das Gewölbe trugen, lagen die Geweihten wie zu einer Mahlzeit auf Polstern.

Eine Gruppe trug Roben mit schwarzen Gürteln und mit schwarzen Federn besetzte Kapuzen, die, einem Schnabel ähnlich, tief ins Gesicht reichten. Zwei dieser Raben standen vor Dimitrios, gürteten sein Gewand und setzten ihm eine dieser Kapuzen auf.

Der Vater, mit roter Robe und gekrümmter phrygischer Mütze, stand neben ihm; er legte eine Hand auf die Sichel an seinem Gürtel und schlug mit seinem Stab auf den Boden.

»*Chaire, hieros corax!*« rief der Vater den Anwesenden zu, worauf die Brüder im Chor antworteten: »Sei gegrüßt, göttlicher Rabe!« Die Raben, die Dimitrios begleiteten, führten ihn zu den anderen auf den Polstern, und die nächste Weihe begann.

Dimitrios beobachtete fasziniert die Vorgänge auf dem Podium: Aus den Öffnungen im Boden loderte zunächst griechisches Feuer, dann blies kalte Luft um den zu weihenden Knaben. Die Plattform, die ihm so schwindelerregend hoch erschienen war, erhob sich nicht mehr als eine Handbreit über dem Boden, wenn sie vollständig ausgefahren wurde.

Zwei angehende Raben scheiterten: Der eine verlor das Gleichgewicht, während der Wind blies, und der andere fiel in Gegenwart der Sonne in Ohnmacht. Die Feuer verlöschten sofort, als der Junge ihnen entgegenwankte. Beide Jungen wurden mit noch verbundenen Augen von zwei Soldaten, Geweihten des dritten Ranges, aufgehoben und hinausgetragen, ohne daß ein weiteres Wort gesprochen wurde. Sie würden nächstes Jahr eine neue Chance bekommen, wenn sie es wollten. Die Mysterien waren ja bekanntlich nur für die bestimmt, die sich als tapfer genug erwiesen hatten.

Als alle Geweihten Platz genommen hatten, wurde das heilige Mahl serviert: das Fleisch des geschlachteten Stieres, an langen Dolchen geröstet, und das Stierblut als Trunk, gefolgt von einem starken Rotwein.

Es war der Tag der Bruderschaft, der Tag, an dem Mithras geboren wurde, um allen Menschen neues Leben zu bringen: der 25. Dezember im 1139. Jahr der Stadt von Byzanz.

August, im 1140. Jahr der Stadt, im 305. Jahr der Teilung.

Cosmas Ducas starrte mit glanzlosen Augen an die Decke des Schlafgemachs; seine Haare waren verfilzt, seine Backen eingefallen. Durch die Haut der Hand, die sich ans Laken klammerte, schimmerten Adern und Knochen.

Das war doch einfach nicht möglich, dachte Dimitrios, selbst als er den Mann im Bett selbst betrachtete; das konnte doch nicht der Löwe des Mithras sein, und Apollo war unsterblich.

Die Ärzte waren bei Cosmas Ducas gewesen, hatten ihn abgeklopft und abgehört und stundenlang auf Fläschchen mit seinen Körperflüssigkeiten gestarrt, und alles, was sie zu sagen vermochten, war, daß es bald mit ihm zu Ende gehen würde. Dimitrios hoffte, daß sie recht behielten, wenn es für ihn sowieso keine Hoffnung mehr gab; und er verabscheute seine eigenen Gedanken darüber.

Tag und Nacht brannten in den Ecken des Raumes Kerzen, die nach Gewürzen dufteten, um den bösen Zauber zu vertreiben. Talismane hingen an Türen und Fenstern, um das Eindringen von Sterbegeistern zu verhindern. Iphigenia hatte bei den Apothekern der Stadt ein Vermögen für deren gesamten Vorrat an Einhornpulver ausgegeben; jeder Mahlzeit, die Cosmas zu sich nahm, und jedem Glas Wein, das er trank, wurde eine Prise beigefügt. Bei dieser Dosis würde der Vorrat ein ganzes Jahrhundert ausreichen. Dimitrios wunderte sich deshalb nicht, daß man keine lebenden Einhörner mehr sah, bei dem Preis, den ihre Hörner in einer vergifteten Welt brachten.

Letzte Woche war ein junger Mann durch Alesia gekommen, der von sich behauptete, ein Hexenmeister zu sein. Gegen Gold und eine Dienerin für ein Mitternachtsritual versprach er, Cosmas zu heilen. Doch der Zustand des Kranken besserte sich keineswegs. Caractacus' leichte Reiter fingen den Zauberer ein und brachten ihn zurück; seine Kleidung war noch immer mit dem Blut des Mädchens besudelt.

Genau vor einem Monat... hatten die Arbeiter die Scheiben in die Fenster des neuen Palastes gerade eingesetzt, und Cosmas gab ihnen von draußen Anweisungen. Dimitrios lief den Hügel hinauf, rief seinen Vater. Cosmas drehte sich um... und hielt sich plötzlich den Kopf... und sank zu Boden, kniete nieder vor etwas Unsichtbarem...

Sie dachten damals, es sei nur ein Sonnenstich, der Gouverneur habe zu lange gearbeitet, sich für einen Sommertag zu dick gekleidet. Doch er konnte nicht mehr sprechen, kurz danach nicht mehr stehen und schließlich nicht einmal mehr sitzen. Nur seine Augen konnte er jetzt noch bewegen, und wenn Dimitrios sah, daß sie ihn anstarrten, fühlte er, daß sie etwas von ihm verlangten. Draußen war ein Schrei zu hören. Dimi schaute aus dem Fenster und sah zwei Soldaten, die den Magier von der Stelle wegzogen, wo Tertullian mit einem im Feuer erhitzten Dolch stand: Wieder einer, der nicht mehr Kaiser von Byzanz werden konnte.

Dimitrios verließ genau in dem Moment das Schlafgemach, als seine Mutter es in Begleitung ihrer beiden Töchter betrat. Zoë hatte ein kleines Tamburin, Livia eine silberne Zimbel bei sich. Dimi erkannte sofort, daß sie aus dem Tempel der Kybele gekommen waren. Er hoffte, daß dort für die Seele der Dienerin gebetet worden sei.

Als er draußen auf dem Gang allein war, griff er unter sein Hemd und berührte das Silbermedaillon, das um seinen Hals hing; er fühlte den Raben und den Caduceus. Die Scheibe war kalt, als sei sie nur ein Stück Metall. Mithras war unsterblich, hieß es, und alle, die ihn verehrten, bekamen das ewige Leben. Im letzten Dezember, in Feuer und Wind, da schien es so etwas wie das ewige Leben zu geben; doch jetzt war August, mit feuchter Hitze und dem Geruch der Krankheit. Würde Cosmas Ducas sterben, so könnte es auch für jeden anderen Gott gelten.

Dimi ging die Treppe hinunter und suchte in der Bibliothek nach Lucian. Doch nicht der Ägypter, sondern Onkel Philipp hielt sich dort auf, denn er war mal wieder mit den beiden einzigen Büchern beschäftigt, die Dimi ihn je hatte lesen sehen: Michael Psellus' *Chronographia* mit den überschwenglichen Schilderungen der Ducas-Kaiser Konstantin X. und Michael VII. und das fünfhundert Jahre alte epische Gedicht *Digenes Akritas,* in dem der Sohn einer Ducas-Frau und ein syrischer König Heere von Barbaren besiegten und ein magisches Fürstentum am Euphrat gründeten.

Dimitrios ging nach draußen. Mehrere Männer stiegen an den Palasttoren von ihren Pferden: Es waren französische Adlige aus der Stadt, unter ihnen auch die Väter seiner Freunde. Dimi blickte um sich.

Natürlich warteten Charles, Jean-Luc, die Rémys und die anderen bereits auf ihn; Dimi winkte, ging auf sie zu. Irgendwie war ihm heute nicht nach Laufen zumute. Vielleicht lag es an der Hitze.

»Guten Tag, *bonjour,* schön, euch zu sehen, Männer.«

»Unsere Väter haben die Botschaft des Gouverneurs erhalten«, sagte Alain Rémy. »Geht es ihm besser, Dimi?«

»Wir haben seinetwegen Sequana ein Opfer gebracht. Wir alle zusammen«, ergänzte Jean-Luc.

Dimitrios wußte nicht, was er sagen sollte. »Ihr meint... eine Botschaft von Lucian.«

»Nein, nicht vom Stellvertreter«, widersprach Charles. »Ich habe das Schreiben gesehen, und darin hieß es ›Ducas, *Strategos*‹. Die Schrift war zwar sehr zitterig, aber wir wissen ja, daß der Gouverneur krank ist.«

»Ich... verstehe das alles nicht.« Dimi drehte sich zum Haus um, versuchte nachzudenken. Cosmas Ducas konnte nicht einmal eine Feder heben, um mit seinem Namen zu unterschreiben, nicht einmal zitterig. Lucian hatte selbst eigene Vollmachten. Wer hätte sich also sonst noch erdreisten können, die Macht an sich zu reißen: *Pleonektis – Philipp.*

»Wartet auf mich«, rief Dimi und ging auf das Haus zu. Als er die Stufen erreichte, taumelte seine Mutter aus der Tür heraus auf den Portikus. Sie hielt ihre Haube in den Händen, ihr Haar zerzaust. Dimitrios rannte entsetzt zu ihr. »Mutter«, rief er, »kommt mit – wo ist Onkel Philipp, Mutter?«

»Er ist beschäftigt«, erwiderte sie mit zitteriger Stimme, »mit Männerangelegenheiten, mit den Herren in Hosen aus der gallischen Hölle... Sind das deine barbarischen Freunde?«

Sie hatte geweint, fing jetzt wieder an. Sie roch nicht nach Wein. »Frag sie –« Sie hob den Kopf und rief: »Ihr da! Gallier!« Sie stieß Dimi zurück und ging auf die Jungen zu; Dimi wollte sie noch zurückhalten, fürchtete sich jedoch davor, sie zu berühren.

Iphigenia schrie: »Ich will einen Vampir!«

Nichts rührte sich. Der Staub schien förmlich in der Luft zu stehen, es roch nach Mist.

»Nun, seid ihr taub? Versteht ihr keine Sprache! Dimi, übersetze! Sag ihnen, daß ich einen Vampir brauche und dafür in Goldmünzen des Imperiums zahle.«

»Mutter, was redet Ihr da?«

Sie hatte Tränen in den Augen, als sie sich zu ihm umdrehte; ihre Finger krampften sich in die Haube. »Ist dein Kopf denn aus Holz? Dein Vater liegt im Sterben. Willst du ihn so einfach sterben lassen oder mir helfen, ihn zu retten?«

»Etwa durch Ahrimans Schlange?« fragte er ganz entsetzt.

Iphigenia gab ihm eine Ohrfeige. Sie tat nicht weh, aber er starrte seine Mutter mit glühender Backe und brennenden Augen an; er wußte, daß er zu weinen anfangen würde, wenn er bloß einmal blinzelte.

Dimitrios lief an ihr vorbei zu seinen Freunden. Leise fragte er auf französisch: »Kennt jemand von euch ... einen Kranken?«

Alle schwiegen einen Augenblick. Dann sagte Charles: »In der Nähe von Seigny. Die Hauptstraße entlang.«

Dimi nickte. »Gut.« Er ließ seinen Blick über seine Prätorianergarde schweifen. »Niemand muß mich begleiten –«

»Wir gehen mit«, entschied Jean-Luc, und niemand widersprach. Charles zog die violette Schärpe aus seinem Hemd und band sie über Schulter und Brust fest.

Sie ritten schweigend das Tal hinauf in nordwestliche Richtung. Als die Hufe Funken auf dem römischen Pflaster schlugen, dachte Dimi mit dem Beigeschmack bitterer Ironie, *wir reiten wie Teufel.*

Als Dimi nach wenigen Meilen wußte, daß man sie vom Haus aus nicht mehr mit bloßem Auge sehen konnte, befahl er, anzuhalten.

»Wir müssen uns beeilen, wenn wir nach Seigny kommen wollen«, drängte Alain.

»Wir reiten gar nicht weiter.« Dimi schwang sich aus dem Sattel und führte Luna von der Straße, redete leise auf die Schimmelstute ein. Er ließ sie grasen, setzte sich auf einen Felsblock. Er konnte den Gipfel des Mont Alise sehen, der sich im Osten golden vom Himmel abhob. Die anderen beobachteten ihn erst und folgten schließlich seinem Beispiel.

»Hauptmann...«, begann Léon, der fast nie etwas sagte.

»Als Mithras den Stier tötete«, begann Dimi zögernd, »hat er ihm die Kehle durchgeschnitten, damit sein Blut der Erde Leben schenkte. Doch Ahriman... der Widersacher... schickte seine Dienerin, die Schlange, um das Blut des Stieres aufzutrinken.« Dimi sah in die Runde. Sicherlich würde er den Mysterien nicht schaden, zumal er ihnen die Geschichte ohnehin um Mithras und um der Seele seines Vaters willen erzählte. »Doch der Rabe sah die Schlange und hackte auf sie ein. Der Hund, der Freund der Menschen, biß außerdem die Schlange, und Mithras zertrat sie noch mit der Ferse. Trotzdem trank die Schlange etwas von dem Stierblut und kroch lebendig fort... Doch ihre Wunden wurden ihr von einem Gott und den Freunden eines Gottes zugefügt, und seitdem muß sie ständig Blut trinken, um am Leben zu bleiben.«

Nach einer Weile fuhr Dimi fort: »Mein Vater hätte uns alle verflucht –« Er hielt inne, denn seine Stimme zitterte.

»Dann ist es also gut, daß es keinen Vampir in Seigny gibt«, sagte Charles.

Alle starrten ihn an. Dann lächelte Dimi, und auch die anderen begriffen.

Sie verstehen, dachte Dimi. Das genügte.

»Wie lange sollen wir warten?« fragte Jean-Luc.

Dimi blickte nach Osten. »Bis Sonnenuntergang, denke ich...«

Doch dann sagte er plötzlich schroff: »Nein. Steigt sofort auf eure Pferde.«

Dort, wo Vercingetorix sich einst verschanzt hatte, blitzte das Heliostat. Der sich drehende Spiegel übermittelte die Nachricht in alle Teile des Imperiums, daß einer seiner *Strategoi* gestorben war.

Die künstliche Höhle leuchtete im Schein des Feuers, die Stimme des Sonnenkuriers, des unmittelbar Rangfolgenden nach dem Vater, hallte: »O Herr! Ich bin wiedergeboren worden und scheide in Freude. In Freude scheide ich. Die Geburt, die Leben hervorbringt, läßt mich sein und befreit mich. Ich gehe den Weg, den du befohlen hast...«

Der Sarg hing in einem Drahtgeflecht, das über dem Podium am Ende des Mithraeums befestigt war. In seiner Robe und der schwarzen Rabenmütze roch Dimitrios Naphtha und seinen eigenen Schweiß.

Der Kurier der Sonne las die Anrufungsformel von Julian dem Weisen, des Kaisers von Byzanz: »... ein feuriger Streitwagen, der durch den Wirbelwind jagt, wird dich zum Olymp tragen; du wirst frei sein vom Fluch und der Müdigkeit deiner sterblichen Hülle. Du wirst die Höhen des himmlischen Lichtes deines Vaters erreichen, von denen du auszogst, um in den menschlichen Körper einzugehen.«

Flammen züngelten aus dem Boden, Wind brachte sie zum Lodern, Wabern und Tosen, so als würden Löwen den Sarg mit dem toten *Leo* verschlingen.

Dimi war dankbar für die Kapuze, die seine Augen verdeckte.

Das Imperium war zu gut organisiert, als daß es durch den Tod eines Mannes aus dem Gleichgewicht gebracht werden könnte. Caractacus, der Befehlshaber der Reitertruppen, wurde zum Oberbefehlshaber der Streitkräfte ernannt. Lucian übernahm die administrativen Aufgaben des Gouverneurs. Die Steuereintreiber und Schreiber nahmen nach drei Tagen Trauer ihre Arbeit wieder auf. Byzanz würde so schnell wie möglich einen *Strategos* entsenden. Weitere Veränderungen gab es nicht, zumindest nicht auf höchster Verwaltungsebene.

Auf privater Ebene dagegen sehr wohl. Dimitrios hielt sich seltener im Kreis seiner Familie auf, suchte dafür immer häufiger die Gesellschaft seiner Freunde. Seine Mutter ging täglich zum Tempel von Kybele. Sie bestand außerdem darauf, sich ihre Mahlzeiten selbst zuzubereiten, und streute auf jedes Gericht das grobkörnige Einhornpulver, das wertvoller als Goldstaub war. Onkel Philipp lächelte jedesmal finster, wenn er Dimi sah, hüllte sich in Schweigen und tat sehr geheimnisvoll – mit ihm war besser auszukommen als früher, doch ein unangenehmes Gefühl blieb dennoch.

Im Dezember würden Charles und Robert Raben werden; es gab keine Gründe mehr, die dagegen sprachen.

Im Oktober war der neue Palast bezugsfertig. Lucian hatte dafür gesorgt, daß die Familie Ducas und ihre Diener so lange im alten Gebäude bleiben konnten, wie sie es wünschten; es schien Schwierigkeiten verwaltungstechnischer Art zu geben, die ihre Rückkehr auf ihren Besitz in Griechenland verzögerten.

Natürlich war ein großer Teil der Einrichtung des alten Palastes bereits in den neuen gebracht worden, doch die Familie benötigte ja auch nur noch wenige Räume. Die Wandteppiche, unter anderem der mit dem Motiv der Teilung Galliens, waren zusammengerollt und weggebracht worden; einfache Tücher schützten in den noch bewohnten Räumen vor Zug und Kälte. Lucian, der weiterhin ständig die Bibliothek benutzen mußte, hatte, um die Ducas-Familie nicht zu den unmöglichsten Zeiten zu stören, die Bücher in den neuen Palast auf dem Hügel transportieren lassen. Auf Grund einer architektonischen Besonderheit war die Toilette, die für die weitere Benutzung am geeignetsten schien, gleichzeitig die unansehnlichste.

Am letzten Abend im November war Dimitrios von seinem Zimmer in die Küche hinuntergegangen, um ein Stück Brot und etwas warmen Wein zu holen. Auf dem Rückweg blieb er vor dem Alesia-Fresko stehen. Das einzige trübe Licht im Gang flackerte, so daß die Schatten die gemalten Figuren mit Leben zu erfüllen schienen. Die Gallier kämpften in ungeordneten Reihen mit ihren primitiven Waffen. Die Legionäre marschierten kraftvoll: der Hammer des Imperiums. Vercingetorix stand mit wehenden Haaren auf dem Berg und führte seine Anhänger als freie Männer in den Tod. Julius' Mantel flatterte im Wind, während er mit unendlicher Beharrlichkeit sämtliche Verteidigungsanlagen des Feindes zerstörte.

Ein schwarzer Schatten fiel plötzlich auf den göttlichen General. Dimi drehte sich um und sah Philipp hinter sich stehen. Er hielt ein geöffnetes Buch, das *Digenes Akritas,* in den Händen; im schwachen Schein der Laterne sah er aus wie sein toter Bruder.

»Dein Haar ist schwarz wie das eines Syrers oder Galliers, dennoch weiß ich, daß du ein Ducas bist«, behauptete Philipp ohne Umschweife. Seine Stimme klang fest, anders als bei seinem üblichen Gezeter, doch der Sinn seiner Rede blieb wie immer im dunkeln. »Komm mit mir.«

Dimi folgte ihm, obwohl er nicht wußte, warum. Vielleicht bewirkte dies die Ähnlichkeit mit seinem Vater.

Sie gingen zum Amtszimmer des Gouverneurs. Es war bereits vor Wochen ausgeräumt und abgeschlossen worden. Glaubte Dimi jedenfalls.

Doch er irrte sich. Drinnen türmten sich Truhen, Rüstungen und Waffen; an den Wänden hingen Karten von Alesia und Umgebung und eine Kopie des Bauplans für den neuen Palast.

»Was ist denn das alles?« fragte Dimi, der noch immer nicht ganz begreifen konnte, was er vor sich sah; es war ihm, als sei er in einen bösen, bösen Traum geraten.

»Das ist das große Werk dieses Hauses«, erwiderte Philipp. »Das Werk, das mein Bruder nicht beenden konnte.« Er legte das Buch nieder und zeigte auf eine der Karten. »Es ist die Wiedereinsetzung eines Ducas auf den Thron der Welt... Sie beginnt hier, im gleichen Schlamm, in dem der göttliche Julius begann.«

Dimitrios schüttelte den Kopf. Es war tatsächlich ein Traum, der alte, irrsinnige Traum. Doch nun, da auch Cosmas Ducas ganz tief schlief, gab es niemanden mehr, der ihn vollenden konnte.

»Cosmas hat sie mit Worten gewonnen, ich habe sie mit Gold und Worten gewonnen.« Philipp öffnete eine Truhe, nahm eine Handvoll Münzen heraus und ließ sie durch die Finger gleiten. Er wirkte wie ein Dämon aus einer Legende, der dem Helden seinen durch Magie und Untaten erworbenen Reichtum vorführt.

Dimi fragte sich, woher all das Gold gekommen sei... ob es etwa noch die weiße Villa über dem blauen Ägäischen Meer gab.

»Weißt du, was er über dich gesagt hat?« fuhr Philipp fort. »Er sagte: ›Das ist mein Sohn, den die Gallier lieben. Mein Sohn wird König werden, und wenn er als König in Gallien beginnen muß.‹ Und das wirst du. Doch es wird nicht in Gallien enden. Auch nicht in Griechenland. Es wird in Konstantins Stadt enden... und vielleicht auch noch nicht einmal dort.

Dein Vater und ich haben den Führern der Gallier aus dem Buch von Digenes vorgelesen, und sie haben uns geglaubt.«

Dimi konnte, wollte nicht glauben, daß sein Vater irgend etwas mit dieser Sache zu tun gehabt hatte; er versuchte darüber nachzudenken, was Cosmas wirklich über ihn gesagt haben könnte, das der verrückte Philipp jetzt so verdrehte.

Cosmas Ducas hatte sie bestimmt nicht mehr *Gallier* genannt.

»... sie werden sich auf deinen Befehl hin erheben, Dimitrios Ducas, Digenes«, verkündete Philipp.

Dimi wandte sich ab und ließ den Onkel stehen. Das Brot in seiner Hand zerbröckelte, der Wein rann ihm über die Finger, tropfte auf den Boden.

»Ich weiß, warum du die Krone auf dem Schwert ablehnst«, rief Philipp ihm nach, »weil Mithras deine Krone ist.« Seine Stimme klang ruhig und vernünftig, als er die Mysterien auf diese Weise schmähte, und Cosmas' Stimme so ähnlich, daß Dimi sich unwillkürlich die Nackenhaare sträubten. »Doch es gibt Könige und Kaiser auf Erden, und unser Herr war ihre zweite Krone. Der göttliche Julian der Weise –«

Drei Gestalten standen da vor Dimi auf dem dunklen Gang: seine Mutter und seine beiden Schwestern, mitten in der Nacht vollständig bekleidet.

»Du hast ihn vielleicht verleugnet, als er noch lebte«, schrie Iphigenia, »und ihn im Tod im Stich gelassen. Aber wenigstens jetzt wirst du deinen

Vater ehren, oder ich schwöre bei Ishtar, daß ich dir die Kehle durchschneide und in deinem Blut bade – denn du bist kein Mensch, sondern eine Bestie, die mir als Opfertier geschickt wurde.«

Dimitrios schaute zu Boden. Livia uand Zoë klammerten sich am Gewand ihrer Mutter fest, und Dimi konnte ihre Angst erkennen, die wie Hitze emporstieg. Er stand barfuß und fröstelnd im Gang: was für eine lächerliche Figur, der Brotkrumen und Wein aus den Händen rieselten; ihm wurde seine Schwäche schmerzlich bewußt. Dimi schloß die Augen und sah in der Dunkelheit seines Innern das Fresko mit der Schlacht: Vercingetorix, mit seinen Galliern auf sich allein gestellt.

Aber ich werde dich nicht vergessen, o Caesar.

An einem frostigen und klaren Dezemberabend traf sich die *Cohors equitata* zu Fuß auf dem Gipfel des Mont Alise. Sie trugen Lederkleidung, weil sie sich in ihr geräuschloser und schneller bewegen konnten: Sie mußten an Basilisken vorbei, um den feindlichen Hexenmeister in seiner Festung ausfindig zu machen.

»Aber es wird anders werden als im Spiel«, erklärte Dimitrios. »Die Wachen können uns nicht durch einen bloßen Blick niederstrecken, und deshalb haben wir die größte Chance, wenn wir zusammenbleiben. Außerdem sind sie erst seit kurzem im neuen Palast; wir dagegen kennen jeden Stein und jeden Winkel und jedes gute Versteck. Und wir wissen von einem Ort, den sie wohl überhaupt nicht kennen.« Charles lächelte. Die anderen wußten zwar von der geheimen Treppe, hatten sie jedoch noch nicht gesehen.

»Wir werden durch die oberen Wohnräume eindringen, durch den Notausgang. Lucians Gemach ist am Ende des Gangs. Wenn er nicht dort ist, ist er entweder in der Bibliothek oder im Amtszimmer. Dann gehen wir die schmale Treppe hinunter auf den Gang vor der Bibliothek; von dort zum westlichen Säulengang, wo sich die Geheimtür befindet.« Dimi hielt kurz inne; seine Hände erstarrten mitten in einer Geste. »Die Tür wird jetzt von einem Vorhang verdeckt; wenn wir erst einmal dort durch sind, können sie nicht einmal mehr feststellen, wohin wir verschwunden sind.«

Dimitrios spürte die Nervosität seiner Freunde: Er hatte sie mit seiner eigenen verglichen, ohne dann weiter darüber nachzudenken. Aber jetzt kam noch etwas anderes hinzu, etwas, was mehr war als Angst.

»Wenn wir den Stellvertreter gefaßt haben... wird er die Soldaten wirklich zurückpfeifen?« meldete Jean-Luc Bedenken an.

»Natürlich, oder wir werden –« Der Gedanke, Lucian zu töten, war ihm nie wirklich gekommen, und er konnte sich auch jetzt kaum mit ihm anfreunden. »Zu der Zeit werden ja die Leute aus der Stadt schon an den Toren stehen und nach einem neuen Gouverneur verlangen…«

Als Dimi in die Runde blickte und ihre Gesichter studierte, die im Licht der kleinen Laterne lang und ernst wirkten, erkannte er plötzlich, worum es sich bei dieser neuen Gemütsbewegung handelte. Er war gerade erst selbst damit konfrontiert worden: Es waren Schuldgefühle.

»Mein Vater… hat sich nicht bewaffnet, als ich das Haus verließ.« Charles klang wie Mithras, als dieser sich bereit erklärte, seinen Freund, den Stier, zu töten.

»Unserer auch nicht«, berichtete die Fistelstimme von Michel Rémy.

»Bei mir hieß es: Robert, bleib heute abend zu Hause.«

Dimi hätte fast gefragt, warum sie denn trotzdem alle gekommen seien. Er kannte jedoch die Antwort und wollte sie nicht mit der Frage beleidigen.

»*Man führt Männer nicht mit Metall*«, hatte Cosmas Ducas seinen Sohn Dimitrios gelehrt, und Gold war ebenso ein Metall wie Stahl.

»Wenn ich euch befehlen würde, nach Hause zu gehen«, fragte Dimi, »würdet ihr dann gehorchen?«

Alle, einer nach dem anderen, beteuerten, daß sie es tun würden. Anschließend meldete sich Charles zu Wort: »Wenn wir dich allein lassen, würdest du dann trotzdem den Palast stürmen, allein?«

»Ja.« Manchmal muß man, ohne Rücksicht auf Verluste –.

»Dann befiehl uns nicht zu gehen.«

Dimi sah wieder das Fresko vor sich, viel klarer, als es ein Gemälde sein konnte: Vercingetorix mit seinen Galliern auf sich allein gestellt.

Aber ich werde dich nicht vergessen.

Auf gezogenen Messern schworen sie den Eid und zogen dann den Hügel hinunter: Brüder im Ruhm, fünfzehn Jahre alt. Während sie über den gefrorenen Boden schlichen, fragte sich Dimitrios, ob der Tod ganz plötzlich oder langsam komme und ob er heiß oder kalt sei.

An der hölzernen Tür des Notausgangs war außen kein Griff angebracht, doch mit einer Messerklinge ließ sich der Riegel von außen anheben. Ein Windstoß übertönte glücklicherweise das Knarren der Tür.

»Schnell jetzt«, flüsterte Dimi, und sie rannten zur Tür von Lucians Gemach; der kräftige Alain Rémy stieß sie auf, und Dimi und Robert stürzten hinein.

Der Raum war vollgestellt mit ägyptischen Kunstwerken, Büchern und Schriftrollen auf hölzernen Regalen; schwerer Weihrauchduft hing in der Luft. Doch niemand hielt sich darin auf.

Dimitrios hörte eine Stimme vom Gang: »Da oben! Die Treppe hinauf!« Die Stimme gehörte keinem seiner Freunde; nun wußte er, daß sie verraten worden waren. Niemand würde in dieser Nacht rufen: »Wir wollen einen Ducas!«

Es sei denn, fiel ihm ein, als er hinaus auf den Gang rannte, es sei denn, er könnte Lucian selbst dazu bringen, es zu sagen.

Ein Wachposten stand mit vorgehaltener Lanze auf der obersten Treppenstufe und hielt gerade Charles und Léon auf Distanz. Er drehte sich um, als Dimi angerannt kam, und dies nutzte der kleingewachsene Michel Rémy, um unter der Lanze durchzutauchen, dem Posten das Heft seines Messers gegen den Spann zu schlagen und ihm anschließend die Klinge in den Oberschenkel zu stoßen. Der Mann schrie auf und fiel rückwärts die Wendeltreppe hinunter, bis er nicht mehr zu sehen war.

Michel starrte auf seinen Arm, an dem fremdes Blut herunterrann. Er hob ihn, um ihn den anderen zu zeigen, und alle betrachteten ihn verwirrt. Dimi gelang es schließlich, seine Gedanken zu ordnen und sich zu besinnen. »Weiter. Weiter!«

Der Wächter lag unten vor der Treppe, den Kopf unnatürlich nach hinten verdreht, Mund und Augen weit aufgerissen. Die Jungen starrten auf ihn, genau wie der Trupp von Wachsoldaten am anderen Ende des Gangs.

»Das ändert die Sache natürlich«, rief der Anführer seinen Männern zu. »Keine falsche Rücksicht mehr.«

Linker Hand führten zwei Türen vom Gang in die Bibliothek, beide standen offen. Auf Dimis Zeichen hin stürmten die Jungen zugleich mit einem Satz auf die erste zu. Der langbeinige Robert und Jean-Luc gelangten in die Bibliothek, die übrigen wurden von den Lanzenspitzen der Wachen daran gehindert.

»Hinteres Glied kehrt«, befahl der Offizier, »sonst fallen sie uns –«

Robert und Jean-Luc erschienen an der zweiten Tür. »*Geht weiter!*« rief Dimi, doch statt dessen kamen sie zurück. Als drei Wachen versuchten, sich in dem schmalen Gang mit ihren Lanzen umzudrehen, griffen sich die beiden Jungen je einen Soldaten und schnitten ihm kurzerhand die Kehle durch, worauf deren helles Blut sich über den goldroten Untergrund ergoß.

Die anderen in Dimis Gruppe versuchten, den unverhofften Vorteil auszunutzen. Michel Rémy tänzelte zur Ablenkung hin und her, bis er in einer Blutlache ausrutschte. Ein Wächter stieß daraufhin zu, die Lanze glitt jedoch von Michels Jacke ab, aber er versuchte es ein zweites Mal mit aller Kraft. Die Lanze traf Michel unterhalb der Rippen und trat am Rükken wieder aus, wobei die Parierstange in Adlerform ein weiteres Eindringen verhinderte. Michel schrie noch nicht einmal, als er zu Boden sank.

Alain schrie dagegen fürchterlich, packte die tief im Körper seines Bruders steckende Lanze und riß sie dem Soldaten aus den Händen. Alain war einen halben Kopf größer als der Soldat, der noch ganz benommen dastand, bis Alain ihm sein Messer durch Hals und Rückgrat rammte und ihm dabei fast den Kopf abtrennte.

Lanzen waren in dem engen Gang im Nahkampf nutzlos. Wären die Soldaten in der Lage gewesen, ihre Schwerter zu ziehen, hätten sie den Kampf vielleicht noch für sich entscheiden können, doch so mußten sie unterliegen. Charles tötete hier einen Soldaten, Robert hackte dort einem die das Schwert führende Hand ab, doch als der Mann zu Boden fiel, bohrte sich sein Speer tief in Léons Schenkel. Ein Soldat zückte einen Dolch und stach ihn tief in Jean-Lucs Brust; als er ihn herausziehen wollte, verkantete sich die Klinge in Jean-Lucs Rippen, und der Junge fiel auf den Soldaten, der noch einige Augenblicke fluchte und schrie, bis schließlich beide verstummt waren. Dimitrios schleuderte den Offizier gegen die Mauer und schnitt ihm dreimal die Kehle durch. Als er das dritte Mal zustieß, bemerkte er, daß er mit ihm das Bogenschießen gelernt hatte, doch es berührte ihn nicht im geringsten.

Léons Bein war fast abgetrennt, Jean-Luc und Michel waren tot. Alain stand schützend über seinem Bruder mit seinem Messer in der einen Hand und dem Schwert eines Soldaten in der anderen.

»Wir gehen weiter«, rief Dimi Alain zu. »Halte du uns den Rücken frei!« Alain nickte wortlos, sein Blick starr wie der eines Blinden.

»Die Bibliothek ist leer«, keuchte Robert. »Jetzt wissen wir, wo er steckt.«

Er rannte zum Ende des Gangs, dort, wo er in den Säulengang mündete. Er riß die Augen auf, seine Hand, die das Messer hielt, zuckte so schnell, daß das Auge der Bewegung kaum folgen konnte. Man hörte ein dumpfes ›Plop‹ aus dem Säulengang, einen Schrei, dann ein zweites ›Plop‹. Robert wirbelte auf dem linken Fußballen zu Dimi und Charles herum.

Er tastete mit der Hand an seine Brust, wo das befiederte Ende eines Armbrustbolzens aus seiner Lederjacke hervorragte. Seine Finger umklammerten noch den Bolzen, als er zu Boden sank.

Danach war es totenstill.

Charles und Dimi sahen sich betroffen an. »Wir müssen weiter«, preßte Charles hervor. Dimi nickte, hielt Charles mit der Klinge eines Schwertes zurück, das er einem Soldaten abgenommen hatte, ging als erster um die Ecke. Charles folgte ihm unverzüglich.

Tertullian stand wie ein riesiger, dunkler Schemen in der Mitte des Säulengangs, direkt vor dem Vorhang, der die Geheimtür verdeckte. Er trug eine schwarze Lederrüstung mit hellen Stahlplatten und hielt eine mit einem Bolzen gespannte Armbrust ganz ruhig im Anschlag. Neben ihm lag ein Mann auf dem Steinboden, auf seinem Körper ebenfalls eine Armbrust; er lag hingestreckt wie alle, die Dimitrios im Kampf hatte fallen sehen. Dimi konnte allerdings nicht erkennen, wo Roberts Messer ihn getroffen hatte.

»Muß ich euch tapfere, junge Männer töten?« fragte Tertullian mit kalter, stählerner Stimme, die zu seiner Panzerung paßte.

»Ihr könnt nur einen von uns erschießen«, erwiderte Charles, »und zwar mich.« Er trat einen Schritt nach vorn.

»Ich werde euch beide töten. Einen erschießen, den anderen erdolchen. Oder meine Hände benutzen. Wie, bleibt sich dabei völlig gleich.«

Charles trat einen weiteren Schritt auf ihn zu, Dimitrios zwei, um auf gleicher Höhe zu stehen. Tertullians Blick behielt die beiden starr im Visier.

Dimitrios sah auf die Wandbehänge hoch zur gewölbten Decke und schließlich wieder in Tertullians Richtung. »Ich weiß, daß ich Euch wahrscheinlich nicht töten kann«, gestand er vorsichtshalber im Griechisch der Mittelschicht, von dem er wußte, daß Charles es nicht verstand. »Aber Ihr müßt es mich versuchen lassen. Um des Löwen willen.«

Alle standen einen Moment lang wie erstarrt. Dann ließ Tertullian seine Armbrust sinken, drehte sich ohne jeden Kommentar um und entfernte sich.

Nachdem er gegangen war, schob Dimi den Vorhang beiseite, fand mit der Messerklinge den Spalt im Gemäuer und hob den verborgenen Riegel an, um den Eingang langsam zu öffnen. Dimi warf seinem Begleiter einen Blick zu; Charles nickte, und beide stiegen durch Dunkelheit, Kälte und muffige Luft die Stufen hinauf.

Der Riegel der oberen Tür verursachte nur ein ganz schwaches Klikken, als die Steinplatte herumschwenkte.

Lucian stand weniger als zehn Schritte entfernt hinter einem Tisch, auf dem sich alles mögliche türmte. Er schaute aus dem Balkonfenster hinunter auf Alesia. Warme Luft aus einem Heizungsschlitz im Fußboden kräuselte sein weißes Gewand.

Lucian wandte seinen kahlen Kopf, zog die spitze Nase hoch. Er hielt eine doppelläufige Handfeuerwaffe gegen die Brust gepreßt; mit erstaunlicher Schnelligkeit zielte er und betätigte den Abzug. Mündungsfeuer blitzte auf.

Charles' Kopf barst wie eine Melone auf dem Gehsteig, bespritzte und verschmierte die Wand mit Blut und Hirn.

Dimitrios hechtete auf den Ägypter zu; als seine Füße den Boden verließen, sah er noch ganz deutlich, daß Lucian erneut zielte, sich sein Finger bewegte und den Abzug durchzog, worauf jenes metallische Klicken zu hören war. Aber kein Feuer blitzte auf, kein Schuß brach hervor.

Dimi riß im Sprung Papier und Tintenfässer vom Tisch und versetzte dem Ägypter einen solchen Stoß gegen die Brust, daß Lucian taumelte, mit dem Kopf gegen das Fenster knallte und das Glas durchschlug. Er stöhnte, stöhnte noch einmal, als Dimi auf ihm landete. Dimitrios stieß ihm das Knie in den Unterleib und fluchte. Dann setzte er Lucian sein Messer an die Kehle.

Das Band, das Lucians Brille hielt, war gerissen, weshalb die Gläser ihm von der Nase rutschten. Seine braunen Augen schielten ein wenig, blinzelten. »Dimitrios, du tust mir weh.«

Dimi hätte fast das Messer zurückgezogen, drückte es dann jedoch noch fester an die Kehle, bis eine frische Blutspur an der fleckigen Schneide entlanglief. »Habt Ihr... meinen Vater getötet?«

Lucian blinzelte wieder. »Eine Familie auszulöschen ist nicht so einfach«, dozierte er. »Bei Massakern kann es Überlebende geben, oder, noch schlimmer, es entstehen hartnäckige Gerüchte über Überlebende. Das Exil ist die Reifezeit der Usurpatoren. Bei Bestechung ist der Erfolg ungewiß; dein Vater hätte sich nicht einmal mit dem Kaisertitel bestechen lassen.«

»Warum habt Ihr ihn dann getötet?« schrie Dimi ihn an. »Es kümmerte ihn nicht, daß er mit seiner Lautstärke auf sich aufmerksam machen könnte; seine Mission war erfüllt, wenn er nur noch diese eine Kehle durchgeschnitten hatte. »Er... liebte dein Imperium.«

»Er *gehorchte* dem Imperium. Er hat es genausowenig geliebt wie du. Aber die Menschen mögen dich. Ein Wesenszug der Ducas, ein ganz gefährlicher. Das war der Grund für den Befehl, das Geschlecht zu vernichten.«

»Wessen Befehl?« Plötzlich schien es, als müsse Dimi fliehen, als müsse er noch andere töten. Er würde es auch tun, selbst wenn er sein ganzes Leben damit zubringen müßte.

»Das Experiment begann unter der Herrschaft von Johannes IV. Lascaris.«

Das war vor zwei Jahrhunderten. »Ich verstehe nichts davon! Wovon sprecht Ihr? Wer – hat – meinen Vater... getötet?«

»In gewisser Weise, Dimitrios, hast du...«

Dimi biß die Kiefer zusammen, bis es schmerzte.

Lucian fuhr fort: »... es getan, oder ich. Oder ein professioneller Giftmörder aus Italien. Julius Caesar. Die Sonne Galliens. Ein schwaches Blutgefäß. Philipp Ducas. Die Fakultät für politische Wissenschaften der Universität in Alexandria, um die Theorie vom Gruppenverhalten zu beweisen. Jede der genannten Personen oder Institutionen. Alle.«

Er atmete keuchend. »Und ich finde den Tod, weil ich den festen Willen von Jungen unterschätzt habe, sowie den Ducas, von dem ich wußte, daß er der gefährlichste ist, weil er der beliebteste ist. Und weil eine Pistole nicht richtig losging... Dimitrios, hast du mich jemals gemocht, wenn auch nur ganz wenig?«

Dimi blieb ihm die Antwort schuldig. Die warme Luft strömte geräuschvoll aus dem Heizungsschlitz.

»Ich will nicht gefoltert werden, Dimitrios; ich war zu oft dabei. Und du willst es bestimmt auch nicht. Wenn du mich umgebracht hast, schneide dir selbst die Adern am Unterarm durch. Der Länge nach, nicht quer! Eine gute, alte römische Sitte.«

Dimitrios richtete sich auf, setzte Lucian das Knie auf die Brust. Der Ägypter unterließ alle Versuche, sich zu befreien. Dimi betrachtete die Klinge des Messers, die Spitze und das breite Heft.

»Es wird dich nicht glücklich machen, Dimi. Ich falle zu schnell in Ohnmacht.«

Dimi machte zwei tiefe, schräge Schnitte quer über Lucians Unterarme. Lucian nickte noch einmal, verdrehte dann die Augen, und sein Kopf fiel zur Seite. Sein Blut war dünnflüssig, aber ebenso rot wie das jedes anderen Menschen.

Dimi ging zurück zur Geheimtür, neben der Charles' Leiche lag.

Sie trugen die gleiche Kleidung; auch ihre Haarfarbe war gleich. Charles' Gesicht war nur noch eine blutige Masse.

Dimitrios ließ sein Messer fallen, zog die Ringe von seinen Fingern ab. Er spürte das Rabenmedaillon, ein kaltes Gewicht auf seiner Brust; er zog es an der Kordel unter seinem Hemd hervor.

Nach ihm würde seine Mutter als erstes suchen, wenn sie noch lebte, und lebte sie nicht mehr, so würde Tertullian es erkennen.

Tertullian: Der Perser wird den Raben erkennen. Selbst wenn er denkt, ich sei ein Verräter, wird er einem Glaubensbruder nicht das Begräbnis verweigern.

Ruhig und bedächtig, darauf lauschend, ob sich die Wachsoldaten näherten, kniete er neben Charles nieder, um ihm all das zu geben, was er ihm geben konnte: seinen eigenen Platz im Himmel.

Als er damit fertig war, ging Dimi zum Balkonfenster. Unter sich sah er die Lichter von Alesia und die sich vereinenden Flüsse im Mondlicht glitzern: Offensichtlich hatten die Männer im Tal noch nicht zu den Waffen gegriffen.

Die Basilisken schlafen also noch, und sie werden den König nicht vorbeigehen sehen. Er öffnete leise das schmale Fenster, sprang hinaus und schloß es wieder. Dann suchte er sich einen Weg den Hügel hinunter in Richtung Stadt.

Er wußte, wo er ein Pferd finden konnte, das nicht vor dem Morgen vermißt werden würde. Er wußte von einem Mann in Troyes, der Männer für Kriege in fremden Ländern anwarb, gleich, welchen Namen sie hatten.

Ansonsten wußte er nichts, außer daß ihm kalt war.

Fiorenza

Cynthia Ricci war nur leicht angesäuselt, vielleicht aber doch betrunkener, als eine Ärztin im Beisein ihres Patienten sein sollte. Vor allem, wenn es sich bei dem Patienten um den mächtigsten Magnaten Italiens handelte und sowohl die Ärztin als auch ihr Vater, ihr Lehrmeister, ihm dringend angeraten hatten, dem Rotwein zu entsagen.

Doch Lorenzo de' Medici, *il Magnifico*, der Leiter des Medici-Bankhauses, ungekrönter Herrscher in der Republik Florenz, nahm wahrscheinlich kaum noch wahr, was um ihn herum vorging. Er war nicht der einzige, der sich in diesem entrückten Zustand befand: Alle Anwesenden in der Sommervilla der Medici in Careggia hatten ihn wohl erreicht. Nicht weiter verwunderlich war es, denn man feierte die letzte Nacht des Sommers. Morgen würden Signore Lorenzo und die Trabanten in seinem Gefolge wieder in den Palazzo Medici nach Florenz zurückkehren. Und neben Gesang, Tanz, Gedichtvorträgen, philosophischen Gesprächen und fröhlicher Zecherei würden sich noch weitere Aktivitäten entwickeln.

Der Boden des Festsaales war mit Fliesen in schwarzweißem Schachbrettmuster ausgelegt – sicher kein Zufall bei Lorenzos Begeisterung für das Königliche Spiel. Kannelierte Scheinsäulen waren ringsum auf die Wandflächen gemalt, ein Fries unmittelbar unter dem Deckengewölbe zeigte Musen und trunkene Satyre. Unzählige Kerzen auf der Tafel, in Wandnischen und kristallenen Lüstern erleuchteten den Saal zu mitternächtlicher Stunde taghell. Offene Türbogen führten hinaus in Lorenzos Garten; prächtige Herbstblumen standen neben bereits verblühten Sommerblumen, und beider Duft vermischte sich zu einem erstaunlichen Nasenkitzel.

Die Nacht war ungewöhnlich kühl. Doch die Gäste des Hauses hatten sich entsprechend darauf eingestellt, indem sie die dicksten Brokat- und Samtgewänder trugen, die sie mitgebracht hatten, und dadurch natürlich die Vorbereitungen für die morgige Abreise völlig durcheinanderbrachten, was überaus das – allerdings nicht geäußerte – Mißfallen der mit dem Packen beschäftigten Diener erregte.

Signore Lorenzo kannte den eigentlichen Grund für diese Unordnung. Der zweite Hammel wurde gerade auf den Spieß gesteckt, neue Weinfässer wurden angezapft, und bald würde niemand mehr einen Gedanken daran verschwenden, ob die Gewänder nun in den Kisten lagen oder auf dem Boden (oder den Zweck, zu verhüllen, noch erfüllen, wie Luigi Pulci aus dem Stegreif dichtete).

Signore Pulci war an diesem Abend ganz in Gold erschienen: mit einem Wams aus honigfarbenem Samt, einer gelben Hose, golddurchwirkten Borten am Hemd und einer mit Topasen besetzten goldenen Halskette. Neben ihm saß, ganz in Dunkelrot und Braun gekleidet, leuchtende Opale im Haar, Lucrezia de' Medici, Lorenzos verwitwete Mutter, und gab vor, sich über das von Pulci rezitierte Gedicht zu entrüsten, während sie es in dem Buch auf ihrem Schoß heimlich mitlas. Die ersten, druckfrischen Exemplare von Pulcis neuestem Werk waren durch einen Kurier sofort nach Careggia gebracht worden; ein gewaltiger Aufwand für ein kleines Buch, das man überall in Florenz für wenige *Soldi* erstehen konnte. Lorenzo hatte dem Autor die Bücher feierlich übergeben und darauf hingewiesen, daß ihm laut Pulcis Vertrag mit dem Verleger fünfzehn Exemplare zustünden, und ein Medici übersah nie auch nur die kleinste Klausel eines Vertrags.

Lorenzos Bruder Giuliano saß mit Guidobaldo da Montefeltro zusammen und unterhielt sich mit ihm über Turniere, Mätressen und Feuerwaffen, wobei sie ständig von einem dieser Themen zum anderen wechselten. Giuliano trug ein rot und blau geviertelte Wams mit einem goldenen englischen Löwen auf rotem Grund über dem Herzen: ein Geschenk von König Edward IV. von England, der sich die Krone mit dem Schwert und der finanziellen Unterstützung durch die Medici erworben hatte. Guidobaldos Vater Federigo, Herzog von Urbino, gehörte zu den fähigsten Führern von Söldnertruppen in Italien und war in einem Atemzug zu nennen mit Francesco Sforza und dem beinahe schon legendären Engländer John Hawkwood. (Es war allerdings nicht klug, diesen Vergleich in Gegenwart des jungen Montefeltro zu ziehen, genau wie Giuliano nie sein Wams mit den französisch-blauen Vierteln trug, wenn Ludwig, der ständig im Exil lebende König von Frankreich, zu Besuch kam.) Guidobaldos Wams war aus metallblau gefärbter, silbern schimmernder Seide, quer über die Brust gesteppt und mit Silber besetzt, so daß es einem Schuppenpanzer verblüffend ähnlich sah.

Cynthia spürte eine Berührung an der Schulter. Marsilio Ficino stand neben ihr mit einem Weinkrug. Ficino trug ein langes weißes Gewand; er hatte Plato für Lorenzos Großvater ins Lateinische und für Lorenzo ins Toskanische übersetzt und zog sich, wie er des öfteren erwähnte, »gerne ein wenig wie Plato und ein wenig wie ein Priester an« – der er auch kurze Zeit gewesen war –, »aber immer noch in gewisser Weise wie ein Florentiner, um unbelästigt durch die Straßen laufen zu können«. In Hausschuhen maß er kaum eineinhalb Meter; er war spindeldürr, hatte eine riesige Hakennase und stets fröhlich funkelnde Augen, die abwesend in die Ferne blickten – bisweilen in ganz weite Ferne, denn Ficino hatte Visionen von Plato, den Grazien und anderen seltsamen Dingen und war überzeugt, daß seine Seele manchmal für eine Zeitlang seinen Körper verließ.

Er schenkte erst Cynthia, dann sich selbst Wein ein. Er hatte lange, zartgliedrige Finger. »*Salut*«, sagte er und stieß mit ihr an.

Ficinos Augen weiteten sich; er zupfte an seiner Nasenspitze, die in den Wein eingetaucht war und von der die rote Flüssigkeit tropfte. Dann legte er sich die Hand auf den Kopf, streckte sie dann geradeaus nach vorn, als wolle er die Entfernung bis zum Boden abschätzen, und sagte in bekümmertem Ton: »Das kann nicht meine Nase sein, *Dottorina* Ricci. Diese Nase muß einem viel größeren Mann gehören.« Er ergriff ihre Hand. »Sagt, *Dottorina* ..., kann ein Mensch mit der Nase eines anderen Menschen zur Welt kommen?«

Cynthia versuchte, sich eine passende Antwort zu überlegen, doch es gelang ihr nicht, ernst zu bleiben. Am liebsten hätte sie losgelacht; nein, eigentlich war es kein richtiges Lachen, sondern nur ein Kichern. Sie legte beide Hände um den Weinpokal, beobachtete das in der Flüssigkeit tanzende Licht der Kerzen; es fiel ihr schwer, sich das Kichern zu verkneifen.

Ficino nahm eine tragische Pose ein. »Vielleicht ist sie das sichtbare Zeichen für unstandesgemäße Geburt«, seufzte er und betastete wieder seine Nase. Sie war in der Tat überdimensional. »Allerdings auch wieder kein so gutes Zeichen. Wahrscheinlich war Mutter nur ein- oder zweimal untreu.«

Cynthia glaubte, an ihrem Kichern schier ersticken zu müssen. Sie wandte den Blick zum Kopf der Tafel in der Hoffnung, der Gastgeber würde sich ihrer erbarmen.

Lorenzo de' Medici trug ein leuchtendrotes Gewand mit geschlitzten, mit weißer Seide unterlegten Ärmeln. Vorne waren sechs kleine, rote Kreise aufgenäht, die die *Palle* symbolisierten, die sechs roten Kugeln im Wappen der Medici. Er hatte seinen Stuhl etwas von der Tafel weggerückt, stützte sich mit einem Fuß an der Tischkante ab und hielt eine mit silbernen Saiten bespannte Lyra im Schoß.

Er war kein schöner Mann mit seinem breiten, flachen Gesicht, der großen, gebogenen Nase (die aber nicht so unförmig war wie die von Ficino) und den strähnigen, glatten schwarzen Haaren. Doch sein Blick verriet Stärke, war wie aus toskanischem Marmor gemeißelt, und wenn er sprach, klang seine Stimme wie die hallende Stimme in den Bergen.

Aber auch wenn er sang, so wie jetzt, nach Reimen für ein neues Festlied suchend. Es handelte von den Planeten auf ihren Bahnen um die Sonne..., so zumindest hatte es den Anschein. Er sang von Kugeln, die von einem zentralen Feuer gewärmt wurden, von in die Dunkelheit ragenden Rohren eines Teleskops und dem weißen Strahl des Zodiaksterns. Alle Festlieder von Lorenzo waren von dieser seltsamen Art, befaßten sich mit heißen Backöfen, dem Pfropfen von Reisern und dem Gießen von Bronzefiguren – allerlei zweideutige Balladen im Mantel der Unschuld.

Oft erfand er zur selben Melodie noch einen zweiten Text, der von seiner Gattin Clarice, seinen Söhnen Piero und Giovanni, silbern schimmernden Olivenbäumen im Morgenlicht oder dem neuesten Gemälde Sandro Botticellis handelte; – und aus Lust wurde Liebe, aus Zweideutigkeit Vieldeutigkeit, ähnlich der Vielschichtigkeit der Seele.

Lorenzo ergriff also die Lyra, ließ das Kerzenlicht von den Saiten aufblitzen, sah auf, erblickte Cynthia und neigte den Kopf. Urplötzlich sorgte sie sich um ihr Aussehen.

Cynthias grünes Samtkleid war an den Ärmeln leicht geschlitzt, so daß das gelb und lila gestreifte Seidenfutter sichtbar wurde. Ihre grüne Kappe und das goldene Haarnetz waren ihr fast zu eng. Cynthia war erst zweiundzwanzig Jahre alt, hatte jedoch bereits schneeweißes Haar: Eine Laune der Natur, die, wie sie immer wieder beobachtet hatte, auf Männer entweder anziehend oder abstoßend wirkte. Das Mieder ihres Kleides war nicht so tief ausgeschnitten, daß es ihren Busen entblößte. Um den Hals trug sie ein Geschenk von Lorenzo: eine dünne Kette aus Gold und Perlen mit einem Anhänger aus purem Gold in Form einer Krokusblüte.

Die Blüte war nicht aus massivem Gold, doch das wußten nur Lorenzo und Cynthia.

Lorenzo musterte sie und den Anhänger. »Bevor die Nacht dem Tage weicht, *Dottorina* ..., möchte ich Euch ein Angebot machen«, sagte er.

Viele Dinge schwirrten Cynthia durch den Kopf. Keiner der Anwesenden unterbrach seine Unterhaltung; nur Marsilio Ficino könnte etwas mitbekommen haben – doch Ficino war der Erz-Platoniker, jederzeit und in allen Dingen.

Lorenzo öffnete den Mund. Da ertönte ein Glockenschlag. Lorenzo schloß den Mund wieder, blinzelte, wollte etwas sagen, da ertönte der zweite Glockenschlag. Er mußte plötzlich lachen, griff in die Saiten, warf den Kopf zurück und sang den nächsten Glockenschlag mit. Dann ballte er die Faust und deklamierte den vierten Schlag.

Beim sechsten Schlag konnte Cynthia ihr heimliches Lachen nicht mehr zurückhalten, und bevor es zwölf schlug, hatte sie alle mit ihrer Fröhlichkeit angesteckt. Dirigiert von Lorenzo ahmten die Anwesenden die Glockenschläge nach.

»Alle in den Garten hinaus!« rief Lorenzo, als der letzte Glockenschlag verklang, und sprang auf. »Nach draußen, schnell!«

Der Vollmond tauchte den Garten in silbernes Licht; Kiefern, Palmen und Zypressen hoben sich dunkel gegen den bestirnten Himmel ab. Der Garten war mit mathematischer Präzision angelegt worden: im Goldenen Schnitt angeordnete Büsche und Blumen, mit Ziegeln ausgelegte Wege, die sternförmig im Mittelpunkt des Gartens zusammenliefen, wo sich eine Kolonnade aus weißem Marmor befand, marmorne Bänke um einen Bronzebrunnen standen, der die aus der Ägäis steigende Venus darstellte. Ficino hatte die Figur entworfen, Donatello sie gegossen, und

Botticelli hatte sie mit der für ihn charakteristischen Symbolik und Allegorik auf der Leinwand nachempfunden.

Der Dichter Arturo Poliziano und Alessandra Scala, die Bühnenbildnerin und -direktorin des Theaters von Florenz, saßen auf einer Bank und unterhielten sich äußerst angeregt.

»Orpheus steigt in die Unterwelt hinab«, ereiferte sich Poliziano. »Er steigt *hinab.* Alle Dichter verwenden das Wort ›hinabsteigen‹.«

»Wir sollten also ein Loch in die Bühne machen, damit er aus dem Blickfeld des Publikums nach unten verschwindet?« erkundigte sich die Direktorin.

»Über die Bühne laufen ist jedenfalls kein Hinabsteigen!«

»Wir könnten auch Leitern aufstellen ... oder wartet. Habt Ihr in letzter Zeit mit Leonardo gesprochen?«

»Dem Erfinder? Seit letztem Winter nicht mehr.«

»Er brachte mir Zeichnungen für eine Maschine – eigentlich mehrere Maschinen –, mit denen man Szenenbilder und Schauspieler bewegen kann. So ähnlich, als würden die Götter fliegen. Stellt Euch vor, während Orpheus läuft, hebt sich die Oberwelt auf Leonardos Rädern ...«

Poliziano trug ein violettes, Scala ein schwarzes Samtgewand, besetzt mit Hunderten von winzigen Silberknöpfen. »Der Gott der Nacht und die Göttin des Himmels«, hörte Cynthia hinter sich Ficino halblaut flüstern, der sich durch seinen schleifenden Gang verriet. Sie wandte sich zu ihm um und hakte ihn unter; er sah zu ihr hoch, deutete ein Lächeln an und nickte, gestattete ihr also, ihm wegen seiner Gehbehinderung zu helfen.

Die Gesellschaft nahm auf den Bänken Platz; Lorenzo bestand darauf, daß sich alle nur auf einer Seite der im Kreis aufgestellten Bänke niederließen. Cynthia vermutete, sie würden nun in den Genuß eines kleinen, von Lorenzo geschriebenen und von Alessandra inszenierten Theaterstücks kommen; sie erinnerte sich noch sehr lebhaft an die Proben zu Lorenzos *Das Leben Julians,* die hier stattgefunden hatten. Das Stück wurde ein großer Erfolg nicht nur in Florenz, sondern auch in der jeweiligen Übersetzung in London und Byzanz. Dort allerdings spielte nicht Lorenzo selbst den weisen Kaiser, und Cynthia konnte sich eigentlich niemanden sonst in dieser Rolle vorstellen.

Es gab einen Donnerschlag, obwohl kein Blitz zu sehen gewesen und der Himmel völlig klar war. Dann schoß ein gelbweißer Feuerstrahl zischend und krachend in die Höhe und zerstob mit einem Funkenregen und mondhellem Rauch.

»Aus China«, erklärte Lorenzo, »Feuer als Kunstform.«

Es folgten weitere Donnerschläge, Feuerstrahlen, Funkenregen, die den Himmel mit Blumen aus Licht in den schillerndsten Farben erfüllten. »Der Mond wird eifersüchtig werden«, meinte Luigi Pulci und dichtete einen für ihn typischen, anzüglichen Zweizeiler über die Folgen des Neids, von dem der Mond erfaßt werden könnte.

»Woran denkt Ihr, *bella Luna*?« fragte eine Stimme Cynthia. Sie drehte sich um und sah Lorenzo auf der benachbarten Bank sitzen und, ein Knie angezogen, die Finger um das Bein gefaltet, in den Himmel starren. Sein Gesicht blieb im Schatten, wurde nur ab und zu von einem explodierenden Feuerstern erleuchtet, und selbst dann blieben die tiefliegenden Augen im Dunkeln verborgen.

Er war achtundzwanzig Jahre, so reich, daß er selbst nicht einmal wußte, wie groß sein Reichtum war, und dank der ärztlichen Kunst von Cynthia und Vittorio Ricci bereitete ihm die Gicht, die seines Vaters Gesundheit ruiniert hatte, noch keinerlei Beschwerden. Er war der eigentliche Herrscher von Florenz, ohne diesen Titel zu besitzen. Was Lorenzo wollte, das bekam er. Cynthias Kleid war zu eng, zu warm; sie konnte kaum atmen.

»Ich wünsche mir, daß Ihr nach Pisa geht«, sagte Lorenzo.

Viele Dinge gingen Cynthia durch den Sinn, doch daran hatte sie noch nie einen Gedanken verschwendet.

»Pier Leone möchte seine Lehrtätigkeit eine Zeitlang unterbrechen«, fuhr Lorenzo fort. »Er spricht davon, nach Deutschland und später nach Alexandria zu fahren, möchte neue Methoden der Chirurgie erlernen, solange seine Hände noch geschickt genug sind, und, soweit ich weiß, ein neues Buch schreiben. Dadurch steht sein Lehrstuhl natürlich verwaist. Wollt Ihr ihn?«

»Ich... ich glaube, mein Vater wäre die bessere Wahl.«

»Vittorio ist in Florenz, und Ihr seid hier. Aber die Entscheidung liegt natürlich ganz bei Euch.« Er zuckte leicht mit den Schultern, ließ den Blick über den im Halbdunkel liegenden Garten schweifen. »Die Krokusse werden bald wieder blühen. Habt Ihr Schwierigkeiten, genug zu bekommen?«

»Nein. Wir... gehen selbstverständlich sehr diskret vor.«

»Natürlich.« Sie sah ihn lächeln und fragte sich, ob ihr eine zweideutige Bemerkung entschlüpft war. Im flackernden Licht sah Lorenzo auf seine großen, groben Hände, krümmte die Finger. Am Himmel explodierten mehrere Donnerschläge kurz hintereinander.

Sein Blick wanderte wieder zu der goldenen Kette um ihren Hals. Er lächelte noch immer, doch nun erkannte sie, daß es kein fröhliches, glückliches Lächeln war. Er faltete die Hände auseinander, und sie fragte sich, ob er den Anhänger berühren wollte, doch er erhob sich mit den Worten: *»Buona notte, Dottorina Luna«*, und schritt davon. Der Himmel flammte rot auf. Sie legte die Fingerspitzen an die Kehle. Nicht die Krokusblüten des Frühlings, sondern die des zu Ende gehenden Sommers, die der Herbstzeitlosen. Das Colchicum. Zweimal täglich nahm Lorenzo de' Medici einen genau abgemessenen Löffel des aus der Herbstzeitlose gewonnenen Giftes in Weinbrand gelöst, der von den Riccis zubereiteten Medizin, und die Gichtbeschwerden blieben aus; so einfach war das. Es gab nur zwei Probleme...

Lorenzos Eltern vertrugen die Medizin nicht, bekamen davon ständig Durchfall, mußten sich erbrechen. Zum Glück war der Mutter Lucrezias Erkrankung nur leicht, so daß sie durch entsprechende Ernährung gelindert werden konnte.

Leider schlug dies bei Piero de' Medici nicht an. Vittorio Ricci verbannte daher Rotwein und Innereien vom Speiseplan, konsultierte alte Bücher und weit entfernt wohnende Ärzte und rang oftmals verzweifelt die Hände.

Und seine Tochter sammelte Blut- und Urinproben, die Vittorio wie ein verwirrter Wahrsager anstarrte, machte Notizen über alle möglichen Abwandlungen des Rezepts. Er nahm Proben des Erbrochenen und des wäßrigen Stuhlgangs, badete die heißen, purpurrot angeschwollenen Gelenke des Patienten, behandelte sie mit Umschlägen, tagein, tagaus, jahrelang, bis Piero, als Cynthia zehn war, schließlich völlig verkrüppelt starb und die letzte Farbe aus Cynthias Haar wich.

Lorenzo wurde mit einundzwanzig Familienoberhaupt. Die Medizin verursachte bei ihm keine Nebenwirkungen; damit war das eine Problem erledigt, doch das zweite stellte sich. Colchicum ist, wie jeder einigermaßen bewanderte Giftmischer weiß, in bereits ganz kleinen Dosen tödlich. Die Behandlung mit diesem Stoff ist demnach eine schmale Gratwanderung zwischen Heilung und Mord.

Deshalb die Diskretion. Deshalb bereiteten die Riccis die Medizin selbst her, obwohl es die Apothekergilde gab. Zwei Hunde und zwei Ferkel waren bereits verendet, als sie neu angesetzte Mixturen an ihnen erprobten. Es ist geraten, äußerste Vorsicht walten zu lassen, wenn man einem Prinzen Gift verabreicht, selbst wenn es mit seiner Zustimmung geschieht.

Das Spektakel am Himmel neigte sich dem Ende zu. Alessandra Scala sprach davon, den Kampfwagen des Phöbus mit tatsächlich brennenden Rädern darzustellen. Poliziano wollte den Brand von Rom auf der Bühne inszenieren. Lucrezia de' Medici dachte an feuerspeiende Schlangen, und Pulci, dem nichts und niemand heilig war, schlug einen Krieg der Götter vor, der am Himmel mit feuerversprühenden Waffen ausgetragen werden sollte.

Der Synkretist Ficino, neben dem stehenden Lorenzo hockend, faßte daraufhin alle Vorschläge und Lorenzos neues Lied zusammen: zwischen den Welten rollende Streitwagen mit Feuerrädern in einem Kampf der Götter gegen rebellierende Götter; die Zerstörung einer Stadt – oder eines Planeten? – durch Feuer; schreckliche Untiere, die die Helden schrekken, aber auch helfen.

»Wir brauchen bloß noch einen Titel dafür«, stellte Signorina Scala fest.

Pulci wollte einen Vorschlag machen, doch Ficino war schneller.

»Es soll Isis und Mars gewidmet sein und *Stella Martis* heißen.«

Ein Diener brachte Lorenzos Lyra, eine zweite für Ficino, eine Flöte für Poliziano und ein Tamburin für Lucrezia.

»Ihr singt doch, Luna?« bat der Prächtige.

»Ich habe den Text nur einmal gehört –«

»Improvisiert, Luna«, empfahl Ficino mit freudig glitzernden Augen. »Was ist denn das Leben anderes als eine Improvisation zur Musik?«

Cynthia sang, die Worte sprudelten förmlich aus ihr heraus, bis im Osten der Morgen dämmerte und sie sich fragte, ob ihre Pferde wohl den Weg nach Hause wüßten, ihr die Antwort auf diese Frage aber völlig gleichgültig war.

Cynthias Füße kannten den Weg vom Haus der Ricci zum Palazzo Medici, und es hätte sie auch nicht gekümmert, wenn dem nicht so gewesen wäre: Als sie den Arno überquerte, hätte es sie auch nicht gekümmert, wenn ihre Füße sie über den Brückenrand getragen hätten und sie ertrunken wäre.

Vittorio Ricci lief mit hängenden Schultern einige Schritte vor seiner Tochter. Er trug einen schwarzen Mantel, und seine Stimmung war ebenso düster. Cynthia sah nach oben; der Septemberhimmel war grau in grau. Die Stadt war viel zu ruhig, der Fluß viel zu flach, die ganze verfluchte Welt wie von bleierner Schwere.

Sie wurden sofort in den Palast der Medici eingelassen. Auch dort war nichts wie sonst. Cynthia hörte das Geflüster der Diener hinter ihrem Rücken, spürte die Blicke, die ihr folgten. Sie fragte sich, ob, wenn sie nach draußen schauen würde, die Mauersteine noch richtig aufeinandersäßen, die Säulen noch senkrecht stünden, die Statue Mark Aurels im Hof nicht Bronzetränen weinte. Aber nein, das konnte ja gar nicht sein, denn der Kaiser und Philosoph war Stoiker, der nicht einmal dann weinen würde, wenn alles Schöne in der Welt erstürbe.

Lorenzo de' Medici lag auf einer Couch, Kopf und Füße auf Federkissen gebettet. Er trug ein weißes Seidengewand, ein seidenes Laken bedeckte seinen Unterkörper. Er unterhielt sich mit seinem Bruder Giuliano und Francesco Sassetti, dem Geschäftsführer der Medici-Bank. Cynthia fiel sofort auf, als sie den Raum betrat, wie gepreßt seine Stimme klang.

»Ich würde gerne wissen, weshalb mein guter Freund, der Herzog Sforza, so kurzfristig soviel Gold benötigt. Ich befürchte nur, ich kenne die Antwort bereits. Auf wieviel belaufen sich die Schulden des Herzogs derzeit, Francesco?«

»Nach Auskunft von *Signore* Portinari auf über fünfhunderttausend Mailänder Pfund... einhundertzwanzigtausend Florin, *Magnifico.*« Cynthia verschlug es beinahe den Atem. Die Ricci waren nicht arm, doch ihr Haus und bewegliche Habe waren nicht einmal ein Zehntel dieser Summe wert.

»Ich weiß nicht recht«, fuhr Lorenzo fort, »was ich von Galeazzo Maria Sforzas Verhalten in letzter Zeit – seit dem Attentat auf ihn durch diese jungen Idealisten – halten soll... Ah... *Dottore* Ricci, *Dottorina* Ricci. Tretet ein.«

Die beiden Ärzte kamen an sein Lager. Sassetti verbeugte sich und wollte gehen.

»Francesco!«

»Ja, *Magnifico*?«

»Schreibe an Portinari und erkundige dich nach den Konsequenzen der Schließung unserer Mailänder Filiale.«

»*Magnifico*, die Konsequenzen wären –«

»Verheerend, ich weiß. Aber laß dir von Portinari die genauen Zahlen vorlegen. Und versichere ihm, daß, was immer auch geschieht, er einen Posten in unseren Diensten behalten wird.«

»Und wenn der Herzog Sforza davon erfährt?«

»Francesco«, erwiderte Lorenzo ganz ruhig, »wenn der hinterlistige Bruder des Herzogs nicht plötzlich tot umgefallen ist, wird der Herzog davon erfahren, dessen bin ich mir absolut sicher. So, wie ich Ludovico

Sforza kenne, wird er deinen Brief viel eher zu Gesicht bekommen als Portinari. Welche Schlüsse der Herzog dann daraus zieht –, wir werden sehen. Er weiß, daß ich einmal wegen Alaun einen Feldzug führte, das pro Pfund viel weniger wert ist als Gold.«

Sassetti nickte und verließ den Raum, steckte die Hände unter die weiten Ärmel.

Lorenzo veränderte leicht die Lage seiner Beine, wobei er das Gesicht in Schmerzen verzog. »Jetzt, viel zu spät, Giuliano, verstehe ich, weshalb Großvater nie Geld an Prinzen verliehen hat. Sforza, dann König Edward, dann der arme Ludwig und jetzt der jüngere Sforza... Vater und ich waren beide Narren, sozusagen Hofnarren.«

»Der Umgang mit Geld ist eine Kunst und eine Wissenschaft für sich«, bemerkte Giuliano.

»Aber keine, die Ficino sich durch das Studium von Platos Schriften aneignen kann... Ah. Entschuldigt, Vittorio, Cynthia. Bitte kommt, seht es Euch an.«

Giuliano trat zur Seite. Vittorio Ricci schlug das Laken zurück. Cynthias Kopfhaut spannte sich; sie spürte, wie Giuliano fröstelnd erzitterte. Der jüngere der Brüder war sechzehn gewesen, als Piero an Gicht starb. Er hatte damals genug gesehen. Er wußte also Bescheid.

»Ihr habt doch nicht vergessen, Eure Medizin zu nehmen?« fragte Vittorio eher gleichgültig. »Oder vielleicht den Rest aus der alten Flasche genommen? Oder zu stark den Euch abträglichen Speisen zugesprochen?«

»Nein, nein und nochmals nein! Mist, Vittorio, ich nehme meinen Löffel Medizin wie ein braver Junge, seit ich siebzehn bin. Heute morgen dachte ich sogar daran, einen Extralöffel zu nehmen, aber...« Er schloß die Augen, als Vittorio sein Knie betastete.

»Gut, daß Ihr es nicht tatet«, sagte Vittorio. »Es hätte sehr gefährlich sein können.«

Ja, ging es Cynthia durch den Sinn, *sehr gefährlich für das Haus Ricci.*

»Dennoch werden wir die Behandlung in dieser Richtung versuchen. Leicht erhöhte Dosen, bis... Sind bereits unangenehme Nebenwirkungen aufgetreten?«

Lorenzo zögerte kurz mit der Antwort. »Als ich mir die Verletzung an der Seite zuzog, im Turnier – du erinnerst dich, Giulian' –, war mir übel, und ich erinnere mich, ich mußte mich übergeben, weil ich alles in den Helm von Bartolomeo Lanzi spuckte. Du erinnerst dich doch?«

»Ja, ich habe es nicht vergessen«, erwiderte Giuliano und sah Cynthia mit angstvollen Augen in seinem hübschen Gesicht an.

»Keine Sorge, Bruder, ich habe kein Fieber. Oder, Luna?«

»Nein«, beruhigte ihn Cynthia. »Allein schon der Schmerz kann auf den Magen schlagen.«

»Ihr habt Euch also erbrochen«, stellte Vittorio fest. »Und der Stuhlgang?«

Er sprach so ruhig, so teilnahmslos, daß Cynthia ihn deswegen am liebsten geschlagen hätte. Sie wollte schreien, glaubte, wenn dies noch länger andauern würde, Zeter und Mordio schreien zu müssen.

Vittorio setzte die Untersuchung unbeirrt fort. Cynthia wartete bloß darauf, daß Lorenzo die Frage stellte, die er würde stellen müssen – doch er tat es nicht. Statt dessen zog Giuliano sie ins Nebenzimmer und erkundigte sich besorgt: »Kann es sein, daß es ihm... wie unserem Vater ergeht? Nach all der Zeit?«

»Ich kann es nicht sagen«, gab sie ihm zur Antwort. »Vielleicht ist es nur –« Sie verstummte. Sie hatte diese Sache geduldet, aber sie würde sich weigern, den Verrat mit noch mehr Lügen zu verbinden, obwohl die Lüge ihr so leicht über die Zunge gekommen wäre. Durch ihr Schweigen war sie beinahe schon Mittäterin geworden, ohne ihr geringstes Zutun.

Giuliano blickte zu Boden, strich sich mit den Fingern durch das bereits zerwühlte Haar. Er wirkte wie ein bekümmerter junger Gott aus einem Gemälde von Botticelli. Er bedurfte des Trostes, doch Cynthia vermochte ihn nicht zu spenden.

Sie gingen zurück. Vittorio Ricci packte gerade Fläschchen mit Proben in seine schwarze Tasche. »Schüttet die Medizin weg, die Ihr bis jetzt genommen habt«, wies er Lorenzo an. »Ich bereite eine neue Mixtur zu und bringe sie Euch morgen.« Er schloß die Tasche. »Komm, Cynthia.«

»Würdet Ihr noch etwas bleiben?« bat Lorenzo.

Vittorio strich sich über die Wangen, als wischte er damit jede emotionale Regung hinweg, die er verspürt haben mochte.

»Wenn du hier gebraucht wirst –«

»Ich bleibe«, entschied sie. »Geh ruhig, Vater.«

Doktor Ricci nahm seine Tasche, deutete eine Verbeugung an und verließ den Raum.

Cynthia sah Lorenzo an und war entschlossen, ihn keinesfalls anzulügen, auch wenn er von ihr verlangte, den Mordversuch zu gestehen.

»Habt Ihr Euch über Pisa Gedanken gemacht?« fragte er, und sie überlegte sich erst, welche Absichten er wohl mit dieser Frage bezweckte, bis sie dann zu dem Schluß kam, daß Lorenzo nichts anderes meinte als das, was er gesagt hatte.

»Ich... könnte jetzt nicht weggehen.« Und das war die volle Wahrheit.

»Nun, mir wäre es auch lieber, wenn Ihr nicht weggehen würdet. Besonders wenn ich daran denke, daß mir jemand jeden Tag die Beine baden muß... lächelt, Luna. Bitte lächelt.«

Sie tat, wie ihr geheißen. Doch es entsprach nicht ihren wahren Gefühlen.

»Ihr seid wie alt – zweiundzwanzig?«

»Ja, *Magnifico*.«

»Dieser Titel hat noch nie lächerlicher geklungen als jetzt... Auf uns hier in Florenz kommen schwere Zeiten zu, Cynthia. Hier im Norden sind nur noch drei Staaten übrig, die von Byzanz unabhängig sind, und jetzt will Mailand mit uns einen Krieg anzetteln. Ich höre förmlich, wie sich diese Marionette des Kaisers, dieser della Rovere, in Rom kranklacht.« Er ballte die Hand, deren Finger sich jedoch nicht ganz zur Faust schlossen.

»Luna, nehmt meinen Rat an: Geht nach Pisa. Heiratet einen klugen Armen oder einen Idioten, der reich genug ist, daß er mit seinen Mätressen vollauf beschäftigt ist. Ich sähe es gerne, wenn Ihr Giuliano heiraten würdet, und er wäre auch gerne dazu bereit, doch das würde nichts nützen; Ihr müßt hier aus dieser Umgebung verschwinden, bevor etwas Schreckliches geschieht. Geht nach Deutschland, praktiziert dort Eure ärztliche Kunst – oder nach England. Edward hat nun Frieden. Wir haben ihm den Frieden erkauft.«

Sie war wie erstarrt, konnte sich weder regen noch denken.

Lorenzo seufzte, versuchte, einen Ring von der rechten Hand zu ziehen, doch es gelang ihm nicht, ihn über den Knöchel zu streifen. »So ein Mist! Würdet Ihr mir bitte zum Schrank hinüberhelfen?«

Giuliano und Cynthia stützten Lorenzo unter den Achseln und führten ihn hinüber zu einem großen Schrank aus dunklem Holz an der Wand. Lorenzo drückte mit dem Daumen gegen seinen Ring, worauf ein metallener Dorn heraussprang. Er steckte den Schlüssel in ein kaum sichtbares Loch im Schnitzwerk und drehte ihn um. Eine Tür öffnete sich.

Im Schrank stand eine kleine, durch einen Korken verschlossene Glasflasche, mit einer honigfarbenen Flüssigkeit; neben ihr lag ein silberner Löffel. Lorenzo griff das Fläschchen und reichte es Cynthia, die es mit zitternden Händen entgegennahm.

»Signore Lorenzo!«

Das Fläschchen zerschellte auf den Fliesen.

Ein Page stürzte in den Raum, fiel auf die Knie. »Signore Lorenzo: Eine Kutsche aus Mailand mit *Signore* Reynardo; und noch einer Person, mit einer Kapuze.«

Cynthia sah, wie sich Lorenzos Schultern strafften. »Danke. *Dottorina* Ricci, ich meine, wir haben die Anweisung Eures Vaters befolgt; entschuldigt mich jetzt. Giuliano, bringe Cynthia hinaus, und komme dann in die stille Kammer.«

Der Page meldete sich zu Wort. »*Magnifico, Signore* Reynardo hat gebeten, einen Arzt zu holen. Einen Chirurgen.«

»Wenn dem so ist«, sagte Lorenzo, »dann, Cynthia, würdet Ihr...?«

»Natürlich, *Magnifico.*«

Lorenzo gab dem Pagen weitere Anweisungen: »Führe Reynardo und seinen Gast durch das Tor zwischen den Rosen herein. Und schicke jemanden hierher, der das aufwischt.«

Giuliano schlüpfte aus seinen Lederpantoffeln, kniete nieder, um sie seinem Bruder über die nackten Füße zu streifen, trug ihn dann zusammen mit Cynthia über die Glasscherben hin zur Couch.

»Hol mir noch Unterkleider«, bat Lorenzo mit plötzlich sehr matter Stimme. »Und... du weißt schon.«

»Den Stuhl?« vergewisserte sich Giuliano.

»Ja. Vaters Stuhl.«

Giuliano und der Page gingen aus dem Raum. Cynthia nahm eine Rolle Mull aus ihrer Tasche und begann, Lorenzos Füße damit zu umwikkeln.

»Ich hoffe, ich ziehe Euch nicht... in eine unangenehme Sache hinein, Cynthia.«

Cynthia fiel es zunehmend leichter, sich wieder in der Gewalt zu haben. »Wer ist dieser *Signore* Reynardo?«

»Ein Franzose. Er nennt sich Reynard; wie er wirklich heißt, weiß ich nicht. Er ist gewissermaßen ein Geschenk von dem französischen Ludwig; das einzige, was ich von diesem alten Spinnenfresser bekommen habe und das sein Geld wert ist.«

»Aber... was macht er denn?«

»Nun, *Dottorina,* könnt Ihr es Euch nicht denken? Er spioniert für mich, bespitzelt meinen guten Freund, den Herzog von Mailand.«

Bei der stillen Kammer handelte es sich um einen Raum im Keller des Palazzo Medici mit doppelten Wänden, durch die kein Geräusch hindurchdrang, und einer Tür, die sich von selbst verriegelte, nachdem sie geschlossen wurde. Die Wände waren aus grobem Stein, und an Einrichtungsgegenständen gab es nichts außer einem eisernen Kerzenleuchter und einigen dicken Eisenringen an der Decke, den Wänden und im Boden, die schreckliche Verwendungsmöglichkeiten erahnen ließen.

Lorenzo de' Medici saß in dem gepolsterten Rollstuhl, den bereits sein Vater Piero benützt hatte. Giuliano stand hinter dem Stuhl, die Hände auf den Schiebegriffen. Cynthia hielt sich links von ihm etwas im Hintergrund, hatte ihren Mantel über die Schultern geworfen und die Kapuze übergezogen.

In der Mitte des Raumes standen zwei männliche Gestalten. Die größere, Reynard, trug einen ledernen Mantel über Wams und Hose, von der Reise her noch ganz staubig, und ein kurzes Schwert mit schmucklosem Griff. Er hatte ein sehr freundliches Gesicht, lächelte etwas geistesabwesend.

Die kleinere, bis sich die Tür geschlossen hatte, in Mantel und Kapuze eingehüllt, war ein dunkelhaariger Junge mit hängenden Schultern und O-Beinen. Er sah sehr blaß aus und starrte unentwegt zu Boden.

»Ein Schwachsinniger?« fragte Lorenzo.

»Wohl kaum«, erwiderte Reynard. Er sprach ohne französischen oder sonstigen Akzent. »Er konnte Plato in Griechisch lesen. Was Ihr hier seht, ist eine Nebenwirkung des Zaubers; ich hatte weder Zeit noch Energie, sanft mit ihm umzugehen.« Reynard streichelte dem Jungen über den Kopf. Er zeigte keine Regung. »Das bedeutet aber auch, daß er schnell wieder wild wird, wenn ich den Bann löse. Gebt acht.«

Reynard machte eine umständliche Bewegung mit den Fingern seiner rechten Hand, strich mit ihnen dann über seinen linken Arm. Es schien, als habe er den Ärmel zurückgeschoben, doch das Leder war viel zu steif und zu schwer, als daß dies möglich gewesen wäre; dennoch schien sein Arm entblößt zu wirken, schimmerte die Armvene breit und blau durch die weiße Haut.

Reynards Rechte strich wieder über den Kopf des Jungen, dann über dessen Wangen, zwickte ihn schließlich in die Nasenwurzel. Reynard schüttelte sein Handgelenk, schnippte mit den Fingern.

Der Junge starrte blinzelnd auf Reynards scheinbar entblößten Unterarm. Er holte tief Luft, fuhr sich mit der Zunge gierig über die Lippen. Dann packte er den Arm mit beiden Händen und schlug seine Zähne ins Handgelenk, biß wie ein wildes Tier zu und machte schmatzende, saugende Geräusche, denn der Speichel floß reichlich.

Reynard zwickte den Jungen ins Genick, murmelte etwas. Das Flakkern in den Augen des Jungen verlosch daraufhin, der Gesichtsausdruck und die Kiefer entspannten sich, und sein Blick wurde wieder leer und geistlos.

Der lederne Ärmel kam wieder zum Vorschein. Reynard hielt ihn ins Kerzenlicht, deutete auf Bißspuren, die beinahe durchs Leder gingen.

»Ihr seid sicher, daß es der Herzog war, der dies getan hat?« fragte Lorenzo mit tonloser Stimme.

»Völlig sicher, mein Fürst.«

»Es gibt Gerüchte über Herzog Galeazzo...«

»Die meisten sind wahr, mein Fürst. Der Herzog Sforza glaubt, wahrscheinlich zu Recht, daß, solange sich seine Greueltaten nur auf wenige Angehörige des Adelsstandes beschränken, die Mehrzahl seiner Untertanen sie vermutlich dulden wird, doch die krankhafte Blutgier eines Vampirs würde gewiß als Gefahr für die Allgemeinheit angesehen werden.«

»Seit wann?«

»Ich glaube, er wurde nach dem Attentat der drei jungen Männer zu Beginn des letzten Jahres damit infiziert; er trug damals kein Panzerhemd unter seinem Wams und wurde tödlich verwundet. Im Verlies saß zu jener Zeit ein Vampir – der Herzog hatte mit ihm einige Experimente vor –, und die Herzogin Bona versprach ihm die Freiheit, wenn er dem Herzog das Leben rettete.«

»Das ist der Herzogin durchaus zuzutrauen«, bestätigte Lorenzo. »Und würde außerdem seinen plötzlichen Sinneswandel erklären.« Dann fügte er in schärferem Ton hinzu: »Und um das herauszufinden, brauchtet Ihr ganze zwanzig Monate?«

»Ich weiß es seit letztem Winter, mein Fürst.«

Lorenzos Augen verengten sich. »Aber warum –«

Reynard nestelte an seinem Kragen. »Im letzten Winter, mein Fürst, war der Herzog hungrig, und ich war gerade anwesend. Ludovico Sforza beobachtet die... Spender seines Bruders sehr genau auf Anzeichen eines Befalls hin. Ich mußte äußerst vorsichtig sein.« Er zeigte auf mehrere schwarze Wundmale oberhalb seines Schlüsselbeins.

»Entschuldigt, Reynard. Und hat er Euch... ebenfalls infiziert?«

»Nein, mein Fürst. Diejenigen, auf die er die Krankheit überträgt, nagelt der Herzog in Kisten ein. Die Kisten werden in einem Raum gelagert, in dem er oft ganz allein sitzt und lauscht. Er nennt ihn sein ›Haus der Gleichgesinnten‹.«

»Bei Venus, Galeazzo...«

Cynthia konnte den Blick nicht von dem Jungen wenden, der sie ein wenig an ihren Bruder erinnerte. Der Speichel trocknete an seinem Kinn.

»Dieser hier konnte entkommen«, fuhr Reynard fort. »Ich fing ihn wieder ein, mit einem Kätzchen als Köder –«

»Genug, genug davon!« schrie Giuliano.

»Wo ist der Chirurg? Ist sie es?«

Cynthia wurde sich plötzlich bewußt, daß die Männer sie ansahen. »Ja, ich bin's. Soll ich es jetzt tun?«

»Es muß getan werden«, sagte Reynard. »Es macht mir immer noch schwer zu schaffen, ihn unter Kontrolle zu halten. Seid Ihr vertraut mit –«

»Ich weiß, was ich tun muß und wie«, unterbrach ihn Cynthia schroff. »Glaubt Ihr etwa, ich hätte Angst?«

»Verzeiht, *Madame*«, antwortete Reynard besänftigend. »Es ist nur so, daß ich selbst ziemlich Angst habe.«

Sie sah den Spion an; besser gesagt, sie versuchte es, denn sein Gesicht blieb seltsam unklar. Magie, dachte sie, eine Illusion, wie zuvor der nackte Arm. Sie fragte sich, wie er in Wirklichkeit aussehen mochte, ob er sein Gesicht im Spiegel überhaupt sehen konnte.

»Zieht ihm das Hemd aus«, ordnete sie an, nahm ein Skalpell aus ihrer Tasche, tupfte es ganz automatisch mit Alkohol ab, bis ihr bewußt wurde, daß es diesmal nicht auf Sauberkeit ankommen würde.

Reynard nahm seinen Gürtel ab, um die Handgelenke des Jungen zusammenzubinden. »Der Schmerz löst den Bann«, erklärte er.

»Mein Fürst Julian...«

Giuliano packte den Jungen an den Fußgelenken. Reynard legte ihn auf den Steinboden und hielt ihn an den Schultern fest. »*Madame*, seid Ihr bereit?«

Cynthia kniete sich daneben, das Skalpell in ihrer Rechten, begann mit der Linken die Rippen abzuzählen. Der Brustkorb des Jungen war sehr schmal. Sie würde durch die Lunge stechen, zur Spitze eines aus der oberen und der unteren Hohlvene gebildeten Dreiecks vordringen und den Nervenstrang am rechten Vorhof durchtrennen müssen.

Sie hörte Lorenzo Minerva Medica anrufen. Bestimmt keine schlechte Idee. Vielleicht auch noch Äskulap. Nach den Nerven am Herzen mußte das Rückenmark durchtrennt werden. Würde einer von den Göttern der Medizin jemals wieder einen Ricci erhören? Die Männer hätten es mit einem Dolch ins Herz und einem Schwertstreich gegen den Hals gleich selbst erledigen können. Die Pupillen des Jungen waren wie Stecknadel-

köpfe. Noch etwas weiter nach oben. Stümper treffen meist nicht die richtige Stelle, hatte ihr Anatomielehrer gesagt. »Haltet ihn jetzt fest.«
Vergib mir.

»Nicht viel Blut.«

»Nein. Dreht ihn um.«

Der zweite Schnitt war einfacher.

»Was wollte denn *Signore* Lorenzo?« erkundigte sich Vittorio Ricci.

»Ich habe eine kleine Operation an einem Jungen vorgenommen.« Cynthia war zu müde und angewidert, um sich weitere Einzelheiten auszudenken; zum Glück wollte Vittorio auch nichts darüber wissen. Er hob ein Blatt Papier auf, das vor ihm auf dem Schreibtisch lag, und gab es Cynthia. »Noch einer. Unter der Tür durchgeschoben.«

Cynthia las den Brief.

Gelehrte Doctores!
Wir sind sehr erfreut über die Fortschritte, die *Signore* Lorenzo macht, und Eure bewundernswerte Diskretion in dieser Angelegenheit.
Bitte vergeßt nicht, *Signore* Giuliano in die Behandlung einzubeziehen, wie wir es in unserem letzten Brief gewünscht haben.
Nach Abschluß dieser Behandlungen dürfen Eure Anverwandten ihren Besuch bei uns beenden und in bequemere Quartiere, ans Tageslicht und an die frische Luft zurückkehren.

»Daran kannst du sehen, wie recht ich hatte«, sagte Vittorio.

»Wenn wir den ersten Brief den Medici gezeigt hätten, wären deine Mutter, dein Bruder und deine Schwester längst tot.«

Cynthia schwieg.

»Ich habe die Medizin zubereitet. Sie schmeckt nach Colchicum, genau wie die nach der alten Rezeptur gefertigte, enthält jedoch die doppelte Konzentration an Salzen der Harnsäure. Ich hatte nicht erwartet, daß sich die Salze als so wirksam erweisen würden; möglicherweise bleibt uns dadurch erspart, reinen Colchicumextrakt verabreichen zu müssen...« Vittorio warf einen Blick in den Brief. »Ich weiß nicht, was wir in Giulianos Fall unternehmen sollen. Aber es gibt genug Gifte für alle und alles.«

Cynthia verspürte eine dumpfe Leere in ihrer Brust. Sie wandte sich um und ging aus dem Zimmer.

»Ich wünschte, ich könnte dich aus dieser Sache heraushalten«, rief Vittorio Ricci mit zitternder Stimme nach. »Aber sie beobachten uns anscheinend Tag und Nacht. Du hast ja gehört, was Signore Lorenzo über Spione gesagt hat.«

Sie hörte, wie er zu schluchzen begann, zögerte aber für nur einen winzigen Augenblick und ging unbeirrt weiter: Soll er doch weinen. Soll er doch viele Tränen um uns beide vergießen.

Sie hatte tatsächlich bereits über Spione nachgedacht.

Sie lief in die Küche, nahm sich ein Ei, eine Apfelsine, eine kleine Schüssel und ein wenig Fett, ging mit allem hinauf in ihr Zimmer und verschloß die Tür hinter sich.

Cynthia legte erst ihren Mantel ab, dann ihr Kleid und nahm im Unterhemd vor dem Spiegel Platz. Neben dem Spiegel hing eine Zeichnung, ein Portrait von ihr, angefertigt von dem Künstler und Erfinder aus Vinci. Er hatte es ihr zum Geschenk gemacht, als Dank dafür, daß er ihr bei Sektionen zusehen durfte. Sie blickte auf die Zeichnung, dann in den Spiegel, zog mit dem Finger die Konturen von Knochen und Sehnen in ihrem Gesicht und am Hals nach, öffnete den Verschluß ihrer goldenen Perlenhalskette und legte sie auf die Kommode.

Dann schlug sie das Ei in die kleine Schüssel, legte die Schalen daneben, tauchte einen Pinsel ins Eiweiß und bestrich damit mehrmals Augen- und Mundwinkel, danach schließlich auch noch das übrige Gesicht, allerdings weniger ausgiebig. Sie fächelte sich Luft zu, spürte, wie das Eiweiß allmählich trocknete, ihre Gesichtshaut spannte, faltig wurde.

Das Fett und etwas Asche ließen ihr Haar grau, stumpf und strähnig erscheinen. Als das Eiweiß getrocknet war, schälte sie die Apfelsine und tupfte sich mit einem Stückchen Schale braune Pigmentflecken auf die Haut.

Sie hob die Halskette auf und drehte mit leichtem Druck an dem Anhänger in Form einer Krokusblüte. Die Blütenblätter, an winzigen Scharnieren befestigt, öffneten sich sogleich und gaben einen kleinen Hohlraum frei. Als Lorenzo ihr dieses Schmuckstück überreichte, hatte er einen dummen Scherz gemacht und von einem Liebestrank gesprochen, den man einem arglosen jungen Mann in den Wein schütten könne. Sie nahm eine winzige Ampulle mit blauen Kristallen aus ihrer Instrumententasche, füllte die goldene Blüte mit den Zyankalikörnchen und schloß die Blütenblätter wieder.

Mit der Zange und dem Skalpell aus ihrer Tasche löste Cynthia die Haut aus der Eierschale und schnitt zwei Kreise mit einem winzigen Loch in der Mitte aus. Sie rückte ganz nah an den Spiegel, zog das Augenlid hoch und legte das Häutchen vorsichtig über den Augapfel, so daß nur ein ganz kleines Stück der Pupille in der Mitte des milchigtrüben Häutchens zu erkennen war. Mit dem anderen Auge verfuhr sie dann in gleicher Weise.

Sie mußte sich fortan hauptsächlich auf ihren Tastsinn verlassen, als sie zum Schrank ging und ein langes, graues Gewand mit Schulterkragen und Kapuze herausnahm. Dazu zog sie weiße Strümpfe und braune Sandalen an. Hinten im Schrank stand auch noch ein geschnitzter Krückstock. Die Halskette versteckte sie unter der Schärpe.

Durch die Hintertür verließ sie das Haus. Sie hoffte, daß sich nur wenige Leute an die blinde Seherin aus Lorenzos Stück *Das Leben Julians* erinnerten.

Sie lief eine Zeitlang durch Nebenstraßen, um sich an ihre verminderte Sehkraft und das Gehen mit dem Stock zu gewöhnen, versuchte, so wenig wie möglich zu blinzeln.

Sie kam an den Arno, sah über den Fluß hinüber zum hohen, schlanken Turm des Palazzo Vecchio und der riesigen Kuppel von Brunelleschis Pantheon, dem Wunder von Fiorenza; beide leuchteten in der Nachmittagssonne. Es war überhaupt nicht dunstig.

Ganz in der Nähe stand eine Bank, von der aus sie die Straße hinunter bis zur Vorderfront ihres Hauses überblicken konnte. Sie setzte sich, stützte sich auf den Stock, beobachtete, wartete.

Unablässig strömten Passanten an ihr vorbei; viele grüßten sie oder verbeugten sich vor ihr. Ein junger Mann kniete vor ihr nieder und bat sie, ihm die Zukunft zu weissagen. Sie rezitierte sogleich einen kurzen, vieldeutigen Vers aus Lorenzos Theaterstück und erklärte ihm, er trüge zuviel Gold auf seinem Wams, was durchaus der Wahrheit entsprach. Der junge Mann starrte erstaunt und sehr erschrocken in ihre trüben Augen, drückte ihr einen Goldflorin in die Hand und eilte bestürzt weiter.

Sie mußte beinahe lächeln. Dann konzentrierte sie sich wieder auf ihre Beobachtungen.

Bald darauf sah sie ihn: einen Mann in Dunkelgrün, der ein-, zwei-, drei-, viermal vor dem Haus der Riccis auftauchte. Sie ließ ihn noch einmal um das Haus gehen für den Fall, daß er wirklich nur die Orientierung verloren hatte; dann kam ein zweiter Mann, sprach kurz mit dem in Dunkelgrün. Dann lief der Mann in Grün die Straße hinauf in Cynthias Richtung, während der andere mit seinen Runden um das Haus begann.

Sie blieb regungslos sitzen, als der Grüne immer näher kam, fragte sich, ob jemand sie trotz ihrer Verkleidung erkannt hatte – oder ob sie beim Verlassen des Hauses gesehen worden war und er nun kam, um ihr zu sagen, das Spiel wäre aus. Der Mann lief aber in einiger Entfernung an ihr vorbei, würdigte sie keines Blickes, ging in Richtung Brücke.

Sie wartete dreißig Herzschläge, denn länger hielt sie es nicht aus, und folgte ihm.

Im Herzen der Stadt schien er ziellos durch die Alleen und Menschenmassen zu wandern; sie hätte ihn bestimmt aus den Augen verloren, wenn ihr die Leute wegen ihres Stocks und ihrer offensichtlichen Blindheit den Weg nicht freigemacht hätten.

Plötzlich war er jedoch verschwunden, und sie war sicher, ihn nicht mehr wiederzufinden; dennoch lief sie weiter, auf ein Wunder hoffend – und stieß mit ihm in einem Torbogen beinahe zusammen.

Das Tor ging auf, ein kleiner Mann mit dunklen Augen und einer Hakennase in einer dunklen Robe aus grobem Stoff sah heraus. Er war zwar noch ziemlich jung, doch sein Gesichtsausdruck war bereits der eines alten, verbitterten Mannes. »Guten Tag, heilige Mutter«, stammelte er und machte eine seltsame Geste.

Cynthia mußte sich zwingen, ihn nicht anzustarren; dieser Mann hatte eine derart starke Ausstrahlung, daß sie sie körperlich zu fühlen glaubte. »Gesegnet seist du«, erwiderte sie, drehte sich um und ging weiter, mit ihrem Stock den Weg ertastend. Sie hörte das Tor ins Schloß fallen.

Sie lief um zwei Ecken und kam zur Rückfront des Gebäudes. Die Fenster waren vergittert. Eine ausgetretene Holztreppe führte hinauf ins Obergeschoß.

Cynthia entfernte die Häutchen aus ihren Augen. Sie mußte unwillkürlich blinzeln, denn die plötzliche Helligkeit blendete sie. Vorsichtig stieg sie die Treppe hinauf, wobei jede knarrende Stufe sie zusammenzucken ließ.

Die Tür zum Obergeschoß war nicht verschlossen. Sie schlüpfte aus ihren Sandalen und stahl sich hinein.

Drinnen auf dem Gang war es kühl; das gedämpfte Licht tat ihren Augen wohl. Es war ganz still.

Von unten her drang eine Stimme herauf. Cynthia trat durch eine offene Tür in ein spärlich möbliertes Zimmer; in ihm war die Stimme durch die Öffnung des Heizgewölbes deutlich zu hören. Sie legte das Ohr an den Gitterrost.

»... ist nicht mehr weggegangen. Die junge Frau sperrte sich in ihrem Zimmer ein. Sonst war nichts.«

»Du siehst, es braucht nicht viel, um die Schuldbeladenen einzuschüchtern.« Cynthia erkannte die Stimme des Mannes mit der eigenartigen Ausstrahlung wieder.

»Mein Herr…«

»Bruder.«

»Bruder«, begann die andere Stimme von neuem, »seid Ihr sicher, daß die beiden Ärzte mit den Medici-Tyrannen unter einer Decke stecken? Ich habe nicht gesehen –«

»Du hast nicht gesehen? Nicht gesehen? Du bist ein Spion im Dienste der Freiheit, der Sache Gottes; was hast du nicht gesehen? Hast du mir etwas verschwiegen?«

»Nein, Bruder Savonarola«, erwiderte die zweite Stimme leise und unterwürfig.

»Du mußt nämlich wissen, Bruder, daß nur der gute Herzog von Mailand Italien retten kann: Denn haben die Medici den tapferen Sforza erst einmal mit ihren Wucherpraktiken ruiniert, werden sie Florenz und Mailand an das Ostreich verkaufen, damit Lorenzo Medici eine ebenso schändliche Herrschaft ausüben kann wie dieser verabscheuungswürdige Francesco Rovere in Rom…«

Cynthia trat von der vergitterten Öffnung zurück. Mailand steckte also dahinter. Und – weil der Lügner da unten es im gleichen Atemzug beschimpft hatte – möglicherweise auch Byzanz. Sie fragte sich, wie ein solcher Verrat zustande kommen konnte. Anscheinend reichte es, einigen jungen Einfaltspinseln das Wort »Tyrannei« vorzuschwätzen, und sie schluckten bedenkenlos diesen Köder. Diese Esel ließen sich vor jeden Karren spannen – ihnen war ganz gleich, wer ihn lenkte.

Doch nun hatte sie wenigstens einen Namen: Savonarola. Sie würde dieses Haus wiederfinden, mit verbundenen Augen – doch wenn sie zurückkam, würden der *Gonfaloniere della giustizia*, der »Bannerträger der Gerechtigkeit«, und bewaffnete Soldaten sie begleiten.

Jemand kam die Treppe herauf.

Sie verhielt sich ganz ruhig, doch das Zimmer war zu klein; man würde sie durch die offene Tür sehen können. Sie entdeckte einen schmalen Wandschrank, öffnete leise die Schranktür: Darin war genügend Platz für sie. Ebenso leise zog sie die Tür zu sich heran.

Cynthias Herz raste, klopfte ihr bis zum Hals; sie glaubte, ihr Herzschlag höre sich an wie Trommelschläge. Im Schrank befand sich nur ein Häufchen Bettlaken auf dem Boden. Die Laken waren steif, wickelten sich um ihre Füße und stanken. Cynthia tastete nach der unter ihrer Schärpe versteckten goldenen Krokusblüte.

Draußen im Zimmer war das Rascheln von Kleidung zu hören. Dann klang Savonarolas Stimme klar und deutlich durch die Schranktür. »O Maximin Daia, göttlicher Kaiser, hilf Deinem Diener in dieser seiner dunkelsten Stunde. Laß Mailand, die Stadt des unheiligen Edikts, wo der gottlose Julian sich der Krone Roms bemächtigte, nun zum Werkzeug der Zerstörung werden, erst zur Zerstörung dieser Stadt von Abtrünnigen, dann von Mailand selbst, damit das Reich, über das Du einst herrschtest, wieder im heiligen Licht erscheine...« Ein Geräusch war vernehmbar, das wie ein Händeklatschen klang. »Denn hier werden Frauen angebetet, und Juden spazieren frei durch die Straßen...« Wieder ein Klatschen. »Hilf mir, Daia. Hilf mir, Zeus, Freund der Menschen...« Beim dritten Klatschen erkannte Cynthia das Geräusch: das Klatschen einer Lederpeitsche auf einem Körper.

»Vergib mir –« Klatsch.

Bald war nur noch ein Wimmern zu vernehmen und das ständige Klatschen der ledernen Riemen. Die bedrückende Enge des Schrankes, die stinkenden Leinentücher wurden Cynthia unerträglich. Sie schloß die Hand um den Anhänger mit den blauen Kristallen.

Es dauerte noch schier eine halbe Ewigkeit, bis die Schläge endlich aufhörten. Cynthia nahm den Stock in beide Hände, stieß mit ihm die Schranktür auf.

Savonarola lag regungslos mit dem Gesicht nach unten auf dem Boden, ein nacktes Häuflein Mensch. Blut sickerte aus den frischen Wundmalen auf seinem von Narben übersäten Rücken. Sie ging um ihn herum, konnte den Blick nicht von ihm wenden. Sie hatte Angst, daß er sich plötzlich erhob, sie mit der Peitsche bedrohte, sie mit seinem Blick und seiner Stimme an die Wand drängen würde. Doch er regte sich nicht.

Cynthia bemerkte, daß sie noch Mitleid empfand. Es gab also doch noch Hoffnung für ihre Seele.

Hier im Obergeschoß hielt sich niemand sonst auf; ganz sicher waren hier oben keine Geiseln versteckt. Sie lief die Treppe hinunter, aber auch dort ließ sich niemand blicken, nicht einmal ein paar Diener. Einen Zugang zum Keller schien es auch zu geben. Von oben ertönte ein Stöhnen. Cynthia zog ihre Sandalen an und trat hinaus auf die Straße.

Es war bereits fast dunkel, als sie nach Hause kam. Sie stahl sich auf ihr Zimmer, wusch sich die schon abblätternde Maske vollends ab. Es klopfte an der Tür. »Cynthia?«

»Einen Augenblick, Vater.« Sie bürstete das Haar zurück, warf sich einen Umhang über und öffnete die Tür.

Vittorio hielt eine Kerze in der einen, einen Weinpokal in der anderen Hand. »Du bist noch weggegangen. Wo warst du denn nur? Ich dachte schon…, sie hätten dich ebenfalls verschleppt.«

»Ich –« Wieviel sollte sie ihm mitteilen? Er war nicht dazu geschaffen, Intrigen mitzuspinnen; aus diesem Grunde waren sie anderen auch so ausgeliefert. »Ich mußte einfach noch ein wenig spazierengehen. Zum Abendessen werde ich auch nicht zu Hause sein; ich gehe in den Palazzo der Medici.«

»Ich weiß nichts von einer Einladung.«

»Sie wurde ausgesprochen, als du schon gegangen warst. Außerdem weißt du, daß wir jederzeit willkommen sind. Warum kommst du nicht mit? Du solltest nicht so viel daheim herumsitzen.«

»Nein, nein«, wehrte Vittorio ab; er schien mit seinen Gedanken ganz woanders. Die Kerze flackerte. »Mußt du heute abend weggehen, meine Tochter? Ein Spion könnte denken, du wolltest –«

»Bitte, Vater, sei still.«

Vittorio schloß die Augen. Cynthia konnte seinen Schmerz mitfühlen. Doch sie durfte keine Zeit mehr verlieren. »Ich muß mich jetzt anziehen, sonst verpasse ich beim Essen den ersten Gang und muß mir eine Ausrede überlegen.«

»Na gut. Trinkst du mit mir wenigstens noch einen Schluck Wein, bevor du gehst, wenn ich dann schon alleine essen muß?«

Sie lächelte. Trotz all seiner Schwächen war er ein guter Mensch und der beste Arzt in Florenz, und sie liebte ihn von ganzem Herzen. Sie nahm den Pokal; er war mit warmem Rotweinpunsch gefüllt, einem ihrer Lieblingsgetränke. Sie trank ihn zur Hälfte aus. »Danke, Vater.«

Vittorio nickte, nahm den Pokal, ging zur Tür.

»Vater… Lorenzo wird mir eine Wache auf den Nachhauseweg mitschicken, wenn ich das möchte. Beruhigt dich das?«

Wieder nickte er. Sie konnte sehen, wie ihm Tränen in die Augen traten. Rasch schloß er die Tür hinter sich.

Sie ging zurück zum Spiegel, zündete zwei weitere Kerzen an, denn es wurde immer dunkler. Die Flammen sprangen stetig, verschwammen geradezu. Cynthia spürte, daß ihr warm wurde. Sie drehte sich zum Fenster um. Der Stuhl, auf dem sie saß, schien zu schwanken. Sie stand auf; mit einem fernen, hallenden Krachen fiel der Stuhl um. Sie wandte sich um, sah zur geschlossenen Tür: Die Türbalken standen schief, das Zimmer begann, sich zu drehen. Sie versuchte zu gehen; es dauerte unendlich lange, bis ihr Fuß wieder den Boden berührte. Der einzige klare Gedanke, den sie noch fassen konnte, betraf die Formel des Schlafmittels in dem Wein, den sie getrunken hatte. Aber es war bereits zu spät, ihn zu erbrechen.

Zu spät, zu spät, viel zu spät.

Dunkelheit umfing sie.

Cynthia träumte von ihren Angehörigen, die sich in einer jener Vorhöllen befanden, an die sie nie geglaubt hatte, auf einer Insel in einem brennenden See. Wenn Cynthia versuchte, zu ihnen zu waten, wurden die Flammen höher. Je näher sie der Insel kam, desto glühender loderte das Feuer, und es würde ihre Familie in dem Augenblick verschlingen, in dem sie zu ihnen kam. Die Flammen schienen Cynthia zwar nichts anhaben zu können, doch sie hatte kein Boot oder etwas anderes, um den Flammen zu entgehen. Doch kein vernünftiger Gott, keiner, den man bei vollem Verstand verehren konnte, würde sich eine Strafe einfallen lassen, bei der kein Entrinnen möglich war; es mußte eine Lösung für dieses Rätsel, einen Ausweg geben.

Und gerade, als sie glaubte, die Lösung gefunden zu haben, wachte sie auf, konnte sich nur noch an die Gesichter in den Flammen erinnern.

Sie hatte ihr Nachthemd an, während Vittorio neben ihrem Bett stand und ein Tablett mit Speisen in der Hand hielt. Er war ihr Vater und ein Arzt, der jeden Tag weibliche Patienten sah, doch sie fühlte sich dadurch, daß er sie aus- und ihr das Nachthemd angezogen hatte, mehr gekränkt als durch das Schlafmittel im Wein.

Die Sonnenstrahlen fielen direkt durch das Fenster in ihr Zimmer. Es mußte also Nachmittag sein; doch der Nachmittag welchen Tages? Des nächsten, vermutete sie. Er hätte sie beliebig lange schlafen lassen können, würde allerdings nicht riskieren, daß sie dabei verhungerte, und um sie füttern zu können, mußte sie wach sein.

»Ich habe dir etwas zu essen –«

»Du weiß ganz genau, daß ich es nicht anrühren werde.«

Er sah auf das Tablett in seinen Händen. »Es tut mir leid, daß ich das getan habe. Aber diese Speisen sind einwandfrei.«

»Dann kannst du sie ja selbst essen.« Sie richtete sich auf, setzte sich an die Bettkante. Vittorio stellte das Tablett ab, legte den Arm um sie, griff mit der anderen Hand zum Fußende des Bettes, wo ein Seil lag, mit dem er sie festbinden wollte.

Sie riß sich los, stand auf, ging zum Kleiderschrank und nahm das erstbeste Kleid heraus. Vittorio sah sie an, versuchte etwas zu sagen, doch die

Worte kamen nicht über seine Lippen. Cynthia warf das Kleid aufs Bett, packte ihr Nachthemd mit beiden Händen, zog es sich mit einem Ruck über den Kopf: Nackt, zitternd, mit wild entschlossenem, herausforderndem Blick sah sie ihren Vater an.

Vittorio ging an ihr vorbei aus dem Zimmer, wobei er sich nur noch einmal umdrehte, um die Tür hinter sich zuzuziehen.

Cynthia kleidete sich an. Neben ihrem Fuß glitzerte Metall: der Krokusanhänger. Sie hob ihn auf, behielt ihn in der Hand, bis er ganz warm war und die goldenen Blütenblätter sich auf der Haut ihres Handtellers abzeichneten.

Im Festsaal des Palazzo Medici war zwar für zwanzig Personen gedeckt, doch nur ein Gast saß an der Tafel: Marsilio Ficino. Er stocherte an einer Vorspeise herum und trank Wein in großen Zügen.

Er sah hoch, als Cynthia eintrat. Es schien eine Weile zu dauern, bis er sie erkannte. »Ah... *Dottorina*. Kommt, setzt Euch, es hat genug.« Er stand auf, die Weinkaraffe in der Hand, setzte sich auf den nächsten Stuhl, goß Wein in den Pokal, der dort stand, und aß einen Löffel von dem Früchtebecher. »Ich weiß, wie wir's machen. Ihr setzt Euch an die andere Seite und arbeitet Euch in *der* Richtung die Tafel hoch.«

»Wo ist *Signore* Lorenzo?«

»Lorenzo ist... indisponiert. Und *Signore* Giuliano ist weggeritten... nach Pisa, um *Professore Dottore* Leone herzuholen.«

»Ist sonst niemand im Haus?«

»Ich und Ihr. Lorenzos Feste machen ohne Lorenzo keinen Spaß.«

Cynthia bemerkte, daß Ficino nur so aussah, als sei er betrunken. Man hatte ihn allein gelassen, und wenn er sich einsam fühlte, wurde er melancholisch; sie wußte nur zu gut, daß bei einem Menschen wie Ficino Melancholie zum Tode führen konnte.

Sie schlug ihm den Pokal aus der Hand, daß der Rotwein meterweit über die Tafel und die Gedecke spritzte, packte ihn am Arm und zog ihn vom Stuhl hoch. Es dauerte einen Augenblick, bis sein krankes Bein Halt fand, doch schließlich konnte er alleine stehen und sah zu ihr auf. Die unendliche Traurigkeit in seinem Blick drohte sie anzustecken. Sie flehte die Götter an, die ihm die Visionen schickten, seine Seele in seinem Körper zu belassen, zumindest noch für eine kurze Zeit.

»Also gut, *Dottorina*. Zu Euren Diensten. Was wünscht Ihr?«

»Daß Lorenzo in die stille Kammer gebracht wird.«

»Er kann aber nicht einmal stehen.«

»Dann mitsamt dem Bett! Wir brauchen auch eine große Kohlenpfanne und einen Kessel. Und zwei Flaschen Weinbrand.«

»Liegt er in den Wehen, *Dottorina*? Sind seine Beschwerden darauf zurückzuführen?«

Sie hätte ihm am liebsten eine Ohrfeige gegeben, sah dann aber das Schmunzeln, das seine Züge umspielte, und merkte daran, daß er wieder bei besserer Laune war.

Ihr war überhaupt nicht nach Scherzen zumute, doch mußte sie sich nun wenigstens keine Sorgen mehr um Ficino machen.

Es sei denn, Lorenzo würde sterben. Doch in diesem Fall wäre sowieso alles einerlei.

Lorenzo de' Medici lag im Sterben.

Seine Arme und Beine waren verkrümmt, schmerzten, wenn er sie nicht bewegte, schmerzten noch mehr, wenn er sie bewegte. Doch das war nicht das Schlimmste: Seine Haut fühlte sich heiß und trocken an. Cynthia wußte, daß ihn ein schrecklicher Juckreiz am ganzen Körper quälen mußte. Seine Nieren arbeiteten nicht mehr einwandfrei, und ab einem bestimmten Stadium gab es keine Möglichkeit mehr, ihn zu retten... außer der Methode, die Galeazzo Maria Sforza gerettet hatte. Doch dazu würde sie es nicht kommen lassen; vorher würde sie ihn lieber töten.

Sie warf die Tür der stillen Kammer zu, hörte, wie sie sich verriegelte. Lorenzo und Giuliano hatten jeweils einen Schlüssel. Einer der Brüder würde die Tür wieder aufschließen.

Ficino schüttete den Weinbrand in den Kessel. Cynthia nahm den Anhänger ihrer Halskette ab, öffnete ihn, schüttete ein gelbes Pulver in die Flüssigkeit.

»Und was ist das?« fragte Ficino neugierig.

»Colchicumextrakt.«

»Ich verstehe«, hauchte der Dichter.

Dosierung und Zeit waren entscheidend bei der Behandlung. Lorenzo mußte stündlich zwei Löffel der Mixtur einnehmen. Cynthia hatte oben eine kleine Uhr aus Deutschland in einem Regal entdeckt und sie hier hinunter mitgenommen; es dauerte keine zehn Minuten, bis sie feststellte, daß es ihr nicht half, nur die Zeiger anzustarren. Dann begann Ficino, Gedichte vorzutragen, denn er kannte ganze Gedichtbände auswendig. Die erste Stunde verging. Zwei weitere Löffel. Nach der zweiten Stunde wieder zwei. Nach der dritten Stunde klang Ficinos Stimme inzwischen ganz heiser, und er wünschte sich eine Flasche Weinbrand ohne Gift. Cynthia versuchte zu singen, zu improvisieren, wie sie es am letzten Abend in Careggia getan hatte, doch es gelang ihr nicht. Ihr fielen weder Worte noch überhaupt ein Lied ein.

Nach der siebten Stunde war zu erkennen, daß es Lorenzo sichtlich besserging. Er bat um einen Schluck Wasser, trank ihn zügig. Cynthia kühlte ihm die Stirn mit einem Schwamm, und auf sein aufmunterndes Nicken hin begann sie, seine Arme und Beine vorsichtig zu baden. Seine Finger waren schon wieder fast ganz gerade.

Nachdem Cynthia ihm nach der achten Stunde die beiden Löffel eingeflößt hatte, atmete Lorenzo tief ein und aus und seufzte: »Ach, Luna... ach, ja.« Weitere fünfzehn Minuten später, in denen sie schweigend dagesessen und nur dem Ticken der Uhr gelauscht hatten, fing Lorenzo an, ein Gedicht aus Dante Alighieris *Commedia dell'Uomo* zu rezitieren, die Stelle, wo der Dichter endlich den richtigen Ausgang aus den Gängen und Höfen von Plutos Reich findet. Ihm hatten die Wortspiele Dantes und Platos, die sich um Plutos Höhle rankten, immer ganz besonders gefallen.

Ficino übernahm den Part von Vergil Magus, und die beiden veranstalteten ein Rezitativ: Cynthia stand zwar der Sinn nicht danach, sich daran zu beteiligen, doch verging dadurch die Zeit viel schneller. Als im Gedicht der Poet zum Mond kam, wußte sie, daß die beiden von ihr erwarteten, daß sie über die Frau Luna betreffenden Verse lächelte, und sie tat es, obwohl es ihr wahrhaftig nicht danach zumute war.

Nach zwölf Stunden setzte sich Lorenzo auf, holte den Schlüssel für die Tür aus seinem Beutel und gab ihn Ficino. Der Dichter strahlte übers ganze Gesicht.

Als er gegangen war, wandte sich Lorenzo zu Cynthia. »Nun, *Dottorina,* ist es an der Zeit, daß Ihr mir die Wahrheit erzählt«, forderte er sie auf.

Sie tat es.

»Savonarola... ich glaube mich zu erinnern: einer von denen, die auf der Suche nach Freiheit nach Fiorenza kamen und dann sofort die Abschaffung jener Freiheiten verlangten, die ihnen nicht genehm waren. Wie hieß der Kaiser, zu dem er... betete?«

»Daia, Maximin Daia.«

»An diesen kann ich mich zwar nicht erinnern, aber es gibt so viele Herrscher, die zu Göttern erhoben wurden. Vielleicht geht es mir irgendwann ebenso. Ich vermute jedoch, daß dieser Daia kein Freund der Minerva ist. Könnt Ihr dem *Gonfaloniere* eine ausreichende Beschreibung geben, damit er dieses Haus findet?«

»Ich kann ihn hinführen.«

»Nein.«

»Ich... verstehe, *Magnifico.*« Sie fragte sich, ob es einen Sinn hätte, ihn zu bitten, Vittorio zu schonen; vielleicht würden sie nur ins Exil geschickt werden. Doch sie mußte an die *Alberghetti* denken, die kleine Zelle ganz oben im Turm des Vecchi. Einer plötzlichen Gemütsregung folgend, kniete sie sich neben die Couch.

»Bei Hekate, was tut Ihr da?«

Sie sah zu ihm auf.

»Wenn wir Eure Angehörigen retten wollen, muß ich noch für einige Zeit krank bleiben, vielleicht sogar für ein oder zwei Tage tot sein. Sei's drum. Die Mailänder oder die Byzantiner, möglicherweise sogar beide, stehen bereit, uns anzugreifen. Vor dem Winter ist nur noch Zeit für einen Feldzug; wenn die Stadt jetzt fällt, wird es lange dauern, bis sich das Wetter ändert. Wir brauchen Truppen, und zwar so schnell wie möglich. – Kennt Ihr Federigo, den Herzog von Urbino? Sein Sohn war im Sommer in Careggia.«

»Ich habe ihn dort kennengelernt, *Magnifico.*«

»Gut. Fedrigo ist der einzige Ritter, den es noch in Italien gibt – und der beste *Condottiere,* nur Gott weiß, wie das kam. Ihr bringt ihm einen Söldnervertrag, so schnell es geht. – Ich hoffe, wir haben noch irgendwo einen fertigen Entwurf.« Lorenzo lächelte grimmig. »Sagt ihm, die Byzantiner kämen. Sie versuchen nämlich seit Jahren, sich sein Herzogtum einzuverleiben, und er haßt sie wie die Pest.«

»*Magnifico,* ich –«

»Luna. *Dottorina* Ricci. Ja, ich vertraue Euch.« Versonnen fügte er noch hinzu: »Wenn ich sonst nichts tun kann... hoffe ich doch wenigstens, Eure Angehörigen retten zu können.«

Ficino kam wieder, schob einen kleinen Wagen mit Brot, Eiern, Marmelade und einer Karaffe mit Apfelsaft vor sich her. »Es ist Morgen«, rief er fröhlich, »ein wunderschöner Morgen!«

»Marsilio, laß den *Gonfaloniere della giustizia* rufen«, trug Lorenzo ihm auf. »Er soll schnellstens und ohne viel Aufsehen kommen: Wir haben es mit Verrat zu tun und müssen unverzüglich handeln.«

Ficino sah zu Cynthia hinüber, war plötzlich wieder ganz traurig. »Ja, *Magnifico.* Können wir aber nicht erst noch frühstücken?«

»Das Frühstück muß noch etwas warten, Marsilio«, erklärte Lorenzo in aller Ruhe. »Und sage den Stallburschen, sie sollen ein Postpferd für Cynthia satteln.«

Mit einem geistesabwesenden Blick zu Cynthia verbeugte sich Ficino und verließ den Raum.

»Der arme Marsilio«, seufzte Lorenzo. »Schönheit allein reicht bei ihm nicht dafür aus, damit er den Verstand verliert... doch wenn sich Schönheit mit Intelligenz paart, ist es um ihn geschehen.« Er sah auf den Wagen. »Ich glaube nicht, daß ich schon etwas essen kann. Aber wie steht's mit dem Apfelsaft? Wird er mir schaden?«

»Im Gegenteil, *Magnifico*.«

»Nun denn.« Er blickte sie an, schüttelte den Kopf. »Aber Ihr solltet etwas essen. Bis nach Urbino ist es ein anstrengender Zweitagesritt.«

»Lorenzo...«

»Das klingt schon besser.«

»Ich würde gerne warten..., bis die Soldaten das Haus des Verräters durchsucht haben.«

»Ich sähe es lieber, Ihr wärt schon weg, wenn wir zuschlagen..., aber das wäre wohl zuviel verlangt. – Nun, wenn Ihr schon nicht lächelt, Luna, trinkt Ihr dann wenigstens einen Schluck Apfelsaft mit mir?«

Sie schenkte zwei Gläser ein. Lorenzo hob sein Glas: »Auf die *Virtú*!« *Virtú:* Ficinos Ausdruck für die in der Seele ruhende besondere Kraft, jene Kraft, trotz aller Widrigkeiten zu handeln und zu leben.

»Mit *Virtú* hatte das alles nichts zu tun«, erwiderte Cynthia, und Lorenzo lachte lauthals.

Cynthia hätte sich am liebsten aus dem Sattel fallen lassen und wäre auf der Stelle gestorben, doch dann war ihr bereits die Anstrengung, sich fallen zu lassen, zuviel. Sie nickte immer wieder ein. Ein Landstrich schien nahtlos in den anderen überzugehen: Aus der Ebene der Toskana wurde eine Hügellandschaft, aus den Hügeln die Apenninen, in denen ein Berg wie der andere aussah. Das Postpferd kannte den Weg, und der Kurier, der Cynthia begleitete, wußte, wann und wo sie eine kurze Pause einlegen mußten, um die Pferde zu versorgen und etwas zu sich zu nehmen. Erst gegen Mitternacht legten sie eine längere Rast ein, und dies auch nur, wie der Kurier ihr erklärte, weil es zum Weiterreiten zu dunkel war.

Cynthia hatte mit Lorenzo in der stillen Kammer gewartet, bis der *Gonfaloniere* zurückkam: Er und seine Soldaten waren in das Haus eingedrungen, hatten zwei Spione und Savonarola festgenommen. Doch im Haus waren weder irgendwelche Geiseln versteckt, noch wußten die

Spione etwas von Entführungen, und der Flagellant hüllte sich in Schweigen und war wohl auch durch nichts dazu zu bewegen, es zu brechen.

Aber man würde weitersuchen; die Stadt war ja groß. Cynthia ritt daraufhin nach Urbino.

Blutrot kündigte sich der Morgen an; das Geschrei von Vögeln, die zu dumm waren, ein Lied zu lernen, erfüllte die Luft. Es war kalt. Cynthia stieg von ihrem Pferd, um Wasser zu lassen, saß gleich darauf wieder im Sattel. Der Kurier blickte völlig teilnahmslos drein, doch Cynthia interessierte nicht, weshalb.

Im Unterbewußtsein prägte sich ihr ein, daß auf ihrem Ritt die Häuser in den Gebirgsdörfern größtenteils aus Stein, kaum aus Holz gebaut waren. Einige der Siedlungen, in denen sie Rast machten, hätte man durchaus als Burgdörfer bezeichnen können. Allmählich fiel ihr dann auf, daß sich tatsächlich eine Burg an die andere reihte, starke Tore die Straßen sicherten, kleine Festungswerke an den Hängen die Straße beherrschten. Sie fragte den Kurier, ob Federigo da Montefeltro denn so viele Feinde hätte.

»Eigentlich überhaupt keine, meine Dame. Die neuen Römer – die Byzantiner – haben versucht, dem Herzog sein Herzogtum Urbino wegzunehmen, insgesamt viermal. Doch nie ist es ihnen gelungen, auch nur einen Zentimeter seines Landes zu besetzen, und so haben sie es schließlich aufgegeben.«

»Das sind dann also nur die Überbleibsel dieser Kriege? Die Festungen sind nicht mehr besetzt?«

»Das nun wieder auch nicht, meine Dame. Der Herzog glaubt, daß die Byzantiner wiederkommen werden, und ist daher darauf vorbereitet.«

Bei Einbruch der Dunkelheit kamen sie nach einer letzten Straßenbiegung an ein Tor mit zwei Türmen vor einem tief eingeschnittenen Tal, an dessen Talsohle viele Lichter zu erkennen waren.

»Urbino, meine Dame«, sagte der Kurier mit etwas Unbehagen in seiner Stimme.

Cynthia war überrascht wegen der Vielzahl der Lichter; man hatte ihr immer gesagt, Urbino wäre recht klein.

Bald bemerkte sie jedoch, daß die Lichter nicht nur aus den Häusern kamen. Um Urbino breitete sich vielmehr ein ganzes Lager aus. Ein Heerlager. Amboßschläge und der Feuerschein der Essen drangen zu ihnen herauf.

Ein Lanzenträger trat ihnen in den Weg. »Halt, wer da?«

»Ein Bote der Medici von Florenz«, gab sich der Kurier zu erkennen. Cynthia sah die drohende Lanzenspitze. Plötzlich war sie hellwach.

»Seid ihr beide Boten?« erkundigte sich der Torwächter.

»Ja, wir gehören zusammen.«

»Wartet hier«, sagte der Wächter und gab seinen Kameraden auf den Türmen ein Zeichen. Dann drehte er sich um und lief die Straße hinunter auf das Lager zu.

»Wir sind doch Boten, habe ich gesagt!« rief der Kurier, schlug seinen Umhang zurück und deutete auf das Abzeichen und die Flügel des Merkur auf seinem Gewand, doch der Wächter reagierte nicht. Der Kurier griff an seinen Gürtel und zog den Rienzi-Stab heraus, den silbernen Amtsstab, der ihm in ganz Italien ungehinderte Durchreise garantieren sollte, doch nichts geschah. Zu Cynthia gebeugt, flüsterte er: »Etwas ist hier nicht in Ordnung, meine Dame. Sie können uns nicht aufhalten; sie haben zumindest nicht das Recht dazu. Folgt mir.«

Langsam ritten sie auf das Tor zu. Zwei Wachen kreuzten ihre Lanzen und versperrten ihnen den Weg. »Es hat geheißen, ihr sollt warten«, rief einer der Wachsoldaten, doch seine Stimme klang unsicher: der silberne Stab, den er verstohlen anschielte, schien ihn trotz allem zu beeindrukken. Einige Reiter kamen die Straße hoch. »Bei Zephyrus, was ist hier los?« stieß der Kurier hervor, um dann verwundert hinzuzufügen: »Soldaten aus Mailand?« Cynthia war verwirrt.

Die bewaffneten, gepanzerten Reiter trugen in der Tat das mailändische Wappen mit der Blume. Inmitten der Gruppe ritt ein schlanker Mann mit rotem, hermelinbesetztem Umhang, den er über die Schulter zurückgeschlagen hatte, so daß sein mit goldenen Lilien gemustertes Wams zu erkennen war. Das linke Bein seiner Strumpfhose war braun, das rechte weiß.

Mit feingliedrigen Händen hielt er die Zügel. Er hatte eine gebogene Nase, schmale, zusammengepreßte Lippen und ganz schwarze Augen. Seine Wangen waren blaß, hatten aber einen eigenartigen, auffallend durchbluteten Schimmer. Cynthia erkannte diesen Zustand. Dies war also Galeazzo Maria Sforza, der edle Frauen schändete und ihren Gatten und Vätern Pergamente zuschickte, in denen er seine Freveltat durch Zeichnungen illustrierte, der Herzog von Mailand, der Vampir.

»Ich bringe eine Botschaft für den Herzog von meinem Herrn, Lorenzo de' Medici aus Florenz«, sagte der Kurier.

»Ich bin ein Herzog«, erwiderte Sforza freundlich. »Wie lautet also die Botschaft?«

»Die Botschaft ist für den Herzog von Urbino bestimmt, mein Fürst.«

Sforza strich sich übers Kinn. »Das Land ist voll von Herzögen. Man vermag kaum zu sagen, wer Herzog wovon ist – morgen kann es schon ganz anders sein.«

Der Kurier streckte Galeazzo den Rienzi-Stab entgegen. »Mein Fürst, laßt mich passieren. Ihr kennt das Gesetz Italiens.«

»Nein«, antwortete Sforza leichthin, »*ich* bin das Gesetz Italiens. Wachen, nehmt diese beiden Mörder fest.« Die dunklen Augen des Herzogs wandten sich Cynthia zu. Ihre Kapuze war nach hinten gerutscht, ihr Haar umspielte ihr Gesicht. Sforzas Augen weiteten sich, seine Lippen öffneten sich. Cynthia gab plötzlich ihrem Pferd die Sporen und galoppierte an der Gruppe vorbei, ohne auf die hinterher geschrienen Rufe zu hören. Der Kurier stieß bloß noch einen lauten Schrei aus.

Sie ritt an der Stadt vorbei geradewegs ins Heerlager. Die Soldaten dort trugen, wie sie es gehofft hatte, das Wappen von Montefeltro, nicht das von Mailand. Vor sich sah sie ein großes, erleuchtetes Zelt, vor dem sie ihr Pferd anhielt. Das Roß atmete schwer, genau wie sie.

Ein Mann mit einer Klappe über dem rechten Auge und einer schiefen Nase griff ihr in die Zügel, ohne daß sie es verhindern konnte. »Wer seid Ihr?«

»Ist dies das Zelt von Herzog Federigo?«

»Wer möchte das wissen?« fragte der häßliche Mann auf nicht unfreundliche Art.

»Ich bringe eine Botschaft... von Lorenzo de' Medici: Sag deinem Herrn, es geht um Verrat.«

Sie stieg vom Pferd, strauchelte dabei, so daß der Mann sie auffing und ihr wieder auf die Beine half. »Kommt«, sagte er und führte sie ins Zelt. Der Einäugige drückte Cynthia sanft in einen Stuhl, goß ihr ein Glas Weinbrand ein, ließ sie einen Schluck davon trinken. Sie spürte die Wärme in sich aufsteigen.

»Verzeiht, Herzog Federigo. Ich habe Euch zuerst nicht erkannt.«

Federigo da Montefeltro rieb seine durch mehrere Brüche verunstaltete Nase. »Wußte nicht, daß es schon so dunkel ist. Nun, *Madonna*, was habt Ihr mir zu erzählen?«

»Sforza –.« Ängstlich sah sie zum offenen Zelteingang. »Herzog Sforza hat meinen Begleiter getötet. Da kommt er selbst.«

Federigo reagierte sofort. »Ihr da«, rief er einer Gruppe seiner Männer zu. »Bewacht den Eingang! Laßt niemand herein, nicht einmal Herzog Galeazzo!« Er zog die Plane zu.

Federigo verschränkte seine kräftigen Arme. »Berichtet, was es in Florenz an Neuigkeiten gibt, werte Dame.«

Es war schnell erzählt. Federigo hörte sich die Schilderung der Ereignisse regungslos an.

»Hier ist Lorenzos Vertrag«, schloß Cynthia und öffnete ihre Instrumententasche.

»Werte Dame«, widersprach ihr der Herzog so freundlich wie nur möglich. »Ich habe bereits einen *Condotta*: Mit Mailand, gegen Florenz.«

»Was soll das heißen?« schrie sie. »Sforza ist doch ein Ungeheuer –«

»Und ich bin ein Mann, der zu seinem Wort steht«, unterbrach Federigo sie. »Ich bin seit vierzig Jahren ein Söldner, und noch nie – nicht ein einziges Mal – habe ich einen Vertrag gebrochen.« Er hob die Hand, ließ sie wieder sinken, schüttelte den Kopf, als erwarte er nicht, daß sie ihn verstand. Sie zweifelte ebenso, ob es ihr gelingen würde.

»Ich weiß, daß Sforza ein schlechter Mensch ist«, begann er zögernd. »Wenn Ihr seinen Vater gekannt hättet, den großen Francesco... Dennoch verlangt es meine Ehre, daß ich einen Vertrag erfülle, auch wenn er mit einem schlechten Menschen geschlossen wurde.«

»Auch dann noch, wenn der Vertrag unter Vorspiegelung falscher Tatsachen zustande kam?«

»Wieso das?«

Sie dachte an die Festungen in den Bergen, an Lorenzos Worte: *Er haßt sie wie die Pest.* »Nicht Galeazzo führt diesen Krieg. Er ist nur ein Strohmann. Für Byzanz, die Römer.«

Federigo ballte die Fäuste. »Könnt Ihr das beweisen?«

»Nein. Aber vielleicht Sforza.«

Federigo lief nervös auf und ab. Die Kerzen in den Laternen flackerten, als er auf und ab ging. Er hielt an einem Klapptisch inne, starrte auf die darauf entrollte Karte. »Nun gut, ich werde ihn fragen.« Er sah sie mit seinem gesunden Auge durchdringend an. »Ich kann den *Condotta* nicht brechen. Aber wenn die Römer wirklich dahinterstecken... Es ist ein mühsamer Marsch durchs Gebirge nach Florenz. Dieser Marsch könnte sehr lange dauern, jetzt, da es bald Winter wird...«

»Ich denke Euch, Herzog Federigo.«

»Man dankt einem Soldaten nach der Schlacht. Oder auch nicht, je nachdem. Kommt.« Er nahm sie an der Hand. »Ich erinnere mich an Euch: Ihr wart in Lorenzos Sommerresidenz. Mein Sohn glaubte, Ihr wärt eine Hexe. Seid Ihr eine?«

»Nein, mein Fürst.«

»Aber Ihr kennt die Macht der Krokusblüte.« Er deutete auf ihren Anhänger. »Mein Sohn weiß nichts davon, aber seine Großmutter war eine Hexe. Sie heilte mich mit dem Extrakt aus dem Krokus...« Er deutete auf einen Paravent an der Zeltwand. »Versteckt Euch dahinter.«

Sie folgte seiner Anweisung und spähte durch den Spalt zwischen den Wandteilen. Federigo ging zum Eingang und rief: »Antonio! Sag dem Mailänder, er kann jetzt hereinkommen. Aber ohne seine Leute!«

Sforza trat ins Zelt. »Wo ist sie, Federigo?«

»Wer?«

»Wer schon: die Abgesandte von Medici natürlich. Was hat sie dir erzählt?«

»Was sollte sie mir denn deiner Meinung nach erzählen, Galeazzo?«

»Spiel doch vor mir nicht den Intriganten, Federigo«, antwortete Sforza amüsiert. »Darauf verstehst du dich doch nicht.«

»Stimmt«, entgegnete Federigo. »Ich bin nur ein altes, halbblindes Schlachtroß. Ich hoffte stets, du hättest ein wenig von deines Vaters Blut in dir. Aber wenn Francesco einen Prinzen töten wollte, so ist er selbst in den Krieg gezogen und hat nicht andere bestochen –«

»In mir ist ein wenig Blut von sehr vielen Leuten«, erklärte Galeazzo widerlich grinsend. »Wovon in aller Welt redest du denn eigentlich, Federigo?«

Montefeltro sagte es ihm.

»Das finde ich aber lustig«, höhnte Sforza. »Die Ärzte des Medici, diese Giftmörder – jetzt weiß ich es: die weißhaarige Frau! War sie nicht Lorenzos Diana, stimmt's? Wird mir ein Vergnügen sein, dieses scheue Reh zur Strecke zu bringen. – Warum lachst du denn nicht, Federigo? Die Leute in meiner Gesellschaft sollen entweder lachen oder schreien.«

»Über diesen Witz kann ich nicht lachen.«

»Schade. Bestimmt aber über den: Mir ist es völlig gleich, ob du mit mir den Angriff auf Florenz wagst oder hierbleibst und dir den Allerwertesten abfrierst. Ich wollte nur deinen Namen auf dem Papier, deine Unterschrift auf dem Vertrag, sonst nichts. Von Rom aus marschieren schon genug Soldaten.« Galeazzo zog einen langen, schmalen Dolch aus seinem Gürtel und reinigte sich damit einen Fingernagel. »Konsolidierung nennt man das. Byzanz bekommt Florenz, Mailand bekommt Genua und einen großen Teil von Venedig, um seine Grenzen abzurunden. Urbino liegt dann zwar mittendrin, aber daran bist du ja längst gewöhnt, oder?«

Federigo machte bei dieser Enthüllung eine besonders obszöne Geste, ehe er entgegnete: »Wie kommst du bloß auf den Gedanken, daß sie sich nur Florenz einverleiben, du Schwachkopf? Warum sollten sie sich Italien ausgerechnet mit dir teilen?«

Sforza blickte ihn verwundert an. »Sie haben schließlich Frankreich... zwischen sich und den Engländern aufgeteilt...«

Federigo ging zum Tisch, schlug die Karte zur Seite, griff die darunterliegende Urkunde. »Ich bin zwar kein Intrigant, aber ich kenne die Römer ganz genau. Sie warten zwar manchmal ab, bis sie sich alles unter den Nagel reißen können, aber mit jemandem teilen kommt für sie nicht in Frage.« Er hielt Galeazzo den *Condotta* unter die Nase. »Pfui! Das Wort eines Idioten zählt nichts!« Er hielt das Dokument in eine Kerzenflamme.

»Nein, nicht«, protestierte Sforza schwach und trat auf Federigo zu; es schien, als wolle er ihn umarmen. Cynthia sah nur kurz die Klinge zwischen Galeazzos dünnen Fingern aufblitzen. Der Herzog von Urbino sank zitternd zu Boden. Dann blitzten Sforzas dunkle Augen auf, als er einen zweiten schmalen Dolch aus dem Ärmel zog. »Ein fast blindes, altes Schlachtroß, in der Tat!« Federigo bewegte sich etwas, worauf Galeazzo ihm in den Unterleib und ins Kreuz trat. »Ich mag zwar den Geschmack von Pferdeblut nicht, doch wir wollen mal sehen, wie deines schmeckt.« Er kniete sich neben den Verletzten und betastete seinen Hals.

Cynthia schlug Sforzas Kopf nach unten, stach ihm ihr langes Skalpell in den Nacken und durchtrennte dadurch sein Rückenmark. Galeazzos Arme erschlafften sofort, doch er stieß schrille, gurgelnde Laute aus. Cynthia zog das Messer aus dem Nacken des Herzogs, packte ihn an den Haaren, warf ihn auf den Rücken und schlitzte sein Wams auf. Auch diesmal, wie bei dem Überfall vor Jahren, trug er darunter kein Panzerhemd. Schade, daß diese Attentäter von Mailand damals so wenig von Anatomie verstanden hatten, dachte sie.

Sie wandte sich Federigo zu. Der lange Dolch steckte bis zum Griff in seiner Achsel; er mußte gefährlich nah am Herzen sitzen. Sie hatte davon gehört, daß Klingen direkt ins Herz eingedrungen waren, der Muskel sich indes um den Stahl geschlossen hatte, so daß das Opfer erst starb, als der Dolch herausgezogen wurde.

»*Dottorina* Ricci!«

»Sprecht nicht, Herzog.«

»Holt... Ercole da Siena. Meinen Kundschafter.«

»Herzog Federigo –«

»Wenn Ihr noch etwas retten wollt... dann holt Ercole.«

Da Siena kam sofort, ein kleiner, drahtiger Mann mit einem Panzerhemd unter seinem Umhang aus dunkelblauem Samt. Er beugte sich zu Federigo hinunter, so daß der ihm ins Ohr flüstern konnte. »Zu Befehl, mein Fürst«, sagte er schließlich und erhob sich. Cynthia erklärte er: »In drei Minuten komme ich mit den Pferden zurück. Die anderen werden sich um Sforzas Männer kümmern.« Ohne auf eine Antwort zu warten, ging er nach draußen.

»Herzog Federigo«, versuchte sie es ein drittes Mal, obgleich sie wußte, daß es vergebliche Mühe war.

»Geht mit Ercole«, röchelte er. »Ich habe einen Sohn..., der keinen Vertrag unterschrieben hat.«

Ercole da Siena legte ihr seine Hand auf die Schulter. Wie benommen folgte sie ihm.

Da Siena führte sie durchs Gebirge, über Geröllhänge und über Pässe, die gerade so breit waren, daß sie hindurchreiten konnten, auf Wegen also, die sonst nur die Adler kannten. Nach der Hälfte der Zeit, die sie und der Kurier für die Hinreise benötigt hatten, am späten Nachmittag des nächsten Tages, erreichten sie die Tore von Florenz.

Da Siena hatte kaum zwanzig Worte mit Cynthia während ihrer abenteuerlichen Reise gewechselt; nun fügte er noch zwei hinzu – »Werte Dame« –, wendete sein Pferd und galoppierte zurück zu seinem Herrn oder dem Sohn seines Herrn.

Es fiel Cynthia auf, daß die Straßen seltsam leer waren. Die Tore des Palazzo Medici waren geschlossen, weshalb sie lange klopfen mußte, bis sie eingelassen wurde. Cynthia schob den Diener beiseite, sah niemanden sonst, rannte zur großen Halle – wo gekreuzte Speere ihr den Zutritt verwehrten.

»Laßt sie passieren«, hörte sie Lorenzo sagen, und die Speere gaben ihr den Weg frei. Cynthia taumelte durch die Tür.

Lorenzo saß in Pieros Rollstuhl. Lucrezia stand hinter ihrem Sohn; als sie Cynthia erblickte, drehte sie sich um und verließ den Raum. Lorenzo trug sein rotes Wams mit den *Palle* auf der Brust.

Auf Sofas in der Mitte des Raumes lagen Giuliano de' Medici und Marsilio Ficino; sie wußte, daß die beiden tot waren, noch bevor sie irgendwelche Wunden sah. Lorenzo trommelte mit den Fingern auf seinen Knien.

»Was ist denn hier geschehen?« brach es aus ihr heraus. Er fuhr hoch, und erst jetzt bemerkte sie, daß sie geschrien hatte.

»Ihr Vater...«

O nein, nein, nein, flehte sie.

»Er glaubte, Ihr wärt entführt worden, vermute ich. Ich weiß es nicht genau. Giulian' war gerade aus Pisa zurückgekommen und traf mit ihm im Foyer zusammen. Ficino war im Zimmer nebenan... Er hörte Giuliano schreien, kam heraus.« Lorenzos Hände umschlossen seine Knie. Der Schweiß stand ihm auf der Stirn. »Mein armer lahmer Dichter.«

»Und mein Vater?«

»Ficino kam mit den Männern des *Gonfaloniere* zurück«, fuhr Lorenzo fort, als habe er die Frage überhört. »Sie hatten das Haus gefunden, in dem die Geiseln angeblich versteckt worden waren. Sie fanden eine Kalkgrube... Es hat nie Geiseln gegeben, Cynthia.«

»*Und mein Vater?*«

»Das schnelle Gift. Das blaue Salz. Das war alles. Ich werde Euch nicht weiter quälen müssen.«

Cynthia empfand nur noch eine große Leere: Sie war nicht fähig, auch nur zu denken, etwas zu sagen, zu tun oder zu fühlen. Das Universum war nur noch ein schwarzer, bodenloser Trichter ins Nichts, ein nicht enden wollender Schrecken.

Fernes Donnergrollen war plötzlich zu hören.

Ein Soldat der Palastwache kam herein. »Mein Fürst, die zehn Kriegsräte lassen Euch rufen. Kanonen, die leichten Geschütze der Byzantiner, beschießen bereits die Stadtmauern.«

»Bitte sie herzukommen. Dadurch sparen wir Zeit.« Der Soldat verbeugte sich und ging.

»Kommt uns der Herzog von Urbino zu Hilfe, Luna?«

Cynthia erzählte ihm, was sich im Zelt zugetragen hatte.

Lorenzo schloß die Augen; ob vor Schmerz oder zum stillen Gebet, war nicht zu erkennen. »Ein Stein wird aus dem Bogen herausgebrochen, und der Bogen stürzt zusammen; dann wanken die Pfeiler und die Wände, das ganze Gebäude fällt zusammen... Der Erfinder... Wie heißt er doch noch?«

»Leonardo.«

»Ach ja, Leonardo. Er sagte einmal zu mir, er könne Brunelleschis Pantheon mit einem einzigen Pickelschlag zum Einsturz bringen. Es beunruhigte ihn, daß etwas so Schönes und Erhabenes so verwundbar sei. Wohin werdet Ihr fliehen, Luna?«

»Ich bin eine Bürgerin von Florenz, Signore Lorenzo.«

»Nein, jetzt nicht mehr. Wendet Euch nach Norden, über Mailand hinaus. Mailand wird bald genug seine Probleme bekommen – auch dort ist ein Stein aus dem Bogen herausgebrochen worden –, doch bis dahin ist es der sicherste Weg. Wenn Ihr etwas braucht, Geld, eine Kutsche...«

»Lorenzo, ich möchte gerne hierbleiben.«

»*Bella Luna* – kennt Ihr die Geschichte des britannischen Königs Arthur? Der am Ende einen seiner Getreuen wegschickt, damit der der Nachwelt seine Geschichte erzählen kann?« Lorenzo starrte zur kunstvoll verzierten Holzdecke empor; sie hoffte, er würde nicht weinen. »Madonna Lucrezia pflegte zu sagen«, fuhr er fort, »der Inkubus, der Arthur vernichtete, sei Theodora von Byzanz gewesen, die zum Vampir geworden war, um dem Tod zu entrinnen. Aber sie kann es kaum gewesen sein... wenn es den Byzantinern gelungen wäre, einen König zu ruinieren, wäre es ihnen bestimmt auch noch gelungen, sein Land zu erobern.«

Lorenzo rollte mit seinem Stuhl zu einem Tisch, holte zwei Pokale. Ein Faß Rotwein war angezapft worden für diejenigen, die den Toten die Letzte Ehre erwiesen. Lorenzo füllte die Pokale, reichte einen an Cynthia weiter; sie waren aus rotem Kristall und mit den goldenen Lettern LAUR. MED. graviert.

»Ihr solltet keinen *Trebbiano* trinken«, sagte sie. »Bei Eurer Gicht hat er eine verheerende Wirkung auf Euch.«

Er lächelte, stützte sich mit einer Hand auf die Stuhllehne und stand langsam auf. Er hob den Pokal. »Auf *Virtú*, auch wenn sie nur selten entsprechend belohnt wird.«

Cynthia blickte auf die *Palle* auf seinem Wams, Rot in Rot, wie der Wein in den Pokalen. »Auf die Kugeln«, sagte sie und genoß des *Magnifico* Gelächter ein letztes Mal. – Wieder grollte Kanonendonner, diesmal nicht mehr so weit entfernt. Sie spürte bereits die Wirkung des schweren Weins, den zärtlichen Hauch von Lorenzos Lippen auf ihrer Hand und versuchte sich vorzustellen, wie es sein würde, wenn sie sich schließlich irgendwann ihres Schmerzes voll bewußt werden würde.

Gefährten des Sturms

TEIL 2

Ist hier ein Mörder?

– Akt V, Szene 3 –

Eintreffende

Der Landsknecht stellte eine Münze mit dem Rand auf die Theke, ließ sie rotieren und trommelte mit den Fingerknöcheln auf das Holz, während sie sich drehte. Einen Augenblick später erschien der Wirt, der in seinem dunkelgrünen Gewand und seiner gestärkten weißen Schürze sehr korrekt aussah. Die beiden anderen Männer im Schankraum hatten die ganze Zeit über stumm und regungslos dagesessen.

»Mehr von dem Hippocras«, rief der Landsknecht auf französisch. Die Münze kippte, blieb schließlich liegen. Der Wirt nahm sie, ging zu dem über der Feuerstelle hängenden Kessel und füllte einen hölzernen Krug mit dem dickflüssigen Weinpunsch.

Von einem Luftzug angefacht, loderte das Feuer knackend auf; der Wind trieb den Schnee gegen die Fenster, rüttelte an den Läden.

»Scheußliches Wetter«, sagte der Landsknecht. »Glaubt Ihr, daß die Kutsche überhaupt noch kommt?«

»Es ist schon passiert, daß Kutschen auf dem Paß von Schneestürmen überrascht worden und steckengeblieben sind«, berichtete der Wirt.

»Hört sich schlimm an. Kein Zuckerschlecken für die Reisenden.«

»Meistens überleben sie es nicht.«

»Stimmt es eigentlich, daß manche sogar das Fleisch von Toten gegessen haben, um zu überleben? Irgendwer hat mir so etwas erzählt.«

Der Wirt wischte verschütteten Wein von der Theke.

»Ihr sprecht recht gut Französisch«, versuchte der Landsknecht das Thema zu wechseln. »Seid Ihr Italiener?«

»Ich heiße Jochen Kronig. Ich bin Schweizer.«

»Ach so, Schweizer. Das habt Ihr's ja nicht weit, wenn dieses vermaledeite Mailand in die Binsen geht.« Der Landsknecht trank einen Schluck und wischte sich seinen schwarzen Bart mit dem Lederärmel ab. »Geht Ihr dann nach Norden? In die Schweiz zurück?«

»Wieso? Es wird auch dann noch Gäste geben, die in mein Gasthaus kommen.«

Der Landsknecht lachte. »So ist's recht! Es gibt immer was zu tun für einen Mann, der nicht wählerisch ist, sag' ich immer. Mailänder Pfunde oder byzantinische Golddukaten, wo ist da der Unterschied? Was haltet

Ihr vom Schweizer Heer? Haben viel zu tun, die Jungs. Machen sich auch nichts daraus, für wen sie kämpfen.« Er trank einen Schluck. »Schenkt Euch auch was ein, auf meine Rechnung. Trinkt was, hilft gegen die Kälte. Man soll sich nicht zieren, wenn jemand einen ausgibt, sag' ich immer.«

Der Wirt sah hinüber zu den beiden anderen Gästen, die noch immer ganz mit sich beschäftigt waren. Dann musterte er den Landsknecht, nahm den an einer Kette befestigten, flachen Probierbecher aus Silber, füllte ihn und trank. »Vielen Dank, mein Herr! Sehr liebenswürdig.«

Der Landsknecht lachte schallend, nahm den Krug und seinen Becher und ging hinüber an den Tisch der beiden anderen Gäste. »Ihr sprechen Französisch?« fragte er in gebrochenem Italienisch.

Der eine der beiden Männer war recht jung, dunkelhaarig, hatte ein Wams aus goldfarbenem Samt über einem Panzerhemd und hohe Reitstiefel an. Am Ärmel trug er ein Band mit den Mailänder Lilien. Er starrte unentwegt auf seine kräftigen Hände.

Der andere sah viel älter aus, hatte bereits schütteres Haar, trug ein langes, graues Gewand, unter dem am Kragen ein weißes Hemd hervorschaute, und einen schweren, schwarzen Umhang um die Schultern, obwohl es hier im Schankraum angenehm warm war. Er hob den Kopf und sah den Störenfried mit einem freundlichen, aber durchdringenden Blick an. »*Je parle français*«, erwiderte er zuvorkommend.

»Ich heiße Charles«, stellte sich der Landsknecht vor und deutete eine Art Verbeugung an. »Charles de la Maison, Soldat im Dienst Fortunas. Und Ihr?«

»Timäus Plato«, antwortete der alte Mann mit einem Lächeln. »Soldat im Dienst der Wissenschaft.«

Sein Begleiter stierte weiterhin auf seine Hände. Nach einer Weile erklärte Timäus Plato sein Verhalten: »Mein Kamerad ist Hauptmann Hector. Er ist des Französischen leider nicht mächtig. Er ist im gleichen Gewerbe wie Ihr, und –«

»Ich kann's mir schon vorstellen«, unterbrach ihn Charles. »Herzog Sforza ist tot, Ludovico weiß nicht, was er machen soll, und sein Zahlmeister ist auf und davon. Hallo, Capitano!« rief er, wieder ins Italienische wechselnd. »Nicht gucken so traurig. Wir alle schon mitgemacht. Trinken ein bißchen von diese Zeug, werden so besoffen davon, daß alles vergessen.«

Hector hob langsam den Blick, schob seinen Becher über den Tisch und beobachtete, wie Charles ihn füllte. »Grazie.«

»Wenn Ihr entschuldigen meine schlechte Italienisch, ich kann sprechen, daß alle verstehen«, erbot sich Charles. »Warum Ihr sitzen hier? Nach Milano fahren?«

»Später«, sagte Timäus Plato.

»Ich verstehen. Ihr warten auf jemand in Kutsche. Frankreich. Schweiz?«

»Ich frage mich, ob die Kutsche überhaupt ankommt«, entgegnete Plato nachdenklich. »Ist es wirklich wahr, daß Reisende andere in der Kutsche aufgegessen haben?«

»Ja, haben roh gegessen. – Warum treffen Mann in einsame Gasthaus, in Land, das von Byzanz erobert werden?«

»Kann mir keinen besseren Grund vorstellen, als ihn zu töten«, sagte Plato.

Hauptmann Hector blickte nervös zur Seite.

Charles lachte. »Ja, töten ihn. Bestes, was man machen kann, nicht vergessen, wenn Feind kommen durch Tür. Aber wie töten? Wie verschwinden? Müssen gut überlegen. Und wer wissen? Wir alle Feinde haben; vielleicht einer kommen durch Tür, und man entweder bereit oder tot.« Er trank geräuschvoll aus dem Krug. »Wo ist Zauberer hingegangen? Italien?«

»Ich vermute, er ist in der Scheune«, meinte Plato. »Dort hatte er sich nämlich zum Schlafen hingelegt, und je früher er weggeht, desto besser für ihn, denn es wird noch länger weiter so schneien.«

»Ihr haben recht. Ich glauben, daß gleich zwei Zauberer hier im Gasthaus.«

»Und wer ist der zweite?« erkundigte sich Plato.

Charles antwortete auf französisch: »Wenn Euer Freund sich seinen Sold nicht im voraus hat auszahlen lassen, hat er das Hirn von einem Geißbock.« Er stieß mit dem Krug Hectors Becher an, indem er über das ganze Gesicht grinste. »Aber wahrscheinlich nicht nur das Hirn, sondern auch noch etwas anderes.«

Hector sah ihn verständnislos an und trank. Der Wind rüttelte an den Fensterläden.

Plötzlich waren von draußen Geräusche zu hören. Kronig kam mit einem Umhang über dem Arm hinter der Theke hervor.

»Die Kutsche?« fragte Charles, doch Kronig ging an ihm vorbei, ohne ihm zu antworten. Plato stand auf und lief dem Wirt hinterher; Charles und Hector sahen einander kurz an, folgten ihm dann.

Draußen im Hof stand eine Kutsche: Der Schnee lag eine Spanne hoch auf ihrem Dach, die Lampen baumelten im Wind, nutzlos bei diesem Schneesturm. Die Pferde stampften und schnaubten.

Die Kutschentür wurde geöffnet und die Trittstufe heruntergetreten, bevor der Kutscher noch vom Bock herunter war. Ein hochgewachsener, schlanker Mann in blitzenden Stiefeln und seidenem Umhang stieg aus der Kutsche, hielt inne, um einem zweiten Passagier beim Aussteigen zu helfen: einer mit gelbem Samt umhüllten Frau. Ein Windstoß riß ihr jedoch die Kapuze herunter und zerzauste ihr blondes Haar. Der Umhang des Mannes blähte sich; darunter wurden die Merkurflügel eines Kuriers auf der Jacke und der Rienzi-Stab im Gürtel sichtbar. Der Kurier trug eine große Ledertasche über der Brust.

Timäus Plato unterhielt sich kurz mit dem Kutscher, kam dann zurück zu den anderen: »Das ist nicht die planmäßige Kutsche aus dem Norden, sondern eine Sonderfahrt aus dem Süden; nur ein Kurier und die Dame.«

»Aus Mailand?« wollte Charles wissen.

Plato schien die Frage überhört zu haben. »Sie machen Rast, um zu essen und sich nach den Verhältnissen am Paß zu erkundigen, wenn die Kutsche von dort kommt.«

»Sie kommen nicht weiter«, meinte Hector mit einem Blick in den von Schneewolken verhangenen Himmel.

Eine knappe Viertelstunde später traf die fahrplanmäßige Kutsche ein. Der Kutscher klopfte sich den Schnee von den Schultern, der ziemlich dick auf seinen Schultern lag, und bestätigte, daß der Paß in die Schweiz bis auf weiteres unpassierbar wäre.

Als die neuen und die zuvor eingetroffenen Gäste ins Gasthaus kamen, wieselte der Wirt geschäftig umher, rief nach Gepäckträgern und kommandierte die Küchen- und Zimmermädchen. Glühwein, warmes Bier und Kräutertee wurden sogleich aufgetragen.

»Ich hatte einen Offizier, der war genau wie er«, erzählte Charles. »Aber zum Glück nur den einen. Im Schweizer Heer zu dienen muß die Hölle sein.«

In der Kutsche aus der Schweiz hatten zwei Reisende gesessen. Der eine nannte sich Antonio della Robbia, Bankier der Medici. Er trug ein langes Gewand aus braunem Stoff, eine weißbraune Strumpfhose und protzigen Schmuck. Della Robbia war erkältet, so daß er ständig nieste und sich deswegen unablässig entschuldigte.

Der zweite Passagier hatte ein einfaches, gerade geschnittenes Gewand aus weißem Leinen mit einer Kapuze an. Seine Stiefel waren zwar etwas aus der Mode und ziemlich ausgetreten, aber bei dieser Witterung sehr praktisch. Auf seiner großen Nase saß eine Brille mit einem Gestell aus dünnem Silberdraht und getönten Gläsern. Er stellte sich in gedrechseltem Lehrbuch-Italienisch vor als Gregor von Bayern, Naturwissenschaftler.

Timäus antwortete ihm laut auf deutsch. Er zog Gregor von Bayern zur Seite, worauf die beiden sich angeregt unterhielten.

Der Kurier gab seinen Namen mit Claudio Falcone an. Charles wollte Näheres von ihm wissen. »Ihr werdet geschickt von die Sforza, ja?«

»Richtig«, erwiderte Falcone versonnen.

»Dann ich kennen Eure Botschaft.«

Falcone fuhr herum. Alle schwiegen. Charles sah sich im Schankraum um, kostete augenscheinlich die Reaktion aus, die er hervorgerufen hatte, warf dann den Kopf zurück und rief: »Sehr geehrter Egal-wer: *Hilfe!* Sforza.« Er lachte, doch niemand lachte mit. Seine Neugier war jedoch noch nicht befriedigt. »Falcone, wo ist denn Euer Begleiter? Ich bin zwar nur ein einfacher Soldat, aber wenn ich auf eine Reise gehen müßte, bei der die Gefahr besteht, daß man im Schnee steckenbleibt und nichts zu essen hat –«

»Die Dame ist geschäftlich unterwegs nach Norden«, schnitt Falcone ihm das Wort ab. »Ich bot ihr selbstverständlich meine Kutsche an... und meinen Schutz.« Er legte die Hand auf den silbernen Stab.

»Ich seh' schon, ich hab' den falschen Beruf«, scherzte Charles.

Jochen Kronig meldete sich zu Wort. »Die *Signorina* zieht sich um. Alle Reisenden können oben ein heißes Bad nehmen; das Abendessen wird in Kürze serviert.«

Im Gastzimmer war es mollig warm; Kerzen und Lampen erleuchteten den Raum, die Fensterläden waren geschlossen. Als die Gäste, nachdem sie ihre Reisekleidung durch Brokat- und Samtgewänder ersetzt hatten, von ihren Zimmern im Obergeschoß herunterkamen, wurden sie einzeln von Kronig am Fuß der Treppe begrüßt, der sich danach erkundigte, ob das Zimmer den Wünschen entspräche, das Gepäck hinaufgebracht worden sei und das Bad die richtige Temperatur gehabt habe. Danach reichte er jedem einen Becher voller heißem, mit Ingwer und Zimt gewürzten Hippocras.

Diener in ledernen Pantinen und langen Leinengewändern huschten lautlos hin und her, trugen Pastinaksuppe, Brie mit Honig und Senf und getrocknete Birnen in Sirup auf. Auf der Galerie über der Tür zur Küche hatten ein Lyra- und ein Blockflötenspieler Platz genommen; Kronig entschuldigte sich dafür, daß es ihm nicht gelungen sei, ein größeres Ensemble herzuholen.

Kronig sah sich zufrieden um, doch plötzlich weiteten sich seine Augen, sein rundliches Gesicht färbte sich rot. »Du da?«

In einer Ecke stand ein Mann in einem dicken, dunkelblauen Gewand aus grobem, an manchen Stellen geflickten Stoff und einer Wollhose, einem Türkenfez mit gelber Quaste auf dem Kopf und Schuhen aus ungegerbtem Leder und Holzsohlen an den Füßen. Dieser Mann lud sich von dem Tablett eines Dieners, das dieser ihm brav hinhielt, scheibenweise Wild, Rindfleisch und Weißbrot auf seinen Holzteller.

Der Mann hielt in der Bewegung inne, stierte den Wirt an, stopfte sich dann die Scheibe Rindfleisch, die er gerade in der Hand hielt, in den Mund, fuchtelte in der Luft herum und deutete auf den offenen Kamin, wo das Feuer aufloderte und farbige Funken versprühte. Alle drehten sich um. Diesen Moment nützte der Mann, um sich einen Krug mit Wein von der Anrichte zu schnappen und zur Tür hinauszustürzen.

Kronig schäumte. »Das war Nottesignore, der mächtige Hexenmeister«, brummte er. »Ich dachte, er wäre im Stall. Wollen mal sehen, ob's ihm noch schmeckt, nachdem ich –«

»Hier, Wirt«, rief Timäus Plato und hielt ihm eine Silbermünze hin. »Der Mensch muß eben was essen. Auch wenn er ein Zauberer ist.«

Kronig zeigte sofort wieder bessere Laune. »Ihr habt recht, Professor Doktor.«

Der Kurier Falcone trug eine enge Seidenhose und ein knapp geschnittenes Wams mit den Abzeichen des Herolds auf der Brust. Bankier della Robbia hatte eine rote Hose und ein rotgoldenes, mit Pelz besetztes Gewand an. Das heiße Bad war ihm sehr gut bekommen, denn von seiner Erkältung war ihm nur noch wenig anzumerken. Von Bayern hatte immer noch sein weißes Leinengewand an, seine Stiefel allerdings mit Hausschuhen aus weißem Leder vertauscht. Um den Hals trug er eine leichte Silberkette mit einer schwarzen Halbkugel als Anhänger: eine symbolische Kanonenkugel.

»Wo ist denn der französische... Kamerad?« fragte Hauptmann Hector und führte den Pokal mit seiner schwieligen Hand zum Mund.

»Ihr habt recht«, pflichtete Plato bei. »Er ist noch nicht hier.«

»Die Dame ist auch noch oben«, rief Falcone erschrocken und schaute plötzlich sehr finster drein, lief zur Treppe und sah besorgt nach oben. Seine Miene hellte sich schnell wieder auf, als er sich zu den anderen umdrehte und verkündete: »Meine Herren, Caterina Ricardi.«

Sie schritt mit federnden Schritten die Treppe herunter, dabei geschickt ihr langes, recht tief dekolletiertes Kleid aus blauer Seide schürzend. Ihr blondes Haar war mit einem goldenen Band nach griechischem Vorbild hochgebunden und wurde von einer langen, goldenen Nadel gehalten.

Sogar der Wind schien kurz seinen Atem anzuhalten.

»Die Dame Caterina«, fuhr Claudio Falcone fort, »gehört zum Ensemble des Mailänder Theaters, ist eine der größten –«

»Bitte, *Signore* Falcone«, unterbrach sie ihn lächelnd, »Ihr vermittelt den Herren einen falschen Eindruck von mir... in mancherlei Beziehung. Ich hatte mit den Kostümen und mit dem Schminken zu tun. Meine schauspielerische Erfahrung beschränkt sich auf Massenszenen und den Chor.«

»Die Dame ist natürlich viel zu bescheiden«, erklärte Falcone. »Ich weiß, daß sie sehr oft aufgetreten ist –«

»Für einen Kurier seid Ihr aber nicht sehr verschwiegen, *Signore* Falcone. Nun gut, Ihr habt nicht ganz unrecht. In einer Komödie von Plautus wurde ich von allen herumgestoßen« – sie lächelte über den Versuch der Anwesenden, ernst zu bleiben – »und in der großen Aufführung der *Odyssee* war ich die zweite Besetzung der Penelope und mußte zweihundert Vorstellungen lang bereit sein..., mich meiner Freier zu erwehren«, schloß sie mit einem Seitenblick auf Falcone.

Alle lachten, während Falcone errötete. Timäus Plato kam ihm zu Hilfe: »Unser Gastgeber sieht recht ungeduldig aus. Wir sollten uns an die Tafel setzen und unser Mahl genießen, bevor es kalt wird.« Nun lachte auch Kronig.

Die Musikanten spielten lustige Weisen, als der Hauptgang mit Rübengemüse, Schinken und Fisch serviert wurde; für einen kleinen Landgasthof im November wirklich ein respektables Menü, doch niemand erwähnte irgendein Lob. Der Kurier Sforzas versuchte zwar mehrmals, die Dame aus ihrer Reserve zu locken, doch sie war nicht so gut aufgelegt, wie es anfangs den Anschein gehabt hatte.

Zum Nachtisch gab es kleine gefüllte Kuchen, ganz locker und mit Zucker bestäubt; Jochen Kronig ließ dazu schwarzen Tee servieren, denn Weinpunsch passe nicht zu dem Gebäck. Als alle sich daran gütlich getan hatten und gesättigt waren, ergriff Timäus Plato das Wort: »*Signorina* Ricardi, mir kommt der Ausspruch des Kochs in *Pseudolos* in den Sinn. Ihr erinnert Euch?«

Es war nicht zu erkennen, ob sie sich über seine Frage amüsierte oder sie als Herausforderung empfand. »Ich kenne meinen Plautus, *Professor Dottore.*« Sie hob den Löffel wie ein Szepter und deklamierte: »Ich... bin der Retter der Menschheit.«

Antonio della Robbia, der die meiste Zeit nur über die schlechten Devisenkurse bei der Medici-Bank in Bern gesprochen hatte, wollte sich ebenfalls an der Unterhaltung beteiligen. »Beste Caterina, wart Ihr auch an der Aufführung von *Das Leben Julians* beteiligt, dem Stück, das mein verstorbener Herr Lorenzo de' Medici verfaßt hat?«

»Aber ja. Ich erinnere mich noch ganz genau.«

Falcone zuckte zusammen und ließ sogar Zucker auf sein schwarzes Samtwams rieseln. Er wirkte beleidigt.

»Entschuldigt«, versuchte della Robbia ihn zu beschwichtigen. »Ich habe nicht daran gedacht, daß unsere Städte seit kurzem ja verfeindet sind. Wir in Bern sind von all dem weit entfernt. Ich erinnerte mich nur an *Signore* Lorenzo.«

»Ich kannte ihn flüchtig«, sagte sie mit dem wehmütigen Unterton, den anfängliche Trunkenheit hervorruft.

»Wollen wir auf ihn trinken?« schlug della Robbia vor.

»Auch auf Herzog Sforza?« fragte Falcone.

»Natürlich.« Della Robbia stand auf, erhob seinen Pokal. Die Musik verstummte. »Auf Medici und Sforza. Auf die Herren Italiens.« Man hob und leerte die Pokale. Der Sturm heulte durch die undichten Fenster und ließ die Kerzen flackern.

Claudio Falcone stand auf, der Diener mit der Weinkaraffe eilte zu ihm, um seinen Pokal nachzuschenken, doch Falcone bedeutete ihm, nicht nachzugießen. »*Signorina, Signori,* ich muß gestehen, daß ich ein solch üppiges Mahl zu später Stunde nicht gewöhnt und für heute ziemlich erledigt bin. Entschuldigen Sie mich. Gute Nacht!«

»Eure Zimmer sind gerichtet«, sagte Kronig.

»Wenn die Sache so steht, werde ich mich ebenfalls zurückziehen«, schloß sich della Robbia an. »Ich gehöre zu denen, die noch eine Stunde lesen und geschäftliche Dinge besorgen müssen, bevor sie einschlafen können. Eine gute Nacht!«

»Wir haben eine kleine, aber erlesene Bibliothek«, ergänzte der Wirt. »Wenn jemand von den Herrschaften noch vor dem Zubettgehen einen Tee, ein Glas Wein oder einen kleinen Imbiß wünscht« – alle lehnten stöhnend ab – »dann nur keine Scheu, meine Herrschaften: In jedem Zimmer ist eine Klingel, um jederzeit zu läuten.«

Caterina Ricardi erhob sich, worauf die anderen ebenfalls hastig aufstanden, wobei sie aus ihren Pokalen etwas verschütteten. »Die Fahrt mit der Kutsche war lang und anstrengend. Mein Kompliment, *Signore* Kronig. Den Herrn noch einen angenehmen Abend.«

Kronig strahlte übers ganze Gesicht. *»Buona notte, Signorina.«*

Nachdem Falcone, della Robbia und die Ricardi die Treppe hinaufgegangen waren, erkundigte sich Kronig bei den drei Verbliebenen: »Und was wünschen die drei Herren noch?«

»Daß wir uns in den Schankraum setzen dürfen«, erwiderte Timäus Plato. »Und für mich warmes Bier, für die Herren das, was sie trinken möchten, und zwar reichlich. Und wir möchten ganz allein sein.«

»Ihr versteht, was mit ›ganz allein‹ gemeint ist?« vergewisserte sich Hauptmann Hector. »Kein Zapfer, keine Küchenmägde, nicht einmal Ihr.«

»Hauptmann«, tönte Jochen Kronig etwas beleidigt, aber auch wieder ganz stolz. »Ich bin schließlich ein Schweizer!«

Der alte Mann im grauen Gewand nahm auf einem Stuhl vor dem offenen Kamin im Schankraum Platz, in der Hand einen ledernen Becher mit Bier. Das Feuer und zwei Kerzen waren die einzige Beleuchtung. Der Alte griff sich an sein rechtes Auge, beugte sich nach vorn, stieß einen leisen Seufzer aus. Als er sich wieder zurücklehnte, lag ein Augapfel in seiner Hand, in dem sich das Kerzenlicht spiegelte.

»Glas aus Venedig?« fragte Gregor von Bayern, während er das künstliche Auge betrachtete. Hywel Peredur nickte. »Ich habe geglaubt, es hätte sich sogar zusammen mit dem gesunden bewegt«, gestand Gregor.

»Es hat sich auch tatsächlich bewegt«, bestätigte Hywel und legte eine Augenklappe an. »Eine Täuschung, die sein muß, obwohl ich nach einigen Stunden schreckliche Kopfschmerzen bekomme.«

»Dann seid Ihr in der Tat ein Zauberer.«

»Das muß wohl so sein.«

Von Bayern war einen Augenblick ziemlich perplex, gestikulierte dann in Richtung von Hauptmann Hector, der mit verschränkten Armen an der Wand lehnte. »Nun gut, Herr Doktor... Peredur. Ich bin der Bitte des Hauptmanns um einen Artilleriefachmann nachgekommen, wie es scheint, etwas zu spät. Und Ihr batet mich, zu schweigen und Euch zu vertrauen, bis wir eine Gelegenheit hätten, uns zu unterhalten. Worüber wollen wir uns denn nun unterhalten?«

»Über Artillerie vielleicht.«

»Aber die Mailänder verfolgen doch nicht etwa noch immer die Absicht, Hauptmann Hector mit seinen Truppen in die Schweiz einmarschieren zu lassen?«

»Es gibt kein Mailand mehr, das eine Absicht verfolgen könnte, sondern nur noch Byzanz«, entgegnete Hywel.

»Und verfolgt Byzanz die Absicht...?« fragte Gregor leise.

»Das Imperium verfolgt Expansionsabsichten. Will sich die Welt untertan machen mit wohlüberlegten Schritten, genau wie es hier in diesem Land, das einmal Italien war, geschehen ist. Geht Ihr mit mir in der Beurteilung der Lage soweit einig?«

»Darin stimme ich mit Euch überein.«

»Ich habe Grund zu der Annahme, daß Byzanz plant, in Britannien Unruhe zu stiften, bereits dabei ist, Unruhe zu stiften. Ihr wißt von den kriegerischen Auseinandersetzungen um die Krone?«

»Ja: Das Haus Plantagenet, das Haus York und... und...«

»Das Haus Lancaster«, ergänzte Hector.

»Ach ja, Lancaster. Aber diese Auseinandersetzungen sind doch beendet, oder?«

»Die meisten Vertreter des Hauses Lancaster sind tot«, erklärte Hywel, »doch die Spannungen sind deshalb noch nicht beigelegt. Ich glaube, das Imperium versucht, einen neuen Bürgerkrieg zu schüren. Nicht heute oder morgen, aber zum gegebenen Zeitpunkt, wenn die Nation unter dieser Belastung zerbrechen wird. Und erst dann tritt plötzlich Byzanz als der strahlende Sieger auf den Plan.« Er hielt einen Augenblick inne. »Darauf verstehen sich die Byzantiner sehr gut.«

»Ihr habt etwa die Absicht, sie davon abzuhalten?« erkundigte sich Gregor vorsichtig, während er mit den Fingerspitzen an seinem Brillengestell rieb. »Seid Ihr denn ein so mächtiger Zauberer?«

»O nein, so mächtig ist niemand. Aber ich weiß einige Dinge über sie. Und der Hauptmann weiß sehr viel über ihr militärisches Vorgehen. Er gehörte selbst zu ihren... Bleibt ruhig, Herr Doktor. Die Familie des Hauptmanns wurde auf Geheiß von oben umgebracht; er ist seither nicht mehr einer von ihnen. Solange wir unter uns sind, könnt Ihr ihn mit seinem richtigen Namen ansprechen: Dimitrios Ducas.«

Dimi blickte hoch. »Er weiß solche Sachen ganz einfach. Ich kann mir beim besten Willen nicht vorstellen, wie er sie alle herausfindet.«

»Und Ihr, Herr Doktor von Bayern, seid ein Artillerist aus Deutschland; und die Deutschen sind den Byzantinern, was Kanonen angeht, immer noch überlegen. Ihr seid außerdem ein hervorragender Mathematiker und sprecht ausgezeichnet Englisch.«

Gregor zog die Augenbrauen hoch. »Versteht Ihr jetzt, was ich meine?« fragte Dimitrios, drückte sich von der Wand ab und ging zum Kamin. »Ihr wißt ganz genau, daß ich mit Euch gehen werde«, sagte er zu Hywel gewandt. »Ich habe keine Söldner mehr und keine Aufgabe. Und wenn Ihr bereits meinen Namen herausgefunden habt, so ist es Zeit für mich, von hier zu verschwinden und einen anderen anzunehmen. Aber warum sollte der Doktor sich uns anschließen? Byzanz zu bekämpfen ist für mich so ähnlich, als würde man unbewaffnet einen Hügel erstürmen.«

Hywel musterte Gregor, rollte das Glasauge in den Fingern. »Seit wann ist die Blutnot bei Ihnen?« fragte er ganz leise.

»Ich bin seit acht Jahren ein Vampir«, antwortete Gregor frei heraus.

Dimitrios wandte sich derart abrupt um, daß sein Bier ins Feuer spritzte.

»Ich dachte indes, ich könnte diese Tatsache gut verbergen«, wunderte sich Gregor.

»Das tut Ihr auch«, tröstete ihn Hywel. »Die weiße Kleidung tarnt die Blässe, die dunklen Brillengläser...«

»Was ist das eigentlich?« fragte Dimi mit einem aggressiven Unterton.

»Eine Krankheit«, klärte Hywel ihn auf. »Genau wie die Gicht oder die Zuckerkrankheit.«

»Oder der Aussatz, der ansteckend ist«, widersprach Dimitrios. »Der Feind meines Feindes ist nicht unbedingt mein Freund.« Er murmelte etwas auf griechisch vor sich hin.

»Das Blut von Stieren schmeckt unangenehm«, erwiderte Gregor in der gleichen Sprache, »aber ich habe es schon getrunken. Auch das von Schlangen, das jedoch widerlich schmeckt.«

Dimis Körperhaltung war sichtlich angespannt.

»Bitte erzählt weiter«, forderte Hywel den Doktor auf.

Von Bayern setzte sich an den Tisch. »Ich war außerordentlicher Professor an der Universität von Alexandria. In der Verwaltung, eine Amtsschreiberin... Sie hat mich verführt. Man könnte vielleicht eher sagen, ich ließ mich verführen. Vielleicht könnte man... Na gut. Es floß nicht viel Blut, es fließt eigentlich nie viel Blut, es sei denn, man verfällt in einen Blutrausch und saugt sich voll. Und eine Ansteckung ist auch nicht unweigerlich die Folge. Sagt das nicht auch ein junger Mann zu dem Mädchen, das er begehrt? Daß nicht soviel Blut fließt, daß es nicht so stark schmerzt, wie man ihm immer erzählt hat, und daß es nicht unbedingt Folgen haben muß? Bis es dann eines Morgens aufwacht und ihm unwohl ist.« Er lächelte gequält. »Und dann Heißhunger auf ungewöhnliche Sachen bekommt. –

Ich sah meine Geliebte danach nur noch einmal, bei der geheimen Gerichtsverhandlung, in der ich aufgefordert wurde, Alexandria zu verlassen.«

»Ihr hattet keine andere Wahl«, meinte Hywel.

»O doch, denn die byzantische Justiz ist gerecht. Die Messer lagen griffbereit auf dem Tisch.«

»Und wenn Ihr nur einen Funken Ehre in Euch gehabt hättet, hättet Ihr sie genommen!« schrie Dimitrios. »Aber statt dessen seid Ihr zurückgekommen, um diese Krankheit weiterzuverbreiten!«

Gregor stand auf, lehnte sich über den Tisch. »Ihr werdet nie wieder in diesem Ton mit mir sprechen, verstanden?« stieß er mit bedrohlichem Nachdruck hervor. »Ihr wißt nicht, könnt nicht wissen, wer ich bin und was ich getan habe. Ich habe Tiere getötet, jawohl, aber die kann ich nicht anstecken. Ich habe auch menschliches Blut getrunken, denn wenn ich nicht ab und zu ein wenig davon bekomme, werde ich verrückt, steigere ich mich in den Blutrausch. Aber ich habe die Adern immer mit einem Messer oder einer Hohlnadel geöffnet, das Blut in einer Schale gesammelt, nie die Adern mit den Zähnen oder den Fingernägeln verletzt. Ich bin Gregor, Fachritter von Bayern, habe getan, was ich tun muß, aber dabei *niemals* einen anderen Mann, eine andere Frau angesteckt!« Er wandte sich um, sah die Wand an. »Aber das spielt für Euch beide ja keine Rolle. Ihr versteht nichts. Ihr wißt nicht, wie es ist, wenn man verabscheut, was man dennoch tun muß, um am Leben zu bleiben..., wenn man sich selbst haßt für das, wogegen man sich nicht wehren kann.«

Er ließ den Kopf sinken, blieb regungslos stehen und verbarg sein Gesicht.

Dimitrios trank seinen Becher aus, stellte ihn auf den Tisch. »Ich glaube es dennoch zu verstehen«, sagte er ganz leise. Er zog das Band mit den Mailänder Lilien vom Ärmel, warf es auf den Tisch. »Ich habe mich entschieden. Ich bin dein Mann, Hywel, aber auch deiner, Gregor.«

Hywel schenkte Bier nach. »Dann wollen wir darauf trinken. Auf gutes Gelingen, Dimitrios«, sagte Gregor und stieß mit seinem Becher den von Dimi an. Die beiden verharrten so für einen langen Augenblick, ohne ein Wort zu sagen oder eine Miene zu verziehen, tranken schließlich.

Dimitrios ging kurz danach zu Bett. Gregor stand noch am Fenster, starrte hinaus in die Dunkelheit, während Hywel vor dem Kamin saß und die Flammen beobachtete.

»Kannst du Gedanken lesen?« fragte Gregor plötzlich.

»Ich kann es, aber ich tue es nicht. Aus einem Gesicht, der Körperhaltung kann man genauso gut, wenn nicht besser lesen, vor allem viel leichter.«

Gregor nickte.

Hywel sprach ihn auf deutsch an. »Es war unumgänglich, ihm dies zu eröffnen. Vor allem, weil du bald etwas Blut brauchst... Ich habe die Anzeichen dafür während des Abendessens bemerkt... Ich kann mir vorstellen, daß er sehr schmerzhaft ist, dieser Hunger...«

»Ja«, gestand Gregor, klopfte sich mit der Faust gegen die Brust. »Äußerst schmerzhaft.«

Am Morgen hatte sich der Sturm gelegt. Es schneite zwar noch immer, doch nur ganz leicht. Die Läden an den Fenstern im Gastzimmer standen offen, gaben den Blick frei nach draußen, wo nur hie und da ein Baum, ein Felsen sich dunkel von der Schneedecke abhob.

Als die Gäste herunterkamen, fanden sie eine reichlich gedeckte Tafel vor: gekochte Eier in kleinen silbernen Eierbechern, Schinken, Wurst, Hirn, Räucherhering, Brot und Honig. Indischer Tee wurde dazu in Porzellantassen gereicht, die zerbrechlich wie Eierschalen wirkten.

»Als ob wir Könige wären«, bemerkte Caterina Ricardi. »Ich frage mich nur, wie meine Rechnung aussehen wird.«

»Ich vermute, es gibt einen triftigen Grund für die Großzügigkeit unseres Wirts«, meinte Hywel-Timäus Plato. »Glaubt Ihr nicht auch, *Signore* Antonio?«

Della Robbia kaute gerade ein Stück Schinken, schien kurz nachzudenken, schluckte. »Aber natürlich: Ein voller Bauch hält vom Denken ab.« Er wandte sich an Caterina. »Ihr müßt wissen, *Signorina*, daß dieses Gasthaus bestimmt bald dem byzantinischen Straßendirektorium unterstellt wird.«

Caterina sah ihn verständnislos an.

»Seid Ihr noch nie auf byzantinischen Straßen gereist?«

»Auf römischen Straßen, ja, aber...«

»Die Straßen selbst sind die besten, die es gibt«, schaltete sich Hauptmann Hector-Dimitrios ein, »aber das Essen, das an ihnen serviert wird, das allerschlechteste. Schlechter noch als in den Heerlagern, und noch eintöniger. Ganz einfach gesagt, meine Dame, *Signore* Jochen kann ruhig großzügig sein, denn morgen schreibt ihm das Direktorium vor, was er zu machen hat.«

»Und trotzdem gönnt er diesem abgerissenen Zauberer nicht einmal eine Mahlzeit«, flocht Hywel ein.

»Das müßt Ihr verstehen, Doktor: Er ist Schweizer«, sagte Dimitrios übertrieben feierlich.

Della Robbia mußte lachen, tat so, als müsse er husten, als Kronig in das Gastzimmer kam. »Ist Eure Erkältung wieder schlimmer geworden?« erkundigte sich der Wirt sofort; der Bankier schüttelte heftig den Kopf. »Und wo sind denn meine anderen Gäste?« fragte Kronig weiter. »Sind sie so spät zu Bett gegangen?«

»Wo steckt denn dieser Franzose überhaupt?« wollte Dimitrios wissen.

»Dieser unangenehme, betrunkene Kerl? Wahrscheinlich schläft er seinen Vollrausch aus«, glaubte della Robbia zu wissen.

»Er war zwar unangenehm und auch betrunken, aber wiederum nicht so betrunken«, widersprach Dimi.

Hywel wandte sich an den Wirt. »Hat Charles de la Maison sich etwas aufs Zimmer bringen lassen, *Signore* Kronig?«

Kronig zögerte er, als würde er ein Staatsgeheimnis verraten. »Nein, mein Herr, nicht einmal Wein.«

»Da muß etwas nicht in Ordnung sein«, vermutete Dimitrios. »Männer wie er lassen doch eine solch üppige Mahlzeit nicht –«

Ein schriller, langgezogener Schrei im Obergeschoß unterbrach ihn.

Wie ein Blitz war Kronig an der Treppe und eilte die Stufen hinauf. Die anderen legten das Besteck aus der Hand, rissen sich die Servietten herunter und folgten ihm.

»Wo liegt das Zimmer des Franzosen?« rief Dimi. »Wenn er das Zimmermädchen belästigt, werd' ich ihm gerne zeigen, wer das Hirn eines Geißbocks hat.«

»Der Schrei kam nicht von dort«, stellte Hywel fest und zeigte den Gang entlang; neben einer offenen Zimmertür stand Jochen Kronig, den Arm um ein zitterndes Zimmermädchen gelegt, und redete in schweizerisch-italienischem Dialekt auf es ein.

Dimitrios war als erster an der Tür, sah über den Wirt und das Mädchen hinweg ins Zimmer; dann ballte er die Fäuste, drehte sich zu Hywel um, blickte ihn wütend an.

Della Robbia trat an die Tür. »*Signorina* Ricardi... bleibt weg!«

»Unsinn!« erwiderte sie und lief noch schneller herbei. Hywel ging nun allein gemessenen Schrittes den Gang entlang.

Kronig, dem plötzlich bewußt wurde, was auf dem Gang vorging, versuchte zu protestieren und die Tür zu schließen, doch Caterina Ricardi schob ihn bestimmt zur Seite. Sie starrte ins Zimmer, worauf ihre Miene sich verhärtete. Sie trat einen Schritt zurück, damit auch Hywel etwas sehen konnte, wich aber nicht von der Tür.

Claudio Falcone lag auf seinem Bett und starrte leblos zur Decke. Er hatte nur eine schwarze Seidenhose an; seine Beine waren an Knöcheln und Knien mit den Bettlaken zusammengebunden. Die Handgelenke waren mit Stücken der Klingelschnur an den Bettpfosten festgezurrt; in seinem Mund steckte eine Leinenserviette als Knebel, ebenfalls mit einem Stück Kordel festgebunden. Geronnenes Blut aus dem rechten Nasenloch zeichnete eine dünne Linie in sein Gesicht. An Falcones Armen und Oberkörper konnte man zwar einige Schnittverletzungen erkennen, aus denen jedoch kaum Blut geflossen war.

Hywel ging ins Zimmer hinein. Oberhalb von Falcones linker Schulter breitete sich ein Flecken getrockneten Blutes aus. Ein Stück Federkiel ragte aus der Halsarterie.

Auf dem Nachttisch lag ein kleines Messer, neben einem hölzernen Trinkbecher. Am Messer klebte Blut; Blut war auch im Becher.

Hywel wandte sich um, weil er plötzlich einen kalten Luftzug verspürte: Ein Fensterflügel stand einige Zentimeter offen, so daß auf dem Fensterbrett und auf dem Fußboden bereits etwas Schnee lag.

Hywel betrachtete wieder den Toten, dessen Augen im wächsern-bleichen Gesicht weit aufgerissen waren. Auf der rechten Wange entdeckte er einen dunklen Fleck. Es war nicht zu erkennen, ob der im Tod erstarrte Gesichtsausdruck Schrecken, Schmerz, Verzweiflung oder eine andere Empfindung, die niemand kennen und überleben konnte, verdeutlichte. Hywel schloß dem Toten die Augen, ehe er ihn mit einem Laken zudeckte.

Kronig räusperte sich. »Ich werde das Zimmer sofort saubermachen lassen.«

»Tut es nicht«, riet Hywel. »Schließt nur die Tür ab.«

Als alle wieder hinuntergingen, stand bereits jemand im Gastzimmer und legte sich Schinkenscheiben aufs Brot.

Gregor blickte hoch, lächelte; rote Flecken leuchteten auf seinen Wangen. »Guten Morgen«, rief er. »Kommt Ihr alle zu spät zum Frühstück, oder war ich etwa zu früh hier?«

»Bei Minerva, er ist ein Vampir!« kreischte Caterina Ricardi.

Abreisende

Gregors Lächeln erstarrte, doch ansonsten zeigte er keine Regung. Er blieb sogar stehen, als Antonio della Robbia auf ihn zustürzte, ihm ins Gesicht schlug, seinen linken Arm packte und auf den Rücken drehte. Sein Brötchen fiel auf den Boden und rollte durch das Gastzimmer, während Gregor noch immer schwieg.

Hywel hielt Dimitrios am Handgelenk fest. Alle blieben auf der Treppe stehen. Della Robbia drückte Gregor auf einen Stuhl, riß ihm die dunkle Brille von der Nase, drehte sein Gesicht in Richtung Fenster. Gregor krümmte und wand sich zwar, versuchte, seine Augen zu bedecken, stieß wimmernde, gurgelnde Laute aus.

»Genug«, rief Hywel. Della Robbia sah sich erstaunt um. Trotz des Hebelgriffs hatte er große Schwierigkeiten, den Ritter festzuhalten.

»Er hat heute nacht nicht in seinem Bett geschlafen, sagt das Zimmermädchen«, verkündete Kronig.

»Ich auch nicht«, sagte Hywel und ließ della Robbia nicht aus den Augen. »Herr Doktor von Bayern braucht wegen seiner Krankheit wenig Schlaf, ich wegen meines Alters. Wir waren die ganze Nacht wach, saßen zusammen im Schankraum und tranken *Wein.*«

»Ist das etwa wahr?« fragte della Robbia ungläubig. Er hielt Hywels vernichtendem Blick nicht länger stand und ließ Gregor deshalb los, der seinen Kopf aus dem Licht drehte und auf der Frühstückstafel nach seiner Brille tastete. Er fand sie in der Butter, setzte sie gleichwohl auf, obwohl sie ganz verschmiert war. Er zitterte am ganzen Leib.

»Wer war denn außerdem letzte Nacht nicht in seinem Bett?« wollte Hywel von Kronig wissen. »*Monsieur* Charles, zum Beispiel?«

Sie gingen wieder die Treppe hinauf, ließen Gregor allein. Kronig schloß mit seinem Hauptschlüssel ein Zimmer auf; es war leer. »Seid Ihr sicher, daß es das von de la Maison ist?« vergewisserte sich Hywel, schnupperte. Ihm war sofort klar, daß das Zimmer nicht benutzt worden war. Kronig versicherte, es sei das richtige Zimmer, öffnete auch noch die anderen, nicht belegten Räume, doch auch sie waren leer und nicht benutzt worden.

»Was ist mit dem Zauberer?« fiel Dimitrios ein. »Der in der Scheune?«

»Den werden wir als nächsten fragen«, entschied Hywel, »denn er war die ganze Nacht bei den Pferden.«

Man brachte Umhänge für alle. Kronig, Hywel, Dimitrios und Antonio traten hinaus auf die überdachte Veranda des Gasthauses.

»Wartet«, rief Hywel. »Seht.«

»Verdammt!« entfuhr es Dimitrios.

Keine einzige Spur war im Schnee zu erkennen. Sie überquerten den Hof, gingen hinüber zur Scheune, doch nirgendwo deutete etwas darauf hin, daß jemand das Haus verlassen hatte.

Guido Tommasi, genannt Nottesignore, wusch sich gerade das Gesicht am Pferdetrog, als die Gruppe die Scheune betrat. »Guten Morgen, die Herren! Wirt, mach dir keine Gedanken wegen gestern abend... Fürs Frühstück hab' ich schon selbst gesorgt. Schau!« Er zeichnete beschwörende Gesten in die Luft, daß die geflickten Ärmel seines Gewandes nur so flatterten. »Abrakadabra... Abrakavitti... Dit! Dit! Dit!«

Plötzlich hielt er ein Ei in den Fingern, dann noch eines, schließlich ein drittes. Er gab sie Kronig. »Ich hätte sie gerne in Butter gebraten... als Spiegeleier... und vielleicht noch etwas Speck dazu...«

Kronig schien sich über diese Unverfrorenheit nur noch wundern zu können, so daß Antonio della Robbia die Initiative ergriff. »Zauberer, kannst du vor mir und den Herren schwören, daß du heute nacht deine Magie nicht dazu eingesetzt hast, zu einem Fenster des Gasthofs zu fliegen und einen feigen Mord zu begehen?«

»Was soll ich?« stammelte Tommasi. Ein Ei fiel ihm aus dem Ärmel.

»Ein Mann wurde letzte Nacht getötet«, erläuterte Hywel. »Es ist ganz einfach: Du kannst es nicht gewesen sein, wenn du nicht fliegen kannst.«

»Wenn das so ist, dann kann ich natürlich nicht fliegen«, erwiderte Tommasi und blickte in die Runde. »Und ich kann erst recht nicht fliegen, wenn man mich aus einem Fenster wirft, um so festzustellen, daß auch stimmt, was ich sage.«

Dimitrios entfuhr ein kurzes Lachen. Antonio warf Hywel einen verstohlenen Blick zu. Kronig schüttelte bloß verständnislos den Kopf und wandte sich zum Gehen.

»Wirt...!« rief Tommasi.

Kronig blieb stehen. »Was gibt's?«

»Ich bedaure zutiefst, daß ich nicht fliegen kann, aber vielleicht könnten meine anderen Fähigkeiten hilfreich sein. Wenn ich mich aufwärmen dürfte, um mich dabei zu konzentrieren...?«

Kronig verzog das Gesicht, schloß die Hand fester um die Eier. »Dann komm!«

»Noch etwas, Wirt«, meldete sich der Zauberer Nottesignore abermals zu Wort. »Der Mann, der ermordet wurde, hat doch bestimmt ein Frühstück bestellt. Da er jetzt nicht mehr essen kann...«

Die Eier in der Hand des Wirts zerbrachen unter der mühsam beherrschten Wut.

»Ich hatte es ja gar nicht bedacht«, rief della Robbia, als zwei Dienstmädchen ihnen die Mäntel abnahmen, »aber wir haben die Dame mit dem Vampir allein gelassen.«

Als sie ins Gastzimmer kamen, legte die Dame dem Vampir gerade eine kühlende Kompresse auf die Augen. »Könnt Ihr Euch darauf einen Reim machen?« fragte Dimitrios Hywel leise.

»Mir dämmert einiges«, erwiderte der.

Tommasi machte sich mit Heißhunger über das Frühstück her, und obwohl den anderen durch das, was sie oben im Zimmer gesehen hatten, der Appetit ziemlich rasch vergangen war, dauerte es doch nicht lange, bis die sechs ausgiebig speisten, dabei zwischendurch mehrmals aufstanden, sich kurz die Beine vertraten und sich dann wieder an das Mahl setzten. Kronig beobachtete seine Gäste mit zufriedener Miene, die allerdings sofort verschwand, wenn etwas Eßbares in die Nähe von Nottesignore mit seinen weiten Ärmeln gestellt wurde.

»Nehmen wir an, es war der Landsknecht Charles«, dachte della Robbia laut nach. »Wo steckt er dann jetzt? In der Nacht kann er schließlich nicht zu Fuß geflohen sein. Genausowenig heute morgen. – Zauberer, hat sich in der Nacht jemand ein Pferd genommen?«

»Nein. Ich habe auch nicht so laut geschnarcht, daß ich es überhört hätte. Durch meine Fähigkeiten merke ich nämlich sofort, wenn Böses naht«, erklärte Tommasi großsprecherisch.

»Auch den gehörnten Ehemann der Geliebten?« warf Caterina ein, lächelte dabei vielsagend. Alle lachten, und Tommasi verbeugte sich.

»Wie hättest du dich denn aus dem Staube gemacht, Nottesignore?« wollte Hywel wissen. »Wenn du den Mann umgebracht hättest.«

»Ich hätte mich ganz einfach unsichtbar gemacht und –«

»Nehmen wir aber an, das wäre dir nicht möglich gewesen. Du hättest dich auch nicht an einen anderen Ort hexen können.«

»Dann hätte ich mich sehr wahrscheinlich versteckt«, plauderte Tommasi munter drauf los. »Sofort nach der Tat.«

»Und wo?« wollte della Robbia wissen.

»In einem Gasthaus gibt es mehr Plätze zum Verstecken als Zellen in einem Bienenstock«, erklärte Tommasi mit einem verschmitzten Seitenblick auf den Wirt. »Ich hätte mich so lange versteckt, bis die anderen die Leiche finden, in die Scheune hinübergehen, um nach den Pferden zu schauen und Nottesignore zum Frühstück einzuladen. *Dann* wäre ich in die Scheune geschlichen –«

»In den Fußspuren, die die anderen hinterlassen haben«, fügte Dimitrios ein.

»– hätte mir das beste Pferd gesattelt und wäre auf und davon.«

Dimitrios, della Robbia und Kronig fuhren von ihren Stühlen hoch. »Immer mit der Ruhe, meine Herren«, mahnte Hywel. »Wir können auch einen Diener losschicken; soll er sich doch nasse Füß holen. Wenn es de la Maison tatsächlich so gemacht hat, ist er inzwischen längst über alle Berge.«

»Trotzdem werde ich selbst nachsehen«, beharrte della Robbia. »Und wenn er nicht mehr in der Scheune ist, nehme ich ein Pferd und reite los, um ihn zu suchen. Wer mich begleiten möchte, ist herzlich dazu eingeladen. Hauptmann Hector?«

»Ich reite gerne im Schnee.«

»Und wie steht es mit Euch, meine Dame?« erweiterte della Robbia seine Einladung. »Solange kein Wind geht, ist es auch nicht zu kalt.«

»Ich werde mich Euch anschließen«, entschied Caterina.

»Wird uns auch der Zauberer Nottesignore unterstützen?«

»Eigentlich würde ich –«

»Nach einem guten Essen tut Bewegung gut.«

»Das habt Ihr recht. Aber ich muß Euch warnen: Wie mein Name schon sagt, sind meine Zauberkräfte am Tage nicht die besten.«

»Und die Herren Doctores?«

»Meine Gelenke vertragen die Kälte nicht«, entschuldigte sich Hywel, »und ich befürchte, daß der Schnee Herrn Doktor von Bayern zu stark blenden wird.«

»Nun gut. Wirt, könnt Ihr die Pferde satteln lassen?«

»Wird sofort gemacht. Ich hoffe sehr, daß Ihr ihn findet.«

»Wenn der Mann zu Fuß durch den Schnee stapft, werdet Ihr ihn sicher bald einholen«, stellte Hywel fest.

Hywel und Gregor saßen in Hywels Zimmer. Sie hatten die Vorhänge zugezogen, so daß es im Raum fast dunkel war. Eine Karaffe mit Weinbrand stand auf dem Tischchen zwischen den beiden Männern.

»Wie hast du dir letzte Nacht Blut besorgt?« fragte Hywel frei heraus.

»In der Küche werden Kaninchen gehalten. Ich habe mir zwei geholt.«

»Wie hast du die toten Tiere entfernt?«

»Im Schnee vergraben. Ich kann dir die Stelle zeigen, wenn –«

»Das ist für mich nicht wichtig, und die anderen werden auch nicht glücklicher sein, wenn sie es wissen. Es waren also wirklich Kaninchen?«

»Ja doch«, erwiderte Gregor verbittert. »Ich habe danach gründlich saubergemacht, das Wasser in den Abort geschüttet, bin dann zum Frühstück hinuntergekommen... Du siehst, Freundlichkeit ist tödlich für Vampire; denn sie macht uns sorglos.« Etwas freundlicher fügte er dann hinzu: »Weshalb hast du meinetwegen gelogen?«

»Weil ich dich noch brauche«, erwiderte Hywel klipp und klar, »und zwar unversehrt. Bei unserem Vorhaben fehlt bereits ein Auge.«

Gregor nippte am Weinbrand, strich sich über die Schläfe. »Ich glaube, jetzt hast du mich.«

»Das Blut in den Abort: raffiniert. Und wenn jemand tatsächlich dort nachschauen würde, könntest du immer noch sagen, du hättest Hämorrhoiden.«

Gregor grinste.

»Wie gut kennst du dich mit Schlössern aus?« wollte Hywel wissen.

»Recht gut – aber woher weißt du das?«

»Büchsenmacher kennen sich in der Regel auch gut mit Schlössern aus. Könntest du eine der Zimmertüren öffnen?«

Gregor betrachtete das Schloß. »Ich glaube, ja.«

»Dann wollen wir uns auf die Suche nach dem Mörder machen.«

Im Zimmer von Claudio Falcone war es sehr kalt. Der Geruch von Kerzenwachs, Petroleum, Holz und Leinen wurde langsam durch den schweren, scharfen Geruch des Todes verdrängt. Die angebundenen Handgelenke des Kuriers schauten unter dem Laken hervor.

Gregor zog das Laken weg, starrte auf die Leiche. Hywel drehte sich zu ihm um: »Ach ja, du hast ihn noch nicht gesehen.«

»Nein. Und jetzt verstehe ich auch die anderen. Es kann nur ein Vampir gewesen sein.«

»Eben nicht. Es ist alles nur so arrangiert.«

»Ich sehe andere Dinge als du.«

»– aber das nicht.« Hywel schloß das Fenster. »Niemand ist hier hinaus, denn man sieht keine Spuren im Schnee. Wenn du es gewesen wärst, hättest du ein Liliputaner sein müssen, wie sie im Zirkus auftreten... oder eine Fledermaus.«

»Du glaubst doch nicht etwa daran, daß ich mich in einen Wolf oder eine Fledermaus verwandeln kann? Oder mich in Rauch auflöse und unter der Tür hindurchschlüpfe?«

»Natürlich nicht. Und derjenige, der das getan hat, auch nicht. Beachte, mit welch schrecklicher Sorgfalt alles gemacht wurde: die Fesselung, der Federkiel, der Becher – der Täter will den Verdacht auf einen echten *Gwaedur* lenken, nicht auf einen aus den Sagen mit hypnotischen Kräften und Zähnen, die wie die Giftzähne einer Schlange aussehen. Und dann öffnet er außerdem das Fenster. Warum?«

»Ich weiß es nicht. Warum wurde der Kurier überhaupt umgebracht?«

»Das werden wir bald herausfinden. Such nach seiner Kuriertasche: eine Ledertasche, etwa in der Größe eines Buches.«

Gregor deckte den Leichnam wieder zu und begann mit der Suche. »Könnte es nicht doch mit Magie zu tun haben? Dieser italienische Zauberer –«

»– ist kein echter Zauberer, kann nicht mehr als du.«

»Angenommen, er verschleiert seine Zauberkräfte mit diesen Tricks?«

»Kannst du dich etwa in eine Fledermaus verwandeln? Magie kann vieles nicht, und dazu gehört, daß sie sich nicht verheimlichen läßt.«

Sie fanden die Tasche des Kuriers nicht. Hywel bemerkte einen schmalen Spalt zwischen dem Nachttischchen und der Wand. Vorsichtig, um das Messer und den Becher nicht zu verrücken, schob er es zur Seite. Etwas fiel zu Boden.

»Was war das?«

»Ein Wappenring, der zwischen Nachttisch und Wand steckte«, erwiderte Hywel. »Ich würde gerne wissen ...« Er versuchte, den Ring auf Falcones Finger zu stecken, doch die Leichenstarre hatte bereits eingesetzt.

Gregor betrachtete das Wappen. »Ich kenne es. Sechs rote Kugeln: ... das Wappen der Medici.« Er sah auf. »Antonio della Robbia, der Medici-Bankier.«

Hywel rieb sich das Glasauge. »Stimmt. Du bist doch mit dem Bankier aus der Schweiz gekommen; worüber habt ihr während der Fahrt gesprochen?«

»Wir haben uns nicht unterhalten ... Er schwieg die ganze Zeit. Und ich wurde langsam hungrig.«

Hywel nickte.

»Aber das ist gewiß das Wappen der Medici. Ich erkenne es.«

»Ich kenne es genau«, sagte Hywel. »Ich kann mir zudem keinen gebildeten Menschen westlich von Byzanz vorstellen, der es nicht kennt. Aber wer würde den Ring am Tatort zurücklassen, wo er eine solch deutliche Sprache spricht?«

»Dann ist da noch die Sache mit dem Fenster.«

»Richtig, das Fenster. Vielleicht ist der Mörder sorgfältig und zugleich sorglos gewesen. Wir alle machen schließlich Fehler.« Hywel drehte den Ring nachdenklich hin und her. »Manche Arten von Sorgfalt und Sorglosigkeit passen einfach nicht zusammen.« Er seufzte. »Gehen wir hinunter. Die anderen müssen bald zurück sein.«

»Nichts gefunden da draußen«, berichtete Dimitrios, der vor dem Kamin saß, die Beine mit den Reitstiefeln ausgestreckt. »Das Gelände ist zu schwierig für Pferde, und dann noch all der Schnee. Es wird noch mehr fallen, glaube ich.«

»Was ist mit der Schlucht, die Ihr uns gezeigt habt?« fragte Caterina. »Könnte er da hinunter sein?«

»Nicht lebend. Es sei denn... habt Ihr schon einmal Schneeschuhe gesehen, Skier, wie sie in nordischen Ländern benützt werden? Ich kannte einen Waräger, der damit unglaublich steile Hänge hinunterfuhr, so schnell, wie kein Pferd galoppieren kann. Aber in dieser Schlucht hier standen viele Bäume.«

»Der Mann könnte aber da hinunter sein«, meinte Jochen Kronig.

»Es waren keine Fußstapfen oder andere Spuren im Schnee zu sehen, also kann er heute morgen nicht weggegangen sein«, entgegnete Dimitrios. »Und letzte Nacht, in der Dunkelheit, bei dem Sturm...«

»Aber er könnte doch tot in der Schlucht liegen«, ließ Kronig nicht lokker. »Und dann wird man ihn erst im Frühling finden.«

»Wahrscheinlich sogar erst mitten im Sommer«, flocht della Robbia ein. »Und dann müssen sich die Byzantiner mit diesem Problem herumärgern.«

»Sollen die ihn ausgraben«, fügte Caterina hinzu.

»Könnte er sich denn nicht immer noch hier versteckt halten?« gab Dimitrios zu bedenken.

»Ausgeschlossen«, beeilte sich Kronig zu versichern. »Wir haben alles durchsucht. Meine Dienstboten, die Kutscher. Sogar die *Doctores* haben sich an der Suche beteiligt.«

»So?« wunderte sich della Robbia. »Habt Ihr wirklich alles gründlich durchsucht? Der Zauberer sprach doch davon, daß es unzählige Verstecke gäbe. Wo ist Tommasi übrigens? Hauptmann Hector, er ist doch mit Euch zurückgekommen.«

»Nein.«

Hywel ergriff das Wort. »Charles de la Maison ist verschwunden, hat nichts hinterlassen außer einem schlechten Eindruck. Es ist, als hätte er überhaupt nicht existiert.«

»Ein Geist vielleicht?« vermutete della Robbia.

»Bei uns gibt es keine Geister«, widersprach Kronig.

»Magie«, warf Caterina ein, plötzlich ganz aufmerksam geworden. »Die Vortäuschung einer Existenz.«

»So hat es tatsächlich den Anschein«, pflichtete Hywel bei. »Angenommen, Charles de la Maison war nur eine Verkleidung, dann erhebt sich die Frage, wer hinter ihr steckte. Einfacher geht es vielleicht, wenn wir feststellen, wer es *nicht* gewesen sein kann. Er sprach mit Hauptmann Hector, mit unserem Wirt Kronig und mit mir – die Herren können doch bestätigen, daß er mit mir redete?«

Zustimmendes Gemurmel ertönte. Ein Diener kam von draußen herein, flüsterte dem Wirt aufgeregt ins Ohr.

Hywel setzte seine Ausführungen fort: »Und er sprach auch mit oder in Anwesenheit aller vier Reisenden aus den Kutschen –, daß er nicht gleichzeitig hier und in einer der Kutschen sein konnte, versteht sich von selbst. Es bleibt nur noch Nottesignore übrig.«

»Aber wo ist denn Tommasi nun?« ereiferte sich della Robbia. »Ich bin überzeugt, daß er geflohen ist – einfach weggeritten, während wir suchten. Er muß schon meilenweit von hier weg sein.«

»Meine Dame, meine Herren«, schaltete Kronig sich ein, »der Zauberer Guido Tommasi ist nicht meilenweit weg. Er ist vielmehr in der Scheune. Das Rätsel ist gelöst«, verkündete er sichtlich erleichtert.

Nottesignore hing von einem Balken; seine Füße baumelten zwei Fuß über dem strohbedeckten Boden. Im Sterben hatte er seine Schuhe mit den Holzsohlen weggeschleudert. Der eine lag zwei, drei Schritte entfernt neben einem umgestürzten Faß, der andere zusammen mit dem Fez mit der gelben Quaste vorne am Tor.

In der Mitte der Scheune lag ein Häufchen verbrannter Strohhalme und glimmender Lederreste; das Feuer war ausgetreten und mit Schnee gelöscht worden. Hywel ging ganz behutsam daneben in die Knie. Es roch nach Petroleum. Die Lederreste stammten von der Kuriertasche, die Falcone bei seiner Ankunft getragen hatte. Sie war nicht einfach zerstükkelt, sondern sorgfältig zerschnitten worden – offensichtlich hatte jemand nach verborgenen Fächern gesucht.

In der Asche sah Hywel noch kleine, verkohlte Papierfetzen. *Die Schulden des englischen Königs* konnte er auf einem lesen, *Interessen der Bank im Ausland* auf einem anderen. Die Fetzchen hielten seiner Berührung nicht stand, als er sie aufheben wollte. Er seufzte, als er mit den Fingern über das noch warme Stroh tastete.

Etwas Farbiges erregte seine Aufmerksamkeit. Hywel griff ins Stroh, holte einen kleinen, weichen Klumpen hervor: ein geschmolzenes, leuchtendrotes Wachssiegel. Er ließ ihn heimlich in seinem Ärmel verschwinden wie Tommasi die Eier. Er erhob sich, als Kronig neben ihn trat.

»Der Brief erklärt alles«, sagte der Wirt. »Er steckte in seinem Gürtel.«

Liebe Leute!
Ich bekenne mich zu dem Mord an Claudio Falcone, einem Kurier unter dem Schutz des Stabes, und tue die einzig mögliche Buße. Ich hoffte, Geld in seiner Tasche zu finden, fand aber nur wertloses Papier. Weil ich deswegen ein Leben zerstört habe, habe ich mein Leben verwirkt. Ich bitte um Vergebung.

Guido Tommasi

»Er warf das Seil über den Balken, stellte sich auf das Faß und stieß es um«, erklärte Kronig. Er betrachtete Tommasis verzerrtes Gesicht. »Ein schlimmer Tod.«

»Ein schrecklicher, aber dennoch ganz gewöhnlicher Tod«, meinte Hywel. Er packte den Saum von Tommasis Gewand, hob ihn so weit hoch, wie es ihm möglich war, entblößte so den Unterleib des Toten mit der dicken, vorne und hinten befleckten Wollhose, aus der es stark nach Fäkalien stank.

Alle starrten ihn entsetzt an. »Was macht Ihr da?!« rief Kronig.

»Raffiniert, aber immer noch sorglos«, dachte Hywel laut und ließ den Saum wieder fallen. »Sorglos auf seltsame Weise.«

»Doktor...«

Hywel holte das Siegelwachs aus dem Ärmel. Es war inzwischen fest geworden, kalt, rot wie frisches Blut. Er steckte die Kugel wieder weg. »Wir sollten alle wieder hinüber in den Gasthof gehen, *Signore* Kronig. Und wenn Ihr eine Pistole im Hause habt, wäre es ratsam, sie zu laden.«

»Das Problem von Nottesignores Geständnis ist, daß es keinen Sinn ergibt«, dozierte Hywel.

»Seit wann ergeben die Beweggründe der Menschen einen Sinn?« spottete Caterina.

Caterina und Dimitrios saßen auf Stühlen vor dem offenen Feuer, della Robbia lehnte am Kamin, Gregor stand mit dem Rücken zu den Fenstern, durch die jetzt, am späten Nachmittag, kaum noch Licht fiel. Hywel saß an der Tafel in der Mitte des Raumes, Kronig ebenfalls.

»Ich gestehe Euch gerne zu, daß dies häufig der Fall ist«, antwortete Hywel. »Aber angenommen, Charles de la Maison ist nur eine Maske von Nottesignore. Aus welchem Grund hört er dann auf, Charles zu sein? Charles hat zu essen und zu trinken und ein warmes Zimmer. Nottesignore hat das alles nicht.«

»Als er sich dazu entschloß, den Kurier auszurauben, könnte er vermutet haben, auf den Mann in der Scheune fiele kaum Verdacht«, spekulierte della Robbia.

»Die Fußspuren –« gab Dimitrios zu bedenken.

»Wären durch den Wind verwischt worden, wenn er früh genug weggegangen wäre«, wies Hywel diesen Einwand zurück. »Ich habe diese Tatsache gegenüber Tommasi nicht erwähnt, weil ich ihn in Sicherheit wiegen wollte. Er war seiner Sache zu sicher, und damit habe ich auch zu seinem Tode beigetragen. – *Signore* della Robbia, Ihr seid doch Bankier. Ihr müßtet eigentlich viel Geld bei Euch haben.«

Della Robbia lachte. »Wenn ich allein auf Reisen bin? Nur das Nötigste.«

»Und *Signorina* Ricardi? Ihr werdet zwar kaum Geld, dafür aber sicher Schmuck bei Euch haben.«

»Ich... nein. Nur einige Stücke, die eher Erinnerungswert haben.«

»So so. Dann ist unser Räuber klüger als ich, denn ich hätte eher gedacht, daß bei einem Bankier oder einer Hofdame mehr zu holen wäre als bei einem Kurier. Aber das macht nichts. Zurück zum Thema. Der Dieb schreitet zur Tat. Er dringt in das Zimmer des Kuriers ein« – Hywel sprach bewußt langsam – »tötet ihn auf eine besonders langsame und ausgesprochen grausame Art... und kehrt mit seiner Beute in die Scheune zurück. Als er die Tasche öffnet, findet er kein Gold, keine Kreditbriefe, nur das Schreiben eines Herzogs. In einem Anfall von Reue über die vergeudete Zeit und Mühe erhängt er sich. Ende der Geschichte.«

»Nur, daß Nottesignore heute morgen noch lebte«, schränkte Dimitrios ein.

»Das stimmt«, gab Hywel zu. »Wollen wir versuchen, die Hypothese dennoch zu retten: Nehmen wir an, daß Tommasi die Tasche behält, sie erst gegen Nachmittag öffnet...; soviel Geduld hätte ich ihm eigentlich nicht zugetraut.«

»Und ich ihm eigentlich auch keinen Mord, insbesondere keinen solchen Foltermord«, pflichtete Dimitrios mit einem Seitenblick auf Gregor bei. »Trotzdem fehlt uns immer noch der Franzose. Charles kann niemand anders gewesen sein als Tommasi...«

»Niemand rechnet mit einem verkleideten Gast in einem Gasthaus. Erst recht nicht mit zweien«, stellte Hywel fest.

Die anderen sahen sich verwundert an. Er fuhr fort: »Nehmen wir einmal an, zwei Männer treffen sich unterwegs in einem Gasthaus. Der eine ist ein herumvagabundierender Zauberer, der sich, wie das bei solchen Leuten üblich ist, auf Taschenspielertricks und Verkleidungen versteht und, wie das auch meist bei ihnen der Fall ist, großen Hunger hat. Nennen wir ihn Guido. Den anderen Mann nennen wir... den Spion. Der Spion bietet Guido an, er könne mit der Kutsche fahren und in einem warmen Bett im Gasthaus schlafen – was, da wir November haben und Schnee fällt, für Guido mehr wert ist als Geld. Guido müsse dafür nur eine Zeitlang so tun, als wäre er der Agent.«

»Das scheint mir eine recht zwielichtige Vereinbarung«, kommentierte della Robbia.

»Nun, Guido ist sowieso ein zwielichtiger Charakter, und außerdem ist ihm kalt. Er geht also darauf ein, setzt sich in die Kutsche; der Agent bleibt mit Guidos Kleidern zurück. Er zieht sie jedoch nicht an, sondern verkleidet sich als Landsknecht, nimmt sich ein schnelles Pferd, wie es Landsknechte bevorzugt reiten, folgt der Kutsche und überholt sie sogar.

Er kehrt in dem Gasthaus ein, an dem die Kutsche den nächsten Halt macht, und tut alles, damit die Gäste dort ihn sehen, sich an ihn erinnern, aber kein größeres Interesse an seiner Person entwickeln; mit einigen gezielten Grobheiten und Beleidigungen gelingt ihm das auch. Wenn sich die Chance dazu bietet, zieht er die Kleidung des Zauberers an, tritt als solcher auf, zieht sich wieder um.«

»Aber wo bleibt Charles?« fragte Dimi ungeduldig dazwischen.

»Beide Verkleidungen, die von Guido und von Charles, haben ihre Nachteile: Guido kann nicht im Gasthaus bleiben, und die Maske und Sprache von Charles lassen sich längere Zeit nicht durchhalten. – Meine Dame, wie nahe kann man an jemanden heran, der sich in Eile zurechtgeschminkt hat, ohne die Schminke zu entdecken? Nein, ich muß die Frage besser formulieren: Wie lange dauert es, bis sie abgeht?«

»Das hängt von der Schminke ab, auch von den äußeren Umständen. Aber gewiß ein paar Stunden, würde ich sagen.«

»Und wie ist's, wenn man in der Maske ißt?«

»Mahlzeiten auf der Bühne sind der Alptraum der Maskenbildner.«

»Oder badet?«

»Dann müßte natürlich fast alle Schminke wieder neu aufgetragen werden.«

»Wenn man sich das Haar mit Safran färbt, es nach griechischem Vorbild hochsteckt, würde man damit ein Bad überstehen?«

»Ihr wollt doch bestimmt nicht damit andeuten, daß Ihr mich für eine so gute Schauspielerin haltet?« erwiderte die Ricardi schmunzelnd. Alle lachten.

»Nicht im geringsten, meine Dame. Ihr hättet kein Interesse an Falcones Tasche gehabt, nicht, nachdem er hier angekommen war. Ihr seid zusammen in der Kutsche gefahren; er fand Euch reizend, hätte Euch neugierige Fragen bestimmt beantwortet, Euch allerdings nicht den Inhalt der Tasche gezeigt. Der Agent hatte weniger Glück. Er mußte seine wahre Identität wieder annehmen, um in die Nähe der Tasche zu kommen; deshalb mußte der arme Guido schließlich doch in der Scheune schlafen.

Guido wird sicherlich eine zusätzliche Entschädigung für diesen Quartierwechsel verlangt haben. Jedoch kein Geld – er hätte es nicht ausgeben können, ohne sich verdächtig zu machen. Er wollte etwas von praktischem Wert: Essen! Als er gestern abend wegging, hatte er sich seinen Holzteller vollgeladen, und fürs Frühstück hatte er noch einige Eier..., die er vor Antritt der Kutschfahrt noch stibitzt hatte. Der Agent besaß jedoch etwas, was Guido gerne gehabt hätte; er hatte es ja in der Tasche des Agenten gesehen.

Wie sonst ließe es sich erklären, daß ein Mann, der ein unzählige Male geflicktes Gewand und Schuhe mit Holzsohlen anhatte, eine ganz neue Wollhose trug, als er starb?«

Antonio della Robbia fühlte sich angesprochen. »Ihr habt bereits dem Vampir ein Alibi geliefert, und die Dame ist über jeden Zweifel erhaben. Mir scheint, daß Ihr nun versucht, mich zu hängen.«

»Nottesignore war derjenige, der gehängt wurde, und Ihr habt ihm die Schlinge um den Hals gelegt. Denn es war Euer Federkiel, der im Hals des Kuriers steckte.« Hywel holte tief Luft. »Alle Medici-Bankiers waren oder sind Agenten... Spione... der eine mehr, der andere weniger.«

»Dann bin ich also der Schuldige«, höhnte della Robbia.

Hywel schien nicht überrascht. »Ihr gebt es ja selbst zu.«

»Warum sollte ich es nicht? Erinnert Ihr Euch daran, wer Falcone war? Ein Kurier von Ludovico Sforza – und damit ein Kurier des byzantinischen Imperiums. Gibt es hier im Raum, in diesem Gasthaus, ja im ganzen Land, das einmal Italien war, eine einzige Seele, die für Byzanz ist?«

»Unter uns ist eine, die es über alles haßt«, erwiderte Hywel ganz ruhig. Gregor nahm seine Brille ab, hauchte sie an, putzte sie sorgfältig und setzte sie wieder auf. Dimitrios betrachtete seine Hände.

»Der Schutz, den der Rienzi-Stab gewährt, war nie vollkommen«, fuhr Hywel fort. »Ein Kurier wird deshalb seine Zimmertür tunlichst verschließen und, weil auch Schlösser aufgebrochen werden können, auch noch verbarrikadieren. Claudio Falcone muß also jemandem geöffnet haben. Auf keinen Fall einem Medici-Agenten. Auch keinem anderen von uns. Mit Ausnahme der Dame!«

»Richtig«, gestand Caterina. »Er konnte mir die Tür nicht schnell genug aufmachen.«

»Diese kleine Schwäche sei ihm verziehen, auch wenn er ein Byzantiner war«, meinte Hywel nachsichtig. »Aber wir haben schon wieder den kleinen Zauberer Guido vergessen. Bevor wir ihn für immer vergessen, sollten wir uns nach dem Grund fragen, weshalb er ermordet wurde. Warum habt Ihr Nottesignore getötet, Agent della Robbia?«

»Er wußte, daß ich diesen byzantinischen Kurier hier getötet hatte, und drohte, mich an die Byzantiner zu verraten. Ich habe noch immer eine Mission zu erfüllen.«

»Ich glaube Euch beides nicht. Warum sollte er Euch nur damit drohen und es nicht einfach tun? Ihr hättet ihm nicht mehr bezahlen können, als er von den Byzantinern erhalten hätte, und Ihr hättet ihn deswegen mit großer Wahrscheinlichkeit umbringen können. Nein, Tommasi wußte etwas, das steht fest, aber etwas, das für Euch eine unmittelbare Bedrohung hier und jetzt darstellte.«

Hywel erhob sich, lief zur Treppe, trommelte mit den Fingern gedankenverloren auf dem Geländer herum, ging dann zu Caterina. »Meine Dame, habt Ihr Claudio Falcone erzählt, daß Ihr *Dottorina* Cynthia Ricci seid, die Ärztin der Medici?«

Sie lächelte gequält. »Ist sie so berühmt?«

»Die Familie ist in medizinischen Kreisen wohlbekannt. Und Euer blaues Kleid paßt viel besser zu Eurer natürlichen Haarfarbe.«

»Ihr beobachtet viel genauer als der Byzantiner. Nein, ich habe es ihm nicht gesagt, und er hat es auch nicht vermutet.«

»Ist es plötzlich völlig in Ordnung, Byzantiner und bedeutungslose Zauberer zu töten, nur weil sie sind, was sie eben sind?« wurde Hywel plötzlich heftig. Alle schwiegen betreten. In ruhigerem Ton fuhr er schließlich fort: »Ich glaube, er hat es doch vermutet, *Dottorina* Ricci, aber zu spät. Wenn er es bereits in der Kutsche geahnt hätte, wäre er noch am Leben. – Noch eines, und das ist jetzt sehr wichtig: Habt Ihr die Schnitte an Falcones Körper gemacht, oder habt Ihr nur *Signore* Antonio gesagt, wie er es machen soll?«

Cynthia sah erst Hywel, dann della Robbia an, warf schließlich Gregor einen verstörten Blick zu. »Ich –«

Della Robbia fiel ihr ins Wort. »Ich kenne die Schnitte aus einem Buch. Es steht in der Bibliothek hier.«

»Es gibt dort kein solches Buch«, widersprach Hywel. »Das einzige Buch medizinischen Inhalts, das dort steht, ist eine Abhandlung über die Gicht. Von den *Doctores* Vittorio und Cynthia Ricci. Ihre Portraits sind darin abgebildet.«

Cynthia starrte in della Robbias Richtung. Dieser sagte ganz gelassen: »Es besteht keine Veranlassung, Euch etwas zu gestehen. Ihr könnt nichts beweisen...«

Hywels Finger umschlossen Cynthias Handgelenk. Sein Griff war nicht fest, doch die Finger übten einen schmerzhaften Druck aus. Sie hob ruckartig den Kopf; ihre Augen waren weit aufgerissen. »Nein! Bleibt weg!« schrie sie.

»Sie hat nichts getan«, rief della Robbia ärgerlich. Dimitrios war nun aufgesprungen, sogar der Wirt trat einen Schritt näher. Nur Gregor blieb ruhig.

»Ich sagte ihm nur, was er machen solle«, stammelte Cynthia, »und klopfte an die Tür dieses Schweinehunds. Das wolltet Ihr doch hören, oder? Das wolltet Ihr doch hören!«

Hywel stand regungslos da, Schweißperlen rannen ihm übers Gesicht. Er taumelte, ließ Cynthias Hand los, sank auf einen Stuhl. Er atmete keuchend und heftig. Gregor schenkte ein kleines Glas Weinbrand ein, reichte es Hywel, der es in einem Zug leerte. Cynthia beugte sich im Sitzen nach vorn, schlug die Hände vors Gesicht.

Hywel griff in seine Gürteltasche, nahm den Wappenring mit den sechs roten *Palle* heraus und zeigte ihn den anderen. »Wer kennt diesen Ring?«

Della Robbia gab sich als Eigentümer zu erkennen. »Er gehört mir. Woher habt Ihr ihn?« Er streckte die Hand aus.

Hywel übergab ihm den Ring. »Bevor Ihr ihn jedoch ansteckt, muß ich Euch sagen, daß ich ihn verzaubert habe – wenn ihn jemand ansteckt, der nicht der rechtmäßige Eigentümer ist, wird er enger und zwickt ihm schließlich den Finger ab.«

Della Robbia betrachtete den Ring. »Wer traut denn nun hier wem nicht?«

Hywel wischte sich den Schweiß ab. »Niemand kann die ganze Zeit über täuschen.«

»Wenn er nicht mir gehört, wem dann?«

»Falcone. Er hatte ihn bereitgelegt, um ihn der *Dottorina* zu zeigen, als sie in sein Zimmer kam.«

»Was?« schrie Cynthia völlig überrascht.

»Er erkannte Euch irgendwann während des Abendessens und nahm den Ring aus seiner Tasche, um Euch seine wahre Identität beweisen zu können«, erklärte Hywel ihr.

»Warum hat er ihn denn nicht mir gezeigt«, wollte della Robbia wissen. Er hielt den Ring zwar noch immer in der Hand, machte jedoch keine Anstalten, ihn anzustecken.

»Spione haben Zeichen, an denen sie sich gegenseitig erkennen, Worte, Gesten. Als Ihr auf seine nicht reagiert habt, wußte er, daß Ihr nicht derjenige wart, für den Ihr Euch ausgegeben hattet. Ihr sagtet, Ihr hättet noch eine Mission zu erfüllen, und ich sagte darauf, ich würde das nicht glauben: Eure Mission bestand darin, einen verkleideten Medici-Kurier zu töten, und das habt Ihr getan. Indem Ihr Euch Nottesignores, da le Maisons und der *Signorina* Ricci bedientet.«

Della Robbia lachte schallend. »Das ist ja nicht zu glauben! Was bin ich denn nun – ein Agent Sforzas?«

»Ein Agent von Byzanz, vermute ich, obwohl Ludovico Euch wahrscheinlich für einen der Seinen hält.«

»Einfach unglaublich, diese Behauptung. Und natürlich durch nichts zu beweisen.«

»Nottesignore hatte den Beweis. Vergeßt nicht, daß er wußte, was in Eurem Gepäck war, daß er Eure Kleidung getragen hatte.«

»*Dottorina* Ricci, merkt Ihr, was hier gespielt wird? Alle diese Männer hier sind Byzantiner.«

Hywel holte die rote Siegelwachskugel aus dem Ärmel. »Die letzte *Palla*.«

Cynthia hielt ihre goldene Haarnadel wie ein Stilett vor sich. »Wer mir zu nahe kommt, den töte ich.«

Ein Diener kam mit einer ledernen Reisetasche die Treppe herunter.

»*Dottorina* Ricci«, wandte Hywel sich an sie. »Wißt Ihr, was es mit einer Hose auf sich hat, bei der das linke Bein braun, das rechte weiß ist?«

Die Nadel in ihrer Hand zitterte. »Natürlich. In Mailand konnten nur die Sforza und ihre Günstlinge diese Farben tragen.«

Der Diener stellte die Tasche auf dem Tisch neben Hywel ab. Hywel griff in die Tasche. »Tommasi wußte das ganz sicher auch. Es muß für ihn ein großartiger Auftritt gewesen sein, als er die hatte tragen können.« Wie ein Gaukler, der Seidentücher aus einem leeren Krug holt, zog Hywel die Hose aus der Tasche.

»Sie gehört mir nicht. Es gab genügend Gelegenheiten, sie da hineinzulegen –«

Hywel tastete die Strumpfhose ab. »Es heißt, daß ein ermordeter Zauberer seinen Mörder verflucht. Ich glaube, Nottesignore hat einen letzten Trick für uns auf Lager.« Er griff in die Hose. Als seine Hand wieder zum Vorschein kam, hielt sie ein großes Ei.

Della Robbia stieß mit dem Fuß in den Kamin, so daß brennende Scheite auf den Boden fielen. Er lief zum Fenster, riß die Vorhänge herunter, warf sie Gregor über den Kopf, rammte die Schulter ins Fenster, um dann in einem Schauer aus Holzsplittern und Glasscherben ins Freie zu springen.

Gregor befreite sich von den ihn behindernden Vorhängen, indem er das schwere Gewebe mit den Händen zerriß. Er griff in sein Gewand, holte eine kleine Pistole hervor, zielte mit ihr durch das zerbrochene Fenster. »Nein, nicht!« schrie Hywel, worauf Dimi gegen den Arm von Gregor schlug. Der Schuß verfehlte sein Ziel, hallte bloß noch nach; Schnee fiel von den Bäumen vor dem Gasthaus.

Gregor drehte sich zu Hywel um; er schien nicht verärgert, sondern nur erstaunt. »Die Botschaft«, sagte Dimitrios schnell. »Nur er kennt die Botschaft.«

»Dann schieße ich das nächste Mal so, daß ich ihn nur verwunde. Wo flieht er hin?«

»Dahin, wo wir ihm nicht folgen können«, erwiderte Dimi. »Kommt mit!« Sie sprangen durch das zersplitterte Fenster hinüber zum Stall.

Im Westen, zwischen dicken, dunklen Schneewolken, zeigte sich das Abendrot. Eine beinahe unheimliche Stille lag über der Landschaft, außer daß ein kalter Wind blies.

Gregor und Dimitrios ritten noch immer della Robbias Spur nach;

während Dimi immer weniger erkennen konnte, sah Gregor jedoch zunehmend besser. Dimi trug einen langen Pelzmantel und einen Säbel. Gregor hatte sich nur einen Umhang übergeworfen; er war mit zwei Pistolen ausgestattet, die ihm die Diener im Gasthaus geladen hatten.

»Wollt Ihr eine Waffe?« fragte er Dimi.

»Ich habe bereits eine. Ich mag Feuerwaffen nicht.«

Gregor nickte. »Und ich weiß nichts mit Klingen anzufangen. Wie weit ist's noch bis zur Schlucht?«

»An der Baumgruppe da vorne.«

Ein Rappe, wie ihn Landsknechte bevorzugt reiten, stand im Schnee unweit der Bäume. Große Fußspuren führten hinauf an den Rand der Schlucht.

»Ihr habt doch etwas von Schneeschuhen erzählt«, fing Gregor wieder an.

»Von Skiern, keinen gewöhnlichen Schneeschuhen, denn damit käme er nicht weit.«

Sie stiegen ab, liefen vorsichtig zum Rand der Schlucht. Es ging steil in die Tiefe; dennoch standen Bäume an der Steilwand. Von ganz unten war das Rauschen eines Wildbaches zu hören.

»Ich sehe ihn«, flüsterte Gregor.

Della Robbia war vielleicht fünfzig Schritte von ihnen entfernt, hielt sich an einem Baum fest und versuchte, mit einem Schneeschuh weiter unten Halt zu finden. Gregor zog eine Pistole, spannte den Hahn. »Della Robbia!« rief Dimitrios. Sein Schrei wurde mehrmals von den Felswänden zurückgeworfen; Schnee fiel von den Bäumen.

Della Robbia sah nach oben, zog eine lange Reiterpistole aus dem Gürtel und zielte. Dimi zog Gregor blitzschnell mit sich zu Boden, bevor der Schuß fiel.

Ein Schneebrett löste sich aber, und Zweige brachen ab. Ein Ast traf della Robbia an der Schulter, so daß er den Baum losließ, strauchelte, mit Händen und Füßen strampelte und schreiend den Abhang hinunterrutschte. Kurz darauf war von ihm nichts mehr zu sehen oder zu hören. Nach einigen Minuten verstummte auch das Grollen der Lawine.

Dimitrios stand auf. Gregor wälzte sich zur Seite und sicherte die Pistole, während er die Schlucht hinuntersah.

»Ich frage mich, ob wir ihn überhaupt hätten dazu bringen können, uns die Botschaft zu verraten«, sinnierte Dimi.

»Wahrscheinlich nicht. Wie hätten wir, Ihr und ich, der Zauberer und die Frau, ihn denn noch unter Druck setzen können?«

Dimitrios streckte ihm die Hand entgegen, damit Gregor sie ergriff, um aufzustehen.

Cynthia Ricci saß mit Hywel Peredur im Schankraum. Sie hatten kein Wort miteinander gesprochen, seit die beiden anderen vor knapp einer Stunde weggeritten waren.

Cynthia, inzwischen leicht angetrunken, brach schließlich das Schweigen. »Warum mußtet Ihr mich vorhin... berühren?«

»Der Mord an Falcone war eine verworrene Angelegenheit, weil zwei Personen beteiligt waren«, antwortete Hywel, ohne sie anzusehen. »Die Präzision der Schnitte stammt von Euch. Das Fenster wurde von della Robbia geöffnet, weil er glaubte, damit allem noch die Krone aufzusetzen.«

»Und Falcone festbinden..., ihn ausbluten lassen, während er noch bei Bewußtsein war..., wer von uns beiden war das Eurer Meinung nach?«

»Tommasis Tod war das Werk nur einer Person«, fuhr Hywel unbeirrt fort. »Ein ganz gewöhnlicher vorgetäuschter Selbstmord, bei dem nur die Hose nicht stimmte. Tommasis Hose war der einzige Hinweis auf seine Verbindungen zu della Robbia – warum zog er sie ihm nicht aus?«

»Ich weiß es nicht.«

»Weil sie voll Urin und Kot war und es ihm unangenehm gewesen wäre. Hätte sich die *Dottorina* auch so geziert?«

»Nein«, erwiderte sie mit einem scheuen Lächeln. »Ich glaube..., ich hätte Falcone auf diese Weise töten können. Weil ich ihn für den hielt, der er zu sein vorgab. War es das, was Ihr wissen mußtet?«

»Nein. Ich muß wissen, ob Ihr Nottesignore umgebracht habt.«

Sie holte tief Luft. »Warum hätte ich ihn –?«

»Es hätte sein können, daß *er* Charles de la Maison war... und della Robbia ein Bankier, der die Sforza-Hose trägt, weil er nicht daran dachte..., und Ihr die Mörderin wart.

Wenn dies sich so abgespielt hätte, wäre Antonio durch Euch zur Mithilfe beim Mord an Falcone angestiftet worden, nicht umgekehrt, und Ihr hättet das Fenster geöffnet, entweder um eine falsche Spur zu legen oder weil Euch bei der Folter warm geworden war. Aber ›Charles‹ hat Euch gesehen, und Ihr ihn, und er floh in die Scheune und in seine andere Identität, um vor Euch sicher zu sein. Ihr wart Euch sicher, daß della Robbia lügen würde, um die rechtschaffene, unter falschen Verdacht geratene Dame zu decken – Ihr hattet schließlich ja *nur* einen Byzantiner getötet –, doch der andere Zeuge mußte mundtot gemacht werden. Er sollte daher auf eine Weise sterben, die auch *Signore* Antonio verdächtig machen würde.«

Erst nach geraumer Weile sagte Cynthia: »Und habt Ihr das wirklich geglaubt? Die andere Geschichte war nur –«

»Es gab zwei Möglichkeiten. Diese war die einfachere.«

»Aber nicht die Wahrheit«, seufzte Cynthia, als wäre sie sich selbst nicht sicher.

»Nein, nicht die Wahrheit.«

Wieder schwiegen beide. Nach einiger Zeit fragte Cynthia: »Hattet Ihr den Ring wirklich verzaubert?«

Er nahm ihre Hand, ohne daß sie sich dagegen wehren konnte, und streifte ihr den Ring über. »Ich weiß nicht, ob della Robbia ihn vom Tisch stieß... oder ob es Falcone noch gelang, um zu verhindern, daß della Robbia ihn findet und für seine Zwecke mißbraucht.«

»Das Ei – war es wirklich das von Nottesignore?«

»Er war ein gerissener Gaukler. Ich meine, es würde ihm viel Freude bereiten, wenn er wüßte, daß sein letzter Trick seinen Mörder entlarvte.«

Cynthia begann zu lächeln, doch dieses Lächeln gefror sofort wieder. »Aber er wird es nie erfahren. Der Ärmste... hat nie jemandem etwas zuleide getan... Bleiben sie denn immer die Überlegenen, Doktor... Peredur? Bekommt Byzanz denn immer das, was es will, ganz gleich, was wir tun?« Sie legte ihre Hand auf den Tisch neben Hywels Arm, ohne ihn jedoch zu berühren. »Als Ihr meine Hand gehalten habt, da spürte ich, wie sehr Ihr das Imperium haßt.«

»Das ist die Gefahr bei dieser Methode.«

»Können wir sie überhaupt treffen, sie verletzen? Ihnen –« Sie hielt inne, zog ihre Hand zurück, drehte den Ring an ihrem Finger. »Was habe ich da gesagt... ich, eine Ärztin. Wie konnte ich das nur sagen?«

»Menschen kann man verletzen. Ob man ein Imperium verletzen kann, weiß ich nicht. Es ist stark und verfolgt seine Ziele mit einer unglaublichen Beharrlichkeit.« Hywel beobachtete sie einen Augenblick. Ihre Augenwinkel schienen zu zittern. Die Haare über ihrer hohen Stirn verrieten an den Wurzeln ihre natürliche weiße Farbe. »Aber vielleicht... können wir sie aufhalten..., wenn wir alle an einem Ort auf dasselbe Ziel hinarbeiten.«

»Ich kenne einen solchen Ort; er heißt Urbino. Dort kann man sie aufhalten.«

»Ich kenne einen Ort, der Britannien heißt. Würde es wohl genügen, sie aufzuhalten, meine Dame?«

Sie betrachtete ihr Handgelenk, fühlte mit den Fingerspitzen ihren Puls, sah Hywel fragend an. Aber sie sprach die Frage nach dem, was er wußte, nicht aus. »Nein, das genügt nicht. Man bekommt nie genug von der Rache, habe ich recht, Doktor? Hat man erst einmal damit begonnen, sich zu rächen, geht es weiter und immer weiter... Wir müssen für die handeln, die noch nicht verletzt wurden.« Sie lächelte. »Als vorbeugende Maßnahme.«

Hywel schenkte Weinbrand aus seinem Glas in ihres. Er legte kurz die Hand auf sein linkes Auge, nahm sie wieder weg, blinzelte, lächelte. Er hob sein Glas. »Auf unser Vorhaben, Cynthia!«

»Hywel!«

Von draußen drangen gerade Pferdewiehern und Hufschläge herein, und es begann wieder zu schneien.

Durchreisende

Am ersten Dezembertag lag das von Byzanz beherrschte Frankreich unter einer dünnen Schneedecke im trüben Licht eines Wintermorgens. Auf der Straße, die sich von Horizont zu Horizont erstreckte, eilte eine einsame Kutsche dahin.

Die Hufe von vier Pferden ließen Funken springen, vier Räder wirbelten Pulverschnee auf. Die Kutsche schaukelte unablässig, eine lederne Feder quietschte und knarrte. Ein Fenster stand einen Spalt offen, damit frische Luft ins Innere kam; die anderen waren geschlossen, die Vorhänge allerdings nicht zugezogen. Die vier Reisenden saßen im Halbdunkel.

Hywel Peredur saß vorne links, starrte ins Leere. Dimitrios saß neben ihm; er hatte eine Lederjacke und wollene Hosen an, beobachtete blinzelnd die vorbeiziehende Landschaft.

Gregor von Bayern kauerte sich in die Ecke rechts hinten, lehnte den Kopf gegen den zurückgezogenen Vorhang und hatte sich ein dunkles Tuch über die Augen gelegt. Er schien trotz des Schaukelns und Quietschens zu schlafen.

Cynthia saß in der anderen Ecke und starrte zum Fenster hinaus. Sie hatte die Lippen leicht zusammengepreßt. Einige weiße Haare schauten unter ihrer Kapuze aus schwarzem Samt hervor. Ein aufgeschlagenes Buch lag in ihrem Schoß.

»*Dottorina* Ricci, wenn Ihr den Kopf zurücklehnt –«

»Nicht nötig, Doktor Peredur, mir ist nicht schlecht.« Sie schlug das Buch zu. Es war eine billige Schweizer Ausgabe von Marsilio Ficinos *Harmonia Platonica*, die sie vor fünf Tagen in Genf gekauft hatte.

Nach einer Weile begann Hywel, im Rhythmus der quietschenden Wagenfeder zu summen. »Wollen wir nicht ein wenig singen? Es ist ein wundervoller Zeitvertreib.«

»Ich kann nicht singen«, log Cynthia.

»Schade, sehr schade. Hauptmann Ducas?«

»Ich kenne keine Lieder, die man in Gegenwart einer Dame singen könnte«, entschuldigte sich Dimi.

Ein schwaches Lächeln umspielte Cynthias Lippen. »Ihr würdet staunen über die, die wir...« Das Lächeln verschwand, sie beendete den Satz nicht. »Entschuldigt. Ich reise sehr gerne... Doch in der letzten Zeit war es doch etwas viel..., und davor... wurde ich immer in der näheren Umgebung von Florenz gebraucht.«

»Ihr werdet jetzt dort gebraucht, wo wir hinfahren, *Dottorina*«, versuchte Hywel sie zu trösten.

Sie sah ihn mit müden Augen an. »Danke, Doktor.«

Gregor bewegte sich im Schlaf. Dimitrios musterte ihn von oben bis unten.

»Fühlt Ihr Euch nicht wohl in seiner Nähe?« flüsterte Hywel.

»Nein. Ich weiß nur nicht..., was ich von ihm halten soll.«

Hywel nickte verständnisvoll, desgleichen Cynthia.

Um die Mittagszeit verließen sie die Hauptstraße, bogen auf einen schmalen Weg ein und hielten nach einigen Minuten an einem Gebäude, das einem Bauernhaus ähnlicher sah als einem Gasthaus. Rahmen, auf die Kaninchenfelle gespannt waren, standen im Hof; es war kein Wirtshausschild zu sehen.

Gregor schien aufzuwachen. Cynthia legte ihm die Hand auf den Arm. »Schlaft ruhig weiter. Ich bringe Euch etwas zu essen, genau wie sonst.«

»Nein, das ist nicht notwendig«, widersprach Hywel. »Wir gehen alle hinein.«

Gregor blinzelte in das Halbdunkel der Kutsche, setzte seine dunkle Brille auf und folgte den anderen ins Haus.

Sie wurden von einer kräftig gebauten Frau mit einer Schürze empfangen. »Hywel!« rief sie freudig überrascht und umarmte den Zauberer so heftig, daß er sich kaum auf den Beinen halten konnte.

»Juliette, das sind meine Freunde. Ich stelle sie dir vor.« Juliette neigte den Kopf, als die Reihe an Gregor war, und der trat einen halben Schritt zurück; dann sagte Juliette etwas in einer fremden Sprache, das wie eine Frage oder ein Vorwurf klang.

»Nein, nein, meine Liebe, er ist Deutscher«, beruhigte Hywel sie. »Und wir alle sind wirklich sehr, sehr hungrig: Wir sind seit einer Woche unterwegs.«

»So etwas aber auch, ist ja schlimm«, mokierte sie sich und schüttelte den Kopf. »Wißt ihr überhaupt noch, wie ein richtiges Essen aussieht? Geht alle rein und wärmt euch erst mal auf.« Sie lächelte Gregor freundlich an. »Es gibt frische Blutwurst. Geht aber erst mal rein. Hywel, hat Alain euch gefahren?«

»Nein. Barré.«

»Dann weiß ich Bescheid. Barré geht nicht mal pinkeln, bevor er seine Pferde nicht versorgt hat. Ich schick' ihm Claude mit einem Teller raus.« Im Haus flüsterte sie Hywel zu: »Stefan hat Neuigkeiten für dich. Er kommt gleich runter.« Sie verschwand in der Küche.

Gregor sah ihr verwundert nach. »Ich verstehe das nicht. Sie ist kein –«

»Sie nicht, aber ihr Mann. Kommt mit; wenn Juliette ›gleich‹ sagt, dann meint sie das auch.«

Sie gingen in einen mit Glas überdachten Innenhof, in den ab und zu ein Sonnenstrahl fiel, wenn die Bewölkung kurz aufriß. An einer Wand hingen die Waffen eines Kavallerieoffiziers und ein kleines, im Hochrelief aus Leder herausgearbeitetes Portrait eines Mannes mit Helm. Das Leder wirkte abgenutzt, als wäre es lange Zeit gescheuert worden. Ansonsten waren die Wände kahl.

Kurz darauf waren Schritte auf einer Treppe zu hören; eine Tür ging auf, und ein Mann kam in den Innenhof. Er hatte breite Schultern, dunkle, lockige Haare, eine von Falten zerfurchte Stirn und jene blasse, wächserne Gesichtsfarbe und charakteristisch geröteten Wangen, die keinen Zweifel daran ließen, daß er ein Vampir war. Er trug eine Brille mit klobigem Eisengestell und Gläsern, die dunkler getönt waren als die von Gregors Brille; außerdem wurden die Augen durch schwarze Glasscheiben an den Seiten völlig verdeckt.

»Guten Tag, meine Name ist Stefan Ionescu«, begrüßte er die Ankömmlinge mit starkem ausländischen Akzent. »Hywel kenne ich bereits. Wenn sich die anderen vorstellen würden?« Er ging zum nächsten leeren Stuhl und setzte sich, blickte geradeaus; als sich die drei vorstellten, wandte er den Kopf immer in Richtung des Sprechers.

»Du hast Nachrichten für mich, Stefan?« fragte Hywel schließlich.

»Die eine kommt aus Cherbourg. Die andere aus Angers: le Chaudronnier will dich unbedingt sprechen. Wirklich dringend!«

»Keine weiteren Einzelheiten?«

»Hywel: Habe ich jemals etwas vergessen?«

»Nein, Stefan.« Dann fragte Hywel ihn etwas in der Sprache, die bereits Juliette vorher benutzt hatte, und Stefan antwortete ihm, worauf sie beide lachten.

»Das Essen ist fertig«, rief Juliette.

Es gab Linsensuppe, danach warme Schweinesülze, dazu einen starken Rotwein. Trotz der Ankündigung der Gastgeberin wurde keine Blutwurst aufgetragen.

Als alle mit dem Fleischgang fast fertig waren, kam Juliette mit zwei kleinen Deckelkrügen aus der Küche. Den einen stellte sie vor Gregor ab, den anderen zu Stefans Linken. Dann holte sie eine Karaffe und ein Tablett mit Kristallgläsern von der Anrichte, schenkte erst ihren Gästen, dann sich selbst eine dunkle Flüssigkeit ein.

Hywel erhob sein Glas: »Auf das Leben und die Freuden, die es bietet!« Stefan klappte mit dem Daumen den Deckel seines Kruges zurück und hielt ihn in die Tischmitte. Gregor ergriff mit leicht zittriger Hand seinen Krug. Die anderen hoben ihr Glas. Das süßliche, schwere Aroma von Pflaumenschnaps breitete sich aus.

Sie tranken. Gregor nahm erst einen kleinen Schluck, dann einen größeren, schloß genießerisch die Augen, stellte seinen Krug ab und leckte sich die Lippen gründlich sauber. Cynthias Blick wanderte von Gregor zu Hywel, der kaum merklich nickte, und schließlich zu Juliette, die freundlich zurücklächelte, sich hinter ihren Gatten stellte und ihm ihre langen Finger in die Kuhle unter dem Schlüsselbein legte.

Dimitrios hob sein Glas: »Auf die Reiter der Walachei, die seit Generationen für die gute Sache kämpfen... und siegen!«

Stefan lachte auf und schlug zur Bekräftigung mit der Faust auf den Tisch, ehe sie wieder einander zutranken. Gregor saß noch immer mit geschlossenen Augen da. »Will noch jemand einen Trinkspruch ausbringen?« erkundigte sich Stefan.

Es hatte den Anschein, als wolle Cynthia etwas sagen, doch als sich alle mit Ausnahme von Stefan ihr zuwandten, schüttelte sie nur den Kopf.

»Es wird Zeit, daß wir aufbrechen«, mahnte Hywel.

Juliette schüttelte den Kopf. »Kommt nicht in Frage. Wir haben genug Betten.« Stefan widersprach ihr. »Sie müssen doch noch nach Angers, und dann wartet das Schiff auf sie. – Es war schön, daß du bei uns warst, Hywel. Schön, daß ihr alle hier wart.« Er schob seinen Krug über den Tisch, stieß den von Gregor an.

»Danke«, sagte Gregor gedankenverloren. »Vielen herzlichen Dank euch beiden.«

Sie bestiegen die Kutsche und fuhren los; Juliette winkte ihnen nach. An einem Fenster im Obergeschoß war eine Bewegung zu erkennen, vermutlich Stefan. Von der Kutsche aufgescheucht, suchten Schneehasen das Weite.

Als sie wieder auf die Hauptstraße zurückgekehrt waren, wandte sich Cynthia mit einer Frage an Dimitrios: »Wo liegt denn die Walachei?«

»Zweihundert Meilen nordöstlich der Stadt Konstantins, wie ein Finger im Auge des Imperiums. Aber es hat dieses Gebiet niemals erobern können. Es ist ein karges, gebirgiges Land, und die Menschen dort sind zähe Kämpfer. Das Imperium wird – kann – es nicht zugeben, aber es gibt mehr als eine Gegend –«

»Ich weiß«, unterbrach ihn Cynthia. »Woher wußtet Ihr, daß Stefan von dort stammt?«

»Durch das Schwert und die Lanze an der Wand. Solche Waffen gibt es nirgendwo sonst.«

»Wer hat sein Augenlicht zerstört?« wollte Gregor wissen.

»Er lernte Juliette in Varna am Schwarzen Meer kennen«, erklärte Hywel, ohne gleich direkt auf Gregors Frage einzugehen. »Sie war nach Osten geschickt worden, um die Frau eines byzantinischen Prinzen zu werden, als ein Geschenk des Heerführers in der Auvergne.«

»Sie können das doch nicht so einfach machen!« entrüstete sich Cynthia.

»Nur wenige tun's nicht«, warf Dimi ein.

Hywel setzte seine Erzählung fort. »Stefan war der Anführer einer Schar, die die Wagenkolonne mit den... Geschenken aus Frankreich überfiel. Sein Pferd wurde getötet, und er geriet in Gefangenschaft.«

»Und die Byzantiner haben ihn angesteckt?«

Hywel rieb sich das Glasauge. »Er war bereits ein *Gwaedur*. Alle Offiziere des Fürsten der Walachei sind Vampire... und der Woiwode, Wlad IV., natürlich auch. Das lederne Bild an der Wand war sein Portrait. – Zu Eurer Frage von vorhin: Der byzantinische Prinz ließ Stefan die Augenlider so festklemmen, daß er sie nicht schließen konnte, und dann in der Weise an einen Baum fesseln, daß er direkt in den Sonnenaufgang schauen mußte.«

Cynthia lehnte den Kopf nach hinten und schloß entsetzt die Augen; Gregor blickte zu Boden und schlug die Hände vors Gesicht.

Nach einer Weile, in der sie schweigend dagesessen waren, sagte Gregor: »Ich danke Euch, Doktor. Ich war in der Tat... sehr hungrig.«

»Juliette hat die Krankheit nicht, wie Ihr gesehen habt; das gleiche gilt auch für die zwei erwachsenen Kinder der beiden. Aus diesem Grunde glaubte ich Euch sofort, als Ihr mir sagtet, Ihr hättet die Krankheit nicht auf andere übertragen.«

»Ich vermutete etwas Ähnliches... Wie kamen die Ionescus nach Frankreich?«

»Daran bin ich selbst in nicht geringem Maße schuld«, erklärte Hywel.

Dimitrios war nachdenklich geworden. »Wie lange seid Ihr nun schon mit der Durchführung Eures Vorhabens beschäftigt?«

»Magie besteht darin, viele kleine Schritte in Richtung auf ein großes Ziel zu unternehmen«, erwiderte Hywel. »Magie braucht ihre Zeit.«

»Wir kommen an eine Grenze«, stellte Cynthia fest. »Ist das die zum englischen Teil Frankreichs?«

»Wir kommen in die Touraine«, erwiderte Hywel, ohne nach draußen zu schauen, »in den französischen Teil Frankreichs. Nach der Teilung sind zwei Provinzen übriggeblieben, Anjou und Touraine, die weder unter englischer noch byzantinischer Herrschaft stehen.«

»Ich erinnere mich schwach«, gestand Dimi. »Die Pufferstaaten.«

»So kann man sie durchaus nennen«, stimmte Hywel zu. Gregor nahm das Tuch von den Augen und setzte seine Brille auf.

Die Kutsche hielt; jemand klopfte an die Tür. Kurz darauf wurde sie von einem Posten geöffnet, der eine Lanze hielt; über seinem Brustpanzer trug er einen Waffenrock aus blauem Samt mit Lilienmuster. Er deutete eine Verbeugung an. »Guten Tag, die Herren, *Madame*. Darf ich wissen, wer Ihr seid und wohin Ihr fahrt?«

»Ich bin Doktor Horace Peregrine«, stellte sich Hywel vor. »Die Dame ist Doktor Caterina Ricardi; wir sind Ärzte und auf dem Weg nach Cherbourg. Dieser Herr hier ist Gregor, Fachritter von Bayern, ein Professor, der sich uns für die Dauer der Reise angeschlossen hat. Und Hector dort ist unser Begleiter.«

»Für Euch alle?«

»Mein Beschützer«, sagte Cynthia rasch. Der Posten blickte sie an und verbeugte sich wieder. »Vielen Dank, meine Herren, die Dame. Ich wünsche eine angenehme und sichere Reise.«

Er schloß den Schlag. Die Kutsche rollte langsam weiter, an kleinen, aber schmucken Wachhäusern aus Stein beiderseits der Straße vorbei.

»Sehr gut reagiert, Doktor Ricardi«, zollte Hywel ihr Lob. Dimi zog die Augenbrauen hoch.

»Ich weiß einiges über das, was verdächtig erscheint«, antwortete sie. »Ein Begleiter für drei, die sich gut kennen? – Und ich weiß auch, was Männer... verstehen.«

Dimitrios schüttelte schmunzelnd den Kopf.

»In Angers gibt es genug Adlige, daß man damit ein ganzes Land versorgen könnte«, scherzte Hywel. »Vielleicht sogar zwei. Da ist einmal René, der Herzog von Anjou, mit seinem Hof, und dann noch Ludwig, König von Frankreich, mit seinem Gefolge.«

»Zumindest sind sie recht ausdauernd«, bemerkte Dimitrios. »Die Teilung erfolgte bereits vor dreihundert Jahren.«

»Wenn es darum geht, die Generationen zu zählen, nehmen es die französischen Heraldiker sehr genau. Seit dem Tag, an dem die Urkunde unterschrieben wurde, die die Teilung besiegelte, haben sie Buch geführt über jede Adelsfamilie; sie kennen die Namen all derer, die sich, sei es auch um noch so viele Ecken, als dem französischen Adel zugehörig fühlen dürfen.«

»Und was machen diese vielen Adligen?« begehrte Cynthia zu wissen.

»Was Könige kleiner Länder seit jeher tun: Sie intrigieren. Der elfte und derzeit regierende Ludwig beherrscht es jedenfalls gut. Mehr als gut: Er ist in dieser Beziehung ein Naturtalent. Er schickt seine Abgesandten überall hin, wo sie empfangen werden, als kämen sie von einem mächtigen König eines mächtigen Landes – sogar die Bankiers haben da keine Ausnahme gemacht, obwohl man von denen mehr Vernunft hätte erwarten können... Entschuldigt, Cynthia.«

»Schon gut, nicht der Rede wert. *Signore* Lorenzo und sein Vater haben oft vom ›armen Ludwig‹ und seinen riesigen Schulden gesprochen. Ich kann mich nicht erinnern, daß sie ihn jemals mit ›König‹ titulierten, obwohl... ein wenig spekulieren wollten sie doch.«

»Und aus dem gleichen Grund werden seine Botschafter überall empfangen«, fügte Hywel hinzu.

»Alle Kinder spielen gern König und Königin. Aber in diesem Fall steht im Westen das englische, im Osten das byzantinische Heer, und diese Heere bestehen nicht aus Zinnsoldaten.«

»Herzog René hatte eine Tochter, die einen gewissen Heinrich ehelichte«, erzählte Hywel weiter. »Die Heirat geschah nicht unbedingt aus Liebe, doch Heinrich VI. und Margarete von Anjou sind tatsächlich König und Königin von England geworden.«

»Anjou hätte demnach eigentlich England zufallen müssen.«

»Die englischen Adligen, die die Heirat einfädelten, hatten dies beabsichtigt; Anjou nimmt schließlich einen besonderen Platz auf der Landkarte ein, denn es ragt tief in englisches Gebiet wie ein Dorn ins Fleisch.«

»Geschickte Grenzziehung durch Byzanz«, kommentierte Dimi.

»Richtig. Es war bestimmt nicht die Idee von Heinrich II. Doch sein letzter Namensvetter hatte wenig von den Eigenschaften geerbt, die seinen Vorfahren auszeichneten. Er war ein... fruchtloser Mensch.«

»Meint Ihr damit, daß er impotent war?« fragte Cynthia.

»Nein. Margarete hatte einen Sohn, und es gab nicht den leisesten Zweifel daran, daß Heinrich der Vater war. – Nein, was ich meinte, war sein geringes Durchsetzungsvermögen: Was bei Menschen niederer Herkunft nur ein Fehler ist, wird bei Königen aber zur Katastrophe. Margarete hingegen besaß das Durchsetzungsvermögen für zwei und außerdem noch ein Königreich.«

»Ist das auch ein Fehler?« scherzte Cynthia.

Hywel lachte. »Überhaupt keiner. Insbesondere nicht für jemanden, der Ludwig XI. von Nirgendwo ist und es gerne sähe, wenn sich ein Heer der Engländer mit dem von Byzanz schlägt wegen zweier Länder, die er selbst gerne regieren würde. Die anderen kämpfen, alles gerät durcheinander, das Volk erhebt sich –«

»Und dann geht's plötzlich um Paris, dann um Gallien und so weiter und so fort«, bemerkte Dimitrios trocken. »Ich kenne das. Aber es ist doch nicht so gekommen.«

»Weil Richard Plantagenet, der Herzog von York, einen Bürgerkrieg anzettelte, um seinen Anspruch auf den Thron durchzusetzen, nicht um gegen die ›fremde Königin‹ zu kämpfen. Bürgerkriege sind stets eine recht verworrene Angelegenheit.«

»Und das Haus York ging daraus als Sieger hervor«, wußte Gregor einzuflechten.

»So einfach war es wiederum auch nicht. Richard von York fand im Bürgerkrieg den Tod, ebenso einer seiner Söhne. Seine drei übrigen Söhne kämpften weiter, bis schließlich einer von ihnen, vor sechzehn Jahren, König Edward IV. wurde. Lang lebe der König!«

»Der Sonnenlord? Soll ein begnadeter Führer, ein großer Feldherr gewesen sein«, erinnerte sich Dimi.

»Das entspricht durchaus der Wahrheit, was man eben von Heinrich nicht sagen konnte, und Margarete hatte kaum Gelegenheit, sich in dieser Beziehung auszuzeichnen. Von der militärischen Seite her gesehen, war es kein bedeutender Krieg.

Das königliche Geschlecht der Lancaster floh nach Angers und lebte dort neun Jahre lang in dem gleichen falschen Pomp wie alle anderen. Dann sammelte es um sich eine Truppe von unzufriedenen Engländern – wie sie jederzeit in der Bretagne und der Normandie zu finden sind –, kehrte nach England zurück, setzte Edward ab und regierte ein Jahr.«

»Wie?«

»Mit Hilfe von Byzanz?« vermutete Cynthia.

»Nicht ganz«, widersprach Hywel. »Mit Hilfe von Edwards Bruder George.«

Dimi wunderte sich bloß noch. »Was Bürgerkriege so verworren macht, ist die Tatsache, daß sich der Feind oft erst zu erkennen gibt, wenn er einem schon den Dolch in den Rücken gestoßen hat... Ein Jahr bloß, sagtet Ihr?«

»Edward stellte mit italienischem Geld ein eigenes, kleines Heer auf und überquerte auf dänischen Schiffen den Kanal. Bruder George wechselte daraufhin erneut ins andere Lager. Es kam zu zwei schweren Schlachten. Heinrichs Sohn wurde getötet, Heinrich selbst nach London in den Tower gebracht, wo ihn kurze Zeit später jemand ermordete. Ich habe keine Ahnung, wer es gewesen sein könnte.«

»Es ist schwer, ein Land zu regieren, das zwei Könige hat«, meinte Gregor.

»Und nicht lange danach kaufte René seine Tochter frei, die seitdem hier in Frankreich lebt.«

»Mich überrascht, daß Ludwig nicht versucht hat, sie mit Edward zu verheiraten«, gestand Cynthia.

»Er hatte dies bereits mit seiner Schwiegertochter versucht. Alles war durch Richard Neville, den Earl von Warwick, einem der geschicktesten Ränkeschmiede in ganz England, aufs beste arrangiert: Edward würde innerhalb einer Woche die Krone und eine französische Prinzessin bekommen. Erst zu diesem Zeitpunkt erfuhr Warwick jedoch, daß der König bereits eine Königin besaß, die Witwe eines Adligen, die er heimlich geheiratet hatte. Noch dazu die eines Adligen aus dem Hause Lancaster! Warwick ging vor Wut in die Luft und Bona von Savoyen ins Ausland.«

»Bona...« Cynthia ahnte die Zusammenhänge. »Ging sie nicht nach Italien und heiratete Galeazzo Maria Sforza, den Herzog von Mailand?«

»Stimmt.«

»Bedeutet denn eine jede Heirat gleichzeitig Verfügen über Truppen?«

»Vom Titel eines Barons aufwärts fast immer... Seht!« Hywel zeigte zum Fenster hinaus.

Rechts von der Straße erhob sich eine über vierzig Fuß hohe Mauer mit mehr als einem Dutzend schwarz-weiß gestreiften Türmen. Dahinter ragten spitze Giebel und Türmchen in den Abendhimmel. Jenseits der Festung waren Laternen und Feuer am Ufer der Loire zu erkennen.

»Das Château von Angers«, erklärte Hywel den anderen. »Alle königlichen Paläste eines Landes auf einem Fleck.«

Sie liefen durch eine düstere, aber recht saubere Gasse. Es roch angenehm nach Küchendüften und einem starken, würzigen, aber schwer zu definierenden Aroma. Hywel blieb vor einem Haus stehen, über dessen Tür das Kupferrelief eines dreibeinigen Kessels hing, aus dem, dargestellt durch bemaltes Leder, Dampf aufstieg. Auf sein Klopfen hin wurde die Tür einen Spalt geöffnet.

»Peredur!« rief eine Männerstimme, dann etwas leiser: »Komm herein, Peredur. Kommt alle herein.«

Der Mann, der sie einließ, war klein und bucklig und trippelte vor ihnen her wie ein Zwerg. Er hatte eine lange, gerade Nase, Augen, die tief in den Höhlen unter buschigen Brauen lagen, und einen schiefen Mund, der ständig zu grinsen schien. Hywel stellte ihn als Quentin le Chaudronnier vor, »den seltenen Fall eines echten Alchimisten.«

»Womit Ihr sicher meint, daß er Blei in Gold verwandeln kann«, bemerkte Gregor höflich.

»Womit ich meine, daß er *nicht* behauptet, es zu können. Quentin, ich hörte, du hättest Nachrichten für mich?«

Die schiefen Mundwinkel sanken nach unten. »Ja, aber leider keine guten. Kommt mit nach hinten, dort ist's wärmer.«

Im hinteren Teil des Hauses war es tatsächlich sehr warm; überall dampfte es. Von hier kam auch der ungewöhnliche Duft, den sie draußen bereits wahrgenommen hatten: Hier im Haus stieg er erst in die Nase, dann in den Kopf. Mehrere Metallkessel brodelten über roter Glut. Hunderte von Glaskolben jeder Größe und Form standen in Regalen an den Wänden, Kästen und Tonkrüge mit getrockneten Pflanzen auf dem Boden. Von der Decke hingen Bündel von Blättern und Stengeln.

Quentin blieb bei einem der Kessel stehen. »Dieser braucht noch eine Weile, Peredur. Bring sie nach oben!«

Hywel führte seine Gefährten durch eine dicht schließende Tür und über eine Steintreppe hinauf in einen großen Raum, dessen Decke von Pfeilern getragen wurde; komplizierte chemische Apparaturen standen auch hier auf Tischen und Regalen.

»Nicht auf einen Tisch setzen«, warnte Hywel, »und Vorsicht vor irgendwelchen verschütteten Flüssigkeiten!« Dimitrios legte die Hand gegen einen Pfeiler, zog sie aber gleich wieder weg. »Das sind ja Kamine«, stellte er fest und lehnte sich mit der Schulter gegen das warme Mauerwerk. »Was macht unser Gastgeber denn im Sommer?«

»Er forscht«, gab Quentin ihm zur Antwort, der gerade die Treppe hochkam. »Auf dem Lande, wo niemand riecht, wenn ich einen Fehler mache.« Er reichte Cynthia ein Sträußchen getrockneter Blüten. »Krokus, *Signorina* Ricci, Fenchel und Rosmarin. Ich kannte Euren Vater, leider nur flüchtig: Hier in Angers hätte er viele Gichtpatienten. Wie geht es ihm?«

»Er ist tot, Monsieur Quentin.«

»Oh.« Le Chaudronnier senkte den Blick zu Boden, seine Arme schlenkerten wie die einer Marionette. Cynthia nahm das Sträußchen. »Rosmarin, als Andenken.« Quentin sah hoch, seine Miene hellte sich etwas auf.

Er wandte sich zu Hywel um. »Nun meine schlechten Nachrichten, Peredur: Das Dokument für Clarence – es existiert wirklich. Es befindet sich im Besitz von Königin Margarete, und sie beabsichtigt, es gegen ihn zu verwenden.«

»Wer ist denn Clarence?« wollte Dimi wissen.

»George Plantagenet, der Herzog von Clarence«, gab Hywel zur Antwort. »Der treulose Bruder des Königs.« An Quentin richtete er darauf die Frage: »Warum jetzt?«

»Hast du denn noch nicht davon gehört? Ach ja, du warst ja wieder mal im Osten. Du weißt ja, daß der Herzog seit dem Tod seiner Frau und seines Sohnes vor einem Jahr halb von Sinnen ist. Er sprach davon, eine französische Prinzessin zu heiraten, eine aus Burgund –«

Dimitrios schnitt eine Grimasse.

»– und dann arrangierte er... einen Justizmord. Irgendeine bedauernswerte Frau, eine Dienerin der Herzogin, wurde in aller Frühe aus dem Bett geholt, angeklagt, ihre Herrin vergiftet zu haben, verurteilt und noch am selben Morgen gehängt. Das gleiche geschah mit einem Mann, der den Jungen getötet haben soll.«

Quentin blickte zur Seite, zog die Schultern noch höher. »Es sind natürlich die wildesten Gerüchte im Umlauf, aber ich weiß, was wahr an ihnen ist. König Ludwig rief mich zu sich und erzählte mir die ganze Geschichte.«

»Warum ausgerechnet Euch?« wunderte sich Cynthia.

Ohne sie anzusehen, erwiderte le Chaudronnier: »Weil nach den Zeugenaussagen der Herzogin das Gift über neun Wochen vor ihrem Tod verabreicht wurde. Ludwig wollte wissen, ob es ein so langsam wirkendes Gift gibt, und wenn ja, ob ich es für ihn herstellen könnte.«

»Und gibt es eines?« fragte Dimitrios neugierig.

»Natürlich nicht!« sagte Cynthia ungehalten. Alle schwiegen; von unten war schwach das Blubbern der Kessel zu hören.

Le Chaudronnier war die Sache offensichtlich peinlich. »Entschuldigt, *Mademoiselle*, Euer Vater hat mir natürlich erzählt, daß Ihr ebenfalls Ärztin seid. Ich hatte es im Moment vergessen.«

»Ihr müßt Euch deswegen nicht entschuldigen, *Monsieur* Quentin.«

Er nickte. »Es gibt noch andere Gerüchte. Ich habe von Todesfällen gehört, die durch Magie hervorgerufen worden seien, von einer Sitzung des Kronrats, die der Herzog unterbrach, sogar von einer Rebellion.«

»Alles nur Gerüchte«, meinte Hywel geringschätzig.

»Es heißt, der König von England sei sehr verärgert und sein Bruder hätte die längste Zeit gelebt.«

»Zumindest hat er soviel getan, daß es für mehr als ein Leben reicht. Und wenn Edward von dem Dokument erfährt, wird sich seine Verärgerung noch steigern.« Hywel wandte sich an seine Gefährten. »Ich habe Euch erzählt, daß Clarence Heinrich VI. unterstützt hat während des Jahres, in dem dieser ein zweites Mal regierte. Seitdem hält sich das Gerücht, es gebe eine Urkunde mit dem Siegel Heinrichs, in der festgeschrieben sei, daß Clarence die Krone Englands zufiele, falls Heinrich keinen männlichen Erben hinterließe – was ja der Fall war. Es scheint, als wäre dies der Preis, den Clarence dafür forderte, daß er dem Haus Lancaster wieder an die Macht verhalf.« Hywel wandte sich an Quentin. »Hast du die Materialien?«

»Ja.«

»Dann hol sie.«

Quentin sah Hywel erstaunt an, schien etwas einwenden zu wollen, trippelte dann jedoch hinaus.

»Helft mir, den Tisch abzuräumen«, bat Hywel und deutete auf einen mit einer Platte aus dunklem Glas. Dimitrios stellte einige Glaskolben weg, Gregor sammelte inzwischen all die Zettel mit Notizen zusammen.

»Der Herzog könnte doch seinen Bruder nicht einfach auf Grund eines einzigen Schriftstücks zur Abdankung zwingen«, meinte Cynthia.

»Oft hat schon viel weniger dazu ausgereicht«, entgegnete Gregor.

»Und Clarence ist tatsächlich so dumm, daß er es versucht«, sagte Hywel. »Doch das ist nicht damit beabsichtigt. Die Urkunde ist nicht länger für George bestimmt – als ob Heinrich und Margarete jemals gewollt hätten, daß er davon Gebrauch macht. Sie ist vielmehr für Edward bestimmt und die Gerichte.«

Quentin kam zurück, brachte eine Pergamentrolle und mehrere kleine Gegenstände. Er holte eine kleine Petroleumlampe von einem anderen Tisch, gab Dimitrios ein Schächtelchen und eine kleine Feile. »Das ist Tinte, wie sie Ludwig für Urkunden benutzt. Schabt mit der Feile etwas davon ab. Professor von Bayern, könnt Ihr Schriften nachahmen?«

»Recht gut.« Quentin gab Gregor eine Feder und ein Fläschchen mit flüssiger Tinte.

Hywel rollte das Pergament aus, beschwerte die Ecken. »Das Datum wäre... Juli oder August, bevor sie nach England übersetzten. August, glaube ich. George hätte dann kaum noch Zeit gehabt, seine Meinung zu ändern. Und die Jahreszahl würde noch ab Heinrichs erster Krönung gerechnet werden. Der 30. August, Heinrich VI. Bitte schreibt das hier oben hin. Und hier: Heinrich VI. Rex Britanniae, Margarete Regina, George Clarencis. Ihr sollt nicht die Unterschriften fälschen, sondern nur einige Punkte analog festschreiben.«

»Ich verstehe. Ich habe einmal in der Bibliothek in Alexandria gesehen, wie es gemacht wurde, ein beschädigtes Manuskript zu restaurieren.«

»Nur mit dem Unterschied zu diesem Fall, in dem es über eine größere Entfernung geschieht, die Analogien viel geringer sind und dem, der es betreibt, sehr viel abverlangt«, erklärte Quentin. »Frau Doktor, würdet Ihr bitte Peredur beobachten, für den Fall, daß –«

»Hör auf damit, Quentin«, protestierte Hywel lächelnd. »So alt bin ich nun auch wieder nicht.«

Quentin sah in die Runde. »Hat er Euch das erzählt? Nun, er hat Euch angelogen. Er ist mindestens –«

»*Chaudronnier!*« donnerte Hywel ihn warnend an, so daß Quentin verstummte. Quentin holte eine Stange Siegelwachs aus einer Schachtel. »Ebenfalls von besonderer Herstellungsart von Ludwig. Ich muß es ja wissen.« Er hielt die Stange in die Flamme der Lampe. Es roch nach Vogelkirschen.

Dimitrios rief nach dem Siegel. Ohne ihm eine Antwort zu geben, hielt Quentin die weich gewordene Stange über das Pergament, ließ dicke, rote Tropfen darauf fallen.

Hywel legte die Fingerspitzen seiner rechten Hand zusammen, näherte sie dem heißen Wachs.

Cynthia wollte ihn noch zurückhalten, doch Gregor hinderte sie daran.

Hywels Fingerspitzen schwebten Millimeter über dem Wachstropfen; er hielt die Augen fest geschlossen, seine Stirn legte sich in Falten.

Ohne daß er das Wachs berührte, begann es, sich zu verformen.

Das Portrait eines Mannes entstand: das Auge, die Nase, das Kinn. Um das Bildnis herum bildeten sich Buchstaben.

Hywel öffnete die Augen. »Jetzt die Tinte.« Seine Stimme klang leicht gepreßt.

Quentin nahm die Schale, in die Dimitrios das Pulver gerieben hatte, und stäubte, indem er leicht an die Schale tippte, das schwarze Pulver über das Pergament. Die Partikelchen hüpften wie Ameisen auf einer Ofenplatte, setzten sich zu blassen Schriftzeichen zusammen. Die Buchstaben wurden dunkler und zusehends ihre Umrisse schärfer.

»... und sollte besagter Heinrich sterben, ohne einen männlichen Erben zu hinterlassen, wird ihm besagter George nachfolgen als...«, konnte Cynthia lesen.

Quentin nahm einen Flakon, pumpte an einer Quaste und sprühte eine nach Ammoniak riechende Flüssigkeit auf das Pergament.

Hywels Anspannung ließ nun ein wenig nach. Cynthia ergriff sein Handgelenk, schob seinen Ärmel zurück und fühlte seinen Puls.

Quentin schüttete Sand über das Pergament. »Es wirkt recht klar und gut.«

Die Schrift war nicht allzu deutlich, aber lesbar. »Klar genug, um einen Herzog an den Galgen zu bringen«, meinte Dimitrios.

»Ihr seid kein Rechtsgelehrter«, äußerte Gregor seine Bedenken.

»Edward auch nicht. Haltet es hoch«, bat Hywel.

Dimitrios und Quentin nahmen das Pergament an den Ecken, zogen es glatt.

Hywel las die Urkunde mehrmals durch. Er atmete heftiger. Plötzlich griff er nach dem Siegel, riß es ab. Die Schrift verlief sofort.

»Nun müssen wir uns das Original besorgen.«

Cynthia berührte mit zwei Fingern Hywels Hals und Stirn. »Morgen«, entschied sie.

Niemand wagte ihr zu widersprechen. Nach einer Weile sagte Hywel:

»Ja, Ihr habt recht. Morgen erst.« Er drehte sich um, ging einen Schritt. Jeder der vier wollte ihm zu Hilfe eilen, als er taumelte, doch er stürzte nicht.

»Die rückwirkende Täuschung kann man längere Zeit ohne zu großen Substanzverlust durchhalten. Sie ist für unsere Zwecke besser als eine Verkleidung oder eine ablenkende Täuschung«, erklärte Hywel den anderen und nahm seine Finger von Gregors Schläfen. »Hier.«

»Ich sehe keinen Unterschied«, sagte Cynthia. Sie hatte sich ein Handtuch um die Schultern gelegt und ihr Haar hochgekämmt.

»Ihr könnt auch keinen Unterschied sehen. Ihr kennt uns und erwartet, uns da zu sehen, wo wir sind. Wenn ich in einen Spiegel schaue, sehe ich mich selbst. Die Leute aber, die uns nicht kennen – oder uns nicht erwarten –, sind diejenigen, bei denen die Suggestion wirkt.«

»Aber wie wissen wir, daß sie überhaupt wirkt?«

»Sie wirkt eben. Der Nachteil ist nur, daß man nicht weiß, was ein anderer Mensch sieht. Und wenn mehrere Leute das vergleichen, was sie gesehen haben, kann es Probleme geben.«

»Diese Probleme hätte ich gern, wenn ich nicht will, daß man mich erwischt«, seufzte Dimitrios.

»Das ist wahr... aber dann würden sie einen Zauberer jagen.«

»Wollen wir zur Abwechslung einmal von Dingen sprechen, die man bemerkt: Dieses Zeug riecht widerlich«, neckte Cynthia Quentin le Chaudronnier, als er ihr mit einem Schwamm Farbe ins Haar tupfte und sie sich langsam von einer Weißhaarigen in eine Schwarzhaarige verwandelte.

Quentin beruhigte sie: »Der Geruch verfliegt größtenteils, und den Rest überdeckt ein bißchen Rosenwasser.«

»Und der Geruch von gefärbtem Haar ist an diesem Hof nichts Ungewöhnliches«, ergänzte Hywel. »Gregor, würdest du für eine kurze Weile hinaus ins Treppenhaus gehen?«

Gregor ging, schloß die Tür hinter sich. Nun forderte Hywel Dimitrios ebenfalls auf, den Raum durch die andere Tür zu verlassen. Dimi tat es.

Hywel ging zur Tür zum Treppenhaus, öffnete sie und bedeutete Gregor, zurückzukommen. Dann trat er hinaus auf die Treppe, rief: »Du kannst wieder hereinkommen, Dimi«, und zog die Tür hinter sich zu.

Dimi kam wieder ins Zimmer, sah Gregor an. »Was denn nun?«

Hywel betrat das Zimmer, stellte sich neben Gregor. Dimitrios blinzelte mehrmals verwirrt. »Ich glaube, ich verstehe langsam.«

»Es hängt alles davon ab, was man zu sehen erwartet«, bekräftigte Hywel. »Magie hin, Magie her. Denkt daran, wenn Ihr Ludwig euren Besuch abstattet.«

Hywel und Gregor liefen auf das Torhaus des Schlosses von Angers zu; die Abendsonne tauchte die gestreift aussehenden Türme in goldenes Licht.

»Ludwig der Gute ließ diesen Palast gerade zu der Zeit errichten, als Heinrich und Manuel Komnenus das Land um ihn herum zerteilten. Einige seiner königlichen Nachfahren sahen darin eine gewisse Ironie.« Hywel blickte nach rechts zu Gregor. Beide trugen feierliches Schwarz und schwere Wintermäntel mit weiten Kapuzen. »Warst du schon einmal in Paris?«

»Ja, einmal. Ich bin sicher, daß noch so große Ironie nicht über den Verlust dieser Stadt hinwegtrösten kann.«

Hywel sah über die Schulter in den lachsfarbenen Abendhimmel. »Du hättest mich nicht so lange schlafen lassen dürfen.«

»Du weißt, daß ich nichts dafür kann. Die *Dottorina* wollte ja auch mich nicht wecken lassen.«

»Sie hält dich für zu schwach und mich für zu alt.« Hywel seufzte. »Vielleicht bin ich sogar wirklich zu alt.«

»Du hast mir nie gesagt, wie alt du bist.«

»Gegenfrage: Seit wann bist du Vampir, Gregor? Ich habe dich einmal danach gefragt.«

»Wer dieses Leben einige Jahre lang führt, hört auf, die Jahre zu zählen. Für ihn zählt nur noch die Zeit zwischen den Hungeranfällen.«

»Bei Zauberern verhält es sich sehr ähnlich.«

Die Wachen am Torhaus trugen seidene Waffenröcke über ihren blankpolierten Plattenpanzern. Sie froren offensichtlich. »Was führt Euch hierher?«

»Wir wurden von Königin Margarete gerufen«, gab Hywel Auskunft.

Der Posten zögerte. »Darf ich Eure Gesichter sehen?« Hywel und Gregor schoben die Kapuzen zurück, öffneten auch ihre Mäntel, um zu zeigen, daß sie keine Waffen trugen. Der Posten blinzelte ständig, während er die beiden musterte. »Gut«, sagte er, trat zur Seite. »Ihr könnt passieren.«

Ein Page nahm sie in der Eingangshalle in Empfang. »Eure Mäntel, meine Herren?«

»Dazu ist jetzt keine Zeit mehr«, erwiderte Gregor und legte dem Jungen die Hand auf den Unterarm. »Bringe uns sofort zu Königin Margarete, aber melde uns nicht vorher an! Verstanden?«

Der Junge blickte zu der Hand auf seinem Arm, dann hoch in das durch die Kapuze halb verdeckte Gesicht; seine Augen weiteten sich vor Angst. »Ja, Eure Lordschaft. Da... da entlang.«

Gregor ließ den Jungen los. Während sie ihm folgten, blickte Gregor zu Hywel hinüber, auf dessen halb verdecktem Gesicht sich ein Lächeln zeigte.

Eine kleine Kutsche rollte auf das Torhaus des Schlosses zu, blieb quietschend stehen. Ein kräftiger Mann sprang vom Kutschbock, nach der Art, wie er im Vorbeigehen die Pferde tätschelte, offenbar ein Kavallerist. Er öffnete den Wagenschlag, klappte die Trittstufe herunter und half einer Dame beim Aussteigen. Sie trug Stiefeletten; unter ihrem Mantel sah der Saum eines roten Kleides hervor. Ihr Haar war pechschwarz.

»Ein Kurier«, rief der Mann dem Posten zu. »Für den König.«

Der Posten musterte erst den Mann, dann die Frau. »Kurier von wem... die Legitimation?«

Die Dame streckte ihre Hand aus, in der etwas im Schein der Laternen glitzerte. »Bring ihn zu Ludwig!« befahl sie auf französisch mit unverkennbarem italienischem Akzent.

Der Posten nahm den Ring, hielt ihn ins Licht, erkannte die sechs roten Kugeln. Er verbeugte sich leicht. »Würdet Ihr mir bitte folgen.«

Sie liefen über einen großen Hof, mindestens hundert Schritte im Quadrat, der vom Mondschein und dem Licht aus den Fenstern erhellt wurde. Im Park waren immergrüne, zu exakter Kegelform gestutzte Büsche zu erkennen, und die vereisten Zweige eines Heckenlabyrinths wirkten wie filigraner Silberschmuck. In der Mitte des Labyrinths erhob sich die Marmorstatue einer Diana, die mit ihrem Bogen auf den Vollmond zielte. Aus Stein gehauene, mannshohe Schachfiguren standen nutzlos herum.

Sie schritten durch eine Tür, die von einem brütenden Odin und einem gebieterischen Jupiter flankiert wurde; Nut beugte sich schützend über das Portal. Licht und Wärme strahlten den Eintretenden entgegen.

Das Schloß war überladen mit Wandteppichen, Rüstungen, Fahnen und reichverzierten, alten Möbeln; zu voll, denn die Unzahl von Formen und Farben überforderte das Auge. Die Fußbodendielen knarrten unter der Last, und irgendwo raschelten die Mäuse. Sogar das Licht war zu grell: Zu viele Fackeln verursachten zuviel Flackern und Qualm.

Als der Haushofmeister auf sie zukam, um sie zum König von Frankreich zu führen, flüsterte Dimitrios Cynthia zu: »Ich frage mich, wie viele Paläste sie ausgeräumt haben, um den hier vollzustopfen.«

»Wenn das schon alles ist –.« Aber da war der Haushofmeister bereits mit vier bewaffneten Wächtern bei ihnen. Die Soldaten schauten gelangweilt drein und sahen nicht so aus, als würden sie jemandem etwas antun. Die kleine Schar bewegte sich über lange, vollgestellte Gänge. Jeder zweite Alkoven schien zwei, drei Höflinge zu beherbergen, die sich kichernd unterhielten.

Eine Flügeltür aus schwerem Holz, mit Bronzereliefs verkleidet, führte in einen fahnengeschmückten Saal. Auf einem Beistelltisch standen die Überreste einer Mahlzeit; ein Lakai in blauer Livree mit einem Tablett und einem Tischbesen spazierte um den Tisch herum.

Auf der anderen Seite des Saals befand sich ein großer offener Kamin, vor dem Höflinge und Kinder saßen; ein kleines Mädchen fütterte zwei schlanke, weiße Hunde mit Fleischbrocken. Ein prächtig verzierter Stuhl mit vier Stützen für einen – allerdings nicht vorhandenen – Baldachin stand schräg zum Kamin. In ihm saß ein in blauen Samt und goldenes Tuch gekleideter Mann mit ebenmäßigem Profil und buschigen grauen Augenbrauen. Auf dem Kopf trug er einen Goldreif mit goldenen Lilien, der leicht schief saß.

Er hielt ihnen den Ring mit dem Medici-Wappen entgegen. »Was schickt mir der Herzog von Florenz?«

Cynthia antwortete mit völlig ruhiger Stimme: »Die Medici aus der Republik Florenz, die sich niemals selbst als Herzöge bezeichnet haben, schicken Ludwig, dem König von Frankreich, Grüße und eine Botschaft.« Der Mann auf dem Thron nickte huldvoll. Cynthia fuhr fort: »Und wo ist der König?«

Von der anderen Seite des Saales war ein leises Klappern zu hören. Der Lakai hatte sein Tablett und den Besen abgestellt und lief mit ausgebreiteten Armen auf Dimitrios und Cynthia zu. Er hatte einen durchdringenden Blick, schlanke Finger und eine lange, spitze Nase. Er klatschte in die Hände, griff in die Tasche seiner Livree und zog eine Krone hervor, die der des anderen ähnelte, aber mit Saphiren und Topasen besetzt war. Zwei Höflinge legten ihm einen goldenen Umhang um die Schultern, und der Haushofmeister drapierte blauen Samt als Baldachin über die Stützen am Thron.

»Mach ruhig weiter, Villon«, rief Ludwig XI., doch der Mann mit den grauen Augenbrauen erhob sich vom Thron und setzte die Krone ab. Mit einem lauten Seufzer nahm Ludwig Platz und krönte sich. »Ich hoffe, *Madame* verzeihen uns diesen kleinen Scherz. Villon ist zwar ein miserabler Dichter, macht sich aber meiner Meinung nach recht gut als König.« Er rieb sich die Nase. »Aber wir sind uns noch nicht begegnet, glaube ich.«

»Ich bin Cynthia Ricci, Ärztin, Eure Hoheit.« Dimitrios zuckte zusammen; sie trat ihm unauffällig, aber fest gegen den Stiefel. »Und dies ist mein Reisebegleiter Hector.«

»So? Ich habe natürlich schon von Euch gehört, Frau Doktor. Aber ich dachte...« Er zupfte sich nachdenklich die Haare an der Schläfe. »Nun gut, *vanitas, vanitatem.* Wie geht es *Signore* Lorenzo? Und seinem Bruder?«

»Sie sind beide tot«, erwiderte Cynthia gleichgültig. »Und wenn Hoheit keine weiteren Fragen haben –«

»Einen Augenblick noch«, bat Ludwig, neigte den Kopf zur Seite. »Was sagst du, Fuchs?«

Ein Mann in einem langen Ledermantel, derben Hosen und Reitstiefeln trat, begleitet von zwei farbenfroh gekleideten Höflingen, vor. Er hatte ein unauffälliges Dutzendgesicht.

»Ich erinnere mich an sie, Hoheit. Aber Eure Hoheit haben recht, was ihre Haarfarbe angeht – sie hatte weißes Haar. Den Mann kenne ich nicht.«

»Danke, Reynard. In welchem Zusammenhang erinnert Ihr Euch an sie?«

»Als Leibärztin von Lorenzo«, antwortete Reynard der Spion, vor kurzem noch am Mailänder Hof. »Der er allerdings viele Geheimnisse anvertraut hat.«

Ludwig hielt den Kopf weiterhin geneigt, als erwartete er noch mehr Einzelheiten, doch Reynard entfernte sich.

Ludwig lächelte, zupfte sich an der Nase. »Nun denn, *Dottorina.* Wenn die Medici tot sind und die Republik Florenz... nun etwas anderes ist, wer schickt mir dann Grüße und eine Botschaft?«

Cynthia sah noch kurz in die Richtung, in der Reynard verschwunden war, ehe sie erwiderte: »Nicht alle Medici sind tot, Hoheit, und das Bankhaus besteht nach wie vor.«

Ludwig nickte. »Das Bankhaus, *mais oui.* Wenn ich ein Bankhaus wäre, würde ich mich fragen, ob mein Körper noch weiterleben würde, nachdem meine Seele ihn verlassen hat. Verzeiht. Fahrt fort.«

»Es geht um ein Dokument..., das den Bruder von König Edward von

England betrifft, und die Ansprüche dieses Bruders auf die englische Krone. Die Bank –«

»Wartet. Dieser Saal hat zu viele Ohren, für die Eure Worte, die vielleicht einen Brand auslösen können, wohl kaum bestimmt sind. – Gérard!« Der Haushofmeister trat neben den Thron. »Laß Wein in meine Gemächer bringen. Und frage nach den Wünschen dieses Herrn.«

»Ich bleibe bei der *Signorina*«, entschied Dimitrios.

»Mein Lieber«, begann Ludwig und hievte sich aus dem Thron, »ich bin ein König von vierundfünfzig Jahren und habe seit langem keine Frau mehr mit Gewalt genommen.« Er stieß einen tiefen Seufzer aus. »Aber im Gegensatz zu Edward habe ich nicht zu früh aufgehört, und das war gut so. Folgt mir, ihr beiden.«

Große, dunkle Augen starrten Hywel an, als eine Kerze ihm vors Gesicht gehalten wurde.

»Im Namen der Göttin, was macht Ihr hier, noch dazu in dieser Nacht?« fragte Margarete von Anjou erstaunt.

Sie stand in der Tür zu ihrem Gemach, trug ein einfaches, an griechische Vorbilder erinnerndes weißes Kleid; ihr Haar war mit einem scharlachroten Band geschmückt. Sie hatte ein rundes, ebenmäßiges Gesicht, in dem dunkle Ränder die Augen umgaben; die faltige, welke Haut am Hals deutete auf ihr Alter hin.

»Hoheit, dürfen wir eintreten?« bat Hywel.

Ihr Blick wanderte von Hywel zu Gregor und wieder zurück.

»Wenn ihr beide schon von so weit gekommen seid, dann soll euch dieser Wunsch nicht verwehrt werden. Tretet ein.« Margarete drehte sich zu ihrer Zofe um, die sich mit einem seidenen Unterrock zu schaffen machte. »Du kannst gehen.«

»Sehr wohl, Hoheit.« Die Zofe sah die beiden Männer höchst verwundert an, lief, ohne das Wäschestück wegzulegen, zur Tür und verließ den Raum.

»Sagt mir, was dies alles soll, und weshalb Ihr hier seid«, verlangte Margarete.

»Es geht um das Dokument, in dem die Ansprüche des Herzogs von Clarence auf den Thron beurkundet werden. Wir müssen es unverzüglich nach England bringen.«

»Ihr solltet es heute nacht auch bekommen. *In England.*«

»Die Urkunde befindet sich bereits auf dem Weg?« erkundigte sich Hywel vorsichtig.

Sie deutete zum Fenster. »Haben wir heute nacht nicht Vollmond?«

»Doch, Hoheit.«

»Nun denn. Meine weisen Berater haben mir erklärt, der Vollmond würde den Transfer des Dokuments begünstigen... eine vorteilhafte Konstellation der Spiegel.« Sie hielt inne, fuhr danach mit eisiger Stimme fort: »Wollt Ihr mir nun etwa behaupten, man hätte mich schlecht beraten?«

Hywel zögerte mit einer Antwort. Gregor ergriff deshalb das Wort: »Hoheit, hat man Euch gesagt, daß unsere Anwesenheit dabei notwendig sei?« Hywel zwinkerte ihm zustimmend zu.

»Ich meinte, gerade dies sei der Grund gewesen, weshalb eben jene und keine der herkömmlichen Methoden gewählt wurde, es zu überbringen.« Sie musterte Gregor. »Doch nun, da auch Ihr hier seid... werdet Ihr von ihm überhaupt benötigt?« Sie deutete mit dem Finger auf Hywel. »Ist dem so? Genügt es Euch nicht, jeden politischen Untergang in Eurer Umgebung überlebt zu haben? Wollt Ihr jetzt auch noch dem physischen entrinnen?«

Da Gregor sich völlig ruhig verhielt, ergriff Hywel das Wort. »Ich nehme an, dieser blutige Anfänger hat die Erklärungen völlig durcheinandergebracht. Der Mond, Hoheit, wirkt tatsächlich als Spiegel – er wirft das zurück, was gesendet wird. Er muß Euch doch erklärt haben..., daß der Mond als Sperre wirkt und ich deshalb kommen muß, um das Dokument zu holen.«

»Nein, so hat er es nicht erklärt. Er sollte Euch das Dokument übermitteln, so daß Ihr es zum Usurpator bringt...« Sie blickte zum Fenster. »Ich sah den Mond und mußte an Euch denken, kurz bevor Ihr kamt.«

»Das Schiff wartet auf uns, Hoheit. Wo ist die Urkunde?« Margarete setzte sich, den Blick nicht vom Mond wendend, dessen große, runde Scheibe durch das Fensterglas leicht verzerrt wurde. »Ich habe auch an Suffolk gedacht...« Sie wandte sich zu Hywel um. »Als ich Euch an der Tür sah, hielt ich Euch einen Augenblick lang für William... Ich sah sein Gesicht...«

»Mein Herr, der Herzog von Suffolk, ist tot, Hoheit.«

»Ich weiß es wohl. Er fand den Tod an einem englischen Strand, als ihm der Kopf abgehackt wurde. Aber wir haben uns dafür den des Herzogs von York geholt sowie den eines seiner vier unkeuschen Söhne... Ich war damals in Schottland, als der Herzog getötet wurde, doch die Nachricht davon erreichte mich in Windeseile. Und ich war froh darüber! Ich war lange Jahre Königin von England, habe unzählige Engländer sterben sehen, doch in jenem Augenblick erkannte ich, wie glücklich mich der Tod meiner Feinde machen kann.«

Sie sah Hywel an. »Könnt Ihr mir überhaupt folgen? Findet es Eingang in Euer von Intrigen zerfressenes Gehirn, daß ich euch alle als meine Feinde betrachte und meine letzten Freuden auf Erden nur noch die sind, wenn ich davon erfahre, daß einer von euch gestorben ist.«

»Nur der Tod von George Plantagenet ist derzeit für mich von Interesse, Hoheit.«

»Ihr seid ein Lügner! Euch interessiert nur das, was Euren Interessen förderlich ist. Und wo liegen derzeit Eure Interessen? Glaubt Ihr etwa, daß Byzanz Euch das elende, vulgäre Wales als Lohn überläßt?«

»Wales, Hoheit?«

»Ich frage mich, ob Wales oder Schottland den entthronten Edward nach seinem Sturz aufnehmen wird, so wie mein Vater Ludwig aufgenommen hat. Ich war Gast der Schotten und weiß, sie würden nicht gnädig darüber hinwegsehen, daß Edward sich als ihr König aufspielt, so wie es mein Vater im Falle von Ludwig tut. Heinrich und ich hatten ein Anrecht auf das englische Königreich, uns standen die Türen offen; doch bei Edward wird dies nicht so sein..., dieser verdrängte Usurpator... Er wird auf Felsen zwischen Disteln schlafen... und seine Begierden an Schafen ausleben müssen.« Sie lachte; ihr Lachen klang angenehm und erstaunlich fröhlich.

Ludwigs Gemach hatte hohe, schmale Fenster mit Butzenscheiben und war weniger prunkvoll möbliert als die anderen Räume. Cynthia und Dimitrios saßen auf Stühlen mit niedrigen Lehnen vor dem Kamin, neben dem Ludwig Platz genommen hatte; sein Gesicht war im Halbdunkel nicht zu erkennen.

»Welches Interesse haben die Bankiers an dem Dokument des törichten Clarence?«

»Die Bank hat Edward von England beträchtliche Kredite gewährt.« Cynthias Stimme klang freundlich, aber bestimmt: Sie war eine Botschafterin, die wußte, was ihre Botschaft bedeutete. »Bei einigen dieser Darlehen gibt es nun Schwierigkeiten bei der Rückzahlung.«

»Ein alltägliches Problem bei Darlehen, die Königen gewährt werden.«

»Ein Teil dieser Schulden wurde im Namen des Herzogs von Clarence aufgenommen. Mehrere Juristen der Bank vertreten die Ansicht, daß, falls Edward den Herzog des Verrats und der Verschwörung überführen kann, er auch diese Darlehen für nichtig erklärt.«

Ludwig betrachtete die Lichtspiegelungen in seinem Weinglas. »Nur einmal angenommen, diese Urkunde ist... mehr als ein Gerücht... Warum sollte ich den Herzog von Clarence vor dem gerechten Zorn seines Bruders bewahren?«

»Die Bank ist politisch neutral, wie Eure Hoheit wissen.«

Ludwig lachte laut. »Natürlich; entschuldigt. Fahrt fort.«

»Hoheit besitzen ein Dokument, das für Euch keinen besonderen Wert darstellt, für die Bank hingegen von einigem Wert ist. Sie möchte es Euch abkaufen.«

»Zu welchem Preis?«

Cynthia nippte am Wein, doch beantwortete sie die Frage nicht. Sie mußte an Falcone denken, den Kurier, an dessen Ermordung sie mitgewirkt hatte; sie überlegte, ob er mit der gleichen Botschaft hierher unterwegs gewesen war. Sie hatte die verbrannten Papierfetzen in der Scheune lesen können, da Hywels Gedanken noch mit den ihren verbunden waren. Vielleicht hatte man sie hier erwartet. Vielleicht erfüllte sie Lorenzos Letzten Willen.

Sie verdrängte diese Gedanken.

Ludwig kicherte wieder. »Meine Schulden sind auch die Schulden eines Königs.« Er neigte den Kopf, musterte Dimitrios, trommelte mit den Fingern auf der Armlehne. »Hector. Aus Griechenland? Byzanz?«

»Ich bin Berater der Dame in praktischen Angelegenheiten.«

»Dann bitte ich auch Euch um Entschuldigung. Man sollte nie zuviel oder zuwenig annehmen.« Ludwig holte tief Luft, bevor er hastig weitersprach: »Die Urkunde ist natürlich völlig wertlos..., die Abmachung eines Dummkopfs mit zwei Verbannten über etwas, was keiner von ihnen besaß. Es ist keine Elle Land, keinen Heller wert.«

»Dann ist jeder Preis, der dafür bezahlt wird, für Euch Reingewinn.«

»Aber sie gehört der Königin von England.«

»Der Tochter des Herzogs von Anjou«, verbesserte Dimitrios. »Und Ihr seid der König von Frankreich.«

Ludwig lehnte sich in seinem Stuhl zurück, drehte den Kopf, so daß seine Nase deutlich im Profil zu erkennen war, rieb sie: Er lächelte hochzufrieden.

Jemand klopfte an die Tür.

»Herein!« rief Ludwig irritiert.

Reynard kam eilig herein, verbeugte sich. »Verzeiht, Hoheit, aber hier im Schloß ist ein Hexenmeister am Werk. Ich bemerkte es vor wenigen Minuten. Flambeau ist es nicht, auch nicht Wirtz.«

»Wo ist er?«

»Ich bin mir nicht ganz sicher; ich war bemüht, einen zu engen Kontakt zu vermeiden.«

Ludwig wandte sich zu Cynthia und Dimitrios um. »Reynard!«

»Majestät?«

»Wartet hier und sorgt dafür, daß unsere Gäste nicht gestört werden, vor allem nicht von fremden Zauberern.«

»Ja, Hoheit.«

Ludwig erhob sich und verließ den Raum, worauf Reynard die Tür hinter ihm schloß und verriegelte. Er lehnte sich gegen den Türrahmen, und in seiner Haltung waren Anspannung und Verwirrung zugleich zu erkennen, doch sein Gesicht sah ausdruckslos wie immer aus.

Cynthia blieb regungslos sitzen. Dimitrios füllte drei Gläser mit Wein.

»Wir gehen sofort«, kündigte Hywel an. »Und dann werde ich *Monsieur le Magicien* einige praktische Instruktionen geben ... mit Eurer Erlaubnis, Hoheit?«

»Noch nicht«, erwiderte Margarete. »Ich kenne Euch überhaupt nicht so ungeduldig ... Ihr sagtet, es widerspräche den Regeln der Magie. Nach Calais ist es noch ein weiter Weg; Ihr könnt ruhig noch etwas länger warten.« In unfreundlichem Ton fuhr sie dann fort. »Hier im Château gibt es viele Zimmer. Interessiert Ihr Euch nicht mehr für Königsschlösser?«

»Eure Hoheit erweisen uns einen schlechten Dienst.«

»Ach, wirklich? Die Königin von England erweist zwei Schlangen im Gewand von Doktoren einen schlechten Dienst?« Sie erhob sich von ihrem Stuhl, schritt auf Hywel zu, blieb dicht vor ihm stehen. »Ihr besitzt das seltene und unnatürliche Talent zum Überleben, und das macht Euch zu einem nützlichen Werkzeug. Aber vergeßt niemals, daß Ihr nichts sonst seid als ein Werkzeug!«

»Ja, Hoheit.«

»›Ja, Hoheit‹«, äffte sie ihn nach und wandte sich dann Gregor zu. »Und warum steht Ihr so zufrieden und selbstgerecht da? Glaubt Ihr etwa, Ihr wärt besser als diese seelenlose Kreatur, weil Ihr noch nicht lange dieses Geschäft betreibt? Euer Talent zum Überleben ist ebenso unnatürlich.« Sie griff in den Ausschnitt ihres Kleides, holte ein Medaillon an einer Kette hervor: einen achteckigen Stern aus Gold mit einem Blutjaspis in der Mitte. »Wißt Ihr, was das ist?« Sie ließ den Stern vor Gregors Gesicht baumeln, der jedoch zögernd zwei Schritte zurückwich und sich von ihr abwandte.

Margarete schwieg, als hätte sie diese Reaktion überrascht; das Medaillon pendelte leise klirrend an der Kette.

Sie stand mit dem Rücken zu Hywel. Er sah hoch, schüttelte den Kopf und faßte sich an die Schläfe. »Wir verstehen, Hoheit.« Bevor sich Margarete zu ihm umdrehte, deutete er in Richtung Tür. Gregor nickte.

»Ihr haltet mich wohl für eine bedauernswerte Frau, die nackt in einem englischen Kerker liegen würde, wenn Ludwig..., den niemand für bedauernswert hält, ... die Aussicht auf die Ländereien meines Vaters nicht einige Dukaten wert wäre... Ich wünschte mir, Ihr würdet mehr verstehen.«

»Das ist das Zeichen der verehrten Ischtar, Hoheit.«

»Der ›verehrten‹ Ischtar! Ihr würdet doch sogar eine Kröte verehren und sie küssen! Aber Ihr habt recht; es ist ihr Zeichen. Und nun, da dieser elende Sonnenlord das Wappen mit dem englischen Löwen trägt, ist es mein Zeichen.« Sie sah den Stern an, dann Hywel. »Ich bin Ischtar. Ich bin die Tür, die den Sturm hereinläßt. Um meinetwillen wird der eine Bruder den anderen töten.« Sie fing das pendelnde Medaillon mit der linken Hand auf, schloß sie ganz fest und sah Gregor wieder an. Ihre großen Augen blickten ernst, jeder freundliche Unterton war aus ihrer Stimme gewichen. »Und ich werde Lamia sein, die aus Rache für den Verlust der eigenen Kinder den Tod von Heras Kindern will.« Sie streckte die Faust mit dem Stern aus; zwischen den geschlossenen Fingern sickerte helles Blut hervor. »*Ihr* werdet den Kindern der Hera Woodville den Tod geben.«

Hywel bewegte die Hand langsam zu Margaretes Nacken.

»Und der Neville ebenso. Die meinem Sohn nichts gegeben hat. Und im Bett von Richard Plantagenet Zuflucht suchte.«

Hywels Fingerspitzen berührten Margaretes Haar.

Sie zog die blutende Faust zurück. Ohne jede innere Glut schloß sie: »Geht jetzt: In England wartet eine Aufgabe auf euch. Tötet, wie ihr es gelobt habt.«

»Hoheit.«

»*Madame.*«

»Obgleich ich besitzlos und nackt auf dem Boden liege im Hause der Toten, bin ich dennoch die Tür, die den Sturm hereinläßt«, deklamierte Margarete mit ruhiger Stimme, während die beiden Männer ihr Gemach verließen.

Der blutbefleckte Stern der Ischtar fiel zu Boden.

Dimitrios stand am Fenster. Unten im Hof bewegten sich Lichtpunkte; kein Geräusch drang jedoch herauf. Dimi wandte sich zu Cynthia um, die Reynard ansah, der den beiden zulächelte. Der Spion hatte es sich mittlerweile in Ludwigs Stuhl bequem gemacht; der Feuerschein umspielte seine Wangen.

»Vertraut Ihr mir, *Monsieur* Reynard?« fragte Cynthia.

»Diese Frage ist, gelinde gesagt, schlecht formuliert, *Dottorina*«, erwiderte Reynard freundlich.

»Dann ziehe ich sie zurück... Ich habe nämlich Grund zu der Annahme, daß der Eindringling mich sucht. Wenn wir das Schloß verlassen würden, könnte er uns nicht finden.«

»Er wird Euch hier nicht finden, dessen bin ich gewiß.«

Dimitrios trat einen Schritt vom Fenster weg. »*Signorina,* ich habe Euch gesehen mit einem Messer in der Hand. Wir sind gar nicht so verschieden. Es liegt nicht an unserem Auftraggeber, sondern bloß an unserer Aufgabe«, sagte Reynard. Er stand auf, ging auf Dimitrios zu. In akzentfreiem Griechisch sprach er ihn an: »Ihr habt doch zu den Soldaten des Imperiums gehört, nicht wahr? Bevor Ihr Euch dieser Sache verschrieben habt.«

»Ja.«

»Dann wißt Ihr ja Bescheid.« Reynard drehte sich zu Cynthia um. »Viel Glück, *Dottorina*! Auf ein Wiedersehen!«

Dimi rammte Reynard die rechte Faust in die Seite, schlug ihm die Linke hinter dem Ohr an den Kopf, fing den Zusammensinkenden auf und legte ihn auf den Boden.

»Der beste Spion meines Vaters ließ sich einmal auspeitschen bis auf die Knochen«, erinnerte sich Dimi. »Nachdem wir nun dafür gesorgt haben, daß ihm lange Erklärungen erspart bleiben, sollten wir gehen, bevor wir erklären müssen –« Er wich vor dem Liegenden zurück, als sich der Gesichtsausdruck des Spions veränderte, die magische Wirkung also nachließ. Cynthia holte tief Luft.

»Hywel sagte, dieser Zauber sei nur schwer durchzuhalten«, flüsterte Dimi. »Jetzt wissen wir, warum er sich sorgte.«

»Er sagte, wir wären gar nicht so verschieden«, antwortete Cynthia bedrückt.

Ein eiskalter Wind blies über den Hof. Sie hatten keine Zeit gehabt, noch ihre Mäntel zu holen, so daß Dimis gepanzerte Jacke im Mondlicht glitzerte und Cynthias Kleid purpurn schimmerte. Bis zum Torhaus waren es mehr als hundert Schritte über den silberhell erleuchteten Hof. Zu ihrer Linken verschwanden gelb scheinende Laternen.

»Laufen wir?« fragte Cynthia und zog den Saum ihres Kleides hoch.

»Nein. Wir gehen bloß rasch, aber unauffällig. Von Schatten zu Schatten.«

Sie hielten sich im Schatten der Bäume, hielten inne, bis die Laternen an ihnen vorübergezogen waren. Dimitrios wurde beinahe eins mit der Dunkelheit; sogar sein gefrierender Atem schien zur ganzen Szenerie zu gehören. Cynthia verschränkte die Arme, um gegen die Kälte anzukämpfen.

Nach einer Weile waren sie nicht mehr weit entfernt vom hell erleuchteten und bewachten Torhaus; auf dem letzten Rest der Strecke bot sich ihnen außerdem keine Deckung mehr.

Dimi tippte Cynthia auf die Schulter, zeigte mit dem Finger auf etwas; auf der anderen Seite, etwa in gleicher Entfernung vom Tor, standen zwischen einer Gruppe von Statuen zwei in Mäntel gehüllte Gestalten. Eine von ihnen zog den Ärmel zurück und gestikulierte mit dem entblößten Arm.

Cynthia zog die Nadeln aus ihrem Haar, ließ es auf die Schulter fallen. Die Nadeln glitten ihr aus den steifen Fingern, fielen mit einem leisen Klingeln auf das Pflaster. »Ss-sing ein un-unanständiges Lied.« Sie zog den Saum ihres Kleides auf einer Seite hoch und steckte ihn fest.

»Was?« fragte Dimi fast zu laut.

»Du sagtest, d-du kennst welche. Hoffentlich auch auf f-französisch.« Sie nahm seinen Arm und legte ihn sich über die Schulter. »Du bist jetzt ein französischer Adliger, ich eine französische Dame. Benimm dich jetzt ganz natürlich.«

Die Wachen am Tor wurden aufmerksam, als sie Stimmen hörten; dann sahen sie auch schon den schwankenden Mann und die Frau in Rot mit dem offenen Haar, die kichernd ein Lied grölten.

Das Paar wurde am Tor von einer Kette bewaffneter Posten aufgehalten. »He Jacques, wo hast du denn die aufgegabelt?«

»Was hast du denn mit der vor?«

»Der weiß, wie er sich warmhält.«

Der Wächter mit einem Federbusch am Helm rief jedoch: »Wir können sie nicht durchlassen, solange die noch suchen. Bring sie zurück ins –«

Dimi stieß dem ersten die ausgestreckten Finger heftig gegen den Kehlkopf. Cynthia trat im selben Augenblick einem anderen Wachtposten mit dem Fuß gegen das Schienbein, schlug ihm mit der Handkante an die Schläfe.

Ein schwarzer Mantel flatterte um zwei weitere Posten, und sie sanken lautlos in sich zusammen: Hywel umklammerte ihren Hals. Gregor schlug gerade zwei anderen auf den Hinterkopf: Es gab ein unschönes Knirschen, ehe die Männer wild zuckend zu Boden fielen. Gregors blasses Gesicht wirkte im Licht der Fackeln wie versteinert.

Cynthia wollte den anderen kurz Bericht erstatten. »Wir haben nicht –«

»Aber wir«, unterbrach Hywel sie. »Zur Kutsche, schnell!«

Gregor warf Cynthia seinen Mantel über und kletterte auf den Kutschbock. Die anderen stiegen in die Kutsche; es wurde recht eng für die drei. Gregor riß an den Zügeln, und schon fuhren sie davon.

»Ist es nicht mehr im Schloß?« fragte Cynthia.

»Es ist nie dort aufbewahrt worden«, antwortete Hywel, der aus dem Fenster schaute.

»War Ludwig einverstanden, es dir zu verkaufen?«

»Es hatte bei ihm den Anschein.«

»Bei Margarete schien es ebenfalls.«

Die Kutsche hielt vor den geschlossenen Läden eines kleinen Geschäfts; auf dem schwarzen Schild über der Tür waren Sterne und ein zufrieden lächelnder Mond zu sehen. In goldenen Lettern stand darauf: A. GUILLAUME, ASTROLOGUE, PHILOSOPHE, KARNACISTE.

Dimitrios fand die Tür verschlossen. »Soll ich klopfen?«

»Nein«, entschied Hywel. »Man kann ihn bei dem, was er gerade tut, nicht stören, und wir wollen auch niemand anderem über den Weg laufen. Zur Hintertür.« Er blickte hoch zum im Zenit stehenden Mond. »Wir müssen uns beeilen.«

Mit seinem Messer hob Dimi den Riegel der Hintertür an, drückte sie mit beiden Händen, aber jedes Geräusch dabei vermeidend, auf. Sie traten in eine kleine, unordentliche Küche, in der es nach Rauch, Bier und überreifem Käse roch.

Aus dem Obergeschoß fiel Licht auf eine Holztreppe. Dimitrios setzte den Fußballen auf die erste Stufe; sie knarrte nur ganz leise, nichts geschah daraufhin.

Oben auf dem Treppenabsatz stand ein Kerzenhalter; dahinter öffnete sich eine Tür in einen Raum, der rot glühte, obwohl Hitze nirgends zu spüren war.

Vor ihnen lag ein großer Raum mit einer von Balken getragenen Kuppeldecke. Das Licht kam aus Wandlaternen mit blutroten Glasscheiben. Figuren ägyptischer Götter stützten die Deckenkonstruktion.

In der Mitte des Raumes saß ein Mann an einem Tisch mit einer spiegelnden Platte; der Tisch erstrahlte im weißen Mondlicht, das durch die offene Kuppel fiel. Im Lichtschein lag ein beschriebener Bogen Pergament mit einem Siegel am Band.

Der noch recht jugendlich wirkende Zauberer hob eine Hand, legte den Kopf zurück, formte mit den Fingern etwas in der Luft; die andere Hand glitt über die Tischplatte, wodurch die Fingerspitzen phosphoreszierende Spuren hinterließen. In der Ecke ratterte und surrte ein Planetarium: Ein Räderwerk ließ kleine, emaillierte Kugeln in der Dunkelheit kreisen.

Regenbogenfarbenes Licht umrahmte das Pergament, spiegelte sich in der Tischplatte; ein durch einen schwarzen Streifen getrennter, doppelter Regenbogen. Urplötzlich entstand ein Luftzug, der die Behänge und Karten an den Wänden bewegte.

Dimitrios bewegte sich voran. Gelbes Licht fiel wie ein Vorhang in den Türrahmen. Dimi prallte plötzlich daran zurück und kniete sich nieder. Qualm stieg von seinem Lederärmel auf.

Der Hexenmeister am Tisch wandte den Kopf.

Gregor trat einen Schritt nach vorn. »Warte!« flüsterte Hywel. Cynthia betrachtete Dimis versengten Arm. Hywel schob den linken Ärmel zurück, kniete nieder, legte seine rechte Hand mit gespreizten Fingern auf den Boden.

Guillaume, der Zauberer, stand langsam auf. Hywel konzentrierte sich, schloß die Augen und schob seinen entblößten linken Arm durch die Türöffnung. Der Lichtvorhang fiel in sich zusammen. Gelbweiße Blitze zuckten über Hywels Schultern hinweg, den rechten Arm entlang. Der Boden unter seiner Hand knisterte seltsam und wurde schwarz.

»Jetzt!« keuchte Hywel.

Dimitrios erhob sich, schob sich an Cynthia und Gregor vorbei in das rot erleuchtete Zimmer. Über Guillaumes Kopf erschien ein Funke, ein weißer Lichtkegel hüllte ihn dann ein.

Dimi blieb stehen, hob sein Messer; mit einer raschen Bewegung aus dem Handgelenk schleuderte er es in Richtung des Zauberers.

Die Klinge traf auf den Lichtkegel und blieb darin stecken, die Spitze nur eine Handbreit von Guillaumes Brust entfernt. Dann bildete sich ein weißglühender Punkt an der Messerspitze, tanzte die Klinge entlang und ließ nur noch glühenden Metallstaub übrig, der von dem immer stärker werdenden Luftzug weggeweht wurde.

»Guillaume!« schrie Hywel. »Rühr ihn nicht an, Dimitrios!«

Dimi sah auf den Tisch. Das Pergament verschwamm, wurde durchsichtig; darunter war seine Spiegelung in der Tischplatte aber noch deutlich zu erkennen. Dimi griff danach. Seine Finger berührten direkt das Glas.

Guillaume bewegte sich in seinem Lichtkegel. Dimi wich zurück, griff nach seinem kurzen Schwert. Der Zauberer hob die Fäuste. Gregor betrat den Raum. Guillaume hämmerte wild mit den Fäusten von innen gegen den Lichtkegel. Er öffnete den Mund und stieß einen stummen Schrei aus. Flocken lösten sich von seinen Händen, seinem Gesicht – sein Fleisch. Dimitrios erstarrte vor Entsetzen.

»Zu spät für ihn«, rief Hywel. »Das Pergament.«

Dimi griff nach dem Schriftstück, berührte nur den Spiegel. »Es ist weg. Da ist nur noch –«

»Die Analogie...«, stieß Hywel atemlos hervor.

Dimi legte die Hand an den Schwertgriff. Gregor hatte bereits seine kleine Pistole gezogen. Eine Flamme schoß hoch. Das Siegel von Heinrich VI. zerstob in einem Regen aus Glassplittern und roten Wachspartikeln.

Der Energiekegel flackerte und verschwand. Dimi zog sein Kurzschwert. Guillaume stürzte zu Boden. Ein glimmendes Pergament mit schwarzer Schrift und den Überresten eines Siegels flatterte neben ihm zu Boden, und der Wind legte sich so plötzlich, wie er gekommen war.

Der Gestank verbrannten Fleisches schnürte ihnen die Kehle zu.

»Was hast du bloß gemacht?« entfuhr es Cynthia, die die schmierige Masse auf dem Boden anstarrte. Eine der Götterfiguren an der Wand hielt das Ankh, das Symbol der Ägypter für Unsterblichkeit. Die Planeten kreisten nicht mehr.

Hywel lehnte im Türrahmen, starrte ins Leere. »Das Licht und der Wind mußten ja von irgendwoher Energie beziehen.« Seine Stimme wurde ärgerlich. »Er betrieb bereits zwei Aktionen, die ihm alle Kraft abverlangten; und dann hat er, mit letzter Konzentration, noch eine dritte begonnen, um sich vor dem Angriff zu schützen. Aber er hat dabei nicht bedacht, diesen Schutz so zu bemessen, daß er ihn auch widerrufen kann. *Ich* habe überhaupt nichts getan. Ich konnte auch nichts tun. Er muß noch sehr jung und stark gewesen sein, sonst hätte er es nicht so lange durchgehalten.«

Hywel schwankte leicht, drehte sich zu den anderen um. Verbittert fuhr er fort: »Nur ein Verrückter betreibt echte Magie, wenn ihm viele

Tricks zur Verfügung stehen, die das gleiche bezwecken würden. Aber wir sind eben alle verrückt. Und wir setzen diesen Wahnsinn so lange fort, bis wir uns selbst vernichtet haben.«

Hywel schwieg und setzte sich.

Ein lautes Pochen an der Haustür drang von unten herauf.

Dimitrios und Cynthia halfen Hywel auf. Gregor nahm das Dokument, hielt es in die Flamme einer Laterne und legte es brennend auf die geborstene Glasplatte des Tisches. »Zur Hintertür, bevor die Männer von Ludwig uns auf die Schliche kommen«, flüsterte Dimi.

Hywel nickte; er hatte sich wieder gefaßt. »Auf uns wartet die Überfahrt nach England. Wir werden sehen, ob wir heute nacht überhaupt etwas Positives bewirkt haben.«

Reisen durchs Land

TEIL 3

Anschläge macht' ich, schlimme Einleitungen,
Durch trunkne Weissagungen, Schriften, Träume.

– Akt I, Szene 1 –

Hinauf

In einer Stadt von der Größe Londons leben Menschen unterschiedlichster Herkunft und Überzeugung, doch zum Jahresende fanden alle einen Anlaß zum Feiern: die längste Nacht des Jahres, das Längerwerden der Tage nach der Wintersonnenwende, die Wiederkehr der Geburt Mithras', die Saturnalien, den Jahreswechsel mit allen seinen gesellschaftlichen, numerologischen und astrologischen Bedeutungen, den Ablauf der Zwölfmonatsfrist, nach der aus dem Leibeigenen ein freier Bürger wurde und er die Plackerei auf den Feldern gegen ein Stadtleben in Armut eintauschte.

An diesem Dezembertag schienen alle Londoner die Feierlichkeiten auf die Straße verlegt zu haben, was zwar ein buntes, lärmendes, fröhliches Bild ergab, dem Reisenden das Vorwärtskommen jedoch schier unmöglich machte.

Hywel, Dimitrios, Cynthia und Gregor suchten sich mühsam auf ihren Pferden einen Weg durch die Massen, wurden aber immer wieder aufgehalten von Tanzgruppen, Bärenführern, betrunkenen Horden und Minnesängern, die zu Lautenklängen jammerten. In den Rinnsteinen flossen saures Bier und Minzlikör, ab und zu auch etwas Blut, wenn es zu Raufereien kam, und die üblichen, mehr oder weniger flüssigen menschlichen Ballaststoffe. Als Ritter, Könige oder Sagenfiguren Verkleidete trieben ihr Unwesen, Chorgruppen sangen ihre Lieder ohne Rücksicht darauf, ob jemand ihnen zuhörte. In der Milk Street sah man beispielsweise nur weiße Gestalten: Die Mitglieder der Ehrenwerten Gesellschaft zur Förderung der Geheimen Kunst der Zahnheilkunde waren in großer Zahl angetreten, um den Übergang der Sonne in das Himmelszeichen des Steinbocks zu bejubeln, der ein gutes Omen fürs Zähneziehen bedeutete.

Einige Straßenecken weiter hallten ihnen Schüsse entgegen. Dimi beugte sich im Sattel nach vorn, Gregor griff die Zügel kürzer. Qualm driftete auf sie zu, Fußtritte klapperten auf dem Pflaster. Ein schlangenähnliches Gebilde mit goldenen Stacheln und riesigen Augen kam aus einer Nebenstraße; das Untier bewegte sich, getragen von mindestens zwei Dutzend menschlichen Beinen mit Holzschuhen an den Füßen, auf und nieder und langsam voran. Die johlende Menge, die daneben herlief, warf brennende Stäbchen, die Feuer spien und mit einem Knall zerplatzten.

»Ein chinesischer Drache«, rief Hywel zur Erklärung. »Die kleinen Knallkörper sind zwar ungefährlich, aber paßt auf die Pferde auf.« Er drehte sich zu Cynthia um.

Sie saß leicht nach vorn gebeugt in ihrem Damensattel und starrte auf den Drachen und die Feuerwerkskörper. In ihrer versteinerten Miene war keinerlei Gemütsregung zu erkennen; mit der linken Hand hielt sie krampfhaft ihren schwarzen Mantel zusammen.

Dimitrios streckte den Arm aus, um sie zu stützen, worauf sie sich aufrichtete und umdrehte, als erwache sie plötzlich. »Nein danke, mit mir ist alles in Ordnung. Ich habe nur versucht, das Pferd ruhig zu halten... Wäre ja noch schöner, wenn ich mir wegen zwei, drei Knallkörpern den Hals brechen würde.«

Dimi nickte, Hywel sah wieder nach vorn. Gregor saß unbeweglich auf seinem Roß. Als der Drache und die Menge schließlich vorbeigezogen waren, ritten sie langsam weiter.

Hölzerne, vereiste Docks ragten vor ihnen aus der halb zugefrorenen Themse. Auf Hywels Zeichen hin bogen sie ab, und kurz darauf bedeutete er ihnen anzuhalten. Sie befanden sich vor einer mindestens dreißig Schritt langen, drei Stockwerke hohen Häuserfront mit Türmen an den Ecken. Die schmalen Fenster in der schmucklosen Steinfassade waren zum Teil vergittert, und starke Eisenstreben verstärkten das Tor.

»Eindrucksvoll«, kommentierte Dimitrios und sah zu den Türmen hinauf.

»Wie im Krieg«, bemerkte Cynthia trocken.

»Das ist Baynard's Castle«, erklärte Hywel, während er langsam und etwas schwerfällig von seinem Pferd stieg. »Es ist ziemlich gut befestigt. Es ist noch gar nicht so lange her, daß das aber auch nötig war.« Er ging zum Tor und schlug mit der Faust dagegen.

»Da wären wir also, wie in alten Zeiten«, murmelte er.

Das Tor wurde geöffnet von einem Mann mit einer roten Mütze und einem ebenfalls roten Gewand, dessen Kragen mit weißen, gestielten Rosen bestickt war; um den Hals trug er eine Kette mit einem goldenen Schlüssel. Er hatte ein schmales Gesicht und einen grauen Bart.

»Ich bedauere, aber die Herzogin ist nicht... Magister Hywel!«

»Wird die Herzogin mich und meine Freunde empfangen, Hugh? Wir haben eine lange Reise hinter uns.«

Der Mann zog das Tor weit auf. »Kommt herein, Magister, mit Euren

Begleitern. Ich werde dafür sorgen, daß sich die irischen Stallburschen um Eure Pferde kümmern, und dann Euch bei meiner Herrin anmelden. Sie wird sich bestimmt freuen.«

Als sie durch den hohen, düsteren Bogengang des Torhauses schritten, berichtete Hugh: »Hier ist es viel zu lange ruhig gewesen... aber jetzt seid Ihr hier, und die Ankunft des jungen Herzogs Richard aus dem Norden wird stündlich erwartet. Die Köchin wird sich freuen: Sie hat seit Ewigkeiten kein festliches Mahl mehr –«

»Hugh, was ist mit Herzog George?« unterbrach ihn Hywel.

Ohne in seinem gemessenen Schritt zu stocken, fragte der Haushofmeister ganz ruhig zurück: »Wieviel wißt Ihr, Magister?«

Hywel schmunzelte. »Durch die Jahre hast du nichts von deiner Pfiffigkeit eingebüßt, Hugh Wetherby. Wir wissen, daß es Ärger gibt zwischen George und Edward, wirklichen Ärger diesmal, und für mich ist es kein Zufall, daß Richard herkommt.«

»Der Herzog von Clarence wurde in den Tower gebracht, auf Befehl des Königs.«

»Was wirft man ihm vor?«

»Er wird beschuldigt, die Rechtsprechung des Königs beeinflußt zu haben. Eine Geschichte im Zusammenhang mit dem Tod seiner Gattin. Eine ihrer Zofen –«

»Wir wissen davon.«

»Gut. Aber niemand hier in London glaubt, daß die Anklage so lauten wird, wenn das Parlament zusammentritt.«

»Wird sie vielleicht auf Verrat lauten?«

»Einige vermuten, der König will seinem Bruder nur ordentlich Angst einjagen, doch der Herzog hat aus seinen Fehlern nie eine Lehre gezogen, und der König scheint zum Äußersten entschlossen. Seid Ihr deswegen gekommen, Magister?«

»Wir haben auch eine gute Neuigkeit, Hugh.«

»Die Fürstin wird sich freuen, auch einmal eine gute Nachricht zu hören«, erwiderte Wetherby, plötzlich recht förmlich. »Das Zimmer, das Ihr sonst immer hattet, ist frei, und die Dame und die Herren... ist die Dame verheiratet?«

»Nicht, daß ich wüßte«, antwortete Cynthia schnippisch.

»Nun denn. Ihr alle werdet Euch sicher erst noch etwas ausruhen wollen, und ich werde der Herzogin sagen, daß Ihr eingetroffen seid... sie wird Euch dann beim Abendessen sehen.«

»Oder auch nicht, wenn sie es wünscht.«

»Wenn sie es wünscht«, wiederholte Wetherby und schloß mit einem eisernen Schlüssel vom Bund an seinem Gürtel eine Tür auf. »Ich werde die Dienstmädchen sofort mit heißem Wasser hinaufschicken.«

Als der Haushofmeister gegangen war, wunderte sich Dimitrios: »Hywel, was soll denn das heißen: ›Wenn sie es wünscht.‹ Du sagtest, du seist ein Freund der Familie.«

»Bin ich auch, und das weiß auch Hugh... Doch die Familie ist zerstritten, und er fragt sich nun, zu wem ich halte.«

Cecily Neville, die verwitwete Herzogin von York, hatte in ihrer Jugend den schmeichelhaften Beinamen ›Rose von Raby‹ erhalten, und sie war noch immer eine Schönheit. Wenn man sie so sah, wollte man kaum glauben, daß sie seit damals elf Kindern das Leben geschenkt, die Exekution ihres Gatten nebst einem ihrer Söhne und eine lange Reihe von Schlachten und Zeiten der Gefangenschaft erlebt hatte. Die Haltung, mit der sie an der Tafel saß, entspannt, aber dennoch würdevoll, war ganz die der Mutter eines Königs.

»Meine Tochter Margarete«, erzählte sie Cynthia, »erwog, Priesterin der Minerva zu werden, doch galt es zuallererst, eine Allianz mit einem deutschen Fürstentum zu festigen. Und Ursula, meine Jüngste, scheint entschlossen, in einen Ritterorden einzutreten. Ihr beide solltet einander kennenlernen; Ihr würdet gewiß gut zusammen auskommen.« Sie lächelte freundlich. Sie trug eine Halskette mit einer silbernen Eule als Anhänger, deren Augen im Kerzenschein glitzerten. »Ihr eßt ja nichts, meine Liebe.«

»Verzeiht, Durchlaucht..., die Reise, vermute ich. Ich möchte nicht unhöflich sein.«

»Seid Ihr auch nicht. Als sie meinen Richard außer Landes trieben, begab ich mich mit meinen Kindern in die Hand von König Heinrich: Er wagte nicht, mir etwas anzutun, weil er die Blitze fürchtete, die ihn treffen würden, wenn er seinen Schwur bräche... Aber glaubt mir, meine Liebe, in jenem Jahr habe ich gelernt, was Unhöflichkeit ist.«

Die Herzogin sah in die Runde. »Ich habe damals auch gelernt, einen großen Haushalt mit geringen Mitteln zu führen. Wer würde denn die Portion der Frau Doktor essen wollen?«

Gregor deckte die Leinenserviette über seinen nicht benutzten Teller, Hywel trank einen Schluck Wein und schüttelte den Kopf. Dimitrios meldete sich: »Äh – ich würde gerne...«

Herzogin Cecily winkte einem Lakaien, der Cynthias Teller an Dimis

Platz trug. »Vielen Dank, das Fleisch schmeckt ausgezeichnet«, sagte Dimi, mühsam die Worte formend.

»Das will ich auch hoffen, Hauptmann, denn es ist Wildbret, das dem König gehört. Mehrere Männer haben ihr Leben gelassen, weil sie diese Hirsche schossen.«

Dimi sah sie mit großen Augen an: Sie hatte griechisch gesprochen, dabei allerdings die gleichen Probleme gehabt wie er mit dem Englischen. Hywel konnte sich hinter seinem Weinglas ein leichtes Schmunzeln nicht verkneifen.

Cynthia schien kaum etwas davon bemerkt zu haben. »Wenn Ihr mich entschuldigen würdet, Durchlaucht –«

»Aber natürlich, Doktor Ricci. Soll ich Euch Tee mit Honig auf Euer Zimmer bringen lassen?«

»Das wäre sehr freundlich.« Cynthia erhob sich, knickste und verließ den Speisesaal.

Niemand sagte etwas, nachdem sie gegangen war. Der Hund, der am Kamin lag, lief zu seiner Herrin, um sich einen Knochen abzuholen. Die Herzogin wischte sich die Finger ab und fragte: »Wer von Euch kennt sie am besten?«

»Sie hat ihre ganze Familie verloren, ganz plötzlich und auf schreckliche Weise«, berichtete Hywel. »Dann, kurz nachdem wir uns kennenlernten, wurde sie überlistet... von einem der Gegenseite.« Cecily preßte die Lippen zusammen. »Nein, nicht so, wie Ihr annehmt. Sie verriet einen Freund, der dadurch den Tod fand, ohne jedoch zu wissen, daß er ein Freund war.«

»Ist das alles?«

»Alles, was ich Euch zu erzählen vermag.« Er hielt inne; die Herzogin ließ den Blick nicht von ihm. »Wegen der Art und Weise, wie ich es erfahren habe, Cecily.«

Dimitrios blickte auf, als Hywel die Herzogin mit ihrem Vornamen ansprach. Sie nickte, erklärte dann forsch: »Ich darf eben nie vergessen, was Ihr seid. Lassen wir dieses Thema. – Hugh sagte, Ihr hättet gute Nachrichten.«

»Ich bezweifle, ob sie so gut sind, wie ich hoffte. Wir sprachen in Angers mit Margarete über diese angeblich von George geschlossene Vereinbarung.«

»Ich verstehe. Vermutlich sollte ich lieber nicht fragen, wie dieses Treffen arrangiert wurde. Und gibt es diese Vereinbarung nun?«

»Eine solche Urkunde existiert nicht, Durchlaucht.«

»Das ist wirklich eine gute Nachricht..., daß George wenigstens noch einen Funken Vernunft im Leib hat.« Sie seufzte. »Doch ich befürchte, es hilft ihm nicht, zumindest nicht im Moment. Edward ist in der letzten Zeit so...« Der Hund leckte ihr die Hand, worauf sie ihm einen anderen Knochen hinwarf. »Edward ist eben König geworden, und das ist es.«

Draußen auf dem Gang waren Schritte, Hundegebell und Rufe zu hören, als auch schon die Tür aufging und ein Mann hereingestapft kam. Er trug Reisekleidung und war offensichtlich scharf geritten, denn sein lederner Mantel war schmutzig, und Schlamm klebte an seinen Stiefeln und den goldenen Sporen. Er war nicht allzu groß, aber kräftig und besaß die breiten Schultern eines Kriegers. Das dunkle Haar hing ihm bis auf den Kragen; er hatte gleichmäßige Gesichtszüge, wirkte nicht unansehnlich. Mit einer beringten Hand zog er die Mütze vom Kopf und rief: »Guten Abend, Mutter! Grund zur Freude: Trotz der schlechten Straßen und dem, was in London vorgeht, ist der jüngste Sohn –« Er blickte in die Runde. »Mist!«

»Willkommen daheim, Richard«, begrüßte ihn die Herzogin. »Hat Hugh dir nicht gesagt, daß wir Gäste haben?«

»Er hat irgendwas gesagt, aber es war viel zu laut.« Einer der Hunde, die Richard gefolgt waren, setzte sich neben ihn und winselte. »Ruhe!« rief Richard und stieß ihn mit dem Fuß weg.

Cecily schüttelte den Kopf, wollte schon etwas sagen, brach statt dessen in Gelächter aus. »Komm her, mein Sohn.«

Sie umarmten sich herzlich. »Genug jetzt«, sagte sie nach einer Weile. »Gibt es eigentlich in der Grafschaft Nottingham noch einen Klumpen Ackerboden, oder hast du alles an deinen Stiefeln und deiner Kleidung mit hierhergeschleppt? – Sag aber jetzt den Gästen Guten Abend.«

Richard wandte sich zu ihnen um, verbeugte sich korrekt und verharrte staunend. »Peredur!« Mit beiden Händen ergriff er Hywels Rechte. »Euch habe ich hier nicht erwartet!«

»Es hat sich eben so ergeben. Ich freue mich, Euch hier zu treffen, denn ich möchte Euch diese beiden Herren vorstellen: Dimitrios Ducas, seines Zeichens Hauptmann, und Gregor, Fachritter von Bayern, einen Artilleriefachmann. Meine Herren, Richard Plantagenet, Herzog von Gloucester, Constable von England, Warden der Marschen im Norden.«

»Womit Peredur meint, daß ich Schotten um Robin Hoods Scheune jage.«

»Ich habe den Herren die Lage im wesentlichen geschildert, und sie sind bereit, Euch zu dienen. Natürlich nur, wenn Ihr das wollt.«

»Aber selbstverständlich«, rief Richard überschwenglich. Etwas ernster fragte er dann: »Wen habt Ihr noch in Eurer Trickkiste, Hywel?«

»Albany befindet sich in Dänemark.«

»Was macht er denn in Dänemark?«

»Überlegen, vermute ich.«

»Aber Ihr glaubt, er wird es tun?«

»Die Chance, König zu werden, auch wenn es an Statt Eures Bruders wäre, wirkt wie ein starker Magnet. Um aber von einem Magneten angezogen zu werden, muß man etwas Metall in sich haben.«

»Als ich ein kleiner Junge war, hat er mit mir genauso gesprochen«, sagte Richard zu Dimi und Gregor, die ihn verwundert ansahen. »Aber heute verstehe ich ihn auch nicht besser.« Er berührte Hywel am Arm. »Aber ich vertraue ihm. Und ich brauche Männer, denen ich vertrauen kann, besonders jetzt. Die Bezahlung ist nicht schlecht – ich muß es schließlich wissen, denn ich bin selbst der Zahlmeister.« Er lehnte sich über den Stuhl, auf dem Cynthia gesessen hatte, nahm den vollen Weinpokal. »Die Götter werden nichts dagegen haben«, meinte er und trank.

Richard setzte den Pokal ab. »Ich habe einen langen Tag hinter mir.« Er klopfte Hywel freundschaftlich auf die Schulter, gab seiner Mutter einen Kuß. »Ich glaube, ich sollte mir nun endlich Nottingham von den Kleidern abwaschen. Sag der Köchin, der Einbrecher, der heute nacht in die Küche kommt, ist nur ein hungriger Herzog. Gute Nacht allen.« Seine Sporen klirrten, als er zur Tür hinausstapfte, gefolgt von seinen Hunden.

»Weiß er, daß sein Bruder im Gefängnis sitzt?« fragte Gregor.

»Er weiß es«, gab die Herzogin Auskunft. »Deshalb ist er ja nach London gekommen, ohne seine Gattin und seinen Sohn. Ich wünschte mir nur...« Sie stockte, sah in die Runde, schien mit einer Handbewegung die anderen ohne Abschied zu entlassen. Äußerlich sehr gefaßt fuhr sie schließlich fort: »Ich wünschte mir nur, ich wüßte, was er zu tun beabsichtigt.«

Ein wolkenverhangener Himmel hing düster und bedrohlich über der Stadt; die Straßen waren wie ausgestorben. Hywel stand am schmalen Fenster, sah lange hinaus, drehte sich schließlich wieder zu den anderen um, die am Frühstückstisch saßen. Herzogin Cecily aß gekochte Eier und las in einem Buch, das auf einem kleinen Pult vor ihr lag: Es handelte sich um den vor kurzem erst von Caxton gedruckten Roman Thomas Malorys, *Le Morte Darthur*. Eine Zofe blätterte ihr die Seiten um, damit sie keine Flecken bekamen. Richard und Dimitrios unterhielten sich, aßen dabei Brot und geräucherten Hering und schienen sich nicht darum zu kümmern, daß sie die Karte von Northumberland vor ihnen auf dem Tisch mit Bier und Fett bekleckerten. Gregor stand an einem anderen Fenster und betrachtete durch seine dunklen Brillengläser die graue Stadt, während er ohne Appetit an einem Stück Weißbrot mit Honig knabberte.

Cynthia betrat den Raum. Sie hatte ihr Haar streng nach hinten gekämmt und mit einem schwarzen Band zusammengebunden; sie wirkte abgespannt, die Ränder unter ihren Augen sahen wie Blutergüsse aus. Sie zwang sich zu einem unnatürlich steifen Gang, als fürchte sie, bei jedem Schritt zu straucheln.

Richard und Dimi bemerkten sie im ersten Moment überhaupt nicht. Als sie es endlich taten, sprang Richard mit einem Satz hoch. »*Mylady!* Peredur hat mir nicht gesagt –«

»Doktor der Medizin Cynthia Ricci aus Florenz«, holte Hywel das Versäumnis nach. »Cynthia, das ist Herzog Richard, der Bruder des Königs.«

Cynthia schwieg, schien jedoch nicht so recht zu begreifen. »Es ist mir eine Ehre, Durchlaucht«, stammelte sie schließlich. »Ich bedauere, nicht bereits gestern abend Eure Bekanntschaft gemacht zu haben ... Doch ich hatte mich früh zurückgezogen. Ich fürchte, es war sehr unhöflich –«

»Ihr wart nicht unhöflich«, schaltete sich die Herzogin ein. »Ich sagte es Euch bereits. Hier in diesem Haus befolgt man meine Worte, *Mylady.*«

»Ja, Durchlaucht. Es tut mir leid, daß ich das vergaß.« Cecily lächelte, nickte, vertiefte sich wieder in ihr Buch. »Wenn hier überhaupt jemand unhöflich gewesen ist, dann war ich es, denn ich trank Euren Wein«, beteuerte Richard. »Seid Ihr wirklich Ärztin? Ich brauche dringend einen Arzt. Hywel, Ihr seid ein Zau-... genial.«

»Eigentlich war von mir nicht geplant, daß Doktor Ricci Euch begleitet. Ich hatte vor, daß sie mit mir nach Wales geht.«

Richard neigte den Kopf. »Das ist allerdings weniger genial, Peredur. Ich wußte überhaupt nicht, daß Ihr einer von der Sorte seid«, sagte er leicht süffisant.

»Selbstverständlich kann Cynthia frei entscheiden, mit wem sie gehen möchte«, beeilte sich Hywel zu versichern. Er musterte sie. Sie war ziemlich blaß, das fahle Licht, das durch die Fenster fiel, schien ihren Augen weh zu tun. Hywel sah Gregor fragend an, der aber keine Miene verzog.

»Ich wußte nicht, daß wir uns trennen würden«, gestand Cynthia. »Ich muß darüber nachdenken... nur fürchte ich, daß mir das Denken derzeit etwas schwerfällt. Wie lange haben wir Zeit?«

»Wir haben genügend Zeit«, erwiderte Hywel. »Es gibt selten einen guten Grund dafür, eine Sache voreilig zu entscheiden.«

»Ich bin gekommen, weil das Parlament zu Gericht sitzt, und ich werde erst abreisen, wenn alles vorbei ist... in einem Monat etwa«, erklärte Richard.

»Du wirst noch länger hier sein«, verkündete die Herzogin vieldeutig, und alle wandten sich zu ihr um. »Aus Windsor kam heute morgen eine Nachricht: Dein ältester Bruder hat beschlossen, die Hochzeit seines Sohnes auszurichten, und da er sowieso alle nach London gerufen hat, könnte sie durchaus sofort stattfinden.«

»Welchen Sohn will er denn verheiraten?«

»Richard von Salisbury, den« – ein kurzes Zögern – »Herzog von York.«

»Aber der ist doch erst drei Jahre alt, Mutter«, amüsierte sich Richard.

»Vier, um genau zu sein, aber das ändert nicht viel. Die Braut ist gerade fünf geworden.«

»Wie viele Truppen bringt sie mit?« fragte Cynthia laut und deutlich.

Cecily sah erstaunt auf. »Soldaten nicht, meine Liebe, aber den größten Teil des Herzogtums Norfolk. Ich merke, Ihr wißt, wie so etwas gemacht wird.«

»Aber nur vom Rang eines Barons aufwärts«, spöttelte Cynthia. »Herzog Richard, es würde mich freuen, wieder als Ärztin dienen zu können; ich habe es zu lange nicht mehr getan.« Sie knickste und verließ das Zimmer.

»Na ja, übertrieben höflich ist sie ja nicht«, bemerkte Richard sichtlich beeindruckt. »Aber ich mag sie, Peredur. Sie weiß, wie man mit Idiotie umgeht.«

Die Herzogin entließ die Zofe, die ihr die Buchseiten umblätterte. Als sie gegangen war, fragte Cecily für alle vernehmlich: »Was hast du geheiratet, Richard, mein Kleiner?«

Richard zuckte zusammen, als seine Mutter ihn so nannte. »Annie Neville natürlich, Mama.«

»Nicht wen, sondern was. Du hast die Hälfte des Neville-Besitzes geheiratet, der dadurch zustande kam, daß Angehörige der Familien Percy und Neville die Ländereien der Beauchamp und Despenser durch Heirat erwarben. Wenn dir das nicht von vornherein klargemacht worden ist, werden wir wohl einige Rechtsgelehrte auspeitschen lassen müssen. Verstehst du, was ich meine, mein Kleiner?«

»Ja, Durchlaucht«, erwiderte Richard zerknirscht.

Cecily nickte zufrieden und schlug einen ruhigeren Ton an. »Und hast du in dem Jahr, das seitdem vergangen ist, deine Hälfte des Neville-Besitzes liebgewonnen?«

»Ich –« Mehr kam nicht über Richards Lippen, sondern er sah seine Mutter bloß noch an, die ihn nicht aus den Augen ließ. Er blickte kurz in Richtung der Tür, durch die Cynthia hinausgegangen war, rieb sich das Kinn und schluckte. »Verdammt noch mal, ja«, sagte er schließlich und ließ sich auf einen Stuhl fallen.

Richard suchte Dimis Blick, der ihn jedoch nur verwundert ansah, und glaubte, nähere Erläuterungen geben zu müssen. »Annie und ich sind zusammen aufgewachsen im Haus ihres Vaters in Middleham. Zwei vom selben Wurf – still, Mutter! Ich kenne die Spottverse, die darüber geschrieben wurden –, die sich miteinander balgten, weil wir sonst niemand hatten.

Schließlich waren wir alt genug und wurden in die Kriegswirren verwickelt, und als Annies Vater ins andere Lager wechselte, glaubte ich, sie nie mehr wiederzusehen. Und dann haben wir ihren Vater getötet.«

»Die Lakaien haben Warwick getötet«, widersprach die Herzogin.

»Ihre Messer, aber unser Krieg.« Richard schrie es beinahe. »Und dann haben Heinrich der Schwachsinnige und die Hurengöttin Annie gezwungen, mit ihrem verschlagenen Sohn, der noch viel zu jung war, um zu wissen, was er wo hineinstecken müßte, über das Schwert zu springen. Kinder miteinander zu verheiraten, um die Aufzucht von Königen zu verbessern, halte ich einfach für blödsinnig!«

Nach einer Weile ergriff Dimi das Wort. »Wenn ich das Thema wechseln dürfte...«

»Dagegen habe ich nichts einzuwenden«, ermutigte ihn die Herzogin.

»Ich weiß nicht..., welchem Glauben Ihr anhängt, und möchte um Verzeihung bitten, wenn ich eine falsche Frage stellte, aber morgen ist ein... besonderer Tag. Ist es –«

Richard legte einen Finger an die Lippen. »Der schönste Tag hier im Westen, seit die Legionen hier waren. Aber das ist nicht für Mutters Ohren bestimmt«, flüsterte er, schob den Hemdsärmel gerade so weit zurück, daß das Mithras-Zeichen an seinem Handgelenk zu sehen war. Er und Dimi standen auf, verbeugten sich vor Herzogin Cecily und gingen hinaus.

»Cynthia muß natürlich mit mir mitkommen. Ich hatte geglaubt, Richards Zorn hätte sich gelegt, doch kann ich nicht behaupten, daß ich es wirklich erwartete.« Hywel rieb sich das gesunde Auge und rückte das Glasauge zurecht. Gregor korrigierte den Sitz seiner Brille.

»Ich habe einen tapferen Sohn«, begann die Herzogin, »aus dem ein unersättlicher König geworden ist, und einen gutaussehenden, aus dem ein Narr und Verräter wurde. Richard ist zwar zornig, aber von meinen noch lebenden Söhnen der vernünftigste.«

»Bei ihr ist es natürlich der Schmerz«, gab Hywel als Begründung. »Alle ihre Sinne sind blockiert, da der Schmerz sie betäubt; sie kann ihre Aufgaben erfüllen, reden, laufen, aber sie ist nur eine leere Hülle. Ich glaube, ich kenne jemanden in Wales, der ihr helfen kann... Doch bis dahin müssen wir verhindern, daß etwas anderes diese Hülle füllt.«

An Gregor richtete Hywel unvermittelt die Frage: »Hast du in letzter Zeit Blut bekommen?«

Gregor legte das Stück Brot weg, an dem er immer noch herumkaute. »Nicht von jemandem, den du kennst«, erwiderte er tonlos.

»Hugh Wetherby wird dafür Sorge tragen, daß in der Küche Blut für Euch aufgehoben wird, Doktor. Niemand wird etwas davon erfahren«, versicherte die Herzogin.

»Sehr freundlich, Durchlaucht. In den Städten ist es schwierig für mich... Es gibt keine großen, wildlebenden Tiere und zu viele Menschen. Das bedeutet..., daß es für mich schwierig ist, den schwereren Weg zu gehen.« Er sah Hywel an.

»Hast du wirklich geglaubt, ich würde zu ihr gehen?« Es klang kein Vorwurf aus dieser Frage, eher Neugier. »Sie hätte mich unweigerlich umgebracht.«

»Hywel, Ihr sagtet etwas von ›ihrem Schmerz‹. Was enthaltet Ihr uns vor?«

»Nichts, was ich ausplaudern dürfte.«

»Aber eine Andeutung könntet Ihr doch machen.«

»Was ich auf bestimmte Weise erfahre, gebe ich nicht weiter. Das ist eine eherne Regel. Zauberer, die sich nicht an die Regeln halten... Gregor, du hast kürzlich den Franzosen in Angers sterben sehen. Und Ihr, Cecily, erinnert Euch sicher an Wakefield, damals im Schnee...«

Die Lippen der Herzogin bebten. »Und was ist mit Doktor Ricci? Welche Regel gilt in ihrem Fall?«

»Ich kann gewisse Dinge tun, die ich nicht darf«, erwiderte Hywel schroff. »Ich sagte nicht, daß ich sie sterben lassen würde.«

»Wo ich bin, da gibt es den Tod nicht«, betonte Gregor. »Was wollen wir tun?«

Als der junge Mann, der einmal Edward IV. werden sollte, seine erste große Schlacht schlug, war am Himmel eine seltsame Erscheinung zu beobachten: Drei Sonnen schienen gleichzeitig. Edwards Ratgeber waren sich immer noch uneinig, ob dies ein Zeichen der Götter oder ein optisches Phänomen nach Art des ›Sonnenhundes‹ gewesen sei. Edward selbst gab keiner Erklärung den Vorzug: Er, an Glaubensfragen bisher wenig interessiert, widmete sich ernsthaft der Verehrung von Phoebus Apollo, ließ eine neue Halle im Londoner Pantheon errichten und gründete im Minerva College in Oxford eine optische Fakultät.

Das Londoner Apollonium war ein dreieckiger Raum mit Sonnenscheiben an jeder Ecke. Alles, sogar die Sitzplätze, war mit Blattgold überzogen; man sagte, es sei der einzige Ort auf der Welt, an dem die Kleidung wertvoller werden würde, wenn man sie dort abnützte.

Eine von den Wissenschaftlern in Oxford nach genauen Berechnungen entworfene Kuppel aus Glasflächen thronte über dem Mittelpunkt der Halle. Durch sie fiel eine weiße Lichtsäule auf den Hauptaltar. Wenn die Sonne ihren Höchststand erreichte, wurden ihre Strahlen von dort zu den Scheiben in den Ecken abgelenkt und wieder zurückgeworfen, so daß ein dreifacher Lichtschein entstand.

Der kleine Herzog von York und seine Braut Anne Mowbray standen in der Lichtsäule; das Schwert auf dem goldenen Marmorboden vor ihnen blitzte wie ein Sonnenstrahl. Thomas Bourchier, der Hohepriester, in weißen Brokat gekleidet und mit einigem gewichtigen Gold behängt, stimmte das Ritual an. Neben ihm stand Edward mit dem Zeichen des Löwen von England und der strahlenden Sonne auf seiner breiten Brust; als Sonnenlord war seine Anwesenheit bei diesem Zeremoniell ebenso wichtig wie die von Bourchier, ganz abgesehen von der weltlichen Macht, die er repräsentierte, und der Tatsache, daß sie beide verschwägert waren.

Zwei Schritte hinter Edward stand die Königin, Elizabeth Woodville; goldene Bänder an ihrem Kleid betonten ihre schlanke Figur. Sie trug ihr blondes Haar hochgesteckt, winzige goldene Spiegel waren darin eingeflochten. Ihre Aufmerksamkeit galt nicht Braut und Bräutigam, sondern den anwesenden Gästen, und ihr Blick verriet, im Gegensatz zu dem des Königs, keinerlei Interesse an dem, was da vorging.

Die Eltern der Braut standen nicht am Altar. Ihr Vater, der Herzog von Norfolk, Graf von Nottingham und Warenne, Marschall von England, war fast auf den Tag genau zwei Jahre tot, ihre Mutter noch nicht ganz so lange. Eine in Norwich lebende Urgroßmutter der Braut war auch nicht erschienen; wegen ihres Rheumas, hieß es. Dennoch herrschte kein Mangel an Adligen. Der Tempel war erfüllt von Lords, die sich wegen des Parlamentszusammentritts in London aufhielten. Das Herzogtum und die Grafschaften des Vaters der kleinen Anne waren in den vergangenen eineinhalb Jahren auf einen anderen übertragen worden, der ebenfalls anwesend war: Anne wurde nämlich mit ihm verheiratet.

Thomas Bourchier legte die Hände des Pärchens ineinander. Zwei Pagen traten leise hinzu, um den beiden beim Sprung über das Schwert zu helfen. Der Hohepriester flüsterte danach Anne Mowbray Plantagenet etwas ins Ohr, worauf sie Richard von Salisbury auf den Mund küßte. Völlig verwirrt glotzte er sie mit großen Augen an, wich zurück.

Die Gäste erhoben sich und brachen in Hochrufe aus. Einige der Damen weinten, wie es bei Hochzeiten so üblich ist.

Die Schritte dreier Männer hallten durch die verwinkelten Gänge des White Tower, verhielten vor einer eisernen Zellentür. Ein Schlüssel wurde ins Schloß gesteckt und gedreht.

»Laß uns jetzt allein, Simon«, sagte Richard von Gloucester zum Kerkermeister. »Wenn du nichts hörst, kann man dich auch nicht danach ausfragen.«

»Stimmt, Durchlaucht.« Er nickte dem Herzog und Hywel Peredur kurz zu und ging den Gang zurück.

Die beiden traten in einen Raum, der für eine Gefängniszelle ziemlich gut ausgestattet war: ein kleines Feuer, daneben eine Schütte mit Steinkohle, ein Bett, ein kleiner Stapel Bücher. Auf einem Holzteller lagen einige Stücke trocken gewordenen Käses und Apfelreste.

George, Herzog von Clarence, stand am vergitterten Fenster, als er sich zu seinen Besuchern umdrehte. Er hatte ein schmuckloses braunes Gewand an, das um die Taille mit einer Kordel zusammengehalten wurde, und Lederpantoffeln. Das braune Haar ging ihm bis auf die Schultern, sein Bart war länger geworden, doch sein Gesicht nicht von Sorgenfalten zerfurcht, seine Augen strahlten. »Guten Tag, Dick. Bist du von so weit gekommen, um mitanzusehen, wie sie mich hängen? Du hast ja sogar einen freundlichen Geist mitgebracht. Guten Tag, Magister.«

Hywel schloß die Zellentür. Richard kam ohne Umschweife zur Sache. »George..., diesmal ist es ernst.«

»Du nimmst immer alles ernst, Richard. Spiele, Turniere und das

Fremdgehen und Kindermachen waren für dich eine ernste Angelegenheit. Und Edward auf den Thron zu setzen war die ernsteste. Was bringt dich hierher, was willst du anstellen, Dick? Mich auf die Schnelle umbringen? Das wäre sicher vernünftig. Wenn das Parlament falsch entscheidet, würdest du alt und grau werden, bevor du sie alle aus dem Weg räumst.«

»George…, warum versuchst du, mich zu ärgern?«

»Das ist bei dir ähnlich wie mit deinem übertriebenen Ernst, Dick: Alles ärgert dich. Es muß sich niemand anstrengen, um dich zu ärgern. Zugegeben, ich habe gegen dich gekämpft, habe Warwick dabei geholfen, dich aus dem Land zu vertreiben. Ich habe es getan, ich habe also auf das falsche Pferd gesetzt und weiß, was dem Verlierer droht. Genau wie Heinrich… Ich möchte eines von dir wissen, Dick: Damals bei Heinrich, warst du es?«

Richard holte aus, um seinen Bruder zu schlagen. George riß seine Arme hoch, um sich zu schützen, doch Richard traf ihn mit der anderen Faust an der Schläfe und schickte ihn zu Boden.

George kroch auf allen vieren; beide Brüder atmeten heftig. Richard streckte die Hand aus, half George aufstehen. George setzte sich, immer noch nach Luft ringend.

»George…, Peredur… will dich etwas fragen… Im Zusammenhang… mit dem Schriftstück… von Heinrich und Margarete.«

»Ach das? Wenn er wissen möchte, warum ein Mann sein Todesurteil unterschreibt, dann kann ich ihm darauf nichts entgegnen. Aus Dummheit, vermute ich, doch damals schien es mir eine großartige Idee.«

»Die Urkunde wurde vernichtet«, teilte Hywel ihm mit. »Margarete versuchte, es nach England zu schicken.«

»Vernichtet?« fragte George ungläubig zurück. »Es ist nicht in Edwards Besitz? Das Parlament bekommt es nicht zu sehen?«

»Sie wollte es durch Magie übermitteln«, fuhr Hywel fort. »Wir haben es verhindert. Aber wir müssen herausfinden, an wen sie es schicken wollte, wer es dem Parlament vorgelegt hätte.«

»Ihr habt… oh nein, Dick. Ich… es tut mir leid.« Richard war im Begriff, ihm zu antworten, doch Hywel legte ihm die Hand auf die Schulter, worauf er es unterließ.

Clarence blickte sich verwundert in der Zelle um. »An wen sie es schikken wollte…? Einen Zauberer?«

»Sehr gut möglich. Wahrscheinlich sogar einen Zauberer und Astrologen.«

Clarence fuhr hoch. »Stacy!« Gleich darauf schüttelte er den Kopf. »Aber Stacy ist tot.«

»John Stacy aus Oxford?« vergewisserte sich Hywel. Clarence nickte. »Er ist tot?« Wieder ein Nicken.

»Ihr seid wirklich lange weg gewesen«, flocht Richard ein. »Im Mai wurden Doktor Stacy, der Thoth-Priester seines Colleges, und Georges Vertrauter Tom Burdett verhaftet, weil sie die Ermordung Edwards durch Magie geplant hätten. Edward setzte Hochkommissare ein, darunter ein Dutzend Barone und fünf Grafen, die diesen Fall untersuchten.«

»Tom war unschuldig«, beteuerte George. »Er hat es mir gegenüber unter Eid ausgesagt.«

»Hat Edward die Kommissare angewiesen, einen Schuldspruch zu fällen?« wollte Hywel wissen.

»Ja, ich vermute es«, bestätigte Richard. »Das alles geschah einen Monat nachdem George die Zofe seiner Frau, Twynho, aus dem Bett holen und aufhängen ließ und dabei einen neuen Geschwindigkeitsrekord für Gerichtsverfahren aufstellte.«

Clarence packte Hywel und Gloucester am Ärmel. »Ihr wart ja nicht dabei, als Isabel starb«, schrie er dem Weinen nahe. »Sie lag einfach da, konnte sich nicht bewegen, nicht einmal die Hand heben..., und als ich sie küßte, konnte ich das Gift schmecken. Es schmeckte nach einer Frucht, aber sie hatte keine Früchte gegessen. Sie starb so langsam... und unter unsäglichen Schmerzen... Vielleicht bin ich verrückt geworden; ich würde es nicht leugnen, wenn ihr es behaupten würdet.« Er schloß die Augen, die Tränen liefen ihm übers Gesicht. »Nun habe ich Angst, Dick. Ich habe ein Königreich verloren, nicht nur das, sondern auch Isabel, alles. Bei Venus, ich habe solche Angst.« Er sah seinen Bruder flehend an, griff Richards Ärmel noch fester, lächelte gequält. »Edward wird das ihm genehme Urteil erhalten auch ohne dieses blöde Stück Papier, das weißt du genau, Dick. Trotzdem... ich danke dir.«

Gloucester stand regungslos da, verzog keine Miene, sagte kein Wort. Dann wandte er sich zu Hywel um. »Ich hole Simon.« Er befreite sich aus Georges Griff und ging aus der Zelle.

Als Hywel und Richard den Tower verließen, umfing sie ein klarer, kalter Januartag. Ein leichter Wind trug Musik und Jubelgeschrei von der Stadt herüber; man feierte die Hochzeit des jungen York.

»Glaubt Ihr, Doktor Stacy ist unser Mann, Peredur?«

»Ich weiß es nicht. König Ludwig hat sicher von der Verhandlung gewußt, was aber nicht heißt, daß Margarete etwas davon erfuhr.«

»Hätte ein Toter das Dokument empfangen können?«

»Es hätte an jeden Ort übermittelt werden können, an dem die erforderlichen Vorbereitungen getroffen worden waren, ganz gleich, ob jemand sich dort aufhielt oder nicht.« Er schüttelte den Kopf. »Ich suche eigentlich den Mann, für den Margarete mich hielt. In dieser Nacht leuchtete der Vollmond über ganz Britannien; anstatt hier hätte ich die Suche ebensogut ganz woanders beginnen können.«

Richard vermied, ihn anzusehen. »Vielleicht ist er tatsächlich verrückt geworden, als er seine Isabel verlor. Sie war die Schwester meiner Annie, müßt Ihr wissen..., vielleicht wurde er verrückt. Aber zu spät, als daß dies seine Rettung sein könnte. Was meint Ihr, Peredur? Was hätten Edward, George und ich erreichen können, wenn wir uns einig gewesen wären?«

»Ich wollte nicht, daß Ihr lügt, vorhin.«

»Ich habe es aus freien Stücken getan. Ich wollte schon immer wissen, wie das wohl wäre..., wenn mein Bruder mich lieben würde.«

Vom Fenster ihres Zimmers in Baynard's Castle konnte Cynthia Ricci das Londoner Pantheon sehen. Im Gegensatz zu anderen Pantheon-Gebäuden, die sie kannte, war dieses kein einzelnes, allen Göttern geweihtes Gebäude, sondern eine Ansammlung von über hundert verschiedenen Tempeln. Herzogin Cecily hatte ihr erzählt, daß Adlige oder reiche Kaufleute im Abstand von einigen Jahren immer wieder einen neuen Tempel für die von ihnen verehrten Gottheiten errichten ließen, wenn ihnen der für die jeweils moderne Glaubensrichtung bestehende zu altmodisch vorkam. Die Folge davon war ein Durcheinander von Baumaterialien und -stilen, ein heiliges Labyrinth, das Kuppeln, Bogen, Giebel und Türme in den Himmel reckte. Nach Dimis Aussage befand sich die Höhle der Anhänger des Mithras-Kults an anderer Stelle in der Stadt, wo genau, war jedoch ein wohlgehütetes Geheimnis.

Cynthia beobachtete, wie die Hochzeitsgäste aus dem Apollonium mit seiner glitzernden Kuppel strömten. Hörner, Trommeln und Flöten waren zu hören. Sie legte ihre Haarbürste beiseite, trank einen Schluck vom kalten Tee mit Honig. Neben der Tasse lag eine Scheibe Brot, die sie nicht angerührt hatte; die Butter darauf wurde bereits ranzig.

Die Tür wurde geöffnet. Sie drehte sich mit der Tasse in der Hand um.

Gregor kam in ihr Zimmer. Er war wie immer leicht gekleidet, hatte ein gürtelloses Gewand und ein weißes Leinenhemd an, ließ den Hemdkragen offen.

»Wenn du die Vorhänge zuziehen würdest, könnte ich die Brille absetzen.«

Cynthia entsprach seinem Wunsch. Er setzte die Brille ab, massierte die Druckstellen auf der Nase und hinter den Ohren. »Danke. Die Augengläser sind eine Last.« Er ließ sich auf einen Stuhl fallen, seufzte. »Alles ist eine Last, nicht wahr? Das Leben ist eine einzige Last.«

»Was ist mit dir los?« erkundigte sich Cynthia ohne besondere Anteilnahme.

Gregor schielte auf den Nachttisch, das Butterbrot. »Ich merke, du weißt, wie das ist, wenn man keinen Appetit hat. Ich kenne dieses Gefühl sehr gut. Blut von Hühnern, von Schweinen. Wenn man nur Küchenabfälle bekommt, ist das dem Appetit bestimmt nicht dienlich.«

Cynthia starrte in die Teetasse, ehe sie sie wegstellte. »Du sagtest mir, du –«

»Ich sage viel; das meiste ist wahr. Der Satz, den ich jetzt sage, ist wahr: Es lohnt sich weiterzuleben. Das Leben ist schön. Du kannst heilen, Fräulein Doktor, und zwar sehr gut. Glaubst du nicht, daß das Leben schöner ist als der Tod?«

Sie erhob sich. »Gregor, ist dir nicht wohl?«

»Ich fühle mich pudelwohl. Es gibt nichts, keine Krankheit, kein Gift, was mir etwas anhaben kann. Ich werde lange leben... Niemand weiß, wie lange. Aber sag mir, Fräulein Doktor, was nützt ein langes Leben, wenn die Freude am Leben nicht mehr vorhanden ist? Würdest du ewig leben wollen, wenn du dich von Schweineblut ernähren müßtest?«

Sie wendete abrupt den Kopf, sah zu ihrer Instrumententasche in der anderen Ecke des Zimmers hinüber. Gregor folgte ihrem Blick, schmunzelte, stand auf und trat auf sie zu. Unsicher wich sie zurück. Gregor stand vor dem Nachttisch, nahm das Messer, das neben dem Brot lag, hielt es locker in der Hand, drückte zu. Die Stahlklinge verformte sich zwischen seinem Daumen und den Fingern. »Au!« Blaßrosa Blut sickerte aus einer kleinen Wunde am Zeigefinger. Er steckte den Finger in die Teetasse, rührte mit ihm um, zog ihn wieder heraus und leckte ihn ab.

»Ich... werde –«

»Wirklich? Du sagtest, du wüßtest wie, aber kannst du es wirklich?«

»– schreien. Ich weiß..., wie das geht.« Sie stand wie versteinert da, nur ihre Fingerspitzen zitterten leicht.

»Aber wird dich jemand hören? Sie sind alle bei der Hochzeit oder im Gefängnis. Wir sind allein.« Seine Stimme wurde ganz sanft. »Ist das nicht eben das Problem? Wir sind beide allein.«

Cynthias Haltung entspannte sich leicht. »In meiner Tasche... sind Federkiele. Ich kann dir helfen, Gregor. Ich bin Ärztin. Du bist krank, das ist alles.«

»Das ist beileibe nicht alles. Angenommen, du gibst mir tatsächlich einen Federkiel und nicht das Skalpell« – sie wich seinem Blick aus –, »glaubst du, das wäre alles, was ich brauche? Der Hunger läßt sich nur eine Zeitlang besänftigen; ich kenne das. Ich habe mich nicht immer von Hühnern oder Schweinen ernährt.«

Er strich mit der Hand über die geschlossenen Vorhänge. »Für einen wie mich ist die Stadt ein schlimmer Ort. Zu viele Wände, zu viele Lichter, zu viele Menschen auf engstem Raum. Als würde ich an dem Überangebot an Nahrung ersticken.« Er schüttelte den Kopf. »Hast du von dem Land im Norden schon gehört, von Schottland? Es heißt, daß das Land dünn besiedelt ist. Ein Reisender verschwindet in den Bergen, und es gibt tausend Erklärungen dafür, was mit ihm geschehen sein könnte. Es ist kalt dort oben, hat man mir gesagt, aber die Kälte macht mir nichts aus. Außerdem kann man den Leuten mit Kraft imponieren.« Er nahm das verbogene Messer in die Hand, drückte zu. Es zerbrach mit einem kurzen Knacken. Cynthia erbebte, hatte sich jedoch gleich darauf wieder in der Gewalt.

»Ich habe viele Menschen mit chronischen Krankheiten gesehen«, sagte sie gefaßt. »Sie alle haben ihre schlechten Tage, in denen Zweifel sie plagen. Warum –«

»Ein faszinierendes Wort, dieses ›chronisch‹. Es ist abgeleitet von *chronos*, was ›Zeit‹ bedeutet: eine Krankheit auf Lebenszeit also. Das einzige Problem, wirklich das einzige, ist dabei nur, daß man so lange einsam ist.« Er berührte mit seiner Hand zärtlich ihre blasse Wange.

»Es ist wohl besser, wenn du jetzt in dein Zimmer zurückgehst, Gregor«, rief sie mit kaum verhohlener Verärgerung. »Ruh dich eine Zeitlang aus. Das ist eine ärztliche Anordnung.«

Er zog seine Hand zurück. »Vielleicht nicht das einzige Problem... Wenn man stark ist, besitzt alles, was man mit Gewalt nimmt, keinen Wert. Das Blut dummer Tiere. Das, was du gerade denkst, ist falsch; ich würde das nie tun. Ich bin geduldig. Ich kann es mir leisten.«

Er setzte seine Brille auf und ging.

Sie blieb stehen, sah ihm nach, begann plötzlich zu zittern; sie ließ sich zu Boden sinken. Cynthia schrie nicht, weinte nicht, tat nichts, als tief und gleichmäßig durchzuatmen. Schließlich stieß sie das zerbrochene Messer unters Bett und fluchte auf lateinisch.

Herzogin Cecily trank Tee und las in Malorys Roman, als Gregor herunterkam. Sie blickte von ihrer Lektüre auf, sagte jedoch nichts.

»Ich kann nicht versprechen, ob sie mit nach Wales geht, aber nach Schottland geht sie meiner Meinung nach nicht«, teilte Gregor ihr mit.

Die Herzogin nickte. »Ist bei Euch alles in Ordnung, Doktor von Bayern?«

»Alles in Ordnung. Allerdings, als ich mit ihr sprach...« Er lachte kurz auf. »Mir geht es wirklich gut. Ich sagte Ihnen, ich hätte diese... Vorstellung... schon häufiger gegeben. Es ist natürlich nicht alles Schauspielerei; ich bin wie ein hungriges Tier, ich weiß wohl. Aber diesmal war ein besserer Grund dafür vorhanden als der Hunger... Ja, ich glaube, mir geht es gut.«

Die Herzogin lächelte und blätterte eine Seite weiter.

»Noch eine Frage, Durchlaucht. Warum... habt Ihr angenommen, daß sie mich abweisen würde. Andere... haben es nicht getan.«

»Ihr übt einen gewissen Reiz aus, seid beileibe nicht unattraktiv. Und Hywel ist ein außergewöhnlicher Mensch in mancherlei Hinsicht, nicht nur im landläufigen Sinn. Aber es gibt Dinge, die ihm nicht immer auffallen. Ihr habt gestern abend gesagt, Cynthia würde Euch töten, falls Ihr sie attackieren würdet; dies entspricht durchaus der Wahrheit. Sie ist kein leeres Gefäß, das jemand füllen muß. Sie ist mit einem Ritter zu vergleichen, der eine Aufgabe, eine Herausforderung braucht. Um ihrer Seele willen.« Sie hielt inne, betrachtete die Illustration auf der Buchseite, die zwei Turnierkämpfer zu Pferd zeigte. »Deshalb muß sie bei Hywel bleiben; es gibt größere Herausforderungen als den Krieg.«

König Edward IV. sah im Parlament finsterer aus als im Tempel am Tag zuvor. Er trug ein Gewand aus blutrotem Samt mit dem Löwen und der strahlenden Sonne auf der Brust, saß nicht in einer Lichtsäule und lächelte auch nicht, als er den Urteilsspruch verlas.

»*Dessen ungeachtet hat der Herzog diese Beweise der Zuneigung nicht erwidert, sondern sich einer von Tag zu Tag immer größer werdenden Boshaftigkeit befleißigt...*«

»Dem kann ich nur zustimmen«, flüsterte Richard Hywel zu.

»*... beabsichtigte und förderte die Vernichtung und Enterbung des Königs durch die fälschlichste und schändlichste Behauptung, die ein Mensch nur ersinnen kann, indem er wider besseres Wissen öffentlich erklärte, der König sei von unehelicher Geburt...*«

»Willst du mir damit Trost zusprechen, Edward?« murmelte Herzogin

Cecily. »Dein Vater und ich haben über diese Geschichten ganz offen gesprochen... im Bett.« Sie wandte sich zu Cynthia um, tätschelte ihr die Hand. Cynthia lächelte schwach, war in Gedanken ganz weit weg.

»Außerdem hat sich der Herzog eine Urkunde mit dem Großsiegel von König Heinrich VI. beschafft...«

Hywel schloß die Augen, Dimitrios starrte ihn an. Richard schmunzelte.

»Aus diesen Gründen gelangte der König nach Beratung mit den geistlichen und weltlichen Lords...«

»Töte nie einen Bruder ohne den Segen der Götter!« kommentierte Richard.

»...und dem Unterhaus...«

»Und vor allem nicht ohne dessen!«

»...und mit deren Zustimmung zu dem Urteil, daß George, Herzog von Clarence, des Hochverrats schuldig und überführt ist und er dadurch für sich und seine Nachkommen auf ewig die Ehre, die Würde und den Besitz eines Herzogs...«

»Und noch etwas. Sag doch bloß was, George, verdammt! Nenn ihn eine fette Sau, sag irgendwas! Was kann er dir denn jetzt noch antun?« brummte Richard.

George stand aufrecht und schweigend vor dem Tribunal.

»...und all sein Hab und Gut verwirkt.«

Ein Hammerschlag verlieh dem Spruch Rechtskraft.

»Wie befördern die Engländer einen Herzog zu Tode?« erkundigte sich Dimitrios.

»Meinem Vater wurde der Kopf abgeschlagen«, erwiderte Richard. »Aber ich glaube nicht, daß Edward etwas so Spektakuläres wünscht.« Er sah hinüber zu seinem immer noch regungslos dastehenden Bruder. »Vielleicht sollten wir George selbst fragen.«

Cynthia gab ihre Tasche dem irischen Stallburschen, der sie an den übrigen Gepäckstücken auf ihrem Pferd festzurrte; damit war alles verstaut.

»Wales soll wunderschön sein, habe ich gehört. Ich hoffe, daß es dir dort gefällt«, sagte Dimitrios, streckte ihr die Hand entgegen; sie nahm sie. »Auf Wiedersehen, Dimi. Minerva möge dich beschützen!« Sie umarmte ihn.

»Seid vorsichtig, meine Liebe. Und habt ein Auge auf Peredur; er ist älter, als er zugibt.« Herzogin Cecily umarmte Cynthia, fügte dann leise hinzu: »So vorsichtig, wie ich es bin«, und drückte ihr etwas in die Hand.

Es war die silberne Eule. Cynthia sah sie verwundert an, wollte dankend ablehnen, doch die Herzogin schloß ihr die Finger um den Anhänger. »Betrachtet es als Darlehen, bis Ihr mich wieder besucht.«

»Ich wünschte mir, Ihr beide würdet mit mir kommen«, gestand Richard gegenüber Hywel. »Wir brauchen einen Arzt, und ein bißchen Magie könnte auch nicht schaden.«

»Ich hoffe, Ihr braucht den Arzt nicht zu oft, und Magie schadet immer«, entgegnete Hywel.

Richard wandte sich an Dimitrios. »Hört Ihr das? Er redet immer noch so wie früher. Gute Reise, Peredur! Schöne Tage und Träume, Doktor Ricci!«

Dimi half Cynthia auf ihr Pferd, während Hywel sich schwerfällig in den Sattel fallen ließ.

Eine Hand streckte sich Cynthia entgegen. Es war die von Gregor. Er hatte sich einen Mantel über das diesmal gegürtete Gewand gezogen; die Sonne spiegelte sich in seiner Brille. Er hielt seine Hand so, daß Cynthia sie greifen konnte, machte jedoch keinen Versuch, sie zu berühren. Einige Augenblicke geschah nichts.

Dann legte Cynthia ihre Hand in die von Gregor. Er küßte sie, ließ sie aber gleich wieder los.

»Wir werden uns doch sehen, Gregor, nicht wahr? ... Wenn du aus Schottland zurückkommst.«

»Und du aus Wales.«

Die Stallburschen gaben den Reitern die Zügel, und Hywel und Cynthia ritten die Thames Street hoch, bogen dann in die Old Dean's Lane ein.

»Ich glaube, du hast das tun müssen. Bevor sie wegging«, meinte Dimi.

Gregor blieb ihm eine Antwort schuldig, sah den entschwundenen Reitern nach.

»In den letzten Tagen habe ich stets befürchtet, wir würden dich mit ihrem Messer im Herzen finden.«

»Davor hatte ich überhaupt keine Angst«, meinte Gregor völlig ungerührt.

Der kleine Raum unter dem Bloody Tower hatte keine Fenster, und die Kerzen erleuchteten ihn nur notdürftig. Es roch nach Schweiß und Wein.

Es herrschte drangvolle Enge. Richard Plantagenet, der Herzog von Gloucester, hatte Dimitrios Ducas, Gregor von Bayern und Sir James Tyrell mitgebracht, einen seiner Vertrauten, der kurz vorher erst angekommen war, um seinen Herrn auf der Rückreise in den Norden zu begleiten.

Zwei weitere Männer mit Lederschürzen und groben Leinenhemden, die mit Rotwein getränkt waren, befanden sich in der Kammer. Sie hatten einen dritten hereingetragen, der nun auf dem Rücken auf einem grob zusammengezimmerten Tisch lag: George Plantagenet, des Verrats überführt und verurteilt. Er war tot.

Georges Leiche stank nach dem starken Rotwein, der ›Malvasier‹ genannt wird. Sie lag in einer Pfütze, denn der Wein lief ihm aus Nase und Ohren, benetzte seinen Bart und seine Haare, hatte sich in sein braunes Gewand gesogen. Ein Lederpantoffel fehlte.

Richard berührte Georges Wange, drehte seinen Kopf zur Seite. Die rot unterlaufenen Augen des Toten starrten ihn an.

»Er hat nicht lange gelitten, *Sir*«, sagte einer der beiden Männer. »Er hat gesagt, er hat, was nicht viele haben, nämlich so viel Wein, daß er genug kriegt.«

»Wir wollten nicht darüber lachen, aber die Durchlaucht hat gesagt, wir sollen's«, ergänzte der andere. »Die ehemalige Durchlaucht, muß ich ja sagen.«

»So war es also«, meinte Richard, zog einen Beutel aus seinem Gürtel, der nach Metall klang, als er ihn neben dem Kopf von George ablegte.

»Er hat gesagt, wir sollen Euch noch was sagen, Durchlaucht. Etwas, was Euch gefallen wird.«

Richard wandte den Blick nicht vom Gesicht seines Bruders. »Und das wäre?«

»Er hat gesagt, er gibt Durchlaucht nicht die Schuld.« Richard drehte sich zu Tyrell um. »Das ist also das Ende.« Dann verließ er den Raum; die anderen folgten ihm.

Draußen neben der Tür waren Steinbrocken aufgeschichtet; daneben stand eine Wanne mit Mörtel. Die beiden Männer zogen ihre weingetränkten Hemden aus, warfen sie in die Kammer, machten sich daran, den Mörtel zu rühren.

»Es wird Durchlaucht auch freuen, daß –«

»Still! Ihr habt zwei Arbeiten zu erledigen und werdet nur dafür bezahlt. Ich habe euch nicht als Boten eingestellt.«

Richard, Tyrell, Dimi und Gregor liefen den Gang entlang. Hinter sich konnten sie hören, daß die Männer noch einmal in die Kammer krochen, um die Kerzen zu stehlen. Wieder draußen im Freien, unter einem pechschwarzen Himmel, kicherte Richard leise.

»Ist Euch nicht gut«, fragte Tyrell fürsorglich, streckte die Hand aus, um den Herzog zu stützen.

Richard schob die helfende Hand beiseite. »Alles in Ordnung, James. Ach, James, er hat es so gewollt. Ich mußte nur gerade daran denken, daß George heute abend seinen letzten Scherz auf Edwards Kosten gemacht hat. Aber wie bei den meisten zweideutigen Scherzen wird es auch diesmal so sein, daß der, auf den er abzielt, ihn nicht versteht. ›So viel Wein, daß er genug kriegt‹, in der Tat. Anders als Edward, der beim Essen den Finger in den Mund steckt, damit er die doppelte Menge in sich hineinschütten kann.«

Sein Gelächter, dem sich niemand anschloß, erstarb bald. Als sie durchs Torhaus gingen, schlug Richard plötzlich mit der Faust gegen die Steinwand und schrie: »Wer von euch liest Geschichten?«

»Geschichten, Durchlaucht?« fragte Dimi erstaunt.

»Ihr wißt schon: Romane. Meine Mutter kennt jeden, der geschrieben wurde, so kommt es mir vor. Und in jedem Roman ist von Brüdern die Rede, von denen der eine den anderen umbringt. Nun denn, mein Bruder George ist tot. Aber in den Geschichten gibt es immer auch irgendeinen *Grund* dafür.«

Richard schüttelte den Kopf, als wolle er die Weindämpfe aus ihm vertreiben. Immer noch ärgerlich, aber weniger laut, fuhr er fort: »Hier in diesem verdammten London gibt's nichts mehr zu tun! Ich reise ab.« An Dimi und Gregor richtete er die Frage: »Wollt ihr beide mitkommen und mit mir Schotten jagen? Es ist zwar dabei kein Ruhm zu erwerben, es ist nicht gut für die Seele, aber es ist der einzige Krieg, den wir derzeit haben. Und die Bezahlung ist gut.« Er lächelte hintergründig. »Ich muß es ja schließlich wissen, denn ich bin der Zahlmeister.«

Dimi sah kurz zu Tyrell hinüber, der stumm danebenstand, plötzlich aber mit offenem Mund, als hätte er etwas Ungeheuerliches begriffen, auf Gregor blickte. Gregor hatte seine Brille abgesetzt; seine Augen leuchteten in der Dunkelheit strahlend weiß.

Die vier Männer liefen durch die Straßen und sangen in vier Sprachen Lieder von Blut und Feuer.

Hinunter

Sie hatten gerade ein Wildschwein aufgestöbert in den schneebedeckten Hügeln von Yorkshire.

Einen alten Keiler, hatte einer gesagt, mit grauen Borsten, den sie dabei überrascht hatten, wie er in dem beinhart gefrorenen Boden wühlte. Inzwischen waren drei Hunde tot, ein Pferd schwer gestürzt und sein Reiter verletzt, ein Treiber lebensgefährlich verwundet. Die Bracken jaulten, hetzten durchs Unterholz, ließen Schnee aufstieben; die Bogenschützen legten Pfeile auf, und die Lanzen ragten in den bleifarbenen Himmel. Ein Horn tutete ohne ersichtlichen Grund.

Dimitrios nahm an, daß der Schwachkopf mit dem Horn nicht zu Richards Reitern gehörte; die ärgerliche Miene von Sir James Tyrell bestätigte es. Ganz gleich wo, im Gefolge eines Mannes gab es stets einige solcher Trottel; Dimi wußte es aus Erfahrung, wollte darüber im Moment aber nicht weiter nachdenken. Dafür war die Jagd viel zu aufregend.

Das Bellen der Hunde wurde lauter. Die Reiter machten sich bereit, flüsterten einander zu. Plötzlich tauchte zur Rechten Richard mit wehendem Mantel auf, die Saufeder mit dem Schaft aus hellem Eschenholz wie eine Standarte haltend. Er ritt eine weiße Stute, die auf den Namen Surrey hörte. Er sah zu Dimi und Tyrell hinüber, gestikulierte mit der Hand an den Zügeln und ritt weiter. Die beiden folgten ihm.

Das Pferd von Tyrell hieß Palomides, ein dunkelbrauner, bedrohlich aussehender Wallach, der in Abwesenheit seines Reiters noch schlechtere Manieren an den Tag legte, der Schrecken aller Stallburschen. Richard hatte Dimi eine Schimmelstute »gegeben« – obwohl »gegeben« das falsche Wort dafür war, wie Dimi nur zu gut wußte. Der Herzog hatte ihm Olwen gewährt, genau wie die Unterkunft und Verpflegung in seinem Haus. Ein Söldner hatte ein Anrecht darauf und stellte als Gegenleistung seine Dienste zur Verfügung. Mehr hatte dies nicht zu bedeuten, mehr wurde aber auch nicht erwartet.

Die drei Männer hatten sich von der Hauptgruppe abgesetzt; sie ritten an einem verwunderten Treiber vorbei, der ihnen mit seiner Mütze zuwinkte. Der Schnee dämpfte die Hufschläge.

Vor ihnen lag ein kleiner Hügel, vielleicht fünfzehn Schritte lang und drei hoch, hinter dem Schnee hochstob, Hundegebell und Grunzen zu hören war. Auf ein Zeichen von Richard setzte sich Tyrell nach rechts ab, während der Herzog und Dimi an der linken Seite der Bodenerhebung hinaufritten.

Die Hunde hatten die Sau vor ihrem Bau gestellt. Er war umgeben von Büschen, Zweigen und Felsbrocken; die Büsche waren kahl, der Schnee ließ die Steine dunkel hervortreten, aber trotz allem bot sich hier genügend Deckung. Die Treiber hatten also recht gehabt, ging es Dimi durch den Sinn: Ein alter Keiler war es, erfahren und deshalb auch gefährlich. Dimi konnte die bellenden Hunde zwar sehen, nicht aber das Wild.

Kurz darauf sah er den Keiler, als dessen grauer Kopf hochschoß und er mit seinem scharfen Gewaff einem Hund den Bauch aufschlitzte, daß das Blut nur so spritzte. Das Jaulen des Hundes schien eher ein Ausdruck der Überraschung als ein Schmerzenslaut.

Es war ein großes Schwein, fast weiß, das sich kaum vom Gestrüpp, den Felsbrocken und dem dreckigen Schnee abhob. Dimi blickte zu Richard hinüber, auf das Wappen mit dem weißen Keilerkopf auf der Brust des Herzogs. Richards Miene war wie versteinert, von der Kälte gerötet.

Die Hunde ließen nicht ab von ihrer Beute, verbissen sich in die dicke Schwarte; es floß zwar noch mehr dunkelrotes Blut, doch vermochte man nicht zu sagen, von welchem Tier es stammte. Ein zweiter Hund wurde schwer verletzt, blieb mit aufgerissenem Hals liegen, gab ein gurgelndes Winseln von sich.

Ohne den anderen ein Zeichen zu geben oder etwas zuzurufen, senkte Richard seine Waffe und ließ Surrey in Trab fallen.

Tyrell sah ihm besorgt nach, blieb aber ruhig. Er nickte Dimi zu, und sie folgten Richard. Der Herzog rief die Hunde, die zurückwichen, als das Pferd herantrabte. Der Keiler warf einen der verendeten Hunde hoch, als wolle er damit seiner Verachtung Ausdruck verleihen. Richard stieß nach der Kehle des Schweins.

Der graue Kopf fuhr herum, der Speer wurde abgelenkt, traf die Flanke, rutschte ab. Der Keiler grunzte und versuchte, Surrey an den Vorderhufen zu verletzen.

Richard riß sein Pferd herum, schlug mit dem Speerschaft auf den Keiler ein, nahm so seinem Angriff die Wucht. Beide Kontrahenten verharrten kurz. Dann stieß der Herzog erneut zu, und diesmal drang die Klinge ein. Richard stemmte sich kraftvoll gegen den Schaft, als der Keiler sich wand, um sich zu befreien.

Tyrell rammte ihm die Saufeder bis zur Parierstange in die Flanke. Der Keiler bäumte sich auf, reckte das Gebrech gen Himmel, so daß eine helle Blässe unter dem Kopf sichtbar wurde.

Dimi fand mit seiner Saufeder die richtige Stelle. Dampfendes Blut schoß aus der tödlichen Wunde. Der Keiler klagte. Die drei hatten durchaus zu kämpfen, um ihn mit ihren Speeren am Boden zu halten, bis er schließlich die Lichter schloß und sich nicht mehr regte.

Die Hauptgruppe war inzwischen herangekommen. Ein Junker stand auf dem kleinen Hügel über dem Bau und stimmte Jubelgeschrei an. »Ruhe!« rief Dimi, ohne vorher lange zu überlegen. Alle verstummten.

Der Keiler bäumte sich noch einmal auf, doch die Speere drückten ihn wieder zu Boden. Der Junker starrte ungläubig. Die Bogenschützen und Lanzenträger hielten sich bereit. »Es wird dir nichts nützen, wenn du dich verstellst, Schwarzkittel«, rief Richard, aber es klang nicht hämisch.

Schließlich war der Keiler zur Strecke gebracht, und der Junker konnte in Hurra-Rufe ausbrechen.

Richard stützte sich auf seine Saufeder, als sei er plötzlich ziemlich erschöpft. »Der Kopf gehört Euch, Hauptmann, wenn Ihr ihn wollt«, rief er Dimitrios zu. Der Herzog lächelte kaum merklich, Tyrell etwas deutlicher.

»Danke, Durchlaucht.« Dimi stieg von seinem Pferd, zog sein Schwert. Es dauerte und erforderte einige Anstrengungen, bis der Kopf abgetrennt war. Dimi wischte die Klinge ab, betrachtete die Kerben, die die Knochen im Stahl hinterlassen hatten, steckte das Schwert wieder in die Scheide. Schließlich hob er die häßliche Trophäe auf – sie wog bestimmt dreißig Pfund – und legte sie vorne auf seinen Sattel. Olwen wieherte ängstlich.

»Seht ihn euch an: Hier habt ihr einen echten Soldaten vor euch – wer sonst würde freiwillig mit diesem Ding im Schoß nach Hause reiten?« rief Richard den Umstehenden zu. Als die Jagdgesellschaft lachte und applaudierte, bemerkte Dimi, daß der Herzog ihm kurz zunickte und leise »*Chaire, Miles*« wünschte.

Es war nicht unpassend oder selten, daß Logenbrüder einander so grüßten. Sie bekleideten beide den Rang eines *Miles,* und zwar, obwohl die Voraussetzungen unterschiedlich waren, aus dem gleichen Grund – sie waren anderweitig zu stark beschäftigt.

Was Dimi überraschte, war, daß der Herzog es gerade in diesem Augenblick gesagt hatte. Während des Rittes zurück nach Middleham blickte Dimi von seinem weißen Keilerkopf zu Richard und erinnerte sich daran, was Herzogin Cecily über ihren Sohn gesagt hatte: sie hätte zu gern gewußt, was er zu tun beabsichtige.

Nach dem Tod des Herzogs von Clarence hatten sie London verlassen und waren nach Nottingham gegangen, einer Stadt im Norden, über der auf einem steil aufragenden Felsen eine Burg thronte. Die Burg ihrerseits wurde beherrscht von einem hohen Turm; Richard hatte einmal zugegeben, er habe eine »beinahe ungesunde« Vorliebe für das Turmzimmer mit dem Blick auf die Festung, die Stadt und den Sherwood Forest, der sich über zweihundert Quadratmeilen erstreckte.

Zwei Wochen lang hörte sich Richard die Berichte von Landvögten und Steuereintreibern an, führte den Vorsitz bei Gerichtsverhandlungen und ließ Wilderer hängen, die sich am Wildbret seines Bruders vergriffen hatten. Es gab in dieser Zeit den seltsamen, undurchsichtigen Fall eines Wilderers, der bei seiner Ergreifung grüne Kleidung, die Federn eines Rotkehlchens an seiner Mütze und das leere Ei eines Rotkehlchens an einem Band um den Hals getragen hatte. Daß er ein Wilderer sei, wurde von den Förstern behauptet; der Mann selbst äußerte sich nicht zu diesem Vorwurf.

Richard erklärte Dimitrios, daß kurz nach Edwards Thronbesteigung ein Mann, der sich Robin Mend-All nannte, im Norden einen Aufstand gegen ihn angezettelt hatte. »Ihr habt doch sicher von Robin Hood gehört...«

»Nein, Durchlaucht«, sagte Dimitrios.

»Wirklich nicht? Nun, das ist ein Freisasse, der immer dann auftaucht und auf böse Plantagenet-Könige schießt, wenn ihre guten Verwandten außer Landes sind. Und wenn er nicht auf uns schießen kann, läßt er seinen Groll an unserem Wild aus.«

»Ist dieser Mann folglich ein Rebell?«

Richard schaute nachdenklich drein. »Mend-All war ein ehrenwerter Mann namens Conyers, den mein schrecklich ehrgeiziger Schwiegervater Warwick dafür bezahlte, die Leute aufzuwiegeln. Beide sind nun schon einige Jahre tot.« Er spielte am Heft seines Dolches. »Genau wie Heinrich der Schwachsinnige und Löwenherz. Ich weiß nicht, was dieser Mann ist.«

Der Wilderer wurde deshalb der peinlichen Befragung ausgesetzt, gebrandmarkt, gegeißelt und schließlich in Stücke gerissen, doch war aus ihm nichts herauszubringen.

»Ich verstehe das nicht«, sinnierte Richard, spielte dabei mit dem kleinen blauen Ei. »Wir hätten ihn ja nur wegen Wilderei gehängt. Warum will aber ein ganz gewöhnlicher Dieb für etwas ganz anderes gehalten werden?« Er war im Begriff, das leere Ei zu zerdrücken, hielt dann plötzlich inne und legte es vorsichtig auf den Tisch. An jenem Nachmittag brachen sie nach Norden auf.

Middleham Castle war eine imposante Ansammlung von alten, wehrhaften, aber auch einigen neuen Gebäuden, die einen bescheidenen Luxus boten. Die beiden Hauptgebäude, fünfzig Schritt breit und fast hundert lang, ragten lotrecht (was Gregor als Fachmann allerdings bezweifelte) vier Stockwerke hoch, wurden gekrönt von Bleidächern, die an diesem wolkenverhangenen Nachmittag wie schwarze Löcher wirkten.

Die Burg lag inmitten der Ländereien der Neville-Familie, gehörte zu dem Anteil, der Richard durch seine Heirat zugefallen war; er hatte sie für sich, seine Frau und seinen Sohn zum Wohnsitz erwählt.

Die Jagdgesellschaft – keuchende Reiter auf schnaubenden Pferden und Bracken, die mit jener unerschöpflich scheinenden, sinnlos vergeudeten Energie bellten, die nur Hunden oder kleinen Kindern eigen ist –, diese alle trabten durch das Tor, als im Außenhof es plötzlich einen lauten, dumpfen Knall tat und Rauch aufstieg.

Als Dimitrios hochschreckte, sah er Gregor von Bayern neben einem bronzenen Rohr auf einem Steinquader stehen. Der rauchende Zylinder schien recht klein für den Knall, der zu hören gewesen war. Gregor schrieb mit Kreide auf einer Schiefertafel, was ebenfalls erstaunlich laute und unangenehme Geräusche produzierte. Er trug einen dicken Mantel, einen breitkrempigen Hut und Handschuhe aus Hirschleder; in der letzten Zeit bevorzugte er warme Kleidung. Dimi fragte sich, wie viele der Burgbewohner inzwischen wußten, daß Ahrimans Schlange unter ihnen weilte. Es wunderte ihn schon lange nicht mehr, was man, umgeben von Menschen, alles verbergen konnte.

Der Kopf des Keilers wurde auf einem Tablett zur Schau gestellt, dann dreimal durch den großen Saal getragen; ein Sänger mit guter Stimme sang zu mittelmäßigem Lautenspiel die Verse über die Saujagd aus *Sir Gawain und der Grüne Ritter*. Irgendwer schlug vor, das Gedicht nachzuempfinden und demjenigen, der in der Burg geblieben war, den Kopf zu schenken im Austausch gegen das, was er an diesem Tag dort erworben hätte.

Gregor starrte auf das Tablett, das vor ihm abgestellt wurde. Welch ein Leckerbissen für von Bayern, dachte Dimi. Er versuchte sich daran zu erinnern, wer dieses Spiel wohl vorgeschlagen und welchen Grund er vermutlich dafür gehabt hatte, den Vampir so zu ködern.

Gregor erhob sich langsam. »Heute nachmittag habe ich Berstdruckprüfungen mit einem Bronzerohr durchgeführt...« Er zog Notizzettel aus dem Ärmel.

Schallendes Gelächter ertönte. »Da hast du dir einen schönen Preis eingehandelt«, schrie einer. »Was hast du erwartet: einen Kuß wie im Gedicht?« ein anderer. Gregor nahm wieder Platz.

Leider war das Wildschwein besser zum Vorzeigen als zum Verzehr geeignet. Sein Fleisch war zäh und trocken, so daß ständig nach mehr Bier und Wein gerufen wurde und das Abendessen sehr bald und mehr feucht als fröhlich endete.

Im Lichte des Halbmonds, das durch Risse in der Wolkendecke schien, ging Dimitrios hinaus in den Stall. James Tyrell war dabei, Palomides zu versorgen; er nickte Dimi zu und verschwand. Die Stallburschen sahen Tyrells Pferd an, dann Dimitrios, und urplötzlich schien ihnen einzufallen, daß sie anderswo Dringenderes zu erledigen hätten.

Dimi streichelte Olwens Mähne; sie wieherte leise. Palomides blieb ruhig. Surrey schien zu schlafen.

»Sie gefällt Euch, habe ich recht?« Richard stand mit einer Laterne in der Tür. »Mir fiel das gleich beim ersten Mal auf, als Ihr sie gesehen habt.«

»Ich hatte in meiner Jugend eine weiße Stute.«

»Wirklich? Ihr seid ein Glückspilz! Ich wollte auch eine haben. All die edlen Ritter, über die ich las – in den Romanen hatten immer weiße Pferde. Weiße Hengste. Wie habe ich mir ein schneeweißes Pferd gewünscht!«

Dimitrios war erstaunt. Er hatte Luna bekommen, als sein Vater davon überzeugt war, er sei alt genug, sich um sie zu kümmern; warum wurde den Söhnen englischer Adliger dieses Erlebnis versagt? Schließlich sprach er das aus, was ihn bewegte: »Warum habt Ihr keines bekommen?« Die Frage war nicht unbedingt höflich, doch hatte er die Erfahrung gemacht, daß man Söldnern eine gewisse Direktheit nachsah.

Richard blickte hinüber zu Surrey und lächelte. »Ich hätte bestimmt eines bekommen, wenn ich darum gebeten hätte. Schließlich war ich der Sohn eines Herzogs. Aber hierin lag auch das Problem. Ich hatte, sicher beeinflußt durch die Bücher und meine Vorstellungen von einem weißen Pferd, die fixe Idee, als Sohn eines Herzogs dazu verpflichtet zu sein, nicht um die Dinge zu bitten, die ich haben wollte. Könnt Ihr das nachfühlen?«

Dimi dachte einen Augenblick daran, Richard etwas über sich zu erzählen... darüber, wer und was sein Vater gewesen war. Doch dann sagte er nur: »Ich kann es Euch nachfühlen, Durchlaucht.«

Richard lachte. »Ich vergaß, daß Ihr Peredur ebenfalls kennt. Irgendwann müßt Ihr mir erzählen, wie Ihr ihn kennengelernt habt.« Sein Lachen verstummte. »Wollt Ihr sie, Bruder *Miles*?«

Dimi wußte sofort, daß es nicht um das Pferd ging: Das Pferd war kein Geschenk und spielte nur die geringste Rolle. Richard fragte ihn danach, ob er ihm den Lehenseid schwören wolle, nicht mehr und nicht weniger. Würde Dimitrios ihn leisten, wäre er Richard Gloucesters Mann, nicht mehr frei, sich an einen anderen zu verkaufen, würde sein Herr von ihm unbedingten Gehorsam erwarten, bis einer von ihnen starb oder, was kaum vorstellbar war, den anderen verriet. Als Gegenleistung würde Herzog Richard hinter ihm stehen, ihm Nahrung, Kleidung und Bewaffnung zur Verfügung stellen und ihn vor dem Gesetz vertreten – und dieses Gesetz war hier im Norden Richard selbst.

Dimi wollte nach dem Grund fragen. Doch der Herzog war ein Draufgänger bis hin zur Eigensinnigkeit; Dimi hatte das in London, in Nottingham und bei der Sauhatz beobachten können. Er hatte plötzlich das Gefühl, daß, wenn er den Herzog nach dem Grund fragen würde, dieser sein Angebot zurückziehen und nie wieder erneuern würde. Er, Dimi, würde bleiben, was er war, und mehr hätte dies nicht zu bedeuten, mehr würde von ihm nicht erwartet.

Er konnte sich so oder so entscheiden, vorausgesetzt, er entschied sich endgültig und in diesem einen Augenblick. Das zweite Mal in seinem Leben erkannte Dimitrios Ducas seine Schwäche, fühlte er sich vaterlos.

»Sie ist ein schönes Pferd, und es wäre eine Ehre, sie zu besitzen.«

Richard blickte auf den Stallboden. »Dann sind wir uns also einig.«

Dimi wartete darauf, daß etwas mit ihm geschah, doch er empfand nichts: weder Bedauern über die verlorene Freiheit noch ein beglückendes Zugehörigkeitsgefühl. Als ob sich überhaupt nichts ereignet hätte.

»Nun«, begann Richard, zögerte dann, als hätte auch er auf etwas gewartet, was nicht eingetroffen war. Er musterte Olwen, fragte schließlich: »Hatte Euer Schimmel einen Namen?«

»Luna.«

»Ihr könnt diese Stute auch so nennen, wenn Ihr wollt... Ich glaube nicht, daß Pferde sich viel aus ihren Namen machen.«

»Aber das liegt alles schon so weit zurück, Durchlaucht.«

»Wie? Ah ja, natürlich. Wie Ihr wollt.« Er ging zu Surreys Stallbucht, blickte lange hinein, sagte schließlich: »Annie wird schon auf mich warten. Die Pflichten eines Ehemanns.« Er lächelte. »Gute Nacht, Bruder.« Kein Titel, nur dieses Wort.

»Gute Nacht, *Mylord.*«

Wieder das Zögern, das nur angedeutete Nicken. Der Herzog ging hinaus.

Dimitrios tätschelte Olwen, streichelte ihre Mähne, blies die Laterne aus und verließ den Stall. Die Wolkendecke war aufgerissen, der Halbmond schien hell auf die Steinwände und den Schnee, ließ die Bleidächer geheimnisvoll glitzern. Dimi nickte einem gelangweilt dreinschauenden Wächter zu und ging ins Haus, stieg die Treppe hinauf.

Oben auf dem Gang wäre er beinahe mit Gregor zusammengestoßen. Der Ingenieur hatte einen Mantel mit Kapuze an, hielt Notizzettel in den Händen und etwas, das nach einer Waffe aussah; doch es war nur ein Quadrant aus Messing, um den er die Schnur mit dem Bleigewicht gewickelt hatte.

»Ach, Dimi, Entschuldigung. Ich möchte mich noch bei dir fürs Abendessen bedanken.«

»Wie bitte?« Dimitrios war nicht sicher, ob er erkennen würde, falls Sarkasmus in Gregors Stimme mitschwänge.

»Es war kein Rindfleisch. Es hat also nicht geblutet.«

»So... Wo gehst du hin?«

»Ich muß bei einer Kanone eine Messung überprüfen.« Er schob den Packen Notizzettel zusammen. »Als Studenten haben wir immer gesagt, man müsse, wenn einem nachts plötzlich Zweifel an den Meßergebnissen kämen, sie sofort nachprüfen, denn sonst würden sie die Heinzelmännchen bis zum Morgen verändern.«

»Aber daran habt ihr doch nicht noch geglaubt...«

»Nein. Aber manchmal ist es so geschehen. Deshalb überprüfen wir sie. Ist es kalt draußen?«

»Ziemlich... Aber seit wann macht dir Kälte etwas aus?« Es klang wie ein Vorwurf, war jedoch nicht als solcher beabsichtigt.

Gregor schien davon nichts bemerkt zu haben. »Ich spüre sie nicht, das ist richtig. Aber die Kälte setzt mir dennoch zu, und manchmal achte ich eben darauf. Ein Arzt hat mir einmal geraten –« Er neigte den Kopf, studierte Dimis Miene. »Nein, mein Freund, nicht das Fräulein Doktor. Entschuldige mich jetzt. Gute Nacht!«

Gregor huschte lautlos die Treppe hinunter.

Dimitrios starrte an die Wand. Dort hing ein Teppich, auf dem miteinander kämpfende Sachsen und Normannen dargestellt waren, wieder ein solcher verdammter Wandteppich, auf dem Menschen Menschen umbrachten, und auf diesem war nicht einmal ein eindeutiger Sieger auszumachen. Dimitrios fragte sich, was zwischen von Bayern und der Italienerin vorgefallen war, wußte aber gleichzeitig, daß er sich diese Frage nicht stellen durfte.

Er hatte sich mit ihr unterhalten, ganz zwanglos und ohne irgendwelche Absichten, und versucht, das Gespräch auf bessere, vergangene Zeiten zu bringen; ihm wurde mit einem Mal bewußt, daß er sie nie glücklich gesehen hatte. Er hatte von seinen Freunden von damals erzählt, seiner *Cohors equitata,* und von seinem weißen Pferd Luna.

Sie hatte ihn plötzlich geohrfeigt und war aus dem Zimmer gestürmt.

Er verstand das alles nicht. Und er hatte noch nie gesehen, daß sie lächelte.

Dimi wandte den Blick vom Wandteppich ab und ging in sein Zimmer. Er mußte daran denken, daß die anderen nun eine Aufgabe hatten: der Vampir seine Kanonen, der Herzog seine Familie und seinen Hofstaat. Aber es würde Wochen dauern, bevor es zu Kampfhandlungen käme.

Dimitrios und Tyrell hatten ihre Reitertrupps bei der Verfolgung von Viehdieben über die Grenze zu Schottland geführt. Sie kamen nur langsam voran im Hügelland und im Septembernebel, mußten sich außerdem ständig durch Vorreiter vor einem Hinterhalt schützen, doch auch die Diebe kamen wegen ihrer vierbeinigen Beute nicht schneller voran, und ihre Spur war auf weichem Untergrund deutlich zu erkennen. Mehrmals hatte Dimi geglaubt, ein Muhen zu hören, seine Wahrnehmung dann aber als Einbildung oder Säuseln des Windes abgetan. Real waren nur die Kälte und der Nebel. Und die Männer, die vor ihm ritten.

Ein Lichtschein drang durch den Nebel: ein Feuer. Dimi pfiff leise, seine Männer scharten sich um ihn, Tyrell antwortete mit einem Eulenruf. Die Trupps fächerten sich auf, um die Schotten in die Zange zu nehmen. Es würde ein kleines Scharmützel geben, das man kaum als Schlacht bezeichnen könnte; einige Männer würden dabei verletzt werden, die Diebe versprengt. Die Engländer würden mit ihrem Vieh und einigen verwundeten Schotten für den Galgen nach Hause reiten. Die Schotten würden als Vergeltung ein englisches Dorf brandschatzen, es sei denn, die Engländer kämen ihnen zuvor und würden ein schottisches niederbrennen, und so weiter, und so fort: Kleinkrieg an der Grenze.

Aber es war, erinnerte sich Dimi immer wieder selbst an die Worte, der einzige Krieg, den sie hatten.

Er und seine Begleiter hatten inzwischen das Feuer erreicht; es verbreitete einen seltsamen Schein im Nebel. Wie Dimitrios erwartet hatte, eine Sperre aus brennendem Farnkraut, gedacht, die Verfolger aufzuhalten und Unordnung in deren Reihen zu bringen, um dadurch der eigenen Nachhut bessere Sicht bei ihrem Angriff zu verschaffen.

Was er nicht erwartet hatte, waren die toten Männer, die auf dem feuchten Boden lagen.

»Glaubt Ihr... glaubt Ihr, daß das eine Falle ist?« fragte Bennett, der Junker, der bei der Sauhatz das Jubelgeschrei angestimmt hatte, vor über einem halben Jahr. Dimis erster Gedanke war, ihm zu sagen, er solle still sein, verneinte dann aber die Frage kurz und trieb sein Pferd voran; Tyrell folgte seinem Beispiel. Weiter vorne, jenseits des Feuerscheins, bewegte sich etwas.

Dimi ließ Posten aufstellen und begann mit den übrigen, sich das Schlachtfeld genauer anzusehen. Achtzehn tote Männer lagen hier, sieben Pferde und eine Kuh. Die meisten waren mit Feuerwaffen, einige aber auch mit Armbrüsten erschossen worden. Manchen hatte man Glieder abgehackt, einem sogar den Kopf. Tyrell holte einen brennenden Ast aus dem Feuer, leuchtete damit einem Toten ins Gesicht. Dimi hörte, wie Bennett aufstöhnte und weglief, um sich nicht vor seinem Offizier zu übergeben.

Die Gesichter der Leichen waren durch zwei im rechten Winkel verlaufende Schnitte entstellt. Den meisten waren diese Verstümmelungen erst nach ihrem Tod beigebracht worden, was daran zu erkennen war, daß die Wunden nicht geblutet hatten.

Dimi konnte sich nicht erinnern, diese Art der Verstümmelung schon einmal gesehen zu haben. Er kniete sich neben eine Leiche, denn er vermutete, es sei ein englischer Gefangener, den man als abschreckendes Beispiel hier hatte liegenlassen. Er äußerte diese Vermutung auch gegenüber Tyrell.

»Nein, *Sir*. Das sind Schotten, genau wie die, die das gemacht haben.« Er stieß die Leiche mit dem Stiefel an. »Das sind die, die wir die ganze Nacht schon verfolgt haben.«

»Soll das heißen, *sie* wurden in einen Hinterhalt gelockt?«

»Das ist immerhin einfacher, als nach England zu reiten und dort Kühe und Pferde zu stehlen.«

»Aber von wem denn?«

»Von Makkabäern«, erwiderte Tyrell, spuckte aus. »Gesetzlose. Sie leben in den Bergen und kommen ab und zu mal herunter, um den Tempel eines Gottes niederzubrennen, den sie nicht mögen – und sie mögen alle Götter nicht mit Ausnahme von ihrem eigenen.«

»Dann sind das also Juden?«

»Nein. Nazarener, Jesusjünger.«

Plötzlich war Dimitrios die Bedeutung der Schnitte klar: das Kreuzzeichen. »Aber Kaiser Julian hat doch festgelegt, daß kein Glaube –« Er sprach nicht weiter, als er bemerkte, wie kritisch Tyrell und die anderen ihn ansahen, und ihm dadurch bewußt wurde, daß er ja für sie in zweifacher Hinsicht ein Fremder war. Ihm fiel nicht einmal mehr ein, was er eigentlich noch hatte sagen wollen.

Tyrell warf den brennenden Ast weg. »Wir waren es jedenfalls nicht, die sie zu Gesetzlosen gemacht haben«, murmelte er, fügte dann lauter hinzu: »Kommt, Jungs, auf die Pferde, das da geht uns nichts mehr an.«

Als sie ihre Pferde bestiegen, versuchte die Sonne, den Nebel aufzulösen, doch es gelang ihr nur teilweise.

Dimitrios war in der Abenddämmerung hinaus in den Hof gegangen, übte sich im Schein einer Laterne im Fechten. In Hemd und Hose tänzelte er um einen Holzpfahl, ließ ihn dabei nicht aus den Augen, parierte Angriffe eines unsichtbaren Gegners, um dann selbst zu kontern und auf den Pfahl einzuhauen. Meist traf er die Stelle, auf die er gezielt hatte, doch interessierte es ihn mit der Zeit immer weniger. Sonst hatte er bei seinen Übungen stets eine vorher markierte Stelle mit Kreuzhieben bearbeitet, doch an diesem Abend stand ihm der Sinn nicht danach.

»Ihr könnt gut damit umgehen«, rief Richard, der unbemerkt hinter ihn getreten war. »Italienische Schule?«

»Zum Teil... *Mylord*«, keuchte Dimi ziemlich außer Atem.

»Aber es ist doch ein deutsches Schwert.«

Dimi hielt das Schwert mit beiden Händen fest; das Licht spiegelte sich in der breiten Klinge. »Ich übe damit, weil es schwerer ist.«

»Das leuchtet mir ein. Ich habe noch nie einen Kampfstil wie den Euren gesehen. Ich erkenne die kraftvollen Hiebe der deutschen Schule, die italienische Seziertechnik –«

»Es ist Mischmasch aus vielen Stilen, die ich mir mit der Zeit teilweise angeeignet habe.«

»Nichts für ungut«, entschuldigte sich Richard. »Seziertechnik ist mir nur so herausgerutscht. Ich meinte damit nicht, Ihr wärt ein Schlächter... Es gibt da eine Geschichte über John Talbot, als er die Rebellen in Irland niederkämpfte. König Heinrich V. sagte zu ihm: ›John, hast du schon gehört, daß sie dich ›Schlächter‹ nennen?‹ Und Talbot antwortete darauf: ›Ich habe das gehört, Majestät; aber wenn die, die das sagen, schon selbst einmal eine Sau geschlachtet hätten, würden sie mit mehr Respekt davon reden.‹ ... Entschuldigung, Bruder. Der Herzog von Gloucester hat heute ein loses Mundwerk. Erst beleidige ich Euch, und dann spreche ich auch noch von Rebellion.«

»Ihr habt nichts getan, wodurch Ihr mich verletzt, Durchlaucht.«

»Getan nicht, aber zuviel geredet...« Er blickte hinüber zum Haus, in dem sie seit einer Woche untergebracht waren; alle Fenster waren inzwischen hell erleuchtet. »Ich kam heraus, weil ich mich mit jemandem unterhalten wollte, der mich nicht an zu Hause oder Schottland erinnert... Ich vermisse Annie, müßt Ihr wissen.«

»Ich verstehe, *Mylord*.«

»Was versteht Ihr? Daß ich Annie nach drei Monaten vermisse? Natürlich vermisse ich sie. Vermutlich ist das Vermissen nur spürbar, wenn ich sie nicht sehen oder berühren kann. Wenn ich sie verlassen muß..., ist das so, als ob ich in die Schlacht ziehe mit dem Wissen, daß ich getötet werden könnte; wenn ich aber überlebe, wird sie wieder bei mir sein... Ich sage dir eines, Bruder: Die beste persische Hure kann dich nicht die Frau vergessen lassen, nach der du dich sehnst.«

Um den Monolog des Herzogs zu unterbrechen, sagte Dimi: »Ich glaube, Ihr liebt sie.«

»Das habe ich irgendwann einmal gelobt, wenn ich mich recht erinnere. Aber es ist wahr. Nicht nur wahr – sondern die absolute Wahrheit.« Er verschränkte seine kräftigen Arme, schüttelte den Kopf. »Ich hatte Verhältnisse... aus zweien sind sogar Kinder hervorgegangen... aber seitdem nicht mehr. Ihr glaubt das nicht, wie?«

»Oh doch, *Mylord*«, widersprach Dimi.

»Annie würde es auch nicht glauben, deshalb habe ich es ihr nie gesagt; aber es ist... wirklich wahr. Ich sagte, es sei, als würde ich in die Schlacht ziehen, ... in ihrer Begleitung, glaube ich, als wüßte ich, ich könnte in der Schlacht nicht getötet werden. Ihr versteht: Wenn man selbst nicht getötet werden kann, nur andere tötet, bis einem der Arm weh tut, dann wäre das überhaupt kein Kampf mehr, sondern nur Arbeit. Ich meine, wenn jemand dies verstehen kann, dann Ihr.«

»Ja, das kann ich«, versicherte Dimi, froh darüber, endlich etwas verstehen zu können.

»Mein Bruder Edward hat eine Frau, gleichzeitig drei Mätressen und noch wer weiß wie viele Techtelmechtel..., das ist doch nicht Krieg, sondern wie der Handel mit Wolle oder Seide.«

»Wollt Ihr damit sagen, daß ich heiraten soll?« fragte Dimi und mußte dabei an eine Küchenmagd in Middleham denken, aber auch daran, wie sehr es ihn getroffen hatte, als Richard von italienischer Seziertechnik sprach.

Der Herzog sah Dimitrios entgeistert an. »Was? Nein, nein, nein! Ich würde Euch so etwas nie sagen; Ihr würdet es wohl sofort tun.« Er wandte den Kopf ab; die Laterne zeichnete tiefe Schatten in sein Gesicht. »Ich wollte damit nur sagen, daß wir beide sehr glückliche Menschen sind, weil wir beide treu sein können.« Er drehte sich wieder zu Dimi um. »Hauptmann Ducas, Ihr blutet ja!«

Dimitrios betrachtete seine Hand, bemerkte den Schnitt quer über die Handfläche seiner Linken, mit der er, ohne es zu merken, die Klinge zu fest umschlossen hatte.

Olwen dampfte in der kalten Novemberluft, als Dimi durch das Tor von Middleham Castle ritt. Er brachte seine Stute in den Stall, gab ihr nur einen kleinen Klaps zum Abschied, lief über den Hof, sah dabei nicht nach links oder rechts. Gerade noch im Augenwinkel bemerkte er eine junge Frau, die rasch in einer Tür verschwand: eine Küchenmagd..., deren Namen er vergessen hatte. Als er damals aus dem Norden zurückgekommen war, war sie willens gewesen, doch er hatte nicht gekonnt. Nun fürchtete sie, er würde sie ermorden, wenn andere davon Wind bekämen.

Dimitrios fragte sich, ob er bei ihr tatsächlich diesen Eindruck erweckt hatte, und mußte sich eingestehen, daß dem so war; er verlangsamte seinen Schritt, als ihm bewußt wurde, daß er es durchaus ernst gemeint haben könnte.

Im Haus war es ungewöhnlich ruhig. Die schweren Vorhänge an den Fenstern waren zugezogen, in den Kaminen loderten die Feuer; Duftstoffe im Öl der Lampen sorgten dafür, daß die Luft zumindest angenehm roch, wenn schon keine frische hereinströmte. Die Köchin achtete darauf, daß stets Glühwein und Fleischpasteten bereitstanden, die die Form von Pfauen oder Elefanten hatten, um so zu kaschieren, daß es sich wieder um gepökeltes Rind- oder Schweinefleisch handelte. Hier im Haus war es wirklich recht gemütlich. Aber es wurden keine Jagden veranstaltet.

Dimitrios meinte, ihm würde der Kopf bald zerplatzen. Er hatte in den Alpen harte Winter erlebt, härtere als diesen, doch hatte es dort stets etwas zu tun gegeben, hatte er zwischendurch woanders hingehen können. Er hatte noch nie den ganzen Winter in ein und demselben Haus verbracht, und deshalb war er derzeit so ungehalten und lustlos.

Doch dies war fortan das Haus seines Herrn, und er durfte deshalb nicht ungehalten und lustlos sein.

»Dimitrios!« Richard kam ihm mit zwei Hauptmännern seines Gefolges entgegen; Tyrell war nicht dabei. »Kommt mit! Ein Mann aus Edinburgh ist eingetroffen. Er war den ganzen Tag zu Fuß unterwegs. Wir sollten uns daher anhören, was er uns zu sagen hat, bevor er uns noch erfriert.«

Sie gingen in einen kleineren Saal. Tyrell schenkte gerade Schnaps ein, reichte das Glas einem kleinen Mann in abgerissener Kleidung, der vor dem Kamin saß. Ein Spion, was sonst, dachte Dimi. Niemand würde bei diesem Wetter den weiten Weg von Schottland hierher auf sich nehmen, wenn er keine besonderen Neuigkeiten mitteilen könnte.

»Bist du inzwischen aufgetaut, Colin?« erkundigte sich Richard.

»So ziemlich, danke, Durchlaucht.« Der Mann sprach mit starkem schottischem Akzent, war jedoch gut zu verstehen. »Der Herzog von Albany ist auf Edinburgh Castle. Der König hat ihn dort ins Gefängnis gesteckt.«

»Heimdall konnte also nicht auf ihn aufpassen«, bemängelte Richard. »Wie und warum ist Albany denn nun zurückgekommen?«

»Weil der dänische König ein Angebot gemacht hat, Durchlaucht. König James sollte die Schwester des Dänenkönigs heiraten, und als Mitgift hätten die Schotten die Orkney-Inseln gekriegt. Albany sollte Gouverneur der Inseln werden, vielleicht sogar Admiral der Nordsee.«

»Und vielleicht noch etwas mehr, und die englischen Schiffe wären dann immer weniger geworden. Aber du sagtest, er wäre ins Gefängnis geworfen worden; was hatte James am Vorschlag seines Bruders also auszusetzen?«

»Er hatte eher etwas an der Dänenprinzessin auszusetzen. Zur Sicherheit hat er aber erst einmal seine zwei Brüder eingesperrt. Albany sitzt noch immer, John Mar ist inzwischen gestorben.«

Richard drehte seinen Ring am Finger. »Wie?«

»Er hatte Fieber, sie haben einen Aderlaß gemacht und ihm ein bißchen zuviel abgezapft. Das hört man überall, und ich glaube auch, daß es wahr ist. James ist nicht der Mann für heimtückische Morde.«

Aus Colins Stimme war kein Unterton herauszuhören, doch Dimi bemerkte, wie Richards Haltung sich straffte. »Gibt es immer noch schottische Lairds, die Albany lieber zum König hätten als James?« fragte Gloucester.

»Mehr als je zuvor, würde ich sagen, denn James läßt sie links liegen und bevorzugt seine Günstlinge. Aber sie schweigen natürlich, gerade jetzt.«

»Wie die Gräber; würde mich nicht wundern. Wie lange ist das alles schon her, Colin?«

»Das Schiff des Herzogs ist vor zwanzig Tagen eingelaufen, und seit fünfzehn sitzt er in seiner Zelle. Ich müßte ein Rabe sein, dann wäre ich schneller hergekommen.«

»Du mußt aber schon Flügel haben, daß du es überhaupt so schnell geschafft hast, Colin.«

Dimitrios sah, daß der Spion kaum merklich lächelte, und erinnerte sich erstmals seit langem wieder an den Stolz, der hinter einem solchen Lächeln steckte.

Dimi zählte bis fünf, um sich etwas zu beruhigen, denn er wollte keinesfalls einfach so herausplatzen mit dem, was er zu sagen hatte, oder sich versprechen. »Durchlaucht, ich werde ihn für Euch da herausholen.«

Richard wandte sich zu ihm um. »Eine ganze Kompanie würde es nicht schaffen, in die Burg einzudringen, und für Alexander Stuart brechen wir keinen Krieg vom Zaun.«

»Keine Kompanie. Nur ich. Und Colin, wenn er mir den Weg zeigen will.«

»Ihr habt so etwas schon einmal gemacht?« fragte Richard interessiert; seine Finger spielten am Griff seines Degens.

»Mehrmals. Eigentlich seit ich denken kann. Die Schotten sind nicht die einzigen Räuber auf der Welt.«

Die Hauptmänner lachten, Richard nickte zustimmend. Colin grinste spitzbübisch. »Und was passiert, wenn Ihr erwischt werdet und ich mich nicht daran erinnern kann, daß ich Euch schon mal gesehen habe?«

Dimi wußte, daß seine große Stunde gekommen war. Er fragte sich insgeheim, ob der alte Zauberer aus Wales von Anfang an gewußt hatte, daß es so kommen würde. »Wie Ihr sollen mich auch kennen?« sagte er in einem fürchterlichen Englisch mit dem Akzent eines griechischen Fischers. »Ich kommen von die Osten, von die Imperium. Alles, was ich sagen, sein große, große Lügen.«

Colin lachte schallend. »Sehr gut gesagt, Bruder, sehr gut«, zollte Richard ihm leise seine Anerkennung.

Als erstes sah Dimitrios den Berg, eine allmählich ansteigende, kahle, schneebedeckte Rampe, deren Flanken steil abfielen. Am oberen Ende erhob sich ein Kranz von Felsgestein: wie das Haupt eines liegenden Tieres.

Es war bereits später Nachmittag. Die Sonne verbarg sich hinter dikken, grauen Wolken. Schnee und Felsen waren nur weiße und schwarze Flecken in dem alles überdeckenden Grau.

»Manche sagen, das wäre ein Löwe«, erklärte Colin, Dimis Blick folgend. »Die Mithras-Leute haben ihre Höhle irgendwo im Berg. Und die Felsen da oben, der Kopf des Löwen, heißen Arthurs Sitz.«

»König Arthur hat hier regiert?«

»Habt Ihr denn das nicht gewußt? Arthur war doch Schotte.« Colin schien sich mit ihm keinen Scherz erlauben zu wollen, doch Dimi genoß seine Behauptung mit Vorsicht; er hatte es ja mit einem Spion zu tun. »Das da drüben ist die Straße hinauf zur Burg.«

Edinburgh Castle, eine Ansammlung von schmucklosen Steingebäuden, die sich um einen hohen Turm gruppierten, thronte auf einem Berg, dessen Wände nach drei Seiten hin fast senkrecht abfielen. Der einzig mögliche Zugang war mit hohen Mauern gesichert; auf einer standen sogar Kanonen aufgereiht. Ein Schuß aus einem solchen Geschütz zerriß einen Menschen in Stücke; Dimi hatte dies einmal aus nächster Nähe mit ansehen müssen.

Seinen scharfen Augen entgingen keine Einzelheiten, die wichtig werden könnten. Einige Sorgen bereiteten ihm die Wachen; sie schienen auch an diesem ruhigen Nachmittag hellwach zu sein, was ihrem Unternehmen abträglich sein würde. Sie trugen allerdings Lederkleidung, Metallpanzer und Pelze, die ihnen bei einer Verfolgungsjagd hinderlich wären. Nicht daß er es unbedingt auf eine Verfolgungsjagd ankommen lassen wollte.

»Eine Festung, die nicht einzunehmen ist. Die Lairds hätten sonst schon längst alles niedergebrannt«, sagte Colin. Er deutete zum Tor. »Sollen wir reingehen und uns etwa wie Freunde begrüßen lassen?«

Die beiden Wachen versperrten ihnen mit ihren Lanzen den Weg. »Wer ist da?« Sie trugen einen Brustpanzer aus einander überlappenden Stahlplatten über einer Lederjacke; Dimi schätzte, daß er damit einen Streifschuß abhalten würde. Beide hatten Kesselhauben auf, die die Sicht nach den Seiten behinderten. Einer der Wachtposten hatte einen silbernen Anhänger um den Hals hängen, den Dimi im ersten Moment für das verkehrt herum getragene lateinische Kreuz der Jesusjünger hielt; es war jedoch der Hammer von Thor.

»Inver Drum, wer soll's sonst schon sein«, rief Colin. »Es wäre besser für euch, wenn ihr ihn durchlaßt, denn er friert und braucht seinen Whisky.«

»Und du?« fragte der Posten Dimi geringschätzig.

»Mein Name ist Hector. Ich bin Hauptmann der...« Beide Posten starrten ihn an.

»Er ist kein Engländer«, kam Colin ihm zu Hilfe. »Könnt ihr Holzköpfe denn nicht einen Mann an seiner Sprache erkennen? Der Hauptmann ist ein Italiener, hat in den Söldnerkriegen mitgekämpft. Mehr braucht ihr Hampelmänner nicht zu wissen. Laßt uns durch!«

Die Posten schienen an diesen Umgangston gewöhnt zu sein. Sie machten den Weg frei.

Colin und Dimitrios stellten ihre Pferde am Fuß des Hügels in den Stall. Dimi ritt einen braunen Wallach; Olwen hatte er in Middleham gelassen. Ein Schimmel wäre viel zu auffällig gewesen, und außerdem bestand ja die Gefahr, daß sie Edinburgh Hals über Kopf auf die Weise verlassen mußten, die sich ihnen gerade anbot.

Eine überdachte Treppe führte nach oben. Sie war so breit, daß zwei Männer bequem nebeneinander gehen konnten – oder sich gegen jede Menge von unten heraufdrängender Angreifer zu verteidigen vermochten. Das Tor am oberen Ende war mit Eisenplatten verkleidet, in die ein Löwe eingehauen war.

Die Säle waren dunkel, rauchig und laut. Überall hingen Fahnen und Waffen; Eisen dominierte als Material, dazu ein wenig Glas. Nirgends konnte Dimi Gold oder Schmuckgegenstände wie Spiegel oder Uhren entdecken, wie sie in herrschaftlichen Häusern Englands üblich waren. Nichts als grobe, eckige Möbel standen herum.

Der große Saal, den sie schließlich betraten, kam Dimi vertraut vor. Unzählige Menschen saßen beieinander, aßen, tranken, unterhielten sich, tauschten Anzüglichkeiten aus. Die Luft war zum Schneiden, weil durch die winzigen Fenster kaum Frischluft hereinströmte. Hunde rannten umher, freche Terrier, ein Falkenpaar zerrte an seinen Hauben und Fußriemen.

»Inver Drum!« schrie ein Mann mit rotem Bart und bahnte sich einen Weg zu Colin. Er war anderthalb Köpfe größer als der Spion und doppelt so breit; ein riesiges Schwert mit Korbgriff schwang gefährlich weit an seiner Hüfte. Der Bärtige verwickelte Colin in ein Gespräch auf schottisch, von dem Dimitrios kein einziges Wort verstand.

In seinem italienischen Goldsamt und seinem schmalen Degen kam sich Dimi zwischen all den Leuten, die Wollkleidung und breite Schwerter trugen, recht seltsam vor; seltsam war ihm zumute, weil er nicht wußte, wen oder was er eigentlich darstellen sollte. Er erinnerte sich dann an Colins Aufzug bei seiner Ankunft in Middleham und kam zu dem Schluß, daß man dem Spion den Bauern dort ebenso abgenommen hatte, wie man ihm jetzt hier den feinen Herrn abnehmen würde.

Colin kam zurück. »Wir haben Glück. Alle wollen sich über Albany unterhalten, und sie nehmen kein Blatt vor den Mund, weil König James nicht da ist. Außerdem haben wir damit eine gute Ausrede, jederzeit wieder verschwinden zu können. Kommt Ihr noch eine Zeitlang allein zurecht?«

Dimitrios bejahte es freundlich, fragte sich gleich danach, ob er nicht hätte ärgerlich sein müssen.

»Dann ist ja alles in Ordnung«, erwiderte Colin, ließ Dimi in einer Ecke stehen und mischte sich unter die Anwesenden, die alle größer waren als er.

Dimi hielt sich etwas abseits vom Trubel auf. In den wenigen Monaten seines Dienstes an der Grenze hatte er sich einige Brocken Schottisch angeeignet, und zwei, drei Leute, die ihn ansprachen, beherrschten die englische Sprache. Irgend jemand gab ihm einen Zinnkrug mit Whisky, wodurch sich die Konversation weitgehend erübrigte. Dimi trank langsam und war froh, bereits früher die Bekanntschaft mit diesem Getränk gemacht zu haben: Sie hatten schließlich keine Zeit, einen Tag dadurch zu verlieren, daß sie ihren Kater auskurierten.

Er fiel auf hier in der Menge, erregte Aufmerksamkeit – im Gegensatz zu Colin. Der Trick bestand natürlich darin, diese Aufmerksamkeit nicht an sich zu binden. Er mußte an die Menschen denken, die er in letzter Zeit kennengelernt hatte und die etwas vor den anderen zu verbergen suchten: von Bayern seine Krankheit, Peredur sein Glasauge und seine magischen Fähigkeiten, Cynthia Ricci – nur wußte er bei ihr nicht, was sie verschleierte. Dimitrios Ducas hingegen war, als die geballte Macht von Byzanz ihn hätte treffen können, Söldner geworden und untergetaucht. Plötzlich fühlte er sich recht sicher. Er trank einen Schluck Whisky, der nach Rauch und Feuer schmeckte.

»Hector!«

Dimitrios hätte beinahe nicht auf diesen Anruf reagiert, erinnerte sich aber gerade noch rechtzeitig.

»Hector, *frère lupin!* In Teufels Namen, wie kommst denn du hierher?«

»Georges, nett, dich zu sehen«, log Dimi.

Mit Georges des Martz, einem Elsässer, hatte Dimi vor fünf Jahren in einer Söldnertruppe gedient. Er trug ein Kettenhemd über einer Lederjacke, einen wollenen Mantel und einen goldenen Blitz an einer Kette um den Hals. Georges hatte schon immer einen Hang zu Todesgöttern gehabt, erinnerte sich Dimi, sich im Kampf allerdings als guter Kamerad erwiesen; ihm würde Odin gut gefallen haben.

»Das letzte, was ich von dir gehört habe, war, daß du nach Mailand gingst. Aber das ist jetzt vorbei, oder?«

»Ja, das ist vorbei«, erwiderte Dimi und sah sich um, ob ihre auf französisch geführte Unterhaltung unerwünschte Aufmerksamkeit erregte.

»Und jetzt bist du hier oben. Warum, mußt du mir nicht erst lange erklären. Wann, Hector?«

»Was wann?« Er suchte Colin mit den Augen.

»Wann es Krieg mit England gibt. Deshalb bin ich ja hier..., aber das weißt du sicher schon, hast genug vom jahrelangen Zwist meines Vaters mit Hawkwood gehört. Idiotisch, ja, aber eben Familientradition. Und als ich mich dann bis hierher durchgeschlagen habe, was passiert dann? Die Leute hier sagen, es gibt keinen Krieg. Ich sag' dir eines: Sie machen es nur, um den Preis zu drücken. *Seigneur la Mort*, sind diese Leute primitiv! – Weißt du, daß es in diesem Saustall, der sich Burg schimpft, keinen einzigen vernünftigen Wein gibt? Primitiver als in der Schweiz.«

Jemand legte Dimi die Hand auf die Schulter. Er drehte sich viel zu schnell um. »Kommt mit, Hauptmann!« forderte Colin ihn auf. »Ich kann Euch mehr bieten als dieser Mensch.«

»Siehst du?« rief Georges ihm nach, als Colin Dimi wegzog. »Sie haben Geld, aber man muß ihnen erst drohen, bevor sie es herausrücken.«

Dimitrios folgte Colin durch dunkle, leere Gänge – wie weit, ließ sich schlecht abschätzen – bis zur Tür eines Raumes, der nur durch das Feuer im Kamin erleuchtet wurde. Zwei bewaffnete Männer saßen vor dem Kamin und spielten Schach; ein dritter, der zu schlafen schien, hing auf einem Stuhl neben einer eisenbeschlagenen Tür. Unter der Tür schimmerte Licht durch. Auf ein Zeichen von Colin hin machten sich beide leise auf den Rückweg; sie mieden den großen Saal, gelangten schließlich, ohne daß jemand von ihnen Notiz genommen hatte, hinaus in den Hof.

Es war fast dunkel; kein Stern war am Himmel zu sehen. Colin deutete auf den hohen Turm, eine schlanke, rechteckige Steinsäule, in jedem der sechs Stockwerke durchbrochen von einem Fenster. Das unterste und das oberste waren erleuchtet. »Das ist David's Tower. Ich habe Euch das untere Stockwerk gezeigt; Albany ist im obersten.«

»Und die Tür läßt sich nur von innen von dem erleuchteten Raum aus öffnen?«

»Richtig.«

Dimi betrachtete minutenlang den Turm, schien nicht zu bemerken, daß Colin ungeduldig wurde. Plötzlich fiel rotes Licht auf die Steine; im Westen war die Wolkendecke aufgerissen. Und im Abendrot zog sich ein glühender Strich den Turm hoch.

»In Teufels Namen, was ist das?« murmelte Dimi und registrierte nur im Unterbewußtsein, daß er französisch gesprochen hatte.

»Dies könnte eine Möglichkeit sein«, meinte Colin.

»Dies *könnte* nicht nur eine Möglichkeit sein, es *ist die* Möglichkeit«, stellte Dimitrios fest. »Man kann es fast als eine Faustregel des Belagerungskrieges bezeichnen: Im Laufe der Jahre werden von den Baumeistern kleine Veränderungen an einer Festungsanlage vorgenommen, die ihre Wehrhaftigkeit verringern. Größere Fenster zum Beispiel, Abflußrohre, feste Brücken anstelle von Zugbrücken...«

Sie waren zu dem Häuschen gegangen, das Colin in Edinburgh besaß. Vom Schlafzimmer im Obergeschoß aus konnten sie die Burg sehen; dort hatten sie die ganze Nacht gesessen, Pläne erörtert und verworfen, waren nervös auf und ab gegangen, hatten aus dem Fenster gesehen. Auf dem Tisch lagen die Geräte, die Gregor von Bayern für sie in kürzester Zeit zusammengebaut hatte.

»Seid Ihr sicher, daß der Franzose uns nicht gefährlich werden kann?« fragte Colin mißtrauisch.

»Was weiß er, was niemand sonst weiß? Er sprach mich sogar mit dem richtigen Namen an.«

»Ich weiß nicht, was in den Köpfen von anderen Menschen vorgeht. Ich bin ein Spion, kein Zauberer. Und Spione wissen, daß man alles, was im Kopf eines Menschen drin ist, auch herausbringen kann.«

Dimi wollte widersprechen, weil er an den Wilddieb in Nottingham denken mußte, überlegte es sich jedoch anders. »Georges hat nichts mit unserer Sache zu tun.«

»Wie Ihr meint.« Colin sah zum Fenster hinaus. »Es wird schon hell. Zeit, daß wir schlafen.« Er zog zur Verdunkelung eine Decke vors Fenster.

Dimitrios verstaute Gregors Geräte in seinem Rucksack, stellte ihn in größtmöglicher Entfernung vom Kaminfeuer ab, blies die Lampe aus und legte sich schlafen. Er träumte von Überfällen auf Burgen und Paläste, schreckte zweimal aus diesem Traum hoch. Zum Glück wachte er nicht davon auf, daß er etwas auf französisch schrie, denn das hätte Colin sicher mißverständlich aufgenommen.

»Ich glaub', wir kriegen Schnee«, vermutete Colin.

Auch Dimi konnte riechen, daß sich das Wetter änderte. »Heißt das, wir sollen das Unternehmen abblasen? Wenn es schneit, dann vereist doch alles.«

»Das wollte ich damit nicht sagen. Der Schnee könnte unsere Spuren verwischen, wenn wir mit Albany wegreiten.«

Dimi dachte einen Augenblick nach. »Versteht der Herzog Französisch?«

»Es ist eigentlich eine ziemliche Schande, aber er versteht's nicht. Warum fragt Ihr?«

»Ich dachte mir..., ich würde es vermeiden, mit ihm Englisch zu sprechen, bis wir in Sicherheit sind. Wenn wir es nicht so weit schaffen, müßte er dann annehmen, ich sei wirklich aus... na, du weißt schon. Versteht er vielleicht Griechisch?«

»Alexander steht mit Sprachen auf Kriegsfuß. Leider nein. Trotzdem keine schlechte Idee, Hauptmann.«

Dimi war nicht sicher, ob er der gleichen Meinung war. Er begann wieder damit, anderen etwas vorzumachen oder zumindest so zu tun, als ob.

Sie gelangten ohne Schwierigkeiten in die Burg. Die Prozedur am Tor lief genauso ab wie am Tag zuvor, nur mit dem einen Unterschied, daß einer der Wachtposten Inver Drum fragte, weshalb er nicht auch einige Italienerinnen mitgebracht hätte. Dimi konnte darüber nur milde lächeln: Soldaten, die nicht aus ihrer Kaserne herauskamen, hatten die unmöglichsten Vorstellungen davon, wie toll die Frauen in fremden Ländern seien. Als Söldner machte man jedoch ganz andere Erfahrungen. Sein Lächeln erstarb.

Sie stellten ihre Pferde unter, sahen sich im Stall nach einem anderen, brauchbaren Pferd um. Da stand auch tatsächlich ein annehmbar aussehender Brauner, und in einer Stallbucht lag ein Damensattel. »Ihm wird's hoffentlich nichts ausmachen«, murmelte Colin. Sie machten sich auf den Weg hinauf zur Burg: Colin verließ den Stall auf dem üblichen Weg, Dimi durch einen Nebeneingang.

Er schlich sich den steilen Hang hinauf zum Fuß des Turms. Eine frische Brise ließ seinen Umhang flattern; er zog ihn aus, legte ihn auf den Boden, heftete ihn mit der Brosche in der gefrorenen Erde fest, damit er nicht weggeweht wurde. Unter dem Umhang trug er eine schwarze Lederweste, Hemd und Hose aus schwarzer Wolle, dazu Stiefel mit weichen Sohlen und den Rucksack. Er schnürte ihn auf, nahm ein Paar dicke Lederhandschuhe mit Metallschuppen auf den Handflächen heraus, wie sie

Fechter trugen, um die Waffe des Gegners greifen zu können. Er zog sie sich über und nahm die Zähne zu Hilfe, um die Bänder an den Handgelenken festzuknoten.

Er sah den Turm hinauf: Oben auf dem Dach, in einer Höhe von vielleicht hundert Fuß, glitzerte ein mannshoher Thor-Hammer aus versilbertem Eisen, der einer physikalischen Theorie zufolge Blitze anziehen sollte. Vom silbernen Hammer führte ein Kabel aus Kupferdrähten, das mit Eisenhaken im Mauerwerk verankert war, den Turm herunter und vor Dimis Füßen ins Erdreich.

Er mußte an Wasserfässer auf Dächern und ungesicherte Notausgänge denken und faßte den Entschluß, daß er, falls er irgendwann einmal ein Haus bauen würde, was höchst unwahrscheinlich schien, darauf achten würde, daß kein Naturphilosoph an den Plänen herumpfuschen könnte.

Er ergriff das Kupferkabel mit einer Hand und zog sich etwas hoch. Es gab ein wenig nach, war nicht völlig starr, aber wiederum auch nicht zuviel, genau, wie er es sich erhofft hatte. Er stemmte sein Knie und die Stiefelsohle gegen das Mauerwerk und faßte das Kabel mit der anderen Hand ein Stück höher.

Die Eisenanker waren nicht allzu stark und schon angerostet. An einigen Stellen wies das Kabel glänzende Verdickungen auf: Im ersten Moment meinte Dimi, es wären Eisklumpen, doch dann erkannte er, daß an diesen Stellen das Metall geschmolzen war. Es mußte also etwas dran sein an dieser Theorie von der Blitzableitung.

Bald machte sich die Anstrengung bemerkbar: Er atmete schwer, die Hände schmerzten ihm. Er hatte geglaubt, das Kabel würde wie der drahtumwickelte Griff eines Schwertes zu greifen sein, doch er hatte sich geirrt. Er schaute nicht nach unten, nur nach oben. Noch vier Stockwerke; drei dunkle, ein erleuchtetes Fenster. Ein Fall von dreißig Fuß. Das Ausruhen war ebenso schmerzhaft wie das Klettern selbst. Beinahe mechanisch suchte er einen neuen Griff, zog sich höher, immer wieder ein neuer Griff.

Der Wind wurde zwar vom Turm weitgehend abgehalten, doch die kalte Luft verursachte ihm Stiche in Lunge und Hals. Er glaubte einen Schrei zu hören, doch es war nur das Rauschen seines Bluts in den Ohren. Noch zwei dunkle Fenster, ein helles.

Eine Hand vor die andere! Aufpassen, daß der Stiefel nicht abrutscht! Die Knie sind irgendwie im Weg. Fußballen auf den Anker setzen; zwar eine gute Stütze, schneidet aber wie ein Messer ins Fleisch. Keine Möglichkeit, sich jetzt auszuruhen! Gewicht verlagern; der Rucksack zieht dich von der Wand weg (es fühlte sich tatsächlich so an, als wolle ihn eine Hand wegziehen). Noch ein dunkles Fenster.

Die Haftwirkung der Metallschuppen ausnützen! Nicht nervös werden, wenn ein Anker bricht (so wie jetzt)! Eine Handbreit zurück, weil ein Kupferdraht sich im Rucksackriemen verfangen hat. Draht niederdrücken, dann wieder hoch.

Das helle Fenster ist fast in Reichweite.

Der Wind drehte und wehte ihm deshalb Schnee ins Gesicht: kleine Flocken, die dennoch wie Nadeln piekten.

Ein dunkles Zucken am erleuchteten Fenster.

Ohne vorher zu überlegen, griff Dimi hastig nach einer Gitterstange vor dem Fenster, um sie zu erwischen, bevor der Vorhang zugezogen wurde und er sie nicht mehr deutlich sah.

Er ließ das Kabel zu früh los.

Ellenbogen, Kinn und Brust schlugen gegen die kalte Mauer; die Finger der Linken krümmten sich um die Eisenstange. Ruhe bewahren! Andere Hand nach oben – Finger sind fast taub –, Hand fest um die Stange schließen. Ziehen!

Das Fenster war nicht allzu groß, doch die Turmmauern waren so dick, daß sich ein Mann mit einer Gesäßhälfte auf der Fläche vor den Gitterstäben setzen konnte; Dimi griff mit dem linken Arm durch die Stäbe, hakte ihn dort ein; der Kopf sank ihm auf den sich heftig hebenden und senkenden Brustkorb, Schneeflocken fielen ihm aus dem Haar.

Der Vorhang wurde beiseite gezogen. »Bei Hel, wer seid Ihr?« rief der Herzog – zum Glück aber doch noch recht leise.

Dimitrios wandte ihm das Gesicht zu, überlegte noch immer, wie er ihn ansprechen sollte. Dann sah er das Brandmal auf Albanys Stirn und wußte es. Er holte tief Luft, sagte dann auf lateinisch: »Ein feuriger Streitwagen, der durch den Wirbelwind rast, wird dich zum Olymp tragen; du wirst frei sein.« Und er zeigte das Mal an seinem Handgelenk.

Alexander Stuart starrte ungläubig darauf, nickte dann. Dimi nickte zurück, griff über die Schulter, zog das Ende eines dünnen Seils aus dem Rucksack, reichte es durch das Fenster und deutete auf die Deckenbalken. Albany lächelte, nahm das Seil, kletterte auf einen Stuhl und begann damit, es dort zu befestigen.

Dimi griff erneut in den Rucksack und holte einen einige Zoll dicken, etwa eine Spanne langen Metallzylinder und einen langen, dünneren Stahlstab heraus. Er zog den Vorhang halb zu, damit sich seine Silhouette nicht vom hellen Fenster abhob, er aber trotzdem noch etwas sah.

Dann hielt er den Zylinder zwischen zwei Gitterstäbe, steckte den Stab in einen seitlich angebrachten Sockel und drehte ihn. Kurz darauf spannte sich der Zylinder fest zwischen die Stäbe, bog sie auseinander. Nach einigen Minuten hoben sie sich mit einem leisen Knirschen aus dem Mauerwerk.

Dimitrios reichte Albany den Rest des Seils, gestikulierte, und Alexander nickte nur einmal und schlang es sich um den Oberkörper. Dimi nickte, schwang sich in das Turmzimmer.

Er blickte sich kurz um, wobei nur der Eindruck haften blieb, daß er schon schlimmere Gefängniszellen gesehen hatte. Albany ging zum Fenster und kletterte rückwärts hinaus. Dimitrios beobachtete, wie er sich, im Wind schwankend, geschickt und, was noch besser war, vor allem schnell abseilte. Sobald er festen Boden unter den Füßen hatte, löste er sofort das Seil von seinem Oberkörper.

Dimitrios zog es hoch, legte es sich um und stieg aus dem Fenster. Er stieß sich von der Mauer ab, spürte die Reibungshitze des durch seine Hände gleitenden Seils. In einem Stück glitt er an den Fenstern vorbei, neben denen er vorhin hochgeklettert war: dunkel, dunkel, dunkel, dunkel –

Hell erleuchtet, die Silhouette eines Mannes. Dimi preßte sich flach an die Wand, behielt das Fenster im Auge. In seinem Stiefel steckte ein Messer, das das richtige Gewicht zum Werfen hatte; der Wurf müßte jedoch sofort tödlich sein, was sich schwierig darstellte, weil der Mann über ihm stand und eine Rüstung trug. Es war wohl besser, zu warten und zu hoffen, daß er nicht bemerkt worden war.

Der Mann entfernte sich vom Fenster, zog den Vorhang vor. Dimi stand erleichtert auf, zog das Messer aus dem Stiefel und schnitt das Seil durch, das er um den Oberkörper geknotet hatte. Sie mußten nichts befürchten: Ein Mann, der Alarm auslösen wollte, würde nicht erst noch den Vorhang zugezogen haben.

Albany wartete im Schatten des Turms. Dimi fragte sich, ob der Schotte in seiner Jugend schon einmal in eine Burg eingedrungen war, ob die Söhne der schottischen Krieger auch Ritter und Zauberer in den Burganlagen spielten. Er hob seinen Umhang auf, schüttelte den Schnee ab und gab ihn dem Herzog, der ihn mit einer leichten Verbeugung entgegennahm und überwarf. Sie gingen zu den Pferden.

Der Stalljunge war mit einem Geschicklichkeitsspiel aus gebogenen Hufnägeln beschäftigt und sah nur kurz hoch. Plötzlich fuhr er hoch und starrte die beiden Männer an, die hereingekommen waren. »*Mylord* –«

Dimitrios machte sich an seinen Satteltaschen zu schaffen, Albany schlug seine Kapuze zurück, sah dem Jungen fest in die Augen. »Ja, ich bin's«, gab er sich zu erkennen und redete dann kurz auf schottisch auf den Jungen ein. Der Junge nickte feierlich, senkte den Kopf und faltete die Hände.

Dimi schlug ihm das Heft des Messers kurz hinter dem Ohr an den Schädel. Er tat es zwar nicht gern, betete aber zum Raben, daß er nicht zu hart zugeschlagen hatte.

»War das nötig?« entrüstete sich Albany. Dimi ignorierte diese Bemerkung, öffnete den Leinenbeutel, den er aus der Satteltasche genommen hatte. Der Herzog wiederholte den Satz auf lateinisch. Dimi holte aus dem Beutel ein Holzkästchen, in das viele Löcher gebohrt waren. An einer Seite befand sich ein kleiner Mechanismus aus Messing: das von einem Gewehr abmontierte Radschloß mit einer dünnen Schnur anstelle des Abzugs. »*Machina infernalis*«, erklärte er knapp.

Albany sah sich im Stall um: Die Pferde standen ruhig in ihren Buchten, der Junge lag bewußtlos auf dem strohbedeckten Boden. Der Herzog sah sehr grimmig drein, nickte aber.

Gemeinsam trugen sie den Jungen hinaus unter die überdachte Treppe, genau in dem Augenblick, als Colin die Stufen herunterkam. Albany erschrak; Dimi legte ihm zur Beruhigung die Hand auf den Arm. Dann bemerkte Dimi das Blut an Colins Ärmel.

Colin streckte den Arm nach vorn. »Nicht meines; von dem anderen. Der kommt uns nicht nach. – Guten Abend, Durchlaucht.«

Nachdem sie in den Stall zurückgegangen waren, stellte Dimi das Kästchen auf den Boden und häufte Stroh darum auf, rollte die Schnur bis zum Tor aus und spannte das Schloß.

Albany bestieg den Braunen, der sich zu widersetzen schien, aber ruhig wurde, als der Herzog ihn streichelte. Er vermummte sich mittels des Umhangs und zog die Kapuze tief ins Gesicht. Dann ritten die drei los.

»Wieso haut ihr schon so früh ab?« schrie ein Posten am Tor, um das Heulen des Windes zu übertönen. Die Wachen schienen sich mehr um das Wetter zu kümmern als um die Passierenden.

»Haben noch was vor«, erwiderte Colin und wechselte mit dem Posten noch einige Worte auf schottisch, die selbst Dimi kannte, die wohl jeder Soldat verstanden hätte.

Schon lag das Tor hinter ihnen, ritten sie in leichtem Trab an den Kanonen vorbei die Straße hinunter; der Wind trieb ihnen den Schnee ins Gesicht.

Eine orangefarbene Stichflamme leuchtete grell auf; Dimi glaubte, ihre Hitze noch in dreihundert Schritt Entfernung zu spüren. Gregor hatte, als er das Gerät zusammenbastelte, ihm von griechischen Zündstoffen erzählt, doch Tertullian hatte Dimi nie welche gezeigt, die bereits in so geringer Menge solches bewirkten.

Dimi sah wieder vor seinem geistigen Auge, wie Tertullian sich von ihm entfernte, damit er seine Pflicht tun konnte. Nun war es aber an der Zeit, wegzureiten, bevor weitere Schatten der Vergangenheit auftauchten.

Eine Feuersäule schoß hoch, Rauch stieg auf, orangefarbenes Licht funkelte in den dahinjagenden Schneeflocken. »Aber jetzt auf nach Berwick, Durchlaucht«, rief Colin. »Reiten wir, was das Zeug hält.«

Auf der Hälfte der Strecke nach Berwick in England, etwa dreißig Meilen von Edinburgh, suchten sie Unterschlupf in einer Scheune; der Bauer kannte offenbar Colin, nannte ihn allerdings Blair und fragte nicht nach Namen oder Anliegen der beiden anderen Reisenden. Es gab Whisky, kaltes Wasser und eine kalte Pastete aus Hasenfleisch, wofür die Reiter dankbar waren.

Auf dem Heuboden befand sich in einer Ecke eine kleine Tür, die keinen Zweck zu erfüllen schien. Nachdem der Herzog eingeschlafen war, nahm Dimi die Laterne und öffnete die Tür. Er schloß sie aber genauso schnell wieder, als er im Laternenschein ein Altarkreuz erblickte.

»Ihr seid überrascht, Hauptmann?« stellte Colin grinsend fest, nippte am Whisky und brach sich noch ein Stück von der Pastete ab. »Wenn Inver Drum als Laird durchgehen kann, obwohl er verdammt wenig Schafe besitzt, dann kann *Mister* Blair auch als Makkabäer durchgehen.«

Dimitrios nickte und setzte sich ins Heu.

Colin sah hinüber zum schlafenden Herzog, schenkte sich Whisky nach. »Aber das nützt alles nichts mehr, wenn wir über der Grenze sind. – Habt Ihr nie Brücken hinter Euch abgebrochen, Hauptmann?«

Dimi nickte.

»Es ist auf jeden Fall besser, wenn man es selbst tut, als daß es andere für einen tun.«

Dimi nickte wieder, schlief bald darauf ein.

Es war windstill, Nebel zog vom Meer heran, als die drei durch Berwick ritten. Die Fenster der Burg waren alle beleuchtet, strahlten gelbe Lichtkegel in alle Richtungen, das Banner des Herzogs von Gloucester hing schlaff in der feuchten Luft. Dimi befielen unangenehme Erinnerungen an von Bayerns Höllenmaschine.

»Willkommen in England, Alexander! Du wirst mir sicher verzeihen, wenn ich darauf bestehe, daß Berwick zu England gehört.«

»Richard... ich dachte mir schon, daß du hinter dieser Sache stecken mußt. Du hast recht, daß ich deinen Anspruch auf Berwick nicht bestreiten kann..., zumindest nicht heute abend, auch wenn ich es wollte.« Er lächelte. »Aber dieser Anspruch kommt euch teuer zu stehen, nicht wahr?«

In einem plötzlichen Anflug von Bitterkeit erwiderte Richard:

»Damit hast du leider den Nagel auf den Kopf getroffen.« Er sah Albany direkt ins Gesicht. »Darüber müssen wir uns unbedingt unterhalten.«

»Nur du und ich... und Edward?«

»Und Edward«, wiederholte Richard. »Aber jetzt habe ich dir erst einmal frische Kleidung und eine warme Mahlzeit bringen lassen.«

Albany seufzte. »Aber zuvor noch eine Frage, Richard...« Er nickte in Dimis Richtung. »Wer ist dieser Bruder, der sich hartnäckig weigert, mit mir zu sprechen?«

Richard schien die Frage im ersten Moment nicht zu verstehen, doch dann schmunzelte er. »Das, Bruder *Leo,* ist der *miles* Dimitrios, einer meiner Gefolgsmänner. Wenn er nicht gesprochen hat, dann war es die Pflicht, die ihn zum Schweigen verurteilte. Dessen bin ich mir ganz sicher.«

»Danke, *Mylord.*« Dimi bedankte sich nicht nur für das Lob, obwohl es wie eine Sonne sein Herz erhellte; eine Sonne, die die letzten Geister von Alesia vertrieb, die ihn noch verfolgten.

Albany wurde in die Burg geleitet. Richard wandte sich an Colin: »Was ist mit den Lairds, Colin? Auf welche Seite würden sie sich schlagen, wenn Albany mit einer englischen Armee zurückkäme?«

Dimitrios reagierte mit Verwunderung, doch er schien der einzige zu sein. »König James hat auf Kosten der Lairds zu viele Kaufleute geadelt«, erwiderte Colin. »Es heißt, sie suchen schon den Ast, der hoch und stark genug ist, um die Berater des Königs dran aufzuhängen. Sie brauchen nur noch einen, der den Leithammel spielt, und einen, der den Platz auf dem Thron einnimmt.«

»Auch wenn ihn die Engländer dort hinsetzen?«

»Männer, die Könige machen und stürzen, sehen alle Heere in der gleichen Farbe.«

Richard lachte trocken. »Vermutlich habe ich es nicht anders verdient. Aber nun geh und zieh dich um; wir reiten nicht zur Tafel.« Colin verbeugte sich und entfernte sich.

Richard glaubte, Dimitrios eine Erklärung schuldig zu sein. »Er hat diesen Satz einfach von meinem Schwiegervater übernommen. Genauso einfach, wie ich Colin von ihm übernommen habe. Der Mann ist sein ganzes Leben lang Spion gewesen, soweit ich weiß.«

»Und was wird er nun machen, *Mylord*?«

»Wie? Ach ja... verdammt, Ihr habt recht.« Richard blickte in die Richtung, in die Colin verschwunden war. »Ich vermute, er hat gewußt, daß es eines Tages zu Ende sein würde. Besser aber eine Pension in England als ein Galgen in Schottland, meint Ihr nicht auch? Nun, worauf wartet Ihr eigentlich noch? Ihr seid genauso verschwitzt wie Colin, und heute abend ist auch Euer Festtag.«

Dimitrios war der erste, der sich umgezogen hatte und hinunter in den Speisesaal kam. Er wartete mit den anderen auf Albany und Colin; die Suppe wurde schon kalt. Dimitrios erhob sich schließlich: »*Mylord*...« Richard nickte. Dimi hastete die Treppe hinauf, nahm drei Stufen auf einmal.

Er klopfte an der Tür zu Albanys Gemach: Sie ging von allein auf. Der Herzog saß in sauberer Kleidung vor dem Kamin, die Augen weit aufgerissen.

Dimi lief zu ihm, stieß ihn leicht an. Albany wimmerte leise, krümmte sich zusammen und fiel vom Stuhl, eine Hand gegen den Bauch gepreßt. Das Blut, das darunter hervorquoll, sah im Feuerschein fast schwarz aus. Die Lippen des Herzogs bewegten sich, tonlos.

»Hol den Arzt!« rief Dimi einem verdatterten Diener zu, lief ein Stück den Gang entlang und trat eine Tür ein.

Colin alias Inver Drum alias Blair, oder wer sonst auch immer, saß in der gleichen Haltung wie der Herzog auf dem Stuhl, und einen Augenblick glaubte Dimi, daß ein unbekannter Mörder noch immer frei im Haus herumlaufen würde; doch dann wendete sich der Spion zu Dimitrios um, sah ihn finster an und drehte das blutige Messer in seinen Händen.

»Warum?« schrie Dimi. »Warum jetzt erst?«

»Weil wir jetzt in England sind. Die Schotten werden glauben, ihr armer, tapferer Albany ist zu euch geflohen und zur Belohnung habt ihr ihn dann umgebracht, weil ihr euch bei James einschmeicheln wollt. Ihr werdet euern Krieg mit Schottland bekommen, vielleicht auch nicht, aber es wird auf keinen Fall eine Allianz geben. Ach, es tut wirklich gut, wenn man einmal wenigstens die volle Wahrheit sagen kann!« Er betrachtete das Messer. »Schade, daß Euer französischer Freund mir nicht die Wahrheit über Euch erzählen wollte.« Er zupfte sich am Ärmel. »Er könnte sonst noch leben.«

Dimitrios sprang auf Colin zu, packte die Hand, die das Messer hielt. Colin stellte ihm ein Bein, beide fielen zu Boden. Die Geister waren zurückgekehrt: Lucian erklärte Dimitrios, wie er ihn töten solle. Als Dimi seinen Dolch zog, erkannte er, daß Colin nur darauf wartete, getötet zu werden; er hielt inne. »Für wen hast du das getan?« schrie er den Spion an.

Der lächelte nur triumphierend. »Das wirst du nie erfahren.« Mit der einen Hand zeichnete er einen senkrechten und einen waagrechten Strich in die Luft, das Zeichen der Jesusjünger. Dimi wandte sich ab. Colins Finger schlossen sich um den Griff seines Messers.

Dimi stieß ihm seinen Dolch mitten ins Herz: ein korrekt ausgeführter Stich. Er war ein Meister des Tötens, das wußte er. Und aus diesem Grund würde er nie mehr besitzen als ein Pferd und ein Messer, deshalb würden sich Frauen vom Schlag einer Cynthia Ricci immer wieder von ihm abwenden. Er war nur gut im Töten, Töten, Töten, und darin jedoch so gut, daß er nie beschäftigungslos sein würde.

Dimitrios stand auf, setzte sich vor den Kamin.

Als er nach einiger Zeit hochblickte, stand Richard in der Tür. Er hatte einen Brustpanzer angelegt, sich hastig ein Schwert umgegürtet; in der Hand hielt er eine Pistole.

»Tot?«

»Ja, *Mylord.*« Es gab keinen Anlaß für eine Entschuldigung, wie Richard wissen mußte.

Wahrscheinlich ahnte er es. »Nicht Eure Schuld. Er wußte, was mit ihm geschehen wäre, wenn wir ihn lebend bekommen hätten.«

»Und was ist mit Herzog Alexander?«

»Er wird sterben, wie der Doktor unumwunden zugab. Ich wage zu behaupten, daß Ihr solche Bauchwunden schon gesehen habt.«

Dimi fiel ein, daß ein Geist aus der Vergangenheit noch nicht wieder aufgetaucht war, aber er konnte den Gedanken nicht in Worte fassen, um ihn loszuwerden.

Richard tat es wieder für ihn. »Der Doktor von Bayern. Wenn wir ihn holen würden... Könnte er ihm helfen?«

»Ich weiß es nicht, Durchlaucht. Aber...« Richard hatte gesagt, er erfülle getreulich seine Pflicht. Er versuchte es auch zu tun, aber das ›Wie‹ war ihm im Moment nicht klar. »... würde der Bruder *Leo* es wollen?«

Richard zuckte zusammen, als habe er diesen Punkt nicht berücksichtigt. »Ihr habt natürlich recht! Was wäre, wenn wir ihn auf diese Weise retteten? Nicht einmal die entschiedensten Gegner von James unter den Lairds würden ihn in diesem Zustand als König haben wollen. Nein! Die Schlange soll hungrig bleiben!« Er lächelte. »Denkt nur daran, wie viele Leben wir dadurch retteten, daß wir jetzt keinen Krieg mehr führen müssen.« Richard entfernte sich darauf.

Dimi sah, wie seine Hände zitterten, war außerstande, sie ruhig zu halten. Er hatte seine Pflicht, seine Aufgabe erkannt, hatte sich selbst gefunden; doch schneller als je ein Mensch zuvor hatte er das eine verkannt und das andere verloren.

Hindurch

»Soll das etwa eine Burg sein, dieses mickerige Türmchen?« fragte Cynthia und deutete nach links.

»Früher war es eine normannische Festung, die aber geschleift wurde«, erklärte Hywel.

»Wer hat sie zerstört?«

»Ein Mann namens Owain Glyn Dŵr«, erwiderte Hywel. Sie fragte ihn nicht nach dem Grund, wofür er ihr dankbar war.

Sie ritten in nördliche Richtung einen Fluß entlang. Zur Rechten ragte steil der schneebedeckte Mynydd Troed in den Himmel, zur Linken wirkte die Landschaft wie der Festungsbau eines Riesen: Der Fluß bildete den Burggraben, die noch verschneiten Bäume des Forest Talybont wirkten wie eine märchenhaft schöne Palisade um die Berge der Brecon Beacons. »Das da ist der Gwaun-rhudd. Und der Sattelberg weiter hinten heißt Pen-y-fan.«

»Und wie heißt der Ort, zu dem wir reiten?«

»Llangorse. Ich schlage vor, wir sollten dort einige Tage bleiben.«

»Von mir aus.« Cynthia sah zum Himmel hoch; es war kurz nach Mittag, und die dünnen Wolken erschienen in strahlendem Weiß. Dann blickte sie wieder hinüber zu Hywel. »Wie, sagtest du, heißt der Ort?« Er bemerkte ihren verschleierten Blick.

»Llan-gorse.«

»In einigen Tagen habe ich hoffentlich gelernt, wie man das ausspricht«, versuchte sie zu scherzen, doch ihre Stimme klang tonlos, und sie lächelte nicht dabei.

In Llangorse herrschte munteres Treiben: Die Stadtbewohner trugen Holzbalken und Zeltplanen durch die Straßen und waren nicht wie für einen gewöhnlichen Arbeitstag gekleidet. Hywel beobachtete Cynthia, doch sie nahm von dem allen keinerlei Notiz.

Sie kehrten in einem Gasthaus ein, auf dessen Schild eine halb im Wasser versunkene Burg dargestellt war. Hywel mietete zwei der fünf Gästezimmer und gab einem Laufburschen einen ganzen Penny dafür, daß er jemandem eine Nachricht überbrachte.

»Nicht, daß es mich was angeht, mein Herr«, begann der Wirt in schlechtem Englisch, »aber warum bleibt Ihr hier, wo die Sonne doch noch hoch am Himmel steht und es über die Brecon Beacons nicht ganz fünf Meilen ist?«

Hywel antwortete ihm auf kymrisch. »Weil es in Aberhonddu nicht das gibt, was es in Llangorse gibt.« Er sprach absichtlich mit dem Akzent der Leute aus dem Norden, aus Gwynedd; hätte er sich des örtlichen Dialekts bedient, hätte dies den Wirt noch mehr verwirrt. »Die kleineren Feste sind für uns am interessantesten ... wir sind nämlich Professoren.«

»Ach so. Ich verstehe«, erklärte der Wirt lächelnd. Bei Gelehrten durfte man sich schließlich über nichts wundern.

Hywel ging die schmale, knarrende Stiege hinauf und klopfte an die Tür von Cynthias Zimmer.

»*Entrare.*«

Sie stand am Fenster und schaute hinaus, hatte noch immer ihr Kopftuch umgebunden, auch die Kleidung und die Reitstiefel noch nicht gewechselt. Ihre Reisetaschen standen unberührt da, wo sie der Hausdiener abgestellt hatte. »Sie bereiten ein Fest vor ... Sind wir deshalb hier? Um das Fest zu besuchen?«

»Es ist ein Grund.«

»Ich bin seit langer, langer Zeit nicht mehr bei einem Fest gewesen ... kein schlechter Gedanke.« Sie drehte sich um, deutete auf ihr Gepäck. »Ich habe nur Reisekleidung mitgenommen. Glaubst du, daß ich darin gut aussehe?«

»Dessen bin ich mir völlig sicher.« Hywel hatte das Gefühl, als würde ihm ein Kloß im Hals stecken. »Entschuldige mich jetzt.« Er schloß die Tür hinter sich, spürte einen Tropfen kalten Schweiß über den Rücken laufen. Sie hatte sich um etwas Sorgen gemacht – zwar bloß um eine Nebensächlichkeit, aber immerhin.

In guter Stimmung wie seit Tagen nicht mehr ging Hywel in sein Zimmer, um sich umzuziehen und auf die Rückkehr des Laufburschen zu warten.

Cynthia kam die Treppe herunter. Hywel stand auf, um sie am Fuß der Treppe zu empfangen. Er hörte, wie alle Gespräche im Gastzimmer auf einmal verstummten, und verspürte ein klein wenig Freude darüber, welchen Anblick sie bot.

Sie trug ein ärmelloses Kleid aus grünem Loden, so schlicht und einfach, daß es fast schon streng wirkte. Ihre Bluse aus rostrotem Leinen hatte leicht gepuffte Ärmel mit Perlenknöpfen. Sie hatte sich einen Schal aus weißem Zindeltaft um den Hals geschlungen, dessen Enden ihr wie eine Schleppe auf den Rücken fielen. Ihr weißes Haar umspielte, gehalten von einem Netz aus grüner Spitze, in weichen Locken ihr Gesicht. Eine silberne Kordel als Gürtel betonte ihre Taille, die silberne Eule von Herzogin Cecily glitzerte auf dem grünen Tuch über ihrem Busen. Dann sah Hywel ihr in die Augen, und seine Freude schwand dahin. Sie reichte ihm die Hand, die sich eiskalt anfühlte.

Als sie das Gasthaus verließen, nahm Hywel einen knorrigen Eichenstock mit, der an der Hauswand lehnte. Er trug ein braunes Gewand mit einem geflochtenen Ledergürtel und eine lederne Augenklappe über dem rechten Auge.

Sie ließen sich mittreiben in dem Menschenstrom, der sich in südlicher Richtung aus der Stadt hinaus ergoß. Die Einheimischen trugen saubere Leinengewänder, Kopftücher, die gefütterten Westen von Bogenschützen, Filzwamse und Hosen in hellen Farben. Einige Männer trugen buntbemalte, mit Papier bespannte Holzgestelle als Attrappen von Ritterschilden. Eine Frau ritt vorbei auf einem mit Kiefernzweigen geschmückten Zelter; ihr folgte ein von Kopf bis Fuß in weiße Zeltbahn gehüllter und mit einer rot-weiß gestreiften Lanze bewaffneter Mann.

Cynthia betrachtete die an ihr vorbeiziehenden Gestalten. »Bei unseren Sommerfesten haben wir uns manchmal auch etwas kostümiert. Aber das ist schon ewige Zeiten her... Hywel, aus welchem Anlaß wird dieses Fest gefeiert?«

»Die Leute spielen das Leben an Arthurs Hof nach. Heute abend und morgen den ganzen Tag über ist hier jeder ein Lord oder eine Lady.«

»Oder ein Hexenmeister?« Sie musterte sein Gewand und den Stab.

»Als ich dich kennenlernte, nanntest du dich Plato. Bist du ein Platoniker? Du hast eine lange, spitze Nase.«

Hywel hatte einen Mann mit langer Nase in ihren Erinnerungen erkannt und sich gefragt, wer er sei. Der Zauberer wußte, daß sie Erinnerungen quälten, von denen sie sich unbedingt freimachen müßte; man mußte sie vorsichtig behandeln, um keinen größeren Schaden anzurichten.

Er ließ ihre Frage unbeantwortet, doch erklärte er ihr statt dessen den Ablauf des Festes. »Schau: Dort drüben steht das große Zelt von Arthur, und in ihm trifft sich die Tafelrunde. Dahinter, das ist der See Llyn Safaddan. Bei Einbruch der Dunkelheit wird dort die Fee auftreten, die Arthur das Schwert Caliburn bringt, und danach wird die erste Tafelrunde gefeiert. Morgen früh dann der Triumph und die Vereinigung des Königreichs, am Nachmittag die Suche nach dem Kessel und schließlich die abendliche Tafelrunde.«

»Verehren alle deine Landsleute diesen längst toten König?« fragte sie mit wieder traurig klingender Stimme.

Er spürte, daß sie gegen ihre Erinnerungen ankämpfte, daß sie versuchte, ihre Angst zu überwinden. »Verehren ist nicht das richtige Wort«, erwiderte er und nahm sie wieder an der Hand, die sich feucht anfühlte. »Sie glauben eher an Arthur, könnte man sagen. Im Grunde glauben sie an hundert verschiedene Dinge: an das edle Rittertum, an die Gerechtigkeit, an die Verteidigung der Eindringlinge, die Rückkehr des Anführers... die Liebe, die alles verzeiht.... und das alles wird von Arthur verkörpert.«

»Aber er war doch ein englischer König, oder etwa nicht?« widersprach sie mit einer gewissen dumpfen Entschlossenheit und starrte die Ritter in ihren nachgeahmten Rüstungen an. »Das hier ist doch... ein anderes Land.«

»Nein, nein, Arthur ist in Wales geboren, ein echter Waliser. Du kannst jeden hier fragen: Er hat England seinem Königreich Wales bloß angegliedert, nicht umgekehrt.«

Die Sonne ging schon unter und färbte den See rot; Fackeln und Laternen wurden angezündet. Ein kleines Boot erschien, in dem eine Frauengestalt stand. Es hatte nur ein kleines Segel aus steifem Tuch und schien von niemandem gesteuert zu werden – (allerdings stand im Heck eine mit Tüchern reich drapierte Couch, unter der ein Mechanismus oder ein Steuermann verborgen sein konnte).

Das Boot der Fee fuhr durch das Schilf im Uferbereich, worauf Arthur, in fließende, purpurne und goldene Gewänder gekleidet, ihm entgegenwatete. Eine aufgescheuchte Ente quakte dem König wütend hinterher, was das Publikum zum Jubeln brachte.

Hywel lachte ebenfalls. »Es gibt da die Legende, daß die Vögel am Llyn Safaddan zu singen beginnen, wenn der rechtmäßige König von Wales erscheint. Der junge Mann brauchte das Schwert nun eigentlich gar nicht mehr in Empfang zu nehmen.«

Aber er nahm es entgegen, hielt es hoch, daß es im Lichtkegel einer Laterne wie eine Flamme aufloderte. Das Boot der Fee löste sich vom Ufer und verschwand darauf. Fässer wurden nun angezapft, und Essensdüfte zogen durch die Luft.

Cynthia hörte seltsame Töne, denen sie nachging. Hywel folgte ihr zu einem kleinen Zelt neben dem großen des Königs.

Im Zelt sang ein junger Mann; neben ihm strich eine Frau mit einem Bogen über ein Psalterium. Der Gesang war nicht Begleitung, sondern eher Kontrapunkt zur Melodie. Sänger und Musikantin warfen sich ununterbrochen Blicke zu, so daß es den Anschein hatte, als würden sie einen Wettstreit miteinander austragen: Die Frau spielte mal schneller, mal langsamer, während der junge Mann stets seinen eigenen Gesangsrhythmus beibehielt. Schließlich trafen beide den gleichen Ton, hielten ihn einige Sekunden lang und beendeten ihren Vortrag. Gewaltiger Applaus brandete auf.

Hywel beobachtete Cynthia; sie schien nicht recht zu wissen, ob sie lachen oder weinen sollte. »Diese Art von musikalischer Darbietung nennt man *Penillion*. Der Musikant spielt eine allen bekannte Melodie, der Sänger muß darüber improvisieren. Du hast ja gehört, wie es vor sich geht: Der Sänger kann den Rhythmus frei bestimmen, solange er irgendwie zur Melodie paßt, und schließlich finden sie sich zu einem gemeinsamen Schlußakkord.«

Sie nickte, doch vermied sie seinen Blick. Ein Mann mit einer langen Baßflöte nahm auf dem Musikantenstuhl Platz, eine Sängerin räusperte sich. Der Vortrag dieser beiden klang harmonischer, war weniger ein Wettstreit zwischen Stimme und Instrument; er endete mit einem kurzen, tiefen, beinahe wie ein Schmerzenslaut klingenden Ton. »Möchtest du es nicht auch einmal mit dem Singen versuchen?« fragte Hywel. »Es gibt immer Musikanten, die frei sind und einen Sänger suchen, und es gibt sicher eine Melodie, die ihr beide kennt.«

»Aber ich beherrsche doch eure Sprache nicht.«

»Daran wird sich niemand stören.«

»Ich kann es nicht – wie schaffen es diese Menschen bloß, Worte zu finden, während eine Melodie gespielt wird?« Sie verließ das Zelt.

Hywel blieb. Draußen ertönte ein schriller Schrei. Er raffte sein Gewand hastig zusammen, um schneller laufen zu können.

Er sah eine Ansammlung von Gestalten in einem Geviert, das für die nachgespielten Turnierkämpfe des nächsten Tages abgesteckt worden war. Als er näher kam, bemerkte er, daß es aber Kinder waren. Cynthia kniete am Boden, denn vor ihr lang ein Junge, vielleicht sechs, sieben Jahre alt, dessen linker Arm blutete und der bitterlich weinte.

»Was ist hier passiert?« fragte Hywel auf walisisch.

Niemand antwortete ihm. Cynthia trennte das Gewand des Jungen durch exakt geführte Schnitte mit einem Dolch auf. »*Lume di qua!*« rief sie. Als sich nichts rührte, wiederholte sie gereizt ihren Appell: »Licht!«

Die Kinder liefen durcheinander, flüsterten ängstlich. Hywel sah sich um; es kamen zwar Erwachsene auf die Gruppe zu, aber nur sehr zögernd. Hywel hob die linke Hand, krümmte die Finger, konzentrierte seine Gedanken. Ein weißer Funke erschien in seiner Hand, dann ein bläulicher Lichtkegel. Ausrufe des Erstaunens waren zu hören. Cynthia sah nicht hoch, sagte auch kein Wort. Der Junge weinte noch immer.

»Was ist passiert?« fragte Hywel noch einmal.

»Wir haben nur gespielt«, antwortete ein völlig verängstigter Junge. »Wir haben nur Cei und Bedwyr gespielt, mit Schwertern aus Blech. Der Vater von William ist Blechschmied –«

»Und hat er euch nicht gesagt, daß auch Blech scharfe Kanten hat?«

»Hywel! Ich brauche etwas Wein, um die Wunde auszuwaschen«, sagte Cynthia auf italienisch. »Kein Wasser aus dem See!«

Hywel ließ das Zauberlicht verlöschen. Cynthia sah verärgert hoch. »Ich brauche –«

Hywel wandte sich an die Erwachsenen, die sich nun doch zu ihnen gesellten. »Bringt die Laterne bitte hier herüber; die Ärztin braucht Licht. Und wer von euch hat einen Becher Wein?«

»Ich habe Seife, in Regenwasser aufgelöst, und einen ausgekochten Schwamm. Nützt das etwas?«

Eine kleine, kräftige Frau in einem grauen Wollgewand und einer weißen Leinenhaube bot ihre Hilfe an. Sie war etwa vierzig Jahre alt, hatte ein unauffälliges Gesicht, in dem jedoch wache Augen funkelten. Aus einer großen Schultertasche nahm sie ein Fläschchen und den Schwamm. »Gehört sie zu dir?« wandte die Frau sich leise an Hywel.

»*Je.*« Hywel drehte sich zu Cynthia um und sprach sie auf englisch an.

»Cynthia, das ist Mary Setright, eine Wundheilerin. Sie spricht auch Englisch.«

Cynthia blickte auf, nahm das Seifenwasser und den Schwamm. »Ihr seid Ärztin?«

»Ich bin eine Hexe«, erwiderte Mary und lächelte. »Buuh!« Sie holte eine Rolle Leinenmull aus ihrer Tasche. »Sagt mir, wenn Ihr etwas davon braucht.«

Cynthia nickte, beugte sich wieder hinunter zu ihrem Patienten und begann damit, die Wunde auszuwaschen. Der Junge schrie auf. Erschrocken zog Cynthia ihre Hand zurück, holte gerade aus, um ihn zu ohrfeigen.

Mary drückte ihr die Mullrolle in die ausgestreckte Hand und hielt sie fest. Cynthia fuhr herum, starrte sie mit weit aufgerissenen Augen an; dann schüttelte sie langsam den Kopf und schloß die Finger um die Rolle. Mit der Linken nahm sie den Dolch, betrachtete ihn. Hywel spürte die Anspannung, die in ihm aufkam. Mary ließ Cynthias Hand los. Cynthia schnitt ein Stück von der Rolle ab und verband damit die Wunde.

Als sie damit fertig war, half sie dem Jungen auf die Beine und entließ ihn in die Obhut seiner inzwischen eingetroffenen Eltern. Hywel hörte bloß noch die ersten Worte der Strafpredigt, die der Blechschmied seinem Sohn hielt.

Rasch zerstreute sich daraufhin die Menge, erst die Erwachsenen, dann auch die Kinder, bis nur noch Hywel und Mary neben Cynthia standen, die immer noch kniete. Ihr Schal hing ihr lose um den Hals, schleifte auf der Erde.

Mary Setright legte Cynthia die Hand auf die Schulter. »Das hast du wunderbar gemacht, Schwester. Komm mit, du hast dir jetzt eine Tasse Löwenzahntee redlich verdient.«

»Es wird von mir erwartet, daß ich meine Sache gut mache«, erwiderte Cynthia mit belegter Stimme. »Ich habe meinen Doktor der Medizin an der Universität von Pisa erworben. Mein Vater ist der beste Arzt in Florenz. Genauer gesagt, er war es.« Unsicher blickte sie hoch, schüttelte den Kopf. »Wenn ich mir je erlaubt hätte, einen Patienten zu schlagen, hätte mich mein Vater auf die Straße gesetzt, und ich hätte die Passanten um ein kleines Scherflein anbetteln müssen wie ein blindes Weib.« Sie starrte auf ihre Hände, die noch zitterten. »Seht her: Wie kann ich mit denen noch ein Skalpell exakt führen? Wenn ich erblinden würde, wäre es auch nicht viel anders.«

Cynthia legte ihre Handfläche wie zum Gebet aneinander, sah Hywel und Mary flehend an. »*Madonna*... *Signore* Ficino... verzeiht mir: Ich bin die einzige Ricci, die noch am Leben ist.« Sie sagte es erstaunlich ruhig und gefaßt.

»Mary... bitte, frag mich nicht...«, flüsterte Hywel.

Mary legte den Arm um Cynthia, half ihr aufzustehen. »Ach, Peredur, ich habe doch Augen im Kopf und sehe, was los ist. Komm, hilf mir!«

Sie nahmen Cynthia in ihre Mitte und entfernten sich vom See und dem festlichen Treiben.

Hywel lehnte am Kamin in Marys Häuschen und betrachtete das Medaillon, das er auf dem Festplatz gefunden hatte.

Es war zwei Finger breit, aus weißem Metall und hatte in der Mitte ein Loch, damit man es an einer Schnur oder einer Kette befestigen konnte. Auf der Vorderseite waren ein dunkler und ein heller Drache eingeprägt, die miteinander kämpften. Der dunklere Drache war ganz offensichtlich der überlegene.

Hywel wußte, wie jedermann in Britannien, worauf diese Darstellung anspielte: auf den roten und den weißen Drachen, die nach Merlins Prophezeiung von Uther gefunden werden sollten.

Der rote Drache symbolisierte das Königreich Wales. Der weiße...

Hywel drehte die Medaille um. Auf der Rückseite war die lateinische Inschrift REXQUE FUTURIS eingeprägt. Und jedermann in Britannien kannte sie: die letzten Worte von Arthurs Grabinschrift: DER ZUKÜNFTIGE KÖNIG.

Er ballte die Faust um das Medaillon, schloß das Auge und versenkte sich in das Metall.

Sein Geist widersetzte sich diesem Kontakt. Das Medaillon in seiner Hand fühlte sich einen kurzen Augenblick so an, als sei es rotglühend; er schaute wieder darauf, doch es lag kühl und weißglänzend auf seiner unversehrten Handfläche.

Er wußte nun, daß hier geistige Kräfte am Werk waren, die nicht wie er von einer Angst vor den Energien der Magie gezügelt wurden: Menschen, die mit dem Feuer spielten.

Er steckte das Medaillon weg, als Mary aus dem anderen Zimmer kam. »Wie geht es ihr?«

»Nicht gut. Und es wird noch schlimmer werden, bevor es wieder besser wird... Holst du mir Wasser, Hywel? Mit dem Kessel?«

»Gern.« Er nahm den schwarzen Eisenkessel vom Haken über dem Feuer und ging hinaus.

Das Häuschen stand auf einer winzigen Lichtung; wer schon in zwanzig Schritt Entfernung an ihm vorbeiging, würde es nicht bemerken, so dicht wurde es von Bäumen und Sträuchern abgeschirmt. Ein Bach plätscherte daran vorbei, in dem Hywel den Kessel füllte.

Die Wände des Häuschens waren aus Kiefernstämmen, das Dach mit Stroh gedeckt, das leicht grün schimmerte, denn es war feucht und würde nie brennen, dafür hatte Hywel gesorgt. In Marys Dach hauste auch kein Ungeziefer wie in allen anderen Strohdächern; dies war allerdings nicht Hywels Werk. Mary hatte allem Ungeziefer mit Ausnahme der Spinnen, deren Netze sie für Wundverbände sammelte, befohlen, für immer dem Hause fernzubleiben, und tatsächlich waren nur die Spinnen dageblieben.

Als Hywel vom Bach zurückkam, stand Mary in der Haustür. »Ich hab' sie in den Schlaf gesungen, aber sie kommt nicht zur Ruhe; sie spricht in ihrer Muttersprache – Italienisch, wenn ich es recht kenne. Sie redet von Gift, einem Mann mit einer Peitsche und von einer Kalkgrube. Sie sagt, sie wäre ein *Gwaedur,* obwohl ich ihr ansehe, daß sie kein Blut braucht. Was hat meine Schwester erlebt?«

Hywel trug schwer an dem Kessel, genauso schwer wie an seinen Gedanken; er ging hinein und hängte ihn an seinen Platz. Er hatte das Bild des kleinen Mannes mit den dunklen Augen, des Flagellanten, gesehen, als sie sich berührt hatten: Er wußte jedoch nicht, um wen es sich handelte, und konnte niemanden danach fragen.

Den Vampirmord hatte er jedoch in gewöhnlicher Sicht gesehen; er erzählte Mary davon. Sie stellte zwischendurch keine Fragen, saß nur in ihrem Schaukelstuhl, während sie schaukelte und vor sich hin summte.

Hywel spürte, wie ihm die Augenlider schwer wurden. »Nein, Mary! Nicht mit mir auch noch. Hör damit auf!«

»Ich mache überhaupt nichts, Bruder. Du mußt schlafen, genau wie alle anderen Kinder des Herrn.«

Er war plötzlich unheimlich müde. Mary sang zwar wieder, aber vielleicht lag es tatsächlich allein an ihm selbst. Er schlief gewöhnlich nur jede dritte oder vierte Nacht, doch in der letzten Zeit nicht einmal das, weil Cynthia des Nachts so verwundbar war...

»Schlaf jetzt, Bruder Hywel. Ich werde heute nacht auf unsere Schwester aufpassen.«

Er sank auf eine Pritsche neben dem Feuer und spürte nicht einmal mehr, daß er ziemlich hart mit dem Kopf auf den Brettern landete. Sie zog ihm die Stiefel aus und legte ihm einen zusammengefalteten Mantel unter den Kopf; er hatte nicht die Kraft, sich dem zu widersetzen.

Das letzte, was er vor dem Einschlafen wie durch einen goldenen Nebel noch sah, war Marys Schrein an der Wand mit den flackernden Kerzen und dem lateinischen Kreuz.

Er wachte auf, weil er kühle Feuchtigkeit auf dem Lid seines Auges spürte. Mary zog ihren Finger, von dem klares Wasser tropfte, zurück. »Steh auf, Hywel. Ich bringe sie nicht zur Ruhe; wir müssen etwas tun. Ich brauche dich, um sie zu halten.«

Hywel sah sie etwas verständnislos an, als er aufstand; dann hörte er Cynthia im anderen Zimmer schreien. »Du meinst... sie festhalten.«

»Richtig.«

Er folgte Mary ins Schlafzimmer, in dem ein großes Bett mit gedrechselten Eichenpfosten stand. Die Sonne schien durchs Fenster, und Hywel merkte daran, daß es bereits Nachmittag war und wie lange er demnach geschlafen hatte. Trotz ihrer Schreie? fragte er sich. Sein Blick wanderte unwillkürlich zu Cynthia.

Sie lag mit angezogenen Knien auf dem Bett, klammerte sich mit den Händen an den Bettpfosten am Kopfende fest; das wollene Nachthemd hatte sich hochgeschoben, entblößte blasse Beine und Knie, die so spitz und knochig waren wie die eines Kindes. Ihr Haar war unter einer Schlafhaube verborgen. Ihr Gesicht glich nur noch einer blutleeren Maske: die Augen geschlossen, der Mund geöffnet, die Muskulatur verkrampft, ein Bild des Jammers. Sie wimmerte wie ein ertrinkendes Kätzchen.

Er hatte Angst davor, sie zu berühren. Seine leere Augenhöhle schmerzte. »Müssen wir sie wirklich...?«

»Dann hol mir ihren Seidenschal«, erwiderte Mary ganz ruhig. »Du kannst draußen warten, und ich binde ihr die Hände zusammen.«

»Nein, das ist nicht nötig... ich tu's.« Er setzte sich auf die Bettkante. Cynthia riß die Augen auf, starrte ihn an. Hywel löste vorsichtig die Finger ihrer rechten Hand vom Bettpfosten. Auf ihrer Handfläche zeichneten sich die Windungen des gedrechselten Eichenholzes ab.

»Ich esse nichts«, schrie sie plötzlich. »Lieber hungere ich oder schlucke Gift, aber ich mag euer Essen oder euren Wein nicht.«

Hywel löste die andere Hand. Cynthia sah an sich herunter, griff dann mit beiden Händen ihr Nachthemd, zerrte wie wild daran. Ein Knopf riß ab, flog gegen die Wand.

Hywel packte entsetzt ihre Handgelenke und hielt sie fest; Silben jagten ihm ungewollt durch den Kopf. Er spürte, wie sich ihre Muskeln und Bänder erwärmten, entspannten. Sie lockerte allmählich ihren Griff.

Hywel ließ sie sofort los. »Mary –« Er schob einen Arm unter Cynthias Rücken durch, richtete sie etwas auf; sie lehnte sich an ihn. Ihre Rückenmuskeln waren hart wie ein Brett. Er legte ihr die Arme um die Taille. Ihre Finger strichen über seine Unterarme, die zu kribbeln anfingen und drohten ihm einzuschlafen.

»Mary!«

Mary hatte ein kompliziert verknotetes Fadenspiel zwischen ihren Fingern aufgespannt. »Erzähl uns jetzt, was geschehen ist, Schwester«, forderte sie Cynthia mit leiser, sanfter Stimme auf. »Sag es uns, damit es ans Licht kommt, denn das Böse flieht vor dem Licht.«

»Nein!« schrie Cynthia, versuchte sich aus Hywels Umklammerung zu befreien. »Laß mich los!«

»Es gibt keine Erlösung ohne Liebe und keine Liebe ohne innere Beziehung«, fuhr Mary fort. »Unser Herr wußte dies und wurde Fleisch, um so Beziehung, Liebe und Vergebung in die Welt zu bringen. Sag uns jetzt, was in dem verschneiten Gasthof geschehen ist.«

»*Hywel?*« kreischte Cynthia und wand sich unter seinem Griff. Er spürte, wie sich ihre Muskeln verkrampften, ihre Gelenke knackten. Und obwohl er es nicht wollte, gebrauchte er unwillkürlich seine Macht, und sie entspannte sich. »Hywel ... was hast du ... ihr erzählt?« stammelte sie.

»Wovor fürchtest du dich?« fragte Mary und nestelte mit den Fingern in dem Fadengeflecht. »Sag etwas, und der Schmerz entschwindet mit dem Echo deiner Worte; was du nicht sagst, wird dich indes ewig ängstigen. Erzähl uns jetzt von dem Kurier!« Im Fadenspiel löste sich ein Knoten.

»Ich habe ihm die Schnitte nicht versetzt ... Ich habe dem Spion gezeigt, wo er schneiden muß ... Ich nahm den Federkiel aus meiner Tasche. Aber ich ... ich ...«

»Und warum wolltest du dem Agenten helfen? Der Frieden ergibt sich aus dem Verstehen. Sag mir, Schwester, was war die Ursache für dein Tun?« Wieder löste sich ein Knoten auf.

Cynthia verkrampfte sich erneut. »Der Herzog Sforza ...«

Sie drangen weiter in die Vergangenheit ein, förderten Schmerzliches zutage: Eiter, der die Seele vergiftete, trat aus, schwarzes Blut, der Gestank von Korruption.

Hywel fühlte es ebenfalls; nachdem er in ihre Erinnerungen Einblick gewonnen hatte, waren sie zum Teil zu seinen eigenen geworden, und nun verstand er auch das Gesehene. Er sah förmlich sich selbst gefangen in einem übel riechenden Schrank, während Savonarola sich geißelte, und war nahe daran, sich übergeben zu müssen.

Sofort vertrieb er das Gefühl der Übelkeit. Zu schnell, zu einfach, ging es ihm durch den Sinn; er fügte sich bereits genug Schaden zu, aber auch Cynthia. Mary hatte ihn da mit hineingezogen, wenn auch mit den besten Absichten. Aber sie verstand ihn nicht, würde es nie können.

Unter all den Magiern, die er kennengelernt hatte, nachdem Kallian Ptolemäus sein Bewußtsein erweitert hatte, gab es nur fünf, die von ihrer Macht verdorben worden waren. Fünf von Hunderten.

Diese fünf hatten jedoch über diesen Makel hinaus nichts mehr gemeinsam. Da war einmal der glatzköpfige, dicke und sinnenfrohe chinesische Priester mit dem so gar nicht zum Schweigen des Tao passenden, seltsam fröhlichen Humor. Dann der russische Eremit, lange Haare, langer Bart, völlig verlaust, der sein ganzes Leben in einer verräucherten Höhle zubrachte, die vollgestopft war mit uralten Götterbildern. Vor seinem inneren Auge erschien jene einfache Bauersfrau, eine weise Hexe, die in einem schlichten Häuschen wohnte, das innen wie außen gleich groß war und nicht auf Hühnerbeinen stand, deren Gott eine absurde Passion durchlitten und sich des ganzen Instrumentariums römischer Rechtsprechung bedient hatte, um seine Geschöpfe zu erlösen. Der vierte Hexenmeister behauptete, es gebe überhaupt keine Götter, das Universum sei vielmehr eine Maschinerie, wie ein Räderwerk – allerdings ein *vollkommenes* Räderwerk. Der fünfte..., an sie wollte er lieber nicht denken, und außerdem war sie bereits tot.

»Mich wurde gelehrt, daß das Skalpell nicht einfach ein Messer sei, sondern ein Werkzeug zur Darstellung der medizinischen Kunst, ein geweihtes Instrument... Und dieses geweihte Instrument habe ich einem jungen Menschen ins Herz gestoßen. Und ich habe dabei keinen Fehler gemacht, alle Regeln beachtet...« Sie pendelte mit dem Oberkörper vor und zurück, schüttelte verzweifelt den Kopf. Hywel strich ihr übers Haar, spürte, wie ihr der Schweiß auf die Stirn trat.

Hywel wußte, was die fünf davon abhielt, sich selbst zu zerfleischen und zu vernichten. Es hatte nichts mit den Zaubereien zu tun, die sie bewerkstelligten, nichts mit denen, in deren Namen sie es taten, mit magischen Kreisen, Molchaugen oder den Mondphasen. Er wußte, was es war, doch dieses Wissen konnte ihn nicht retten, denn die Kräfte, die den Glauben hätten stützen und nähren können, waren bei ihm längst erschöpft.

Das Fadenspiel war nun entwirrt. Cynthia schwieg, schien sich beruhigt zu haben. Hywel spürte durch die Fingerspitzen, wie es in ihr arbeitete. Er nahm seine Hände von ihrem Körper, als fürchte er, etwas zu berühren, das nicht physischer Natur war.

Es war inzwischen recht dunkel im Zimmer, das kleine Feuer warf flakkernde Schatten. »Schwester, bist du noch da?« fragte Mary.

»Ja, *Donna Maria*. Wie lange habe ich... ist das Fest vorbei?«

»Du mußt dich jetzt ausruhen«, riet Mary und begann, leise zu summen.

»Nein. Bitte laß mich nicht wieder einschlafen.« Es klang nicht wie eine Bitte. »Hywel? Ist das Fest noch im Gange? Dann bring mich bitte hin.«

Hywel stand auf, nahm ihre Hand in die seine. Sie erhob sich vom Bett, strich sich das Nachthemd glatt. »Nun brauche ich aber meine Kleider. So, wie ich jetzt aussehe, tauge ich nur für eine Narrenszene.« Für einen Augenblick trat betretene Stille ein. Dann öffnete Mary einen Schrank und nahm Cynthias Kleider heraus; sie waren sauber und dufteten nach Frühlingsregen.

Hywel und Mary gingen in die Küche, in der es Hywel kalt vorkam; sein trocknender Schweiß vermittelte ihm wohl diesen Eindruck, stellte er fest.

»Du nimmst sie mit, Hywel, oder?«

»Sie will ja unbedingt gehen. Du hättest es ihr leichter verbieten können als ich.«

»Ich meine, nicht zum Fest. Gut, sie braucht das jetzt irgendwie; ich spürte es, als sie darum bat. Nein, Peredur, das meinte ich nicht. Du willst sie für deine Zwecke haben, nicht wahr?«

»Ich habe nicht die Absicht, sie irgendwie zu verletzen«, erwiderte Hywel, obwohl er wußte, wie sehr er sie bereits verletzt hatte.

»Wenn ich das befürchten müßte, würde ich dich nicht mehr aus diesem Hause lassen«, erklärte Mary mit äußerster Bestimmtheit. Hywel zweifelte keineswegs an diesen Worten.

Mary trat ganz nah auf ihn zu, sah mit einem Ausdruck unendlicher Traurigkeit in den Augen zu ihm auf. »Ich habe dir immer wieder gesagt, daß dein Vorhaben dich nicht glücklich machen wird. Wann wirst du mir es endlich glauben und dich ausruhen?«

»Niemals«, sagte er nach einer Weile. Es war jedoch nur die halbe Antwort, denn er glaubte es ihr. Er hatte es bereits gewußt, bevor er von ihrer Existenz erfuhr; er wußte seit über einem halben Jahrhundert, seit seiner ersten Abreise aus der schönen Stadt Byzanz, daß ihn sein Weg nicht in ein Paradies führen würde.

Sie hatte ihm dabei geholfen, sich darüber klarzuwerden, doch er würde es ihr gegenüber nie eingestehen.

Cynthia kam aus dem Schlafzimmer, steckte noch ihr Haar hoch. Ihr Gang war unsicher, ihr Gesicht grau und von dem Durchstandenen gezeichnet, doch konnte Hywel eine Entschlossenheit in ihrem Schritt, eine Ruhe in ihrem Blick erkennen, die vorher nicht dagewesen waren. »Sollen wir gehen?« fragte sie.

»Ihr kommt doch noch einmal bei mir vorbei, bevor ihr weiterreitet?« bat Mary.

»Natürlich«, versicherte Hywel.

»Reisen wir denn schon wieder ab? Ich würde gerne... noch lernen, den Namen dieses Ortes auszusprechen.«

Mary umarmte die beiden, und Hywel hörte gerade noch, wie sie ein Gebet flüsterte.

Er führte Cynthia aus dem Häuschen und durch den Wald, hin zum Festplatz, von dem ihnen schon von weitem das fröhliche Lärmen von Arthurs abendlicher Tafelrunde entgegenschallte.

Der Kampf des Königs mit seinem unehelichen Sohn wurde wunderschön in Szene gesetzt, Speer und Schwert glühten im Abendschein. Als Mordred seinem Vater den Speer in den Körper stieß und dieser sich an dessen Schaft hochzog, um Caliburn ein letztes Mal zu schwingen, erschien der Llyn Safaddan in Blutröte getaucht.

Als die Sterne am Himmel aufleuchteten, kam das Boot der Fee über den See gefahren. Bedwyr trug Caliburn fort, kehrte zweimal zurück, um lügnerisch anzugeben, er habe es weggeworfen, und wurde zweimal wieder zurückgeschickt. Das Boot kam an Land, drei Königinnen stiegen aus, um den König an Bord zu tragen, segelten wieder davon.

Bedwyr erschien wieder, taumelnd, sichtlich von Ehrfurcht ergriffen; einer aus dem Publikum rief: »Hast wohl gesoffen?« Aus derselben Richtung war darauf nur ein dumpfer Schlag zu hören, worauf weitere Zwischenrufe ausblieben.

Der einsame Ritter am Seeufer fiel auf die Knie, seine Musselin-Rüstung raschelte. »*Mylord,* wohin seid Ihr entschwunden? Ich habe getan, was Ihr mir aufgetragen habt. Ich warf das Schwert weg – bei meiner Ehre, *Mylord,* ich tat es wirklich – wo seid Ihr, Arthur, mein König?

Da kam ein Boot, mein König, ein kleines Boot, mit drei Damen darin; es müssen hohe Damen gewesen sein. Und Caliburn drehte sich wie ein Rad in der Luft, und die Dame im Bug des Boots streckte ihre Hand aus, und sie nahm das Schwert am Griff.

Da lag noch etwas im Boot. Ich konnte es nicht erkennen im Schein der untergehenden Sonne..., doch es muß ein Schatz gewesen sein, denn es glänzte wie Gold.

Oh, Arthur, mein König, es war ein Wunder; ich wünschte mir, Ihr hättet es selbst gesehen!«

Gwenhwyfar erschien dann, zum Zeichen der Trauer ganz in Weiß gekleidet, begleitet von zwei verschleierten Jungfrauen, gefolgt von zwei Bogenschützen in Grün. Sie näherte sich dem knienden Bedwyr bis auf drei Schritte.

Der Ritter blickte hoch. Eine Weile sahen sie einander an, als würden beide daran denken, daß es nun nur noch Liebe, kein Ehebruch mehr wäre; aber zu spät, zu spät. Dann erhob sich Bedwyr schweigend, trat neben Gwenhwyfar – berührte sie jedoch nicht –, und Seite an Seite schritten sie davon, gefolgt von den Jungfrauen und den Bogenschützen.

Hywel blickte zur Seite; Cynthia war verschwunden. Aber er wußte, wo er sie finden würde.

Als er zum Zelt kam, erklangen gerade eine Harfe und eine Flöte, und gleich darauf ertönte Cynthias Stimme, voll und klar; Hywel drängte sich durch die Menge nach vorne.

Sie versuchte sich im *Penillion*-Singen: Sie sang natürlich auf italienisch, doch wie Hywel vorhergesehen hatte, machte das überhaupt nichts aus.

Er schob sich zwischen den Leuten durch, die in den ersten Reihen standen, und als er sie genauer sah, bemerkte er, daß sie weinte. Ihre Stimme blieb dennoch ganz klar: Sie hielt inne, wenn sich ein Schluchzer ihrer Kehle entrang, und setzte dann im nächsten Takt wieder ein.

Hywel spürte, ohne die genaueren Umstände zu wissen oder wissen zu wollen, daß das Lied irgendwie den Mittelpunkt des Geflechts aus schmerzlichen Erinnerungen bildete, das Mary Knoten für Knoten aufgelöst hatte; die Tränen hatten sich lange Zeit in ihr aufgestaut.

Und er fragte sich ernsthaft, ob der von Mary nicht ausgesprochene Vorwurf tatsächlich zutraf: Daß er ihre Heilung nur wollte, um sie für sein eigentliches Vorhaben einsetzen zu können..., für seine Jagd nach dem Drachen. Er tastete nach seiner Reisetasche, glaubte durch das Leder zu spüren, wie sich das Medaillon erwärmte.

Sie wäre eine gute Jagdgefährtin: tapfer, intelligent und geschickt.

»Sie hat gestern abend den Sohn vom Blechschmied geheilt«, flüsterte jemand neben ihm, »und als sie gerufen hat, sind zwei Magier gekommen und haben ihr gehorcht.«

Hywel hörte sich wortlos an, was da in der Menge gemurmelt wurde. Es gab nichts dazu zu sagen. Sie verstanden die Magie nicht, konnten es vielleicht auch nicht, weil ihre Träume von Macht und die der Hexenkunst zugrundeliegenden Tatsachen so völlig verschieden waren.

»Rhiannon«, wisperte jemand.

»Rhiannon«, bestätigten andere Stimmen.

Sie glaubten, daß der, der die Gedanken eines anderen Menschen liest, sich völlig mit der Seele des anderen vereint. Sie befanden sich im Irrtum, in einem grausigen Irrtum.

»Was ist denn das Leben anderes als eine Improvisation zur Musik?« sang Cynthia mit tränenden, glänzenden Augen.

Cynthia und Hywel waren fast am Ende ihrer Wanderung durch die Berge bei Cader Idris angelangt. Es war ein strahlender Hochsommertag, und von der Cardiganbucht wehte eine erfrischende Brise herauf. Hywel setzte sich auf einen Felsen, legte einen Fuß auf den anderen und atmete tief durch. Cynthia knotete den Schal auf, den sie sich um den Kopf gebunden hatte, und ließ den Wind durch ihr Haar wehen.

Sie sah, wie Hywel sich abwandte, als wäre ihm dieser Anblick peinlich. Sie fragte sich, ob es vielleicht tatsächlich der Fall war oder ob er diesen Eindruck bei ihr hervorrufen wollte; sie erachtete die Wahrscheinlichkeit in beiden Fällen als sehr gering. Der Hexenmeister hatte zu viele Geheimnisse; er zwängte sich selbst in ein Korsett aus Regeln, die er keinem anderen Menschen auferlegen würde.

In der letzten Zeit schien er es sich sogar zur Regel gemacht zu haben, die meiste Zeit über zu schweigen. »Du sagtest, die Römer hätten hier in der Nähe ein Lager errichtet... Sind sie über diesen Paß gezogen?«

»Nie ein zweites Mal«, erwiderte er, auf den Boden starrend.

Sie wartete. Schließlich raffte er sich zu weiteren Erläuterungen auf. »Ihnen wurde nie gestattet, weiter in die Berge einzudringen. Wenn ein Trupp diesen Paß fand..., erinnerst du dich an die hohen Felsen, durch die wir gingen? Dort wurden sie von jemandem erwartet.«

Sie nickte, dachte an die Festungen von Urbino, wo ebenfalls immer jemand gewartet hatte, auf die Byzantiner... und vielleicht immer noch wartete, denn Herzog Federigo hatte einen Sohn gehabt. Sie wünschte sich, daß dem so wäre. Nicht ganz ernst gemeint, fragte sie dann: »Und wandern des Nachts Skelette in den Rüstungen der Legionäre diesen Weg entlang?« Dieses Land schien eine unerschütterliche Vorliebe für Geister zu haben.

»Sie haben die Leichen weiter unten hingeworfen. Die, die dann später kamen – und es kamen immer wieder welche, ob Angehörige des alten oder des neuen Imperiums –, wurden immer weiter von dem abgelenkt, nach dem sie suchten.« Er starrte auf seine Stiefelspitzen.

Eine seiner Regeln besagte, so hatte Cynthia erkannt, daß niemand ihm ansehen dürfe, wenn er traurig war. Sie ließ sich deshalb nicht anmerken, was sie beobachtet hatte, und wechselte das Thema. »Hywel, wer ist eigentlich Rhiannon?«

Er ließ seinen Blick hinunter zum Meer schweifen, legte die Hände in den Schoß. Er hielt eine dieser weißen Medaillen in den Fingern; er schien sie überall zu finden, wo sie auch hinkamen. Die Metallscheibe wanderte durch seine Finger.

»Ich habe gehört, daß die Leute mich so nannten. Ich muß annehmen, daß es keine Beleidigung ist.«

Hywel steckte das Medaillon weg. »Sie war eine Wundheilerin, sagen einige.«

»Wie Mary Setright?«

»Etwas Ähnliches. Man könnte sagen, Mary dient der Rhiannon so wie du Minerva.«

Cynthia griff nach dem Eulenanhänger. »Ich wußte nicht –«

Hywel sah sie nach langer Zeit wieder an, betrachtete ihre Augen, ihr Haar. »Manche sagen, sie sei die Mondgöttin. Oft wird sie als Frau dargestellt, die auf einem weißen Pferd reitet, schneller als der Wind... Warum lachst du?«

»Weil ich sonst weinen müßte«, erwiderte sie und band sich wieder den Schal um. »Du weißt doch sicher, daß Lorenzo de' Medici mich wegen meiner Haarfarbe ›Luna‹ nannte, Dimitrios hat sich einmal mit mir unterhalten..., besser gesagt, er versuchte es..., er erzählte von einer weißen Stute namens Luna. Aber sein Englisch war nicht sehr gut..., und ich fühlte mich nicht wohl..., jedenfalls habe ich ihn geschlagen. Er tut mir leid; er wollte mir doch nur etwas aus seinem Leben erzählen.«

Sie blickte gen Norden. »Ich frage mich, wie es den beiden geht, Dimitrios und Gregor.«

Hywel stand auf. »Sie sind bestimmt bei Richard, und ich glaube auch, daß sie noch am Leben sind.«

Einige Tage nach Iambolc, dem Lichtfest im Februar, war das Städtchen Conwy wieder zur Ruhe gekommen; heftiger Schneefall in der Nacht zuvor trug nicht unwesentlich dazu bei.

Cynthia lief im Zimmer auf und ab. Es war kein großes Zimmer, aber so kärglich eingerichtet, daß sie viel Platz zum Hin- und Hergehen hatte. »Ich meine, wir sollten für einige Wochen in den Süden gehen.«

»In einigen Wochen ist es hier Frühling; er kommt auch in den Norden von Wales, auch wenn es derzeit nicht den Anschein danach hat«, entgegnete Hywel. »Und außerdem sind wir ja erst die Küste hochgekommen..., willst du all die kleinen Städte und zugigen Burgen so schnell wiedersehen?« Er lächelte.

Sie hätte beinahe losgelacht. Er schien heute besser gelaunt zu sein, und Cynthia führte dies auf die Tatsache zurück, daß sie die letzten Tage an ein und demselben Ort verbracht hatten, nicht kreuz und quer durchs Land gereist waren auf der Suche nach Legenden und Komplotten und Scheiben aus weißem Metall.

Diese Dinger, deren Herkunft für Cynthia völlig im Dunkeln lag, waren weit verbreitet. In jedem Dorf, durch das sie gekommen waren, gab es Menschen, die sie versteckt am Körper bei sich trugen. Hywel bat darum, sie sehen zu dürfen, zeigte eine von denen vor, die sich in seinem Besitz befanden, und dann wurden Worte in dem jeweiligen walisischen Dialekt gewechselt, den Cynthia nicht verstand.

Er ließ sie die Metallscheiben nicht einmal berühren; sie hatte ihm einmal angeboten, das Säckchen zu tragen, in dem er sie sammelte, doch er hatte dieses Angebot brüsk abgelehnt und das Säckchen mit den Medaillen in seiner Reisetasche verstaut wie ein Geizhals, der dabei überrascht wurde, wie er sein Gold zählt.

Cynthia wußte nicht, ob sich dahinter Magie, Wahnsinn oder ein gewöhnlicheres Übel verbarg; sie wußte nur, daß sie nichts dagegen unternehmen konnte. Sie beabsichtigte, ihn zu überreden, nach Brycheiniog, nach Llangorse zurückzukehren, Mary Setright aufzusuchen, bevor sich der rote Lindwurm auf dem Medaillon noch tiefer in sein Gehirn hineinfraß.

»Nach Süden heißt, die Küste entlang, wie du weißt«, begann er, »oder aber quer durch ganz Gwynedd hinüber nach England. Die Römer haben uns Straßen hinterlassen, die nur in den Hauptrichtungen des Kompasses verlaufen, und den Engländern war dies nur allzu recht, als daß sie etwas daran änderten. Schwer für uns, wenn wir Waliser untereinander in Verbindung treten wollen, leicht für sie, ins Land zu kommen.« In seiner Stimme schwang ein wehmütiger Unterton mit.

»Es gibt doch südlich von hier eine Straße nach Harlech, durch das Dyffryn Conwy.« Sie konnte sich inzwischen einigermaßen auf kymrisch verständigen, und als sie sich beim Wirt nach dieser Straße erkundigte, hatte dieser ihre sprachlichen Bemühungen anscheinend honoriert und war ihr verständnisvoll entgegengekommen.

»Nein, nein, diese Straße können wir nicht nehmen«, widersprach Hywel sofort. »Es hat keinen Zweck.«

»Wieso?«

»Vor zehn, fünfzehn Jahren hat Herlech in Heinrichs Namen Edward getrotzt, und Lord Herbert erhielt den Auftrag, die Stadt zu nehmen. Er wollte ein Exempel statuieren, als er das Tal des Conwy hinaufzog, und er tat es gründlich. Der Zug seiner Mannen wurde markiert vom Rauch der Brandschatzungen. Ich könnte dir einen Gasthof zeigen, wo die verbrannten Knochen –« Er ließ den Satz unvollendet, schüttelte vielmehr den Kopf. »Ich muß nicht bei Caerhun den Fluß überqueren, meine Liebe. Ich weiß, in welche Richtung er fließt.«

Er öffnete seine linke Hand, zeigte ihr die Medaille. Nach einer raschen Bewegung der Finger war die Metallscheibe bereits verschwunden, obgleich ein roter Kreis auf der Handfläche und darin zwei Bögen, die Abdrücke der kämpfenden Drachen, von ihr übrig waren. »Die Medaille ist nicht mehr da; aber sie hat sich nicht in Luft aufgelöst, sondern ist irgendwo versteckt. Das ist keine Zauberei, obwohl es die meisten Leute so bezeichnen.« Dann schüttelte er seinen Ärmel, und die Scheibe fiel mit einem dumpfen ›Klack‹ zu Boden. Als sie auf dem Boden klimperte, zuckte Hywel leicht zusammen und wischte sich mit der gezeichneten Hand über die Augen.

Es dauerte eine ganze Weile, bis einer der beiden wieder etwas sagte. Hywel ergriff das Wort. »Es tut mir leid, Cynthia, daß ich dich so lange kreuz und quer durch ein fremdes Land geschleppt habe, und das um einer Sache willen, an der du nicht beteiligt sein wolltest.«

»Ich bat darum, an ihr beteiligt zu sein«, erwiderte sie bestimmt. »Und ich bin mir sicher, daß mir Fiorenza in der jetzigen Zeit ebenso fremd vorkommen würde.« Sie bemerkte, wie sich seine Miene einen winzigen Augenblick lang aufhellte, er aber dann zu Boden blickte, um es zu verbergen. Der arme Mann, fuhr es ihr durch den Sinn, er versucht, die Welt nicht zu berühren, weil er fürchtet, sie zu verletzen. Sie stellte nebenbei für sich fest, daß sie gemeinsam fast ganz Wales bereist hatten und sie immer noch nicht wußte, aus welcher Gegend er stammte.

Plötzlich fiel ihr ein, daß er sie ja berührt und dabei nicht verletzt, sondern geheilt hatte; es mußte eigentlich eine Möglichkeit für sie geben, diese Tatsache zu benützen, um ihm zu helfen.

»Du solltest vorsichtig sein mit dem, was du zu mir sagst«, bemerkte sie, dabei um einen neckischen, aber nicht spöttischen Ton bemüht. »Ich habe noch eine Legende über deinen Llyn Safaddan gehört, die von der Hexe, die einem Mann alles gibt, ihn dann für immer verläßt, als er das erste Mal mit ihr schimpft...«

Hywel hob ganz langsam den Kopf. An seinem Gesichtsausdruck ließ sich absolut nichts ablesen: weder Amüsement noch Verärgerung, nicht einmal Desinteresse. »Und du solltest Vorsicht walten lassen, wo du hingehst und was du fragst. Rhiannon ging einmal in ein fremdes Haus, in dem sie einen Brunnen vorfand; als sie ihn berührte, kam sie nicht mehr davon los. Sie konnte weder Hände noch Füße oder Lippen bewegen. Gwydion, der Sohn von Don, mußte seine ganze Schläue einsetzen und sogar mit Mord drohen, um sie befreien zu können.« Er hielt inne, sah an ihr vorbei zum Fenster hinaus. »Und ich bin nicht Gwydion, der Sohn von Don, auch wenn du etwas anderes hören solltest.«

Er blieb regungslos sitzen; sie beobachtete ihn genau, doch seine Haltung ließ auf nichts schließen. Schließlich stand er auf und sagte freundlich: »Aber ich habe heute abend Appetit auf Kaninchen. Wollen wir versuchen, etwas zu essen zu bekommen?«

›Armer Mann‹ war nicht die richtige Bezeichnung für ihn, dachte sie, wußte allerdings auch nicht, welche Wendung treffender wäre.

Die Kutsche holperte und schaukelte die Straße zum Ludlow Castle hinauf, während die ersten bunten Blätter des Herbstes an den Fenstern vorbeiwirbelten.

Drinnen in der Kutsche klammerte sich Cynthia an die Armstützen und sah hinüber zu Hywel, wobei sie sich wunderte, wie er so ruhig bleiben konnte. Es mißfiel ihr sehr, daß bewaffnete Männer sie aus dem Bett geholt hatten. Sie waren zwar sehr höflich gewesen, doch durch diese Zuvorkommenheit wirkten sie noch bedrohlicher. Cynthia malte sich mehrere schreckliche Möglichkeiten aus, was mit ihnen geschehen würde, konnte sich jedoch überhaupt nicht vorstellen, aus welchem Grund.

Sie wurden durch schwer bewachte Tore in eine spärlich beleuchtete Eingangshalle geführt. Von irgendwoher aus den oberen Stockwerken ertönte ein schrilles Wehklagen; es konnte das eines Tieres, aber auch das eines Kindes sein.

Sie wurden in eine Bibliothek geleitet...; auf den zweiten Blick stellte es sich als ein mit Büchern vollgestopftes Amtszimmer heraus. In der Mitte des Raumes befand sich ein großer, mit allem möglichen beladener

Schreibtisch, und an den wenigen Wandflächen, die nicht von Bücherregalen eingenommen wurden, hingen einige Waffen und Musikinstrumente; auf einem Podest stand außerdem ein Teleskop aus Messing.

Neben dem Schreibtisch stand ein Mann, der hastig ein Buch durchblätterte. Er war blond, hochgewachsen, kräftig. Er trug das schwarze Samtgewand eines Gelehrten, doch die weiße Halskrause war aus Seide und nicht aus Leinen, und die silbernen Ornamente, Symbole der Auszeichnungen, die er erhalten hatte, waren so zahlreich, wie es sich die meisten Professoren, die Cynthia kannte, wohl nur zu erträumen wagten. Das Buch erkannte sie sofort: Es handelte sich um das Standardnachschlagewerk der medizinischen Literatur, das *Liber Mercurius*.

Der Mann sah hoch; er hatte einen offenen, intelligenten Gesichtsausdruck, der ihr sofort gefiel. Aber er wirkte auch sehr besorgt. »Seid Ihr die...« Seine Miene verriet Überraschung. »Doktor Peredur? Seid Ihr es wirklich?«

»Ja, Graf«, bestätigte Hywel. »Wußtet Ihr nicht, nach wem Ihr geschickt habt?«

»Eigentlich nicht.« Der blonde Mann schüttelte den Kopf, schlug das Buch zu und stellte es ins Regal zurück. »Wir hörten, ein Magier und eine Wundheilerin seien hier auf der Durchreise – Ihr seid also eine Heilerin, meine Dame?«

Hywel antwortete für sie: »Darf ich Euch Cynthia Ricci vorstellen, Doktor der Medizin und der Chirurgie. – Doktor Ricci, vor Euch steht Anthony Woodville, Graf Rivers, der Bruder der Königin.«

»Und der Verantwortliche für die Entführung unschuldiger Menschen«, fügte Rivers hinzu. »Es tut mir leid, Doktor, daß Ihr auf so grobe Weise hierhergebracht wurdet, wirklich sehr leid. Wie ich sagte, haben wir nur von einer Heilerin auf der Durchreise erfahren; wenn ich erst morgen früh einen Mann hingeschickt hätte und er mit der Nachricht zurückgekommen wäre, sie sei bereits abgereist, wäre meine königliche Schwester... Elizabeth gehört zu den Frauen, die man besser nicht erzürnt.«

»Jede Königin gehört zu ihnen«, ergänzte Hywel schmunzelnd.

»Die Königin ist also krank?«

»Viel schlimmer. Der Thronfolger ist krank.«

Wieder war schwach das Wehgeschrei des Kindes zu hören. Rivers griff sich ans Kinn.

»Ich glaube, ich sollte mir jetzt den Patienten ansehen«, meinte Cynthia.

»Das wird wohl das beste sein«, erwiderte der Graf.

Als sie die Treppe hinaufgingen, fragte Cynthia: »Ihr habt doch sicher Eure eigenen Ärzte gerufen. Was sagen sie dazu?«

»Sie geben zu, sie wüßten nicht, was es wäre. Der Junge schien leichtes Fieber zu haben, aber jetzt... Der Prinz hat große Schmerzen.«

»Im Bauch?«

Rivers warf ihr einen erstaunten Blick zu. »Ja.«

»Durchfall?«

»Ja. Blut im Stuhlgang... Entschuldigt... Ihr seid also eine Ricci, etwa aus Florenz?«

»Ich bin die letzte der Riccis aus Florenz«, erwiderte sie, weil sie wissen wollte, ob sie diesen Satz wirklich über die Lippen bringen würde.

»Oh... ich glaube zu verstehen, was Ihr meint. Lorenzo de' Medici war nämlich mein Freund.«

»Er war mein Patient.« Sie verspürte einen Stich im Herzen; es würde vermutlich nie anders werden. Aber tausendmal besser als eine verkümmerte Seele. »Ich erinnere mich daran, daß er von Anthony Woodville aus England sprach... Aber, verzeiht, ich glaubte, Ihr seid ein Dichter.«

Rivers lachte, so daß seine Augen funkelten. »Beste Dame, wenn Ihr wüßtet, was es mir bedeutet zu hören, daß jemand mich dafür hält!« Er wischte sich mit dem Ärmel die Augen. »Aber auch Euch eilt ein gewisser Ruf voraus. Unsere Ärzte waren ziemlich entsetzt, als die Königin darauf bestand, ›eine Wunderheilerin vom Lande‹ holen zu lassen. Ich bin sicher, ihnen wird jetzt um einiges wohler sein.«

Bleibt mir also nur noch, den Patienten zu kurieren, sinnierte Cynthia.

»Morton ist hier«, sagte Hywel plötzlich und blieb auf der Treppe stehen. »Wie lange ist er schon hier?«

»Zauberer Morton reist bereits seit einiger Zeit im Gefolge Ihrer Majestät.« Rivers lächelte gequält. »Dem alten Roßtäuscher ist es sogar gelungen, die Königin für sich einzunehmen. Ich muß zugeben, daß er gewisse Begabungen hat.«

»Er hat in der Tat Begabungen, denn...« Hywel beendete den Satz nicht. Eine Tür wurde vor ihnen geöffnet.

Cynthia fand die übliche Szenerie des Schlafzimmers des kranken Kindes vor: die besorgte Mutter, die verzagten Tanten, Vettern und Basen, die alte, Ruhe ausstrahlende Kinderpflegerin (die möglicherweise alle ihre eigenen Kinder unter viel schlimmeren Umständen verloren hatte), das Kind im Mittelpunkt des Interesses, das oft sogar die Aufmerksamkeit geradezu genießt, die ihm zuteil wird.

Was allerdings bei diesem Kind nicht der Fall war. Der Junge in dem reich verzierten Bett litt tatsächlich; seine Haut war gerötet und trocken, sein Körper ganz starr. Mit einem Mal wurden die Anwesenden für Cynthia nur noch zur Kulisse, denn sie nahm ihre Tasche von der Schulter und machte sich an ihre Arbeit. Sie bekam im Unterbewußtsein noch mit, daß sie zwar der besorgten Mutter vorgestellt wurde, die zufällig die Königin von England war, und sie hoffte nur, daß die von ihr im Unterbewußtsein geäußerte Erwiderung dem Anlaß angemessen war.

Sie untersuchte ihren kleinen Patienten über eine Stunde lang. Der Junge stöhnte und wimmerte wiederholt; schließlich ließ sich die Königin von jemandem aus dem Zimmer begleiten. Cynthia hatte nichts dagegen; ein wenig traurig, aber auch ein bißchen stolz stellte sie fest, daß sie sich genau wie ihr Vater verhielt: Für Vittorio stand immer der Patient an allererster Stelle, die Familie des Patienten bestenfalls an zweiter. Die Familie rückte nur dann an die erste Stelle, wenn der Patient starb, und in einem solchen Fall folgte die Strafe auf dem Fuß.

»Graf Rivers?«

»Doktor?«

»Ich habe gemerkt, daß in Eurer Bibliothek einige medizinische Fachbücher stehen.«

»Ich besitze Bücher aus allen Wissensgebieten.«

»Wenn Ihr eine Ausgabe von Doktor Pier Leones *System der Muskeln und Knochen* besitzt, so möchte ich Euch bitten, sie mir zur Verfügung zu stellen.«

Der Graf eilte selbst hinunter, um es zu holen. Einer der Anwesenden murmelte: »Jeder von uns hätte in einem Buch nachschauen können.« Cynthia wollte erklären, weshalb sie dieses Werk konsultieren wollte, doch Hywel, der bis dahin geschwiegen und scheinbar desinteressiert gewirkt hatte, kam ihr zuvor: »Natürlich, aber nur wenn Ihr daran gedacht hättet.«

Rivers kam etwas außer Atem zurück, da er die Treppen hochgerannt war, und reichte Cynthia das Buch. Es war nicht dick, aber großformatig; jeder von Leone verfaßten Textseite stand die peinlich genau ausgearbeitete Darstellung anatomischer Sachverhalte oder einer Operationsmethode gegenüber. Ihr fiel auf, daß das Buch kaum benützt worden zu sein schien.

Sie überflog die Erläuterungen, betrachtete die Zeichnungen wie vertraute Ansichten, die sie in gewisser Weise auch waren: Leone hatte ihr zu ihrem neunten Geburtstag ein Exemplar geschenkt, und sie hatte die

Zeichnungen selbst koloriert. Sie fragte sich, was mit ihrem Buch wohl inzwischen geschehen war; ob es ungelesen in der Bibliothek eines byzantinischen Satrapen stand oder längst verbrannt worden war.

Ein Stöhnen ihres Patienten brachte sie zurück in die Gegenwart; der Junge war höchstens zehn Jahre alt. Sie blätterte zu den Seiten, die sie interessierten, suchte nach den passenden Worten. »Ihr sagtet, es sei gefährlich, Eure Schwester zu erzürnen. Wenn die Wahrheit nicht so ausfällt, wie Ihre Majestät es sich wünschen, werden Majestät dann verärgert sein?«

»Ihr klingt so, als würdet Ihr ein Urteil verkünden«, erwiderte Rivers ernst und ohne jeden Sarkasmus.

»Möglich, *Mylord.* Hywel... könnten wir uns unterhalten, unter vier Augen?«

»Euch werden natürlich sofort Zimmer zur Verfügung gestellt. Ich werde veranlassen, daß Euer Gepäck aus dem Gasthof hergebracht wird«, versicherte Rivers.

Sie bedankte sich, aber es klang für ihren Geschmack nicht richtig, zu trocken, zu nüchtern. »Wir... brauchen aber noch einen anderen Raum, für eine Operation; einen mit blanken Steinwänden, die mit Lauge abgeschrubbt werden müssen. Eine Gefängniszelle wäre geeignet, wenn sie gründlich gereinigt, sehr hell beleuchtet und gegen die Gerüche aus den Abwasserkanälen abgedichtet werden kann. Alles muß mit Leinentüchern ausgekleidet werden. Sagt den Mägden, es muß frisch gewaschenes Leinen sein, Seide nur, wenn sie gekocht wurde; es kommt nicht auf den Stoff an, sondern auf seine Sauberkeit.« Sie wandte sich der kleinen Gruppe von Männern zu, die sich flüsternd unterhielten und in denen sie die Hausärzte vermutete. »Ist unter den Herren ein Chirurg?«

Der Mann, der zuvor die Bemerkung gemacht hatte, wurde puterrot. Mit übertriebener Höflichkeit antwortete er: »Ist das die Methode der bekannten und berühmten Italiener? Nach Dämonen zu suchen und das Übel mit Eisen herauszwingen? Ich fürchte, diese Methoden sind zu... neuartig für England.«

»Ihr könnt gehen, Hixson«, entgegnete Rivers schroff, und der Mann verließ den Raum. Einer der anderen Ärzte meldete sich zu Wort. »Es wäre mir eine Ehre, Euch zu helfen, beste Dame. Ich habe bereits Abszesse und Krebsgeschwüre herausgeschnitten.« Er zögerte einen Augenblick, fragte dann unsicher: »Ihr schlagt also eine Öffnung des Unterleibs vor?«

»Aber nein, nicht doch!« Cynthia verstand jedoch, warum er diese

Frage stellte: Sie waren der Meinung, wie sie selbst anfangs auch, der Prinz habe ein Darmgeschwür. Ein Schnitt durch das Bauchfell war stets eine äußerst riskante Angelegenheit; im vorliegenden Fall wäre er jedoch der reine Wahnsinn gewesen.

Andererseits wünschte sie sich, es wäre tatsächlich nur ein Darmgeschwür. »Ich möchte mir diese Knoten durch einen oberflächlichen Schnitt genauer ansehen«, erklärte sie den anderen Ärzten und beobachtete ihre Reaktion. Sie hatten offensichtlich diese Knoten überhaupt nicht bemerkt. Cynthia sah deswegen keinen Anlaß zu triumphieren.

»Ich habe auf den Schlachtfeldern einige Erfahrungen auf dem Gebiet der Chirurgie gesammelt«, meinte Rivers. »Ich würde gerne bei der Operation anwesend sein.«

»Aber selbstverständlich, Graf.« Sie konnte ihm diesen Wunsch kaum abschlagen, schon gar nicht, weil der Thronfolger unters Messer kommen würde. »Bitte gebt mir Nachricht, wenn mein Gepäck eingetroffen ist... Ich muß dem Patienten einige Medikamente verabreichen. Könnten wir uns nun unterhalten, Hywel?«

Ein Lakai brachte sie auf ihre Zimmer. Vor der Tür zu Cynthias Zimmer schickte Hywel den Bediensteten weg. »Guten Abend, ehrenwerter Magier«, wünschte Hywel.

Cynthia begriff im ersten Moment nicht, wem dieser Gruß galt, doch dann sah sie am Ende des Ganges einen Mann eine schmale Wendeltreppe herunterkommen, die anscheinend zu einem Turmzimmer führte. Der Mann trug eine Pergamentrolle und irgendein Instrument aus Messing unter dem Arm; er war mittleren Alters, kräftig, allerdings nicht athletisch gebaut, hatte buschige, schwarze Augenbrauen und einen etwas längeren Bart, als es gerade der Mode entsprach. Er trug eine pelzbesetzte Mütze aus rotem Leder und ein Gewand aus schwerem rotem, mit goldenen Punkten gemustertem Samt. Auf Cynthia machte er den Eindruck einer überdimensionalen Erdbeere.

»Desgleichen, ehrenwerter Magier, und auch Euch, *Mylady*«, erwiderte der Mann den Gruß. Sie vermutete, daß es sich bei ihm um besagten Morton handeln mußte. Eine kurze, beinahe schroffe Vorstellung durch Hywel bestätigte es.

»Ihr gabt keine Antwort, als ich mit Euch in Verbindung trat«, sagte Hywel. Cynthia kam erst nach kurzem Nachdenken darauf, daß Hywel nicht eine der üblichen Methoden oder Kontaktaufnahme meinte. Hywel spürte immer, wann sich ein anderer Hexenmeister in der Nähe befand.

»Ich war sehr beschäftigt, muß ich gestehen. Ich konnte natürlich nicht wissen, daß Ihr es seid –«, entschuldigte Morton sich wortreich. »Ich habe Euch auch nicht hier erwartet.«

Morton lächelte. »Hier in Britannien, meint Ihr. Nun, Doktor, ein Mann muß beweglich bleiben. Fühlt Ihr etwa die Steifheit des Alters? – Oh, ich bitte um Verzeihung, *Mylady*. Wenn Ihr mich nun entschuldigen würdet... Euch beiden eine gute Nacht.« Er rauschte an ihnen vorbei die Treppe hinunter.

Hywel öffnete die Tür zu Cynthias Zimmer und folgte ihr. Nach zwei Jahren Unterkunft in walisischen Herbergen und Bauernkaten erschien das Schlafzimmer in einem königlichen Schloß übertrieben luxuriös. Cynthia setzte sich auf das Bett, fühlte sich in Federn einsinken, fragte sich, ob sie darin überhaupt würde schlafen können.

Hywel schloß die schwere Tür und schob den Riegel vor. »Ich kann es dir ja gleich sagen: *Ich* kann für den Jungen nichts tun«, erklärte er in völliger Nüchternheit.

Vielleicht war Müdigkeit der Grund dafür, daß er sofort zur Sache kam; Cynthia fühlte sich jedenfalls hundemüde. »Dann wird er sterben, in ein, zwei Jahren. Vielleicht hat er auch noch fünf Jahre zu leben – aber es wäre kein Segen.«

»Mit deiner Operation –«

»Will ich nur diese Knoten untersuchen, mich vergewissern, ob zutrifft, was ich vermute. Ich könnte mich irren, wäre froh darum, wenn ich mich geirrt hätte. Ich habe diese Krankheit erst einmal in meinem ganzen Leben gesehen; in Pier Leones Werk werden nur drei Fälle genannt.«

»Und konnte er in diesen Fällen helfen?«

»Nein, er konnte es auch nicht. Doch zu einem Fall gibt es eine Fußnote: ›Behandlung durch einen Hexenmeister. Offensichtliche Besserung!‹ Du siehst also –«

»Cynthia... hast du schon einmal selbst Schmerzen in Muskeln und Sehnen verspürt? Schmerzen, die größer sind als jene, die durch körperliche Anstrengung verursacht werden?«

»Du weichst vom Thema ab.« Wie hatte Graf Rivers den Magier Morton bezeichnet? ›Der alte Roßtäuscher‹. Sie würde sich nicht täuschen oder ablenken lassen, schon gar nicht, da in einem anderen Zimmer unweit von hier ihr Patient im Sterben lag. »Ich habe Minerva Medica einen Eid geschworen.« Und in Gedanken fügte sie hinzu: *Den ich nicht noch einmal brechen werde.*

»Ich nicht.« Hywel ging zur Tür, schob den Riegel zurück. »Ihr solltet Euch jetzt ausruhen, Doktor.«

»Wenn du nichts tun willst, dann laß mich ihn zu Mary bringen!« Hatte sie ihn wirklich angeschrien? Es schien tatsächlich der Fall gewesen zu sein. »Oder zu einem anderen, der bereit ist, zu helfen, vielleicht Doktor Morton –«

»Wie alt ist Morton deiner Schätzung nach?«

»Wie bitte? Fünfunddreißig, vielleicht auch vierzig.«

»Er wird sechzig nächstes Jahr.«

»Was hat das alles damit zu tun?« Sie holte Luft. »Ich weiß ja auch nicht, wie alt *du* bist, Hywel!«

»Bevor du dich dafür entscheidest, Edwards Leben, ganz zu schweigen von seiner Seele, dem Zauberer Morton anzuvertrauen, möchte ich dich daran erinnern, daß Guillaume aus Anjou ihm wahrscheinlich ebensoviel Vertrauen entgegenbrachte.«

Er verließ den Raum, wobei er die Tür zuschlug.

Nach einer Weile begriff sie, daß es ihr gelungen war, ihn zu kränken, und er diese Kränung nicht einfach weggesteckt hatte. Ihr kam plötzlich der Gedanke, man müßte ihn vielleicht sogar öfters kränken, damit seine Seele nicht ganz verkümmerte.

Sie ließ ihre Holzpantinen von den Füßen gleiten und zu Boden fallen, legte sich dann, noch immer vollständig bekleidet, auf dem Bett zurück und glaubte, in den Federn wie ins Bodenlose zu versinken. Die hölzernen Bogen, die den Betthimmel stützten, waren mit Schnitzereien versehen, die einen menschengesichtigen Mond beim Durchlaufen seiner Phasen zeigten; der Vollmond lächelte auf sie herunter.

Sie fragte sich, ob Hywel Morton wirklich für den unbekannten englischen Hexenmeister hielt oder ihr nur angst machen wollte.

Ihre Arm- und Rückenmuskeln begannen zu schmerzen, genau, wie Hywel es gesagt hatte. Sie gab dem Bett und der Einbildung die Schuld, erinnerte sich an ihre Studienzeit, in der sie die gleichen Symptome der Krankheit zu verspüren glaubte, von der sie zuvor gelesen hatte. Ob Anthony Woodville beim Lesen seiner Bücher –

Sie wußte, daß nicht das Bett daran schuld war. Die Schmerzen waren schon häufiger aufgetreten, und es handelte sich bei ihnen nicht um eine gewöhnliche Verkrampfung. Sie setzten ihr am meisten während des Schlafes zu, denn dann träumte sie davon, sich aus einer zugenagelten Kiste befreien zu müssen. Oder von einem Bett in einem Zimmer, in das Schnee durch ein halb geöffnetes Fenster hereingeweht wurde, während das Blut langsam aus ihrem Körper floß.

Hywel hatte sie, in kaltem Schweiß gebadet, aufwachen sehen. Vielleicht hatte er auch in ihre Alpträume geblickt, trotz der Regeln, die er sich auferlegte. Er hatte es bereits einmal getan.

Sie fand keine Ruhe, war wie gelähmt, jedoch weniger durch den Schmerz als durch das Wissen, daß sie sich einen Augenblick lang darüber gefreut hatte, ihn gekränkt zu haben.

Cynthia nahm Gesichtsmaske und Haube aus weißer Baumwolle ab, zog die Nadel heraus, mit der sie ihr Haar festgesteckt hatte, und schüttelte es. Sie bemerkte, wie Anthony sie beobachtete, als sie die seidenen Handschuhe und die Leinenschürze auszog. Eine Zofe nahm ihr und dem Grafen die Schürze ab; mit bekümmertem Blick betrachtete sie das auf Cynthias Schürze trocknende Blut.

»Wundervoll, wie Ihr das gemacht habt, *Dottorina*.«

Sie fragte sich, wie es um die medizinische Wissenschaft in diesem Lande bestellt sein mußte, doch dann gab Rivers die Erklärung für sein Erstaunen. »Wie ich bereits erwähnte, war ich bei Amputationen in Feldlazaretten zugegen, aber eine solche schwierige Operation habe ich noch nie gesehen. Ich muß allerdings auch gestehen, daß ich schon lange keine medizinische Fakultät mehr besucht habe.«

»Ihr wart mir eine große Hilfe, Graf.«

»Ich fühlte mich geschmeichelt, wenn ich Eure Bemerkung als Kompliment auffassen dürfte, aber ich habe doch nichts weiter getan als einen Schwamm und einen Haken gehalten.«

»Und Ihr hattet Doktor Leones Buch in Eurer Bibliothek. Und Ihr seid nicht in Ohnmacht gefallen, als ich die Knoten herausschnitt.«

»Also gut! Schließen wir Frieden!« Sie gingen in einen kleinen Saal, wo für sie ein zweites Frühstück bereitgehalten wurde. »Jetzt bin ich aber wirklich gespannt, ob ich überhaupt noch ein Messer halten kann.«

Die Sonne schien durch ein Fenster und ließ sein Haar golden schimmern; er muß ein Jünger Apollos sein, ging es ihr durch den Sinn.

Sie nahmen am Tisch Platz. Rivers starrte auf ein paar Scheiben Schinken und fragte gefaßt: »Gibt es keine Hoffnung für den Prinzen?«

»Was ich sagte, habe ich nicht leichtfertig gesagt – aber ich würde nie behaupten, es gäbe ›keine Hoffnung‹.« Sie verzichtete darauf, ihm gegenüber die Möglichkeit einer Behandlung durch Magie zu erwähnen; ihre Gefühle an diesem Morgen waren zwiespältiger Natur.

Rivers nickte, trommelte mit den Fingern auf den Tisch; der Wein in den Glaspokalen kräuselte sich leicht. »Ich wünschte... Ihr würdet mir ständig zur Verfügung stehen, Doktor.«

Sie konnte sich ein kurzes Lachen nicht verkneifen; er sah auf und lächelte sie verlegen an. »Ich hoffe, Ihr versteht mich richtig. Müßt Ihr denn wirklich schon abreisen?«

Sie beantwortete seine Frage nicht, weil sie keine Antwort darauf wußte; sie wußte nur, daß Hywel abreisen mußte. Und nun...

»Vielleicht würde Euch der Entschluß leichter fallen, wenn ich Euch ein Amt anböte... einen Lehrstuhl an der Universität von Oxford?«

Sie glaubte, Lorenzo sprechen zu hören: *Ich wünsche, daß Ihr nach Pisa geht, bella Luna.* Der Gedanke schnürte ihr die Kehle zu, als sie am Wein nippte. Sie überlegte, daß der Verlust ihrer Heimat ja nicht bedeuten mußte, daß sie sich nirgendwo mehr heimisch fühlen würde. Die eine Hälfte der Welt, die nicht von Byzanz dominiert wurde, war groß genug.

»Wir geben Jahr für Jahr zehntausend Pfund dafür aus, nur um Berwick gegen die Schotten zu halten; ich glaube, wir können auch etwas dafür ausgeben, uns Eure wertvollen Dienste zu sichern.«

Als er die Schotten erwähnte, mußte sie an Dimitrios und Gregor denken und ihr gemeinsames Vorhaben. »Ein äußerst großzügiges Angebot, *Signore* Antonio«, erwiderte sie, nur ganz beiläufig vermerkend, mit welchem Titel sie ihn angesprochen hatte, »aber... ich kann es jetzt nicht annehmen. Es tut mir... leid.« Und sie wußte, daß sie irgendwann bereuen würde, es ausgeschlagen zu haben. »Die akute Erkrankung des Prinzen wird bald vorbei sein. Er wird sich besser fühlen.«

»Das freut mich zu hören.« Er seufzte. »Aber wird er auch wieder ganz gesund werden...?«

»Das bezweifle ich... Würdet Ihr mir erlauben, später noch einmal auf Euer Angebot zurückzukommen?« Rivers nickte, als hätte er ihre Worte kaum vernommen.

Kurz nach Mittag wurden Cynthias Taschen hinunter in den Hof gebracht. Hywel saß bereits auf einem gesattelten Fuchs, den ihm der Graf zum Geschenk gemacht hatte; für Cynthia war ein weißer Zelter gesattelt worden. Sie lachte, als sie aufsaß, um so zu verhindern, daß sie in Tränen ausbrach. Sie ritten zum Schloß hinaus, begleitet von einer sanften Oktoberbrise.

Sie ritten lange, ohne ein Wort zu wechseln. Cynthia brach schließlich das Schweigen. »Danke für das Licht; die Laternen, die sie dort oben hatten, waren viel zu schnell verrußt. Hat es...« – sie bemühte sich, nicht schnippisch zu klingen – »dich viel Kraft gekostet, es leuchten zu lassen?«

»Alles kostet Kraft. Aber es war ganz gewöhnliches Licht. Es schadet denen nicht, auf die es fiel, führt nicht zur Erblindung.«

»Ich dachte –« Sie unterließ es, ihre falsche Vermutung auszusprechen; sie hatte geglaubt, Morton wäre in Maske und Kapuze hereingekommen und hätte während der Operation Licht aus seiner Handfläche gespendet. Anthony hatte ihr jedoch danach gesagt, daß Morton das Schloß im Morgengrauen verlassen hatte.

Schließlich fragte sie: »Wohin reiten wir eigentlich?«

»Ich kann nicht an das Unmögliche glauben«, erwiderte Hywel, »aber es gibt einige, die es können und sogar tun. Wir reiten zum Llyn Safaddan, besuchen Mary.«

Hywel sah am Talgarth-Turm vorbei hinauf zum Mynydd Du; gekräuselte, graue Wolken jagten über die Gipfel. Viele Menschen waren auf den Straßen unterwegs zu den Steinkreisen des alten Glaubens, um sicher zu sein vor den Geistern, die in dieser Nacht schalten und walten durften, wie es ihnen gefiel – und wenn ein Wind, der einem das Dach über dem Kopf wegbläst, kein böser Geist sein soll, was dann? Cynthia hatte ihre Kapuze aufgesetzt, Hywel seinen Stock in den Straßengraben geworfen, und nun machten immer weniger Leute Gesten oder Zeichen, wenn die beiden an ihnen vorüberritten.

Hywel konnte die Feuer in den Steinkreisen sehen, die Gesänge hören, die der Wind ihnen entgegentrug, doch sie drangen nicht zu seinem Geist vor. Sein Geist sah und hörte den Zauberer, der in einiger Entfernung arbeitete.

Es war John Morton in Aberhonddu – Brecon Castle tauchte immer wieder vor Hywels zweitem Gesicht auf –, der in dieser Nacht Magie betrieb wie ein Zauberlehrling, dem gerade erst die Möglichkeiten seiner Macht bewußt geworden waren.

Zauberlehrlingen gebrach es allerdings an der nötigen Gewalt über sich selbst; der Schaden, den sie anrichten konnten, war begrenzt. Morton war in dieser Hinsicht kein Lehrling.

Gleich neben der Straße stand ein kleiner, aus Feldsteinen errichteter Stall. Hywel bedeutete Cynthia, daß er hier eine Rast einlegen wolle. Sie banden die Pferde im Windschatten der Hütte fest, trugen Laternen ins Innere, zündeten sie an. Die Hütte war leer, vor der Tür und den Fenstern hingen alte, zerlumpte Decken. Es roch nach Torf und Mist.

Cynthia verstand nicht, warum sie den Ritt nicht fortsetzten. »Es ist doch nicht mehr weit zu Marys Häuschen –«

»Das Häuschen ist vor den meisten Dingen sicher. Allein Marys Anwesenheit... einen Moment.« Da war plötzlich neben Morton noch etwas anderes in der Luft. Kein zweiter Zauberer. Also blieben nur noch wenige Möglichkeiten zur Erklärung offen. Hywel nahm sein Glasauge heraus, hielt es in der hohlen Hand, so daß kein Licht von den Laternen darauf fiel. Er fing einen der durch den Äther ziehenden Energiestrahlen auf, lenkte ihn in den Glaskörper; ein schwacher Funke glühte darin auf. Er wartete, bis er heller geworden war, las dann in der Pupille wie in einer Kristallkugel –

»*Was ist los, Hywel?*« schrie Cynthia und bemühte sich, ihm wieder auf die Beine zu helfen. Seine Knie schmerzten von dem Fall. Er meinte zuerst, das Auge verloren zu haben, doch seine Finger hielten es krampfhaft fest.

Er hatte Morton ganz deutlich bei seiner magischen Beschwörung im Turmzimmer von Brecon Castle gesehen. »Edward . . . «, preßte er hervor.

»Der Prinz?«

Hywel hatte auch gesehen, was vor Morton lag und was er ihm zugefügt hatte.

»Nein. Der König.« Er stand auf, ging zu einem Fenster, zog die Decke beiseite und blickte zum Himmel. Der Mond war nicht sichtbar, doch Hywel wußte, daß in drei Tagen Neumond sein würde. Das war gut für die Beschwörung, aber ungünstig für das Aussenden von Kräften. Sogar diese ungeheure Freveltat war an die Gesetze von Materie und Energie gebunden. »Wir haben wenig Zeit«, seufzte er und überlegte, wie sie am besten bewerkstelligen könnten, was es zu tun galt.

»Zeit wofür? Was ist mit dem König?«

»Was kann man für einen Mann tun, der einen schweren Schlaganfall erlitten hat?«

»Wenig. Abwarten, gute Pflege . . . und Liebe.«

»Nicht genug«, stieß er zwischen den Zähnen hervor, setzte sich auf den schmutzigen Lehmboden. »In meiner linken Satteltasche sind einige Kerzen und ein Stück weiße Kreide. Würdest du sie mir bitte holen?«

»Was hast du vor?«

»Ich nehme dich mit nach Windsor«, erwiderte er, zog sich dabei die Stiefel aus. »Eine kurze Reise, aber eine sehr anstrengende.«

»Und dieser Punkt der Straße ist der Ort Windsor«, deklamierte Hywel.

»Und dieser Punkt der Straße ist der Ort Windsor«, sprach Cynthia ihm nach.

Hywel zündete eine kleine Kerze an, stellte sie nahe der Spitze des Dreiecks ab, das er mit Kreide auf den Boden gezeichnet hatte.

»Und das ist Schloß Windsor, wo die Straße endet«, wiederholte Cynthia. Hywel zündete die letzte Kerze an, stellte sie genau auf die Spitze des Dreiecks, ließ das Stückchen Zündschnur, mit dem er die Kerzen angezündet hatte, auf den Boden fallen.

Er richtete sich langsam auf, spürte den Wind durch sein dünnes Wollgewand, die kalte Erde unter seinen nackten Füßen. Die Kerzen spendeten keine Wärme, gaben kaum ausreichend Licht.

Wie es seinem Wesen entsprach, fragte er sich zweifelnd, welche Hebel des Universums er da in Bewegung setzte, halbnackt im Kerzenschein. Er war nicht in der Lage, zwei Menschen an einen hundertfünfzig Meilen entfernten Ort zu bringen, indem er es einfach befahl. Rein äußerlich würde nichts geschehen, doch in ihm könnte etwas zerspringen und ihn töten. Er hatte es schon einmal gesehen.

Es war eine Vielzahl von Regeln zu beachten: Sich ausziehen, damit man leichter war – das ergab einen Sinn; die Route mit Kreide und Kerzen markieren – auch das konnte er verstehen. Aber warum man diese Straße barfuß und ohne Laternen entlanggehen mußte, entzog sich seinem Verständnis.

Und oben im Turm von Brecon folterte und tötete ein Mann einen anderen, weil ein dritter leiden und sterben sollte. Es schien sich nicht zu erfüllen, wirkte wie bloßes Wünschen, mit einem Messer in der Hand. Und dennoch würde es wirken, daß wußte Hywel. Er hatte es schon einmal gesehen.

In Hywels Aufzählung der fünf Zauberer fehlte noch die ungarische Edelfrau, die magische Werke nie ohne ein begleitendes Menschenopfer verrichtete. Sie hatte viele solcher Werke vollenden können. Sie lebte in dem festen Glauben, daß ihre Kraft nie versiegen würde, solange sie jemanden töten konnte, und es gab keine Anzeichen dafür, daß es nicht stimmte. Selbst als sie starb, verfluchte sie nicht einmal die aufgebrachte Menge, die sie in Stücke riß.

Hywel hatte ihr Ende damals miterlebt.

Und John Morton hatte sie einige Jahre zuvor besucht.

Hywel trat neben Cynthia, die in ihren Mantel gehüllt an der Basis des Dreiecks stand. Die Kerzen flackerten in der Dunkelheit; die Schenkel der Figur erinnerten tatsächlich an eine Straße, die in der Ferne zu einem Punkt zusammenschrumpfte.

»Bist du fertig?«

Cynthia nickte, ließ ihren Mantel fallen, schlüpfte aus ihren Schuhen. Sie hatte ein silbergraues Unterkleid aus Satin an, das Haar mit einem silbernen Band zusammengebunden. Später, wenn wir Zeit dazu haben, muß ich ihr von Arianrhod erzählen, nahm sich Hywel vor.

»Hof-fentlich treten wir König Edward nicht s-so unter die Augen«, stammelte sie vor Kälte zitternd. »S-sonst trifft ihn gleich der Sch-schlag.«

»Noch etwas, Cynthia.«

»Ja?«

»Ein großes Zauberwerk hat... Nebenwirkungen, ›Corona‹ genannt, auch Streuung. Etwas –«

»Du meinst damit, du wurdest in Ludlow davon beeinflußt?«

»Ich vermute es. Es ändert nichts an dem, was ich sagte..., aber die Art tut mir leid, mit der ich es sagte.«

»Muß man ein Zauberer sein, um das zu spüren? Daß man beeinflußt wird, meine ich?«

»Nein.« Wenn wir uns vernichten, ziehen wir womöglich den Rest der Menschheit mit, ging ihm durch den Sinn.

»D-dann m-mußt du dich nicht entschuldigen. B-bring uns irgendwohin, wo's warm ist.«

Hywel begann damit, die imaginäre Straße entlangzulaufen. Vor seinem geistigen Auge breitete sich England aus, die Kerzen markierten den Reiseweg: Hereford, Gloucester, Oxford, Maidenhead. Meilenweit mit einem Schritt –

Er verspürte einen Schlag in den Rücken, fiel unsanft auf den Boden, hörte sich stöhnen. Eine Kerze rollte an seinem Gesicht vorbei, erlosch. Instinktiv hob er den Arm, um den nächsten Schlag abzuwehren; doch eine Hand packte ihn, eine schwielige, nicht die von Cynthia. Überall tanzten Laternen. Etwas Kaltes legte sich um Hywels Handgelenk, etwas Metallenes. Eine Hand ergriff seinen Fuß, er spürte die gleiche Kälte an seiner Fessel.

Dann wurden ihm die Handgelenke zusammengeführt, und er begriff, was das kalte Metall war: Schellen aus Blei, gegossen in Schlangenform. Nicht so stark wie Eisen, doch zu dem Zeitpunkt, an dem er wieder zu Kräften gekommen sein würde, hätten sie ihn bestimmt bereits in Eisen gelegt.

Ihm schoß die Frage durch den Kopf, warum diese verdammten Schlangen tatsächlich wirkten.

Schließlich hatten die Laternen ihren Tanz beendet, und er konnte die Eindringlinge erkennen: fünf oder sechs Männer in den Uniformen des Herzogs von Buckingham. Nicht weiter verwunderlich: Morton konnte ja kaum ohne Wissen des Schloßherrn auf Brecon Castle sein grausiges Werk verrichten. Einer der Soldaten hatte ein kleines Silberpendel in der Hand; das erklärte Hywel, wie sie ausfindig gemacht worden waren.

Aus Erfahrung wußte er, daß es besser war, nichts zu sagen, obwohl er die Männer gerne gefragt hätte, welcher Sache sie zu dienen glaubten.

Einer der Soldaten zerstörte mit dem Fuß die Zeichnung auf dem Boden. Mit jeder Kerze, die erlosch, spürte Hywel etwas von der Kraft, die er für das magische Werk eingesetzt hatte, in sich zurückkehren. Er würde in Kürze vielleicht sogar schon wieder in der Lage sein –

Wo ist Cynthia?

Er drehte den Kopf, so weit es ging, und dann sah er sie. Ein Soldat hatte ihr die Arme auf den Rücken gedreht, seine Lanze seitlich an seinen Körper gelehnt, und versuchte nun, sie mit einem Lederriemen zu fesseln.

Ein zweiter Soldat hielt Cynthia an den Haaren fest; das silberne Band lag um ihren Hals. Der Mann hatte seine lange Büchse an die Wand gestellt. An seinem Wehrgehenk quer über der Brust hing ein Dutzend hölzerner Pulverflaschen, die dumpf aneinanderschlugen.

Man zwang Cynthia in die Knie. Die Soldaten machten nicht einmal hämische Bemerkungen, taten vielmehr so, als sei es für sie nichts Besonderes.

Der Lanzenträger hatte den Lederriemen um Cynthias linkes Handgelenk gewickelt, verknotete es; durch eine zu heftige Bewegung fiel die Lanze um. Er fluchte und bückte sich nach ihr.

Cynthia stieß ihm den rechten Ellenbogen gegen den Kehlkopf. Er gab einen würgenden Schmerzenslaut von sich, wankte zurück. Cynthia holte mit dem linken Arm aus, der zweite Soldat wich vor dem Lederriemen aus, ließ ihr Haar los, duckte sich, wie um einen Angriff abzuwehren. Das Ende des Riemens sauste durch die Luft und traf den Lanzenträger wie eine Peitsche im Gesicht. Er schrie auf und hielt sich die Hände vors Gesicht. Der andere Soldat trat noch einen Schritt zurück, wobei er ein langes Messer zog. Mit einem Fuß stieß er die letzte Kerze um und setzte ihn dann genau auf das Stück Lunte, das Hywel weggeworfen hatte.

Hywel formte mit den Lippen ein Wort mit neun Silben, legte die Zeigefinger aneinander. Die Pulverflaschen über der Brust des Mannes explodierten alle auf einmal; er sackte in sich zusammen, Herz- und Lungenteile ergossen sich auf die Erde.

»Cynthia –« schrie Hywel und spürte, wie ihm sofort ein Knebel in den Mund geschoben wurde.

Aber sie war die einzige, die nicht für eine Schrecksekunde erstarrte. Sie war bereits an der Tür, rannte hinaus in die Nacht. Hywel konnte sie ganz deutlich sehen: ein silberner Geist im Sturm.

Der Mann mit dem Pendel rief einen Namen. Ein zweiter Soldat mit einer Büchse zündete mit einem Seitenblick auf Hywel die Lunte an und stützte das Gewehr beim Zielen am Türrahmen ab.

Hywel schmeckte sein Blut im Mund, versuchte, noch etwas mehr Kraft zu sammeln, ohne Rücksicht darauf, ob er sich damit umbringen würde.

Irgendwer versetzte ihm einen Fußtritt und machte damit seine Bemühungen zunichte. Tötet mich, tötet mich, und ich werde euch alle verfluchen, dachte er; aber nichts geschah, außer daß ihm jemand mit dem Fuß den Kopf auf den Boden drückte. Und er brachte es nicht fertig, die Augen zu schließen, sondern mußte zusehen, wie Cynthia durch die Dunkelheit lief, bis der Soldat sie niederschoß.

Das Rad dreht sich

TEIL 4

Gewissen ist ein Wort für Feige nur,
Zum Einhalt für den Starken erst erdacht.

– Akt V, Szene 3 –

Übergänge

Der König ist tot, lange lebe der König, heißt die Redensart, doch nie ist etwas so einfach und simpel.

Gregor von Bayern beobachtete von der Seite des Saals aus, wie Richard, Herzog von Gloucester, sich mit seinen Hauptmännern besprach. Die Nachricht vom Tod König Edwards war vor zwei Tagen in Middleham eingetroffen, und nach dem ersten Schock entwickelte sich hektische Betriebsamkeit, kursierten die wildesten Gerüchte, wurden allerlei Reisevorbereitungen getroffen. Am Morgen hatte dann ein Brief aus London Richard veranlaßt, seine Soldaten in Marschbereitschaft zu versetzen und das allgemeine Durcheinander dadurch noch zu vergrößern.

Richard hielt das Schreiben mit den schweren Siegeln in der Hand. »Lord Hastings erklärt, er habe Graf Rivers, der sich zusammen mit Prinz Edward im Grenzgebiet zu Wales befindet, eine Botschaft übermittelt, in der er ihn auffordere, sich darauf zu verlassen, daß der Friede im Land gewahrt bleibe, und als Zeichen des Vertrauens den Prinzen mit nicht mehr als tausend Männern nach London zu begleiten..., einer Truppe, die wir, wie Hastings weiter schreibt, an Kopfzahl sicher auf-, wenn nicht sogar überbieten könnten.« Richard blickte von dem Schreiben hoch. »Ich bin sicher, wir könnten es, nicht wahr, Dick?«

Richard Ratcliffe, der angesprochene Bannerherr, erwiderte: »Wir sollten zwölfhundert Mann zusammenbringen, Durchlaucht.« Er zögerte einen Augenblick. »Es ist allseits bekannt, daß der König Euch als Protektor seines Sohnes wünschte, *Mylord*... Schlägt Lord Hastings etwa vor –«

»Hastings schlägt gar nichts vor, und darüber hinaus kann ich tausend Mann stellen, was auch allseits bekannt sein dürfte.« Die Männer lachten. »Was er meint, ist völlig klar. Die Familie der Königin hat den Prinzen seit dessen Geburt unter ihren Fittichen gehabt; würde es jemanden verwundern, wenn sie an diesem Zustand nichts ändern lassen wollte?« Richard legte das Schreiben weg und klopfte mit den Fingern nervös auf den Griff seines Degens.

Gregor musterte die versammelten Offiziere, alle Lehensmänner von Richard. Nach dem Gesetz schuldeten sie zwar zuerst dem König von

England Gehorsam, doch Richard hatten sie den Lehenseid geschworen, und es war nicht des Königs Gnade, die dafür sorgte, daß sie ein Dach über dem Kopf hatten.

Individuelle Verpflichtung gegenüber dem Lehensherrn kontra kollektiven Untertanengehorsam: Gregor hatte in allen Ländern, in denen er bis dahin gewesen war, gesehen, daß sich daraus Konflikte ergaben. Das war in Deutschland nicht anders als in Byzanz, war vielleicht am schlimmsten an der Universität von Alexandria gewesen. Doch ganz gleich, wo, Gregor hatte nie erlebt, daß die individuelle Verpflichtung den zweiten Rang einnahm.

Leise verließ Gregor den Saal und ging die Treppe hinauf. Wenn Richard die auf Wagengestellen montierten Kanonen mitnehmen wollte auf seinen Marsch nach London, dann nur zu; sie waren fertig. Fragen taktischer Art konnte Dimitrios besser beantworten als er selbst.

Er betrat den ersten der beiden Räume, die man ihm zur Verfügung gestellt hatte, sein Arbeitszimmer. Die Fenster waren mit Holzplatten abgedeckt worden, auf denen Pläne und Zeichnungen mit Nadeln festgesteckt waren. Richards einziger Einwand gegen das Budget, das Gregor für seine Arbeiten beanspruchte, war die scherzhaft gemeinte Äußerung gewesen, die Kosten für die Nadeln seien zu hoch. Sie mußten aus Silber sein, denn eiserne würden rosten und dadurch Flecken auf die Pläne machen, und solche aus Nickel hätten erst aus Deutschland bestellt werden müssen, aber niemand wollte sich die Mühe machen.

Froh darüber, daß er an die Nadeln gedacht hatte, zog er sechs aus dem Holz und steckte sie an der Innenseite seines weiten Ärmels fest. Die Nadeln verschwanden häufig von seinen Zeichenbrettern. Verantwortlich dafür waren die Stubenmädchen, die sie allerdings noch nicht einmal zum eigenen Gebrauch verwendeten. Sie brachten sie vielmehr den Stallburschen und Lakaien, die damit bei jungen Damen Eindruck schindeten. Diese Mädchen wären allerdings weniger entzückt gewesen von diesen Geschenken, wenn sie gewußt hätten, wie sie erworben worden waren. Aber auch die jungen Burschen würden nicht erbaut sein, wenn sie wüßten, was mit den Nadeln danach noch erkauft wurde. Einige der Nadeln wanderten, zurückgekauft gegen Silbermünzen, wieder auf seine Zeichenbretter zurück.

Er krempelte den Ärmel wieder herunter, strich das graue Tuch glatt; er mußte schmunzeln bei dem Gedanken, daß er Ausgangs- und Endpunkt eines kleinen wirtschaftlichen Kreislaufs mit Nadeln war.

Er ging weiter in das zweite Zimmer, das nur durch das Kaminfeuer erleuchtet wurde, und sah eine Frauengestalt auf seinem Bett sitzen. Sie drehte sich sofort zu ihm um. »Elayne, bist du's?« fragte er, um ihr einen kleinen Gefallen zu tun, denn er konnte sie ja ganz deutlich sehen. Sie hatte eine Haube auf, trug eine saubere Schürze über ihrem Gewand und dem Unterkleid und Filzpantoffeln an ihren ziemlich großen Füßen.

»Es heißt, daß Ihr bald weggeht, Professor«, kam sie ohne Umschweife zur Sache, wie es ihrer direkten, impulsiven Art entsprach. »Mit dem Herzog und seinen Leuten nach London.«

»Ja.«

»Warum müßt Ihr weg?« Sie war wirklich keine Frau, die sich genierte; in keiner Beziehung. »Ihr kennt Middleham im Winter nicht, wenn der Herzog fort ist. Es ist alles so öde, und das ganze Haus ist so leer.«

»Man hat mich gebeten, mitzugehen.«

»Aber nicht befohlen, oder? Und außerdem seid Ihr keiner von den ganz engen Vertrauten des Herzogs, nicht wahr?« Sie schien überzeugt, ihrem Ziel ein ganzes Stück näher gekommen zu sein.

»Ich muß mitgehen«, erwiderte Gregor, weil es zum einen der Wahrheit entsprach und er zum anderen bei ihr keine falschen Hoffnungen wecken wollte, wenn Hoffnung das richtige Wort war für die Gefühle, die sie ihm gegenüber empfand. Ein Herzog aus königlichem Hause mag sich aus irgendeinem Grund einen Vampir als Hausfreund leisten können, aber er wird ihn wohl überwacht halten und auf keinen Fall unbeaufsichtigt in dem Schloß zurücklassen, in dem sich seine Gattin aufhält. Gregor vermutete, daß Elayne das auch wußte, es aber bloß nicht auszusprechen wagte aus Angst, ihn dadurch zu verletzen.

»Ich bin noch nie in der großen Stadt gewesen. Ist es weit bis dorthin?«

Einen Moment lang war Gregor verwirrt, aber sie meinte natürlich London und nicht Byzanz. »Einige Tage, wenn die Straßen frei bleiben.«

»Ihr werdet bestimmt nicht hungrig weggehen wollen.«

Er blieb ganz ruhig sitzen, als sie aufstand, die Schürze ablegte und ihr Gewand aufknöpfte. Sie kniete sich vor ihm hin, und er schnürte ihr Unterkleid auf. Seine Hände zitterten dabei nicht; er fragte sich, ob sie sich darüber freute oder deswegen enttäuscht war. Ihre Finger suchten die Haken, die sein Gewand geschlossen hielten; sie zitterte vor Erregung.

Ihm lief das Wasser im Mund zusammen, und er verspürte ein dumpfes Gefühl im Brustkorb nahe dem Herzen. Er würde erst trinken müssen, um seine ärgste Gier zu stillen, und dann könnte sie ihr Vergnügen nach Belieben suchen. Er holte einen flachen Holzbecher vom Nachttisch.

Sie kroch zu ihm ins Bett, schmiegte sich in seine Arme; im Feuerschein schimmerte ihr Körper in den Farbtönen von Alabaster und Porphyr. Er streichelte sie, beobachtete ihr Lächeln, betrachtete den schönen Schwung ihrer Rückenlinie, um sich abzulenken. Sein Verlangen nahm viel zu schnell zu, als hätte er hungern müssen, was nicht der Fall gewesen war.

Er hatte sie kennengelernt, als sie beide an einem Tiefpunkt angekommen waren. Er hatte in der Küche nach der Schale mit warmem Blut gesucht, die man für ihn bereitstellte – wie das Futter für einen bissigen Hund –, als er aus der Wäschekammer ein seltsames Geräusch hörte. Er war ihm nachgegangen und hatte Elayne dort gefunden, allein, in Unterkleid und Schürze, doch ohne Gewand, das Haar zerzaust, leise schluchzend. Sie hatte sich einen Fingernagel so weit abgebissen, daß er stark blutete.

Zuerst wollte er sich einfach umdrehen und wieder gehen, doch dann überlegte er es sich anders: Er hatte seit Monaten kein Menschenblut mehr getrunken, wollte deshalb die Wunde küssen, mit zusammengebissenen Zähnen nur seine Lippen benetzen. Als er ihre Hand nahm, knickste sie vor ihm, versuchte, sich zu rechtfertigen, und er glaubte, so höflich sein zu müssen, ihr zuzuhören.

Das Feuer flackerte auf. Elayne stöhnte leise; Gregor ließ seine Finger weiterwandern. Sie würde keinen Schmerz spüren, wenn er die Ader aufstach. Man hatte ihm zwar immer wieder erzählt, Schmerz und Angst würden den Geschmack des Blutes intensiver werden lassen; gleiches wurde aber auch für die Lustgefühle behauptet. Gregor hielt es für möglich, daß unter solchen Umständen besondere Körpersäfte in den Blutkreislauf einfließen könnten, glaubte jedoch nicht wirklich daran.

Er hoffte nur, sein Geschmackssinn würde nie so abstumpfen, daß er es nötig haben würde, solche Dinge zu glauben.

Der Gedanke ließ ihn zögern. Es war kaum vier Wochen her, daß er ihr Blut getrunken hatte. Es bestand keine Gefahr für sie – er wußte über die günstigsten Zeiten und die erlaubte Menge genauestens Bescheid –, aber vielleicht für ihn: Wie sonst könnte sein Geschmackssinn abstumpfen denn durch Unmäßigkeit?

Allerdings würde er bald abreisen und erst nach Monaten wieder zurückkommen, wenn überhaupt.

Er stellte sich wie damals die Frage, welcher von Richards Reitern sie so enttäuscht hatte. Dimitrios würde es sicher wissen, doch seit seinem schottischen Debakel war er sehr einsilbig, sagte nur das Nötigste.

Gregor sah ihr an, daß es ihr gefiel, aber es überraschte ihn nicht: Er hatte sich schließlich auf diese Art schon des öfteren verköstigt. Aber er hätte zu gerne gewußt, ob sie glücklich war.

Die Minnesänger setzten Liebe mit Hunger gleich, sangen von Männern, die starben, wenn sie ihnen versagt blieb. Welch ein Unsinn, ging es Gregor durch den Sinn. Er hungerte nach Blut, und wenn es ihm zu lange versagt bleiben würde, würde er nicht zugrunde gehen, sondern den Verstand verlieren, vielleicht sogar töten, bis er seinen Hunger gestillt hätte. Oder abgeschossen werden wie ein wildes Tier. Also mußte er Blut trinken, das Blut vertrauenswürdiger Mädchen, um sich in der Gewalt zu haben und mit dem Trinken auch wieder aufhören zu können.

Er fühlte an ihrem Schenkel nach der Schlagader, stellte den hölzernen Becher bereit und zog eine Nadel aus dem Ärmel seines Gewandes. Hier sind zwei Waren in meinen Händen, deren Markt ich kontrolliere, triumphierte er.

Als er das Blut roch, schien es ihm, als würde in seinem Kopf ein Feuer entzündet. Er leerte hastig den Becher, weil er fürchtete, es würde ihm viel zu köstlich oder überhaupt nicht schmecken.

Gregor spazierte in einem langen, weißen Gewand, einem flachen Hut mit breiter, weicher Krempe und Handschuhen aus weißem Schweinsleder am späten Vormittag auf den Stadtmauern von York entlang; er erinnerte mit seiner im Sonnenschein dieses kalten, klaren Tages leuchtenden Kleidung ein wenig an einen Priester. Die meisten Leute, die an ihm vorübergingen. nickten ihm nur zu, und denjenigen, die ihn in ein Gespräch verwickelten, erklärte er einfach, er würde im Auftrag von Herzog Richard die Festungsanlagen inspizieren.

Diese Erklärung entsprach zwar durchaus der Wahrheit, doch Gregor hielt sie für eine lächerliche Ausrede: York, die größte Stadt im Norden Englands, war zugleich eine der am stärksten befestigten. Es würde mindestens einen Monat dauern und einen ganzen Trupp von Vermessern erfordern, um alle Gräben, Wälle, Palisaden und Kanonenstandorte zu katalogisieren.

Wenn die Leute, die seine Erklärung hörten, sie für dumm oder verdächtig hielten, so zeigten sie es zumindest nicht. Einer der Passanten flehte den Segen des göttlichen Hadrian auf Richard herab und trug Gregor auf, dem Herzog zu versichern, »die Einwohner von York liebten Ihre Durchlaucht so, wie er sie liebe, ganz gleich, wer König sei«. Einem anderen mußte er den Grund seines Ganges dreimal wiederholen, bevor dieser meinte: »Eine gute Idee von unserem Herzog, der zwar noch jung ist, aber schon sehr klug... Leider heißt es, daß der, der in jungen Jahren schon weise ist, nicht lange lebt.«

Gregor setzte sich in eine Schießscharte und legte die Hand auf die Drehbasse aus Bronze. Das Geschütz war rundum mit Grünspan bedeckt, und im Grünspan zeigten sich weiße Kratzer: mit Messerspitzen eingeritzte Namen und Initialen. In krakeligen Lettern stand da unter anderem: Nieder mit den Schotten!

Gregor zog die Krempe seines Hutes tiefer ins Gesicht, um die Augen vor der Sonne zu schützen, und blickte in Richtung Stadtmitte, wo sich die Kuppel des Pantheons erhob. Sie war nicht rund wie die der Kyklos Sophia in Byzanz, sondern ein aus zwölf Dreiecken zusammengesetzter Kegel. Dort, wo die Basis eines Dreiecks auf den Stützmauern aufsaß, befand sich eine Platte mit Löchern, die wie die Sterne eines Tierkreiszeichens angeordnet waren. Die Platten waren alle schwarz, aber aus unterschiedlichem Material: lackiertem Eichenholz für die Erdzeichen, Obsidian für die Wasser-, schwarzem Marmor mit duftiger Zeichnung für die Luft- und dem rostroten Eisen schließlich für die Feuerzeichen.

Das Dachgebälk war aus Eiche, jedes Dreieck so aus Eschenholz- und Rotdornbrettern zusammengesetzt, daß sich ein schwarz-weißes Streifenmuster ergab.

Richard und sein ganzes Gefolge legten gerade unter der Kuppel den Treueid auf den neuen König Edward V. ab. Es hatte seinen besonderen Grund, daß Gregor allein hier draußen herumlief, obwohl ihm die Augen von der Helligkeit schmerzten: Der Eid wurde mit Blut besiegelt.

Ein Mann kam in seine Richtung geritten. Er hörte ihn lange, bevor er ihn erkennen konnte: ein dunkles Pferd, ein dunkel gekleideter Reiter: Richards Gefolgsmann James Tyrell.

»Guten Morgen, *Sir* Gregor.«

»Einen guten Tag, *Sir* James. Kommt Ihr, um mich zu holen? Ich dachte, Glocken oder etwas Ähnliches würden das Ende der Zeremonie verkünden.«

Tyrell schwang sich aus dem Sattel; Palomides sah Gregor unfreundlich an. »Sie ist noch nicht beendet, wird es aber sein, wenn Ihr zurückgegangen seid.« Er zögerte. »Ich habe... meine besonderen Gründe... für meine Abwesenheit.«

»Ich kann mich nicht erinnern, nach ihnen gefragt zu haben. Ich mache mich auf den Weg.«

»Sir Gregor, ich möchte Euch etwas fragen.«

Gregor nickte ihm aufmunternd zu.

»Ich habe von niemandem den Auftrag, Euch zu fragen. Betrachtet es als vertrauliche Äußerung zwischen Rittern.«

»Wie Ihr wünscht«, erwiderte Gregor, nicht unbedingt neugierig geworden. Tyrell war seit über zwanzig Jahren der erste, der ihn ›Ritter‹ nannte. Er fragte sich, ob der Engländer überhaupt den Unterschied zwischen Fachritterschaft und der Ritterschaft, wie er sie kannte, wußte; sehr wahrscheinlich nicht, denn sonst würde er sich womöglich sogar überlegen, ob er Gregor mit ›*Sir*‹ ansprechen sollte. Andererseits war es in England nicht nötig, daß ein Ingenieur einen Titel besaß, damit ein Baron seinen Rat annahm.

»Die Küchenmagd in Middleham, Elayne...«

Gregors Neugier war geweckt, doch er ließ es sich nicht anmerken. Wollte Tyrell ihm gestehen, daß er das Mädchen hatte sitzenlassen?

»Könnte es sein, daß sie... Eure Krankheit bekommt, *Sir*?« Eine höflich gestellte Frage, aber dennoch eine gefährliche.

Gregor schalt sich, zu sorglos, zu einfältig gewesen zu sein. Er überlegte, wie er Tyrell außer Gefecht setzen könnte, ohne ihn zu töten: Er hatte keine Abneigung gegen Tyrell, schon gar keine gegen Richard, und Tyrell versuchte ja nur, seinen Herrn zu beschützen.

Gregor hatte seine kleine Pistole nicht bei sich – eine unverzeihliche Dummheit. Tyrells Schwert hing auf der ihnen abgewandten Seite des Sattels. Jeder von ihnen hatte ein Messer bei sich... Tyrell wußte als Soldat sicherlich damit umzugehen, Gregor dagegen kannte den Verlauf eines jeden Blutgefäßes im Körper.

»Nein, *Sir* James«, beantwortete er schließlich die Frage, sah Tyrell in die Augen, um dort abzulesen, falls er zum Angriff überging. »Ihr habt mein Wort als Fachritter von Bayern darauf, daß sie nicht angesteckt wurde.« Angenommen, er würde ihm anbieten, England freiwillig zu verlassen – nein, die Chance, daß sein Gegenüber auf diesen Vorschlag einging, war ebenso gering wie die, unbehelligt davonreiten zu können, nachdem er ihn getötet hätte. Er fragte sich, ob Tyrell wußte, daß die körperliche Kraft von Vampiren nicht zu den Dingen zählte, die dem Reich der Phantasie entlehnt waren. »Ich hatte schon viele Frauen..., auf keine habe ich die Krankheit übertragen.«

Er ärgerte sich über sich selbst, doch dieser Ärger ließ ihn trotzdem völlig kalt. Huren sind besser, sagte er sich. Sie erzählen nichts weiter, stellen sich nicht zur Verfügung, wenn man nicht zahlen will, und vor allem gestehen sie freimütig ein, woher sie ihr Vergnügen beziehen.

»Ich danke Euch, *Sir.*« Tyrell ging zu seinem Pferd zurück.

Gregor wartete ab.

»Und wenn sie krank wird, dann wird Tyrell sie eben behandeln müssen«, rief der Hauptmann in seinem gewohnt rauhen Ton, fügte dann etwas leiser hinzu: »Eine Aufgabe, die ich mir nicht wünschte, aber ich hab' sie nun einmal. Vielen Dank nochmals, und, da ich Euch schlecht gute Gesundheit wünschen kann: auf ein Wiedersehen!«

Gregor blickte ihm nach, als er davonritt, erhob sich, ordnete seine Kleidung und ging dann in Richtung Pantheon.

Von Südosten, aus einer Entfernung von mindestens zwei Meilen, drangen Geräusche an sein Ohr: Er erkannte sie als Hufschläge berittener Soldaten, noch bevor er die Reiter und deren Speere sah. Sie kamen aus Wales, wo Rivers, der Gouverneur des Königs, sich aufgehalten hatte.

Gregor raffte sein Gewand etwas hoch, als er an eine Stelle kam, wo Schneematsch lag, schlug dann den direkten Weg zum Pantheon ein. Es würde gewiß der sicherste Ort sein, ganz gleich, wer im Kampf obsiegte. Er hatte vor langer Zeit den Entschluß gefaßt, nie zu lügen, um seine Haut zu retten, und die Behauptung, er würde göttlichen Beistand erhoffen, war schließlich keine Lüge. Es war nun einmal nicht sein Fehler, daß andere Menschen an Götter glaubten.

Als Richard aus dem Pantheon trat, Ratcliffe und Dimitrios hinter ihm, von frischem Blut befleckte Leinentücher um den Unterarm gewickelt, erhoben die soeben eingetroffenen Soldaten den Arm zum Gruß, und ihr Anführer schritt mit ausgebreiteten Armen auf Richard zu.

»Harry!« rief Richard. »Willkommen, Harry!« Er blinzelte, weil die Sonne ihn blendete, und warf dabei einen Blick auf die aufgereihten Lanzen. »Ihr seid aber auch nicht zu Eurem Vergnügen unterwegs. Was hat das alles zu bedeuten, Harry?«

Harry war ein gutaussehender Mann, glattrasiert, mit braunen Augen, von untersetzter Figur, aber nicht dick. Er trug einen Schuppenpanzer unter einem Umhang aus weinrotem, mit heraldischen Zeichen besticktem Samt und Reitstiefeln aus rotem Leder. Sein großtuerisches Gehabe wirkte nicht abstoßend, sondern irgendwie ganz natürlich. Dimi kannte diesen Typus recht gut: die Sorte von Kavallerieoberst, der mit der Zeit seine Unbesonnenheit, nicht aber seinen Schneid abgelegt hatte und sich nun auf eine lange Karriere unzähliger Gefechte einstellte, um schließlich eines Tages auf dem Schlachtfeld oder im Bett sein letztes Gefecht mit dem Tod auszutragen. Sogar die Schweizer Obersten waren so. Für Männer dieses Schlages hätten Pulver und Blei nie erfunden werden müssen. Wenn solch ein Mann der Freund seines Herrn war, dann gab es nach Dimis Ansicht doch noch so etwas wie eine wohlwollend ordnende Hand in dieser Welt.

»Ihr seid mit doppelt so vielen Männern hier wie ich, bester Richard; ich hätte gedacht, Ihr wüßtet darum auch zweimal so gut Bescheid darüber, was das bedeutet; und dieser Ritt könnte durchaus zu unserem Vergnügen gewesen sein. Hat Hastings Euch nicht geschrieben?«

»Doch, aber er hat sich sehr vorsichtig ausgedrückt.«

»Vorsichtig? Ich kann es ihm nicht verdenken. Hastings ist in London, umgeben von Woodvilles ... Einem Wald von Woodvilles, einem ganzen Dickicht, meint Ihr nicht auch, Richard?« Er lachte. »Und nun führt uns Rivers die große Nummer vor, Anthony, der große Krieger –«

»Genug davon, Harry!« schnitt Richard ihm barsch das Wort ab, um dann in gemäßigterem Ton hinzuzufügen: »Wir müssen uns unterhalten, aber nicht hier draußen in der Kälte. Dick, Dimi, folgt mir.«

Während sie über den Platz vor dem Pantheon schritten, sagte Harry: »Ich habe Euren neuen Mann noch nicht kennengelernt, bester Richard. Ein Ausländer, oder? Aus dem Süden, vom Mittelmeer?«

»Dimitrios Ducas, Hauptmann der Reiterei. Solltet Ihr behaupten, er wäre kein guter Engländer, werdet Ihr es mit mir zu tun bekommen. – Dimi, vor Euch steht Sir Henry Stafford, der Herzog von Buckingham, aus Brecon in Wales zu uns gekommen.«

Richard, der Herzog von Gloucester, saß unter einem Portrait seines Vaters Richard, des Herzogs von York. Die Gesichtszüge des Vaters waren ausgeprägter als die des Sohnes, doch der Herzog von York war auch in entspannter Haltung gemalt worden, während man Richard die innerliche Unruhe direkt ansehen konnte.

Buckingham saß Richard gegenüber, Ratcliffe und Dimitrios standen neben dem offenen Kamin, Tyrell lehnte an der Wand; Dimi fragte sich, wo er am Morgen wohl gesteckt hatte. Die fünf befanden sich in einem kleinen Stadthaus, das Richard von York gerade noch innerhalb der äußeren Stadtmauern von York hatte errichten lassen. Es war im neuen Stil erbaut, hatte große Fenster und dünne Mauern; man hatte mehr Wert auf Komfort gelegt als auf massive Bauweise und damit der allgemeinen Entwicklung Rechnung getragen, daß von nun an die Kanonen den Unterschied zwischen einer Festung und einem Wohngebäude ausmachten.

Buckingham goß sich ein zweites Glas Armagnac ein. »Es war Edwards Wille, daß Ihr Protektor von England werdet; das Oberhaus weiß es, das Unterhaus weiß es – jedes alte Weib in Wales weiß es, Richard: Warum tut Ihr nun so, als wüßtet Ihr es nicht?«

»Weil ich glaube, daß Edward nicht ernsthaft Pläne für ein Protektorat geschmiedet hat. Ich bin mir sicher, daß er nicht die Absicht hatte, vor seinem vierzigsten Lebensjahr zu sterben.«

»Pläne werden immer im Dunkeln geschmiedet. Ich kann zwar nicht bestätigen, daß Edward der Weiseste aller Weisen war, aber er war zumindest sehr um seine Söhne besorgt. Und um England.«

»Hört, hört, um England!«

»In Hastings' Brief stand doch sicher, daß die Anhänger der Königin einen Kronrat einsetzen wollen.«

»Wenn er das so geschrieben hätte, wäre der Brief nie bei mir angekommen.«

»Ihr wißt, was im Kronrat geschehen würde, Richard: Ihr würdet stets die Stimmen der Woodvilles gegen Euch haben.« Stafford trank einen Schluck, beugte sich in seinem Stuhl nach vorn. »Und dann gibt es noch die zweite Möglichkeit: Es wird immer wieder gesagt – nie offen, aber was wird heute denn noch offen gesagt in diesem Zusammenhang? –, der Prinz habe bereits einen Protektor, mit dem König Edward sehr zufrieden gewesen sein mußte, denn warum sonst hätte er die ritterliche Erziehung seines Sohnes –«

Richard erhob sich. »Entweder Ihr laßt Anthony aus dem Spiel, oder Ihr bringt Beweise gegen ihn vor, Harry! Hastings macht Andeutungen, Ihr macht Andeutungen – wann legt jemand Fakten auf den Tisch?«

»Also gut, Richard, hier sind Fakten. Anthony Woodville hat den zukünftigen König von England in seiner Hand, nicht nur körperlich, sondern vielleicht sogar geistig. Rivers marschiert mit seinen Soldaten nach London, um seiner Schwester den König zu übergeben. Im Augenblick sind wir, wenn die Briefe von Hastings Erfolg gehabt haben, Rivers überlegen.« Er erhob sich ebenfalls, stand Richard von Angesicht zu Angesicht gegenüber. »Wenn Ihr den König nicht jetzt in die Hand bekommt, bevor er in London eintrifft..., werdet Ihr ihn nicht mehr in die Hand bekommen.«

»Wir sprechen vom Sohn meines Bruders. Aber er ist nicht mehr nur ein kleiner Junge.«

»Aber auch noch kein König«, warf Ratcliffe ein. Richard sah ihn erstaunt an.

»Als Marionette in der Hand der Woodvilles könnte er viele gute Männer ruinieren«, gab Buckingham zu bedenken, verschränkte die Arme und sah zu Boden. Das Holz im Kamin krachte, Funken flogen.

Richard goß sich noch ein Glas ein, kippte es hinunter. »Wo waren Rivers und der König, als die Todesnachricht sie erreichte?«

»In Ludlow«, erwiderte Buckingham. »Sie sind aus irgendeinem Grund erst nach zehn Tagen aufgebrochen.«

»Tyrell?« rief Richard.

Sir James mußte nur ganz kurz überlegen. »Mit Eilmärschen könnten wir bei Northampton auf sie treffen.«

»Das... gefällt mir nicht«, tat Buckingham, sichtlich nervös, seine Bedenken kund.

»Wie, Harry, verläßt Euch schon der Mut?« entgegnete Richard.

»Mein Vater ist bei Northampton gestorben.«

»Ich weiß. Ich weiß auch, was er dort erreichen wollte. Er versuchte dort zu verhindern, daß ein König gefangengenommen wird. Verdammt, Stafford, mein Vater starb kaum ein Jahr später, als er versuchte, einem König auf den Thron zu helfen. Aber als Euer Vater getötet wurde, haben sie ihm nicht den Kopf abgeschlagen, weil die Hurenkönigin es so wollte. Und in Eurem Fall stak auch nicht der Kopf Eures Bruders auf einer Lanze daneben... Ihr müßt mir also nicht sagen, welche Orte ein schlechtes Omen sind. – Tyrell?«

»*Mylord?*«

»Wir marschieren nach Northampton. Aber wir werden dort keinen Hinterhalt legen, dem rechtmäßigen König von England nicht wie Wegelagerer auflauern. Wir werden uns anhören, was Anthony Woodville zu seinen Gunsten vorbringen kann. Zumindest wird er es in wohlgesetzten, wenn nicht sogar poetischen Worten sagen.« Er hielt inne; als er fortfuhr, hatte sich seine Verärgerung gelegt. »Irgendwelche Einwände dagegen, Mylord von Buckingham?«

»Überhaupt nicht, Mylord von Gloucester«, erwiderte Buckingham erleichtert.

Die Herzöge zogen sich zurück, ließen die drei Hauptmänner allein mit dem Armagnac; sie schenkten sich reichlich nach. Nach einer Weile sagte Dimi: »Ich habe bereits auf dem Kontinent von diesem Sir Anthony Woodville gehört, einem Gelehrten und edlen Ritter.«

»Dem besten Ritter in England?« fragte Tyrell nach.

»Ja«, erwiderte Dimi leicht erstaunt. »So hieß es jedenfalls. Es ist also... nicht wahr? Wenn er...«

»Es ist wahrscheinlich wahr, das ist das Problem«, erwiderte Tyrell, trank sein Glas aus, tippte auf das Fäßchen. »Und wenn ihr zwei das leermacht, dann kotzt Euch morgen früh aus, ohne daß ich davon was merke«, hänselte er grinsend. »Ich kann's nämlich nicht leiden, der einzig Nüchterne im ganzen Haufen zu sein.« Mit diesen Worten verließ er den Raum.

Ratcliffe stieß mit seinem Glas an das von Dimi. »Das reicht mir, der Rest ist für Euch.«

»Wegen Sir Anthony Woodville –«

»Soll das heißen, daß Ihr seit zwei Jahren in Richards Diensten steht und noch niemand Euch was von Francis Lovell erzählt hat?«

Dimi schüttelte den Kopf.

»Er war das Mündel des Grafen von Warwick, zur gleichen Zeit, als Richard auch in Warwicks Obhut war. Etwas jünger als Richard, aber nicht viel.«

»Der Herzog erzählte mir, er und Herzogin Anne seien die jüngsten Kinder gewesen.«

Ratcliffe erhob sich umständlich. »Ich glaube, ich habe genug getrunken und schon zuviel geredet.«

Dimitrios hielt ihn am Ärmel fest. »Er hat sicher Gründe dafür, daß er mir das sagte, aber Ihr könntet mir wenigstens einige Anhaltspunkte dafür geben, warum.«

Ratcliffe nahm wieder Platz. »Versteht, ich war nicht dabei, als es passierte. Aber was soll's – wer A sagt, muß auch B sagen.

Richard und Lovell waren enge Freunde, sehr enge, wie das eben manchmal so ist, wenn zwei Jungen miteinander aufwachsen – habt Ihr das selbst schon einmal erlebt? Ich habe es bei anderen gesehen, obwohl es mir selbst nicht so ergangen ist.«

»Ich habe es selbst erlebt«, bestätigte Dimitrios und versuchte an nichts anderes zu denken als das, was Ratcliffe erzählte.

»Sie haben sogar gemeinsam seinen ... Euren Glauben angenommen. Mehr weiß ich darüber natürlich nicht. Aber ungefähr ein Jahr danach gab es ein Turnier, eines, bei dem alle als Sagengestalten kamen. Richard und Lovell waren die Brüder Balin und Balan, und Anthony Woodville der Krieger mit dem Goldenen Speer – Ihr kennt ihn?«

»Nein.« Doch langsam begriff Dimi.

»Er ist einer von den Söhnen der Hexe Morgane. Und Jacquetta, die Mutter von Anthony, war eine Hexe – in Wirklichkeit; alle haben es gewußt. Viele haben es für keinen guten Scherz gehalten, daß er gerade als

Hexensohn zum Turnier kam, aber bei Turnieren passieren eben solche Sachen.«

»Ich nehme an, Woodville tötete Lovell.«

»Beim Stechkampf. Alle haben danach gesagt, es war ein Unfall, wirklich alle. Lovell hatte den Kopf und die Stechtartsche so ungeschickt gehalten, daß... beide davonflogen, als der Speer von Woodville traf. Nach diesem Vorfall hat er dann angefangen, sich mehr auf Bücher als auf das Soldatenhandwerk zu verlegen. Später ist dann natürlich von Schwarzer Magie und präpariertem Stechzeug geredet worden, der übliche Unsinn eben.«

Dimi nickte. »Wichtig ist meiner Meinung nach nur, ob Richard ihm verziehen hat, nicht das, was die Leute sagen.«

»Ihr habt anscheinend doch nicht alles ganz begriffen. Richard und Lovell waren Balin und Balan, also Zwillinge, und hatten die gleiche Rüstung an. Und sie haben dann, wie Zwillinge es so machen, die Rollen getauscht: Als Lovell auf den Turnierplatz geritten kam, hat er die Tartsche von Richard gehalten und seinen Helm mit dem Wappen aufgehabt. Niemand hat es gemerkt; erst als sie den Kopf aus dem Helm herausgeholt haben, kam heraus, daß Woodville nicht Richard umgebracht hatte.«

»Rivers!« rief Richard. »Einen guten Abend, Anthony. Kommt herein, es ist kalt. Allerdings, wie ich zu behaupten wage, nicht so kalt wie in Wales..., wenn ich mir in Eurer Gegenwart überhaupt eine abfällige Bemerkung über Wales erlauben darf?«

Buckingham kam hinzu, ein Weinglas und ein Stück Fleisch in der Hand. »Ihr dürft es sogar in meiner Gegenwart, Richard. Guten Abend, Rivers. Seid Ihr hungrig?«

»Eigentlich eher neugierig«, erwiderte Rivers zögernd. »Es hieß, Ihr wolltet mit mir beim Abendessen über den König sprechen. Ich habe keinen Leichenschmaus erwartet.«

»Bei diesem Schmaus gibt es keine Leiche«, stellte Buckingham klar.

»Und die von Edward?« fragte Rivers.

»Nun ja«, meinte Richard und rieb sich die Hände; seine Stimme klang ernst, aber nicht ärgerlich. »Ja, ich trage Schwarz; ich trauere noch immer um Edward. Aber wenn Ihr Tränen sehen wollt, dann tretet mir auf den Fuß. Ich kann keine Tränen mehr um tote Brüder vergießen.«

Rivers zögerte erneut. Dann sagte er schließlich: »Ich bin ein sehr schlechter Gast.«

»Dann wollen wir das alles vergessen und noch einmal von vorn anfangen«, schlug Richard vor und fuhr mit übertriebener Fröhlichkeit fort: »Willkommen, Anthony Woodville, Lord Scales, Graf Rivers. Friert Ihr, seid Ihr müde und hungrig?«

Die Miene von Rivers heiterte sich etwas auf. »Anthony ist hungrig, Scales ist müde, und Rivers friert.«

Richard lachte. »Nun denn, gehen wir hinein. Sehen wir zu, daß Harry uns nicht zuvorkommt, denn sonst müssen wir beide hungern.«

Dimitrios folgte den Herzögen in angemessenem Abstand in den Speisesaal.

Einige Schritte hinter Richards Stuhl bezog er, an die Wand gelehnt, Position. Von diesem Platz aus hatte er alle Türen und Fenster des Raumes voll im Blick. An seiner Hüfte hing das leichte Krummschwert, in der dunklen Ecke am Kamin stand eine Pike. Er hatte im Laufe des Tages den Raum mehrmals mit Schritten durchmessen: Den ersten, der durch die Tür kam, würde er sofort töten, die Nachfolgenden mit der Lanze zurückhalten können.

Wie die Chancen bei einem Kampf im Raum selbst standen, wo das Mobiliar im Weg war und die Messer von der Tafel benutzt werden konnten, vermochte er nicht genau zu sagen. Unter den gegebenen Umständen würde ein Raufbold nützlicher sein als drei elegante Fechter; Richard war keiner, Buckingham sah nicht danach aus, aber Rivers könnte einer sein. Aber kaum zwei Atemzüge nach Ertönen eines Alarms würde Ratcliffe hier sein, während Tyrell sich darum kümmerte, daß Rivers aus seinem Lager keine Verstärkung erhielt.

Und wenn es bei der Suppe zu einem Messerkampf kommen sollte, dann würde, wie Dimi vermutete, ein Schlag von hinten nicht als unfair gelten, auch wenn er gegen den besten Ritter Englands gerichtet wäre.

Richard eröffnete die Unterhaltung. »Wenn Ihr glaubt, ich würde mißbilligen, daß Ihr den Prinzen ausbildet, dann irrt Ihr. Mir ist es lieber, daß Ihr ihn erzieht als ein ganzes Gremium vertrockneter Bücherwürmer, die nie auf einem Pferd gesessen haben. Aber nun ist der Schüler mit einem Mal aus dem Klassenzimmer heraus.«

»Sein Klassenzimmer hat keine Wände, und der Schüler befindet sich also stets in ihm.«

Buckingham mischte sich ein. »Und was heißt das in der Praxis, Woodville? Bereitet Ihr –«

»Ihr seid noch nicht an der Reihe, Henry«, versuchte Richard Buckinghams verbalem Angriff die Spitze zu nehmen. »Laßt mich ganz klar meine Meinung sagen, Anthony: Ein König kann nicht in einer Bibliothek oder einem Tempel leben. Heinrich der Schwachsinnige hat uns genügend Beweise dafür geliefert. Doch nun sitzt Edward auf dem Thron, mit allen Machtbefugnissen und Pflichten, den Heeren und den Geldern, und was soll England so lange tun, bis er gelernt hat, damit umzugehen?« Er beugte sich zu Rivers hinüber. »Er ist gerade in dem Alter, in dem Macht und Pflicht nicht unbedingt zueinander passen. Wir erinnern uns doch sicher beide an diese Zeit.«

Dimi ließ Rivers nicht aus den Augen. Der Graf schlug mit einer Hand leicht auf den Tisch. Ein Signal an seine Männer draußen konnte es kaum sein, denn seine Geste war für sie nicht zu sehen und zu hören..., es sei denn, einer von den Ringen des Grafen war ein Zauberring, der das Signal übermittelte. Dimi hatte in den Diensten eines österreichischen Prinzen gestanden, der solch einen Ring besaß.

Schließlich erwiderte Rivers: »Was wollt Ihr von mir, Richard? Bitte nennt mir etwas, das zu geben in meiner Macht steht; ich kann die Toten nicht wieder zum Leben erwecken.« Dimitrios war verwirrt; die Stimme des Grafen ähnelte stark einem Schmerzensschrei.

Richard lehnte sich langsam in seinem Stuhl zurück; Buckingham preßte die Lippen zusammen, möglicherweise aus Furcht.

Nach langem, an den Nerven zerrendem Schweigen sagte Richard: »Ich möchte... die Schutztruppen für den Sohn meines Bruders stellen... für die Reise nach London.«

»Einverstanden«, erklärte Rivers, der sich wieder gefaßt hatte. »Euer Anspruch darauf ist schließlich ebenso berechtigt wie der meine; beide wurzeln in dem, was unserer Ansicht nach der Wille Edwards war.«

Richard nickte zustimmend, erhob sein Glas. »Nun sollten wir, glaube ich, einen Trinkspruch ausbringen... auf den König und auf Englands Galahad –«

»Noch nicht, Richard«, unterbrach ihn Rivers. »Ich muß Euch noch etwas berichten. Der gesundheitliche Zustand des Jungen, Richard –«

»Was ist mit seiner Gesundheit? Ist er krank?« fragte Buckingham ungeduldig dazwischen.

Richard überging die Unterbrechung. »Wir haben den Rat eines Mediziners eingeholt, der zu der Überzeugung kam, daß der Junge... sterben muß.«

»Ihr habt was? Den Rat eines Arztes? Wie heißt er? Und an was stirbt er?«

»An einer sehr seltenen Blutkrankheit. Keiner unserer Hausärzte kannte sie, aber Ihr wißt ja selbst, daß dies bei den Ärzten in Elizabeths

Umgebung nicht verwunderlich ist. Erkannt hat sie eine italienische Ärztin, die einen ausgezeichneten Ruf besitzt. Sie reiste zusammen mit einem walisischen Hexenmeister, den Ihr kennt: Peredur.«

»Eine Ärztin? Weißhaarig, hübsch?«

»Ich möchte nicht widersprechen.«

Richard rief nach Dimitrios, und Dimi trat zwei Schritte nach vorn, baute sich rechts neben Richard auf. »Mein Hauptmann kennt die beiden. Nur zu, sagt uns, zu welchem Schluß sie kamen.«

»Der Zauberer hatte nichts damit zu tun. Die Ärztin sagte, Edward hätte noch einige Monate, im günstigsten Fall vier, fünf Jahre zu leben, doch –«

»Genug davon, was die Ärztin sagte«, unterbrach ihn Buckingham erneut. »Was hat sie *getan*?«

»Sie konnte nichts tun. Sie hat ihn untersucht und operiert, und –«

»*Operiert?*« Buckingham konnte es nicht fassen.

Rivers schien Buckingham die näheren Umstände erklären zu wollen, wandte sich dann aber wieder Richard zu. »Elizabeth hat Eurem Bruder nichts von seiner Krankheit..., wir hatten vor dem Tod seines Vaters nicht den Mut, ihm reinen Wein einzuschenken, und sind inzwischen nicht mutiger geworden.

Die Königin bestand darauf, einen weiteren Arzt zu konsultieren, ebenfalls aus Italien; er sollte inzwischen bereits in London sein. Ich hoffe, daß er dem Jungen etwas Erfreuliches sagen kann.« Seine Stimme klang so, als käme sie von weit her, als er seinen Bericht beendete. »Ihr seht, meine Herren, daß alle Märsche kreuz und quer durchs Land umsonst gewesen sind. Wenn bekannt wird, daß Edward nie das Volljährigkeitsalter erreichen wird, was ist dann der Titel seines Protektors noch wert?«

»Peredur war doch bei der Ärztin. Was hat er getan?« wollte Richard wissen.

»Wie ich bereits sagte, nicht viel. Er war bei der Untersuchung und der Operation zugegen.«

»Und er hat überhaupt nichts getan?«

»Er hat der Ärztin geleuchtet.«

»Und die beiden sind danach einfach weitergezogen.«

»Geritten. Ich schenkte der Ärztin ein weißes Pferd.«

Richard schien angestrengt zu überlegen. Auch Dimi wußte nicht, woran er war. Natürlich gab es Dinge, die Ärzte nicht kurieren konnten – das mußte man ihm nicht erst beweisen. Aber dieser Mann hier schien ausdrücken zu wollen, daß Hywel und Cynthia es nicht einmal versucht hätten.

Mehr noch: Er berichtete, sie hätte an einem Kind herumgeschnitten – für nichts und wieder nichts. Dimi wußte, daß mit Cynthia etwas nicht in Ordnung war –, aber Hywel hatte ihm versichert, er würde mit ihr nach Wales gehen, um ihr zu helfen, und sie gewisse Dinge nicht tun lassen.

Dimi wollte nicht glauben, daß sie so sehr dem Wahnsinn verfallen konnte; nicht, wenn es noch einen gerechten Gott gab. Er konnte auch die Sache mit dem weißen Pferd nicht glauben. Rivers sah nicht wie ein Mann aus, dem sie eine Ohrfeige verpaßt hatte.

»Warum habt Ihr so lange damit gewartet, uns das alles zu erzählen, Anthony?« fragte Richard.

»Ich sagte Euch bereits, Elizabeth hat auch dem König nichts erzählt –«

»Mich interessiert nicht, was Eure Schwester nicht gesagt hat. Warum habt *Ihr* meinen Bruder nicht unterrichtet?«

»Ich hätte ihn damit vielleicht noch schneller ins Grab gebracht.«

»Oder ihn am Leben erhalten«, widersprach Buckingham. »Edward war sehr um seine Söhne besorgt. Und um England.«

»Verdammtes England! Der Junge war in meiner Obhut.«

»Das war er, Anthony«, erwiderte der nun sichtlich erregte Richard. »Ihr habt Eure Trümpfe für heute alle ausgespielt. Richard beharrt auf seinem Anspruch, Protektor zu werden? Soll er's doch: Er wird Protektor von Staub und Asche sein. Das ist nicht bloß Verrat, Anthony, sondern ekelerregend, zum Kotzen! Sogar die Schotten lassen uns das Vieh zurücktreiben, das sie nicht stehlen konnten, töten es aber nicht aus reiner Gehässigkeit.«

»Beim göttlichen Feuer, Richard! Wollt Ihr wissen, warum ich bis heute abend wartete? Ich wollte hören, was Ihr zu sagen habt. Da draußen stehen dreitausend bewaffnete Männer, und Ihr ladet mich zum Essen ein.«

»Wir hätten Euch eine Schlacht geliefert, glaubten aber, Ihr würdet lieber einen Stechkampf austragen wollen«, warf Buckingham laut und deutlich ein.

Rivers sprang so wütend von seinem Stuhl hoch, daß dieser mit lautem Poltern umfiel. Der Graf wollte zur Tür gehen.

»Hauptmann!« rief Richard.

Dimi hielt den Grafen am Arm fest, worauf dieser sich zu ihm umwandte; Dimi drehte ihm den Arm auf den Rücken, zwang ihn zu Boden. Rivers stöhnte mit schmerzverzerrtem Gesicht, was Dimi überraschte, denn so fest hatte er eigentlich nicht zupacken wollen. Er lockerte den Griff etwas.

»Laßt ihn nicht schreien!« rief Buckingham und kam um den Tisch geeilt. Er hielt eine Cognacflasche in der Hand und schlug sie Rivers auf den Kopf.

Rivers war zwar noch bei Bewußtsein, aber zur Gegenwehr nicht mehr fähig. Dimi streifte ihm die Ringe ab, legte sie beiseite und stopfte ihm eine Serviette in den Mund. Mit einer zweiten band er ihm die Hände zusammen. Er vergewisserte sich, daß Rivers an dem Knebel nicht ersticken konnte. »Er ist ein kräftiger Mann, *Mylord.* Diese Fesseln werden nicht lange halten.«

»Für diesen Zweck haben wir besondere Räume. Ihr habt das sehr gut gemacht, Bruder.«

Dann wandte sich Richard zu Buckingham um: »Ich danke Euch, Harry.«

Dimi wunderte sich noch immer: Der Graf hatte sich von ihm fast widerstandslos niederzwingen lassen, wehrte sich auch jetzt nicht. Er fragte sich, ob dieser Mann trotz allem, was man sich von ihm erzählte, ein Feigling war. Würde er sonst Kindern angst machen, um seine Ziele zu erreichen?

Ratcliffe erschien mit seinen Männern. »Dick, bringt Woodville in einen fensterlosen Raum, sperrt ihn dort ein«, wies Gloucester ihn an. »Nehmt alle Eure Männer mit; wenn er flieht oder auch nur irgendein Zeichen geben kann, ist der König in Lebensgefahr. Wenn er an einem Fenster stehenbleibt, stecht ihn sogleich nieder.« Sie führten den Grafen hinaus.

»Dimitrios, Ihr bleibt.«

»*Mylord?*«

»Der König ist in Stony Stratford. Wir reiten unverzüglich hin, um ihn dort wegzuholen, bevor ihm etwas geschieht. Ich vermute, daß ein Zauberer seine Hand im Spiel hat... Wollen wir hoffen, daß Rivers' Leute nicht die Anweisung haben, ihm etwas anzutun, wenn wir ohne Rivers kommen.«

Dimi erkannte einen Zusammenhang. »Als wir durch Frankreich reisten, Durchlaucht,... sprach Hywel mit der Witwe von König Heinrich. Es ging dabei um einen Zauberer und die Kinder von Königin Elizabeth...«

»Margarete steckt hinter all dem?«

»An mehr kann ich mich im Augenblick nicht erinnern... Es ist zu lange her. Aber Professor von Bayern hat Hywel damals begleitet; er sollte mehr wissen.«

»Wir werden ihn fragen, wenn der König in Sicherheit ist«, entschied Richard und ging hinaus. »Die Hurenkönigin von Anjou! Ich habe Edward gewarnt, als er sie an den Franzosenkönig verkaufte: Manche Menschen sind zu gefährlich, als daß man sie weiterleben lassen darf.«

»Nein, Onkel«, sagte der König von England, »ich verstehe nicht, warum Ihr mir meine Ratgeber weggenommen habt und warum ich sie nicht zurückbekommen soll. Mein Vater, den ich liebte und dem ich vertraute, hat sie mir gegeben, und die Adligen und meine Mutter waren mit ihnen einverstanden.«

»Die Adligen und Eure Mutter gehören alle ein und derselben großen Familie von Verrätern an«, entgegnete Buckingham ungehalten. »Sie haben nur einen einzigen Wunsch, Euch, *Sire*, in ihre Gewalt zu bekommen und durch Euch dann ganz England; für den Fall, daß es ihnen nicht gelänge, planen sie, Euch zu ermorden.«

Der König schüttelte den Kopf, daß sein langes, blondes Haar flog. Bei Ankunft von Richard, Dimitrios und Buckingham hatte er noch sein Nachthemd angehabt und deshalb darauf bestanden, daß sie so lange warteten, bis er sich ein weißes Seidenwams mit einer goldenen Sonne angezogen hatte. Er trug auch Schwert und Dolch in der Größe, wie sie ein Zehnjähriger handhaben konnte.

»Ihr wollt also, daß ich glaube, daß mich meine Mutter umbringt wie die Königin im Märchen. Nicht möglich, Sir Henry.«

Dimi konnte sich ein Lächeln nicht verkneifen. Edward tat sein Bestes, um wie ein König aufzutreten, so, wie es sein Vater gewünscht hätte, und er machte keine schlechte Figur. Schließlich stand er nicht unmittelbar unter dem Eindruck des plötzlichen Todes seines Vaters, und seines Vaters Bruder war ein tapferer, intelligenter Adliger. Und Edward war wirklich ein ganzer König.

»Wir werfen der Königin nichts weiter vor, als daß sie ihrem Bruder vielleicht zu sehr vertraut hat«, schwächte Richard den Vorwurf ab.

»Eine dumme Angewohnheit von Frauen, jemandem viel zu leicht Vertrauen zu schenken«, spöttelte Buckingham.

Einen Moment lang herrschte betretenes Schweigen. Dimi drängte sich der Gedanke auf, daß Henry Stafford wirklich der typische Vertreter des adligen Reitersoldaten war: Nur ein Soldat konnte solch taktlose Bemerkungen machen, und nur einem Edelmann wurden sie so oft verziehen.

»Ich vertraue meinem Onkel Anthony völlig, und ich glaube auch nicht, daß ich deswegen leichtsinnig bin. Als ich neulich krank war, so krank, daß ich geglaubt habe, sterben zu müssen, war es mein Onkel Anthony, der die Ärztin holte.«

Richard warf Dimitrios einen erstaunten Blick zu. »Ihr wart wirklich krank? Und eine Ärztin kam?«

»Ja.«

»Wie sah sie aus? Was hat sie gemacht?«

»Sie hatte ganz weißes Haar, aber sie war noch nicht alt. Sie war sehr hübsch, glaube ich...« Der förmliche Ton verschwand aus Edwards Stimme. »Sie hat mich angeschaut..., mich untersucht, und es hat zwar weh getan, aber nicht so weh, wie jedesmal, wenn Doktor Hixson mich untersucht.

Am nächsten Tag gab sie mir Medizin und ein Ding, in das ich hineinatmen mußte, und dann bin ich eingeschlafen. Und während ich schlief, hat sie mich operiert. Hier an der Seite. Ich mußte eine Zeitlang einen Verband tragen. Die Wunde darunter ist mit einem Seidenfaden zugenäht worden. Glaubt Ihr, daß sie bei einfachen Leuten mit einem Baumwollfaden zugenäht wird?«

»Wißt Ihr, warum die Operation ausgeführt wurde?«

»Igitt. Wegen ein paar Knoten.«

»Knoten?«

»Onkel Anthony hatte in seinem Bücherregal ein Glas mit Alkohol stehen, in dem Knoten drin waren, die, wie er mir gesagt hat, die Ärztin aus mir herausgeholt hat. Sie sahen aus wie Fischdärme.«

»Und nach der Operation... ging es Euch besser?« erkundigte sich Richard weiter.

»Nicht gleich, aber etwas später. Ich bin jetzt nicht mehr krank.«

»Gut. Und was war mit der Ärztin? Ist sie wieder weggegangen? Bevor es Euch wieder besserging?«

Edward schien nachdenken zu müssen. »Ich glaube, ich habe sie gesehen, als ich wieder aufwachte. Aber ich war sehr lange schläfrig. Anthon-... Graf Rivers hat mir erzählt, daß sie noch am selben Tag abgereist ist mit dem Zauberer, der sie begleitet hat...«

Wenn er ihr etwas angetan hat, dachte Dimi voller Grimm, wenn er Hywel was angetan hat, dann wollen wir doch mal sehen, wie gut Rivers in einer abgeschlossenen Zelle mit einem Messer umgehen kann. Dann fiel ihm auf, daß der König ihn verwirrt anstarrte, und bemerkte erst jetzt, daß er diesen Gedanken laut ausgesprochen hatte.

»Mir gefällt Euer Humor, Hauptmann«, bemerkte Buckingham trokken.

Tyrell kam herein. »Vaughan, Grey und Haute haben wir«, meldete er Richard, als wäre sonst niemand anwesend. »Wenn es einen Zauberer und eine Ärztin gab, dann sind sie spurlos verschwunden.«

»Was werdet Ihr mit meinen Ratgebern machen?« fragte der nun nicht mehr würdevolle, sondern etwas ängstliche Edward, und Dimi hatte Mitleid mit ihm; andererseits war er nun in Sicherheit und würde König werden können.

Richard gab Tyrell weitere Anweisungen. »Sag den Männern aus Ludlow, der Protektor entläßt sie mit seinem Dank. Und sie werden bezahlt, als wären sie bis nach London marschiert: ein Vorgriff auf die Feierlichkeiten aus Anlaß der Thronbesteigung des neuen Königs.«

»Jawohl.«

»Aber diese Männer sind doch meine Beschützer«, protestierte Edward ganz schwach, denn die Angst war ihm nun deutlich anzumerken.

»Wir haben zweitausend Mann bei uns, die Euch beschützen werden«, tröstete Richard ihn. »Viel wichtiger ist, daß wir die unmittelbare Gefahr für Euer Leben beseitigt haben.«

»Mylord Richard –«

»Ja, Dimitrios?«

»Was Doktor Peredur und Doktor Ricci angeht, die Gefahr für deren Leben muß nun sehr groß sein.«

»Da habt ihr völlig recht. – Harry, ich glaube, das ist eine Aufgabe für Euch. Ihr müßt sie finden. Fangt mit Eurer Suche in Ludlow an.«

»Auf Befehl des Protektors, Richard?«

»Fürs erste. Rivers kann ohne ordentliches Verfahren nicht als Gerichtsherr von Wales abgesetzt werden.«

»Stimmt... Hauptmann Ducas, seid Ihr Euch bewußt, daß die Möglichkeit besteht –«

»Ich weiß, Durchlaucht«, erwiderte Dimi. Ihm brannten die Augen. Ein Gedanke ging ihm nicht aus dem Kopf: Peredur hat versprochen, er würde sie nicht im Stich lassen. Und Hywel konnte nicht tot sein; sonst hätte ich gesehen, wie sich der Himmel auftat.

»Ich wollte nur sagen, daß man sich in Wales sehr gut verstecken kann.«

»Ich suche sie selbst«, platzte Dimi heraus; vielleicht allzu vorschnell, wie er selbst erkannte, als er an das letzte Mal dachte, als er sich so anbot.

»Ich kann Euch nicht entbehren, Bruder«, entschied Richard.

»Tyrell und Ratcliffe bringen unsere Freunde in sicheren Gewahrsam... Pontefract böte sich ganz gut an, meint Ihr nicht auch, James? Keine Verhöre, aber auch keine bevorzugte Behandlung. Dimitrios, Ihr kommt mit mir nach London!«

»Ist denn hier niemand, der auf den Befehl des Königs hört?« wagte Edward einzuwenden.

Richard kniete vor seinem Neffen nieder; die anderen folgten seinem Beispiel.

»Ich war nicht älter als Ihr, als mein Vater getötet wurde. Ich verstand damals auch nicht, was über meinen Kopf hinweg entschieden wurde, und mußte viele schmerzliche Erfahrungen machen, bevor ich es verstand. Ich bitte Euch nicht darum, uns zu lieben, für das, was wir tun; aber ich bitte Euch darum, uns deswegen nicht zu hassen, nicht ehe Ihr ein wenig mehr über diese Welt gelernt habt.«

»Gut, Onkel Gloucester... erhebt Euch.«

Das Pony des Königs wurde herbeigeführt. Richard sprach leise mit Tyrell: »Reitet voraus und schafft Rivers noch vor unserer Ankunft außer Haus.«

»Soll ich ihn nach Pontefract bringen?«

»Ja, aber unversehrt.«

»Mylord Protektor«, rief der König, und alle wandten sich zu ihm um.

Mit klarer, eiskalter Stimme sagte Edward: »Wenn ich einmal richtig zu hassen gelernt habe, Onkel, bin ich dann ein richtiger König?«

Übertretungen

Vor Jahren, während einer kriegerischen Auseinandersetzung zwischen Deutschen und Dänen, gehörte Gregor von Bayern als Kanonen- und Sprengfachritter dem kleinen Heer eines kleinen Fürstenhauses an. Der Graf hatte seine Männer (und Frauen, denn er unterhielt auch eine Kompanie von Walküren aus dem Rheintal) in schwarze Uniformen gesteckt. Zum Glück war dieser Soldatenrock bequem und zweckmäßig, was bei Uniformen, die nach den Wünschen des Kriegsherrn geschneidert wurden, in der Regel nicht der Fall war. Die Landsknechte des Grafen wurden jedenfalls überall, wo sie hinkamen, sofort erkannt.

An einem klaren Wintertag marschierte das Schwarzheer durch ein kleines Dorf in Sachsen; die Bevölkerung empfing es mit Jubelgeschrei und schwenkte alles, was sie an schwarzem Tuch auftreiben konnte.

Als Gregor mit der Nachhut und seinen mit schwarzen Lederhauben abgedeckten Kanonen vorbeikam, hörte das Winken und Schreien schlagartig auf. Wenn es möglich gewesen wäre, seinem Pferd die Sporen zu geben und davonzugaloppieren, hätte er es unverzüglich getan, doch die engen, verwinkelten Gassen verhinderten es. Er hatte schließlich nur noch die Hoffnung, daß sich im Dorf jemand befand, der sich auf das fachgerechte Töten von Vampiren verstand. Es gab in jener Zeit Städte, die sich ein grausames Vergnügen daraus machten, ein Opfer recht langsam und auf die vielfältigsten Weisen vom Leben zum Tod zu befördern.

Doch nichts dergleichen geschah damals; die Marschkolonne und mit ihr Gregor, zog unbehelligt weiter.

»Schaut Euch mal im Spiegel an«, sagte der Graf an jenem Abend, und Gregor tat es. Er sah ein Gesicht wie einen Totenschädel unter der schwarzen Kapuze mit dunklen Glaskugeln anstelle der Augen. Der Graf amüsierte sich köstlich und befahl Gregor, in Zukunft an der Spitze der Marschkolonne zu reiten. Gregor tat es auch einige Male, bis er dann eines Nachts einen Mann erschießen mußte, der in sein Zimmer eingedrungen war, um den Tod zu töten und dadurch die Welt zu retten. Nach diesem Erlebnis verabschiedete er sich aus den Diensten des Grafen.

Einige Zeit später hörte er dann, daß die Kosten für den Kauf von schwarzen Pferden den Grafen ruiniert hätten; es hieß aber auch, er sei als Künstler gescheitert und suche nun jemanden, der ihn mit dem Vampirismus infiziere.

Heute war wieder ein klarer Dezembertag, und Gregor ritt wieder inmitten von fünfhundert schwarz gekleideten Soldaten: der Eskorte von König Edward V. vor den Toren Londons. Sie würden noch immer, hatte Richard von Gloucester als Losung ausgegeben, um Edward IV. trauern, an dessen Bestattung sie nicht hatten teilnehmen können. Der König ist tot, lang lebe der König, wie die Redensart heißt.

Auf einer großen Wiese vor der Stadt wurden sie von scharlachrot gekleideten Männern empfangen: dem Bürgermeister und den Ratsherren. Ihnen folgte eine Abordnung von Bütteln, mit scharlachroten Wimpeln an ihren Speeren, die vier mit Planen abgedeckte Wagen begleiteten. Dahinter strömte eine weitere farbige Welle aus den Toren: Bürger, Kaufleute und Zunftmeister, alle in dunklem Violett gekleidet, das hell erschien im Vergleich zum Schwarz, das die Begleitung des Königs trug. Und ringsum stand das gemeine Volk, das gekommen war, um zu schauen und den König, den Protektor des Königreiches und die bevorstehenden Feierlichkeiten zu bejubeln. Gregor sah, wie die Menge über einen Lakai herfiel: Er entkam nur halbnackt und offensichtlich unverletzt, und die Menge zerriß seine schwarze Kleidung, um ein kleines Andenken an diesen denkwürdigen Tag zu haben.

Gregor lenkte sein Pferd zum Mittelpunkt des Zuges. Es war genauso schlimm wie damals in Sachsen; nein, schlimmer.

Viel schlimmer. Die Sonne verursachte ihm Kopfschmerzen, durch die Menschenmassen fühlte er sich stark eingeengt, und sein Hunger quälte ihn, viel zu früh und viel zu stark.

Ein Reiter kam auf sie zu, das Scharlachrot und Violett teilte sich und machte Blau und Gold Platz. Der Reiter trug einen Brustpanzer und ein großes Schwert mit einem reichverzierten Griff: eine imposante Erscheinung.

»Der Großkämmerer des Königs«, hörte Gregor einen der Sergeanten sagen. »Lord Hastings.«

Der Briefeschreiber, erinnerte sich Gregor.

»Seht, was wir gefunden haben«, rief Hastings dem König und den Herzögen zu, allerdings wiederum nicht so laut, daß es die Menge hätte hören können. Auf sein Zeichen hin zogen die Büttel die Planen von den Wagen.

Auf ihnen schimmerte gehämmerter Stahl: Piken und Hellebarden, Schwerter, Äxte und Streitkolben, achtlos auf einen Haufen geworfen wie die Knochen vor einer Metzgerei. Hastings ritt zum ersten Wagen, nahm ein Schwert mit langer Klinge heraus und brachte es dem König.

»Seht Ihr, Hoheit, das Wappen auf dem Griff?« Hastings' Frage schien an Edward gerichtet zu sein. »Es ist das Wappen der Woodvilles!« rief er dann so laut, daß man es bis Windsor hätte hören können.

Natürlich hatte es die Menge gehört; allgemeines Gemurmel breitete sich aus. Gregor vernahm, wie die ersten Sprechchöre ertönten: »Nieder mit Woodville, hoch lebe Edward! Nieder mit Woodville!« Zuerst vereinzelt, zaghaft aus der Menge, dann von mehreren, und schließlich schlossen sich einige Schwarz- und Violettgekleidete an. Gregor sah sogar einen rotberockten Ratsherrn im Takt dazu nicken.

Richard ergriff das Wort. »Wir danken Euch, Hastings, für Eure Wachsamkeit. Und wir versichern Euch – wir versichern Euch allen –, daß dem Leben des Königs keine Gefahr droht.« Er hob die Hand, die Sprechchöre verstummten. »Und nun bitten wir, auf Grund der durch unseren Bruder erfolgten Bestellung zum Protektor seines Erben und dieses Königreichs, alle in der Stadt anwesenden Edelleute Englands, sich mit uns im Pantheon zu versammeln und den Treueid zu schwören oder zu erneuern.«

Dimitrios betrat als erster das Gemach im Tower, sah hinter die Vorhänge und Wandteppiche, trank einen Schluck vom Wein auf der Anrichte, öffnete die Standuhr und leuchtete hinein, wohl wissend, wie klein todbringende Gerätschaften gebaut werden können.

Dann kamen Hastings und Gloucester herein. Buckingham kümmerte sich inzwischen darum, wie der König in seinen Gemächern untergebracht war.

»Was, im Namen des Hundes, sollte die Sache mit den Waffen, Will? Ich konnte mir nicht denken, wo Ihr dieses alte Zeug aufgetrieben habt, bis ich mich an die Waffenlager erinnerte, die sich heutzutage fast jeder aus Angst vor den Schotten anlegt.«

»Es gibt Leute, die Euch einen Schotten nennen, Richard«, erwiderte Hastings. »Und das ist noch ein Kompliment im Vergleich zu dem, was noch über Euch gesagt wurde. Diese Leute warten wie die Geier auf Beute, und ihre Beute ist England. Es war notwendig, sie zu entwaffnen..., auf die eine oder andere Weise.«

Richard nickte bedächtig. »Nachdem ich jetzt weiß, was Rivers plante, muß ich Euch recht geben... Ihr wußtet sicher nicht –«

»Natürlich nicht. Rivers hat es immer noch nicht verwunden, daß ich Befehlshaber in Calais wurde, aber ein Mann kann doch ehrgeizig sein, ohne gleich Königsmörder werden zu müssen.

Ich wußte, daß etwas nicht in Ordnung war, als im Staatsrat vorgeschlagen wurde, daß er mit allen Männern kommt, die er aufbieten kann: Es wären sechstausend gewesen, vielleicht sogar zehntausend.« Hastings' Miene verdüsterte sich. »Ich mußte damit drohen, nach Calais zurückzugehen und jedes Schiff, jedes Dokument mitzunehmen, dessen ich habhaft werden könnte. Ich weiß nicht, ob ich es tatsächlich getan hätte, denn Edward Woodville ist ja noch immer Admiral; Dorset saß schweigend da, aber ich glaube, er hätte es am liebsten gesehen, wenn ich es getan hätte und mit meinem Schiff versenkt worden wäre.« Er ging zur Anrichte und füllte zwei Pokale mit Wein. »Es ist nicht einfach gewesen, Richard.«

»Das ist auch das allerletzte, was ich vermutet hätte.« Richard nahm den ihm gereichten Pokal. »Wie ist Edward gestorben, Will?«

Hastings biß sich auf die Unterlippe. »Sehr schnell, Richard. Er hat zum Glück nicht leiden müssen.«

»Aber ist er eines natürlichen Todes gestorben?«

»Davon bin ich überzeugt. Die Ärzte..., es ging alles so schnell.«

»Ich muß völlige Gewißheit haben, Will. Edward hat Euch zu dem gemacht, was Ihr nun seid. Von allen Männern und Frauen in London seid Ihr derjenige, der durch seinen Tod am meisten verliert, und deshalb frage ich Euch: Wurde Edward ermordet?«

»Nein, Richard. Es war ein Schlaganfall, und ich habe berechtigte Gründe zur Annahme, daß er eine natürliche Ursache hatte. Aber – fragt mich bitte nicht, worauf sich meine Annahme gründet, Richard.«

»Natürlich werde ich Euch danach fragen«, erwiderte Richard; er schien erstaunt, gleichzeitig aber auch etwas verärgert zu sein. »Und ich erwarte von Euch, daß Ihr mir alles erzählt.«

»Wie Ihr wollt, Richard.« Hastings war zehn Jahre älter und einen halben Kopf größer als Richard, und nun spielte er beides voll aus. »Zufällig waren Edward und ich an diesem Abend im Schlafzimmer, mit Elizabeth –«

»Mit der Königin?«

»Mit der Shore«, erwiderte Hastings, ohne mit der Wimper zu zucken. »›Jane‹, wie sie auch genannt wird.«

»Ich verstehe...« Das, was in Richard vorging, konnte man ihm schwerlich am Gesicht ablesen; jedenfalls schien er nicht irgendwie ernüchtert oder entsetzt zu sein. Er spielte mit dem Ring an seinem Zeigefinger. »Nun ja. Ich vermute, dieser Tod ist eines Königs ebenso würdig wie jeder andere, und einen natürlicheren gibt es wohl auch nicht... Wo ist die Konkubine meines Bruders jetzt?«

»In meinem Haus.«

Richard nickte. »Dort ist sie vermutlich sicher. Und wird bestimmt nicht frieren.« Er trank seinen Pokal aus. »Sollten wir nicht endlich mit der Königin sprechen?«

»Die Königin läßt ihr Bedauern ausdrücken..., bietet jedoch an, falls Durchlaucht durch mich eine Botschaft übermitteln wollen, sie zum baldmöglichsten Zeitpunkt zu erwägen.«

Beim Abgesandten der Königin handelte es sich um Dominic Mancini, einen Diplomaten italienischer Abstammung. Er trug ein rehbraunes Gewand mit dezenten Goldstickereien und eine Brille mit halben Gläsern. Sein Englisch war ausgezeichnet, sein Auftreten höflich, verriet jedoch eine gewisse Anspannung.

»Wo ist sie?« erkundigte sich Richard.

»Ich wurde angewiesen, es nicht zu enthüllen.«

»Und weshalb?«

»Ich wurde beauftragt, auf das Beispiel des Grafen Rivers hinzuweisen.«

»Weiß die Königin, daß Rivers Verrat und Mord an den Personen des Königs und seines Protektors plante?«

»Sie vertritt die Ansicht, daß das Parlament noch keinen Protektor bestellt hat, weshalb auch kein Verrat an ihm begangen worden sein kann, und sie schenkt Gerüchten keinen Glauben, es sei eine Verschwörung gegen den König im Gange..., inszeniert von Graf Rivers.«

»Seid Ihr mit einer vorformulierten Antwort auf jede Frage hierhergekommen?«

»Nein, Durchlaucht.«

Richard schien leicht amüsiert. »Dann übermittelt Elizabeth unseren Respekt und alle Ehrerbietungen, die ihr auf Grund ihrer Stellung zustehen, und sagt ihr, wir würden hoffen, unsere Achtung ihr nach unsrer Bestätigung als Protektor persönlich erweisen zu können. Habt Ihr genau hingehört, Mancini? Nach meiner *Bestätigung*.«

»Ich habe es sehr wohl gehört, Durchlaucht.«

»Und sagt ihr auch, daß ich bis dahin keine Wünsche an sie habe. Hat sie welche?«

»Ja, Durchlaucht. Sie bittet darum, daß der Arzt, der für den König gerufen wurde, die Erlaubnis erhält, ihn aufzusuchen.«

Richard wandte sich an Hastings. »Rivers hat einen Arzt erwähnt, einen Italiener. Wie heißt er?«

»Die Königin hat ausdrücklich darauf bestanden, daß ein Spezialist aus Italien hinzugezogen werde. Aber weder Rivers noch die Königin haben ihn bestimmt. Ich habe ihn ausgesucht. Er ist vor wenigen Tagen eingetroffen: John Argentine ist sein Name.«

Richard schien erleichtert. »Werter Mancini, sagt der Königin, die Gesundheit des Königs liegt uns ebensosehr am Herzen wie Ihrer Majestät. Der Arzt wird selbstverständlich zum König vorgelassen. Das wäre alles für heute.«

Mancini verbeugte sich und ging.

Nachdem er den Raum verlassen hatte, fragte Richard: »Warum ausgerechnet dieser komische Vogel, Hastings?«

»Warum? Ganz einfach: Wie Ihr bereits sagtet, ist alles eine Frage dessen, was man verlieren oder gewinnen kann. Mancini kann kaum ein

Auge auf einen Adelstitel, geschweige denn auf den Thron geworfen haben. Es gibt Männer, die man mit weniger bestechen kann, und dann würde es ihm schwerfallen, sich in Kent zu verstecken. Außerdem lesen wir alle seine Briefe, die er nach Genua schreibt.«

Dimitrios fragte: »Verzeihung, *Mylord*, Ihr sagt, er sei aus Genua?«

»Ja. Doktor Argentine kommt von der dortigen Universität.«

»Ist etwas damit nicht in Ordnung, Dimitrios?« fragte Richard.

»Nein, *Mylord;* ganz im Gegenteil. Genua ist bloß keine byzantinische Provinz.«

»Nun, das wäre dann eine Sorge weniger«, meinte Richard. »Nicht, daß sie von vornherein sehr groß gewesen wäre, oder?«

»Vermutlich nicht«, meinte Dimi.

»Diese Versammlung hat daher beschlossen, den Herzog von Gloucester zum Protektor des Königreiches zu bestellen und ihm die Verantwortung für die Sicherheit und die Erziehung von König Edward V. zu übertragen, bis besagter König Edward Volljährigkeit erlangt und König aus eigenem Recht wird...«

Als sich die Versammlung auflöste, meinte Buckingham zu Richard: »Es ist gut zu wissen, daß das Oberhaus wenigstens etwas Erfreuliches zustande bringt.«

Hastings reagierte ungehalten. »Glaubt Ihr, das alles wäre so einfach gewesen? Ihr seid erst seit einigen Tagen hier, und die meiste Zeit davon nicht auffindbar gewesen. Ich habe inzwischen all das zurückgefordert, was ich anderen zwanzig Jahre lang an Gefallen getan habe, und dennoch mußte ich solche Zugeständnisse machen: Wir haben uns durch Eid verpflichtet, Rivers und seine Handlanger nicht wegen Verrats anzuklagen, den sie vor dem heutigen Tage begangen oder geplant hätten, und keinen Versuch zu unternehmen, durch Gesetz oder Verordnung den besonderen Schutz der Königin aufzuheben, den sie an ihrem geheimen Aufenthaltsort genießt. Richard ist zwar Protektor, aber nur so lange, wie er sein Amt nicht gegen die Woodvilles ausübt. Da wir gerade davon sprechen, Harry: Habt Ihr in letzter Zeit Eure Gemahlin besucht?«

Buckingham nahm diese Anspielung gelassen auf. »Eines muß ich Euch wirklich lassen, Hastings: Die Familie der Königin hat es nicht fertiggebracht, Euch mit einem ihrer Mauerblümchen zu verheiraten. Aber wenn Ihr meine Gemahlin aufs Tapet bringt, bringe ich Eure Mätresse zur Sprache: Jane Shore ist sicher das leckerste Brosämchen, das von einer königlichen Tafel abfallen konnte.«

Richard griff in die Unterhaltung ein: »Hört damit auf, Ihr beiden! Rivers kann nichts mehr anrichten, und es war nie unsere Absicht, Elizabeth aus ihrem Versteck zu holen... obwohl dieser kleine Italiener mich ärgert. – Was Eure Frauen angeht, so kann ich nicht entscheiden, wer von Euch den besseren Geschmack hat; diese Angelegenheit läßt sich nur mit den Fäusten regeln.«

Ein Mann kam auf sie zu; er hatte einen Bart, buschige, dunkle Augenbrauen und trug ein rotes, gefüttertes, mit geraden Goldfäden besticktes Wams und um den Hals eine schwere Silberkette. In der Hand hielt er einen Steinguttopf, dessen Deckel mit Plomben verschlossen war.

»Ehrenwerter Magier«, begrüßte ihn Richard kühl.

»Mylord Protektor, ich möchte dem König ein Geschenk bringen... mit Eurer Erlaubnis, natürlich.« Er hielt Richard den Topf entgegen. »Erdbeeren aus meinem Garten. Heute morgen erst gepflückt. Der Arzt des Königs sagte, Früchte würden ihm guttun.«

Dimitrios sah zum Fenster hinaus und betrachtete die schwerfällig dahinziehenden grauen Wolken.

»Das ist nett von Euch, ehrenwerte Magier.« Richard bedeutete Dimi, den Topf in Empfang zu nehmen. »Ihr kennt also Doktor Argentine?«

»Wir haben einen gemeinsamen Freund: *Signore* Mancini.«

»So so... Wir danken Euch, ehrenwerter Magier. Ich bin sicher, der König wird sie mögen.«

Der Hexenmeister lachte. »Meine Erdbeeren haben einen viel besseren Ruf! Er wird sie nicht nur einfach mögen. Ich hoffe nur, er bekommt keinen Ausschlag davon.«

»Und wenn er einen bekommt, werden wir Euch wegen Schwarzer Magie einsperren«, bemerkte Buckingham sarkastisch.

Wieder lachte der Mann in Rot und Gold. »Aber nicht doch, nicht wieder nach all der langen Zeit.« Nach einer leichten Verbeugung entfernte er sich.

»Sind das wirklich Erdbeeren? Jetzt im Januar?« zweifelte Dimitrios.

»Die Gärten des Doktor Morton sind wirklich etwas Außergewöhnliches«, meinte Hastings.

»Doktor Morton selbst ist ein außergewöhnlicher Mensch«, befand Richard. »Seit der Zeit von Heinrich dem Schwachsinnigen ist er königlicher Ratgeber, obwohl er nicht so aussieht, als wäre er schon über sechzig, nicht wahr? Da wir von Erdbeeren im Januar gesprochen haben: Man könnte ihn mit einem äußerst zähen Gewächs vergleichen. Ganz egal, welches Klima bei Hofe herrscht, dieses Unkraut vergeht nicht.«

»Ihr mögt ihn nicht, *Mylord.*«

»Ich mag niemanden, der das Vertrauen von –, lassen wir dies.« Richard betrachtete mißtrauisch den Steintopf. »Würde mich nicht überraschen, wenn er sie mit Blut gießt. Ich glaube, wir sollten Edward das Geschenk bringen.«

Ein alter Lakai, der einen Waffenrock trug, der die Regierungszeit von drei, wenn nicht sogar vier Königen überstanden zu haben schien, führte Richard und Dimitrios zu den Gemächern des Königs im White Tower und meldete dem König ihren Besuch so leise, daß es kaum zu hören war.

»Danke, Master Giles. Laßt sie eintreten«, befahl der König, sich ganz seiner Würde bewußt. Der Lakai schien ihn nicht verstanden zu haben. Edward wiederholte seine Anweisung etwas weniger würdevoll, dafür um einiges lauter, worauf Giles sich zu Richard und Dimi umdrehte, sie mit einer Geste bat einzutreten, und die Tür hinter ihnen schloß.

»Onkel, Hauptmann Ducas, was habt Ihr da?«

»Zuerst eine Nachricht, Hoheit: Die Lords haben es für richtig befunden, dem Wunsch Eures Vaters zu entsprechen und mich zu Eurem Protektor und Vormund zu bestellen.«

»Das muß für Euch eine große Ehre sein, Onkel.« Auf Dimitrios wirkte Edward sehr müde; Angst erfüllte seinen Blick. »Es wird Euch freuen zu hören, daß wir Euch nicht hassen.«

Richard verbeugte sich leicht. »Und nun, *Sire*, ein Geschenk von Doktor Morton aus Holborn.«

»Die Erdbeeren, die er mir versprochen hat?« Doktor Argentine kam aus einem Nebenzimmer. Er war groß, schlank, hatte fein geschnittene Gesichtszüge und feingliedrige Hände. Dimi spürte, wie ihm die Arme zittrig wurden; er faßte den Steintopf fester. Er dachte natürlich an Cynthia, obwohl sich die Ähnlichkeiten nur auf die äußeren Umstände beschränkten.

Ihm fiel im Moment noch ein weiterer besonderer Umstand auf, und er dachte daran, seinen Herrn darauf aufmerksam zu machen; doch dann wollte er nicht in die Gewohnheit des Herzogs von Buckingham verfallen, das schmerzlich Offensichtliche auszusprechen, und stellte daher den Topf nur auf einen Tisch, um mit seinem Messer die Plomben zu öffnen.

»Ich werde das –« begann Argentine, doch Richard fiel ihm ins Wort. »Morton sagte etwas von Ausschlag.«

»Ich bekomme von Erdbeeren keinen Ausschlag«, versicherte Edward, plötzlich wieder zehn Jahre alt. »Ich mag Erdbeeren unheimlich gern.«

»Wir beginnen erst einmal mit einigen wenigen, um sicher zu gehen, und werden dann allmählich die Quantität erhöhen«, meinte Argentine. »Das ist bei der Ernährung immer ein guter Grundsatz: Nichts im Übermaß!«

Dimitrios fühlte sich etwas erleichtert, als er den Doktor dies sagen hörte.

Richard schien etwas sagen zu wollen, unterließ es dann aber. Dimi vermutete nicht ohne Grund, daß sich der Herzog an die Eßgewohnheiten seines Bruders erinnert gefühlt haben mußte.

Dimi schnitt die letzte Plombe ab und hob den Deckel. Im Topf lagen herrliche rote Erdbeeren, so dick wie zwei Daumen und so frisch, daß sie nur ganz schwach süßlich dufteten.

»Bitte sagt der Königin, es gehe dem König gut«, unterrichtete Richard den Diplomaten Mancini, »doch er leide so unter seiner Einsamkeit, daß es beinahe schon an Melancholie grenzt. Ich bitte daher Ihre Hoheit demütigst, ihm den Bruder des Königs, den Herzog von York, als Gesellschafter zu schicken.«

»Als Antwort auf ein solches Ersuchen –« begann Mancini.

Richard schnitt ihm mit einer gebieterischen Handbewegung das Wort ab. »Ich wünsche keine bereits festgelegte Antwort; tragt ihr meine Bitte vor. Macht außerdem deutlich, daß sich der Herzog nicht an einem geheimen Zufluchtsort befinden wird, sondern in den königlichen Gemächern, wo er jederzeit besucht werden kann. Und sagt der Königin, daß Doktor Argentine diese Idee ebenfalls wärmstens befürwortet.«

»Jawohl.«

Mancini ging; Richard gab Dimitrios das Zeichen, denn sie wußten, auf welchem Weg Mancini den Tower verlassen würde. Dimi benutzte einen anderen, zwar längeren, wechselte zwischendurch noch rasch seine Oberbekleidung, war aber dennoch nur wenige Sekunden nach Mancini in der Thomas Street vor dem Tower.

Richard hatte gesagt, der Versuch, den Aufenthaltsort von Elizabeth Woodville herauszufinden, stelle noch keinen Eidbruch des Verbotes dar, ihn nicht zu betreten. Dieser feine Unterschied bereitete Dimitrios also kein Kopfzerbrechen, sondern vielmehr ein anderer. Aber er redete sich ein, er würde nicht selbst spionieren, nicht selbst eine Vorschrift übertreten: Er stellte sich vor, er würde in einem winterlichen Wald von Gebäuden das Versteck menschlichen Wildes suchen.

Und da Richard ihm nicht erlaubt hatte, nach Wales zu gehen – oder

Rivers in Pontefract zu verhören –, war dieses für ihn die einzige Möglichkeit, die Suche nach Hywel und Cynthia zu betreiben.

Eine Kutsche rumpelte durch die Budge Row; drängte die Fußgänger an die Häuserwände. Dimi beobachtete sie genau: Sie könnte ja kurz stehenbleiben und Mancini aufnehmen. Doch sie fuhr an ihm vorbei. Dimi hörte, daß jemand ihm »Vorsicht!« zurief, und vermied gerade noch, daß ihm Schmutzwasser über die Füße geschüttet wurde. Er wechselte auf die andere Straßenseite. Seine Stiefeltritte waren auf dem Pflaster kaum zu hören, auch seine Atmung hatte er völlig unter Kontrolle. Für Dimi war in diesem Augenblick nur noch ein Mensch in dieser Stadt unterwegs: Mancini; von allen anderen nahm er keine Notiz. Er nahm nur beiläufig den Geruch von Leder und Gerbsäure wahr, als er durch die Cordwainer Street ging, die Straße der Schuhmacher, – vergleichbar einem Jagdhund, der im Gebüsch zwar einen Hasen wittert, sich dennoch von der Verfolgung des Hirsches nicht abbringen läßt.

Mit einem Mal änderte sich die Umgebung völlig. Mancini überquerte den riesigen Platz um das Pantheon, ging schnurstracks auf den verschachtelten Gebäudekomplex zu. Dimi fluchte, zollte seinem Wild insgeheim doch Anerkennung für dessen Schlauheit.

Er blieb nicht stehen, obwohl er wußte, was geschehen würde. Er überlegte, ob er sich Mancini auf wenige Schritte nähern sollte, doch dann würde das Wild ihn überallhin locken, nur nicht in die Nähe seines Verstecks. Und außerdem verspürte er trotz des von Richard aufgezeigten feinen Unterschieds kein Verlangen, dabei ertappt zu werden, daß er den Abgesandten der Königin verfolgte.

Dimi gelang es zwar tatsächlich, Mancini im Pantheon durch drei Stockwerke und um unzählige Ecken zu folgen. Doch schließlich bog Mancini scharf nach rechts ab, worauf Dimi plötzlich zwei Männer in rehbrauner Kleidung sah – und dann keinen von beiden mehr.

Dimitrios fand sich in einem quadratischen Raum wieder, der höchstens zehn auf zehn Fuß maß. An der Stirnseite war ein Relief mit dem zweigesichtigen Januskopf angebracht, um den einige vertrocknete Tannenzweige sich wie eine Girlande wanden. Die Wände links und rechts mußten früher völlig mit Spiegeln verkleidet gewesen sein und somit tausendfache Spiegelung der Betenden erzeugt haben. Jetzt fehlten aber alle Spiegelscheiben oder waren zerbrochen, und nur noch eine Bank aus weißem Marmor war übriggeblieben. Dimitrios nahm auf ihr Platz und betrachtete seine eigenen unvollständigen Spiegelbilder.

Richard verzieh ihm natürlich; Dimi vermutete, sein Herr wisse, daß Vergebung nicht das war, was er sich wünschte.

»Das Parlament hat entschieden, die Krönung in drei Wochen durchzuführen; die Feierlichkeiten dauern eine Woche, finden mit dem Iambolc ihren Abschluß. Elizabeth *muß* wenigstens zur Krönung aus ihrem Versteck kommen.« Richard schüttelte den Kopf. »Dimitrios, Ihr kennt das Gesetz von Byzanz besser als ich und könnt es mir im Gegensatz zu den Rechtsgelehrten auf englisch erklären. Hat das Imperium ein Gesetz, das Tempeln den Status von unantastbaren Refugien verleiht?«

»Der Staat darf kein Gesetz erlassen, durch das ein Glaube einseitig begünstigt wird. Da nicht alle Glaubensrichtungen ein unantastbares, unverletzliches Refugium besitzen, würde ein solches Gesetz jene begünstigen, die eines haben. Justinian hat nach den letzten Tarsiten-Aufständen entschieden, daß die Götter, die ein solches Refugium wünschen, selbst jene bestrafen würden, die es verletzen. Er sagte: ›Wer bei seinem Gott Schutz und Zuflucht sucht, möge beten und einen Speer bereithalten‹.«

Richard wirkte nachdenklich. »Und die Mysterien im geheimen abhalten, nicht wahr, Bruder?«

»Ja, Bruder, die Höhlen waren stets ein Ort der Kraft für uns.«

Richard nickte. »Mein Vater hat Refugien verletzt und Thor aufgefordert, ihn zu töten, wenn er Unrecht beginge. Edward tat das gleiche. Zweifellos hält mich Elizabeth nicht für besser.«

Dimitrios schwieg. Richard ging zum Fenster und sah hinaus. »Es wäre alles viel einfacher, wenn die Götter uns davon abhielten, das zu tun, was wir nicht tun sollten.« Er seufzte. »Oder gleich dafür sorgten, daß wir es nicht tun wollen... Ich habe eine neue Aufgabe für Euch, Bruder, die Euch ebenfalls nicht gefallen wird.«

Dimi vermutete, daß sie das war, was er erhofft hatte: eine Bestrafung. »Natürlich, Richard.«

Richard zog die Augenbrauen und die Mundwinkel hoch, drehte den Ring an seinem kleinen Finger. »Nun? So schlimm ist sie auch wieder nicht. Ihr wißt, daß Hastings die Briefe von Mancini abfängt?«

»Ich hörte, wie er davon sprach.«

»Für meinen Geschmack hat er, den ich für einen schlauen Fuchs hielt, wenig Phantasie entwickelt. Er ließ die Briefe öffnen, abschreiben und wieder versiegeln – ohne die Schreiben selbst genauer zu untersuchen. Nur des Mithras' Stier weiß, was er auf diese Weise herauszufinden gedachte. Ihr wißt über geheime Botschaften Bescheid. Ich wünsche, daß Ihr Euch einen dieser Briefe besorgt und ihn Euch genau anseht.«

Dimi erachtete es als die schrecklichste Strafe: ihn wieder zum Spion zu machen.

»Bittet Euren deutschen Freund, Euch dabei zu helfen; er müßte sich mit Chemikalien und mathematischen Berechnungen bei der Entzifferung von Geheimschriften auskennen ... Wie geht es Professor von Bayern übrigens?«

»Es ging ihm gut, als ich ihn das letzte Mal sah.« Eigentlich eine Lüge: Dimitrios hatte Gregor seit Wochen nicht mehr gesehen, wußte nicht einmal, ob er seine spezielle Nahrung bekam.

Eigentlich müßte er sie bekommen. Im Tower dürfte es ein seit langem bewährtes Verfahren geben, ihn und seinesgleichen zu versorgen.

Gregor lag, nur mit einer Hose bekleidet, regungslos auf seinem schmalen Bett. Durch die Vorhänge fiel etwas Licht in den Raum; er hatte hier kein Zeichenbrett zur Verfügung, mit dem er das Fenster abdecken konnte. Im Kamin brannte kein Feuer. Er fror nicht, konnte die Kälte gar nicht spüren, und in dem Halbdunkel konnte er alles ringsum genauso gut erkennen wie ein normaler Mensch bei hellstem Sonnenschein.

Er bemerkte, daß seine kleine Uhr nicht mehr tickte. Sie stammte aus der Schweiz, hatte eine Feder, die nur alle sechzig oder siebzig Stunden des Aufziehens bedurfte; er mußte also mindestens so lange auf seinem Bett gelegen haben. Es war möglich, daß er davon eine Zeitlang geschlafen hatte, er bezweifelte es jedoch.

Beim allmählichen Dunkelwerden draußen würde er sich anziehen und quer durch die Stadt zu Baynard's Castle gehen. Wetherby würde ihn einlassen und dafür sorgen, daß er in der Küche etwas Blut bekam. Wenigstens etwas Tierblut. Er war inzwischen so hungrig, daß ihm der Geschmack nichts ausmachen und er sich nicht daran erinnern würde, was so viel besser schmeckte.

Er hatte sein Zimmer seit drei Tagen nicht mehr verlassen. Es war elf Tage her, daß er sich in der Küche des Towers einen Kapaun geholt hatte. Nach dem Trinken von dessen Blut hatte er ihn auf seinem Zimmer gebraten und gegessen.

Daraufhin hatte er Durchfall bekommen; sein Körper verweigerte jegliche Nahrungsaufnahme. Was nicht ganz stimmte: jegliche Nahrung außer der einen.

Einer seiner Artgenossen hatte es ›die Vollkommenheit‹ genannt. »Warum sollte man sich gegen sie wehren? Man stopft Minderwertiges in seinen Körper hinein, aber der Körper beharrt auf seinem Recht. Die

Menschen ernähren sich nicht von Gras, sondern von den Rindern, die das Gras fressen; *Vrykolaka* trinken nicht das Blut von Rindern.«

Er hatte seine Uhr aufgezogen, seine Pistole – nicht die kleinste – geladen und sich ins Bett gelegt. Nun war die Uhr stehengeblieben, die Pistole nicht abgefeuert worden, und auch im Bett hielt es ihn nun nicht mehr länger.

Jemand klopfte an die Tür. »Gregor?« Es war Dimitrios.

»Einen Moment!« rief er. Es schmerzte in seiner ausgetrockneten Kehle. Er warf sich einen Mantel über und zündete eine Lampe an, deren Helligkeit beinahe unerträglich war. Er setzte die Brille mit den dunkelsten Gläsern auf, bevor er die Tür öffnete.

»Gregor, ich – geht es dir nicht gut? Ich meine... hast du geschlafen?«

»Ja, etwas geruht. Mir geht's gut; bin nur noch ein wenig müde.«

»Soso. Ich bin... froh, daß du etwas zu tun hast.«

»Ein Mann muß sich immer mit etwas beschäftigen.«

»Bist du im Moment sehr beschäftigt?«

»Nein. Komm nur herein. Entschuldige das schwache Licht.«

»Natürlich.« Dimi griff in seine Jacke, zog einen dicken Umschlag mit einem Siegel heraus. »Das ist der Brief von... einem Mann, den der Herzog verdächtigt, ein Spion zu sein. Ich soll ihn auf Geheimschriften hin untersuchen und dachte mir, du könntest mir dabei helfen...«

»Ich...« Er sah zum Fenster; es war noch nicht dunkel. Und er hatte seine Fertigkeiten schon lange nicht mehr auf die Probe gestellt. »Ich freue mich, dir behilflich sein zu können, soweit es mir möglich ist.« Er nahm den Umschlag. »Laß mich erst einige Sachen aus meiner Tasche holen.« Mit einer erwärmten Messerklinge löste er das Siegel unversehrt vom Papier. Dann zog er seine weißen Seidenhandschuhe an und nahm die einzelnen Blätter heraus, machte sich Notizen über die Reihenfolge und Anordnung im Umschlag. »In der Bibliothek von Alexandria war ein Kurs über den richtigen Umgang mit wertvollen Manuskripten Pflicht«, erklärte er Dimi. »Hm... kannst du Italienisch lesen?«

»Genug, um Befehle und Flugblätter lesen zu können.«

»Ich verstehe technische Texte. Nun wollen wir beide einmal sehen, was wir hier haben.«

Sie lasen vielleicht eine Stunde lang, Wort für Wort, Satz für Satz, diskutierten über Wortbedeutungen, aber fanden nichts dabei heraus. »Er scheint sich sehr für die Kostüme am englischen Hof zu interessieren«, meinte Gregor. »Seid ihr sicher, daß er nicht einfach ein Philosoph ist, der eine Studie über die höfische Gesellschaft erstellt?«

»Wir haben eigentlich auch nicht erwartet, eine Botschaft im Text selbst zu entdecken.«

»Ich kann nicht beschwören, daß keine darin versteckt ist. Die Wortlänge könnte eine Bedeutung haben, oder vielleicht sollten wir nur jedes zwölfte Wort lesen..., wollen wir aber noch etwas anderes versuchen.« Er holte die Tischlampe heran, nahm das Glas ab, hielt einen Bogen ganz nah an die Flamme. Es schimmerte kaum Licht durch.

Gregor legte das erwärmte Blatt auf den Tisch; es schien sich nicht verändert zu haben. Er rieb es zwischen Daumen und Zeigefinger. Es war ziemlich dickes Papier, fühlte sich irgendwie ungewöhnlich an. »Wie oft schreibt Herr Mancini seine Briefe?«

»Alle zwei, drei Wochen.«

»Und rechnet er damit, daß sie in einem Sammelband veröffentlicht werden?«

»Wie?«

»Das ist teures Papier, wie es für den Buchdruck verwendet wird. Fühl mal dran.« Er gab Dimi einen Bogen, rieb wieder mit den Fingern an dem, den er in der Hand hielt.

Er bemerkte ein minimales Nachgeben.

»Was ist denn das?« Er hielt das Papier wieder in den Lampenschein, bearbeitete mit der Messerklinge vorsichtig die Ecke des Bogens.

Das Papier teilte sich.

Auf der Innenseite der beiden Blätter fanden sie Zeichen in schwacher brauner Tinte.

»Eine Tinte, die bei Erwärmung sichtbar wird, allerdings dort, wo wir es nicht sehen konnten«, meinte Gregor. »Wollen wir die anderen Blätter teilen.« Bald darauf hatten sie zwanzig Bögen vor sich auf dem Tisch liegen, die in einer Geheimschrift beschrieben waren.

Gregor blickte zum Fenster. Draußen war es dunkel.

»Glaubst du, du kannst sie entziffern?«

»Ich hoffe..., was meinst du?« Er blickte Dimitrios an, dann auf den Brief. »Ich kenne einige Methoden. Aber es kann lange dauern..., ich gehe heute abend weg von hier.«

»Du gehst weg? Wohin?«

»Zur... Herzogin Cecily. Sie hat mir... ihre Gastfreundschaft angetragen, nicht nur mir, sondern uns allen. Bei ihr ist es viel ruhiger als hier im Tower. Gerade jetzt, wo die Vorbereitungen für die Krönung getroffen werden.«

Dimi atmete erleichtert auf. »Du bleibst also hier in London. Ich dachte schon, du würdest nach Schottland gehen oder noch weiter weg. – Hast du wirklich Zeit, dich damit zu beschäftigen?«

»Ja.« Er fragte sich, ob Dimitrios ihm anmerkte, daß er log.

»Dann nimm den Brief mit. Lord Hastings ist Befehlshaber von Calais; Briefe gehen auf See oft verloren. Gib uns Nachricht, wenn du fertig bist.«

»Ich bedanke mich für dein Vertrauen.«

Dimitrios sah ihn überrascht an. »Ich ... ist doch selbstverständlich, Gregor. Brauchst du Hilfe dabei, deine Sachen wegzubringen?«

»Nein, danke. Ich war schon fast fertig mit dem Packen.«

Dimi musterte ihn von oben bis unten. Er glaubt mir nicht, dachte Gregor, aber es war nicht gelogen.

»Dann gute Nacht, Gregor.«

»Gute Nacht, Dimitrios.«

Gregor zog sein graues Gewand an, legte die stehengebliebene Uhr, die Pistole, den Brief und einige Kleidungsstücke zum Wechseln in die Schultertasche. Er warf sich seinen grünen Umhang um, wollte gerade die Lampe auslöschen, als ihm ein Gedanke kam: die Transkription nach Plinius. Wenn er im Abstand von zwei, drei Wochen einen langen Brief verschlüsseln müßte, der über weite Entfernungen befördert wird, so daß das Austauschen von Schlüsselwörtern schwierig wäre, würde er dieses System benutzen ...

Ich werde es auch noch notieren können, wenn ich bei der Herzogin bin, überlegte er und hielt die hohle Hand zum Ausblasen hinter die Flamme in der Lampe.

Nein, er würde es nicht tun können. Bis er ganz London durchquert hatte, würden die Heinzelmännchen das Wörtergerüst, das sich in seinem Gehirn aufbaute, wieder zerstört haben.

Er legte den Umhang ab, breitete die Briefbogen auf dem Tisch aus und fand auch noch ein Stück Zeichenpapier für seine Berechnungen und Notizen.

Er redete sich ein, jetzt nicht mehr hungrig zu sein.

Es gelang ihm, die Geheimschrift zu entschlüsseln. Er hatte befürchtet, es würde sich ein in italienischer Umgangssprache abgefaßter Text ergeben, den er nicht verstehen würde, doch es stellte sich heraus, daß er in Vulgärlatein geschrieben war.

Nach der Lektüre der zweiten Seite wußte Gregor, daß der Verfasser kein Italiener war. Sein Latein und die von ihm verwendeten Schriftzeichen belegten es. Genauer gesagt, seine Loyalität galt nicht Italien.

Als Gregor den ganzen Brief entschlüsselt hatte, die Morgendämmerung das Fenster bereits schwach erleuchtete, da wußte er sehr viel darüber, wem die Loyalität vieler Männer galt. Und einen, dem Loyalität überhaupt nichts bedeutete. Außerdem hatte er nun erfahren, für wen Margarete von Anjou ihn gehalten hatte.

Er durfte nun keine Zeit mehr verlieren. Er konnte nicht warten, bis die Sonne höher stand; er mußte die naturgegebenen Nachteile seiner Art bestmöglich nutzen.

Giles, der Lakai, lehnte auf dem Gang an einem Gestell mit Streitäxten und schlief im Stehen. Gregor näherte sich ihm vorsichtig, die Schultertasche eng an seinen Körper gepreßt, griff an den Gürtel von Giles und nahm ihm den Schlüssel ab. Giles bewegte sich zwar, wachte jedoch nicht auf.

Gregor steckte den Schlüssel ins Schloß, drehte ihn geräuschlos, schob die Tür drei Finger breit auf und sah durch den Spalt.

Es war fast dunkel in dem Zimmer, denn im Kamin brannte nur ein Feuer, das zu klein war, um Wärme spenden zu können. Ein großer, hagerer Mann stand an einem Tisch an der Wand gegenüber dem Fenster; er trug ein dünnes Seidengewand. Auf dem Tisch vor ihm stand ein tönerner Topf. Er durchschnitt gerade die Drähte, die den Deckel hielten.

Gregor schlüpfte ins Zimmer und schloß die Tür hinter sich. Der Mann drehte sich langsam zu ihm um und legte die Drahtschere weg.

»Guten Morgen!« grüßte er freundlich lächelnd. »Ich glaube, wir kennen uns noch nicht.«

»Ich glaube, Ihr wißt warum, Doktor. Ich bin der Fachritter von Bayern.«

»*Eccelente!* Ich wollte Euch schon immer einmal kennenlernen, Professor«, erwiderte John Argentine und trat einen Schritt auf Gregor zu.

Gregor griff in seine Tasche. »Kommt nicht näher.« Er legte den Zwillingslauf seiner Pistole auf der Handfläche seiner Linken auf; mit dem rechten Daumen spannte er die Hähne.

Argentine blieb stehen und lächelte noch immer. »Man hat schon viele Feuerwaffen auf mich gerichtet, Professor von Bayern, mit ihnen sogar schon auf mich geschossen.«

»Auf mich ebenfalls. Diese Pistole habe ich allerdings selbst gebaut. Sie hat Explosionszünder, die immer funktionieren. Sie verschießt zwei zylindrische Kugeln, die ein Kaliber von dreiviertel Zoll haben und kreisförmig eingekerbt sind, so daß sie sich beim Auftreffen verformen und eine hohe Splitterwirkung haben. Ihr seid Arzt, solltet demnach wissen, was das bedeutet. Und denkt auch daran, daß ich besser als jeder andere weiß, wo ich hinzielen muß.«

»Das habe ich bereits bedacht.« Er deutete auf den Steintopf auf dem Tisch. »Habt Ihr etwas dagegen, daß ich ihn erst noch öffne?« Er nahm die Schere erneut zur Hand. »Es muß richtig gemacht werden, denn sonst findet man nur frische Erdbeeren darin. So. *Ecco esso, Professore.*«

Gregor roch es, kaum daß Argentine den Deckel abgenommen hatte: frisches, warmes Menschenblut.

»Es ist genug für uns beide, Professor.« Er sah Gregor durchdringend an. »Im Grunde könnt Ihr sogar alles haben, denn ich sehe Euch an, daß Ihr es heute dringender braucht als ich. Wie habt Ihr denn bisher gelebt? Ich weiß, London ist eine große Stadt, in der man Fremden mit Argwohn begegnet, aber –«

»Seid still!« Gregor spürte seinen nagenden Hunger, seine Sinne waren vom Duft des süßen Blutes wie betäubt. Der steinerne Topf faßte mehr als zwei Schoppen: mehr Blut, als er je auf einmal genommen hatte.

Das Wasser lief ihm im Mund zusammen. »Der König?«

»Ihm geht es jetzt gut«, erwiderte Argentine. »Es heißt, eine Ricci aus Fiorenza habe ihn behandelt, und das muß ich glauben: eine seltene Krankheit und eine perfekt ausgeführte Operation. Aber dadurch konnte sie ihm natürlich nicht helfen. Ich kenne die Krankheit... Ich bin spezialisiert auf die Erkrankungen des Blutes und der Gefäße, müßt Ihr wissen..., und für diese gibt es nur eine Heilung, und die bin ich. Verzeiht, Professor, wir.« Er betrachtete den Topf. »Würdet Ihr mir erlauben, ihm etwas davon zu bringen? Er ist bereits recht ungeduldig. Ihr kennt das ja.« Argentine tauchte den Finger ins Blut – das noch immer nicht abzukühlen oder zu gerinnen schien – und leckte ihn ab. »Könnt Ihr Euch vorstellen, wie es für ihn ist? Er hat noch nie und wird auch nie mehr etwas anderes bekommen als Menschenblut. Das Privileg des Königs –«

Gregors Pistole donnerte los. Der Topf zersprang in tausend Scherben, das Blut spritzte über den Tisch, die Wand und Doktor Argentine, der sich bloß noch an den Arm faßte und in die Knie sank. Es roch nach Verbranntem, irgend etwas zischte leise, und Argentine wimmerte wie ein Hund, der getreten worden war.

»Ich vergaß, die Phosphorfüllung zu erwähnen, weil ich nicht sicher war, ob es funktionieren würde«, sagte Gregor und richtete seine Pistole auf den sich windenden Doktor. Auf dem Fußboden bildeten sich bereits kleine, dampfende Blutlachen.

Die Tür wurde aufgerissen, und herein kamen Soldaten, angeführt von einem Adligen. Sie blieben wie erstarrt stehen, die Schwerter und Messer halb gezogen, und schauten sich um. Sie schienen mit Übelkeit zu kämpfen.

Gregor nahm den Daumen vom Hahn. »Durchlaucht.« Er griff in seine Schultertasche, holte den entschlüsselten Brief von Mancini heraus. »Wir haben große Schwierigkeiten. Ich hoffe, Ihr könnt diesen Männern vertrauen.«

Zögernd griff der Herzog nach den Briefbogen und warf einen Blick auf sie.

»Ja, Professor. Sie sind mir treu ergeben«, versicherte Buckingham und gab seinen Männern das Zeichen, die Tür zu schließen.

Dimitrios blickte aus dem Fenster des winzigen Vorraums des Ratssaals hinüber zum Tower Hill: Zimmerleute hämmerten und sägten, errichteten Podien und Tribünen für die in zehn Tagen stattfindende Krönung. Der Lärm zerrte an seinen Nerven, aber an diesem Morgen gab es vermutlich nichts, was auf ihn hätte beruhigend einwirken können. Richard hatte ihm befohlen, sich zu bewaffnen und zusammen mit zwei Männern, erfahren in der Kriegsführung in den Grenzlanden zu Schottland, und einigen anderen Gefolgsleuten hier zu warten.

Sie sollten, wie der Herzog von Gloucester gesagt hatte, so lange warten, bis er »Verrat!« rief. Ganz sicher kein Auftrag, den die Männer leichten Herzens erfüllten.

»Alles in Ordnung, Bennett?« erkundigte sich Dimi. Der junge Mann lehnte an der Wand, einen Fuß gegen das Mauerwerk gestützt, die Hände auf den gebeugten Oberschenkel gelegt.

»Alles in Ordnung, Hauptmann. Wißt Ihr eigentlich, was das alles soll?«

»Nein. Und wenn ich's wüßte, würde ich es Euch wahrscheinlich nicht sagen.«

Bennett lächelte gequält.

Sie konnten hören, daß drinnen im Saal Stühle gerückt wurden, die Stimmen lauter wurden. Dimi glaubte die von Lord Hastings zu erkennen, konnte jedoch nicht verstehen, was gesagt wurde.

Dann glaubte er das Wort ›Verrat‹ zu hören. Bennett zog sofort sein Schwert, doch Dimi gab ihm ein Zeichen, noch eine Sekunde abzuwarten, und dann riß Richard die Tür auf. »Ich sage, es ist Verrat von der niederträchtigsten Art.«

Dimi gab das Zeichen, und seine Männer marschierten schnellen Schrittes in den Saal.

Hastings war dort, Lord Stanley und der Magier Morton, dann noch vielleicht ein Dutzend andere Männer. Buckingham stand in der Nähe der Fenster und hielt einige große Bogen Papier in der Hand.

Hastings ergriff das Wort. »Richard, wenn Ihr berücksichtigt –«

Buckingham deutete mit dem Finger auf Hastings. »Wir haben sehr lange auf Euch *Rücksicht* genommen, und diese *Rücksicht* hat Euch erlaubt, Eure *rücksichtslosen* Verbrechen zu begehen.« Sein Finger schwenkte auf Dimi und seine Soldaten. »Bringt diesen Verräter hinaus und nehmt keine falsche *Rücksicht*!«

Dimitrios suchte Richards Blick. Gloucester hatte beide Hände zu Fäusten geballt und schien vor Wut zu platzen.

Bennett war der einzige, der nicht wie erstarrt dastand. Er packte Hastings mit beiden Händen am Ärmel, brachte ihn aus dem Gleichgewicht und stieß ihn zwei seiner Männer entgegen. Einen Augenblick später waren die vier bereits draußen auf dem Gang.

Dimi versuchte zwar, einen klaren Gedanken zu fassen, doch etwas hinderte ihn daran; es war, als schließe sich eine Faust um seinen Kopf. Er wollte sein Schwert ziehen, es benutzen; denn hier mußte noch ein zweiter Verräter sein. »Richard!« rief er, aber es schien nicht seine Stimme zu sein.

Lord Stanley ging auf die Fenster zu. Als er dort ankam, griff er sich an den linken Arm; Blut sickerte durch seine Finger. Dimi bemerkte, daß sein Schwert gezogen war und dessen Klinge blutbefleckt.

»Hel soll sie alle holen, sie tun es auf dem blanken –« Das Knirschen von Stahl, der auf Holz traf, ließ Stanley verstummen. Er wandte sich wieder zu den anderen um; sein Kopf wackelte kraftlos wie der einer Puppe.

»*Morton!*« rief Richard. »Ihr steckt dahinter!«

»Ich? Mein Fürst, ich arbeite in meinem Garten mit anderen Werkzeugen.«

»Wir sollten Euch die Zunge abschneiden und die Augen ausstechen, aber dann würdet Ihr wahrscheinlich immer noch einen Weg finden, Euch irgend jemandes Gunst zu erschleichen«, meinte Richard verächtlich und wandte sich dann an Buckingham. »Harry! Ihr sagtet neulich, Wales sei ein gutes Versteck. Bringt diese... Kreatur nach Brecknock und versteckt sie dort.«

Lord Stanley glitt zu Boden; er blutete zwar nur schwach, sah jedoch sehr blaß aus. Dimi befahl seinem zweiten Sergeanten, sich um Stanley zu kümmern, und ging dann zu Richard.

»Mir ist nichts passiert, Bruder«, sagte Gloucester leise. »Hastings und Morton...« Er starrte zum Fenster hinaus. »Hastings und Morton haben Edward umgebracht. Ich erfuhr es erst gestern abend.«

»Der König ist –«

»Meinen Bruder Edward. Nein, nein, der junge König ist in Sicherheit; obwohl Harry sagt, gestern habe jemand versucht, Doktor Argentine zu töten.«

Richard trat noch einen Schritt näher ans Fenster, sah hinunter. »Hastings war der letzte, von dem ich so etwas erwartet hätte..., was er vermutlich auch wußte, oder?« Er wandte den Blick von dem Geschehen draußen. »Ich dachte an Titel und Besitz, glaubte, es ginge um dieses verdammte Calais. Aber es ging nur um die Hure meines Bruders. Wir werden auch sie einsperren, und wenn sie eine Hexe ist, werden wir das auch aus ihr herausbringen.«

»Die Shore ist keine Hexe, das wißt Ihr«, widersprach Morton ganz kühl. »Sie zu verhören wäre höchst unnötig...; es sei denn, der Glaube von Durchlaucht hält es für nötig, eine Frau zu quälen.«

Richard explodierte. »Noch ein Wort, Hexenmeister, und meine Männer hacken Euch die linke Hand ab und sorgen dafür, daß Ihr etwas bekommt, womit sich Eure Zauberkraft beschäftigen kann.« Er deutete auf Dimis blutiges Schwert.

»Darum müßt Ihr Euch nicht sorgen«, erwiderte Morton. »Es gibt immer etwas, das getan werden muß.« Er trat auf Dimitrios zu und griff nach dem gezogenen Schwert. Niemand unternahm etwas, um ihn daran zu hindern.

Morton strich mit der Hand die Klinge entlang, worauf ein funkelndes Licht aufblitzte, und dann war sie sauber. Er kniete sich neben Stanley, fuhr mit derselben Hand über den verwundeten Arm. Auch dort verschwand das Blut, sogar der Riß in Stanleys Ärmel.

»Bringt sie weg, bringt sie alle weg«, stöhnte Richard. Dimi winkte seinem Sergeanten zu, der verwundert auf Lord Stanleys Arm starrte. Er nickte schließlich und gab den Soldaten Befehle, die darauf reagierten, als würden sie aus dem Schlaf erwachen. »Paßt gut auf den Zauberer auf!« rief Buckingham ihnen nach.

Richard bat Dimitrios, zu bleiben. Als außer ihnen beiden nur noch Buckingham im Saal stand, sagte Gloucester: »Es gibt Neuigkeiten von Peredur und der Ärztin.«

»Was für Neuigkeiten? Sind sie noch am Leben?« Wenn nicht, dann wußte er, worum er als nächstes bitten würde.

»Wir haben Mancinis Briefe gelesen«, erklärte Buckingham. »Durch sie konnten wir die Verschwörung aufdecken: Hastings, Morton, ihre Handlanger..., sogar die Königin ist darin verwickelt.«

»Aber was ist mit Cynthia? Und Hywel?«

»Der Professor hat noch nicht die ganze Botschaft entziffert. Aber ihre Namen werden im Zusammenhang mit Wales genannt.«

Dimi sah Richard flehend an. »*Mylord* –«

»Wenn Ihr Euch nicht freiwillig dazu gemeldet hättet, wäre mein Befehl an Euch gegangen. Kommt bald wieder zurück, Bruder, und hoffentlich nicht allein.« Zu Buckingham gewandt, sagte Richard: »Wenn Ihr in Brecon ankommt, werdet Ihr als Gerichtsherr von Wales eingesetzt werden. Dafür werde ich sorgen.«

»Und was ist mit den anderen Ämtern von Rivers?« erkundigte sich Buckingham in seiner gewohnt direkten Art.

»Rivers wird sie nicht mehr in Anspruch nehmen müssen. Ich werde heute noch einen Kurier zu Tyrell schicken.«

Buckingham nickte, lächelte, aber es war kein fröhliches Lächeln. »Können wir gehen, Hauptmann Ducas?«

»Gerne, Durchlaucht.«

An der Tür wandte sich Dimi noch einmal zu Richard um: »Bitte übermittelt Eurer Mutter meinen ergebensten Dank für die Ruhe in ihrem Haus.«

Richard nickte in Gedanken versunken, sah dann plötzlich mit verwunderter Miene auf, winkte ihnen zum Abschied noch zu und trat wieder ans Fenster. Am Tower Hill gab es einen Menschenauflauf; auch Schreie waren zu hören.

Dimitrios folgte Buckingham durch den Hof zu einer schmalen Tür in den White Tower.

»Mancini hat für das Imperium gearbeitet, nicht wahr?«

Buckingham ließ beinahe den Schlüsselbund in seiner Hand fallen. »Woher wißt Ihr denn das?«

»Ich hätte es schon früher wissen sollen, schon viel früher.« Vielleicht wußte ich es auch bereits, aber ich wollte eben kein Spion sein. »Wir wußten, daß sie ein Komplott gegen die englische Krone schmieden... schon seit... *Morton*.«

»Was soll denn das nun wieder heißen?« Buckingham öffnete eine Tür und bedeutete Dimitrios, voranzugehen. In dem kleinen Raum warteten einige Männer des Herzogs, die ganz offensichtlich äußerst gelangweilt wirkten.

»Morton war doch bereits am Hof, als die Französin Königin war, oder? Er kannte sie doch?«

»Sehr gut sogar.«

»Dann muß er es gewesen sein, den sie zu sehen glaubte, als ...« Er versuchte, sich ins Gedächtnis zu rufen, was Hywel damals gesagt hatte; Gregor hatte ihn ja begleitet. »Ihr sagtet, Doktor Argentine gehört nicht zu ihnen.« Dimi lief ein kalter Schauer über den Rücken. »Aber ich bin sicher, daß er zu ihnen gehört. In Mancinis Brief muß er erwähnt sein –«

»Man sollte vorsichtig sein, wenn man anderer Leute Briefe liest«, warnte der Herzog und hob einen Finger.

Sofort stürzten sich vier von Buckinghams Männern auf Dimitrios. Er duckte sich, wehrte den einen mit dem Ellenbogen, den anderen mit dem Knie ab und verpaßte dem dritten einen Faustschlag, daß die Rippen krachten. Zwei Mann Verstärkung kamen herein. Dimi stieß einen vor Schmerz heulenden Mann von sich weg und drehte sich um.

Buckingham stand keine zwei Schritte von ihm entfernt und zielte mit einer doppelläufigen Pistole auf seinen Kopf. Dimi wollte sich schon auf ihn stürzen, als er die Waffe erkannte und sogleich wußte, daß er nicht darauf hoffen durfte, daß die Zünder nicht funktionierten. Er ließ sich die Arme auf den Rücken drehen.

Buckingham war die Freundlichkeit selbst. »Gestern sah ich, was ein Streifschuß aus dieser Waffe – ich merke, Ihr kennt sie – anrichten kann. Zum Glück traf die Kugel jemanden, der ausgezeichnetes Heilfleisch hat. Dies ist natürlich nicht die feine, ritterliche Art, aber ich war schon immer ein ungehobelter Kerl, genau wie Sir Cei, der Arthur den königlichen Haushalt führte, während Arthur damit beschäftigt war, den Ritter zu spielen. Und vergeßt nicht, Hauptmann: Ich war dabei, als Ihr den besten Ritter des Königreichs angegriffen habt.«

Der Herzog nickte leicht mit dem Kopf, und dann nahm Dimi nur noch einen weißglühenden Blitz vor den Augen wahr.

Dimitrios war nicht sicher, ob er wachte oder träumte oder überhaupt noch lebte. Er konnte überhaupt nichts sehen und sich nicht bewegen. Dann begann sein Kopf zu schmerzen: ein eindeutiges Zeichen dafür, daß er noch nicht tot war.

Vielleicht war er blind oder verkrüppelt: ein unerträglicher Gedanke. Dann spürte er etwas Kaltes an seiner Kehle: eine kalte Menschenhand.

Sie hatten ihn also lebend in ein Grab gelegt, aber nicht allein. Er öffnete den Mund, um zu atmen, wohl wissend, daß er schreien würde, wenn ihm Erde in den Mund fiel.

Eine Leichenhand betastete seine Stirn. »Dimitrios.« Es war Gregors Stimme. Also war es kein Grab; niemand würde so dumm sein und annehmen, ein Vampir bliebe im Grab. Aber da war noch die völlige Dunkelheit. Eine Gruft vielleicht. Aber er konnte sich noch immer nicht bewegen. »Gregor, kannst du sehen, wo wir sind?«

»In einer Zelle irgendwo im Tower von London. Im Bloody Tower, nehme ich an. Ich kann nicht viel erkennen.«

Man hatte den Herzog von Clarence in den Bloody Tower gebracht. Und ihn dann eingemauert. »Wie groß... ist die Zelle?«

»Genau neun Fuß und sechs Zoll auf neun Fuß und zwei Zoll.«

Dimi mußte lachen; das Lachen half irgendwie, wenn auch nicht gegen seine Kopfschmerzen. »Woher weißt du denn das so genau?«

»Das letzte Glied meines kleinen Fingers ist genau einen Zoll lang..., und sonst gibt es hier nichts zu tun.«

»Du kannst dich also frei bewegen. Ich kann es aber anscheinend nicht.«

»Deine Handgelenke sind über deinem Kopf an die Wand gekettet. Kannst du die Mauer hinter dir fühlen?«

»Ja, jetzt.«

»Und das?«

»Was?« Etwas stach in seine linke Hand. »Au!« Er spürte etwas Schweres auf seinem Fuß. »Das auch.«

»Gut.«

»Wie bist du denn hierhergekommen?«

Gregor erzählte von seinem Zusammentreffen mit Doktor Argentine. »Weißt du, ob er durch meine präparierte Kugel schwer verletzt wurde?«

»Ich glaube nicht.«

»Schade. Ich hatte eine größere Wirkung erhofft... Dimitrios, du hast doch den Doktor gesehen, oder? Hast du dabei bemerkt, daß er ein Artgenosse von mir ist?«

»Ja. Aber ich..., wahrscheinlich kenne ich dich schon so lange, daß ich...«

»Verstehe.« Gregor murmelte etwas Unverständliches. Nach einer Weile fragte er: »Und wie war es bei dir?«

Dimi erzählte seine Geschichte.

»Hastings hat niemanden umgebracht, genausowenig wie die Shore«, versicherte Gregor. »Hastings hat geheime Verbindung zu Königin Elizabeth, weil er Mancini nicht über den Weg traute. Meiner Ansicht nach bemerkte Mancini, daß er nicht länger nützlich war, und schrieb deshalb diesen langen, ausführlichen Brief.«

»Von dem Buckingham nur bestimmte Teile verwendet.«

»Ich habe ihm dabei auch noch geholfen«, gestand Gregor und fügte dann erklärend hinzu: »Ich habe den entschlüsselten Text so gegliedert, daß ihm das leicht möglich ist. Deutsche Gründlichkeit.«

»Und was ist mit Hywel und Cynthia?«

»Sie wurden in dem Brief nicht erwähnt. Wenn sie in Wales auf die Pläne gestoßen sind..., und wenn du dich erinnerst, dann suchte Hywel danach..., dann habe ich kaum noch Hoffnung, daß sie leben.«

»*Aber ich.*«

»Das habe ich nicht abgestritten«, sagte Gregor.

»Wenn sie noch am Leben sind, weiß Buckingham zumindest nicht, wo er sie suchen soll... Einen Augenblick: Du sagtest, du seist genau wie ich Buckinghams Männern in die Arme gelaufen. *Aber du hattest den Brief doch gelesen.*« Ich bitte nur um eines, ging es ihm durch den Sinn: Wenn einer von ihnen ein Verräter ist, dann hoffentlich der Vampir.

»Sein Name wird in Mancinis Brief nicht erwähnt.«

»Wie? Was soll das heißen?«

»Vielleicht nur, daß es nichts Neues gab. Doch Mancini sprach in seinem Schreiben an den byzantinischen Oberspion in Genua – er heißt übrigens Angelo Cato, wenn wir jemals noch Gelegenheit haben sollten, davon Gebrauch zu machen – von einem großen Plan. Angenommen, Bukkingham spielt darin keine Rolle.«

»Aber wir wissen doch, daß er mit ihnen verbündet ist.«

»Vielleicht haben sie ihm aber nicht gesagt, daß er gar keine Rolle darin spielt.« Gregors Stimme war nun wieder ganz nah. Dimi spürte die kalten Finger an seinen Händen, an den Handschellen um seine Gelenke. »Ich habe doch Schlüssel gehört«, murmelte Gregor.

»Was?«

»Diese Schellen sind nicht genietet, sondern haben Schlösser. Entschuldige bitte, aber sei jetzt ganz ruhig! Ich will versuchen, die Schlösser zu öffnen.«

»Und wie willst du das schaffen?«

»Mittels Nadeln. Ich habe einige im Ärmel stecken. Wie ein Zauberer. Aber jetzt sei ruhig; denn bald bekommst du sonst Krämpfe in den Gliedern.«

»Gregor...«

Gregor sprach Dimi fast direkt ins Ohr. »Ach Mensch, weißt du nicht, warum ich frei bin und du angekettet bist? Als sie dich hereinbrachten, haben sie mir einen ganzen Becher aus Mortons Töpfen eingeflößt, und was das für meinen Hunger bedeutet, kann ich dir nicht beschreiben. – Nun laß mich aber diese Fesseln lösen, damit sie mich von dir zurückhalten...«

Umwandlungen

Stellte sich ein gewöhnlicher Festtag in London bereits als ein heilloses Durcheinander dar, so waren Krönungsfeierlichkeiten eigentlich nur noch mit den Wirren eines Krieges zu vergleichen. Die Ratsherren riefen die Bevölkerung in ihren jeweiligen Bezirken unentwegt dazu auf, die dem Anlaß entsprechende, fröhliche Stimmung zu zeigen und die Häuser zu schmücken, immer bemüht, den Nachbarbezirk noch zu übertreffen. Die Büttel sperrten die Gelegenheitsspieler und -huren ein, denen nun auch die kleinen Vergünstigungen und Bestechungsgelder, die sie ihnen zukommen ließen, nicht mehr halfen. Die städtischen Baumeister stellten Trupps aus Zimmerleuten und Maurern für Reparaturarbeiten und solche von Schuldnern für die Abfallbeseitigung zusammen, konsultierten ihre Pläne wie große Strategen ihre Karten, ließen auch gelegentlich ein Gebäudeteil abreißen, das nach ihrer Ansicht zu weit in die Straße hineinragte. Ganz gewöhnliche Leute, die ein Kurzschwert nicht von einem Säbel unterscheiden konnten, trugen plötzlich Degen und redeten sich mit »Edler Bürger« an; einige rannten sich die Schwerter selbst oder gegenseitig in den Leib, aber auch das war zu erwarten gewesen. Man könnte sogar sagen, es wurde direkt prophezeit, wenn man der entsprechenden Zunft angehörte.

Seit zwei Monaten gab es nun keinen gekrönten König von England; man hatte zwar eine Königin, die allerdings bis vor einer Woche irgendwie nicht auffindbar gewesen war, aber wer interessierte sich schon für eine Königinwitwe? Es würde bald wieder ein König regieren, und im strahlenden Licht dieser Gewißheit verblaßte die Erinnerung daran, daß erstmals nach dem plötzlichen und unerwarteten Ableben von Lord Hastings Schwerter auf offener Straße getragen wurden.

Die Gassenjungen, die der häßlichen Alten Steine nachwarfen und sie in Spottversen aufforderten, die Zukunft vorherzusagen, dachten dabei sicherlich nicht an die hohe Politik.

Ein Stein traf die hinkende Alte, worauf sie sich zu den Jungen umdrehte und ein Zeichen in die Luft schrieb. Die Bengel rannten weg, indem sie ängstlich Zaubersprüche flüsterten, die sie vor der Alten Fluch schützen sollten. Es macht bekanntlich keinen Spaß, den Bär zu ärgern, wenn der Bär zurückbeißt.

Die Alte hinkte weiter; ihr Gang sah irgendwie komisch aus, aber sie kam ganz gut voran, und ihre Willenskraft schien unbeugsam. Sie hatte einen braunen Wollmantel über mehreren Leinenröcken und runde Lederschuhe an; graue Haarsträhnen schauten unter der Kapuze hervor und umrahmten ihr häßliches Gesicht.

Sie guckte nicht nach links oder rechts, sondern hinkte geradewegs auf das große Haus am Fluß zu, wo sie an das Tor klopfte.

Der Haushofmeister erschien; er trug eine rote Mütze, ein mit Rosen besticktes Gewand und einen goldenen Schlüssel an einer Kette um den Hals. Er verbarg geschickt, wie sehr ihn der Anblick der Frau im ersten Moment entsetzte. »Was willst du?«

»Ist die Herzogin Cecily von York zu Hause?« fragte die Alte; ihre Stimme klang überhaupt nicht alt, eher müde.

»Ich fürchte –«

»Wartet... wie war noch Euer Name? Ach ja, Hugh.« Sie legte die Hand ins Gesicht, krallte mit den Nägeln tief ins Fleisch; Hugh Wetherby wurde blaß.

Und dann blieben von den Falten und Warzen nur noch eine Handvoll Fett und kleine Holzkohlenstückchen übrig. »Sagt der Herzogin... ich hätte bedauerlicherweise das Darlehen verloren, das sie mir gewährte, und außerdem noch mehr. Darf ich eintreten?«

Wetherby bot ihr seinen Arm an und führte sie ins Haus. Er sah, wie ihr die Tränen in die Augen traten, und fragte sich, was wohl geschehen war, daß die werte Cynthia in dieser Verfassung zurückkam, und noch dazu ohne Magister Hywel.

Als Cynthia vor dem Tower aus der Kutsche stieg, schoben sich Wolken vor die Sonne, doch der plötzlich bedeckte Himmel schaffte es nicht, ihre strahlende Schönheit zu verdüstern. Die Herzogin hatte ihr ein blaßgrünes Satinkleid mit weißen Rosenstickereien, perlenbesetzte Bänder fürs Haar und ein wohlriechendes Parfüm überlassen. Dann hatte sie Cynthia noch einen Gehstock aus weißem Eschenholz mit einem Griff aus grüner Jade gebracht, nach ihrer Aussage ein Geschenk, das sie wegen ihres Alters eigentlich benützen sollte, es aber nicht tue, weil es ihre Eitelkeit nicht erlaube. »Keinen Widerspruch, meine Liebe. Glaubt Ihr, ich lasse meine Jüngste unbewaffnet ins Turnier ziehen?«

Sie wurde ohne weiteres bis zum Bloody Tower durchgelassen. Dort öffnete ihr ein tattriger Mann in verschlissener, fadenscheiniger Uniform die Tür; er trug eine Hellebarde, die ihm augenscheinlich viel zu schwer und wohl kaum als Waffe zu gebrauchen war. Er hörte sich ihr Begehren aufmerksam an, ließ es sich ein zweites Mal vortragen, schloß dann die Tür wieder und schlurfte davon.

Die Tür wurde von einem jungen Mann bald wieder geöffnet, der seine Gedanken eher beisammenzuhaben schien, ihr aber dennoch keine große Hilfe war.

»Ich fürchte, der Protektor ist derzeit sehr beschäftigt. Ihr seid eine Verwandte?«

»Nein.« Sie war nicht in der Verfassung, plausible Ausreden zu erfinden. »Zwei Männer stehen in seinen Diensten, ein Hauptmann Dimitrios Ducas und ein Professor Gregor von Bayern. Könnte ich einen von ihnen sprechen?«

Der Wachsoldat dachte kurz nach. »Ja, ich kenne sie. Aber sie sind nicht mehr hier. Sie sind nach Wales gegangen.«

»Nach Wales . . .?« War es etwa möglich, daß sie sich verfehlt hatten?

»Mit den Männern des Herzogs von Buckingham. Der Herzog sucht –«

Ihre Ohnmacht war anfangs nicht gespielt. Ihr sackten tatsächlich die Beine weg, und dann entschied sie gedankenschnell, die Situation zu ihrem Vorteil auszunützen.

»Meine Dame?« rief der Wächter entsetzt. Sie fragte sich, woran es wohl lag, daß eine Ohnmacht bei allen Erschrecken auslöste, nur nicht bei dem, der in Ohnmacht fällt. Es war wohl die Angst vor dem plötzlichen Tod, die Angst, plötzlich einen Toten vor sich liegen zu haben, damit alle Blicke auf sich zu ziehen und keine simple und erschöpfende Erklärung dafür geben zu können.

»Kommt herein, kommt herein.«

Welch ein Glück, daß sie nicht wirklich das Bewußtsein verloren hatte, dachte sie, während der Wachsoldat sie mehr in einen kleinen Vorraum schleppte als führte, sie dort vorsichtig auf einen Tisch bettete. »Ich hole sofort einen Arzt. Bleibt nur ruhig liegen –«, und weg war er.

Und somit hatte sie das Tor passiert.

Sie war müder, als sie es sich selbst eingestehen wollte (obwohl sie in Baynard's Castle natürlich nie hätte Schlaf finden können bei dem Gedanken, daß Dimitrios und Gregor nur eine Meile von ihr entfernt wären). Sogar dieser harte Tisch schien sie zum Schlafen einzuladen. Sie legte sich etwas auf die Seite, doch der Schmerz, der ihr Bein durchzuckte, schien die Müdigkeit zu vertreiben. Aber schon im nächsten Augenblick fielen ihr wieder die Augen zu.

Du darfst jetzt nicht schlafen. Wenn du jetzt einschläfst, wachst du nie mehr auf. Sie kroch auf Händen und Knien den Straßengraben entlang; das nasse Erdreich schien sie aufsaugen zu wollen. Ab und zu glitt sie aus und rutschte ins kalte, schlammige Wasser hinein. Aber auf der Straße zu gehen wäre viel zu gefährlich.

Bald kroch sie nur noch auf den Händen und einem Knie, zog ihr rechtes Bein unbenutzt hinter sich her; es schmerzte so sehr, daß sie es nicht mehr gebrauchen konnte. Sie versuchte, an den Schmerzen, die sie beim Kriechen verspürte, Art und Umfang der Verletzung zu erkennen, wohl wissend, daß sie, wenn die Kugel noch in der Wunde steckte, sich mit jeder Bewegung irreparablen Schaden zufügen könnte.

Sie schloß die Augen, sah, wie Hywel mit Füßen getreten wurde, und dieses Bild des Entsetzens trieb sie weiter voran. Heftiger Regen prasselte hernieder.

An einem vom Regen angeschwollenen Bach sank sie in sich zusammen, denn ihre Arme versagten ihr den Dienst. Sie sah sie vor sich auf dem Boden liegen, aber sie reagierten nicht mehr. Sie hatte keine Ahnung, wie sie sie dazu bringen könnte, sich wieder zu bewegen.

Plötzlich sah sie Licht im Wasser, wie Mondschein. Brach die Wolkendecke endlich auf, um den Mond durchscheinen zu lassen?

Sie erinnerte sich daran, daß Hexenmeister im Mondlicht Dinge übermittelten und manchmal dabei starben.

Sie bemerkte, daß sie die silberne Eule von Herzogin Cecily verloren hatte. Ihre Augen brannten, als würde sie weinen, aber Tränen spürte sie wegen des Regens nicht. Die silberne Eule verloren und dafür einen häßlichen Klumpen Blei bekommen: Welch Wunder der Alchimie!

Dann hob sie ganz leicht den Kopf und erkannte, welcher Bach es war, der ihre Fingerspitzen umspülte, woher das Licht kam und wer aus dem Häuschen mit dem Stohdach gelaufen kam; in einem flüchtigen Augenblick klaren Bewußtseins erkannte Cynthia den Unterschied zwischen Magie und einem Wunder.

»Hier ist die Zange, Schwester. Kannst du sie fühlen?«

»Ich –« Kaltes Metall. Eine Verbindung zu ihren Schmerzen.

»Sie umfaßt sie, Cynthia. Jetzt langsam und gleichmäßig ziehen.«

Ein Zug am Metall. Am anderen Ende der Verbindung stechender Schmerz. Bei der Weißen Frau, was tat sie bloß da?

Und dann wurde sie sich mit einem Mal darüber klar und entspannte sich; sie packte die Zange fester und zog sich die Kugel heraus.

Mary Setright nannte es Vorsehung: Wäre die Kugel mit mehr Wucht aufgetroffen, hätte sie Cynthia das Hüftgelenk zertrümmert. Sie hätte es zwar mit dieser Verletzung vielleicht noch zu Marys Haus geschafft, aber sicherlich nie mehr laufen können.

So entstehen Legenden, sagte Cynthia schließlich zu Mary. »Wollen wir allen Göttern danken, daß Lady Cynthia nur angeschossen worden ist...«, und Mary ging ganz schnell aus dem Zimmer.

Später hatte Cynthia dann gefragt, weshalb sie weggelaufen sei.

»Weil ich nicht wollte, daß du mich weinen siehst.«

»Aber es war doch nur ein Scherz, Mary«, erwiderte sie und zog Mary zu sich aufs Bett, weil sie plötzlich befürchtete, den stillen, duldsamen Gott der Heilerin geschmäht zu haben.

»Ich wußte es, Schwester, aber ich konnte dennoch die Tränen nicht zurückhalten, weil ich in jenem Augenblick wußte, daß du wieder gesund werden würdest.«

Natürlich kamen sie letztlich auch auf Hywel zu sprechen. »Ich kann ihn nicht finden«, stellte Mary als einfache Tatsache fest. »Aber ich glaube, er lebt...« Cynthia mußte skeptisch die Stirn gerunzelt haben, denn Mary nahm beruhigend ihre Hand und lächelte. »Ja, ich glaube fest daran. Peredur wird hin und her gerissen zwischen seinem Wunsch, leichten Herzens über diese Erde zu wandeln, und dem Zwang, etwas tun zu müssen... Wenn er uns verläßt, dann, meine ich, wird etwas geschehen, aber nichts Großes, Lautes.«

»Hast du ihn geliebt?«

»Ich liebe ihn noch immer, Schwester.« Mary schaukelte in ihrem Stuhl. »Und wir haben uns geliebt, und ich würde ihn wieder lieben, wenn er mich darum bitten würde. Eines Tages werden nur noch unsere Seelen von uns leben, und wir werden alle eins sein; aber hier auf der Erde sind wir von Erde gemacht und müssen uns manchmal im Fleisch vereinen.« Sie stand auf, um heißes Wasser aus dem Kessel in eine Kanne mit getrocknetem Löwenzahn zu schütten.

»Als ich Hywel kennenlernte, hatte er zwei Augen, aber von unterschiedlicher Farbe. Er hatte sich eines gemacht. Ich weiß nicht, wie er das eine Auge verloren hatte, oder ob es ihm von Geburt an fehlte. Doch dieses Auge bereitete ihm Kummer. Was er mit ihm sah, ... war anders als das, was er mit seinem angeborenen Auge sah.«

»Wie anders?« fragte Cynthia und nahm die ihr gereichte Tasse mit Tee.

»So, wie man an einem Tag einen Wald anschaut und diesen und jenen Baum sieht, an einem zweiten Tag andere Bäume und an einem dritten Tag nur die Gesamtheit der Bäume. Manchmal bereitete es Hywel Schmerzen, mit beiden Augen zu sehen, ›wie ein heißes Messer in meinem Gehirn‹, sagte er einmal. Und er wäre nicht Hywel gewesen, wenn er sich nicht Sorgen gemacht hätte, er würde das von ihm geschaffene Auge dem vorziehen, mit dem er geboren wurde.« Mary starrte in ihre Teetasse.

»Du hast ... ihm das magische Auge entfernt.« Cynthia sah in Gedanken, wie es gemacht wird: Sie hatte es selbst schon mehrmals getan, mit dem kleinen, gekrümmten Messer und dem heißen Brenneisen, damit der gesunde Augapfel nicht in Mitleidenschaft gezogen wird.

»Nein, Schwester. Es gibt Dinge, die muß man eigenhändig tun. Aber ich habe seine Wunde versorgt.«

Und in ihren Gedanken schnitt Cynthia plötzlich kein Auge mehr aus, sondern entfernte eine Kugel aus einer Wunde; sie spürte den Schmerz unter dem Verband.

»Verstehst du nun, Schwester, daß ich dein Bein nicht hätte völlig heilen können?« fragte Mary so zärtlich und liebevoll, daß die Schmerzen sofort nachließen. »Hywel weiß nicht, daß er mich das gelehrt hat, aber er hat es mich gelehrt durch sein Auge. Wie hätte ich ihn da nicht lieben können?«

»Hier liegt sie, Doktor.«

»Das sehe ich, Soldat.«

Cynthia fiel der italienische Akzent auf. Sie hielt die Augen geschlossen, versuchte ihn zu erkennen; ja, der Genueser mußte es sein. Minerva sei Dank, eine Freie Republik. Vielleicht sogar jemand, den sie kannte.

»Wird sie wieder gesund werden, Doktor Argentine?«

»Ich bin mir völlig sicher, daß es ihr bald wieder viel besser gehen wird. Aber hier ist kein Platz für drei; laß uns allein.«

»Klar, Doktor. Soll ich –«

»Alle sind derzeit so beschäftigt, daß sie keine Zeit verschwenden können.« Schwang da Ungeduld in der Stimme des Arztes mit? »Außerdem bin ich sicher, daß sie sehr bald wieder auf den Beinen sein wird.«

»Cynthia öffnete die Augen, als die Tür geschlossen wurde. Der Doktor, ein hagerer Mann in einem dünnen, grauen Gewand, stand mit dem Rücken zu ihr, denn er sah noch dem Wächter nach. Dann drehte er sich zu ihr um.

Sie nahm nicht einmal einen Augenblick lang an, seine geröteten Wangen wären eine Folge der Kälte.

»Seid Ihr wach, *Signorina?*«

»*Si, Dottore.*«

Argentine neigte den Kopf, beugte sich neugierig über sie. Plötzlich legte er ihr seine Linke um die Kehle, drückte sie mit seinem ganzen Gewicht auf den Tisch. Sie bekam gerade noch etwas Luft, konnte sich mit ihrem verletzten Bein kaum gegen ihn wehren.

»*Per ché, Dottore...?*« preßte sie hervor.

»Weil ich hungrig bin, *uccellina.* Giles, dieser alte Idiot, hat dafür gesorgt, daß ich Erdbeeren zum Frühstück hatte..., wartet einen Augenblick.« Argentines Hand schloß sich noch fester um ihre Kehle, sein Gesicht verschwamm hinter einem grauen Schleier. »Ich weiß, wer Ihr sein müßt. Ihr seid die Frau des Griechen.«

Dimitrios, schoß es ihr durch den Sinn.

»*Magnifico*! Ihr dürft ihm Gesellschaft leisten. Es ist noch genügend Platz für Euch.«

Wo meint er denn? In einem Grab?

»Es ist zwar ziemlich dunkel dort, muß ich gestehen –«

Cynthias Hand tastete nach dem auf dem Tisch liegenden Gehstock.

»– aber er wird erfreut sein, Eure Stimme zu hören.«

Egal, soll er sein Vergnügen haben, entschied sie mit solch kühler Berechnung, daß es sie selbst überraschte; und wenn er mich dann zu Dimitrios gebracht hat, werden wir weitersehen.

Gregor hatte immer gesagt, er brauche nicht mehr als einen kleinen Becher Blut. Das würde sie nicht zu sehr schwächen, vorausgesetzt, Argentine würde nicht zu viel verschütten. Es war aber möglich, daß er dabei die Ader zu stark verletzte. Und es bestand die Möglichkeit, daß er die Krankheit auf sie übertrug. Aber sie war gering bei einem einzigen Biß: in jedem elften Fall, erinnerte sie sich. Sie begann damit, alle Artikel, die sie über hämatophage Anämie gelesen hatte, im Geiste nach Titel und Autor aufzulisten, wodurch sie auf andere Gedanken kam; sogar im besetzten Fiorenza hätte sie es jetzt besser als hier.

Argentine holte sie wieder in die Gegenwart zurück. »Der griechische Hauptmann müßte inzwischen fast ausgetrocknet sein... aber Ihr und der Deutsche könnt Euch darum streiten, wer den Rest bekommt.« Er beugte sich ganz nah über sie, biß sich in die Unterlippe, aus der sofort ganz dünnes Blut sickerte. Vergiftetes Blut. Wenn dies in ihren Blutkreislauf gelangte, würde sie mit Sicherheit infiziert werden.

Nein, nur das nicht – um keinen Preis.

Sie faßte den Jadegriff von Cecilys Stock, löste die Sperre. Lautlos trennten sich Griff und eine sechs Zoll lange Stilettklinge vom Holz.

Argentine bleckte schon seine Zähne, als sie ihm das Stilett in den Nakken stieß und ihn mit der Linken am Kinn packte, um so zu verhindern, daß er ihr doch noch mit den Zähnen zu nahe kam.

Er schrie auf, ließ sie los und verlor dabei das Gleichgewicht, worauf er zu Boden fiel. Sie rappelte sich vom Tisch hoch, kauerte sich neben ihn und stach wie wild auf ihn ein, ehe sie schließlich sein Herz fand.

Es war ein schreckliches Blutbad, und sie begann zu weinen wegen der Profanität ihres Tuns. Mit Tränen in den Augen durchsuchte sie ihn und fand endlich einen Schlüsselbund.

Sie erhob sich, warf sich ihren Mantel über, um die blassen Blutflecken auf ihrem Gewand zu verbergen, und machte sich auf die Suche nach den Schlössern zu Argentines Schlüsseln.

Sie sah keine Schwierigkeit darin, sich im Tower zu bewegen, denn es liefen so viele Leute herum, die ganz mit ihren Aufgaben beschäftigt waren. Sie tat einfach so, als wisse sie genau, wohin sie gehen wolle, als würde sie jedem Schwierigkeiten machen, der sie daran zu hindern versuchte. Auf einem Tisch auf dem Gang hatte eine Zofe mehrere Frauengewänder liegengelassen. Sie suchte eines aus, das ungefähr ihrer Größe entsprach, und zog es in einer kleinen Kammer an.

Einer der Schlüssel öffnete ein Gemach; nach dem zu urteilen, was sich darin an Gegenständen befand, mußte es das von Argentine sein. Die anderen Schlüssel paßten zu den Wandschränken dieses Gemachs. Schließlich blieben noch zwei Schlüssel übrig: Der eine schien der für ein anderes Gemach zu sein, das sie jedoch nicht finden konnte. Aber das war nicht weiter schlimm, denn sie bezweifelte, daß Dimi und Gregor in solchen Räumlichkeiten festgehalten wurden.

Blieb nur noch der große Schlüssel aus schwarzem Eisen und die Suche im ganzen Tower nach dem dazu passenden Schloß – wenn sich dieses Schloß überhaupt hier im Tower befand. Es konnte durchaus sein, daß die beiden in irgendeinem Keller irgendwo in London eingesperrt waren.

Cynthia war bereits wieder auf dem Weg zur Tür, als ihr ein Gedanke kam. Sie ging zurück, hängte sich Argentines Instrumententasche über die Schulter. Sie fühlte sich so energisch wie seit Wochen nicht mehr, als sie hinaus auf den Gang trat.

Der alte Wächter stand nicht weit von ihr und hielt die Hellebarde bedrohlich gesenkt.

Cynthia blieb vor ihm stehen; er schien sie noch nicht einmal zu bemerken. Sie nahm den eisernen Schlüssel vom Bund und hielt ihn ihm entgegen.

Er nahm ihn, schulterte seine Hellebarde und setzte sich, ohne ein Wort zu sagen, in Bewegung. Sie folgte ihm erst den Gang entlang, dann durch eine Halle mit verstaubten Waffen und Rüstungen und schließlich fünf volle Windungen eine Treppe hinunter. Sie mußten bereits tief unter der Erdoberfläche sein.

Ziemlich dunkel, hatte Argentine gesagt.

Der Wächter zündete eine Wandlaterne an; Cynthia erkannte einen kurzen Gang und rechts und links zwei Türen. Der Wächter steckte den Schlüssel in ein Schloß und drehte ihn.

Sie konnte nicht länger warten, drängte sich an dem Alten vorbei hinein in die Dunkelheit. »Dimitrios? Gregor?« Ihr Fuß stieß an etwas Weiches, und sie ahnte sofort, was es war: ein Toter. Es war zu dunkel, um mehr zu erkennen.

»Cynthia?« antwortete eine schwache Stimme.

»Ja, Dimitrios. Ist das... Gregor?«

»Gregor schläft«, antwortete die Stimme. Als sich ihre Augen an die Dunkelheit gewöhnt hatten, konnte sie die beiden ganz hinten in der Zelle ausmachen: Schwache, graue Schemen waren sie im Licht der Laterne, das durch die Tür fiel.

»Aber wer ist das dann?«

»Ein gewisser Dominic Mancini..., ein byzantinischer Spion, der nicht länger nützlich ist. Cynthia... wie geht es dir?«

»Gut.« Für Einzelheiten war später mehr Zeit. »Wir müssen hier weg. Weck Gregor.«

Die einzige Reaktion war ein langgezogenes, gequältes Keuchen. Lungenentzündung, dachte sie sofort. Sicher war Mancini daran gestorben.

»Wie... hast du uns... gefunden?«

»Ein Doktor Argentine –«

»Dann mußt du zusehen, daß du wegkommst, Cynthia«, warnte Dimi mit rauher Stimme.

»Der Vampir ist tot«, erwiderte sie und hoffte zugleich, daß Gregor es nicht gehört hatte. »Er sagte mir, du und Gregor, ihr beide wärt hier. Aber er hat diesen Mann nicht erwähnt.«

»Wahrscheinlich wußte er nichts von ihm. Buckingham brachte ihn erst vor..., es ist noch nicht allzulange her.«

»Buckingham: Ihn müssen wir als nächsten ausfindig machen, und er wird uns sagen, wo Hywel ist. Erst dann begriff sie ganz, was Dimi gesagt hatte. »Wenn das so ist... woran ist dann dieser Mann so schnell gestorben?«

Keine Antwort.

»Dimi?«

»Er hat zuviel Blut verloren.«

Und Gregor schläft. Sie wunderte sich, wie sie tiefe Abscheu und zugleich tiefes Mitleid empfinden konnte.

»Und dann stach ich ihm eine Nadel ins Herz, brach ihm das Genick, zertrennte das Rückenmark mit einem zerbrochenen Glas aus seiner Brille. Bevor Gregor einschlief, mußte ich ihm versprechen, das gleiche mit ihm zu machen, bevor er wieder aufwachen würde... aber ich konnte es nicht, ich konnte einfach nicht...

Buckingham brachte uns zusammen mit Mancini noch ein anderes Geschenk. Ich verwandte es zu einem guten Zweck. Schau mal an dem Hals von ihm nach.«

Sie tastete in der Nähe des Halses des Toten den Boden ab, fühlte etwas Hartes, hob es auf. Silber und Diamanten blitzen auf: Die Kette mit dem Eulenanhänger lag in ihrer Hand.

»Nachdem ich ihn sah«, flüsterte Dimi, »dachte ich..., glaubte ich genau das, was Buckingham mich glauben machen wollte. Und dann konnte ich Gregors Wunsch nicht mehr entsprechen, weil ich nicht als einziger von uns vieren übrig bleiben wollte.«

Richard von Gloucester, der Protektor von England, saß im Ratssaal, den Kopf auf die gefalteten Hände gestützt. »Der Herzog von York ist beim König«, stellte er voller Bitterkeit fest. »Dem Protektor ist es in seiner Weisheit gelungen, den Bruder des Königs vom sicheren Zufluchtsort wegzuholen.« Verärgert über sich selbst, ließ er die Hände mit dumpfem Poltern auf die Armlehnen seines Stuhls fallen.

»Der Herzog von Buckingham und der Zauberer –«

»Wir werden sie erwischen, Dimi. Wir werden sie uns noch schnappen...« Richard stand abrupt auf, ging um den Stuhl herum. »Aber in zwei Tagen werden wir einen Jungen zum König von England krönen, den man nicht als König akzeptieren wird... Andererseits muß unbedingt wieder ein König her. Als Hastings... gestorben ist, wäre es beinahe zu größeren Unruhen gekommen, weil die Leute dachten, wir wären wieder in die Zeiten endloser kriegerischer Auseinandersetzungen zurückgefallen.« Er ging zum Fenster, von dem aus er die Stelle sehen konnte, an der Hastings den Tod gefunden hatte. Es schneite. »Ach ja, die Mätresse von Hastings..., sie ist noch immer im Kerker. Die Zahl der Menschen, die durch diese Sache unnötigerweise leiden müssen, scheint unendlich groß zu sein.« Er wandte den Blick wieder in den Raum, schüttelte den Kopf; die Bürde der Verantwortung lastete schwer auf seinen Schultern. »Was sollen wir mit den beiden Jungen machen?«

»Weiß die Mutter Bescheid?« fragte Cynthia.

»Nein.«

»Können wir überhaupt mit ihr in Verbindung treten, ohne Hastings und Mancini?« gab Dimi zu bedenken.

»O ja, wir haben ihr Versteck gefunden. Es war nicht im Pantheon, sondern in einem Keller von Warwicks Haus – wo ich sie bestimmt nicht gleich vermutet hätte. Mancini hat Euch auf eine falsche Spur gelockt, Dimi.«

Dimi nickte enttäuscht und ein wenig verärgert. Dann fielen ihm wieder die beiden Mancinis ein, die er gesehen hatte, kurz bevor er beide aus den Augen verlor. »Verzeihung, *Mylord,* aber mir kam eben ein Gedanke. Angenommen, Mancini war auf dem Weg zu einem Treffen mit jemand anderem als der Königin.«

Richard wurde nachdenklich. »Ihr wollt Buckingham, nicht wahr, Bruder?«

»Ja, *Mylord.*«

Die Tür ging auf, eine Frau und ein kleiner Junge kamen herein, gefolgt von einem Mann: James Tyrell. »Annie!« rief Richard freudig überrascht, eilte auf seine Gattin zu und umarmte sie, während sein Sohn ihn aufmerksam beobachtete. Dimi wandte den Blick ab, denn er bemerkte, daß Cynthia Herzogin Anne mit besorgter Miene ansah.

Richard löste sich aus der Umarmung; sein Gefühlsausbruch schien ihm keineswegs peinlich zu sein. »Tyrell, ich hatte schon daran gezweifelt, aber Ihr kommt wie immer im rechten Augenblick.« Er ging auf die Knie. »Und wie geht es dir, mein Sohn?«

Dimitrios sah zu Tyrell hinüber und war überrascht; er hatte ihm noch nie zuvor anmerken können, daß er sich nicht wohl in seiner Haut fühlte.

Sir James war, wie Dimi wußte, verheiratet und hatte ebenfalls Söhne; die familiären Vertraulichkeiten sollten ihn daher kaum aus der Fassung bringen können. Aber vielleicht plagte ihn nur das Heimweh.

Richard schaute hoch. »Ihr könnt Buckingham nicht haben, Dimitrios. Er ist noch immer ein Herzog, dem ich außerdem voreilig noch mehr Ämter zugeschanzt habe, und er wird sich nur der Gerichtsbarkeit des Königs gegenüber verantworten müssen.«

»Ich verstehe, Durchlaucht. Ist der Hexenmeister –«

»Ich bin noch nicht ganz fertig, was Harry Stafford angeht. Nichts ist wirkungsloser als ein in Abwesenheit des Beschuldigten gefällter Urteilsspruch. Spürt ihn auf und bringt ihn zurück, Hauptmann! Ich weiß, daß Euch das nicht genügt, aber mehr kann ich Euch nicht gewähren. – Was den Magier betrifft, so müssen wir bei ihm keine Rücksicht darauf nehmen, daß die Form gewahrt bleibt. Aber er ist es nicht wert, daß sich jemand der Gefahr aussetzt, von seinem Fluch getroffen zu werden.«

Der kleine Edward wurde bereits ungeduldig. »Mama hat gesagt, wir werden sehen, wie der König seine Krone bekommt. Wann, Papa?«

Richard suchte Annes Blick, der erst Unverständnis, dann gespannte Aufmerksamkeit verriet, als sie seine besorgte Miene bemerkte.

Der Herzog klopfte seinem Sohn leicht auf die Schulter. »Bald, Edward.« Er erhob sich. »Tyrell, laßt eine Kutsche für meine Familie vorfahren; sie wird bei der Herzogin wohnen.«

»Ist etwas nicht in Ordnung, Richard?« fragte Anne mit etwas schriller Stimme.

»Du bist doch gern bei meiner Mutter, oder? Jedenfalls habe ich nie etwas Gegenteiliges von dir gehört. Und denk nur daran, wie gern sich Edward ihre Bilderbücher ansieht.« Unerwartet fügte er dann noch eine Erklärung hinzu: »Der König hat eine Erkältung bekommen. Die Ärztin« – er deutete auf Cynthia – »sagt, daß sie nicht weiter schlimm ist, aber sehr ansteckend; er hat bereits Richard von York damit infiziert.«

Anne sah hinüber zu Cynthia, die, den Stock mit dem Jadegriff neben sich, unruhig auf ihrem Stuhl hin und her rückte. Dimi konnte allerdings nicht erkennen, ob, und wenn ja, was zwischen den beiden Frauen vorging.

»Wir machen uns dann also auf den Weg, Richard. Sag auf Wiedersehen, Edward. Sir James bringt uns zu Großmutter.« Dimi sah ihr an, daß sie ihrem Gatten nicht glaubte, und ihm wäre es an ihrer Stelle wohl ebenso ergangen. Richard war kein guter Lügner, und Dimi kannte genügend andere Beispiele, um dies beurteilen zu können.

Edward verbeugte sich tief. »Euch allen einen guten Tag, meine Dame, Hauptmann und auch Ihnen, werter Vater.«

Als die drei gegangen waren, hob Richard den linken Arm, betastete die Narbe, die vom Zeremoniell in York zurückgeblieben war. »Jetzt bleibt uns nichts anderes mehr übrig, als Schwüre zu brechen.«

Der letzte Tannenzweig, der den Januskopf zierte, war auf den Boden des kleinen Gebetstempels gefallen. Jetzt, da die Krönung bevorstand, wurde zwar auch wieder unbedeutenderen, fast in Vergessenheit geratenen Göttern geopfert, doch dieser Tempel schien indes völlig in Vergessenheit geraten zu sein.

Wohl doch nicht ganz, denn Dimi bemerkte, daß eine Spiegelscheibe nicht wie all die anderen mit Staub bedeckt war.

»Diese hier muß es sein. Ihr beide gebt uns Deckung.« Seine beiden Armbrustschützen stellten sich mit dem Rücken an die gegenüberliegende Wand, zielten auf die Scheibe. Die beiden Lanzenträger drehten ihre Waffen um und stießen mit den Schäften in das Glas.

Dahinter verbarg sich ein Tunnel, groß genug, daß ein Mann gebückt durchlaufen konnte. Am Ende des Tunnels flackerte auch ein Licht.

Ein dumpfer Knall war zu hören und das Splittern von Glas. Einer der Armbrustschützen schrie auf und ließ seine Waffe fallen; der Bolzen rutschte aus der Rinne, und die Sehne schnellte nach vorn. Der Soldat knickte in der Hüfte ein, sank zu Boden, denn in seinem Kreuz war ein roter Krater zu erkennen. Eine hinter einem Spiegel in der Mauer verborgene Feuerwaffe mußte ihn aus kürzester Entfernung fast in zwei Teile zerrissen haben.

»Sind da noch mehr davon da, Hauptmann?« fragte einer der Lanzenträger ängstlich. »Vielleicht«, brummte Dimi, zog sein Schwert und kroch in den Tunnel.

Er gelangte schließlich in einen größeren, kreisrunden Raum, der mit rotem Samt und weißer Seide ausgeschlagen war. Gegenüber befand sich zwischen roten Vorhängen und einem Paar silberner Leuchter mit flakkernden Kerzen eine Tür, wie Dimi im ersten Moment meinte, doch es entpuppte sich nur als ein mit einem kunstvoll geschnitzten Türrahmen eingefaßter Spiegel.

In der Mitte des Raumes stand ein metallisch glänzender Kreis, in dem ein weißer und ein roter Drache miteinander kämpften.

Dimi ließ seine Männer nachkommen. »Reißt das Zeug herunter.«

»Nicht nötig«, rief eine Stimme, und der Herzog von Buckingham kam hinter den Vorhängen hervor, in der Linken eine rote Kerze. Er trug eine Robe aus roter chinesischer Seide, an den Schultern mit Kopf und Schwanz eines Drachen bestickt, und war darunter offensichtlich nackt.

»Nein, nein, ich bin kein Zauberer«, erklärte er gutgelaunt wirkend. »Aber Ihr wärt erstaunt, wieviel Hilfe sie manchmal erbitten, wenn sie ihre Werke schaffen... nicht, daß es unbedeutende Werke wären.« Mit der Zehe fuhr er am Rand der Scheibe auf dem Boden entlang.

»Ist Morton dort hinten?«

»Nein. Vermutlich ist er bei sich zu Hause in Holborn. Nicht das Schlechteste, zu Hause am heimischen Herd zu sein.« Er blies die Kerze aus und lief auf den Spiegel in der Wand zu.

Dimi wollte ihm bereits nach und seinen Lanzenträgern einen Befehl zurufen.

Buckingham lief gegen den Spiegel, stöhnte auf. Sprünge zeigten sich dort im Glas, wo er mit dem Kopf und mit einem Knie angestoßen war; Blut lief ihm aus der Nase.

»*Morton!*« brüllte er.

Buckingham taumelte vom zerbrochenen Spiegel zurück, drehte sich um, sah die Soldaten, drehte sich wieder um und lief schwankend auf die Vorhänge zu, hinter denen er hervorgekommen war.

Dimi ließ, als der Herzog an ihm vorbeiwankte, sein Schwert fallen, zog sein Messer aus dem Stiefel und hob den Arm.

Buckingham schob die Vorhänge beiseite; dahinter erschien nun eine Tür. Dimis Messer traf den weiten Ärmel der Robe des Herzogs genau über dem rechten Arm, ritzte ihm durch die Haut und heftete den Ärmel an die Holztür. Buckingham stöhnte auf und sank in sich zusammen, wobei sein Gesicht die Tür aufdrückte. Der angeheftete Ärmel hielt seinen Arm ausgestreckt.

Hinter der Tür entdeckte Dimi Glaskolben und allerlei chemische Apparaturen, und es roch nach Säuren und heißem Metall. Da hinten riecht es wie auf einem Schlachtfeld, ging es ihm durch den Kopf, und einen Augenblick später begriff er, daß dieser Eindruck vor allem durch den Gestank verwesenden Fleisches hervorgerufen wurde.

»Morton, du verdammter Kerl«, murmelte Buckingham, als Dimi sein Messer aus der Holztür zog und den Herzog hochzerrte. »Nichts von alledem war je für mich bestimmt, nicht wahr?« Er wandte sich an Dimitrios. »Sagt Richard..., er soll die Krone festhalten und wachsam wie Heimdall auf der Hut sein vor dem Mann, den der Osten schickt, sie zu erringen.«

»Mein Herr ist nicht der König«, erwiderte Dimi mehr an die Adresse der neugierigen Soldaten als an die des Herzogs gerichtet.

»Ihr seid doch kein Idiot, Ducas«, widersprach Buckingham, wobei seine rauhbeinig-herrliche Art noch einmal aufflackerte. »Er wird natürlich die Krone für sich beanspruchen. Welche andere Wahl haben wir ihm denn gelassen?«

Die zwei Jungen saßen auf dem Boden des königlichen Gemachs und spielten Murmeln. »Die darf ich behalten.«

»Nein, darfst du nicht. Du darfst sie nur behalten, wenn sie auf einem weißen Feld liegenbleibt.«

»Aber das ist doch ein weißes.«

»Das ist kein weißes, sondern ein silbernes. Wir brauchen mehr Licht.«

»Wenn wir mehr Licht machen, tun mir nur die Augen weh, und außerdem ist Silber weiß.«

»Nein.«

»Und es ist's doch. Du hast doch keine Ahnung von Wappenkunde. Außerdem hast du ja nicht einmal gewußt, daß der Name vom Doktor ›Silber‹ bedeutet.«

»Ich –«

»Schau mal.«

Der König von England strich sich die blonden Haare aus den geröteten Augen und stand auf, während der Herzog von York auf dem Boden hokken blieb und die beiden Besucher von unten bis oben musterte und sich dabei mit der Zunge über die Lippen fuhr.

Wieviel einfacher wäre es doch, wenn das stimmte, was man sich so erzählt, ging es Gregor durch den Sinn. Jeder konnte eine Fledermaus ins Feuer werfen, und Wölfe wurden beinahe tagtäglich abgeschossen. Aber in diesem Fall waren es zwei spielende Kinder. Und wenn dazu tatsächlich nur ein Kratzer mit einer scharfen Kante eines silbernen Gegenstandes oder einige aufs Grab gestreute Senfkörner nötig wären, könnte jeder Dorftrottel die Welt von Vampiren befreien.

»Guten Tag, Sir James«, grüßte Edward. »Und wer seid Ihr, *Sir?*«

»Das ist Sir Gregor von Bayern«, erwiderte Tyrell, während Gregor seine Tasche auf den Tisch stellte und aufschnürte. »Ein Ritter und Doktor aus Deutschland.«

»Onkel Richard hat gesagt, daß Doktor Argentine nach Italien zurückfahren mußte, wir aber einen neuen Arzt bekommen würden. Ist er das?«

»Onkel Richard hat gesagt, es ist kein Arzt, sondern vielmehr eine Ärztin«, mischte sich der Herzog von York ein.

»Du weißt aber auch gar nichts. Das war doch in Ludlow. Onkel Anthony hat mich von einer Ärztin behandeln lassen. Ich hab' sie gut leiden können.«

»Sie hat mich hierhergeschickt«, sagte Gregor, und das war die volle Wahrheit. Die *Dottorina* Ricci sei es müde, seine Artgenossen zu töten, hatte sie zu ihm gesagt. *Müde.* Als ob sie wüßte, was es heißt, müde zu sein.

»Habt Ihr uns Blut mitgebracht? Wir haben seit fast zwei Tagen kein Blut mehr bekommen. Draußen auf dem Fenster saßen wohl ein paar Vögel, aber als wir einen gefangen hatten, hat der scheußlich geschmeckt. Außerdem hat Doktor Argentine gesagt, solches Blut wäre nicht gut für uns. Und runter in den Hof dürfen wir auch nicht gehen, hat Onkel Richard gesagt, weil da gearbeitet wird.«

Der Herzog von York beobachtete Gregor sehr aufmerksam. »Ihr seid doch einer von uns, oder? Ein Vollkommener, genau wie Doktor Argentine.«

Ein Vollkommener, weil er sich allein von Menschen ernährt.

»Ja.«

»Siehst du?« triumphierte York. »Ich weiß doch etwas.« Es sah zu Tyrell hoch. »Hat Onkel Richard Euch geschickt, um uns Blut zu spenden, *Sir*? Wir haben es bis jetzt nur mit Doktor Argentine gemacht, aber er hat gesagt, wir würden es bald auch mit anderen machen.«

Gregor bemerkte, wie Tyrell die Schweißperlen auf die Stirn traten; die hohe lederne Halskrause mußte ihm fast die Luft abdrücken. Der Henker beantwortete die Frage nicht, streckte nur die von einem dicken Lederhandschuh geschützte Hand aus.

»Du zuerst, Bruder«, rief Edward.

»Nein, nicht ich zuerst, Hoheit.«

»Doch. Du zuerst.« Er flüsterte seinem Bruder ›Vorkoster des Königs‹ zu, und beide Jungen lachten.

Edward wandte sich an Tyrell: »Sir James, Ihr müßtet es ja eigentlich wissen: bluten Tote?«

»Das kommt darauf an, *Mylord*..., gewöhnlich bluten sie für kurze Zeit.«

»Hab' ich dir doch gesagt«, jubelte York voller Stolz und ging auf Tyrell zu.

»Wenn ich dann König bin und meine Krone habe«, erklärte Edward,

»werden wir das Blut von Mördern, nachdem sie gehenkt wurden, allen geben, die hungrig sind. Und diejenigen, denen der Kopf wegen Verrat abgeschlagen wird, werden nur für Adlige reserviert... Doktor Argentine hat gesagt, das wird noch nicht einmal in Byzanz so gemacht.«

»Ja«, bestätigte Gregor, »nicht einmal in Byzanz macht man das.«

»Ich habe ihn, Sir Gregor.«

Edwards Augen weiteten sich. »Was macht Ihr da, Sir James? Laßt sofort meinen Bruder los! Ich befehle es Euch! Doktor, tut etwas, damit er York losläßt.«

Gregor drängte sich der Gedanke auf, daß man wirklich Dorftrottel mit dieser Aufgabe betrauen sollte: Nur sie waren zu unbeirrbarer Zielstrebigkeit fähig, und wenn sie tatsächlich einmal an ihre eigene Sterblichkeit denken sollten, würde dieser Gedanke sie nicht weiter beunruhigen.

»Beiß ihn, Bruder!«

»Tyrell ist mit Stahl und Leder dick gepanzert, und mich zu beißen würde nichts ändern«, sagte Gregor, hielt Edward an der Schulter fest und zog das Skalpell; er mußte die ganze Zeit an Cynthia denken.

Er hatte ihr gesagt, daß sie nie das Vergnügen verstehen könnte, das man empfand, wenn man das Blut eines lebendigen Wesens trinkt, bis das Leben ganz aus ihm gewichen ist, dieses Gefühl der Allmacht. Weil er jeden Augenblick sich darüber bewußt war, was er Dominic Mancini antat. Er hatte stets befürchtet, der Hunger würde ihn wahnsinnig werden lassen, doch er hatte die schreckliche Erfahrung gemacht, daß dem eben nicht so wäre.

»Wahrscheinlich werde ich das wirklich nie verstehen können«, hatte sie geantwortet. »Deshalb kann ich es nicht tun, deshalb mußt du es tun. Du weißt, wie es geht. Und deshalb bist du der einzige, der es tun kann, ohne sie dafür zu hassen.«

Damit hat sie recht, ging es ihm durch den Sinn, als er den zweiten Schnitt führte, der Junge in seinem Arm erzitterte und dann erschlaffte. Es war kein Haß dabei. Vielleicht war es tatsächlich das Wichtigste, daß Haß keine Rolle dabei spielte.

Wie sonst war zu erklären, daß er noch immer lebte?

John Morton spazierte zwischen den Zeilen seiner Erdbeerranken, schnitt hier ein Blatt ab, richtete dort einen Draht, pflückte ab und zu eine der zwei Zoll großen Beeren, rieb sie mit dem Daumen und biß davon ab.

Es schneite; draußen vor dem Garten lag der Schnee vier Zoll hoch. Es ging zwar überhaupt kein Wind, doch einige Schritte über Mortons Kopf wurden die Schneeflocken plötzlich seitlich weggelenkt. Nur in einer ganz entfernten Ecke des Gartens fielen die Flocken bis in die Nähe des Erdbodens, um dort zu tauen und als leichter Regen niederzugehen.

»*Magister Maleficarum Johannes Mortoni*«, rief Richard von Gloucester über die Zeile hinweg, »Ihr steht unter Arrest wegen der Ausübung von schädlicher und unerlaubter Zauberei –«

»Es gibt Schwierigkeiten mit dem Begriff ›unerlaubte Zauberei‹ in der Rechtsprechung, wie Ihr sicher wißt«, erwiderte Morton ganz gelassen. »Einen Falschmünzer wird man nicht des ›unerlaubten Metallpressens‹ anklagen, ebensowenig einen Mann, der städtisches Wasser stiehlt, der ›unerlaubten Klempnerei‹.« Wieder biß er von der Beere ab.

»Doktor Morton, Ihr verdient eigentlich keine Warnung, doch ich warne Euch: Seid vorsichtig!«

»Es gibt allerdings ein ›unerlaubtes Betreten eines Grundstücks‹, und dessen macht Ihr Euch, Mylord von Gloucester, und Eure bewaffneten Männer dort gerade schuldig. Aber das ist leicht aus der Welt zu schaffen: Kommt herein, Durchlaucht, mit Euren Begleitern. Und somit seid Ihr sogleich unschuldig! Das ist eine gewaltige Zauberei, meint Ihr nicht auch?« Er aß den Rest der Erdbeere, ging zu einer Reihe von Bäumchen, die grüne Früchte trugen. »In etwa einer Woche sind die Blutorangen reif. Tut mir jetzt leid, daß ich soviel Platz damit vertan habe. Wäre aber eine nette Abwechslung zu den Erdbeeren gewesen. Schneidet man eine mit einem silbernen Messer auf, wird aus dem Saft –«

»Will der ehrenwerte Zauberer zum Tower laufen oder in Ketten dorthin geschleppt werden?« donnerte Richard wütend los.

»Weder noch, schätze ich.« Er pflückte eine unreife Orange, drehte sie, deutete auf einen Fleck auf der Schale. »Bei einer verdorbenen Frucht gibt es nur eine Verwendung, Mylord Protektor.« Die Orange schrumpfte in Mortons Fingern, bis sie schließlich so dunkel und schrumpelig wie ein Pfirsichkern war und dann zu Staub zerfiel. »Wer wird die beiden töten, Richard? James Tyrell? Der griechische Söldner? Ich habe mich oft gefragt, welche Antwort ich erhalten würde, wenn ich seinen Namen den Registerschreibern des Ostens übermitteln würde: Die Ducas waren immerhin eine kaiserliche Familie des Imperiums.«

Er lachte spöttisch. »Überrascht es Euch, daß ich solche Dinge weiß? Es ist das Wesen der Magie: Täuschung und Ablenkung, bis das unerwartete Wunder bewirkt ist. Gleiches gilt auch vor einem Gericht.«

Er griff unter die Achsel, holte eine grüne Orange hervor, die den gleichen Fleck aufwies.

»Ich weiß, was Ihr denkt, ohne daß ich mich in Eure Gedanken versenken muß: ›Es ist eine andere Frucht, und er hat den Flecken mit dem Daumen selbst gemacht.‹ Was durchaus möglich ist, was Ihr jedoch überhaupt nicht beweisen könnt.« Er warf die Orange weg.

»Nun zu Euch: Ihr habt zwei verdorbene Früchte vom Baum des englischen Adels gepflückt. Aber Ihr braucht etwas, das Ihr England vorzeigen könnt, damit die wahre Natur des Flecks nicht bekannt wird.

Ich bin im Besitz einer Urkunde, in der die Eheschließung von König Edward IV. und Lady Eleanor Butler einige Jahre vor Edwards Eheschließung mit Lady Elizabeth Woodville bestätigt wird. Sie ist rechtskräftig, gesiegelt und beurkundet durch Stillington von Bath, und, was das beste an ihr ist, nie für ungültig erklärt worden.«

»Eleanor Butler ist jedoch tot«, wandte Richard ein.

»Aber sie ist erst *nach* Edwards Eheschließung mit Elizabeth Woodville gestorben. Hätten nun Edward und seine Königin nach Eleanors Tod das Ehegelübde erneuert, wären ihre Kinder tatsächlich genauso legitim ... wie Euer Sohn, um ein Beispiel zu geben. Ich weiß jedoch, daß sie es nicht getan haben, denn Edward war wohl der Ansicht, Elizabeth einmal geheiratet zu haben, genüge ihm für sein ganzes Leben. Und deshalb sind die beiden Jungen im Tower oder sonstwo, wohin Ihr sie habt bringen lassen, genauso standesgemäß geboren wie ... Eure beiden älteren Söhne.

Ich kann Euch nun versichern, daß Ihr diese Urkunde nicht finden werdet, wenn Ihr mich, mein Haus hier in Holborn oder jedes Kaninchenloch in England durchsucht. Ich bin jedoch bereit, wohlwollend in Erwägung zu ziehen, ob ich sie nicht gegen eine volle Amnestie durch Einstellung des Verfahrens und freies Geleit an einen Ort meiner Wahl eintausche.« Er lächelte huldvoll. »Ich bin kein Mann, der nach Reichtum strebt, wie Ihr wißt.«

»Ein schlechter Tausch«, erwiderte Richard ruhig. »Wir werden Stillington schwören lassen.«

Morton schüttelte den Kopf. »Er ist ein gebrechlicher alter Mann, körperlich wie geistig. Nein, nein, Euch bleibt nichts anderes übrig, als Edwards Doppelehe schwarz auf weiß durch diese Urkunde zu beweisen.«

Richard wirkte nachdenklich. Nach einer Weile sagte er: »Ich glaube nicht, daß ich das muß. Es wäre so ... pedantisch.« Er wandte sich um, rief in Richtung Gartentor: »Doktor, was habt Ihr bezüglich des Gesundheitszustandes des Prinzen von Wales festgestellt, als Ihr ihn in Ludlow untersucht habt?«

Cynthia schlug ihre Kapuze zurück und kam, auf ihren im weichen Boden einsinkenden Gehstock gestützt, auf die beiden zu. »Eine knotenartige Entzündung der Arterien, Durchlaucht. Eine Krankheit, die schon innerhalb weniger Monate zum Tode führen kann.«

»Und war diese Krankheit die Ursache für den Tod des Prinzen?«

»Ich könnte nach bestem Wissen und Gewissen beschwören, daß sie Auslöser war für jene Kette von Ereignissen physischer Natur, die zu seinem Tod führten.«

»Und wie verhielt es sich im Falle des Herzogs von York?«

»Eine der Krankheiten, die der Prinz zusätzlich bekam, wurde auf den jungen Herzog übertragen. Wäre ich... verfügbar gewesen, hätte ich auf die Gefahren hingewiesen, die entstünden, wenn die beiden Jungen beisammen blieben.«

Morton applaudierte. *»Brava! Bravissima, Signorina Dottorina!* Ihr seht, *Mylord,* wie wertvoll ein überraschend auftauchender Zeuge ist: Ihr seht mich völlig hilflos. Wie kann ich nun noch meinen Kopf aus der Schlinge ziehen?«

»Buckingham schwört, er habe Euch Hywel Peredur lebend ausgeliefert. Wo ist er?«

»Ach, der ehrenwerte Zauberer Peredur. Als ich die *Dottorina* sah, dachte ich mir, daß wir auf ihn zu sprechen kommen würden.« Er verneigte sich leicht vor Cynthia. »Ich darf meiner besonderen Freude darüber Ausdruck verleihen, Euch lebend anzutreffen. Die Soldaten waren überzeugt, sie hätten sie erschossen... Erzählt mir, wie Ihr Euch retten konntet. Ich hoffe, Ihr habt nicht sehr leiden müssen?«

»Das ist eine lange Geschichte, ehrenwerter Zauberer, die ich für Euch nicht zum besten geben möchte.«

»Ihr tut mir unrecht«, erwiderte Morton gekränkt, und es klang überraschenderweise so, als wäre er es tatsächlich. »Ich bin ein reiner Thaumaturg: Alles, was ich tue, geschieht nicht aus irgendwelchen spiritistischen, sondern ausschließlich praktischen Gründen. Nicht ich war es, der einen Menschen im Wein ersaufen oder eine Frau auf die Folterbank zwingen ließ, nur weil sie die Mätresse eines toten Königs war.« Er pflückte sich wieder eine Erdbeere. »Ich schneide die Blätter der Erdbeeren nicht ab, weil ich die Blätter hasse, genausowenig, wie ich die Pflanzen wässere, um die Insekten zu ertränken; und wenn ich manchmal die... Erdbeeren der Zwietracht säe, dann tragen sie andere bereitwillig an ihren Tafeln auf.«

»Dann sagt uns, wo Hywel ist«, forderte Cynthia von ihm und fragte sich insgeheim, wie sich ein Mensch so tief in sein eigenes Lügengespinst verstricken konnte.

»Ihr wißt, daß ich das nicht tun kann. Vor allen Dingen nicht jetzt, da ich weiß, daß es das ist, was Ihr wünscht.« Er sah Richard an. »Ich stehe mit Nimue auf Kriegsfuß.«

Richard fiel es schwer, sich zu beherrschen, doch es gelang ihm. »Könnt Ihr es Euch wirklich erlauben, einen Tauschhandel mit uns durchzuführen?«

Morton bot Cynthia die Erdbeere an, doch sie reagierte nicht darauf; er zuckte mit den Achseln und biß selbst in die Frucht. »Hier sind wir wieder bei den Jungen. Ihr habt noch immer nichts, was ihr den gewöhnlichen Leuten präsentieren könnt: Die Aussage einer Ricci von Florenz bedeutet ihnen nichts, und auch von seltenen Krankheiten werden sie nichts halten. Ihr vergeßt nämlich, daß ihre Kinder tagtäglich sterben, ohne daß sich jemals ein Doktor darum kümmert. Nur die von adliger Geburt können sich einen Arzt leisten, jene Kreuzung aus Ingenieur und Priester, die Heilung bewirkt. Das stimmt natürlich nicht, aber sie wollen einfach nicht glauben, daß die Kinder von Adligen auch sterben müssen.« Er seufzte. »Und da viele aus dem Volk diese Lady nicht für eine Sterbliche halten, werden sie auch der Erklärung keinen Glauben schenken, die sie vorbringt.«

»Aber sie werden mir Glauben schenken«, rief eine Stimme vom Gartentor, und dann kam ein Mann auf die drei zu, der im Gehen seinen Umhang abwarf. Darunter trug der Samt, Silber und Stahl; er hatte blondes Haar.

Morton riß staunend den Mund auf; seine Stimme schien zu versagen. Schließlich brachte er nur noch ein einziges Wort heraus: »Rivers?«

»Eine wahre Überraschung, nicht wahr?« sagte Anthony Woodville schmunzelnd.

Morton gewann rasch seine Fassung wieder. »Aber ich hörte doch, daß dem treuen James Tyrell befohlen wurde, Euch zu töten.« Er schüttelte den Kopf. »Gibt es denn in England niemanden mehr, auf den man sich verlassen kann?«

»Zu meinem Glück war der Kurier, der zum treuen Sir James geschickt wurde, der eigensinnige Junker Bennett, und so entschloß sich Tyrell, mich Richard auszuliefern und nicht Pluto, dem Herrscher des Totenreiches.

Glaubt mir, Doktor, ich verstehe besser als Richard, wie es ist, wenn zwei Gelehrte unterschiedliche Meinungen vertreten, doch schließe ich mich der Ansicht an, Ihr solltet uns sagen, wo sich Doktor Peredur befindet.«

»Ich wage es nicht zu sagen, denn es ist das einzige, das mir mein Leben noch garantiert.« Man hörte plötzlich ein flatterndes Geräusch, und alle sahen nach oben: Ein in Rot und Gold gehaltener Umhang flatterte wie eine Fledermaus direkt auf Mortons Schultern herab. Er wickelte sich in den Umhang. »Ich bin bereits mehrmals in den Kerker gebracht worden. Vermutlich werdet Ihr mich foltern und dabei so weit gehen, wie Ihr es glaubt, wagen zu können. Aber ich warne Euch: Wenn Ihr es tut, solltet Ihr stets daran denken, was Peredur dafür erleiden muß, und schließlich werdet Ihr Euch selbst mit Eurer Folter dahin bringen, mich freizulassen.«

Er ging in Richtung Gartentor. Als er an Cynthia vorbeischritt, blieb er kurz stehen und fragte: »Als Ihr mich einer unnatürlichen Leidenschaft beschuldigt habt, wußtet Ihr da, daß Anthony Woodville hier ist?«

Draußen vor dem Garten wartete ein Trupp von Soldaten, die kalte Eisenketten bereithielten.

»Nicht hier«, bat Morton, blickte zurück auf seine Obstbäume und -sträucher und die Kuppel aus abgelenktem Schnee darüber. »Später müßt Ihr es natürlich, aber nicht hier... Ich will nicht sehen, wie alles kaputtgeht.«

London war ein einziges Lichtermeer, hervorgerufen durch Laternen und duftende Wachskerzen und billigere, dafür aber um so mehr rußende Talglichter und Kerzen mit Binsendochten, deren Schein sich vom frisch gefallenen Schnee und den tiefhängenden rosa Wolken abhob. Die Lichter brannten zum einen aus Anlaß des Iambolc, des Lichtfestes im Februar, zum anderen aber hauptsächlich wegen der bevorstehenden Krönung.

Wie bei jedem märchenhaften Ereignis, so hatte es auch jetzt vor der Krönung eine Reihe von bedeutungsschwangeren Vorzeichen und Auftritten von Schurken- und Heldengestalten gegeben. Der Herzog von Buckingham war des Verrats aus unbegreiflichen – und, wie es hieß, unsagbar scheußlichen – Gründen überführt worden und dann im Tower eine Treppe hinuntergestürzt, hatte sich somit dem Zugriff des Scharfrichters entzogen. Nachdem der schurkische Zauberer Morton nun hinter Schloß und Riegel saß, verwüstete die Bevölkerung aus dem Nordwesten Londons dessen Haus und Gärten auf der Suche nach einem Schatz oder menschlichen Gebeinen. Als sie weder das eine noch das andere fanden, säte ein Bauer mit Mutterkorn verseuchtes Getreide im Garten, denn Salz war zu wertvoll, um damit den Boden auf Jahre hinaus unkultivierbar zu machen, und der Name John Morton gesellte sich zu denen, die in Auszählversen genannt und dazu benutzt wurden, unartigen Kindern Angst einzujagen.

Und dann die traurige Geschichte der Prinzen. Ratsherren und Abfallsammler, Schuhmacher und Thoth-Priester fanden sich in Tränen vereint, als Graf Rivers ihr Ende schilderte. Niemand verspürte den Wunsch, die Leichen zweier Jungen zu sehen, die an einer schlimmen und ansteckenden Kinderkrankheit gestorben waren; das, was sie bereits an Krankheiten kannten, genügte ihnen völlig.

Aber es wurde geredet. Gerüchte, die sich um Richard und den Tod der Kinder rankten, schossen ins Kraut. Man konnte sich über dieses Thema die Köpfe heißreden und aufeinander einschlagen, war es doch so eng mit den eigenen Ansichten über die suspekten Männer aus dem Norden Englands, die lockeren Sitten an Edwards Hof – und in seinem Schlafzimmer – und den Tod von Hastings oder Clarence verknüpft. Von denen, die alt genug waren, um sich daran erinnern und darüber ereifern zu können, wurde sogar noch der Tod von Humphrey, dem letzten Protektor, zur Sprache gebracht.

Alle waren sich darin einig, daß das Land ein gekröntes Oberhaupt brauche. Außerdem hatten die Vorbereitungen zu den Feierlichkeiten eine solche eigene vorwärtstreibende Kraft entwickelt, die, ähnlich einem angreifenden Reitertrupp, nicht mehr aufzuhalten, sondern höchstens noch auf ein anderes Ziel abgelenkt werden konnte. Aus diesem Grunde wurden die Kronen und Roben in einer anderen Größe angefertigt und die Urkunden von Edward V. auf Richard III. umgeschrieben.

Im Endeffekt änderte sich ansonsten nicht viel. Man feierte eine Krönung, ein Ereignis, das neue Hoffnung, neues Leben, neue Freude gab.

In einigen Fenstern verlöschten aber auch die Lichter.

»Verzeiht mir«, sagte Dimi. »Ein Mann von Ehre und Verstand hätte die Einladung so verstanden, wie sie gemeint war. Euer Dank genügt, ich nehme ihn an. Gute Nacht, Mätresse Shore.«

»Wartet, Hauptmann..., bitte geht nicht.«

Er blieb in der Tür stehen.

»Es ist... schwierig, die richtigen Worte zu finden gegenüber dem Mann, der einen aus dem Verlies geholt hat.«

Besonders dann, wenn dieser Mann dazu geholfen hat, einen erst einmal dorthin zu bringen, dachte Dimi. Er drehte sich zu ihr um. Sie saß auf der Bettkante unter den goldenen Quasten des Baldachins, hatte die Ärmel ihres Kleides aufgeknöpft und trug das Haar offen..., das man ihr so stark gestutzt hatte.

Sie lächelte.

»Ein Kerker ist kein Platz... für anregende Gespräche, das weiß ich aus Erfahrung«, meinte Dimitrios.

»Wirklich nicht. Man bekommt nicht mit, ob die Sonne scheint oder ob es regnet, und man erfährt keine Neuigkeiten, allerhöchstens die, von denen sie glauben, sie würden einen dazu bringen, zu gestehen. Und das Schlimmste, was sie sagen können, ist: ›Wie geht's dir?‹« Sie blickte an die Decke, schien mit ihren Erinnerungen zu kämpfen. »Mir hat es nicht viel ausgemacht, daß sie mich gequält haben«, fuhr sie schließlich recht gefaßt fort. »Wie Ihr seht, sind alle meine Gliedmaßen da. Und sie haben mir die Peitsche mit den Metallstreifen gezeigt, aber nur die mit den Lederriemen benützt. Was mir etwas ausgemacht hat, war..., daß sie mich dauernd gequält haben, daß ich mich nie erholen... oder auf andere Gedanken kommen konnte. Ich hatte nicht einmal Zeit, sie zu hassen.«

Sie lachte: ein angenehmes, glockenhelles Lachen ohne jede Bitterkeit oder Angst. »Fast nicht zu glauben: Wie Ischtar bin ich aus der Grube aufgefahren. Vielleicht bin ich jetzt für die Zukunft etwas klüger... Setzt Euch doch, Hauptmann. Ihr steht da wie ein Holzbalken, der die Tür abstützt. Nein, nicht dort – setzt Euch hierher.«

Sie streckte ihm die Hand entgegen, und er nahm sie. Ihr Handgelenk war mit einem Leinentuch umwickelt; der Verband war bereits einen Tag alt, daher schon etwas verschmutzt, und roch noch schwach nach Salbe. An Dimis Handgelenken hatte sich durch die ledernen Armschützer Hornhaut gebildet, so daß sie durch die kurze Zeit, während der die Schellen an ihnen scheuerten, nicht wund geworden waren. Aber bei ihr lag der Fall natürlich ganz anders.

»Jetzt sind wir wieder da, wo wir vorhin schon einmal waren«, sagte sie. »Sollen wir noch einmal von vorn anfangen? Ich habe Euch dafür gedankt, daß Ihr mich befreit habt.«

»Und ich hätte sagen sollen...«, gute Nacht und lebt wohl, doch dann entschied sich Dimi anders. »...daß ich kein sehr erfolgreicher Retter bin.«

»Warum nicht? Sogar Galahad hat die Gunstbezeigungen der Damen angenommen, die er rettete.« Sie nestelte an seinem Kragen. »Er hätte die Tücher nicht alle auf einmal tragen können, so viele waren es.«

»Anders gesagt…, was ich rette, geht oft wieder verloren.«

Als sie ihm über die Wange strich, spürte er, wie etwas in ihm erwachte, doch er wußte, daß er sogar dieses Gefühl verlieren konnte.

»Oh. Dann müßte ich gestehen, daß ich nicht sehr erfolgreich in der Liebe bin, denn alles, was ich geliebt habe, habe ich verloren: meinen Edward, den guten Will Hastings… und meinen Mann, der für mich das war, was eine Kerze im Fenster ist.« Sie sah an ihm vorbei auf die Kerze im Halter auf dem Nachttisch; ihr Flackern spiegelte sich in ihren feuchten Augen.

Unvermittelt kehrte sie aus ihrer Gedankenwelt zurück, die Tränen verschwanden. »Anders hätten sie meinen Widerstand nicht brechen können. Aber sie haben mir gesagt, daß alle tot wären, die ich geliebt habe, und ich habe das gestanden, was zu sagen sie mir vorschrieben. Aber in den Schriften der Rechtsgelehrten wurde Hexerei daraus.« Sie blickte auf ihre Zehen. »Werde ich entschädigt, Hauptmann?«

»Der König hat Euch Amnestie gewährt.«

»Ich habe damit nicht die rechtliche Seite gemeint. Werde ich für das entschädigt, was ich verloren habe?« Sie sah ihm tief in die Augen, und ihr Atem wärmte seine Lippen. »Werdet Ihr entschädigt für das, was Ihr verloren habt?«

Sie rang sich wieder ein Lächeln ab, sagte jedoch schließlich mit leiser Ironie: »Wenn wir beide nicht entschädigt werden sollen, dann gibt es nur eine Lösung: Versprecht mir, Hauptmann, daß Ihr nicht versucht, mich zu retten, und ich verspreche, Euch nicht zu lieben.«

»Ich… verspreche es.«

Sie rückte nicht von ihm weg. »Wir haben also Waffenstillstand geschlossen?«

»Waffenstillstand?« Dann begriff er. »Ja.«

»Freia sei Dank, denn ich hätte den Krieg nicht mehr länger durchgestanden.«

Ihre Finger umschlossen seine unversehrten Handgelenke, als er ihr kurzgeschorenes Haar küßte.

Vom Glühwein war nur noch die Hälfte übrig, und von den Kerzen im Raum brannten ebenfalls nur noch ein paar wenige. »Was hat Morton damit gemeint, als er mir die letzte Frage stellte?« wollte Cynthia wissen.

Anthony Woodville, der ihr mit einem Weinpokal in den gefalteten Händen gegenübersaß, beugte sich nach vorn. »Ich glaube, Euch schokkiert so schnell nichts, *Dottorina*…«

»Ich werde es Euch sagen, wenn es der Fall sein sollte«, erwiderte sie. Sie vermutete, daß sie nicht schockiert reagieren würde. Angewidert vielleicht. Sicherlich aber enttäuscht.

Rivers stand auf, setzte sich dann wieder mit dem Rücken zu ihr auf den Stuhl, nahm die Brosche ab, die sein Gewand hielt, so daß es ihm von den Schultern glitt, schnürte sein Hemd auf und ließ es ebenfalls von den Schultern gleiten.

Sie schätzte das Alter der frischesten Narben auf mindestens fünf Jahre; einige waren viel älter. Sie stammten von tiefen Wunden, doch das war nicht das beunruhigende an ihnen: Beunruhigend war viel eher die Regelmäßigkeit der Wunden, ihre beinahe geometrisch exakte Anordnung. Sie waren mit Sorgfalt ausgeschlagen worden, mit wissenschaftlicher Präzision und Kenntnis. Mit Liebe.

»Jemand... hat Euch das beigebracht«, stammelte sie, obwohl nichts offensichtlicher hätte sein können. Sie wünschte sich, sie hätte weniger getrunken.

»Das habe ich mir beibringen lassen.«

»Aber warum?«

»Anfangs deshalb, weil ich jemanden getötet hatte. Dann war es ein Akt der Verehrung, nachdem ich diese Götter kennengelernt hatte. Bald wandte ich mich jedoch wieder von diesem Glauben ab, und danach ließ ich es tun, weil es mir einfach gefiel, wenn es getan wurde.«

»Warum? Warum gerade Ihr?« Aber nicht Schock, Ekel oder Enttäuschung befiel sie, sondern Verzweiflung, obwohl sie sich nicht einmal bewußt gewesen war, daß sie Hoffnungen gehegt hatte.

»Es ist nicht mehr die mich beherrschende Neigung.«

»Aber immer noch Euer... Euer...« stammelte sie in dem Gefühl, ihre Kehle würde zugeschnürt. »Hättet Ihr mich überhaupt bemerkt, wenn Ihr mich nicht mit einem Messer in der Hand kennengelernt hättet?«

Rivers stieß einen leisen, doch tiefen Seufzer aus, zog sich die Kleidung wieder über, stand auf und suchte ihren Blick. »Ihr seid eine gutaussehende Frau, Doktor, und ich hoffe, noch oft das Vergnügen haben zu dürfen, mich mit Euch zu unterhalten. Aber ich würde Euch nie um mehr bitten, wenn ich wüßte, daß Ihr meine Gründe dafür anzweifelt.« Er ging zur Tür, die hinaus auf den Gang führte. »Insbesondere dann, wenn ich sie selbst anzweifle.«

Seine Haltung war entspannt und höchst würdevoll. Sie verfolgte ihn mit ihrem Blick, wobei sie zu der Erkenntnis kam, daß sie nichts zu seiner

Entschuldigung tun dürfe, denn wenn sie ihm dies verzeihen würde, gäbe es nichts mehr, was sie ihm nicht verzeihen dürfte.

Vielleicht bedeutete es aber nur, daß sie wirklich verzeihen konnte.

Sie griff zu ihrem Stock, stützte sich auf ihn, als sie sich schwerfällig von ihrem Stuhl erhob. Es würde ihr nicht gelingen, ihm nachzuhinken. »Anthony«, rief sie; er blieb stehen.

Sie war früher vor Florentiner Gerichten häufig als Sachverständige aufgetreten; ihre Dienste waren besonders gefragt gewesen, wenn es sich um Fälle von Notzucht handelte. Da dafür häufig die Todesstrafe verhängt wurde, wenn es sich beim Opfer um eine Adlige handelte, war absolute Gewißheit erforderlich. Und sie hatte nie ein sichereres Anzeichen gefunden als Zurückzuschrecken und Angst vor der Liebe, und zwar nicht nur vor der körperlichen.

Und nun mußte sie wissen, wieviel Angst sie hatte.

»Was wollt Ihr von mir hören, Doktor Ricci? Daß jede Rose Dornen hat? Ich bin ein zu aufrichtiger Dichter, als daß ich so etwas von mir geben würde.«

»Ich bin keine Engländerin, aber man hat mir gesagt, daß das Wort eines englischen Ritters jeden Zweifel ausräumt.«

»Ihr... bedauert mich?« An seiner Miene waren seine Gefühle zwar nicht mehr abzulesen, doch sie schwangen gleichwohl noch in seiner Stimme mit; sie erkannte, daß auch ihn Verzweiflung überkommen hatte.

Sie fragte sich, wie es überhaupt zu einem ebenbürtigen Vergleich dieses Mannes mit einem bedauernswerten Fanatiker in einem abgedunkelten Zimmer in Florenz hatte kommen können, wo doch der Unterschied zwischen den beiden der zwischen Schande und unbefleckter Ehre war.

Was hast du denn sonst erwartet, Ricci? fragte sie sich. Wir haben alle unsere Fehler.

»Hier auf Erden sind wir von Erde und müssen uns im Fleisch vereinen«, sagte sie. Und nun wollte sie diese Erfahrung machen, mußte sie wissen, wie das war.

Er verursachte ihr leichte Schmerzen – sie wußte, sie war schon recht alt, um damit zu beginnen, denn das Gewebe war nicht mehr allzu elastisch; dazu noch ihr verletztes Bein... –, doch an seinem Seufzen und leisen Stöhnen erkannte sie, daß er es nicht absichtlich getan hatte, und dann hatte sie erfahren, wie es war und daß es ihr gefiel.

Gregor von Bayern beobachtete von seinem Fenster aus, wie die Lichter von London verlöschten. Diese Nacht war wie geschaffen, um Frieden mit der Welt zu finden, ging es ihm durch den Sinn. In seinem Zimmer war es fast dunkel; nur eine kleine Lampe warf einen weißen Lichtkegel auf seinen Arbeitstisch.

Im Schein der Lampe bildeten einige Zeichnungen, Kugelzangen, eine kleine Pfanne mit erkaltetem Blei über einem erloschenen Spiritusbrenner und fein säuberlich etikettierte Glasfläschchen einen Halbkreis um einen spannenlangen, runden Holzstab, der am einen Ende mit einer Bohrung und längs mit Schlitzen versehen war.

Gregor zog eine Schublade auf, holte seine kleine Pistole heraus und überprüfte, ob sie geladen war. Dann nahm er den hölzernen Zylinder, schob ihn über den Pistolenlauf; das Korn glitt in eine Keilnut, und durch eine Vierteldrehung waren beide Teile fest miteinander verbunden.

Gregor entfernte mit dem Daumen Sägemehl vom Holz, überprüfte die Schlitze auf überschüssige Mengen von Glyzerin und Metallstaub. Wenn man etwas nur ein einziges Mal tun kann, sollte man es so perfekt wie möglich tun.

Es würde so etwas wie ein letzter Triumph der deutschen Technik über die der Byzantiner werden; im östlichen Imperium war es nie gelungen, Stoffe, die hohe Temperaturen entwickeln, so wirkungsvoll einzusetzen wie in den von Deutschen gebauten Feuerwaffen und Höllenmaschinen.

Wurde der Aufsatz auf der Pistole durch einen Schuß gezündet, würde sich für acht Sekunden eine zwei auf einen Schritt große, eiförmige Zone bilden, in der eine Temperatur herrschte, die höher lag als die von rotglühendem Eisen. Gregor wünschte sich, die Umstände würden es erlauben, daß das Feuer noch länger brannte, damit von ihm nur noch einige Metallklumpen übrigblieben ... und sehr wahrscheinlich seine Zähne, denn die waren erstaunlich hitzebeständig. Er kannte einen Alchimisten in Westfalen, der versuchte, Zahnschmelz künstlich herzustellen.

Dennoch würde das von ihm entfachte Feuer seinen Zweck erfüllen.

Gregor stellte sich in der Mitte des Raums, in ausreichender Entfernung von Gegenständen, die Feuer fangen konnten, in Position. Er hatte keinen einzigen Gedanken darauf verwendet, einen Abschiedsbrief zu schreiben, um seine Tat zu erklären. Es hatte keinen Sinn, ihnen zu erklären, wie ihr Blut schmeckte.

Er spannte die Pistole, hielt sie sich vor die Brust.

In dem Augenblick ging die Tür auf. Ein Mann mit einer Hellebarde trat einen Schritt ins Zimmer: Giles, der trottelige Wächter. Er hielt Gregor einen großen Schlüssel aus schwarzem Eisen entgegen.

»Meinetwegen«, seufzte Gregor, steckte sich die Pistole in den Gürtel und folgte Giles. Er fragte sich insgeheim, ob der Fluch, der auf ihm lastete, nicht eigentlich darin bestand, daß er immer in dem Moment gestört wurde, in dem er aufhörte, sich selbst zu hassen.

Giles blieb vor einer Zellentür stehen. Ein langgezogener, klagender Schrei war zu hören.

Gregor wußte nur zu gut, daß durch diese Tür kein gewöhnlicher Schrei nach draußen dringen konnte. Aber John Morton war auch kein gewöhnlicher Mensch. Allerdings glaubte von Bayern nicht an herbeizitierte Dämonen aus der Unterwelt.

Er zog die Pistole aus dem Gürtel, wollte den Aufsatz abnehmen, doch er löste sich nicht. Er nickte Giles zu, der darauf den Schlüssel ins Schloß steckte.

Als die Tür aufging, ertönte wieder dieser Schrei. Dann sah Gregor, daß Morton ihn ausstieß. Doch es war nicht der Schrei eines menschlichen Wesens.

Eine Berührung durchfuhr Cynthia wie ein Messerstich. Sie stieß einen kurzen, spitzen Schrei aus, tastete nach Anthony. Er wälzte sich im Schlaf; im Zimmer war es völlig dunkel. Dann wieder eine Berührung: Kalte Finger umfaßten ihre Schulter.

»Entschuldige, Cynthia«, drang Gregors Stimme aus der Dunkelheit über ihr an ihr Ohr. »Aber du mußt sofort mitkommen. Es geht um den Zauberer Morton.« Er zündete eine Kerze an.

Es dauerte einige Zeit, bis seine Worte für Cynthia einen Sinn ergaben. Anthony Woodville war auch aufgewacht, zog sich die Bettdecke bis über die Schultern hoch. Schließlich fragte Cynthia: »Will er nun endlich sagen, wo Hywel ist?«

»Nein, Cynthia, das glaube ich nicht«, erwiderte Gregor mit kaum verhohlener Enttäuschung.

»Er ist also krank?«

»Ich hoffe für ihn, daß er bald stirbt.«

Sie zog sich rasch ein Unterkleid an und warf sich einen Mantel über; Anthony schlüpfte in ein dickes Gewand. Auf dem Weg zur Zelle gab er ihr einen Schal, den sie sich wie ein Kopftuch umband.

Giles stand teilnahmslos wie immer auf dem Gang. Die Zellentür stand sperrangelweit offen, und Cynthia dachte schon, Morton habe sie alle an der Nase herumgeführt, eine Krankheit vorgetäuscht und lachend den Tower verlassen. Aber dies traf nicht zu.

»Beim brennenden Gott!« entfuhr es Rivers. Er versuchte, Cynthia zurückzuhalten. »Geh nicht hinein. Was ist, wenn es... eine anstekkende Krankheit ist?«

Sie schob seinen Arm beiseite. »Es ist keine Krankeit. Bring die Laterne herein.« Sie betastete das sich windende, schreiende Wesen auf dem Boden. »Aus diesem Knochen wachsen Stacheln wie bei einem Igel, und dieser da... ist ganz weich geworden.« Sie spürte, wie Übelkeit in ihr hochstieg. »*Was ist das denn?*«

Rivers nahm Giles die Hellebarde ab, stieß mit dem Schaft nach einem kleinen, grünen Klumpen, der eine Spur aus Galle hinter sich herziehend von Morton wegfloß. Er drehte die Hellebarde um, richtete die Stahlspitze gegen Morton.

Gregor kam mit Dimitrios und einer Frau zurück, die er offensichtlich ebenfalls aus einem Bett geholt hatte.

»Wer ist dies?« fragte die Frau.

»John Morton, der Hexenmeister aus Holborn«, erwiderte Rivers. »Der Mörder von Edward.«

Die Frau sah sich das Wesen auf dem Boden an; Entsetzen spiegelte sich in ihrem Blick. »Niemand hat so etwas verdient«, stammelte sie und verließ die Zelle.

Draußen auf dem Gang begann sie, hemmungslos zu weinen.

Giles kam herein, drängte sich an Dimitrios und Rivers vorbei, wobei sein Schatten auf Morton fiel.

Mortons Hose war zerrissen – genauer gesagt, sie riß an seinen Knien von allein auf. Eine Naht seines Gewandes platzte an der Schulter auf. Er fiel gegen die Zellenwand, zog sich mit Händen, die keine Knöchel mehr zu haben schienen, die Schuhe aus. Als er sie ausgezogen hatte, wuchsen seine Zehen einen Zoll aus der Strumpfhose heraus.

Klumpen, die wie Hühnerfett aussahen, lösten sich aus seinem Gesicht, das weiße Haar fiel ihm in strähnigen Büscheln vom Kopf. Er bedeckte das Gesicht mit einer Hand, hob den Kopf und fuhr sich mit der anderen über den kahlen Schädel. Er stöhnte und hustete; seine Lippen bluteten.

Hywel Peredur sah die in der Zelle Versammelten mit einem Auge und einer dunklen Augenhöhle an.

»Schön, euch wiederzusehen«, flüsterte er.

Mortons Körper erzitterte; er schrie und stöhnte nicht mehr. »Hywel... du hast das doch... nicht etwa getan?« fragte Cynthia.

»Er hat es sich selbst angetan. Sechzig Jahre Zauberei liegen hier, haben den, der sie bewirkte, nun eingeholt.« Hywel schüttelte den Kopf. »In gewisser Weise habe ich es wohl doch bewirkt. Er machte sich Sorgen; er hat versucht, mit mir Verbindung aufzunehmen..., und ich zwang ihn, mich freizulassen.« Wieder schüttelte er den Kopf. »Eine gefährliche Sache.«

Cynthia betastete den zusammengesunkenen Morton. »Sein Herz schlägt noch.«

»Du kannst ihm nicht helfen. Und Jane Shore hat wohl recht: Niemand hat es verdient, als ein solches Wrack weiterleben zu müssen.« Hywel kroch zu Morton, beugte sich über ihn. »Wirst du jetzt Ruhe geben, John? Keine Schmerzen mehr? Und auch keine Verfluchungen, nicht wahr, John?«

Mortons Gesicht verzerrte sich.

Eine starke Windbö wirbelte den Staub in der Zelle auf. Cynthia wurde von ihr umgeworfen, schrie vor Schmerz auf, als sie auf ihr verletztes Bein fiel. Hywel schien den Wind greifen zu wollen; kleine Flammen flackerten um seine Hände. Der Wirbelwind drückte die anderen gegen die Tür; Dimitrios hielt Jane Shore fest, damit sie nicht mitgerissen wurde. Dann röhrte der Wind den Gang entlang und die Treppen hinauf.

»Er war eiskalt«, sagte Cynthia, als Anthony ihr aufstehen half. Hywel kniete noch am Boden, starrte an die Decke. »Es war ein Tod«, murmelte er geistesabwesend. »Nur ein einziger, aber ein starker.«

Hywel hob die Hände. »Ich kann ihn nicht begreifen.« Gregor trat zu ihm, nahm Hywels Linke in die seine, streckte die andere Hand aus. Dimi ergriff sie. Jane Shore und Rivers verlängerten die Kette, und mit Cynthia und Hywels rechter Hand schloß sich die Kette zum Kreis.

Cynthia fühlte ein fast schmerzhaftes Prickeln in ihren Händen, ehe es ihr vorkam, als würde etwas aus ihr herausgesogen, so, als wiche ihre Lebenskraft. Die Hauptschlagadern ihres ganzen Körpers brannten wie Feuer.

»*Siôn, dewin*«, schrie Hywel. »Wozu?«

Dann kehrte Stille in Cynthias Körper und Geist ein; sie ließ die Hände der anderen nicht los, denn wenn sie es getan hätte, wäre sie zu Boden gesunken.

Sie wußte, was geschehen war, und sah den anderen im Kreis an, daß sie es ebenfalls wußten...

»Anthony, kommt Ihr mit? Wir beide kennen ihn am längsten.«

»Selbstverständlich, Peredur.«

»Ich bin sein Gefolgsmann«, sagte Dimitrios mit belegter Stimme.

»Ich weiß, Dimi«, erwiderte Hywel. »Aber in diesem Fall ist wohl nicht der Soldat gefordert. Jemand anderes als ein Kampfgefährte sollte einem Mann die Nachricht überbringen, daß sein einziger Sohn gestorben ist.«

Jane Shore hängte sich bei Dimi ein, als sie aus der Zelle gingen. »Er wird dich noch bald genug brauchen.« Dimi nickte nur. Jane deutete zurück in die Zelle. »Und was... geschieht jetzt mit ihm?«

Cynthia sah, wie Gregor seine kleine Pistole aus dem Gürtel zog; auf den Lauf war etwas aufgesetzt, was sie nicht genau erkennen konnte. »Ich werde mich darum kümmern.« Als Cynthia schon fast außer Hörweite war, hörte sie ihn sagen: »Mehr Arbeit für den Todesmann.«

Entscheidung

TEIL 5

Doch soll der Glanz uns einen Tag bekleiden,
Wie, oder dauern, und wir sein uns freun?

– Akt IV, Szene 2 –

Der Drache

Die Februarkälte war lauer Märzluft gewichen, doch die Stimmung in London entsprach eher der eines trüben Wintertags. Die Krönung, so hatte man geglaubt, würde alle Wunden heilen, doch nun trauerte der König, waren die alten Wunden wieder aufgebrochen.

Nachdem die Kronräte den Saal verlassen hatten, blieb Richard, die schlichte Goldkrone auf dem Haupt, auf dem Thron sitzen, wechselte unschlüssig das Zepter von einer Hand in die andere.

»*Mylord*, ich glaube nicht, daß sie so unzufrieden sind, wie es den Anschein hat«, meinte Dimi. »Aber sie brauchen jemanden, der sie führt.«

»Aber einer, der führt, muß einen Weg aufzeigen können, auf dem sie ihm folgen können«, erwiderte Richard. »Und er muß ihnen etwas in Aussicht stellen können, das ihnen am Ende des Weges als Belohnung winkt. Aber ich habe nicht einmal einen Erben. Und alle, die noch als meine Nachfolger in Frage kämen, sind nicht mehr am Leben. Mein Vater, alle meine Brüder, ihre Söhne ... sogar die, die wie Harry Buckingham nach der Krone griffen.«

Richard Ratcliffe kam in den Saal, einen zusammengerollten Bogen Papier in der Hand. »Wir haben da etwas, Hoheit. Ein Mann hat Hetzschriften verbreitet.«

Richard nahm den Bogen, rollte ihn auf, las ihn, zeigte ihn anschließend Dimi. Es war eine auf einer einfachen Presse mit groben, handgeschnitzten Lettern gedruckte Flugschrift, mit einem Gedicht:

Wenn Männer aus dem Norden
Adlige und Prinzen morden,
Wenn der Leu dem Keiler weicht,
Ist bald der Tag des Zorns erreicht.

Richard gab Ratcliffe den Bogen zurück. »Nicht schlecht gemacht. Recht witzig. Was weiter?«

Wir haben den Mann ausfindig gemacht, der es gedruckt hat. Ein gewisser William Colyngbourne.«

»Ich werde ihn zum Hofdrucker machen.«

»Ich bitte Euch, hört mich an. In Colyngbournes Haus fanden wir noch andere Schriften, in denen ein Heinrich Tydder als rechtmäßiger König von England bezeichnet wird. Wir fanden außerdem noch das.«

Ratcliffe zeigte zwei Gegenstände: das Ei eines Rotkehlchens an einem Band und ein Medaillon mit zwei kämpfenden Drachen.

»Die Tydders sind eine alteingesessene walisische Familie und bekannt dafür, daß sie sich gegen alles und jeden auflehnen«, erklärte Hywel, drehte und wendete dabei das Medaillon in den Fingern. »Owain Tydder gelang es irgendwie, die Witwe von Heinrich V. zu seiner Gemahlin zu machen. Die beiden hatten einen Sohn, aber Owain wurde nicht lange nach dessen Geburt getötet, und sein Bruder Jasper zog den Jungen auf... mal hier, mal dort, immer auf der Flucht.«

»Dieser Owain ist doch ein berühmter Hexenmeister gewesen«, meinte Dimi. »Als ich im Norden war, habe ich Geschichten gehört –«

»Nein, nein«, widersprach Hywel. »Das war ein anderer Owain, Owain Glyn Dŵr. Er hatte auch Kinder, doch unter denen gab es keine großen Hexenmeister oder Krieger. Aber er lebt in der Erinnerung des Volkes weiter, und ich bin sicher, der junge Heinrich Tydder wird bei jeder Gelegenheit, die sich ihm bietet, den Namen Glyn Dŵr schreien. – Hat Colyngbourne noch etwas gesagt, Ratcliffe?«

»Er hat seine letzten Worte bereits gesagt.«

»Wie das?«

»Heute morgen wurde er auf Befehl des Königs gehängt und gevierteilt.«

»Wer seine Meinung so frei äußert, wird also mit dem Tod bestraft, und jeder in London weiß es. Wir hätten ihn besser ins Gefängnis gesteckt.«

»Einige von den Schriften, die wir gefunden haben, haben Richard überhaupt nicht gefallen«, erwiderte Ratcliffe, ohne damit eine Entschuldigung vorbringen zu wollen. »In einem hieß es, Königin Anne wäre nun als Strafe für den Tod der Prinzen unfruchtbar geworden.«

»Ja, ich weiß«, entgegnete Hywel. »Das ist genau ihre Absicht: die Leute zu überstürzten und nicht mehr rückgängig zu machenden Handlungen zu provozieren. Ich frage mich, ob besagte Schrift überhaupt von Colyngbourne verfaßt wurde.«

Cynthia erschien in der Tür, blieb dort auf ihren Stock gestützt stehen. »Hywel, könnte ich mit dir für einen Augenblick sprechen?«

Hywel verabschiedete sich von Dimi und Ratcliffe. »Entschuldigt mich... und versucht in Zukunft, erst zu überlegen, bevor ihr handelt. Wenn Anthony Rivers gleich getötet worden wäre, wo wären wir jetzt ohne ihn!«

Hywel folgte Cynthia zu ihrem Gemach im obersten Stock. Vom Tower Hill dröhnte Kanonendonner herüber: Die Männer des Herzogs von Norfolk übten den Umgang mit den von Gregor gebauten Geschützen.

»Hast du etwas von Anthony gehört, Hywel?«

»Sehr wenig. Er ist in Wales genauso beliebt wie jeder Engländer, meine ich, aber von den Leuten, die er verfolgt, kann er kein Entgegenkommen erwarten... Vermißt du ihn sehr?«

»Wenn ich sagen würde, du seist eifersüchtig auf ihn, würdest du sicher nicht darüber lachen. Ganz im Ernst: Ich möchte Mary besuchen, sobald es möglich ist.«

»Vermutlich kein reiner Freundschaftsbesuch?«

»Nein.« Cynthia trommelte mit den Fingern auf dem Jadegriff ihres Gehstocks. »Ich möchte versuchen, etwas für Anne zu tun. Sie will einfach nicht verstehen, daß einige Frauen nur schwer schwanger werden – sie fühlt sich minderwertig gegenüber den fruchtbaren Woodville-Frauen. Sie wäre zu allem bereit, sogar ihren Glauben zu wechseln oder sich operieren zu lassen. Ich habe den Eindruck, sie würde ihren eigenen Tod in Kauf nehmen, um Richard noch einen Sohn schenken zu können. Nicht daß ich das zulassen würde, aber wenn Richard schwanger würde –« Sie lachte grell auf. »Was sage ich denn da? Ich muß doch viel erschöpfter sein, als ich dachte.«

»Wir alle sind es. Aber ich will dir deinen Wunsch nicht abschlagen. Wir gehen nach Wales. Und wenn wir Anne und Richard helfen wollen, sollten wir es tun, bevor Tydder mit seinen Schiffen auslaufen kann.«

Gestiefelt und gespornt stapfte James Tyrell in den Thronsaal und verneigte sich vor Richard III.

»Gibt es Neuigkeiten von der Küste, James?«

»Tydder ist nicht mehr in der Bretagne. Er hat vor drei Tagen die Segel setzen lassen.«

»Bei dem schlechten Wetter?« fragte Dimitrios erstaunt.

»Sie haben einen Zauberer dabei. Die Küstenwachen sagen, er hätte den Sturm gestillt, so daß sie ruhig segeln konnten. Wo ist der ehrenwerte Zauberer Peredur?«

»Wahrscheinlich schon bald in Wales«, erwiderte Dimi. »Wenn ich ihm nachreiten würde...?«

»Das würde zu lange dauern, auch wenn Ihr genau wüßtet, wo er sich befindet«, entschied Richard. »Wo ist Tydders Landung geplant?«

»In Pembroke. So stand es zumindest in einer der Schriften von Colyngbourne. Aber die Küste dort ist nicht leicht zu sichern.«

»Das ist wahr..., aber es geht ihm ja auch nicht um Wales. Er wird nach England marschieren, unterwegs seine Drachenrebellen aufsammeln... Dann gehen wir eben nach Nottingham. Und wenn er nach seinen Rotkehlchen pfeift..., werden wir ihn federn.« Der König schlug ärgerlich die Faust auf die Sessellehne.

»Was ist denn das?« fragte Cynthia kopfschüttelnd.

»Die Spur des Drachen«, antwortete Hywel.

Neben der Straße lagen die unbrauchbar gewordenen Überreste eines Heeres: durchgescheuerte Gürtel, zerstoßene Trommeln, rostige Waffen, zerrissene Rucksäcke, aus denen verdorbene Lebensmittel quollen. Mitten auf der Straße glitzerte etwas. Cynthia hob es auf und drehte darauf die Medaille immer wieder in der Hand.

Sie behielt sie, während sie schweigend eine Meile nebeneinander herliefen. Plötzlich stolperte Cynthia; sie betrachtete die Metallscheibe, warf sie aber dann ins Gebüsch. Sie stützte sich erschöpft auf ihren Stock. »Ich wäre... ihm beinahe... gefolgt..., überallhin..., immer ihm nach...«, stammelte sie.

»Und wenn du es bereits einen Monat lang bei dir getragen hättest, wärst du ihm tatsächlich gefolgt. Hast du etwas mit deinem Bein bemerkt?«

»Nein. Ich... ich habe nichts bemerkt. Ich habe wohl nicht mehr gehinkt, oder?«

»Du hast es gar nicht gespürt..., aber ich hörte dennoch die Knochen knirschen.«

»Warum hast du..., warum haben wir sie den Leuten nicht abgenommen, als wir das letzt Mal hier waren? Wir sind diesen verdammten Dingern doch zwei Jahre lang nachgelaufen. Wir hätten laut in alle Welt hinausposaunen sollen, was mit ihnen ist!«

»Eben nicht. Die Leute, die sie geprägt und ihnen diese Macht verliehen haben, wollten doch gerade, daß sie aufgesammelt würden. Je mehr, desto besser. Hätten wir es getan, wären die übriggebliebenen versteckt worden..., oder das Volk hätte sich neue gemacht, und die Fessel, die das Opfer sich selbst schmiedet, ist am schwersten zu lösen.«

»Aber wir hätten trotzdem etwas tun können.«

Hywel lächelte. »Haben wir doch. Jeder, der von der Frau geheilt wurde, die Rhiannon genannt wird, oder dem der Zauberer, der sie begleitete, die Scheibe gab, wird nicht lange mit dem Heer ziehen, bis ihm einfällt, daß es ihm oder ihr daheim besser gefallen –«

Hywel blieb abrupt stehen, blickte in Richtung Norden zum schneebedeckten Mynydd Troed.

»Hywel, was hast du denn?«

»Es..., ich weiß es nicht.« Er flüsterte nur. »Marys Häuschen ist gegen... vieles geschützt..., ich kann nichts sehen.«

Seine Hände zitterten, und Schweiß trat ihm auf die Stirn. »Beeilen wir uns lieber«, sagte er.

Die Sonne stand schon hoch am Himmel, als sie nach Llangorse kamen. Im Dorf war es seltsam ruhig; kein einziges Pferd oder Maultier war auf der Straße zu sehen. An der Tür des Gasthofs stand in Kreideletttern eine Botschaft: FÜR WALES IN DEN KAMPF GEZOGEN.

»Rhiannon, helft meinem Sohn!« rief eine Stimme hinter Cynthias und Hywels Rücken. Sie gehörte einer Frau in der schwarzen Kleidung einer Witwe, die auf sie zugelaufen kam, vor ihnen auf die Knie sank. »Rhiannon, Gwydion, helft meinem Sohn!«

»Ich bin keine Göttin!« erwiderte Cynthia auf Kymrisch. »Aber ich bin eine... Heilerin, und wenn dein Sohn krank ist, werde ich ihm gerne helfen.«

Als sie der Witwe folgten, sahen sie alte Männer und Frauen, die ehrerbietige Gesten machten, als sie vorübergingen; einige verbeugten sich sogar oder fielen auf die Knie. Jüngere Frauen arbeiteten eifrig im Garten oder versorgten ihre kleinen Kinder, und die jungen Männer, denen sie begegneten, wandten den Blick ab oder schienen sie überhaupt nicht zu bemerken.

Der Sohn der Witwe war vielleicht zwanzig Jahre alt, saß auf einem Stuhl in der Küche. Er trug eine abgewetzte Lederweste und einen Gürtel über der Brust, an dem eine leere Schwertscheide hing.

Er saß kerzengerade und völlig reglos auf seinem Stuhl, die Hände im Schoß gefaltet. Seine Augen starrten ins Leere, seine Lippen hatten sich zum Lächeln eines Schwachsinnigen verzogen.

»Hast du das damit gemeint, als du –« fragte Cynthia Hywel auf italienisch.

»Nein.«

Sie biß sich auf ihre Unterlippe und nickte. Dann wandte sie sich an die Witwe. »Seit wann ist er in diesem Zustand?«

»Er ist gestern abend wiedergekommen. Am Morgen war er mit seinen Freunden weggegangen. Er war sehr stolz darauf, daß er das Schwert von seinem Vater getragen hat, und die Weste von seinem Großvater aus den französischen Kriegen..., aber er ist ohne das Schwert zurückgekommen, und ich weiß nicht, warum. Glaubt Ihr...«

Cynthia öffnete den Kragen des jungen Mannes, zog ihm eine Lederkordel aus dem Hemd, an dem ein Drachenmedaillon hing. Sie nahm es ihm ab, doch er starrte weiter vor sich hin.

Cynthia warf das Medaillon durch die offene Küchentür in den Garten.

Nichts geschah.

Sie legte dem Jungen die Hand auf die Stirn, sagte laut und deutlich. »Der Krieg ist vorbei. Warum gehst du nicht heim?«

Der Sohn der Witwe blinzelte, stand auf. »Ich leg' mich jetzt noch ein bißchen hin, Mutter, und später grab' ich dann den Garten um.« Mit diesen Worten verließ er die Küche.

»Ein Wunder!« schrie die Witwe.

»Ich verstehe es nicht, Hywel«, gestand Cynthia verwundert. »Aber vielleicht –« Sie drehte sich zu der Witwe um. »Du hast gesagt, er sei seit gestern abend krank. Warst du schon bei der Heilerin, die an Jesus glaubt? Bei Mary Setright?«

»Nein, nein, *Mylady*«, erwiderte die Witwe erschrocken. »Nein, das hätten wir nicht gemacht – bitte bestraft ihn nicht deswegen! Sein Großvater hat in den französischen Kriegen gegen sie gekämpft, und sein Glauben ist gut –«

Cynthia hinkte aus der Küche, lehnte sich draußen gegen einen Zaunpfosten, als Hywel ihr auch bereits den Gehstock nachtrug.

»O nein«, stöhnte sie. »Du hast gesagt, sie sei sicher... Hywel, was hast du heute morgen gesehen?«

»Nichts, was ich deutlich hätte erkennen können.« Sie machten sich auf den Weg. Die Witwe rief ihnen Dank und Lobpreisungen nach.

Mindestens ein Dutzend Männer und Frauen saßen oder lagen um Marys Haus herum. Alle waren wie versteinert, starrten zu den am Himmel ziehenden Wolken hinauf oder auf den Boden.

Ein Mann hatte sich am Bach niedergekniet, ganz offensichtlich um zu trinken, und war in dieser Bewegung erstarrt. Ein anderer hockte, einen Arm ausgestreckt, an einer Ecke des Häuschens; das Strohdach war angesengt, doch die Fackel, die dieser Mann gehalten haben mußte, war inzwischen restlos verbrannt.

Cynthia blieb vor dem Haus stehen, ließ ihren Blick umherwandern, stützte sich auf ihren Stock, und als ihr schwindlig zu werden drohte, mußte sie an das Messer in seinem Griff denken.

»Cynthia«, rief Hywel aus der offenen Haustür.

Sie trat einen Schritt näher, sah ihm ins Gesicht. »Du willst nicht, daß ich hineingehe.«

»Nein.«

»Ist Mary drinnen?«

»Ja.«

»Dann gehe ich hinein.«

»Ich wußte es.«

Sie ging ins Haus und sah Mary. Ein durchdringender Schrei entrang sich ihrer Kehle, und sie hob ihren Stock, um mit ihm auf die Frau einzuschlagen, die wie betäubt vor dem Kamin hockte, den Hammer noch immer in der Hand. Aber etwas schien Cynthia am Arm zu packen und ihn festzuhalten. Sie setzte ihr Vorhaben nicht in die Tat um, sondern sagte schließlich zu Hywel: »Ihr Fluch, Hywel? Ist das ihr Fluch, der sie alle getroffen hat?«

»Ihr Segen, meine ich. Wir vergessen immer, daß der, der verfluchen kann, auch segnen kann. Ich glaube, sie... hat ihnen befohlen, ihren... Frieden zu finden.«

»Ewigen Frieden?« fragte Cynthia, mit versteinertem Blick die zu Statuen erstarrten Leute draußen betrachtend. »Bis sie verhungert sind und zu Staub und Asche zerfallen?«

»Möglich.«

»Der Gedanke gefällt mir. Und jetzt hilf mir, etwas zu suchen, womit wir die Nägel herausziehen können.«

Sie bestatteten Mary etwas abseits im Wald und stampften die frostige Erde fest. Cynthia machte mit dem Stilett aus ihrem Gehstock Löcher in die Erde, um Thymian und Rosmarin als dauernden Grabschmuck zu säen. Beide waren sich einig, daß es Marys Wunsch gewesen wäre, das Häuschen als Zufluchtsort für Schutzsuchende stehenzulassen.

Hywel deutete auf die erstarrten Leute. »Und was wird aus ihnen?«

Cynthia überlegte lange. Schließlich sagte sie: »Ich glaube nicht, daß ich eine Wahl habe, oder?«

»Ich meine doch. Und deshalb kannst du sie auch befreien.«

Sie erzitterte, ging dann zu einem Mann, der eine Metallscheibe in der einen, eine Axt in der anderen Hand, an den Holzstoß gelehnt saß. Cynthia nahm ihm die Medaille ab und warf sie weg. »Geht jetzt nach Hause«, sagte sie leise. »Wir vergeben dir.«

Der Mann blinzelte, sah zu Cynthia hoch, ließ die Axt fallen, stand auf und stapfte unsicher in Richtung Llangorse.

Cynthia nahm den anderen gleichfalls die Metallscheiben ab. »Geht alle nach Hause, es ist vorbei. Geht heim und ruht euch aus. Geht heim, euch ist verziehen.«

König Richard blickte vom Turm von Nottingham Castle in Richtung Osten. Nicht nach Süden auf die Stadt, wo Speerspitzen in den Straßen aufblitzten und die Gehenkten an den Galgen baumelten, nicht nach Norden, wo über dem Sherwood Forest mehrere kleine Rauchsäulen aufstiegen, und erst recht nicht nach Westen.

»Was hat er jetzt an Männern?« fragte Richard, nervös die Finger seiner Linken knetend.

»Einige Verwandte, die ihm ins Exil gefolgt sind«, erwiderte Tyrell. »Und die Gesetzlosen, die sich ihm angeschlossen haben. Die sind gewissermaßen seine Leibgarde: etwa hundert Mann, alles erfahrene Kämpfer. Dann die Bretonen, Söldner, meist Angehörige des niederen Adels, die in Tydder Arthur sehen, der zurückgekommen ist, um ihr eigenes Land zu befreien.«

»Auch in der Bretagne glauben sie an ihn!« stellte Dimi fest, ohne allerdings sonderlich überrascht zu sein.

»Er war ihr Retter in der Schlacht von Badon«, antwortete Richard in Gedanken versunken. »Und weiter, James?«

»Außerdem Byzantiner.«

»Wirklich Byzantiner?« warf Dimi ein.

»Sie tragen das Adlerwappen und die langen Banner, eine ganze Hundertschaft von Lanzenträgern.«

»Jedes Heer braucht etwas, um eine Legende zu hinterlassen«, sinnierte Richard. »Ich frage mich, ob Tydder sich bewußt ist, daß er es nicht ist. Aber ich bin sicher, er wird dankbar sein.«

»Es wird schon in seinen Verträgen stehen, daß er sich dankbar erweisen wird.«

»Auch Kanonen?« meldete sich Gregor zu Wort.

»Damit sind sie nur leicht bestückt«, erwiderte der Herzog von Norfolk, schien dennoch irgendwie besorgt zu sein. »Wir wissen, daß sie nicht mehr als sechs Feldschlangen haben, und unsere Kundschafter versichern, daß nur ein Gewehr- auf zwanzig Speerträger kommt.«

»Das entspricht nicht byzantinischer Schlachtordnung«, konstatierte Dimi.

»Auch nicht der englischen«, ergänzte Richard. »Ihre Schiffe müssen voll beladen gewesen sein: Ist es möglich, daß sie zu wenig Pulver und Blei haben?«

Einen Augenblick lang herrschte eisiges Schweigen; erst da bemerkte Dimi, daß die Blicke aller auf ihn gerichtet waren. »Es ist möglich«, sagte er. »Aber ich glaube nicht, daß das der Grund ist...«

»Sondern?« wollte der König wissen.

»Es gibt nur einen Grund, auf eine Waffe zu verzichten: Wenn man glaubt, sie nicht gebrauchen zu müssen, weil man etwas Besseres hat.«

»Da ist ja auch noch der Drache, *Mylord*«, gab Tyrell zu bedenken.

Richard nickte. »Ja, der Drache«, seufzte er. »Wie steht's mit den Fußsoldaten?«

»Ihre Zahl schwankt in jedem Bericht. Wenn sich die Kundschafter nicht irren, und das nehme ich doch an, dann laufen ihm wohl Soldaten zu, aber andere auch wieder weg.«

»Aber auch wieder weg«, wiederholte Richard versonnen.

»Wenn das so bleibt, dann hat er ungefähr zehntausend Mann beisammen, wenn er bei Shrewsbury nach England einmarschiert. Wir haben etwa genauso viele.«

»Zwanzigtausend Männer, die nicht auf ihren Feldern arbeiten, wo sie jetzt im Frühling säen und pflanzen sollten...«, sagte Richard kopfschüttelnd. »Meine Herren, es sollte ein kurzer Krieg werden, denn sonst bekommen wir einen sehr langen und harten Winter.«

In Richards Hand zerbrach etwas. Er öffnete die Faust und ließ blaßblaue Eierschalenkrümel auf den Boden fallen.

Rivers konnte seine Überraschung nicht verbergen. »Cynthia! Seit wann bist du wieder hier?« Er hatte nur einen Seitenblick für Hywel übrig. »Guten Tag, Peredur. Ihr müßt ja schier geflogen sein.«

»Nicht geflogen, sondern geritten«, erwiderte der Zauberer.

»Habt ihr die Heilerin bereits gefunden?«

Cynthia verneinte.

»Nun ja..., übermorgen ist wieder Zeit, nach ihr zu suchen.« Er zuckte mit den Schultern. »Oder es besteht keine Notwendigkeit mehr dafür. Anne ist oben.«

»Hier im Gasthof?«

»Sie wollte den König hier nicht allein lassen. Sollte ich sie deswegen tadeln? Aber die Reise hat die Königin sehr angestrengt. Du wirst sie dir sicher ansehen wollen.«

Cynthia nickte, hängte sich ihre Instrumententasche um und ging die Treppe hinauf.

»Könnt Ihr noch ein Stück laufen, Peredur?« fragte Rivers.

»So weit Ihr wollt.«

Die beiden verließen den Gasthof, liefen hinein ins Dorf Sutton Cheney. Hinter dem Dorf erhob sich ein Hügel ungefähr eine Meile nach Westen, an dessen westlichstem Punkt des Rückens eine Gruppe von Männern um ein Banner herum stand, nur als Silhouetten vor der untergehenden Sonne zu erkennen.

»Wie heißt dieser Hügel?« erkundigte sich König Richard.

»Das ist der Ambien Hill«, erklärte Tyrell. »Und die Ebene da unten wird Redmoor genannt.«

»Das rote Moor. Es wird seinem Namen alle Ehre machen, wenn die Schlacht geschlagen ist, wage ich zu behaupten. – Rivers, da seid Ihr ja. Peredur, ich freue mich, Euch zu sehen... Ihr seid doch aus dem Süden von Wales gekommen. Habt Ihr den Drachen gesehen?«

»Es wäre unklug gewesen, ihn am Schwanz zu kitzeln. Aber wir haben gesehen, was geschieht, wenn er vorbeizieht.« Er erzählte in aller Kürze, was sich in Llangorse ereignet hatte.

Die Männer schwiegen betreten. Dimitrios schüttelte ungläubig den Kopf, Rivers wandte den Blick ab.

»Wie sollen Menschen gegen ihn kämpfen können?« fragte Richard nach einer Weile.

»Das Absurde an der Magie ist, daß sie nur das bewirken kann, was Menschen sich auch wirklich vorstellen können; wenn sich ein Mensch etwas vorstellen kann, dann gibt es auch einen Weg, es zu verwirklichen, ohne Zauberei«, erwiderte Hywel.

»Sogar die Toten wieder aufzuwecken?« versuchte Dimi zu scherzen.

»Wenn du schon einmal tot gewesen wärst, würdest du diese Frage nicht stellen«, beschied ihm Gregor.

Richard schien verärgert. »Peredur, ich kann Eure geheimnisvollen Sprüche nicht brauchen. Was ich brauche, ist ein Sieg! Was könnt Ihr gegen seinen Zauberer ausrichten? Könnt Ihr mir einen weißen Drachen schaffen, um mit ihm dem roten entgegenzutreten?«

»Das würde genau ihrem Wunsch entsprechen. Im Moment ist der *Ddraig Goch* für sie nichts weiter als ein Banner. Wenn wir jedoch in gleicher Weise reagieren, dann wird er für sie zur Realität, denn wir haben ihn als Realität anerkannt.« Hywel deutete in Richtung der untergehenden Sonne, wo irgendwo Tydders Heer stand. »Vergeßt nicht, daß jeder, der durch die Metallscheiben da hineingezogen wird, *weiß*, daß der rote Drache den weißen besiegen kann.«

»Was wollt Ihr morgen also tun?«

»Auf die Gelegenheit warten, etwas tun zu können, und wenn die sich ergibt, werde ich etwas unternehmen.«

Richards Verärgerung war zwar noch deutlich zu spüren, doch ließ er zumindest eine Portion Galgenhumor erkennen. »Gibt es da nicht eine Redensart, daß man sich nicht in die Angelegenheiten von Zauberern einmischen soll? Wie dem auch sei: Hier werden wir sie empfangen. Sollen sie nur kommen.«

Rivers blickte nach Südwesten. Ungefähr sechzig Schritt vom Fuß des Hügels entfernt erstreckte sich ein Sumpf. Nachdenklich rieb er sich das Kinn. »Meint Ihr, wir könnten sie dazu verleiten, aus dieser Richtung anstatt über den Nordhang zu kommen? Hier zwischen dem Hügel und dem Sumpf?«

»Ihr sagtet, Tydder hat noch nie ein Heer geführt«, erinnerte sich Dimi.

»Nach unserem Wissen noch nie. Aber er hat seinen Onkel Jasper dabei, einen erfahrenen Haudegen, und den Grafen von Oxford.«

Den letzten Namen sprach Rivers mit besonderem Abscheu aus.

»Und dazu noch die Sergeanten aus der Bretagne«, fügte Dimi hinzu. »Ich muß Euch sicher nicht erst sagen, daß das ganz aufgeweckte Kerle sind. Und dann die Byzantiner... Ich möchte eher sagen, verleiten nicht, aber starkes Feuer könnte sie dazu zwingen. Gregor...?«

Gregor ließ den Blick über das Gelände schweifen, hob dann ein Gerät ans Auge, das wie der Quadrant eines Seefahrers aussah, und nahm im Dämmerlicht Messungen vor. »Starker Beschuß mit zerberstenden Kugeln schafft eine Zone, in der, theoretisch zumindest, alles Leben vernichtet wird. Aber, wie Ihr als erfahrene Krieger sicher wißt, kann dieses naturwissenschaftliche Gesetz außer Kraft gesetzt werden, indem man sich zu Boden wirft und ein Stoßgebet zur Göttin der Artillerie schickt.« Gregors Stimme klang ganz ruhig, und es war bereits zu dunkel, als daß man sein Gesicht hätte sehen können. »Es ist jedoch auch bekannt, daß die Göttin der Ingenieure ihre Tochter überstimmt. Ich brauche einige Eurer Ingenieure, Graf von Norfolk, und Männer, die die Laternen halten.«

»Ihr bekommt die besten«, versicherte Norfolk.

»Nein«, widersprach Gregor, »lieber die zweitbesten. Die besten werden morgen noch gebraucht, und zwar ausgeschlafen.«

»Trink nicht davon!«

Rivers stellte den Krug mit Glühwein wieder ab. »Was ist damit, Cynthia?«

»Er ist für die Königin... mit einem starken Schlafmittel. Der Wein überdeckt den Geschmack.«

»Ach so. Aber ist das ihr und Richard gegenüber nicht ein bißchen zu hart, gerade an diesem Abend?«

»Möglich. Aber sie braucht dringend Ruhe... sie hat Fieber, Schweißdrüsenfriesel, nehme ich an. Auch Lord Stanley scheint davon befallen.«

»Bei dir steht stets der Patient an erster Stelle, nicht wahr?«

»Natürlich. Es ist noch anderer Wein da. Ich hole ihn dir.«

»Das ist nicht nötig.«

»Vielleicht nicht für dich.« Sie holte den Wein, setzte sich, lehnte den Stock an den Tisch. Sie ergriff mit den Händen die Armstützen des Stuhls und streckte sich, um die verkrampften Muskeln in Armen und Schultern zu lockern.

»Du könntest mich das machen lassen«, schlug Anthony vor.

»Wenn du willst, gern.«

Er massierte die Gelenke ihrer Hände und Arme, beobachtete aufmerksam ihr Gesicht auf ihre Reaktionen hin. Einmal zuckte sie zusammen, und er entschuldigte sich. Schließlich legte sie sich bäuchlings aufs Bett, worauf er ihr den Rock hochschob und ihre Hüfte massierte.

Sie verbarg ihr Gesicht nun in der Armbeuge, um ihm nicht zuviel an Gefühlen zu offenbaren.

»Ich bin froh, daß du morgen hier bei der Königin bleibst«, sagte er.

»Das habe ich nicht vor.«

»Aber du kannst sie doch nicht allein lassen!«

»Sie wird schlafen, und ihre Zofen werden sich um sie kümmern. Es wird morgen eine Schlacht geben, oder hast du das etwa völlig vergessen? Und ich glaube nicht, daß du gleichzeitig deine Reiter befehligen und dich um die Verwundeten kümmern kannst.«

Seine Hände wanderten zur unteren Rückenpartie. »Weißt du, wer der Graf von Warwick war?«

»Der Vater von Königin Anne.«

»Richtig. Ich sah ihn sterben. Das Glück hatte sich gestern gegen ihn gewendet – vor allem deshalb, weil Tydders guter Freund, der Graf von Oxford, ihn im Stich gelassen hatte. Warwick hatte seine Rüstung an, kämpfte jedoch zu Fuß; der Grund dafür war irgendeine Sache, bei der es um die Ehre einer Frau ging. Du hast auf den Übungsplätzen bestimmt schon gesehen, wie wenig eine gute Rüstung einen Kämpfer behindert, und die von Warwick war vom Besten: Dennoch gelang es einem Haufen einfacher Soldaten, ihn zu überwältigen. Sie öffneten ihm das Visier und stachen mit Messern auf ihn ein. – Er war ein Mann im besten Alter, Cynthia, aber du könntest nicht einmal vor einem Ackergaul davonlaufen.«

Eine Hand bearbeitete ihre Schulter, die andere ihre Hüfte so fest, daß es ihr beinahe weh tat. Plötzlich spürte sie etwas Heißes in ihrem Nakken; es war eine Träne.

Er knetete ihr noch einmal den Rücken durch, half ihr schließlich auf, so daß sie sich auf die Bettkante setzen konnte. Ihm war nicht anzusehen, ob er geweint hatte.

»Entschuldige«, sagte er und strich ihr Gewand glatt. »Noch einmal.«

Sie versuchte, sich daran zu erinnern, ob sie das Gefühl gehabt hatte, ihn zu vermissen, als zuerst er, dann sie allein nach Wales gegangen war, doch es gelang ihr nicht. »Anthony, warum können wir denn nicht Freunde sein, die sich lieben?«

Er ging zur Tür. »Weil ich der edelste Ritter in England bin, wie die Dichter schreiben werden, und es dich tatsächlich gibt.« Er lächelte, aber keineswegs verbittert. »Gute Nacht, Cynthia, meine Freundin. Seid vorsichtig morgen in der Schlacht.«

»Gute Nacht, Anthony, mein Freund.« Und dann etwas lauter: »Wenn ich höre, du kämpfst zu Fuß, werde ich nie mehr wieder mit dir reden!«

Beide lächelten, als die Tür ins Schloß fiel.

Leichter Dunst ließ einen Hof um die bronzenen Kanonen und die blitzenden Helme der Reiter entstehen, und die Sonnenstrahlen verliehen dem polierten Stahl einen goldenen Glanz.

Norfolks Kanonen standen so, daß sie die westliche Flanke des Ambien Hill bestreichen konnten. Ganz in ihrer Nähe bediente Gregor von Bayern einen optischen Entfernungsmesser; neben ihm stand eine quadratische, aus schweren, alten, etwa einen Schritt langen Holzdielen zusammengezimmerte Kiste.

Etwas weiter zurück hatten Richard, Dimitrios und Graf Rivers mit dem Haupttrupp der Reiter Aufstellung genommen, hinter ihnen der Graf von Northumberland mit seinen Pikenieren aus dem Norden. James Tyrell bildete mit einem kleinen Reitertrupp die Nachhut.

Fast eine Meile nördlich von ihnen, aber dennoch gut in Sichtweite, stand Sir William Stanley mit seinen Reitern als Flankendeckung, sein am Frieselfieber erkrankter Bruder in gleicher Entfernung im Süden.

Etwa eine halbe Meile hinter der vordersten Linie hatten die Ingenieure neben einem Brunnen aus Brettern und Balken eine Baracke errichtet, in der sich Cynthia mit drei weiteren Ärzten und einigen jungen Männern, die versichert hatten, ihnen würde beim Anblick von Verletzungen nicht sofort schlecht werden, bereithielt.

Leder knarrte, Ketten rasselten, Speere wurden gehoben und gesenkt, die Luft erfüllte ein lautes Flüstern. Ein Pferd wieherte hier, ein Mann begann da zu husten.

Der rote Drache näherte sich vom Westen.

Sein kräftiger Rumpf war eine Viertelmeile, sein sich windender Schwanz noch einmal so lang; sein Hals überragte die Höhe des Ambien Hill um das Doppelte. Seine Augen glühten wie Laternen.

Der Drache kroch langsam voran; die wie Ameisen wirkenden Männer in seiner Begleitung schienen ständig in Gefahr, von ihm zertrampelt zu werden, doch es geschah nichts dergleichen.

Und während er so vorankroch, änderte der Drache sein Aussehen.

Seine Schuppen erschienen auf einmal kupferrot, dann wieder opalrot, im nächsten Augenblick granatrot und schließlich dunkelrot wie getrocknetes Blut. Aus seinem Rücken wuchsen Stacheln, die sich aufstellten, abspreizten, zusammenfalteten. Seine Tatzen schienen einmal von gerippten Muskeln bewegt zu werden, dann keine feste Form zu haben, schließlich von Ketten und Riemen angetrieben zu werden. Der Kopf veränderte sich ständig; ihm wuchsen Hörner, Barteln, Giftzähne und Zungen, die genauso schnell wieder verschwanden, er teilte sich in viele kleine Köpfe und verschmolz wieder zu einem großen. Nur die Augen glühten unentwegt.

Hywel saß nördlich von Richards Truppen unter einem Baum; sein Pferd graste nicht weit von ihm entfernt. Er hielt sein Auge aus feinstem englischen Glas in der hohlen Hand und beobachtete in der glühenden Pupille den Drachen.

In seinem Auge beobachtete er den Zauberer, der im Schneidersitz auf einer Bahre saß, die neben dem Drachen einhergetragen wurde. Er war nicht groß, glatzköpfig und in wallende Gewänder aus Samt und chinesischer Seide gekleidet.

Hywel sah auch Heinrich Tydder mit seinem goldenen Brust- und Rückenpanzer, den ein roter Drache zierte, wie er begleitet von einigen Männern vom Bauch des Drachen zu den Vordertatzen lief.

Beide Heere waren nur noch einige hundert Schritte voneinander entfernt.

Die Kanoniere auf dem Hügel feuerten ihre Geschütze ab. Bei ihrem Grollen verspürte Hywel die ersten Veränderungen im ganzen Gefüge, den ersten Stich in seinem Herzen.

»Schaut mal!« schrie ein Kanonier.

Die großen Kugeln aus den Feldschlangen flogen entgegen allen Erfahrungen so langsam, daß man sie mit dem Auge verfolgen konnte, änderten sogar ihre Flugbahn und stiegen plötzlich hoch.

Der Drache sog sie ein und spie sie zurück.

Eine von Norfolks Kanonen wurde zerschmettert, wobei ein Kanonier schreiend den Abhang hinunterrollte.

Gregor rückte seine Brille zurecht, versuchte, die für diesen Trick notwendige kinetische Energie zu berechnen.

Die Kanoniere luden ihre Geschütze. Gregor war nicht ihr befehlshabender Offizier; hatte also in dieser Sache nichts zu entscheiden.

»Warum zeigt er sich nicht!« schrie Richard. »Er kann mich doch sehen, oder? Haltet das Banner höher!«

Als der Rauch der Kanonen verflogen war, konnte Dimi die byzantinischen Söldner an Tydders linker Flanke erkennen. Eine Hundertschaft von mit Lanzen bewaffneten Reitern, jeder von zwei Fußsoldaten begleitet. Es würde nicht möglich sein, sie in den Sumpf auf der anderen Flanke zu locken. Aber wenn sie den Angriff auf dieser Seite des Hügels ansetzen sollten –

Wenn sie dies tun sollten, würden sie hingeschlachtet werden; solch tapfere Männer sollten nun wirklich nicht hingeschlachtet werden durch die von einer blutlosen Schlange gefertigten Höllenmaschinen.

Tydders erste Angriffswelle, die die Farben des Grafen von Oxford trug, griff am westlichen Abhang an. Die Kanonen sprachen, ein Mann im ersten Glied wurde von einer Kugel geköpft; die anderen Kugeln jedoch fing der Drache mit dem Maul auf und spie sie zurück. Zwei weitere Feldschlangen wurden von den Lafetten geholt.

Der Artillerieoffizier gab den Befehl zum Rückzug. Die Kanoniere zogen die Geschütze zurück. Norfolks Pikeniere und Gewehrschützen rückten in die vorderste Linie, bildeten jedoch Gassen, um die Feldschlangen durchzulassen.

Von all dem anscheinend völlig unberührt, ging Gregor zu seiner Kiste, nahm den Deckel ab. In ihr befand sich ein Mechanismus mit drei Uhrwerkfedern, Hemmungsrädern und Ampullen mit Knallquecksilber inmitten eines Gewirrs von sorgfältig verknoteten, zündfertigen Lunten.

Gregor zog drei Sicherungsstifte heraus und schob einen Zeiger über einer Messingskala an. Die Federn ächzten, worauf sich das Räderwerk leise surrend in Bewegung setzte.

Gregor hatte am Nordhang knapp vierzig Brand-, Spreng- und Splitterminen vergraben lassen. In zwanzig Minuten – so lange würden Tydders Soldaten brauchen, um dort aufzumarschieren – würden sie gezündet werden; auch wenn zwei der Federwerke ausfallen sollten, würde das dritte dennoch die Zündung auslösen.

Gregor war sich nicht sicher, ob der Feind durch die Explosionen tatsächlich nach Süden abgedrängt werden würde. Eines stand jedoch fest: Er würde erhebliche Verluste erleiden, und die Minen in der Erde würden den Drachen nicht wie die Kanonenkugeln füttern.

Es wird sehr viel Blut fließen, fiel ihm plötzlich ein.

Ein Gewehrschütze, dem der Arm abgerissen worden war, und ein Mann mit einem Armbrustbolzen im Oberschenkel waren in die Baracke gebracht worden. Cynthia betrachtete die Schußwunden, gab einem der Ärzte Anweisungen und begann dann, den Armstumpf zu säubern. Der Kanonier stand unter Schock und verhielt sich deshalb ziemlich ruhig.

Ein Mann kam zur Tür herein. »Doktor Ricci.«

»Sir James, bitte schließt die Tür und wirbelt nicht soviel Staub auf.«

»*Mylady*, die Königin braucht sie.«

»Was ist denn mit ihr?«

»Ich weiß es nicht, *Mylady*. Ich habe nur die Nachricht bekommen, Euch zu ihr zu bringen. Ein Pferd steht für Euch bereit.«

»Schon gut..., Doktor..., geht zur... Königin«, stammelte der Soldat noch, dann kippte sein Kopf zur Seite, und er verschied.

Ohne ihre blutverschmierte Schürze abzunehmen, folgte sie Tyrell.

Hywel beobachtete die Männer im Drachenzug. Sie drängten vorwärts, trieben ihn voran: Denn der Drache, das waren sie mit ihren Wünschen nach Freiheit, großen Siegen und Macht.

Jeder von ihnen trug ein Stück zum Drachen bei, und wenn Hywel ihn vernichten könnte, würde er in gewisser Beziehung sie alle vernichten. Und weswegen? Für eine Krone, einen Thron. Nur für mehr Macht.

Der Drache schien nur ein glühendes Auge zu haben, Hywel blinzelte, um wieder klar sehen zu können.

Ein Bote kam angerannt, stolperte, wäre beinahe hingefallen, als er Graf Rivers Meldung erstattete, worauf dieser sich an den König wandte. »Hoheit, Doktor Ricci ist zur Königin gerufen worden.«

»Wie?« rief Richard, als habe er nicht verstanden. *»Anne ist tot?«*

»Nein, Hoheit... sie ist nur krank.«

»Das ist Euer Tod, Tydder! Kommt mit, Anthony, Dimitrios, Brüder, wir reiten ihm entgegen und zwingen ihn zum Kampf, ihn, seinen Onkel und Oxford.« Richard lächelte. »Nicht mehr als fünf werden sterben.«

»Hoheit, Anne ist nicht tot«, versuchte Rivers zu ihm durchzudringen. »Aber Cynthia braucht wahrscheinlich Hilfe..., möglicherweise muß sie operieren. Dimitrios kann mein Kommando übernehmen; ich reite zu ihr. Ich habe ihr ja schon einmal geholfen.«

Woodville ist also tatsächlich ein Feigling, ging es Dimi durch den Sinn.

»Dann reitet los«, erteilte ihm Richard die Erlaubnis. »Reitet los, Galahad.«

»Ich danke Euch, *Sire.*« Rivers gab seinem Pferd die Sporen, ritt durch die Reihen seiner erstaunten Männer davon.

»Ich wußte ja, daß er es nicht tun würde!« schrie Richard ihm nach. »Ich wußte stets, daß er nie ein faires Turnier kämpfen würde!« Dann wandte er sich an Dimitrios. »Bruder Balan, diesmal kämpfen wir Seite an Seite.«

»Nein, versuch nicht, ihr die Gliedmaßen zu strecken«, wies Cynthia die Frau an. »Halte sie nur ganz leicht fest. Wir wollen sie nur davon abhalten, sich zu verletzen.«

Die Frau, die Königin Anne festhielt, sah Cynthia zweifelnd und ein wenig ängstlich an. Anne drückte wieder den Rücken durch. Bei Minerva, ich habe auch Angst, dachte Cynthia. »Bitte Hoheit, seid ganz ruhig«, bat Cynthia, doch Anne, die so mit Beruhigungsmitteln vollgepumpt war, daß sie eine Woche hätte durchschlafen müssen, stieß einen langgezogenen Schrei aus, bäumte sich auf und vergoß große Schweißtropfen. Die anderen Frauen im Raum, alles Hebammen, kannten die Symptome ebensogut wie Cynthia, denn würden sie sie nicht kennen, bestünde für sie kein Anlaß, so besorgt zu sein.

Königin Anne von England schrie auf, als habe ihr letztes Stündlein geschlagen, bäumte sich nochmals im Wehenschmerz auf, um ein Kind zur Welt zu bringen, das sie nur scheinbar unter dem Herzen trug.

Die Fußsoldaten von Norfolk und von Oxford prallten aufeinander. Einige hatten ihre Schwerter gezogen, die Pikeniere und Hellebardiere hielten sich mit ihren Waffen auf Distanz, doch der eigentliche Kampf wurde mit Streitkolben und Morgensternen ausgetragen, die Rüstungen zerschmetterten, Knochen brachen.

»Ich kann ihn sehen«, rief Richard aufgeregt. »Da drüben, mit dem Drachen auf der Brust. Siehst du mich, Drache? Hier steht der weiße Keiler! Du kannst mich mit deinem Feueratem versengen, aber ich werde dir den Bauch aufschlitzen und dir dein Herz herausreißen!«

Dimitrios suchte die byzantinischen Reiter, die noch etwas weiter entfernt, aber dennoch gut zu erkennen waren: Eine stolze Truppe, von der er sich vorstellte, daß sie nicht wie jetzt in der Winterkälte auf einen englischen Hügel zuritt, sondern im Sonnenschein in einem herrlichen Tal einen von Weinbergen gesäumten Fluß durchquerte.

Oder an den Gestaden der kristallblauen Ägäis an der Villa ihres Befehlshabers vorbeiparadierte, mit trommelnden Hufschlägen.

Dimi bemerkte erst, daß Richard bereits das Signal zum Angriff gegeben hatte, als seine Sergeanten und die von Rivers' Kommando schon seinen Namen riefen. »Hauptmann Ducas! Hauptmann Ducas, sollen wir losreiten?«

»Nein, noch nicht!« rief er und wiederholte seinen Befehl auf englisch, denn diese Männer verstanden ja kein Griechisch.

Richards Pferd trottete den Nordhang des Ambien Hill hinunter in Richtung der byzantinischen Reiter.

Gregor sah zu, wie der Zeiger von einer Markierung zur nächsten wanderte. Nur noch zehn Minuten, und dann würde das Feuer Tod und Vernichtung bringen, das Blut in Stömen fließen. Und niemand würde wissen, daß er es getrunken hatte, denn Tote bluten zwar noch etwas, aber sie reden nicht mehr.

Er blickte von der Skala auf und entdeckte etwas, was ihm nicht gefiel.

Reiter überquerten den verminten Abhang, viel zu früh, und aus der falschen Richtung... nein, das konnte man nicht so sagen. Nach den Prinzipien der Dynamik konnte eine ausgerichtete Kraft nicht ›falsch‹ sein, sondern höchstens von unerklärter Herkunft; das Vektordiagramm war dann entsprechend anzupassen. Gregor sah noch einmal hinüber zu den Männern, die sein Todesfeld überquerten, versuchte die Farben zu erkennen, die sie trugen, doch es gelang ihm nicht, obwohl er das unbestimmte Gefühl hatte, er müßte sie erkennen.

Der Zeiger rückte auf acht Minuten weiter.

Hywel bewunderte die innere Struktur des Drachen, seine Nerven und Eingeweide sozusagen. Die Kraft eines jeden Mannes wurde auf eine Art Nabe übertragen, die die Fangvorrichtung für die Kanonenkugeln betrieb, die Lichtblitze hervorrief, die Pfeile verbrannte und natürlich das ganze Trugbild eines lebendigen Fabelwesens aufrechterhielt.

Wirklich ein Trugbild? Der Drache war doch vorhanden, kroch, atmete, fraß. Als Owain Glyn Dŵr in Harlech gekrönt worden war, hatten sich die Menschen tatsächlich vor ihm verbeugt. Als Lord Herbert aus reiner Zerstörungswut Dyffryn Conwy niedergebrannt hatte, war der beißende Rauch tatsächlich bis in die Lungen aller gedrungen. Das alles hatte sich tatsächlich ereignet, und es war an der Zeit, daß er, der einzige Erbe von Glyn Dŵr, in die Realität eingriff.

In seinem Glasauge sah er den schwitzenden, sich kratzenden Lord Stanley im Süden, der sich noch gar nicht anschickte, König Richard zu Hilfe zu eilen. Und an der Nordflanke senkten die Männer von William Stanley die Banner mit dem weißen Keiler und banden sich schon rote Armbinden um.

Die Realität, die Hywel für Wales schaffen würde, würde somit auch den Norden einbeziehen.

Dimitrios sah, wie Richards Männer auf Fußsoldaten trafen. Er suchte mit dem Blick nach der byzantinischen Hundertschaft: Sie bewegte sich auf Richards Flanke zu.

Flankenangriff, eine gute Taktik.

Er blickte nach Norden. William Stanley kam mit seinen Männern. Dimi vermutete, er wolle wiederum die Byzantiner in der Flanke angreifen und damit aber ein unübersichtliches Kampfgetümmel verursachen, in dem keiner mehr wußte, wen er eigentlich vor seiner Speerspitze hatte.

Der Gedanke an eine solche Unordnung mißfiel Dimitrios. Er rief den Befehl zum Angriff in jeder Sprache, die er kannte, wisperte seiner Luna unter sich aufmunternd zu, schrie »Richard, Richard, der Keiler, der König!« und ritt mit seinen Männern hinter Richard her.

Richard? ging es Dimi durch den Sinn. »Der Keiler? Der *König*?«

Er hatte nie König sein wollen. *Nie.* Und Cosmas Ducas hatte dies gewußt. Sein Vater hätte ihn lieber als einsamen Kämpfer für die Ehre seines Glaubens gesehen denn als Kaiser der Welt.

Dimi blickte abrupt auf. Richards Männer befanden sich zu seiner Linken, die von Lord Stanley geradeaus vor ihm. In wenigen Sekunden würde sein Trupp auf den von Stanley prallen und im Rücken von Richard für totale Unordnung sorgen. »Linke schwenkt!« brüllte Dimi, wohl wissend, daß es zu spät war, vierhundert angreifende Reiter aufzuhalten. Doch die schwenkten, soweit es ihnen möglich war, und die beiden Trupps stießen im stumpfen Winkel aufeinander.

Stanley seinerseits hatte einen Rechtsschwenk befohlen und versuchte, seinen Trupp zum Stehen zu bringen, obwohl er dadurch weit auseinandergezogen wurde. Die Wucht des Angriffs war jedoch noch so stark, daß einige Reiter in vollem Galopp den herantrabenden Byzantinern in die Flanke fielen.

Da bemerkte Dimi, welche Stoßrichtung Stanley eigentlich beabsichtigt hatte, und die roten Armbinden seiner Männer, und plötzlich schrie er: *»Nieder mit dem Verräter!«*

Dimitrios sah zu dem Drachen hoch, der über alle hinwegschritt. Irgendwie hatte aller Zauber nicht gewirkt: Aller Macht des Imperiums war es nicht gelungen, den Ducas zu finden, der Soldat geworden war. Aber der heimatlose Ducas hatte den Feind gefunden ... und die Aufgabe und seine Identität, die er seit den Ereignissen an der Grenze zu Schottland auf ewig verloren zu haben glaubte.

Männer und Pferde lagen durcheinander und aufeinander; Speere steckten im Erdreich und in Körpern. Der Geruch von Blut war so stark wie der vom Rauch eines Feuers. Dimi zügelte Olwen und zog sein Schwert. Es würde schließlich wieder Mord sein, aber diesmal wenigstens nicht um des Mordens willen.

Er entdeckte Richard, begann, sich seinen Weg an die Seite des Königs freizuhauen. Olwen strauchelte leicht; Dimi blickte zu Boden, erblickte eine von Gregors drahtumwickelten Minen wie ein Verderben bringendes Ei in seinem Nest liegen.

Gregor lehnte über der Kiste, beobachtete mit schmerzenden Augen, wie Männer und Pferde niedergemetzelt wurden. Der Wind trieb ihm den Geruch herüber. Er konnte sich nicht daran erinnern, jemals so hungrig gewesen zu sein wie jetzt ..., doch heute war es kein quälender Hunger. Das Festmahl für ihn wurde schließlich zubereitet.

Plötzlich sah er das weiße Pferd, inzwischen blutbefleckt, mit Dimi in seiner weißen Rüstung im Sattel, und es kam ihm vor, als schieße ihm ein Explosionsblitz durch den Kopf.

Er schluckte klebrig-dicken Speichel hinunter und stellte mit tiefem Bedauern fest, daß er dazu verdammt war, immer dann zurückgerufen zu werden, wenn der Frieden, den er suchte, greifbar nahe schien.

Das Räderwerk surrte. Gregor kniete sich nieder, schob den Zeiger zurück, doch zu spät, denn die Reibräder wetzten bereits an den Feuersteinen. Da er sonst nichts bei sich hatte, griff er mit beiden Händen in den Mechanismus. Zahnräder quetschten seine Finger ein, eine rasiermesserscharfe Feder brach und sprang ihm beinahe ins Gesicht. Funken flogen auf.

Doch die Lunten fingen nicht Feuer.

Langsam befreite er seine Hände aus dem Räderwerk. Sie schmerzten nicht einmal allzu stark, obwohl er wäßriges Blut und Fleischfetzen an den scharfen Messingkanten sah.

Es war nicht weiter schlimm; er war ja ein Vampir. Die Wunden würden verheilen. Er würde also weiterleben, und mit der Zeit würden die Wunden auch wieder heilen.

Rivers stürmte in das Zimmer der Königin. »Ich komme doch noch rechtzeitig? O nein, sie ist – die Königin ist doch nicht tot, Cynthia?« Er packte Cynthia an den Schultern, schüttelte sie.

»Sie schläft«, antwortete Cynthia und versuchte, sich seinem Griff zu entziehen. Sie bemerkte den irren Blick in Rivers' Augen. »Was ist mit dir, Anthony?«

»Spürst du sie nicht? Diese... Hitze, die in der Luft liegt? Ich hörte, die Königin sei krank, man hätte dich gerufen, und ich dachte, du würdest meine Hilfe brauchen...« Er lehnte sich erschöpft gegen die Wand.

Sie nahm seine Hand. »Es ist alles in Ordnung, Anthony. Wie du siehst, geht es der Königin wieder besser.« Sie führte ihn zum Bett; Anne schlief friedlich, die Arme über der Brust verschränkt, als wiege sie ein Kind.

Rivers strich die Bettdecke glatt. »Glaubt sie –«

Cynthia nickte.

»Und was hast du getan?«

»Ich sagte ihr, sie habe ein gesundes Kind zur Welt gebracht.«

Rivers schlug die Hände vors Gesicht. »Aber... wofür bin ich dann gekommen? Warum war ich nicht an seiner Seite – oder befehligte mein

Kommando, wie Richard es gewünscht hatte? O Gott, ich muß zu ihm zurück.«

Sie überlegte sich die Antwort, die ihn am wenigsten kränken würde. »Ich kenne den Grund: Sie wollten dich da heraushalten.«

»Und du hast es... überhaupt nicht gespürt?«

»Nein. Sie stützte sich auf ihren Stock. »Ich glaube, ich war dagegen... gefeit.«

»Dann hat Peredur es bewirkt.«

»Ja, ohne ihn wäre es nicht geschehen.«

Der Drache war ins Straucheln geraten.

Die byzantinischen Söldner hatten kaum etwas zu ihm beigetragen, aber einen Großteil seiner Kraft aufgebraucht, um ihre Pferde frisch, ihre Rüstungen glänzend und sich bei Laune zu halten.

Als jedoch Stanleys Männer völlig unerwartet auf sie losgeritten waren, geriet plötzlich das ganze Gefüge durcheinander: Einige Byzantiner starben, speisten Energie in den Drachen zurück, andere begannen damit, ihm mehr abzuzapfen, weil sie sich vor Verrat und noch mehr vor dem Tod fürchteten. Stanleys Männer hatten versucht, sich ebenfalls dem Drachen anzuschließen, doch sie waren eher mit einem Blutegel zu vergleichen, der sich an seiner Seite festsetzte und ihn aussaugte.

Hywel wußte, daß dies alles nicht absichtlich geschah; die Männer waren entweder verwirrt, ängstlich oder bereits tot. Der im Lotussitz auf seiner Trage sitzende Byzantiner gab sein Bestes, um all die Knoten und Fäden und Bündel von Kraft auszubalancieren, und das, was er zu geben hatte, war wirklich sehr viel. Hywel schaute in sein Auge und erkannte, an welcher Stelle nur ein winziger Zug erforderlich war, um den Drachen wieder ins Gleichgewicht zu bringen.

Hywel setzte das Auge wieder in die Augenhöhle ein und seufzte.

Er drückte es.

Der Drache heulte auf: ein dissonantes, an den Nerven zerrendes Kreischen. Soldaten rannten einander über den Haufen, rappelten sich hoch und kämpften gegen den erstbesten, der ihnen in die Quere kam. Einer von denen, die die Trage des Zauberers trugen, ließ sie fallen, so daß der Byzantiner zu Boden fiel, sich an einem Stein einen nackten Zeh brach und vor Schmerz aufschrie. Der Schwanz des Drachen peitschte hoch, der Kopf bog sich zurück, Hywel wartete ab. Wieder konnte er sehen, wo ein Drücken erforderlich war; aber er kannte die Folgen davon und war nicht bereit, sie zu verursachen.

Es ergab sich sowieso dadurch, daß der Byzantiner einen Streifen Seide von einem seiner Gewänder um den gebrochenen Zeh wickelte und ihn festband.

Das Maul des Drachen packte den Schwanz, begann ihn aufzufressen. Schuppen schmolzen, Klauen fielen ab, Stangen des Räderwerks brachen, Bruchstücke fielen zu Boden, brannten in einem Feuer, das realere Dinge nicht verzehren konnte.

Byzantiner und Bretonen fielen übereinander her, brachten sich gegenseitig um, wenn nichts anderes zur Verfügung stand, sogar mit bloßen Händen. Junge Waliser starrten auf den Schrott, den sie für Waffen gehalten hatten, und liefen davon, in Richtung Westen.

Der rote Drache war nur noch ein sich selbst zerfleischendes, sich im Kreis drehendes Etwas. Hywel verspürte ein gewisses Bedauern, nicht für das Gebilde selbst, sondern für die Energie, die mit ihm für nichts und wieder nichts vernichtet wurde: Wußten all die Menschen da unten in der Ebene, daß sie Monate und Jahre ihres Lebens geopfert hatten für einen verblassenden Wirbel aus rotem Licht mit einem dunklen Loch in der Mitte?

Hywel spürte sein Herz bis zum Halse klopfen, einen starken Schmerz im linken Arm und im Rücken. Er lehnte sich gegen den Baum; sein Pferd stupste ihn neugierig an.

Die Überreste des Drachen würden ihn nicht zur Ruhe kommen lassen, suchten vielmehr danach, sich irgendwo festsetzen zu können. Hywel wußte, daß der Drache sein verschlossenes Herz öffnen, ihm ein Herz aus lebender Bronze geben oder ihn davon überzeugen könnte, daß er überhaupt kein Herz brauche. Er müßte es nur zulassen.

Reiter konnten sich inzwischen nicht mehr auf dem Schlachtfeld bewegen. Dimitrios suchte zu Fuß nach Richard, der seinerseits zu Fuß nach Tydder suchte.

Im dichten Qualm war wenig zu erkennen; als der Drache anfing, in sich zusammenzusinken, hatten beide Seiten ihre Gewehrschützen eingesetzt. Wo Dimi auch hintrat, lagen Leichen, oft zu dreien übereinander.

»Richard!« schrie er.

»Wer ist da?« Ein Schemen stolperte auf ihn zu.

»Richard, seid Ihr's?«

»Ja. Wer will es wissen? Wenn es Tydder ist, dann lautet die Antwort nur Kampf.«

»Ich bin's, Dimitrios Ducas, der Bruder *Miles*.«

»Wie? Willkommen, Bruder. Gemeinsam werden wir ihn auf einem Karren nach London bringen.«

»Wäre das fair, Gloucester?« Ein Mann kam auf sie zu. Seine Rüstung war zwar zerbeult, doch das goldene Bruststück mit dem roten Drachen glänzte noch immer. Tydder hatte sein Visier geöffnet, aber Dimi konnte sein Gesicht dennoch nicht deutlich erkennen. »Zwei gegen einen, Richard? Wäre das ritterlich?«

»Was für ein Ritter seid Ihr denn eigentlich? Nun, Ihr habt mich heute alles gekostet außer meiner Krone und meiner Ehre, und beides werde ich behalten. Tritt zur Seite, Bruder!«

»Und wenn Ihr im Kampf fallt, *Mylord*?«

»Dann schwörst du natürlich mir den Treueid«, beantwortete Tydder Dimis Frage.

»Nein«, widersprach Dimi. »Nie! Wenn mein Herr es befiehlt, laß ich mir von Euch die Kehle durchschneiden, aber Euch dienen? Nie und nimmer!«

Tydder musterte ihn. »Wer bist du, Kerl? Ein Ausländer, der bei uns Ruhm und Ehre sucht?« Er deutete auf Richard. »Hier hast du Ruhm und Ehre. Töte diesen Mann, und du wirst Herzog von Gloucester.«

Dimitrios spuckte auf den Boden, trat neben Richard. »Es hat keinen Zweck, wie Ihr seht«, sagte Richard. »Wir beide sind Balin und Balan, die unzertrennlichen Brüder.« Und mit einem Seitenblick auf Dimi fügte er hinzu: »Irgendwie habe ich vergessen, Euch zum Ritter zu schlagen. Hiermit sei es geschehen.«

»Die beiden können nicht Balin und Balan sein«, rief eine Stimme aus kurzer Entfernung, »denn in der Sage verwundet ein Bruder den anderen. Sie sind eher Gawain und Gareth. Oder war es Agravain? Ich habe es vergessen.«

Graf Rivers trat aus dem Rauch, einen Speer locker in der Hand.

»Anthony, ich habe Euch einmal verziehen, aber ich werde es nicht noch ein zweites Mal tun.« Richards Stimme klang unsicher.

Dimi sah, wie Rivers mit dem Speer ausholte, trat mit einem raschen Schritt vor Richard, um ihn mit seinem Körper zu decken. Aus den Augenwinkeln heraus bemerkte er eine zweite Bewegung, das Aufblitzen von Metall, und hörte Tydder rufen: »Aus dem Weg, du dummer –«

Tydders Schwert traf ihn unter der Achselhöhle; ein stechender Schmerz, als würde er plötzlich kalte Luft einatmen. Etwas flog an ihm vorbei, und der Stahl, der ihn durchbohrte, erzitterte. Er sah noch, wie

Tydder, von Rivers' Speer durch das offene Visier getroffen, zu Boden sank, und begriff, daß der Graf an dem Vorfall beim Turnier keine Schuld hatte. Ein schuldbeladener Mann hätte wohl kaum sich dazu überwinden können, die Waffe so sicher zu führen.

Dimi schwankte, fühlte, wie sich die Eiseskälte in seinem Körper ausbreitete. Er wollte Richard sehen, doch es gelang ihm nicht. Er spürte, daß man ihn auffing, aber er konnte überhaupt nichts sehen.

Und dann sah er die flammenden Räder und wartete darauf, daß ihn der Wirbelwind erfaßte und zu seinem Vater trug.

Als die Sonne untergegangen war, schimmerte am Himmel noch immer ein schwacher roter Ring, der ein dunkles Loch umschloß.

Dieses Ding am Himmel, das ist das Imperium, dachte Hywel, eine Stadt aus Licht, erbaut aus vergeudeten, verschwendeten Menschenleben, mit einer abgrundtiefen Leere im Herzen.

Er wußte, es würde nicht so leicht zu vernichten sein wie der rote Drache, doch es mußte verwundbar sein, vielleicht sogar auf die gleiche Art, und es mußte zerstört werden.

Ein unabdingbares Muß.

Hywel drehte sich um zu den anderen. Richard saß neben dem Bett, hielt Annes Hand; sie schlief immer noch. Morgen würde sie aufwachen, hatte Cynthia gesagt, und wenn sie nach ihrem Sohn fragte, solle man ihr sagen, sie habe nur geträumt.

»War es das alles wert, Peredur?« fragte Richard zweifelnd. »Ich bin nun also unbestritten der König. Aber habe ich einen Sohn, habe ich Brüder? Hat das Land zu neuer Kraft gefunden? Soll ich angesichts von Tod und Leid das große Glück verkünden?«

Hywel schwieg.

»Wie, Zauberer... Ihr habt nicht einmal eine orakelhafte Antwort auf meine Frage? Nun denn, wir werden behaupten, es wäre ein großer Tag gewesen, und bald werden sogar wir es auch glauben. ›Der Tag, an dem das Königreich gerettet wurde.‹ Vielleicht sollte ich mich Drachentöter nennen... *Ricardus Tertius Rex... Draco... Dracocide?«*

»*Nemesis Draco*«, verbesserte Hywel, ohne viel zu überlegen.

»Das klingt angemessen unheimlich.«

»Gute Nacht, *Sire.*«

»Nein, Peredur, bitte nicht diesen Titel... Gute Nacht, Zauberer.«

In einem anderen Gemach rückte Cynthia die Kissen unter Dimis Oberkörper zurecht. Sie schenkte für sich und Hywel Tee ein.

Sie sahen hinüber zu Dimi, der blaß, fast zerbrechlich wirkend, auf dem Bett lag. Der Anblick wirkte irgendwie befremdlich: Man konnte sich ihn, wie er so dalag, nur als nach heldenhaftem Kampf gefallen vorstellen, nicht aber lebendig und so hinfällig.

»Wird er wieder gesund werden?«

»Anthony hat sofort genau das Richtige getan, und ich glaube nicht, daß der andere Lungenflügel oder das Herz verletzt wurden. Wenn ich mich jedoch irre, dann könnte ich innerlich verbluten..., so schnell, daß sogar du schockiert wärst.« Sie nippte am Tee; ein Lächeln huschte über ihre Lippen. »Aber er wird nicht an Einsamkeit sterben, wie du weißt.«

»Wo wirst du hingehen?«

»An die Universität von Oxford, glaube ich.« Sie lachte kurz auf. »Obwohl Anthony meint, Richard würde mir eine besser dotierte Stelle in Cambridge anbieten.«

»Ich hatte gedacht, vielleicht nach Wales.«

»Mit Anthony? Oder... in das Häuschen? Nein. Ich bin für beides nicht die richtige Frau..., außer vielleicht später einmal, wenn es nötig sein sollte.« Sie legte den Gehstock quer über den Tisch. »Oder hast du gemeint mit dir?«

»Ich gehe nicht nach Wales.«

»Das hatte ich auch nicht vermutet.«

Er stand auf.

Ohne ihn anzusehen, fragte sie: »Hywel..., warum sind wir so schrecklich zueinander?«

»Wir sind so, wie die Welt uns macht. Die eine Hälfte der Welt ist Byzanz, und die andere blickt voller Verwunderung nach Osten.«

Sie hob den Kopf. »Bitte küß mich einmal, Hywel, um Marys willen.«

Sie hat mehr von einer Göttin an sich, als sie selbst jemals erkennen wird, dachte Hywel. Er küßte sie.

Gregor stand mit den gesattelten und bepackten Pferden unten im Hof. Der Mond ging gerade auf und beleuchtete dünne Wolkenstreifen. Ein paar Sterne funkelten schon.

Als Hywel auf sein Pferd stieg, fragte er Gregor: »Wolltest du ihnen noch etwas sagen?«

Gregor schob mit seiner verbundenen Hand die Kapuze zurück. »Nein.« Er sah zu Hywel hinüber. »Glaubst du, daß es hilft?«

»Nein. Nicht wirklich. Sollen wir los?«

»Los! Ein Mann muß sich schließlich stets mit etwas beschäftigen.«

Lautlos ritten sie davon.

Historische Anmerkungen

In unserer Welt, der von allen möglichen Welten am besten dokumentierten, wurde Byzanz, das oströmische Reich, 1453 n. Chr. ausgelöscht, als sich Konstantinopel den belagernden Türken ergeben mußte. Es blieb nichts von ihm übrig, und die Stadt selbst war eine Ruine: 1204 hatte der berüchtigte 4. Kreuzzug eines seiner Ziele damit erreicht, daß er das bedeutendste Bollwerk des Christentums im Osten zerstörte.

Wie schon zahlreiche Autoren historischer Romane vor mir festgestellt haben, ist das Verändern der Geschichte kein einfacher Prozeß. Einige Möglichkeiten scheinen im Sande zu verlaufen, während andere immer weitere Kreise ziehen. Doch welche sind nun welche? Es gibt eine ganze Reihe von Theorien: von Toynbee, Wells, Marx – und von mir.

Vielleicht ist wirklich alles nur die Angelegenheit von Menschen auf weißen Pferden; vielleicht aber haben sie mit den Ereignissen auch nichts weiter zu tun, als ihnen durch ihre Anwesenheit einen Namen zu geben. Doch irgendwo muß ein Anfang gemacht werden, und Menschen sind von Natur aus interessanter als unpersönliche Kräfte.

Kaiser Julian, genannt Apostata, diente bereits in vielen Geschichtswerken und Romanen, von denen mindestens einer als Meisterwerk zu bezeichnen ist, als historischer Bezugspunkt. Wir wissen über Julian mehr als über irgendeinen von Konstantins Erben (es waren fünf; und ehe man noch das Wort »Brudermord« aussprechen konnte, gab es schon keinen mehr) oder jeden anderen Kaiser nach ihm bis Justinian. Damit erklärt sich wohl die Aufmerksamkeit, die man ihm schenkt. Tatsache ist jedoch, daß Julian wenig Bleibendes vollbracht hat.

Das ist jedoch nicht wichtig. Wichtig ist vielmehr, was Julian beinahe erreicht hätte: Er nahm es buchstäblich mit dem Himmel auf – beinahe erfolgreich. Wie man zu ihm steht, wird unweigerlich beeinflußt durch die jeweilige Einstellung zum Christentum, sogar dann (ja, besonders dann), wenn jemand die modernen Formen dieses Glaubens mit jenen verwechselt, mit denen Julian es zu tun hatte. Ausführliche Schilderungen von Julians Charakter lassen es nicht zu, in ihm entweder einen modernen agnostischen Humanisten oder einen Handlanger des Teufels zu sehen. Wäre er tatsächlich in seiner Art extremer gewesen, hätte er möglicherweise Erfolg gehabt; sicherlich wurden andere Glaubensrichtungen auf den Status von Kulten reduziert, wobei ein Kult, wie ein Kriegsverbrechen, eine asoziale Handlungsweise des Verlierers darstellt. Nach Edward Luttwaks Ansicht hätte ein besserer Mann als Julian das Heidentum wieder eingeführt. Deshalb habe ich ihn zu einem solchen gemacht.

Über Kaiser Justinian I. gibt es zwei grundsätzliche Ansichten: Zum einen, daß er ein großer Führer voller Tatkraft war, der mit Unterstützung der klugen und schönen Kaiserin Theodora das »Neue Rom« zum Gipfelpunkt seiner Macht führte. Zum anderen, daß er ein korrupter Dummkopf mit üblen Angewohnheiten war, der, angestachelt durch den unmoralischen Lebenswandel seiner Frau, andere und deren Leistungen benutzte, um selbst aufzusteigen.

Beide Ansichten stammen aus der Feder ein und desselben Mannes, des Geschichtsschreibers Procopius, der Werke voll des Lobs über seinen Kaiser schrieb und gleichzeitig eine zynische, recht pornographische »Geheime Geschichte« verfaßte. Versucht man erneut, einen Mittelweg zwischen den Extremen zu beschreiben, so bleibt die Tatsache, daß Justinian Italien und andere Gebiete von den Barbaren zurückeroberte, aber auch die, daß er die Gebietsgewinne nicht konsolidieren konnte. Justinian verfügte über die Möglichkeiten dazu, was jedoch nicht gleichbedeutend ist mit den dazu nötigen Fähigkeiten. Er hätte, wie wir alle, bloß mehr Zeit gebraucht. Er starb zwar in hohem Alter, doch zehn Jahre zu früh, um das Weltreich noch festigen zu können. Außerdem hatte er bereits seine Gattin verloren, die ihm, wie wir wissen, den Rücken stärkte, als die »Nika«-Rebellen beide vom Thron stürzen wollten. (Mit derart gestärktem Rückgrat holte Justinian zum Gegenschlag aus: Sein Heer trieb die Aufständischen ins Hippodrom und schlachtete dreißigtausend von ihnen ab.)

Ich habe Justinian – und Theodora – breiteren Raum eingeräumt durch eine Methode, die aus dem 3. Kapitel ersichtlich werden sollte und sich von einigen Berichten aus Procopius' »Geheimer Geschichte« kaum unterscheidet.

Lorenzo de' Medici wurde vom berühmten italienischen Historiker Guicciardini als der angenehmste Tyrann beschrieben, den Florenz je haben konnte. Diese Analyse scheint ihm gerecht zu werden. Es steht außer Zweifel, daß er der absolute Herrscher in der Stadt war, daß er sie zur Zufriedenheit der meisten Florentiner regierte und daß er ein Tyrann war. Er setzte seine Macht erfolgreich gegen die Pazzi ein, eine andere Bankiersfamilie, was, wie es so oft geschieht, für ihn zum Bumerang wurde.

Lorenzo litt wie sein Vater an Gicht – ein allgemein gebräuchlicher Ausdruck für eine ganze Reihe von Stoffwechselkrankheiten. Es gab dagegen nur verschiedene Diätkuren von begrenzter Wirksamkeit. Colchicum war nur als Gift bekannt, was es natürlich auch heute noch ist.

Am 26. April 1478 ermordeten von den Pazzi gedungene Verschwörer Giuliano de' Medici während der Messe; Lorenzo entging dem Attentat nur knapp. Der »Pazzi-Krieg« fand die Unterstützung von Francesco della Rovere, Papst Sixtus IV., einem großherzigen und gleichzeitig niederträchtigen Mann, der die Sixtinische Kapelle als Denkmal für sich als nicht ausreichend erachtete. Doch Sixtus wußte seine Verluste in Grenzen zu halten, und die Pazzi lernten sehr schnell, daß man einen König auch treffen muß, wenn man es auf ihn abgesehen hat.

Lorenzo starb 1492 n. Chr. Wenige Monate später wurde das Machtvakuum in Florenz durch einen Prediger namens Girolamo Savonarola ausgefüllt. Je nach Standpunkt kann man in ihm, ähnlich wie bei Julian Apostata, entweder einen Reformer oder einen Terroristen sehen. Sechs Jahre danach änderte die Bevölkerung von Florenz ihre Einschätzungen, folterte ein Geständnis der Ketzerei aus Fra Girolamo heraus und verbrannte ihn danach auf dem Scheiterhaufen.

Das Leben von George, Herzog von Clarence, verlief im wesentlichen wie beschrieben. Zu den wahren Begebenheiten zählen der opportunistische Wechsel ins andere Lager – und die Kehrtwendung zurück in das seiner Brüder – sowie die Justizmorde an den Dienern seiner Gattin. Die Urkunde, in der Georges Ansprüche auf den Thron festgeschrieben wurden, hat sehr wahrscheinlich existiert, denn sie wird in zeitgenössischen Dokumenten, einschließlich des Gerichtsurteils, erwähnt. Als sehr wahrscheinlich gilt auch, daß zumindest eine Fälschung dieser Urkunde versucht wurde. Aber weder das Original noch die Fälschung sind jemals gefunden worden. Was das Lebensende des Herzogs angeht (»genug Wein«), so trug seine Tochter Margaret Pole danach ständig ein Miniaturweinfaß an ihrem Handgelenk, was die Erzählung hinlänglich glaubwürdig macht; – es dürfte noch nicht einmal die außergewöhnlichste Hinrichtung jener Zeit gewesen sein.

Anthony Woodville war ein Mann der Renaissance, bevor sie richtig begonnen hatte: Dichter, Musiker, Autor des ersten Buches, das auf einer englischen Druckpresse gedruckt wurde, Amateurphilosoph – und Förderer der Künste und Wissenschaften – und das Idealbild des edlen Ritters. Edward IV. vertraute die Erziehung seines Sohnes, des Thronerben, seinem Schwager Anthony an, und dieser scheint dem Prinzen gute Dienste geleistet zu haben. Richard Plantagenet soll eine persönliche Abneigung gegen ihn gehegt haben; warum, wissen wir nicht. Es sollte letztendlich von Bedeutung sein.

Anthony erbte die Grafenwürde, als sein Vater und sein Bruder von Angehörigen des Hauses Lancaster umgebracht worden waren. Seine Schwester war Königin von England *und* die Witwe eines Lancasters; es schien für jedes vakante Amt eine Woodville zu geben. Die Woodvilles waren weniger eine Dynastie als eine politische Partei, und wie alles Große boten sie eine breite Angriffsfläche. Was wiederum nicht heißen soll, daß sie selbst keine Intriganten waren; das war die Folge des Machtzuwachses. Und als die Herrschaft über England (und, wie es den Anschein haben mußte, auch das Überleben) davon abhing, wer den jungen König Edward V. in der Hand hatte, blieb Anthony Woodville auf der Strecke.

Er wurde zusammen mit Vaughan und Grey 1483 in Pontefract enthauptet. Die Henker waren überrascht, als sie entdeckten, daß der blonde, lächelnde Ritter ein härenes Hemd unter seiner Kleidung trug.

John Morton ist ein verblüffendes Beispiel eines alle politischen Wechselfälle überlebenden Mannes. Er diente am Hofe von Heinrich VI., bis Edward IV. den Thron bestieg, wurde mit Heinrich und Margarete von Anjou nach Frankreich ins Exil geschickt, kehrte zurück, als sie rehabilitiert wurden, und blieb bis zum Ende des gleichen Jahres in Edwards diplomatischem Dienst. Richard III. ließ ihn zusammen mit Lord Hastings verhaften (möglicherweise bei einer Schüssel Erdbeeren aus Holborn) und in den Gewahrsam des Herzogs von Buckingham überstellen. Doch es gelang ihm, Buckingham zu überreden, sich selbst um den Thron zu bemühen, die daraus folgenden Wirren zu nützen und nach Frankreich zu fliehen.

In der Gefolgschaft von Heinrich Tudor kehrte er erneut zurück; danach waren die Zeiten im Exil oder Gefängnis endgültig vorbei. Heinrich VIII. ernannte ihn zum Erzbischof von Canterbury und danach zum Lordkanzler (hört jemand den Seufzer von Beckets Geist?). Er wurde Kardinal, und schließlich schrieb er eine Biographie über Richard III., die von einem seiner Schüler aus dem Lateinischen übersetzt wurde. Dieser Schüler hieß Thomas More, und die Diskussion darüber, ob Morton ihm überhaupt etwas Wahres erzählt hat, wird wahrscheinlich niemals enden.

Morton starb 1500 n. Chr. im Alter von etwa 80 Jahren und hinterließ eine ganze Reihe toter Könige jeder Couleur.

Wie bereits im Vorwort erwähnt, will dieses Buch keine »Lösung« des »Problems« Richard III. anbieten. Auch wenn solche Probleme nicht durchweg künstlich aufgebauscht sind, fallen die Lösungen in den Abgrund allen deduktiven Denkens, der darin besteht, daß man aus Informationen keine solchen Tatsachen entnehmen kann, die nicht in ihnen enthalten sind. Im angeblich so entscheidenden Fall des »Geheimnisses um die Prinzen« liegen uns verschiedene Beweisstücke vor – z. B. Dominic Mancinis Bericht, James Tyrells Geständnis, Thomas Mores Biographie über Richard usw. –, aber mehrere Gründe, jedes einzelne als glaubwürdig oder unglaubwürdig anzusehen (was nicht gleichbedeutend mit wahr oder unwahr ist). Und wir haben vorgefaßte Meinungen, denn wir können nicht ohne These und Hypothese argumentieren ... – und letztlich sind es diese Meinungen, die bestimmen, welche Beweisstücke wir zur Urteilsbildung heranziehen.

Es gab und gibt immer wieder Leute, die Richard als einen guten Mann und König darstellen; bis vor kurzem bedeutete das in der Regel, ihn vom Makel der Schuld am Tod seiner Neffen zu befreien; die entsprechenden Argumentationsketten waren manchmal höchst merkwürdig konstruiert. Heute sind wir in dieser Hinsicht nicht mehr so eigen.

Wir haben Machiavelli in uns aufgenommen. Wir gehen sogar inzwischen soweit, eine gewisse Rücksichtslosigkeit unserer Politiker – besonders wenn sie theatralisch in Szene gesetzt wird – zu bewundern; Macht ist schließlich dazu da, ausgeübt, benutzt zu werden.

Richard Plantagenet, Herzog von Gloucester, König von England, wurde am 22. August 1485 in der Schlacht von Redmoor nahe dem Dorf Bosworth getötet. Bis vor kurzem setzten viele Historiker Richards Tod mit dem Ende des Mittelalters und dem Beginn der Renaissance gleich, so als hätte seine Person dem Lauf der Geschichte im Wege gestanden.

Unser vergnügliches Treiben ist nun beendet, die leichtfertigen Konstruktionen lösen sich auf. Es bleibt nur noch die Musik, die immer bleibt, bereit für eine neue Improvisation des Lebens.